HORROR
VOM
FEINSTEN

Band Nr. 41/17

Für Hilary Ross

Namen, Personen, Orte und Handlungen dieser Geschichten sind erfunden. Ähnlichkeiten mit Lebenden oder Toten sind rein zufällig.

Titel der amerikanischen Originalausgabe
PRIME EVIL
Deutsche Übersetzung von Walter Ahlers und Joachim Körber

Printed in Germany 1989
Umschlaggestaltung: Atelier Ingrid Schütz, München
Gesamtherstellung: Ebner Ulm

ISBN 3-453-03341-8

Inhalt

. . . faranno dei cimiteri le loro cattedrali
e delle citta le vostre tombe.

DARIO ARGENTO

. . . denn die Friedhöfe sind ihre Kathedralen,
und die Städte werden zu euren Gräbern.

Einführung

Was macht große Horror-Literatur aus?

Als Kritiker und Rezensent bin ich immer wieder aufgerufen, mein Urteil über die Erzeugnisse der führenden Talente im Bereich der Horrorliteratur abzugeben. Über den phänomenalen Erfolg von Stephen King habe ich mich in einer Studie von Buches-länge ausgelassen, außerdem habe ich eine Geschichte des modernen Horrors herausgegeben, wie er uns von den brillantesten und meistverkaufenden Vertretern dieses Genres erzählt worden ist. Als nahezu zwanghafter Leser und Kinobesucher habe ich mit so ziemlich allem Bekanntschaft gemacht, was das weite Feld des Horrors zu bieten hat. Meine eigenen Erzählungen kehren mit schöner Regelmäßigkeit zu den Themen Gewalt und Angst zurück.

Trotzdem, ich tendiere dazu, die oben gestellte Frage mit der unerschrockenen Selbstsicherheit von Potter Stewart, einem Richter am Supreme Court, zu beantworten, der, um seine Definition der Obszönität gebeten, geantwortet hat, er würde sie schon erkennen, sobald er sie sähe.

Viele Leser sehen in der Horrorgeschichte etwas, das nur in endlosen Reihen von Taschenbüchern erscheint, angefüllt mit spekulativer, kommerzieller Prosa, versehen mit reißerischen Covers und geilen Titeln, die fast immer mit den Worten ›Die . . .‹, ›Der . . .‹ oder ›Das . . .‹ beginnen. Meistens haben diese Leute ja auch recht. Nur selten bietet die Literatur des Entsetzens heutzutage etwas Neues. Nur wenige Geschichten, die unter dem Etikett ›Horror‹ erscheinen, sind frisch und aufregend. Viele Verleger beschweren sich in der Tat darüber, wie leicht die meisten dieser Stories sich in Schubladen mit festen Überschriften einordnen lassen. (T. E. D. Klein, der Herausgeber des *Twilight Zone Magazine,* hat einmal zu mir gesagt, er könne neunzig

Prozent der Einsendungen an sein Magazin zehn vorgegebenen Kategorien unterordnen.) Der Stil des Geschriebenen ist in der Regel glatt und oberflächlich, wenn es schlimm kommt, gleitet er ab zur nackten, brutalen Beschreibung eines grauenhaften Geschehens, dem kleinsten gemeinsamen Nenner.

Auf jede originelle Story kommen Hunderte, die sich wie bloße Imitationen von Bestsellern oder populären Filmen lesen. Da gibt es dann das unvermeidliche Spukhaus, die medial begabten Kinder, Kleinstädte, die vom Bösen heimgesucht werden, oder ungewöhnliche Ereignisse, die auf eine Invasion fremdartiger Lebewesen hinweisen. Beurteilt man die Situation nach den Regalen der Buchläden, so scheint es tatsächlich ein Publikum für diese erdichteten Äquivalente der Secondhand-Kleidung zu geben, für diese Art Machwerke, deren einzige Absicht es ist, an die Erfolge anderer Autoren zu erinnern.

Um auf wirklich gute Horrorliteratur zu stoßen, muß man einmal hinausschauen über die anreißerischen Verpackungen, die großsprecherischen Kommentare auf den Buchdeckeln, die Etiketten, mit denen Verleger die Produkte zu versehen pflegen, die sie auf den Markt bringen. Gestatten Sie mir an dieser Stelle eine unglaublich ketzerische Behauptung: Horror ist überhaupt kein Genre, wie zum Beispiel Science-fiction oder der Western. Es handelt sich beim Horror nicht um eine *Gattung* von Literatur, die man so einfach in das Ghetto eines gesonderten Regals in einer öffentlichen Bibliothek oder einer Buchhandlung sperren sollte.

Horror ist ein Gefühl. Wir finden es in jeder Art von Literatur. Es ist auf den Seiten eines Buchs von William Faulkner oder Carlos Fuentes ebenso zu Hause wie bei Stephen King. In den letzten Jahren waren es die Werke so verschiedener Autoren wie J. G. Ballard, Robert Cormier, Jerzy Kosinski oder Jim Thompson, bei deren Lektüre dieses Gefühl in uns erweckt wurde. Ein Blick zurück in die Geschichte der englischen und amerikanischen Literatur zeigt uns, daß beinahe jeder Autor von überdauernder Bedeutung – das reicht von Shakespeare bis Joyce, von Hawthorne bis Hemingway – mindestens eine Geschichte geschrieben hat, in der es um das Geisterhafte, das Unheimliche, das Archaische und das grenzenlos Böse geht.

»Das älteste und stärkste Gefühl, dessen der Mensch fähig ist, ist die Angst«, hat H. P. Lovecraft einmal geschrieben, und schon deshalb hat es nie an Autoren von Geschichten gemangelt, die Angst hervorrufen – und auch nicht an Lesern. Daß wir heute überhaupt so etwas wie das einprägsame Markenzeichen ›Horrorliteratur‹ haben, das können wir getrost unserem nimmermüden – und offensichtlich noch immer wachsenden – Vermögen zuschreiben, Vergnügen an der Erfahrung dieses Gefühls zu finden.

Ganz ohne Zweifel, wir finden hier unser Vergnügen. Um es mit den Worten von Clive Barker auszudrücken: »Es gibt kein Entzücken, das dem Grauen gleichkommt.«

Das fröhliche Panoptikum der Angst

Sehen wir dieser Tatsache ins Auge: Angst macht Spaß. Ein wesentlicher Reiz der Horrorgeschichte besteht darin, daß sie einem die Möglichkeit bietet, zu sagen: ›Gehirn abschalten, an der Garderobe abgeben und rein ins Vergnügen.‹ Bei effektorientierten Filmen wie *Poltergeist, Zombie* oder *Aliens* ist es uns ziemlich egal, ob sie auf windigen Geschichten beruhen – schließlich denken auch Alpträume nicht daran, einem logischen Handlungszusammenhang zu folgen. Die Bilder allein üben eine magische Wirkung aus: Die abscheulichen Fratzen, die plötzlich ins Bild springen, die zugreifenden Knochenhände, die Eimer voller künstlichem Blut, das alles sind Requisiten zu einem hochtechnisierten Karneval. Wir lieben es, Dinge zu sehen, die so unerwartet und grotesk sind, daß sie uns zum Schreien oder zum Lachen bringen (und manchmal tun wir gar beides auf einmal) – natürlich immer im sicheren Wissen darum, daß diese Art von Verhalten im Panoptikum des Grauens nicht nur toleriert, sondern sogar erwünscht ist.

Das entscheidende Wort in diesem Zusammenhang lautet Flucht. »Träumen«, sagt Charles Fisher, Psychiatrieprofessor und Direktor des Schlafforschungs-Zentrums am New Yorker Mount Sinai Hospital, »erlaubt es jedem von uns, in jeder Nacht unseres Lebens ein bißchen verrückt zu sein, ganz für uns und unentdeckt von den anderen.« Seine Worte lassen sich ebensogut auf den Wachtraum eines Horrorromans oder -films anwenden. Wir leben in gefährlichen Zeiten, und manchmal brauchen wir eben etwas Gefährlicheres als die eher sanften Wachträume der Liebes- oder Abenteuerromane.

Mit jeder Nachricht von Amerikanern, die in fremden Ländern als Geiseln genommen wurden, von Schmerzmitteln, in denen Giftstoffe nachgewiesen wurden, oder von Giftmülldeponien unter Schulhöfen gewinnt die Horrorstory an Attraktivität – und wenn es deshalb ist, weil sie uns zeigt, daß ja alles noch viel schlimmer sein könnte. Wie schrieb Stephen King in ›The Mist‹? ›Wenn die Maschinen versagen, wenn die Technologie versagt, wenn die herkömmlichen Religionssysteme versagen, dann braucht der Mensch etwas anderes. Sogar ein Zombie, der in die finstere Nacht hineinstarrt, kann etwas Vergnügliches haben, wenn man ihn mit der existentiellen Horrorkomödie der Ozonschicht unserer Erde vergleicht, die sich unter dem geballten Einsatz von Millionen mit Fluorcarbonat betriebener Deospraydosen auflöst.«

Dieser Zombie erscheint uns vergnüglich, weil seine Wirkung auf die bedruckte Seite oder die Kinoleinwand begrenzt ist. Die Horrorgeschichte erlaubt uns, unsere Ängste zu kontrollieren, ihnen den richtigen Stellenwert zu geben und sie nicht selten auch zu besiegen. Und egal, wie hoffnungslos die Dinge uns auch erscheinen mögen, es bleibt uns immer eine ganz simple Fluchtmöglichkeit aus der Fantasiewelt: Wir können das Panoptikum des Schreckens jederzeit wieder verlassen. Jede Horrorgeschichte, jeder Alptraum hat ein glückliches Ende; wir dürfen aufwachen und erkennen, daß alles nur ein böser Traum war.

Aber ist das tatsächlich so?

Der Alptraum wird Wirklichkeit

Kein Panoptikum wäre vollständig ohne das Spiegelkabinett. Die Gummimasken und Pappmaché-Köpfe mag man noch als reine Ausgeburten der Fantasie abtun, die Zerrspiegel reflektieren dagegen ganz ohne Zweifel etwas Wirkliches. Wir werden dazu verführt, uns selbst aus den seltsamsten Winkeln, den verbogensten Perspektiven zu betrachten und, vielleicht, Dinge zu entdecken, auf die wir unter anderen Umständen nie gekommen wären.

Die Horrorgeschichte ist nicht nur eine Flucht, sie hat auch einen Erkenntniswert, sie dient – ob nun bewußt oder unbewußt – als unvollkommener Spiegel der wirklichen Ängste der Zeit, in der sie geschrieben wird. Die denkwürdigen Horrorfilme der 50er Jahre spiegeln die Mentalität des kalten Krieges wider. Die ›großen Käfer‹ in *Them* und *The Beginning of the End* muß man wohl als instinktive Reaktionen auf die atomare Bedrohung begreifen, *Das Ding* und *Die Invasion der Körperfresser* sind nichts anderes als Ausdruck einer antikommunistischen Hysterie, einer Wut auf ›fremde‹ Lebensformen, die den ›American Way‹ bedrohen.

Ein Blick in den dunklen Spiegel zeitgenössischen Horrors enthüllt kaum weniger reaktionäre Trends. Konventionelle Horrorliteratur war schon immer reich an puritanischen Untertönen: Wenn es in ihnen eine ›Wahrheit‹ zu entdecken gibt, dann jene, daß Teenager, die in Papas Auto nachts im Wald Sex miteinander treiben, unweigerlich sterben müssen. Die meisten Bücher und Filme der achtziger Jahre bieten uns eine Botschaft an, die mindestens so konservativ ist wie dieser Moralismus: Konformität. Die Ungeheuer der *Halloween-* und *Freitag-der-Dreizehnte-*Filme sind Einpeitscher der Gleichschaltung. Tu das nicht, sagen sie zu uns, oder du wirst einen furchtbaren Preis zahlen müssen. Sprich nicht mit Fremden. Geh nicht auf Parties. Laß die Finger vom Sex. Wage es bloß nicht, anders sein zu wollen als wir alle.

Ihre Opfer, verloren in den kleinen Sünden der Ich-Generation, laufen ihnen immer wieder in die Arme. Ihr einziger Racheengel ist gewöhnlich eine monogame (wenn nicht gar jungfräuliche) Halbgöttin, eine Mittelklassenmadonna, die immer brav auf ihre Eltern gehört hat und deshalb weiß, wie man sich zu benehmen hat. Und anständiges Benehmen ist es, welches die Ungeheuer der heutigen Zeit in ihre Schranken weist, nicht das Kruzifix oder die Silberkugel.

Die Ungeheuer der Achtziger
Die Ungeheuer haben sich verändert.

Die sexuelle Revolution hat den Vampir zu einem Anachronismus werden lassen. Die Zähne von Bram Stokers *Dracula*, geschärft an der Repression des Viktorianischen Zeitalters, haben angesichts der Vorlieben einer Dr. Ruth Westheimer ihren Biß verloren. Der blutdürstige Graf und seine Verwandten leben heute eher aus Sentimentalität denn aus sinnlicher Lüsternheit fort, als Fantasie von der Dekadenz der Oberschicht, als verbotener, kleinbürgerlicher Traum von schwüler Eleganz (wie in Whitley Striebers *The Hunger*) oder als ein Symbol für völlige Verderbtheit (wie in Stephen Kings Beitrag zu diesem Buch, *The Night Flyer*).

Auch der Werwolf hat inzwischen lange Zähne bekommen. Seinen Archetypen finden wir in *Dr. Jekyll und Mr. Hyde*, einer Geschichte, deren Dualismus von zivilisiertem Gentleman und finsterem Unhold ebenfalls tief in der viktorianischen Mentalität wurzelt. Dieser Dualismus verschwimmt in unseren populistischen Zeiten zusehends. Der Werwolf wird so lange leben wie das Untier in uns, aber seine modernen Inkarnationen – *The Wolfen, The Howling, An American Werewolf in London* – legen nahe, daß das wilde Tier bereits die Oberhand gewonnen hat und in den Straßen der urbanen Urwälder längst frei herumläuft.

Die Invasoren aus dem Weltraum, diese beliebten Schreckgespenster der Eisenhower-Ära, haben mit den *Alien*-Filmen und John Carpenters Remake von *Das Ding* eine Wiedergeburt erlebt, wurden jedoch von der sehnsüchtigen Fantasie eines Steven Spielberg in liebenswürdige Erlöser verwandelt, die vom Himmel kommen. Die direkten Nachkommen von *Unheimliche Begegnung der Dritten Art* und *E. T.* sind ganze Serien von liebenswürdigen Exoten, von der Seejungfrau in *Splash* bis zu den schnuckeligen Außerirdischen in *Starman, Cocoon* und *ALF*.

Verschwunden sind auch die Überbleibsel aus längst vergangenen Kulturen, die Mumien, Golems und Kreaturen aus den schwarzen Lagunen. Sie hatten wenig Überlebenschancen in einer Einweggesellschaft, deren Vorstellungen von Vergangenheit und Geschichte oft über die 50er Jahre nicht hinausgehen.

Die Ungeheuer unserer Zeit sind weniger exotisch als ihre Vorgänger, aber leider sind sie dafür symptomatischer. Ein seelenloser Wahnsinn haucht einem der besten Horrorromane der achtziger Jahre sein Leben ein, dem *Roten Drachen* von Thomas Harris. Kindsmißbrauch ist das unbarmherzige Thema der Bestsellerromane von V. C. Andrews, während durch die Romane von Charles L. Grant der Geist der Zersetzung der Familie spukt. Mit den Flüchen der Sozialisation – insbesondere den Geschlechtskrankheiten – sind die Filme von David Cronenberg infiziert. Der Niedergang der Städte bildet den allgegenwärtigen Hintergrund für Ramsey Cambells Kurzgeschichten. Stephen King glorifiziert die Funktionsstörungen der irdischen Dinge, er haucht den kleinen Tyrannen unserer Konsumentenkultur ein teuflisches Eigenleben ein – den Gegenständen des Haushalts, den Autos, Lastwagen oder dem Hund unseres Nachbarn.

Und das Monster der achtziger Jahre, das von allen die größte Symbolkraft besitzt, sieht gar noch vertrauter aus. Wir mögen sie Zombies nennen, aber, wie es schon eines der Wesen in George A. Romeros *Day of the Dead* ausdrückt, ›sie sind wir‹.

Der Tote nebenan

Zombies gehören schon seit der Jahrhundertwende zu den festen Bestandteilen der Menagerie der Ungeheuer, und zwar seitdem der Voodoo-Kult der westindischen Inseln zu einer gewissen Popularität gelangt war. Seine Geschichten von Teufelssuppen, heidnischen Opfern und lebenden Toten wurden schon sehr bald zu Vorlagen für solch klassische Filme wie *White Zombie* mit Bela Lugosi und Val Lewtons *I Walked with a Zombie.*

Der moderne Zombie jedoch geht zurück auf das Jahr 1968, als George A. Romero, ein Filmemacher aus Pittsburgh, das kleinste aller kleinen Budgets in den Film *Nacht der lebenden Toten* umsetzte. Darin und in seinen beiden Nachfolgern *Dawn of the Dead* sowie *Day of the Dead* gibt Romero dem Zombie eine zeitgemäße Form, indem er die rituellen Verzierungen des Voodoo-Kults beiseite läßt, um die grauenhaft prosaische Vision vom Toten nebenan heraufzubeschwören. Schweigend und auf leisen Sohlen, die Augen erstarrt zu einem tausend Jahre alten Blick, sind es die Leute, die auf Linie 7 die Spätschicht fahren, die an der Zahlstelle auf dem Highway deine Autobahngebühren entgegennehmen. In *Dawn of the Dead* macht Romero sie zu Kunden eines Einkaufszentrums, zu den bleichen Spiegelbildern der Schaufensterpuppen in den Auslagen der Bekleidungsgeschäfte.

Sowohl Romeros Filme als auch die engagierten italienischen Nachahmungen von Lucio Fulci sehen in den Zombies einen befreienden Alptraum: Die Massen der Unterdrückten sehnen sich nach dem Hauch der Freiheit. Nur einen einzigen Gedanken haben sie im Kopf, wenn sie vor deiner Tür stehen. ›Sie wollen dich fressen‹, steht auf einem der reizendsten Plakate, die für Fulcis *Zombie* gedruckt wurden. Ihr Biß ist ansteckend, er bringt erst einmal den Tod und dann ein neues Leben als Bestandteil einer trägen, müßigen, kannibalischen Masse.

Romero, Fulci und Schriftsteller wie Stephen King (in *Brennen muß Salem*), Peter Straub (in *Floating Dragon*) und Thomas Thessier (in seinem brillanten Buch *Finishing Touches*) untergraben die konservative Lektion der Anpassung, die traditionelle Horrorliteratur uns zu erteilen suchte. Die Zombies, so wollen sie uns zeigen, stehen für nichts anderes als Konformität und Gedankenlosigkeit, die soviel Angst in unser tägliches Leben gebracht haben. Erst der Horror, so lehren sie uns, kann uns die Augen öffnen, damit wir die Welt und ihre Gefahren klarer sehen und die Möglichkeiten, die sie uns bietet, besser verstehen lernen. Wenn uns das nicht gelingen sollte, dann werden wir eines Tages verdammt sein, wie die braven Bürger in Clive Barkers höchst bemerkenswerter Erzählung *In the Hills, the Cities*, die sich in einen Riesen verwandeln und in die Schlacht marschieren: ›Popolac wandte sich den Hügeln zu, seine Füße überbrückten mit jedem Schritt eine halbe Meile. Jeder Mann, jede Frau und jedes Kind in diesem brodelnden Turm war blind. Sie sahen alle nur mit den Augen der ganzen Stadt. Sie waren gedankenlos, sie dachten nur die Gedanken der ganzen Stadt, und in ihrer schwerfälligen, unbarmherzigen Kraft hielten sie sich für unsterblich.‹

In *Day of the Dead* sind die letzten Überbleibsel der alten, vernunftmäßigen Ordnung – Soldaten und Wissenschaftler – in einer unterirdischen Raketenbasis eingesperrt, zusammen mit dem überflüssigen Abfall der Zivilisation, von aufgegebenen Freizeitvehikeln bis hin zu Durchschlägen von Einkommensteuerbescheiden. Die Zombies warten oben, als wandelnde Symbole für die größte aller Hirnlosigkeiten – den nuklearen Overkill. In *Tag der lebenden Leichen* und *Dawn of the Dead* stellt Romero die klassischen amerikanischen Lösungen vor: Religion, Familie, Konsumentenverhalten, überlegene Feuerkraft. Nichts von alledem funktioniert. Am Anfang von *Day of the Dead* müht sich der Chefwissenschaftler ab, etwas zu finden, das den Zombies ›Benehmen‹ beibringen könnte. Natürlich ist er ein hoffnungslos Verrückter. Es geht darum, daß *wir* lernen, uns nicht so zu verhalten wie die Zombies. Bei der großen Abrechnung überleben nur diejenigen, die sich gewehrt haben, die gegen den sterilen Anschein von Autorität rebellierten. Ihnen tut sich ein sehr symbolischer Fluchtweg auf: Durch einen leeren Raketensilo entkommen sie in ein Paradies des Friedens.

Blick in das Dunkel

Gegenstand wirklich guter Horrorliteratur sind die Menschen und nicht die Ungeheuer. Sie soll uns Wichtiges über uns erzählen, manchmal mag es finster sein, manchmal ungeheuerlich, und gewöhnlich bedient sie sich dabei durchaus des schlechten Geschmacks. Die Geschichten entspringen einem Archetyp der Büchse der Pandora: dem schmalen Grat zwischen Angst und Vergnügen, diesem Konflikt, der immer dann untergründig wirksam ist, wenn wir mit dem Verbotenen, Unheimlichen, Unbekannten konfrontiert werden. Wenn wir ein Horrorbuch aufschlagen, dann öffnen wir diese Büchse, dann legen wir alles das frei, was in unserem alltäglichen Leben tabu ist, dann machen wir uns daran, die Grenzen dessen auszuloten, was wir noch ertragen können. Die Autoren solcher Bücher ziehen unser Entsetzen buchstäblich aus dem Schatten heraus, zwingen uns, einen verzweifelten – oder auch erleichterten – Blick darauf zu werfen.

Und warum auch nicht? Wer will schließlich nicht wissen, was für ein Gesicht sich hinter der Maske des Phantoms auf dem Opernball verbirgt? Wir wissen, daß es kein schönes Gesicht ist, und trotzdem sagen wir: Zeig es uns!

Das soll nicht heißen, daß gute Horrorliteratur unbedingt Erklärungen liefern soll – oder eindeutige Enthüllungen. In den Händen eines Clive Barker oder eines David Morrell – beides Schriftsteller, die für ihre außergewöhnliche Bildersprache bekannt sind – wird sie zu einer plastischen, oft unbarmherzigen, nie aber bloß eindeutigen Prosa.

Wie oft schon sind wir von der Verfilmung eines Horrorromans enttäuscht worden, den wir besonders gerne mochten. Der Grund dafür ist höchst einfach: Die Bilder, die einem vorgesetzt wurden, waren Bilder, die der Regisseur sich ausgedacht hat, und nicht diejenigen, die man während des Lesens vor seinem geistigen Auge entstehen ließ.

Lesen ist ein sehr intimer Akt des Austauschs zwischen Autor und Leser. Zweifellos wächst die Faszination, wenn an unsere finstersten und tiefsten Ängste gerührt wird. Bedient ein Autor sich dagegen allzu deutlicher Fantasien, breitet er seinen Schrekken zu plastisch vor uns aus, dann gibt er (wie ein Filmregisseur) die Bilder vor und beraubt seinen Leser des Vergnügens, an einem kreativen Akt teilzuhaben.

Aber ich begegne dem jüngsten Trend zur Eindeutigkeit aus noch grundsätzlicheren Erwägungen heraus mit großer Skepsis. Zu viele Lieferanten deftiger Ware gehen von der Prämisse aus, Ziel der Horrorliteratur müsse es sein, des Leser in kleinlautes Entsetzen zu treiben. Sie geben sich zufrieden mit billigen Effekten wie jenen, die beim Film ›Pop-ups‹ genannt werden: Eine Hand schiebt sich plötzlich in das Bild, eine übel zugerichtete Leiche wird dem Zuschauer als Großaufnahme präsentiert. Aber der Schock ist eine instinktive Erfahrung, eine sensorische Überbelastung, von der wir uns schnell wieder erholen.

Große Horrorliteratur bedient sich nicht des Schocks, sondern der Gefühle. Sie geht uns unter die Haut und wirkt dort fort. Es ist bewiesen, daß ein Bild nur so stark sein kann wie der Zusammenhang, in dem es steht. Stilisten wie Dennis Etchinson und M. John Harrison rufen durch einen kaum wahrnehmbaren Schatten oder einen flüchtigen Flecken mehr Entsetzen hervor als die meisten Filme, in denen literweise Blut verspritzt wird. Dieses Vermögen, nicht nur zu erschrecken, sondern den Leser tatsächlich aufzustören, ein Gefühl des Gruselns hervorzurufen, das noch lange nach dem Zuklappen des Buchs anhält, das ist das Merkmal jedes einzelnen der hier vertretenen Autoren.

Die Fähigkeit der Horrorliteratur, ins Dunkel zu leuchten, den leeren Raum hinter der Maske der Ordnung zu ergründen, ist der Schlüssel zu ihrer beständigen Faszination. Das Genre ist verantwortlich für zahllose spekulative, rein kommerziell ausgerichtete Filme und Taschenbücher, deren einziges Anliegen der schockierende Effekt möglichst realistisch dargestellter Verstümmelung zu sein scheint, aber in ihren eindringlichsten Momenten, jenen Momenten von ungetrübter Klarheit der Einsicht, die wir Kunst nennen, ist die Horrorgeschichte alles andere als realistisch.

Zugrunde liegt ihr die Gewißheit, daß, um es mit Hamlets Worten auszudrücken, ›alles, was lebt, sterben muß‹. Wir suchen nicht nach Lösungen für dieses Mysterium, wir wissen, und wenn auch rein instinktiv, daß es sich hier um Angelegenheiten des Glaubens handelt. Was wir suchen, ist ein Weg, uns unsere Zweifel zu gestehen, unseren Unglauben, unsere Furcht, und die Horrorgeschichte bietet uns die seltene Gelegenheit, über die unumstößliche Tatsache unserer Sterblichkeit gleichzeitig lachen und weinen zu dürfen.

Wenn wir in das Panoptikum der Angst eintreten, dann steigen wir hinab in den tiefsten Höllenschlund, wir setzen uns der dunkelsten Nacht aus. Wenn wir dann wieder an die Oberfläche kommen, wenn wir die Dunkelheit verlassen und zurück ins Licht treten, dann haben wir unseren innersten Ängsten gegenübergestanden, und wir haben *überlebt*.

Und wir sind – wie wir alle wissen – sofort bereit, es noch einmal zu probieren.

Was macht große Horrorliteratur aus?

Meine Antwort ist *Prime Evil*: Dreizehn Geschichten, die extra für dieses Buch geschrieben wurden, von den ursprünglichsten, originellsten und fesselndsten Vertretern der zeitgenössischen Romanliteratur. Jedem Autoren wurde die Gelegenheit geboten, ohne jegliche Einschränkung zu arbeiten, was Stil, Gegenstand und Länge der Erzählung betraf, deshalb reicht das Angebot von der kompakten Erzählung bis zum Kurzroman.

Das Resultat ist ein einzigartiger belletristischer Wandteppich, gewoben aus den Fäden einer dunklen und zweifellos charakteristischen Prosa, die von der manischen Leidenschaft eines Stephen King oder David Morrell, der manierierten Erotik von Thomas Tessier und Whitley Strieber oder dem eleganten Witz von Paul Hazel und Thomas Ligotti bis zum rätselhaften Symbolismus eines M. John Harrison und Jack Cady reicht, und dabei bleibt jede einzelne Stimme authentisch und individuell. Manchmal mag es Reverenzen geben (vor allem an Henry James, Arthur Machen, Joseph Conrad), trotzdem sind die hier versammelten Geschichten Teil einer aussterbenden Gattung, sie gehören zu der Art Literatur, die, um es in den Worten von Captain Lou Albano auszudrücken, ›oft kopiert, aber nie erreicht‹ wurde.

Mein Notizbuch enthält eine Redensart, die aus einem lange vergessenen psychologischen Text stammt: ›Wenn du das Licht schnell genug anknipst, kannst du das Dunkel sehen.‹ Die Autoren von *Prime Evil* erreichen diese Leichtigkeit und Brillanz. Hier sind ihre Geschichten: Jede von ihnen eine einzigartige Vision in der schlaflosen Welt unserer dunkelsten Träume.

Verschiedene Leute halfen mir bei der Verwirklichung dieses Buches. Ich stehe in ihrer aller Schuld, mein besonderer Dank aber gilt meiner Frau Lynne, deren Verständnis dem Buch in jedem Stadium seines Entstehens zugute kam, Mike Dirda, Charlie Grant und meinem Agenten Howard Morhaim, für ihre Freundschaft und ihren guten Rat, Gianni Scattolini, der immer die richtigen Worte fand, und vor allem Hilary Ross, meiner Lektorin. Schließlich war das alles ihre Idee.

Douglas E. Winter
Alexandria, Virginia

AM HOF DES SCHARLACHROTEN KÖNIGS

Das Element Wasser befeuchtet die Erde,
doch Blut fließt aufwärts und benetzt den Himmel.

John Webster

Stephen King

Der Nachtflieger

(The Night Flyer)

Stephen King wurde 1947 in Portland, Maine, geboren; er ist der populärste Verfasser von Horrorliteratur aller Zeiten. Außerdem ist er einer der fleißigsten und kann auf vier Originaldrehbücher, neunzig Kurzgeschichten, vier Kurzgeschichtensammlungen und zwanzig Romane zurückblicken (darunter die beiden neuesten, ›Misery‹ (dt: ›Sie‹) und ›The Tommyknockers‹ (dt: ›Das Monstrum – Tommyknockers‹)). Zwar hat jeder seiner Romane seinen Advokaten, aber zwei meiner persönlichen Favoriten sind ›Salem's Lot‹ (dt: ›Brennen muß Salem‹) und ›The Dead Zone‹ (dt: ›Dead Zone – Das Attentat‹). Diese beiden Bücher finden in der Geschichte ›Der Nachtflieger‹ zusammen.

Trotz seines Privatflugscheins kam Dees' Interesse erst beim dritten oder vierten Mord. Dann roch er Blut.

Kein Scherz beabsichtigt, sagte er zum Chefredakteur von *Inside View*, der ihn nur verständnislos ansah. »Hat sich jemand von der seriösen Presse schon darüber hergemacht? Über das Muster, meine ich.«

Der Chefredakteur, Morrison, wurde zornig. Er wurde immer zornig, wenn Dees den Ausdruck benützte, was einer der Hauptgründe dafür war, daß er ihn benützte. Nun, wenn Morrison sich der Täuschung hingab, eine wöchentliche Postille, die Schlagzeilen wie MEINE ZWILLINGE SIND AUSSERIRDISCHE, EINE VERGEWALTIGTE FRAU und FRAU ISST EHEMANN AUF, DER SIE MISSBRAUCHT HAT, brachte, gehörte zur seriösen Presse, dann sollte er das ruhig tun. Dees hatte Chefredakteure kommen und Chefredakteure gehen sehen. Er arbeitete schon lange genug für *Inside View*, um zu wissen, was es wirklich war: Gehirnhackfleisch, das übergewichtige Hausfrauen an der Supermarktkasse kauften und vor Seifenopern zusammen mit ihrem Lieblingseis verschlangen.

Aber hin und wieder im Verlauf seiner vierzehn Jahre bei *Inside View* hatte er Blut gerochen. Echtes Blut, nicht den getürkten Stoff.

Nach den beiden Morden in Maryland, die der Mann verübt hatte, den er den Nachtflieger nannte, glaubte er, diesen unzweifelhaften Hauch gespürt zu haben.

»Wenn Sie damit meinen, ob jemand angedeutet hat, die Morde könnten zusammenhängen, lautet die Antwort ›nein‹«, sagte Morrison steif.

Aber das wird nicht mehr lange dauern, dachte Dees.

»Aber das wird nicht mehr lange dauern«, sagte Morrison. »Wenn es noch einen gibt ...«

»Geben Sie mir die Akte«, sagte Dees.

Er las sie, diesmal genau, und was er las, blies ihm den Verstand weg.

Ich habe das zuvor nicht gesehen, dachte er, und dann: *Warum* habe ich das zuvor nicht gesehen? Er dachte, daß Morrison ein Arschloch war. Außerdem wußte Morrison, was er dachte. Bis heute war Dees das einerlei gewesen. Nach vierzehn Jahren in der Redaktion war er das dienstälteste Mitglied, die Top-Sau in diesem speziellen Stall, könnte man sagen, und er hatte den Redakteursposten schon zweimal angeboten bekommen – und hatte ihn abgelehnt. Morrison war der neunte Chefredakteur, unter dem er arbeitete (und eine von ihnen, die ergötzliche, wenn auch unfähige Melanie Briggs, hatte häufig unter ihm gearbeitet, wenn auch selbstverständlich in einer weniger formellen Beziehung).

Aber wenn Morrison ein Arschloch war, wie kam es dann, daß es Morrison gewesen war, der das System des Nachtfliegers als erster erkannt hatte?

Kurz – ganz kurz – kam ihm die Idee in den Sinn, daß er am Ausbrennen war. In diesem Geschäft war die Ausbrennrate ziemlich hoch, das wußte er. Man konnte nur eine gewisse Zeit über fliegende Untertassen schreiben, die ganze brasilianische Dörfer verschleppten (Geschichten, die häufig mit solchen Gegenständen wie unscharf eingestellten Glühbirnen, die von Fäden vor einem schwarzen Samthintergrund hingen, illustriert wurden), oder über arbeitslose Papas, die ihre Kinder wie Anfeuerholz zerhackten. Es lief darauf hinaus, mit der Schreibmaschine Scheiße zu schaufeln. Man bekam viel dafür bezahlt, aber Scheiße blieb Scheiße. Es kam der Tag, war ihm gesagt worden, da wachte man auf und entschied, daß es Zeit wurde, sich nach einer neuen Arbeit umzusehen.

Er hatte davon gehört, aber er hätte nie geglaubt, daß ihm das zustoßen konnte.

Ist es auch nicht, beharrte sein Verstand, aber ihm war unbehaglich.

Großer Gott, wie hatte er das übersehen können?

Eine Woche später flog er nach Wilmington, North Carolina – pure Eingebung.

Nun . . . Instinkt. So konnte man es nennen, wenn man wollte.

Killerinstinkt.

Es war Sommer, und unten im Süden hätte das Leben gut und die Baumwolle hoch sein sollen – jedenfalls hieß es in dem Lied so –, aber Dees gelang es nicht, auf dem kleinen Flugplatz von Wilmington zu landen, der lediglich von einer größeren Linie – Piedmont –, ein paar Pendlerflugzeugen und jeder Menge Privatflugzeugen angeflogen wurde. In der Gegend herrschten schwere Gewitter, und Dees war neunzig Meilen vom Flughafen entfernt, wurde in der turbulenten Luft durchgeschüttelt, sah auf die Uhr und fluchte. Es war zwanzig Uhr fünfundvierzig, bis er endlich Landeerlaubnis erhielt, das war weniger als vierzig Minuten vor dem offiziellen Sonnenuntergang. Er wußte nicht, ob sich der Nachtflieger an die traditionellen Regeln hielt, aber der Geschmack von Blut war stärker denn je.

Er hatte sich für den richtigen Platz entschieden, hatte die richtige Cessna Skymaster gefunden.

Er wußte es.

Der Nachtflieger hätte sich für Virginia Beach, Charlotte, Birmingham oder einen Punkt noch weiter südlich entscheiden können, aber die beiden letzten Morde hatten auf dem Schlammloch von einem Flugplatz in Maryland stattgefunden, und Dees hatte alle Flugplätze südlich von dort angerufen, die richtig für die M. O. des Fliegers schienen, wobei er das Tastentelefon in seinem Zimmer im Days Inn Motel mit dem Finger bedient hatte, bis dieser schmerzte.

Auf allen in Frage kommenden Flugplätzen waren in der Nacht zuvor Privatflugzeuge gelandet, am meisten von der Marke Cessna Skymaster 337. Es überraschte nicht, daß sie doch die Toyotas der privaten Luftfahrt waren. Aber die Cessna 337, die letzte Nacht in Wilmington gelandet war, war diejenige, nach der er suchte. Er wußte nicht, wieso er das wußte; er *wußte* es einfach. Das war der Story wegen gut (und er war zunehmend sicherer, *daß* es eine Story gab, vielleicht sogar eine, gegen die die Belushi-Smith-Berichterstattung des *National Enquirer* wie ein Stapel schimmliges Heu aussehen würde), aber es war vielleicht noch viel besser, es einfach um des Wissens willen zu wissen: Er war nicht am Ende. Vielleicht einen Durchhänger, aber das war alles. Er war immer noch auf dem Damm.

Bis jetzt.

»N471B, Vektor ILS Landebahn 34«, sagte die Stimme über Funk lakonisch. »Fliegen Sie nach 160. Sinken und 3000 halten.«

»Nach 160. Verlasse 6 auf 3000, Roger.«

»Und denken Sie daran, daß wir immer noch ein garstiges Wetter hier unten haben.«

»Roger«, sagte Dees und dachte, daß der olle Farmer John da unten in dem Bierfaß, das in Wilmington als Flugkontrolle galt, doch eindeutig ein verdammter Sportskerl war, ihm das zu sagen. Er *wußte,* daß in der Gegend garstiges Wetter herrschte; er konnte die Gewitterwolken sehen, in einigen flackerten noch Blitze wie ein gigantisches Feuerwerk, und er hatte die letzten vierzig Minuten oder so mit Kreisen verbracht und sich mehr wie ein Mann auf einem Pogo-Stick als in einem zweimotorigen Flugzeug gefühlt. Noch acht oder zwölf Minuten dieser Scheiße hätten einen ernsten Fall von Treibstoffverknappung bewirkt und einen Umweg nach Charleston erforderlich gemacht. An echte Horror-Stories kam man nur schwer heran, aber wie der eine oder andere große Weise gesagt hatte (oder gesagt haben sollte), keine Story, nicht einmal ein solcher Knüller wie der Nachtflieger war es wert, dafür zu sterben.

Er schaltete den Autopiloten ab, der ihn immer über demselben dummen Jetzt-siehst-du-ihn-dann-wieder-nicht-Flecken von Weideland North Carolinas gehalten hatte. Da unten war keine Baumwolle zu sehen, weder hoch noch sonstwie. Nur ein paar verbrauchte Tabakfelder, die nun von Raps überwuchert waren. Dees war froh, daß er die Schnauze seines Flugzeugs nach Wilmington ausrichten und den Landeanflug beginnen konnte, der vom Piloten, ATC und Tower für den ILS-Anflug überwacht wurde.

Er griff zum Mikrofon und überlegte, ob er dem ollen Farmer John einen Schrecken einjagen und ihn fragen sollte, ob zufällig ein Toter da unten herumlag, doch dann legte er das Mikro wieder hin. Es war immer noch eine halbe Stunde vor Sonnenuntergang – er hatte die offizielle Wilmingtoner Zeit auf dem Weg vom Washington National nach hierher abgeglichen. Nein, wenn gestern nacht niemand dort gestorben war, dann waren sie sicher . . . wenigstens noch eine halbe Stunde.

Dees glaubte ungefähr so sehr daran, daß der Nachtflieger ein echter Vampir war, wie er glaubte, daß es tatsächlich die Zahnfee gewesen war, die ihm als Kind die Vierteldollarstücke unter das Kissen geschoben hatte, aber wenn der Kerl dachte, daß er ein Vampir war – und das glaubte der Kerl wirklich, davon war Dees überzeugt –, würde das vielleicht ausreichen, daß er sich an die Regeln hielt.

Schließlich ahmt das Leben die Kunst nach.

Graf Dracula mit Pilotenschein.

Man mußte zugeben, dachte Dees, das war elegant.

Der Baron sackte ab, als sie auf ihrem steten Abwärtskurs eine dicke Membran von Kumuluswolken passierten. Dees fluchte und fing das Flugzeug ab, das zunehmend unglücklicher über das Wetter zu sein schien.

Wir beide, Baby, du und ich, dachte Dees.

Als er wieder in klare Luft kam, konnte er die Lichter von Wilmington und Wrightsville Beach deutlich sehen.

Ja, Sir, die Dickerchen werden diese Story lieben, dachte er, während Donner an der Backbordseite grollte. *Sie werden schätzungsweise siebzig Millionen Exemplare dieses Babys mitnehmen, wenn sie einkaufen gehen.*

Aber es war mehr daran, das wußte er.

Dies hier konnte ... nun ... so verdammt gut werden.

Dies konnte *legitim* sein.

Es gab eine Zeit, da wäre dir ein solches Wort nie in den Sinn gekommen, alter Kumpel, dachte er. Vielleicht brennst du *doch* aus.

REPORTER VON *INSIDE VIEW* VERHAFTET WAHNSINNIGEN NACHTFLIEGER.

EXKLUSIVBERICHT, WIE DER BLUTTRINKENDE NACHTFLIEGER SCHLIESSLICH GEFASST WURDE.

»ICH BRAUCHTE ES«, VERKÜNDETE DER TÖDLICHE DRACULA.

Es war nicht eben Große Oper – das mußte Dees zugeben –, aber er war dennoch der Meinung, daß es sang. Er fand, es sang wie eine Boa.

Schließlich nahm er doch das Mikro und drückte den Knopf. Er wußte, der Flieger war noch da, ebenso wie er wußte, daß er erst beruhigt sein würde, wenn er sich dennoch vergewissert hatte.

»Wilmington, dies ist N471B. Haben Sie noch eine Skymaster 337 aus Duffrey, Maryland, dort unten auf der Rollbahn?«

Durch Statik: »Sieht so aus, altes Haus. Kann jetzt nicht reden. Hab' Luftverkehr.«

»Hat sie rote Zeichnung?« beharrte Dees.

Einen Augenblick dachte er, er würde keine Antwort erhalten, dann: »Rote Zeichnung, ja. Schluß jetzt, N471B, wenn Sie nicht wollen, daß ich nachsehe, ob ich 'ne FCC-Strafe für euch alle bekommen kann. Ich habe heute nacht zu viele Fische zu braten und nicht genügend Bratpfannen.«

»Danke, Wilmington«, sagte Dees in seinem höflichsten Tonfall. Er hing das Mikro weg und zeigte ihm den Mittelfinger, aber er grinste und bemerkte die Schwankungen kaum, als er durch eine weitere Wolkenschicht flog. Skymaster, rote Zeichnung, und er hätte sein nächstes Jahresgehalt verwettet, wenn der Doofkopp im Tower nicht so beschäftigt gewesen wäre, hätte er ihm auch noch die Hecknummer bestätigen können: N101BL.

Beim Heiland, er hatte den Nachtflieger gefunden. Er hatte ihn gefunden, es war noch nicht dunkel, und so unmöglich es schien, es war keine Polizei am Schauplatz. Wären Bullen da gewesen, und wären sie wegen der Cessna da gewesen, dann hätte Farmer John das sicherlich gesagt, dichter Flugverkehr und schlechtes Wetter hin oder her. Ein paar Sachen waren einfach zu gut, um nicht darüber zu tratschen.

Ich möchte dein Bild, du Dreckskerl, dachte Dees. Jetzt konnte er die Anfluglichter sehen, blendend weiß in der Dämmerung. Mit der Zeit werde ich deine Geschichte bekommen, aber erst das Bild.

Nur eines.

Er drückte steiler hinab und achtete nicht auf den Landepiepston. Sein Gesicht war blaß und verkniffen. Die Lippen ein wenig zurückgezogen, sie entblößten kleine, blendend weiße Zähne.

Im vereinten Licht von Dämmerung und Armaturenbrett sah Richard Dees selbst ein wenig wie ein Vampir aus.

Es gab vieles, was *Inside View* nicht war – literarisch, zum Beispiel, oder um die Nuancen der Stories bekümmert, die es brachte –, aber eines war unbestreitbar: Es war hervorragend auf das Grauen eingestimmt. Merton Morrison *war* ein kleines Arschloch (wenngleich kein so großes, wie Dees anfangs geglaubt hatte), aber Dees mußte ihm eines lassen – er dachte an die beiden Dinge, die *Inside View* so erfolgreich gemacht hatten. Erstens: Eimer voll Blut. Zweitens: Hände voll Eingeweide.

Oh, es gab immer Bilder niedlicher Babys und hellseherische Vorhersagen und Diäten, die angeblich funktionierten, ohne daß der Betreffende auf etwas verzichten mußte (abgesehen von dem, was er – oder häufiger, sie – sowieso nicht mochte), aber Morrison hatte die Veränderung im Zeitgeist bemerkt, als er an Bord gekommen war. Dees vermutete, daß Morrison deshalb schon so lange dabei war (und daß er selbst deshalb ein wenig neidisch auf den Chefredakteur mit seinem Bürstenhaarschnitt, den kleinen tänzelnden Füßen und dem Mundstück für seine Zigaretten war). Die Blumenkinder von 1968 waren zu den Kannibalen von 1988 geworden. Das Peace-Zeichen war den Weg des Nehru-Jacketts und der Beatle-Frisur gegangen. Das Land stand auf Rambo und Bernhard Goetz. Die Auflage von *Inside View*, die Ende der siebziger leicht gesunken war und in den frühen achtzigern eine Talfahrt gemacht hatte, hatte unter der gemeinschaftlichen Leitung der beiden Arschlöcher Ronald Reagan und Merton Morrison wieder angefangen zu steigen.

Dees zweifelte nicht daran, daß es immer noch ein Publikum für *Das Schöne und Strahlende* gab, aber das für *Alles Scheiße und blutrünstig* war im Wachstum begriffen. Erstere hatten James Herriott. Diejenigen, die das letztere vorzogen, hatten Stephen King und *Inside View*.

Der Unterschied war, dachte Dees, daß King sich *sein* Zeug ausdachte.

Sechs Monate nachdem Morrisons Namensschild an der Tür des Chefredakteurs angebracht worden war, hatten die Mitarbeiter die Botschaft erhalten: Halten Sie auf dem Weg zur Arbeit getrost an, und riechen Sie an den Rosen, aber wenn Sie dort angekommen sind, dann sperren Sie die Nasenlöcher weit auf und fangen an, nach Blut zu schnuppern.

Und wenn es um Blut ging, das roch keiner besser als Richard Dees.

Und darum war es Dees, und kein *anderer* als Dees, der heute nacht nach Wilmington flog, während Gloria Swett nach Nashville ging, um etwas zu recherchieren, was nach einer tollen Story aussah ... mit Dees' völligem Einverständnis. Weil der C & W-Sänger mit AIDS verglichen mit dem hier verdammt klein aussehen würde.

Instinkt.

Instinkt, der zu Wissen geworden war: dem Wissen, daß dort unten ein menschliches Monster war, das sich offenbar für einen Vampir hielt, ein Monster, dem Dees schon einen Namen gegeben, diesen aber außer Morrison gegenüber keinem erwähnt hatte. Ein Name, den er bald preisgeben würde, und dann würde dieser Name vom Zeitschriftenregal eines jeden Supermarktes in Amerika strahlen – er würde die Kundschaft mit einer unübersehbaren Sechzehn-Punkt-Schrift anschreien.

Paßt auf, Ladys und Sensationslüsterne, dachte Dees. Ihr wißt es noch nicht, aber ein sehr böser Mann – möglicherweise eine Frau, aber mit fast ziemlicher Sicherheit ein Mann – kommt auf euch zu. Ihr werdet seinen wirklichen Namen lesen und vergessen, aber das macht nichts. Ihr werdet euch an den Namen erinnern, den *ich* ihm gegeben habe, der Name, der ihn auf eine Stufe mit Jack the Ripper und dem Cleveland-Torso-Mörder und der Black Dahlia stellen wird:

DER NACHTFLIEGER

Bald an einer Supermarktkasse in Ihrer Nähe.

Sehr bald.

Der Exklusivbericht, das Exklusivinterview ... aber was ich am meisten von allem möchte, ist das *Exklusivbild.*

Er sah wieder auf die Uhr und entspannte sich ein ganz klein wenig (und mehr *konnte* Richard Dees sich auch nicht entspannen; er gehörte zu den Männern, die nur zwei Geschwindigkeiten haben, völlig abgeschaltet oder total überdreht). Es war immer noch fast eine halbe Stunde bis zum Einbruch der Dunkelheit. Er würde in weniger als fünfzehn Minuten direkt neben der weißen Skymaster mit den roten Leitungen (und N101BL im selben Rot auf dem Heck) parken.

Schlief der Flieger in der Stadt oder in einem Motel auf dem Weg in die Stadt?

Das glaubte Dees nicht. Dees bezweifelte, daß alle vier Morde auf dem Flugplatzgelände selbst geschehen wären, wäre das der Fall.

Einer der Gründe für die Popularität der Skymaster 337, abgesehen von ihrem vergleichsweise günstigen Preis, war der, daß sie das einzige Flugzeug ihrer Größenordnung mit einem Kofferraum war. Er war nicht viel größer als der Kofferraum eines alten VW Käfer, das stimmte, aber geräumig genug für drei große Koffer oder fünf kleine ... und fast sicher groß genug für einen Menschen, der schlief oder sich versteckte, vorausgesetzt, er hatte nicht die Größe eines Profi-Basketballspielers. Der Nachtflieger konnte im Kofferraum der Cessna sein, vorausgesetzt, daß er a) in der embryonalen Haltung schlief, die Knie bis zum Kinn hochgezogen, oder b) verrückt genug war, sich für einen echten Vampir zu halten, oder c) beides zusammen.

Dees setzte sein Geld auf c).

Ob ich etwas unter der Stelle gefunden habe, wo dieses Flugzeug parkte? hatte der nicht gerade nüchterne Mechaniker des kleinen Flugplatzes in Maine gefragt und damit eine von Dees' inspirierten, instinktiven Fragen wiederholt. Er dachte darüber nach. Dees drängte nicht. Er wußte, wann er drängen und wann er warten mußte. Wieder Instinkt.

Der Mechaniker war ein alter Knacker in einem so fleckigen Overall gewesen, daß man den in Gold auf die rechte Brust gestickten Namen *Ezra* kaum lesen konnte. Der Overall war blau – wo er nicht schwarz von Öl war. Die Mütze, die er schief auf dem Kopf sitzen hatte, war leuchtend rosa, wo sie nicht von öligen Fingerabdrücken von solcher Deutlichkeit verziert war, daß jeder New Yorker Polizist sie bewundert haben würde. Er strich sich über ein Kinn, das seit drei Tagen keine Rasierklinge mehr gespürt hatte, vielleicht vier. Seine Augen waren blutunterlaufen. Der einzige stärkere Geruch, abgesehen von Öl oder Schweiß an ihm, wenn man in seine Nähe kam, war stechend und durchdringend. Entweder hatte der Knacker sich kürzlich in einem Wacholderbeet gewälzt, oder er hatte eine beachtliche Menge Gin weggesteckt. Alles in allem war Dees froh gewesen, daß sein eigenes Flugzeug an diesem Tag keine Wartung gebraucht hatte.

Er wartete geduldig, Hände in den Taschen seiner teuren Hosen.

Verdammt komisch, daß Se das fragen, hatte der Mechaniker schließlich gesagt, *weil ich nämlich tatsächlich was gefunnen hab'.*

Genauso hatte er es gesagt: *gefunnen.*

'n großen Haufen Erde.

Er hatte Dees angesehen, der genau die richtige Frage gestellt hatte: *Tatsächlich?*

O jau. Bin mit 'm Stiefel reingetreten.

Pause.

Übles Zeug.

Noch eine Pause.

In dem gottverdammten Zeug wuselten Würmer.

Wieder eine Pause.

Und Maden, schloß der Mechaniker.

Nun, während sein Höhenmesser von viertausend auf dreitausend Fuß sank, dachte Dees: Für dich kein Hotel oder Motel, mein Freund, habe ich recht? Wenn du Vampir spielst, dann bist du wie Frank Sinatra – du machst es auf deine Weise. Weißt du, was ich meine? Ich glaube, wenn sich die Luke dieses Flugzeugs öffnet, dann werde ich als erstes einen Regen Friedhofserde sehen (und selbst wenn nicht, du kannst deine oberen Fangzähne darauf verwetten, daß es so sein *wird,* wenn die Story erscheint), und was ich dann als erstes sehen werde, wird ein Beinpaar in Frackhosen sein, denn du wirst dich *fein* gemacht haben, nicht? Mein guter Mann, ich glaube, du wirst sogar *herausgeputzt* sein, zum Töten herausgeputzt, könnte man sagen, und der Auslöser meiner Kamera ist bereits gespannt, und wenn ich den Mantel sehe ...

Doch da hörte seine Gedankenkette auf; hörte so sauber auf wie ein frisch abgebrochener Zweig.

Denn in diesem Augenblick gingen die grellen weißen Lichter an beiden Landebahnen dort unten aus.

Der gintrinkende Mechaniker war Angestellter des Cumberland County Airport, ein würdevoller Name für einen Westentaschenflugplatz, der aus zwei Quonset-Hütten und zwei sich überkreuzenden Rollbahnen bestand. Eine der Landebahnen war sogar geteert, und weil Dees noch nie auf einer festgestampften Landebahn gelandet war, hatte er die geteerte verlangt. Das Hüpfen seiner Beech 55 (derentwegen er bis zu den Augenbrauen und darüber hinaus verschuldet war) bei der Landung überzeugte ihn davon, beim Start die gestampfte zu nehmen, und er hatte erstaunt und entzückt festgestellt, daß sie so glatt wie die Brust eines Lektors war.

Oh, und der Flugplatz hatte sogar einen Windschlauch gehabt.

Zwar geflickt wie eine von Papas alten Unterhosen, aber immerhin vorhanden. Die Technologie kommt ins Hinterland, hatte Dees gedacht. Werden die Wunder niemals aufhören?

Cumberland County war das bevölkerungsreichste in Maine, doch die Stadt, nach der es benannt war, war der Inbegriff von Hicksville, USA. Sie befand sich zwischen einer noch kleineren (und weitgehend verlassenen) Stadt mit dem unwahrscheinlichen Namen Jerusalem's Lot und der viel größeren – und vornehmeren – Stadt Falmouth. Ein Besuch im Polizeirevier von Falmouth, um die Einzelheiten zu beschaffen, von denen der hiesige Bulle sich trennen würde, überzeugte Dees von zwei Dingen. Erstens, daß die Bullen von Falmouth sich nicht als Hinterwäldler betrachteten. Zweitens, daß sie es waren.

Der Flugplatz von Cumberland existierte weitgehend von den Landegebühren, welche die reichen Sommergäste zahlten, für die es leichter und schneller war, dorthin zu gelangen, als zum Portland Jetport, wo der Luftverkehr mit jedem Jahr dichter wurde. Falmouth, Hinterwald oder nicht, hatte einige schöne Strandabschnitte – und einen großartigen Golfplatz.

Hinzu kam, daß die Landegebühren des Cumberland County Airport ungefähr fünfundzwanzig Prozent von denen des Jetport betrugen.

Als Dees eintraf, war es Hochsommer und der Flugplatz so lebhaft, wie er nur sein konnte – was bedeutete, er war vom tiefsten Winterschlaf zu einem leichten Schlummer übergegangen. Jetzt, zum emsigsten Höhepunkt seiner Saison, beschäftigte er die atemberaubende Zahl von vier Angestellten: zwei Mechaniker und zwei Fluglotsen (die Fluglotsen verkauften auch Chips, Zigaretten und alkoholfreie Getränke; außerdem, hatte der Ginkopp Dees erzählt, hatte der ermordete Fluglotse, Claire Bowie, einen recht anständigen Cheeseburger gemacht). Mechaniker und Lotsen waren darüber hinaus als Klempner und Hausmeister tätig. Es war nicht ungewöhnlich, daß der Fluglotse aus dem Waschraum hasten mußte, wo er mit Janitor-In-A-Drum Kloschüsseln geputzt hatte, um Landeerlaubnis zu erteilen und eine Landebahn aus dem Labyrinth von zweien zu vergeben, die ihm zur Verfügung standen.

Das alles war so stressig, daß der Nachtlotse des CCA manchmal nur sechs Stunden Schlaf pro Nacht bekam.

Am Morgen des neunten Juli, kurz vor Einbruch der Dämmerung, hatte sich eine Cessna 337, Hecknummer N101BL, über Funk bei Claire Bowie gemeldet und Landeerlaubnis erbeten. Bowie war Junggeselle und machte die Nachtschicht des Flugplatzes seit 1954, als Piloten den Landeanflug manchmal noch unterbrechen mußten (was damals einfach ›hochziehen‹ hieß), weil Kühe auf die damals einzige Landebahn gestreunt waren.

Bowie erhielt den Funkruf der Skymaster um 4 Uhr 32 und gab die Erlaubnis um 4 Uhr 36. Als Zeitpunkt der Landung trug er 4 Uhr 49 ein; des weiteren notierte er den Namen des Piloten als Dwight Renfield, den Ort der Herkunft von N101BL als Bangor, Maine. Die Zeiten waren zweifellos korrekt. Der Rest war Bockmist.

Bowie hatte keinen Flugplan für eine von Bangor oder sonstwo gestartete Cessna N101BL in den Akten, aber er ging einfach davon aus, daß der Tageslotse sie falsch eingeordnet hatte (oder sie vielleicht dazu benützt hatte, eine schmutzige Kaffeetasse auszuwischen), daher machte er sich nicht die Mühe, in Bangor nachzufragen.

Im CCA war die Atmosphäre locker, und eine Landegebühr war eine Landegebühr.

Dees hatte Bangor überprüft, und soweit es sie anbetraf, war N101BL aus dem Nichts geflogen gekommen.

Und was den Pilotennamen anbelangte, so war er ein bizarrer Witz. Dwight war zufällig der Vorname eines Schauspielers namens Dwight Frye, und Dwight Frye hatte zufällig, neben einer Vielzahl anderer Rollen, die Rolle des Renfield gespielt, eines sabbernden Idioten, dessen Idol der berühmteste Vampir aller Zeiten gewesen war.

Aber, vermutete Dees, es hätte selbst in einem verschlafenen Nest wie diesem Argwohn erregt, über Funk Landeerlaubnis im Namen von Graf Dracula zu erbitten.

Hätte. – Sicher war er nicht.

Schließlich war eine Landegebühr eine Landegebühr, wie der Ginkopp gesagt hatte.

Landegebühr hin oder her (und ›Dwight Renfield‹ hatte seine unverzüglich bezahlt, bar, und er hatte auch die Füllung seiner Tanks bezahlt, und zwar, wie man der Geldmenge in Claire Bowies Brieftasche entnehmen konnte, mußte er auch Trinkgeld in der Landeswährung gegeben haben – reichlich), Dees war überrascht von der beiläufigen Behandlung, die N101BL erfahren hatte. Immerhin war dies das Gebiet der Drogenparanoia, und der größte Teil des Scheißzeugs kam mit kleinen Booten in kleine Häfen oder mit kleinen Flugzeugen in kleine Flughäfen ... Flugzeugen wie der Cessna Skymaster des ollen Dwight Renfield zum Beispiel. Bowie hätte argwöhnisch sein und dem fehlenden Flugplan nachforschen müssen, und sei es nur, damit er selbst eine saubere Weste behielt.

Das *hätte* er tun sollen, aber er hatte es nicht getan. War Bowie nicht nur mit Trinkgeld überschüttet, sondern auch bestochen worden? Wenn ja, war das Geld nicht in seinen Taschen gewesen. Im Polizeibericht wurde eine vollständige Barschaft von neunzig Dollar genannt. Man bestach keinen mit neunzig Mäusen – nicht einmal einen Hinterwäldler –, um ein Flugzeug mit fehlendem Flugplan zu decken, dessen Kofferraum randvoll mit Stoff für die olle Nase war.

Aber man konnte es damit versuchen: ›Renfield‹ besticht Claire Bowie. Bowie nimmt den warmen Regen mit nach Hause in seine Junggesellenbude und schiebt es unter seine Unterwäsche oder sonstwo hin. In der Nacht darauf beschließt ›Renfield‹, möglicherweise bis zu den Kiemen mit Koks abgefüllt und so paranoid, daß er einen permanenten steifen Nacken hat, weil er ununterbrochen hinter sich schaut, Bowie zu töten. Dann kommen die Bullen daher, und einer findet das Bare im Verlauf der Ermittlungen in einer Büroschublade von Bowie. Der Bulle steckt die Brieftasche ein, und da schau her: Abgesehen von der Penunze, die Bowie so bei sich trug, ist Deppity Dawgs Schiff gerade eingelaufen. Pennies aus dem Himmel.

Aber das paßte nicht zusammen; Dees wußte es. Bowie hatte den Ruf, ehrlich zu sein, und Dees hatte zwar noch keinen ehrlichen Menschen in seinem Leben getroffen (abgesehen von einem hellseherisch Begabten – vielleicht dem einzigen *echten* Begabten, den Dees jemals versucht hatte, für *Inside View* zu rekrutieren – namens Johnny Smith, der Dees von seiner Veranda gekickt und ihm gedroht hatte, ihm eins mit der Schrotflinte zu verpassen; aber da Smith später versucht hatte, ein Mitglied des Repräsentantenhauses zu ermorden – nicht den Präsidenten oder auch nur, um Himmels willen, einen Senator, sondern einen verdammten *Repräsentanten* aus *New Hampshire,* war Dees zu der inneren Überzeugung gelangt, daß man Smiths ungewöhnliche Ehrlichkeit auf Wahnsinn schieben und damit getrost vergeben konnte), aber Bowie schien keine Laster gehabt zu haben, die so teuer waren, daß es das Risiko gerechtfertigt hätte, ein Bestechungsgeld anzunehmen.

Aber selbst *wenn* er eines genommen hatte, das später in die Tasche eines Bullen verschwunden war, was war mit dem restlichen Personal des Cumberland County Airport? Es waren nicht viele, aber genügend, daß wahrscheinlich alle vier Besagten den ganzen Tag über um die weiße Skymaster mit der roten Zeichnung herumgeschlichen waren. Wenn ›Renfield‹ einen bestechen mußte, dann hätte er alle bestechen müssen . . . und Dees *wußte,* das hatte er nicht, denn er hatte frei heraus gefragt und die Verneinungen (im allgemeinen hitzige Verneinungen) akzeptiert.

Diese Bande von Yankee-Stoppelhopsern war zu dämlich zum Lügen. So einfach war das.

Dees stellte sich vor, daß er das mangelnde Interesse des Ginkopps an dem Flugzeug einfach verstehen konnte. Der Ginkopp, der ihm den größten Teil der Informationen geliefert hatte, sah aus, als könnte er den Weg vom einzigen Hangar des Flugplatzes zu den Tanksäulen ohne Karte finden, aber wahrscheinlich nicht weiter.

Außerdem war er der einzige, der Dees' Frage nach einem Bestechungsgeld eher mit Bedauern als mit Zorn beantwortet hatte.

Aber was war mit den *anderen*?

Das wußte nur der Himmel. Einiges davon war zweifellos eine Folge der massenhaften Abschaffung von Vorschriften, die unter der Regierung Carter in Mode gekommen war – Überbevölkerung in der Luft und Unterbesetzung der kleineren Flugplätze, und die Pendlertransporteure fanden plötzlich heraus, daß es keine FAA mehr gab, die stark genug war, sie aus den größeren Plätzen (wie dem Portland Jetport) herauszuhalten. Da er nichts Besseres hatte, ging er davon aus, daß er den Rest wohl jenem unausgesprochenen Kleinstadt-Credo des Du-kümmerst-dich-um-deine-Angelegenheiten-und-ich-um-meine zuschreiben mußte.

Aber es war nicht unbedingt ein Glückstreffer. Es befriedigte nicht. Es schmeckte nicht nach Wahrheit.

Außerdem, sehen wir ihm ins Auge, Leute: Die mögliche Bestechung einer Bande von Kleinstadtmechanikern und Fluglotsen war nicht das Material, bei dem die Leser von *Inside View* ausrasten würden. Der *New Republic* oder *Atlantic Monthly* konnten das haben, wenn sie wollten; Dees wollte den Nachtflieger.

Der gingetränkte Mechaniker sah ihn überrascht an, als er fragte, wie ›Renfield‹ den Flugplatz verlassen hatte.

»Muß 'n Taxi genommen haben, schätz' ich«, sagte er. »Muß eins aus 'm Büro gerufen haben.«

»Hat Claire Bowie anderntags etwas von einem Taxi gesagt?«

Der Ginkopp kratzte sich an seinem struppigen Kinn. »Nee. Nicht daß ich mich erinnern könnte.«

Dees machte sich im Geiste eine Notiz, als allererstes die Taxifirmen anzurufen. Zu dem Zeitpunkt war er noch von der eigentlich vollkommen vernünftigen Annahme ausgegangen, daß der Kerl in einem Bett schlief wie alle anderen auch. Aber Dees wollte sich nicht auf diesen Mechaniker verlassen, der einen Abschnitt seines Lebens erreicht zu haben schien, wo die Dinge, an die er sich nicht erinnerte, in einem Verhältnis von drei zu eins zu denen standen, an die er sich erinnerte.

»Was ist mit einem Leihwagen?«

»Nee«, sagte der Ginkopp überzeugter. »Claire hat nix von 'm Leihwagen gesagt, und das hätte er sicher erwähnt.«

Dees nickte und machte sich im Geiste eine Notiz, die Leihwagenfirma oder -firmen in Falmouth anzurufen, das hieß, wenn es überhaupt welche gab. Außerdem wollte er den Rest des Personals befragen, aber er rechnete hier nicht mit einer Erleuchtung; der Ginkopp sagte, er hätte mit Claire eine Tasse Kaffee getrunken, bevor Claire gegangen war, und eine weitere mit Claire, als

Claire wieder zum Dienst erschienen war, und er, der Ginkopp, heimgegangen war (abgesehen davon, dachte Dees, daß deine Tasse Kaffee wohl mehr wie ein Glas Gin ausgesehen hat, was, Alterchen?), aber er wäre ziemlich sicher, daß niemand vom Tagespersonal mit Claire gesprochen hatte.

Es gab einen Nachtmechaniker, aber der hatte sich an diesem Tag krank gemeldet, und seine Story erwies sich als zutreffend. Bowie war allein gewesen, als er getötet wurde. Abgesehen natürlich vom Nachtflieger.

Er schien in einer Sackgasse zu stecken.

Er wollte dem Ginkopp gerade danken und weggehen, als der Ginkopp sagte: »Er hat was Komisches gesagt, das hat der olle Claire.« Er kramte die linke Tasche seines Overalls auf, nahm eine Packung Chesterfield heraus, hielt sie Dees fast eine halbe Sekunde lang hin und nahm sich dann selbst eine. Während er sie anzündete, sah er Dees unter den runzligen und faltigen Lidern seiner blutunterlaufenen Augen mit einem Ausdruck halb ausgegorener Verschlagenheit an. »Muß nich' viel sein, aber Claire sieht sicher 'n bischen eigenwillich aus, schätz' ich, weil der olle Claire normalerweise nich' Scheiße sagte, wenner 'n Mund voll davon hatte.«

»Was war das?«

»Kann mich nich' genau erinnern«, sagte der Ginkopp. »Wissen Sie, wenn ich was vergesse, dann frischt ein Bild von Andrew Jackson mein Gedächtnis manchmal 'n bischen auf.«

»Wie wäre es mit einem von Alexander Hamilton?« fragte Dees trocken.

Nach einem Augenblick des Nachdenkens (einem *kurzen* Augenblick) stimmte der Ginkopp zu, daß Hamilton den Trick manchmal auch bewirkte, und ein Zehner wechselte den Besitzer. Dees dachte, daß ein Porträt von Ben Franklin – verdammt, vielleicht sogar eines von George Washington – es bewerkstelligt haben würde, aber er war nur ein ungeduldiger Mann, kein durch und durch böser.

»Claire sagte, der Kerl hat ausgesehen, als würde er zu 'ner verdammt heißen Party gehen«, sagte der Ginkopp.

»Ach?« sagte Dees und dachte, wenn das alles war, hätte es

vielleicht doch Ben Franklin getan. »Hat er gesagt, warum er das dachte?«

»Sagte, der Bursche hatte sich fein rausgeputzt. Frack, Seidenkrawatte und so weiter.« Der Ginkopp machte eine Pause. »Claire sagte, der Kerl hat sogar 'nen wallenden Mantel umgehabt. Innen rot wie 'n Feuerwehrauto, außen schwarz wie das Arschloch von 'nem Waldmurmeltier.

Er sagte, wenn er hinter ihm her wehte, sah er wie 'n gottverdammter Fledermausflügel aus, das hatter gesagt.«

Nicht die Tatsache der aufgeschnittenen Kehle hatte Morrison fasziniert; in einer Gesellschaft, in der große Dosen Kokain geistlosen Dummköpfen die Fähigkeit gegeben hatte, Taten auszudenken, die auf rituelle Racheakte hinausliefen (und den Wahnsinn, diese auch in die Tat umzusetzen), war es einfach nicht einzigartig genug, eine Kehle aufzuschlitzen, die Leserschaft von *Inside View* zu kitzeln. Aber die Tatsache war es, daß fast jeder Tropfen Blut von Claire Bowie verschwunden gewesen war.

Vielleicht war Morrison ein Arschloch, wenn es um seine Illusionen ging, die Arbeit, die er tat, besäße eine echte Würde oder Bedeutung, aber er war kein Dummkopf. Er erkannte eine gute VAMPIR SUCHT KLEINSTADT IN MAINE HEIM-Story, wenn er eine sah, ebenso, wie er eine gute ›BIGFOOT HAT MEIN BABY GESTOHLEN!‹ WEINT VERZWEIFELTE MUTTER-Story erkannte, oder Morrisons eigenen persönlichen Favoriten: MEHR ALS DIE HÄLFTE ALLER MITGLIEDER DES RUSSISCHEN POLITBÜROS MIT AIDS ANGESTECKT, ENTHÜLLT ÜBERLÄUFER IN GEHEIMEM CIA-BERICHT.

In einer flauen Woche hätte er es als ›zweiten Aufmacher‹ unter der Titelschlagzeile verwendet, aber Bowie war nicht während einer flauen Woche getötet worden, und das hatte Morrison gefreut. Gut, er hatte seine Instinkte, die besser waren, als Dees anfänglich gedacht hatte, und die verrieten ihm nun, daß sie es hier mit einer im Werden begriffenen Titelschlagzeile zu tun hatten.

Sein Instinkt sagte ihm, daß der Kerl wieder zuschlagen könnte.

Und tatsächlich, eine Woche später schlug der Kerl wieder zu. In Alderton, New York.

Was Dees am Fall des Nachtfliegers überraschte (wenn man überlegte, was er schon von der menschlichen Natur und menschlichem Verhalten gesehen hatte, war dies vielleicht sogar das einzige), war die Tatsache, daß Alderton das einzige Unternehmen des Nachtfliegers war, das nur eine Nacht dauerte ... und daß er immer noch nicht gefaßt worden war.

Der Flugplatz von Alderton war noch kleiner als der von Cumberland – eine einzige festgestampfte Landebahn und eine kombinierte OPS/Unicom-Anlage, die wirklich nicht mehr als ein frisch gestrichener Schuppen war. Es gab keine Instrumentenlandung, aber es gab eine große Satellitenantenne, damit keiner der fliegenden Farmer, die hier arbeiteten, *Dallas* oder *Wheel of Fortune* oder etwas ähnlich Wichtiges verpassen mußte.

Die Landebahn war ebenso spiegelglatt, wie die gestampfte Erde in Maine es gewesen war; und Dees dachte, daran könnte ich mich gewöhnen. Kein Holpern über Schlaglöcher im Asphalt, keine Schlammlöcher, in denen man nach der Landung wegschmierte ... ja, daran könnte ich mich wirklich mühelos gewöhnen.

In Alderton hatte niemand nach Bildern von Hamilton Jackson oder sonstwem gefragt. In Alderton war die ganze Stadt – eine Gemeinde von knapp unter tausend Seelen – im Schock; nicht nur die paar Teilzeitkräfte, welche den winzigen Flugplatz zusammen mit dem verstorbenen Buck Kendall gewissermaßen aus Barmherzigkeit geführt hatten (und sicherlich in den roten Zahlen). Und es gab niemanden, mit dem man reden konnte, weder gegen Bezahlung oder umsonst. Niemand war in jener Nacht dort gewesen, außer Buck Kendall, niemand hatte etwas *gesehen,* außer Buck Kendall ... Und Buck Kendall war tot.

»Muß ein kräftiger Mann gewesen sein«, sagte einer der Teilzeitarbeiter zu Dees. »Der olle Buck wog zwo-zwanzig und war meistens friedlich, aber wenn man ihn reizte, dann sorgte er dafür, daß es einem leid tat. Hab' gesehn, wie er 'n Burschen niedergeprügelt hat, der vor zwei Jahren mit 'ner Jahrmarkts-Show durch P'keepsie kam. Natürlich sind solche Kämpfe nich' legal, aber Buck war mit den Raten für seine kleine Piper Cub hintendran, daher schlug er den Jahrmarktskämpfer um. Er nahm seine zweihundert Dollar und schickte sie der Firma, etwa zwei Tage bevor die jemanden schickten, um's einzutreiben, schätz' ich.« Der Teilzeitarbeiter machte eine Pause. Dieser Bursche wußte entschieden weniger als der Ginkopp, aber dafür konnte Dees ihn viel besser leiden. Er sah aufrichtig besorgt aus, aufrichtig betroffen. »Der Kerl muß ihn von hinten abserviert haben«, sagte er. »Anders kann ich's mir nich' erklären.«

Dees wußte nicht, aus welcher Richtung Gerald ›Buck‹ Kendall abserviert worden war, aber er wußte, daß man dem Opfer diesmal nicht die Kehle aufgeschlitzt hatte. Diesmal waren Löcher da, Löcher, durch die ›Dwight Renfield‹ wahrscheinlich seinem Opfer das Blut ausgesaugt hatte. Aber wie aus dem Gutachten des Gerichtsmediziners hervorging, befanden sich die Löcher auf entgegengesetzten Seiten des Halses, eines in der Schlagader, das andere in der Drosselader. Sie waren weder die diskreten Bißspuren der Bela-Lugosi-Ära noch die etwas blutrünstigeren der Christopher-Lee-Filme. Das Gutachten des Gerichtsmediziners sprach in trockenen Zentimeterangaben, aber Dees und Morrison konnten beide hinreichend gut übersetzen; der Größe der Löcher konnte man entnehmen, daß der Killer entweder Zähne wie der von *View* so heißgeliebte Bigfoot hatte, oder aber er hatte sie auf eine wesentlich prosaischere Weise gemacht: mit einer Nadel.

Mit einer Nadel durchbohrt und sein Blut getrunken.

Der Nachtflieger hatte spät, kurz nach 22 Uhr 30 um Landeerlaubnis auf dem Flugplatz von Alderton gebeten. Kendall hatte die Erlaubnis erteilt und die Nummer aufgeschrieben, die Morrison zu dem Zeitpunkt schon fast auswendig kannte: N101BL. NAME DES PILOTEN hatte er mit ›Dwite Renfeild‹ ausgefüllt, und MARKE UND FLUGZEUGTYP mit Cessna Skymaster 337. Er hatte weder die rote Zeichnung noch den wallenden Fledermausmantel erwähnt, der innen rot wie ein Feuerwehrauto und außen schwarz wie das Arschloch eines Waldmurmeltiers gewesen war, aber Morrison war der Meinung, daß sie genug hatten.

Der Nachtflieger – der in der Nacht des neunzehnten Juli kurz nach 22 Uhr 30 in Alderton eingeflogen war, den strammen Burschen Buck Kendall getötet und dessen Blut getrunken hatte und der danach, irgendwann bevor Jenna Kendall um fünf Uhr morgens gekommen war, um ihrem Mann eine frische Waffel zu bringen und dabei seinen blutleeren Leichnam gefunden hatte, wieder weggeflogen war – war nach Morrisons Meinung zum absoluten Favoriten geworden.

Mit anderen Worten, er war bereit, den Flieger zur Titelgeschichte zu machen.

Zu der Zeit hatte Dees gedacht, wie er sich erinnerte, daß man lediglich ein Glas Orangensaft bekam, wenn man Blut *spendete.* Aber wenn man es nahm – speziell, wenn man es *aussaugte,* um präzise zu sein –, bekam man Schlagzeilen.

Es gab Zeiten, da kam Dees der Gedanke – nur vorübergehend, wohlgemerkt –, daß Gottes Hand vielleicht ein klein wenig gezittert haben könnte, als Er die angebliche Krone seiner Schöpfung erschaffen hatte.

Der Nachtflieger wäre mit Dees' passiver Billigung zum Aufmacher geworden (und ohne Dees' einfallsreiches Zutun; Morrison war ein guter Chefredakteur, aber eine kreative Null, und er wäre vollauf damit zufrieden gewesen, es bei dem adäquaten, aber faden Modernen Dracula zu belassen, als ob es nicht im vergangenen Jahrhundert dreißig davon, und vierzig Moderne Jack the Ripper gegeben hätte), und ohne Dees' Namen unter dem Artikel, weil es Morrison nicht gelungen war, ihn dafür zu interessieren. Dees blätterte die Meldungen durch, sah den Zusammenhang und stellte sich den Burschen als Irren mit einem Fetischismus vor, der schon totgetreten worden war (wenigstens in der Regenbogenpresse), und den man beim nächstenmal erwischen würde. Was Dees damals anbelangt hatte, war das einzige an dem Fall, das wenigstens halbwegs interessant war, die Tatsache, daß es sich um den ersten wahnsinnigen Killer in der Geschichte handeln konnte, der zu seinen Opfern flog.

Morrison fragte ihn, weshalb er der Meinung war, daß Drac – so nannte Morrison ihn da – beim nächstenmal geschnappt werden würde.

»Weil er ein Doofkopp ist wie alle«, hatte Dees gesagt und auf die Kennziffer der Skymaster geklopft. »Wenn Sie eine Bank überfallen würden, würden Sie das dann jedesmal im selben Auto mit demselben Nummernschild machen?«

»Oh!« sagte Morrison und sah überrascht drein. »Aber das macht es noch ein wenig unheimlicher, nicht, Rick?«

Dees ließ es sich nicht anmerken, aber innerlich schäumte er. Es gab einen Diskjockey namens Rick Dees. Der Mann war ein Idiot. Wenn es überhaupt etwas gab, was ihm noch mehr mißfiel, als Rick genannt zu werden, dann waren es ein Mädchen oder eine Story, die nicht rumkamen.

Wenngleich er es nicht wußte, hatte sich Morrison damit jede Chance vertan, Dees (der die größte Annäherung an einen Starreporter war, deren *Inside View* sich rühmen konnte) für den Nachtflieger zu interessieren. Dees' Verstand fiel gewissermaßen laut hallend ins Schloß.

»Ich finde nicht«, sagte er.

»Oh.« Morrison sah enttäuscht drein. »Nun, ich werde es trotzdem als Titelschlagzeile bringen.«

»Fein«, sagte er und verließ das Büro.

Rick, dachte er. Mein Gott, Rick. Der Mann war wirklich ein Arschloch. Sollte er seine Woche haben. In zwei Wochen wird er das Bild eines Jungen mit glasigen Augen bekommen, und er wird das Bild abschneiden müssen, weil der Junge sich in die Hosen gepißt hat, und das wird das Ende seines Modernen Dracula sein.

Später am selben Tag verkündete einer der größten Country-und-Western-Stars des Landes unter Tränen, daß sie sich AIDS bei ihrem gleichermaßen berühmten Country-und-Western-Ehemann geholt hatte. Männe war Ende des vergangenen Jahres angeblich an Krebs gestorben, und die Leute beim *View* hatten ihre Zweifel an *dieser* kleinen Geschichte gehabt (»Ich habe vier Jungs in Nashville«, hatte Dees zu Morrison gesagt, »die bereit sind, eidesstattliche Erklärungen zu unterschreiben, in denen steht, daß der gute Mr. Down Home America auf 'ner Menge mehr Löchern klimperte als dem seiner Gitarre«), aber sie hatten aufgeben müssen. Nachdem er die Erklärungen durchgesehen hatte, die Dees gesammelt hatte, war der Anwalt, der *Inside Views* Rechte vertrat –

eine Gesellschaft, die Morrisons Vampir eine Menge wirksamere Methoden hätte verraten können, wie man die Leute zur Ader ließ, wenigstens nach Richard Dees' bescheidener Meinung –, zu dem Ergebnis gekommen, daß sie nicht genügend hieb- und stichfeste Beweise gehabt hatten, und daher hatten sie aufgeben müssen. Diesmal nicht.

Der Nachtflieger wurde zu einer zweispaltigen Meldung im hinteren Teil der Ausgabe der nächsten Woche, während Morrison die meiste Zeit bei verschlossenen Türen in seinem Büro verbrachte, sich heiser redete und rauchte und schließlich mit dem Lächeln eines frischgebackenen Vaters herauskam. Er verkündete Dees und allen anderen in Hörweite, daß er gerade die Memoiren der sterbenden Nachtigall, die sie einem Reporter von *Inside View* erzählte (kein anderer als Dees selbst, hatten damals alle gedacht), für drei Millionen Dollar gekauft hatte.

»Das arme Luder sagte, er hätte den größten Teil der Penunze verhurt, sofern er sie nicht für Autos ausgegeben hat«, krähte Morrison, »und sie braucht etwas, das sie den Kindern hinterlassen kann. Sie haben acht.«

»Mein Gott, der Junge muß ja wirklich immer 'nen strammen Docht gehabt haben«, staunte Dees, worauf sie beide in Gelächter ausgebrochen waren.

Doch das war die Nacht, in der Morrisons Dracula und Dees' Nachtflieger wieder zuschlug, diesmal ermordete er zwei Menschen. Er hatte den Duffrey Airport in Maryland angeflogen, dieselbe Cessna 337, dieselbe Nummer ... Aber er war in der Nacht *zuvor* dorthin geflogen. Wie beim ersten Mord, hatte das Flugzeug einen ganzen Tag ungemeldet und ungestört auf der Rollbahn gestanden, bis die Dunkelheit hereinbrach und das Töten – ganz zu schweigen vom Bluttrinken – anfing.

Als Dees Morrison fragte, ob er die Akten noch einmal durchsehen könnte, und als er Morrison später gefragt hatte, ob dieser Gloria Swett (eine Dame von zweihundert Pfund, die von vielen Redaktionsmitgliedern, Männern und Frauen gleichermaßen, als Gloria Fett bezeichnet wurde) an seiner Stelle nach Nashville schicken könnte, hatte Morrison erst wie vom Donner gerührt ausgesehen und dann selbstgefällig.

»Warum? Was hat Sie jetzt doch scharf gemacht?«

Dees überlegte und verwarf ein halbes Dutzend Antworten. Instinkt. Das war alles. Darauf lief es immer hinaus. Nur Instinkt, daß dies die bessere Story abgeben würde.

Aber weil er dachte, daß Morrison etwas *brauchte*, sagte er: »Ich denke, es könnte gerade noch möglich sein, daß ein Kerl mit demselben Auto mit derselben Nummer drei Banken nacheinander ausraubt. Aber jetzt wollen Sie mir sagen, daß er den ganzen Tag in diesem Auto vor der dritten Bank wartete, bevor er die Sache durchzog? An der Sache ist was oberfaul. Und ich möchte herausfinden, was das ist.«

Und jetzt, viertausend Meilen westlich des Wilmington Airport und dreitausend Fuß über dem Boden, war die Sache noch viel fauler geworden.

Es waren nicht nur die Lichter der Landebahn, die erloschen waren; die halbe verfluchte *Stadt* war dunkel geworden.

Der ILS war immer noch da, aber als Dees das Mikro packte und kreischte: »Was zum Teufel ist dort unten los?« erhielt er nichts weiter als Statik, in der ein paar Stimmen wie ferne Geister nuschelten.

Er knallte das Mikro zurück und verfehlte die Gabel. Es fiel am Ende seines langen Kabels auf den Cockpitboden, und Dees vergaß es. Es war reiner Piloteninstinkt gewesen, daß er es gepackt und geschrien hatte, nichts weiter. Er wußte, was geschehen war, so sicher er wußte, daß die Sonne im Westen unterging – und das würde sie jetzt bald tun. Sehr bald. Ein Blitz mußte eine Umspannstation in der Nähe des Flughafens getroffen haben. Die Frage war, ob er trotzdem landen sollte.

Du hattest Erlaubnis, sagte eine Stimme. Eine andere erwiderte auf der Stelle (und zutreffend), daß das eine beschissene Ausflucht war. Du hast gelernt, was du in so einer Situation zu tun hast, als du noch das Äquivalent eines Fahrschülers gewesen bist. Logik und das Buch sagen dir, du sollst zum nächsten alternativen Flughafen ausweichen und die ATC benachrichtigen.

Jetzt zu landen konnte ihn eine Strafe und ein sattes Bußgeld kosten.

Andererseits, *nicht* zu landen – jetzt gleich – konnte bedeuten, daß er den Nachtflieger verlor. Außerdem konnte es jemanden (oder mehreren, wenn man an die Ermordung von Ray und Ellen Sarch in Duffrey dachte) das Leben kosten; aber das war für Dees praktisch nebensächlich ... bis eine Idee wie ein Blitzlicht in seinem Verstand aufleuchtete, eine Inspiration, die, wie die meisten seiner Inspirationen, in Versalien vor ihm auftauchte:

HEROISCHER REPORTER RETTET (hier eine so große Zahl wie möglich einsetzen, und die würde sehr groß sein, wenn man die erstaunlich großzügigen Grenzen der menschlichen Glaubwürdigkeit betrachtete) VOR WAHNSINNIGEM NACHTFLIEGER.

Stellt euch *das* vor, Jungs, dachte Dees und setzte seinen Anflug auf Landebahn 34 fort.

Plötzlich leuchteten die Landebahnlichter unten wieder auf, wie um seinen Entschluß zu billigen, und erloschen dann wieder; zurück blieben blaue Geisterbilder vor seinen Augen, die Sekunden später das kranke Grün verdorbener Avocados annahmen. Im selben Augenblick klärte sich die unheimliche Statik, die aus dem Lautsprecher drang, und Farmer Johns Stimme kreischte: BACKBORD, N471B! PIEDMONT, NACH BACKBORD! O MEIN GÜTIGER GOTT, ZUSAMMENSTOSS, ICH GLAUBE; WIR HABEN EINEN ZUSAMMENSTOSS ...«

Dees' Selbsterhaltungsinstinkte waren in jeder Beziehung ausgeprägt wie diejenigen, die Blut im Gebüsch rochen. Er sah die Tragflächenlichter der Piedmont Airlines 727 nicht einmal. Er war zu emsig damit beschäftigt, so eng nach Backbord zu fliegen, wie es nur irgend ging – und das war so eng wie eine Jungfrauenpflaume, wie Dees mit Freuden bezeugt hätte, wenn er nur bei lebendigem Leib aus dieser Scheiße herauskam –, und zwar kaum daß Farmer John seine Warnung ausgesprochen hatte. Er sah, erhaschte einen Augenblick etwas, das nur Zentimeter über ihm zu sein schien, etwas so Großes wie die Schwingen eines prähistorischen Vogels – und dann bekam die Beech 55 einen Stoß, gegen den die bisherigen Turbulenzen glatt wie Glas wirkten. Seine Zigaretten flogen aus der Brusttasche und wurden überall verstreut. Die halbdunkle Silhouette von Wilmington war in einem aberwitzigen Winkel geneigt. Er fühlte sich, als würde sein Magen versuchen, das Herz aus der Existenz zu drängen. Spucke lief ihm über eine Wange wie ein Kind, das eine geseifte Rutschbahn herunterschlittert. Karten flogen wie Vögel durcheinander. Draußen hallte die Luft wieder vom Düsendonnern und von dem, das die Natur erzeugte. Eines der Fenster der viersitzigen Passagierkabine implodierte, ein asthmatischer Wind heulte herein, der alles, was dort hinten nicht befestigt war, in einen Tornado riß.

»GEHEN SIE WIEDER AUF IHRE BISHERIGE ANGEWIESENE FLUGHÖHE, N471B!« schrie Farmer John. Dees war sich kalt bewußt, daß er gerade ein Paar Hosen für zweihundert Dollar ruiniert hatte, indem er etwa einen Liter heiße Pisse hineingedrückt hatte, aber das starke Gefühl beschwichtigte ihn, daß der alte Farmer John seine Jockey-Shorts gerade mit einer Wagenladung frischer Mars-Riegel beladen hatte. Jedenfalls hörte er sich so an.

Dees hatte ein Schweizer Offiziersmesser bei sich. Er holte es aus der rechten Hosentasche, hielt den Steuerknüppel mit der linken Hand fest und schnitt direkt über dem linken Ellbogen durch sein Hemd, bis Blut kam. Dann machte er ohne Pause *(Instinkt)* einen weiteren Schnitt, nicht tief, direkt über dem linken Auge. Er klappte das Messer zu und schob es in die dehnbare Kartenklappe an der Pilotentür. Muß ich später saubermachen, dachte er. Nicht vergessen, sonst könntest du schön in der Scheiße sitzen. Aber wenn man überlegte, womit der Nachtflieger durchgekommen war, würde ihm wahrscheinlich nichts geschehen.

Die Lichter der Landebahn gingen wieder an, diesmal auf Dauer, hoffte er, wenngleich ihr Pulsieren ihm verriet, daß sie von einem Generator betrieben wurden. Er lenkte die Beech wieder auf die Landebahn 3. Blut rann ihm an der linken Wange bis zum Mundwinkel herab. Er saugte etwas davon ein, dann spie er eine Mischung aus Blut und Spucke auf das IVSI. Nie einen Trick auslassen. Instinkt.

Er sah auf die Uhr. Nur noch vierzehn Minuten bis Sonnenuntergang. Es wurde alles viel zu knapp.

»HOCHZIEHEN, BEECH!« kreischte Farmer John. »SIND SIE TAUB ODER AUF WAS ANGETÖRNT?«

Dees griff nach der verwickelten Leitung des Mikros, ohne auch nur einmal den Blick von den Landebahnlichtern abzuwenden. Er zog die Leitung durch die Finger, bis er das Mikro selbst in Händen hielt. Er preßte es in die Handfläche und drückte den SENDEN-Knopf.

»Hören Sie mir gut zu, Sie weichgekochter Hurensohn«, sagte er, und dabei hatte er die Lippen bis zum Zahnfleischansatz zurückgezogen. »Ich wurde von dieser 727 beinahe zu Erdbeermarmelade zerquetscht, weil Ihr Scheißgenerator nicht ansprang, als er anspringen sollte, und als Folge dessen hatte ich keine ATC-Komm. Ich weiß nicht, wie viele Passagiere in diesem Linienflugzeug eben beinahe zu Erdbeermarmelade zerquetscht wurden, aber ich wette, *Sie* wissen es, und die Cockpit-Crew weiß es auch. Der einzige Grund, weshalb die Leute dort drüben noch am Leben sind, ist der, daß der Kapitän hell genug war, scharf nach rechts zu ziehen, und ich hell genug war, das auch zu tun, aber ich habe ernste technische und körperliche Schäden davongetragen. Wenn Sie mir nicht auf der Stelle Landeerlaubnis geben, werde ich trotzdem landen. Der einzige Unterschied wird sein, wenn ich ohne Erlaubnis lande, werde ich Sie vor eine FAA-Anhörung zerren. Aber vorher werde ich persönlich dafür sorgen, daß Ihr Kopf und Ihr Arschloch die Plätze tauschen. Haben Sie das verstanden, *Pißkopf*?«

Ein langes, von Statik erfülltes Schweigen. Dann eine sehr leise Stimme, ganz anders als Farmer Johns bisherige kernige He-Mann!-Ansprache, die sagte: »Sie haben Erlaubnis, auf Bahn 34 zu landen, N471B.«

Dees lächelte und peilte die Landebahn an.

Er drückte den Mikroknopf und sagte: »Ich wurde wütend und habe geschrien. Das tut mir leid. Kommt nur vor, wenn ich fast ins Gras beiße.«

Keine Antwort vom Boden.

Dees setzte zur Landung an und widerstand dem Impuls, wieder auf die Uhr zu sehen.

Duffrey hatte ihn überzeugt, aber schon vorher hatte Dees angefangen, sich zu fragen, ob er nicht einen schweren Fehler begangen hatte.

In Duffrey hatte die Cessna des Nachtfliegers auch einen ganzen Tag auf dem Rollfeld verbracht. Natürlich würden die Leser nur am Blut interessiert sein, und so war es auch richtig (Welt ohne Ende, Amen, Amen); sie würden an dem älteren Ehepaar interessiert sein, das eng umschlungen hätte sterben sollen, es aber nicht getan hatte, und das man in Blutlachen hätte finden müssen, was aber nicht geschehen war, weil sie kein Blut mehr in den Körpern gehabt hatten; für das alles würde und sollte sich das Publikum interessieren (nächsten Monat wäre ihre goldene Hochzeit gewesen, schluchz-schluchz, heul-heul), aber es war die Tatsache, daß ein Flugzeug nicht gemeldet wurde, das bereits in zwei vorangegangene Morde verwickelt gewesen war, die Dees davon überzeugte, daß hier eine echte Story wartete, und möglicherweise sogar eine ganz große.

Er war auf dem Washington National gelandet und hatte ein Auto gemietet, um die sechzig Meilen bis Duffrey zu fahren, denn ohne Ray Sarch und seine Frau Ellen *gab* es keinen Sarch/Duffrey-Flugplatz. Abgesehen von Ellens Schwester Raylene, die eine ziemlich gute Mechanikerin war, waren die beiden die ganze Mischpoke gewesen. Es gab eine einzige gestampfte und geölte Landebahn (geölt, um den Staub zu binden und das Wachstum von Unkraut zu verhindern), und einen Kontrollraum, der nicht viel größer war als ein Schrank neben dem Jet-Aire-Wohnwagen, in dem das Ehepaar Sarch hauste. Sie waren beide pensioniert, beide, wie man hörte, hart wie Nägel, beide flogen und beide liebten einander innig.

Außerdem fand Dees in den wenigen überstürzten Tagen vor seinem Flug nach Wilmington heraus, daß die Sarches Drogendealer und Leute, die Kinder mißhandelten, in etwa dieselbe Kategorie einordneten. Ihr einziger Sohn war in den Everglades in Florida gestorben, als er versuchte, mit einer Tonne Acapulco-Gold in einer gestohlenen Beech 18 auf einer anscheinend freien Wasserfläche zu landen. Das Wasser *war* frei gewesen ... das heißt, mit Ausnahme eines einzigen Baumstamms. Die Beech 18 war explodiert. Douglas Sarch war herausgeschleudert worden, sein Körper war verbrannt und hatte geraucht, aber er war wahrscheinlich noch am Leben gewesen, so wenig seine trauernden Eltern das glauben wollten. Doug Sarch war tief in den Glades von Alligatoren gefressen worden, und als die DEA-Jungs ihn eine Woche später schließlich fanden, war nur noch ein zerstükkeltes Skelett von ihm übrig, in dessen wenigen noch vorhandenen Fleischfetzen Maden wuselten, ein zerfetztes Paar Kalvin-Klein-Jeans, ein weißes Seidenhemd und eine Sportjacke von Bijan, New York, in der sich die Brieftasche des Sohnes befand – und knapp sechzig Gramm fast reines Kokain.

»Die Drogen und die Arschficker, die sie verteilen, die haben meinen Sohn umgebracht«, sagte Ray Sarch bei mehreren Anlässen, und Ellen Sarch war bereit, das doppelt und dreifach zu bekräftigen. Ihr Haß auf Drogen und Drogendealer, wurde Dees mehrfach versichert (den die fast einhellige Meinung in Duffrey amüsierte, der Mord an den ältlichen Sarchs sei eine ›Bandenrache‹ gewesen), wurde nur noch von dem Kummer und der Bestürzung übertroffen, daß ihr einziger Sohn sich von diesen Leuten hatte verführen lassen.

Natürlich konnte und würde Dees dieses Material alles verwenden – wenngleich nicht sofort. Eine Story wie diese war wie Maxwell-House-Kaffee: gut bis zum letzten Tropfen. Aber man begann mit dem Äquivalent eines lautstarken Blasinstrumententuschs. Später, wenn das anfänglich geifernde Interesse zufriedengestellt worden war – wie hat er sie umgebracht? Hat er wirklich ihr Blut getrunken? Konnte er es unten behalten, als er es getrunken hatte, oder mußte er kotzen? Hat er sie gefoltert? Haben sie geschrien? – würde es eine *Zäsur* geben. Dann, nach etwa zwei Wochen oder so, würden schluchzende Violinen die Blasinstrumente ersetzen.

Nach dem Tod ihres Sohnes hatten die Sarches jeden und alles im Auge behalten, was auch nur im entferntesten wie ein Drogentransporteur ausgesehen hatte. Sie hatten die Polizei von Maryland viermal wegen falschem Alarm auf den Flugplatz gerufen, aber das war den Staatspolypen einerlei gewesen, denn die Sarches hatten auch drei kleinere und zwei große Lieferungen auffliegen lassen. Die letzte bestand aus siebenundzwanzig Pfund reinstem bolivianischem Kokain. Solche Knüller ließen einen ein paar falsche Alarme vergessen, denn das waren die Knüller, die Beförderungen brachten.

Am siebenundzwanzigsten Juli war eine Cessna Skymaster gekommen, deren Nummer und Beschreibung zu jedem Flugplatz in Amerika gegangen war, einschließlich dem in Duffrey; eine Cessna, deren Pilot sich als Dwight Renfield ausgewiesen hatte, Startpunkt Wilmington, Delaware, ein Flugplatz, der noch nie etwas von einem ›Renfield‹ oder einer Skymaster mit der Hecknummer N101BL gehört hatte; das Flugzeug eines Mannes, der mit fast völliger Gewißheit ein Mörder war.

»Wenn er hier gelandet wäre, dann wäre er jetzt im Kittchen«, hatte einer der Flugleiter in Delaware Dees am Telefon gesagt.

Der Nachtflieger war am siebenundzwanzigsten kurz vor Mitternacht in Duffrey gelandet, und ›Dwight Renfield‹ hatte nicht nur das Logbuch der Sarches unterschrieben, sondern auch Ray Sarches Einladung angenommen, mit in den Wohnwagen zu kommen, ein Bier zu trinken und die Wiederholung einer Folge von *Rauchende Colts* im CBN-Kabelfernsehen anzusehen. Ellen Sarch hatte das alles am darauffolgenden Tag im Duffrey Beauty-Shop einer Freundin erzählt. Die Freundin war eine Frau namens Selida McCammon, und als Dees gefragt hatte, welchen Eindruck Ellen Sarch gemacht hatte, hatte Selida eine Pause gemacht und dann gesagt: »Irgendwie verträumt. Wie ein High-School-Mädchen, das sich verknallt hat, siebzig Jahre hin oder her. Sie hatte eine so kräftige Gesichtsfarbe, daß ich es zuerst für Make-up hielt, bis ich mit ihrer Dauerwelle anfing. Dann sah ich, es war nur ... Sie wissen schon ...« Selida McCammon zuckte die Achseln. Sie wußte, was sie meinte, konnte es aber nicht in Worte kleiden.

»Aufgekratzt«, schlug Dees vor, worauf Selida McCammon lachte und in die Hände klatschte.

»Aufgekratzt! Das ist es! Sie sind tatsächlich Schriftsteller!«

»Oh, ich schreibe wie eine Boa«, sagte Dees und schenkte ihr ein Lächeln, das, wie er hoffte, herzlich und humorvoll war. Das war ein Gesichtsausdruck, den er einst fast ununterbrochen geübt hatte und den er vor dem Schlafzimmerspiegel seines New

Yorker Apartments immer noch übte, ebenso in den Spiegeln der Hotels und Motels, die WIRKLICH sein Zuhause waren (denn er verbrachte wesentlich mehr Zeit an Orten, wo die Plastiktrinkbecher in Plastikcontainer eingeschweißt geliefert wurden, als an dem Ort, wohin seine Rechnungen und Kontoauszüge geschickt wurden – Dees gehörte nicht zu denen, die viel persönliche Post bekamen, und so wollte er es auch, oh-ho, hm-hmm). Es schien zu funktionieren, denn auch das Lächeln der Frau wurde breiter, wenngleich sich Richard Dees in seinem ganzen Leben noch nicht herzlich und humorvoll gefühlt hatte. Als Kind und Teenager hatte er geglaubt, daß diese Gefühle überhaupt nicht existierten: Sie waren einfach eine große Maskerade, eine gesellschaftliche Konvention wie diejenige, die Mädchen sagen ließ, o bitte, faß mich da nicht an, obwohl sie ›da‹ nicht nur angefaßt, sondern mit etwa vierundzwanzig Zentimeter Edelstahl gestopft werden wollten. Später war er zu dem Ergebnis gekommen, daß diese Gefühle – vielleicht sogar Liebe (wenngleich er, was sie anbetraf, Agnostiker blieb) – doch real waren. Er konnte sie einfach nicht empfinden. Nun, das war vielleicht nicht so schlimm. Dort draußen waren Leute mit Tetraplegie. Dort draußen waren Leute mit Krebs. Leute mit Erinnerungsspannen von etwa zwanzig Minuten.

Neben solchen Leiden war der Verlust von ein paar Gefühlen nicht besonders schlimm, oder? Dees fand nicht.

Solange man die Gesichtsmuskeln auf die richtige Weise strekken konnte, war alles in Ordnung.

Es war nicht leichter oder schwerer zu lernen, als mit den Ohren zu wackeln. Und es tat nicht weh. Ab und zu erklang eine Stimme, die ihn fragte, was er wollte, wie sein eigener Blick nach innen beschaffen war, aber Dees *wollte* keinen Blick nach innen, Dees *wollte* nicht herzlich und humorvoll sein, ganz zu schweigen von Lieben oder sich *ver*lieben. Er wollte nur vier Dinge:

1. Nicht wollen zu müssen.

2. Fotos. Er wußte, beim Schreiben war er besser, aber er mochte Fotos dennoch lieber. Es gefiel ihm, sie zu berühren. Zwei Dimensionen.

3. Schmutz. Schund. Horror.

4. Diese vor allen anderen enthüllen.

Richard Dees war ein bescheidener Mann mit bescheidenen Ansprüchen.

Der Nachtflieger war also zu diesem kleinen Mütterchen-und-Väterchen-Betrieb des Flugplatzes von Duffrey gekommen. An der Wand des kleinen Büros, in dem sie gemeinsam gearbeitet hatten, hing eine rotumrandete FAA-Meldung, nach der ein Bursche mit einer Cessna Skymaster, Hecknummer N101BL, umherflog, der möglicherweise zwei Menschen ermordet hatte. Dieser Mann, sagte die Meldung, nannte sich möglicherweise selbst Dwight Renfield. Das Flugzeug war gelandet. ›Dwight Renfield‹ hatte mit ziemlicher Sicherheit einen Großteil der Nacht und den ganzen darauffolgenden Tag im Kofferraum seines Flugzeugs verbracht: eine sitzende Ente, die kein Mensch gesehen hatte.

Die Sarches, die so versessen waren, daß sie den Feueralarm auslösten, wenn sie auch nur Rauch rochen, geschweige denn, wenn sie ein Feuer sahen, hatten nichts unternommen. Ray hatte den Mann sogar auf ein Bier und eine Sendung in der Glotze eingeladen. Er behandelte ihn wie einen alten Freund, nicht wie eine zwielichtige Gestalt. Seine Frau hatte sich einen Termin im örtlichen Schönheitssalon geben lassen, was Selinda McCammon überrascht hatte; normalerweise erfolgten die Besuche der Mrs. Sarch mit der Pünktlichkeit eines Uhrwerks, und dieser kam fast zwei Wochen bevor sie regulär wieder an der Reihe gewesen wäre. Ihre Anweisungen waren ungewöhnlich präzise gewesen: Sie hatte nicht nur die übliche Dauerwelle gewollt, sondern einen Haarschnitt – und außerdem ein wenig Tönung.

»Sie wollte jünger aussehen«, hatte Selida McCammon mehr nachdenklich als belustigt gesagt . . . was, vermutete Dees, angesichts des Resultats nicht ungewöhnlich war.

Ray Sarch?

Er hatte die FAA im Washington National angerufen und ihnen gesagt, eine Meldung herauszugeben, Duffrey als aktiven Flugplatz zu streichen, abgesehen von Notfällen – mit anderen Worten, er hatte den Laden dichtgemacht.

Er glaubte, er habe sich eine Erkältung geholt, sagte er.

Und in dieser Nacht waren diese beiden wachsamen Feuerwächter in den Flammen verbrannt. Ray Sarch war in dem kleinen Kontrollraum gefunden worden, sein Kopf war abgerissen und in die gegenüberliegende Ecke geworfen worden, wo er inmitten einer Lache geronnenen Blutes auf seinem zerfetzten Halsstumpf gelegen und mit aufgerissenen, glasigen Augen in die Ecke gestarrt hatte, als gäbe es dort tatsächlich etwas zu sehen.

Seine Frau war im Schlafzimmer des Wohnwagens der Sarches gefunden worden. Sie war im Bett. Sie hatte ein Nachthemd an, das so neu war, daß es wahrscheinlich vor dieser Nacht überhaupt noch nicht getragen worden war. Sie war alt, hatte ein Deputy Dees verraten (mit fünfundzwanzig Dollar war er ein teurerer Tip gewesen als der Ginkopp in Maine, aber trotzdem noch sein Geld wert), aber wenn man sie so gesehen hatte, war eines ohne jeden Zweifel klar: Sie hatte sich für einen Liebhaber angezogen gehabt, nicht für einen Killer. Die gewaltigen, nadelgroßen Löcher waren in ihren Hals gebohrt worden, eines in die Drosselader, das andere in die Halsschlagader. Ihr Gesicht war gefaßt gewesen, die Augen geschlossen, die Hände auf der Brust.

Wenngleich sie fast jeden Tropfen Blut in ihrem Körper verloren hatte, waren auf dem Kissen unter ihr nur ein paar Flecken und ein paar mehr auf dem Buch, das offen auf ihrem Bauch lag: *The Vampire Lestat* von Anne Rice.

Der Nachtflieger?

Der war irgendwann vor Mitternacht des achtundzwanzigsten oder in den frühen Stunden des neunundzwanzigsten einfach weggeflogen.

Wie eine Boa.

Oder eine Fledermaus.

Richard Dees landete sieben Minuten vor dem offiziellen Sonnenuntergang in Wilmington. Während er drosselte, wobei er immer noch Blut aus dem Schnitt über dem Auge ausspie, sah er einen Blitz herunterfahren, dessen blauweißes Feuer so intensiv war, daß es sich fast eine Minute lang in Dees' Netzhäuten einbrannte und einen halben Regenbogen kranker, verblassender Farben durchlief. Diesem Blitz folgte der ohrenbetäubendste

Donnerschlag auf den Fersen, den er jemals gehört hatte; seine subjektive Meinung, was die Wucht dieses Schlags anbetraf, wurde bestätigt, als eines der Fenster der Passagierkabine, das durch den Beinahe-Zusammenstoß mit der Piedmont 727 in Mitleidenschaft gezogen worden war, einen Regen von Tanddiamanten nach innen spie.

In dem gleißenden Aufleuchten sah er ein flaches, würfelförmiges Bauwerk an der Backbordseite der Landebahn 34, welches von dem Blitz gepfählt wurde. Es explodierte und schleuderte Feuer zum Himmel empor, das zwar ebenfalls gleißend war, aber nicht annähernd die Helligkeit des Blitzes hatte, der es entfachte.

Als würde man eine Dynamitstange mit einem Babykernkraftwerk anzünden, dachte Dees verwirrt, und dann: der Generator. Das war der Generator gewesen.

Die Lichter – alle die weißen Lichter, die den Rand der Landebahnen markierten, sowie die leuchtend roten, die ihr Ende kennzeichneten – erloschen plötzlich, als wären sie nicht mehr als Kerzen gewesen, die ein starker Windstoß ausgeblasen hatte. Dees raste plötzlich mit mehr als achtzig Meilen pro Stunde aus der Dunkelheit in die Dunkelheit.

Die Druckwelle der Explosion rammte die Beech wie eine Faust – sie tat mehr als rammen, sie hämmerte wie ein rechter Schwinger. Die Beech, die noch kaum wußte, daß sie Bodenkontakt hatte, schlitterte erschrocken nach Steuerbord, stieg hoch und kam wieder herunter, wobei der rechte Reifen über etwas holperte, das Dees vage als Landelichter identifizierte.

Backbord! kreischte sein Verstand. Nach Backbord, du Arschloch!

Er hätte es fast getan, doch sein nüchterner Verstand gewann die Oberhand. Wenn er den Knüppel bei dieser Geschwindigkeit nach Backbord riß, dann würde er sich mit ziemlicher Sicherheit überschlagen. Wahrscheinlich nicht explodieren, wenn man bedachte, wie wenig Treibstoff noch in den Tanks war, aber es wäre möglich. Außerdem konnte die Beech einfach auseinanderbrechen, der Richard Dees von den Eingeweiden an abwärts würde sich auf seinem Sitz winden und zappeln, der Richard Dees von den Eingeweiden an aufwärts aber würde sich in eine andere

Richtung bewegen und seine abgetrennten Innereien wie Leitungen hinter sich herziehen und Nieren fallen lassen wie übergroße Haufen Vogelscheiße.

Ausrollen lassen! schrie er sich selbst an. Ausrollen lassen, du Hurensohn, ausrollen lassen!

Da explodierte wieder etwas – die Reservetanks des Generators, überlegte er, wenn er Zeit zum Überlegen hatte – und hämmerte die Beech noch weiter nach Steuerbord; aber das machte nichts, es brachte ihn von den verdammten Landelichtern herunter, und plötzlich rollte er wieder vergleichsweise glatt, der Backbordreifen auf dem Rand von Landebahn 34, der Steuerbordreifen auf dem unheimlichen Streifen zwischen den Lichtern und dem Graben rechts von der Landebahn, den er gesehen hatte. Die Beech zitterte immer noch, aber nicht mehr so schlimm, und ihm wurde klar, daß er mit einem Platten fuhr, der Steuerbordreifen war von den Landelichtern, die er zertrümmert hatte, in Fetzen gerissen worden.

Aber er wurde langsamer, langsamer, die Beech begriff, daß sie etwas anderes geworden war, ein Wesen, das wieder dem Boden gehörte, siebzig ... sechzig ... und Dees entspannte sich gerade etwas, als er den großen Lear vor sich aufragen sah, der wahnsinnigerweise quer über die Landebahn stand, wo der Pilot auf dem Weg zur Startbahn 5 angehalten hatte.

Er raste darauf zu, sah die erleuchteten Fenster, sah Gesichter, die ihn wie Idioten in einem Irrenhaus anstarrten, die ein Zauberkunststück sehen, dann drückte er das Ruder ohne nachzudenken voll nach rechts und lenkte die Beech von der Landebahn herunter in den Graben, und er verfehlte das Heck des Lear 25, wie es aussah, um schätzungsweise eineinhalb Zentimeter. Er bekam mit, daß er kreischte und noch mehr heißes Wasser fröhlich in seine Hose plätscherte, aber eigentlich bemerkte er nichts außer dem *Jetzt,* das vor ihm explodierte, während die Beech versuchte, wieder zu einem Geschöpf der Luft zu werden, was ihr aber nicht gelang, da die Landeklappen unten waren und die Maschinen keinen Schub hatten, aber sie versuchte es dennoch; im sterbenden Licht der zweiten Explosion machte sie einen Sprung wie ein gewaltiger Rülpser, und dann schlitterte er über einen

Rollweg, sah das General Aviation Terminal; dessen Ecken von batteriebetriebenen Notstandslichtern erhellt wurden, sah die geparkten Flugzeuge – eines davon mit Sicherheit die Skymaster des Nachtfliegers – als dunkle Kreppapiersilhouetten vor dem unheilvollen orangefarbenen Licht des Sonnenuntergangs, das nun zwischen den aufreißenden Gewitterwolken durchschien.

Ich werde umkippen! kreischte er bei sich selbst, und die Beech versuchte *tatsächlich* zu kippen, die Backbordtragfläche schlug Funken am Rollweg neben dem Terminal, ihre Spitze brach ab und wirbelte ins Gebüsch davon, wo die Reibungshitze ein schwaches Feuer in dem nassen Gestrüpp entfachte.

Dann kam die Beech zum Stillstand, die einzigen Laute waren das Dröhnen der Statik aus dem Funkgerät, das Geräusch zerbrochener Flaschen, deren Inhalt auf den Boden der Passagiermaschine tropfte und gurgelte, und das wahnsinnige Hämmern von Dees' Herz.

Noch bevor er völlig sicher war, daß er noch lebte, hatte er den Sicherheitsgurt geöffnet, war aufgesprungen und stapfte auf die Druckluftschleuse zu.

Was später geschah, daran erinnerte er sich mit visionärer Klarheit. Aber von dem Augenblick an, als die Beech auf dem Rollweg zum Halten kam, mit dem Heck zum Lear und auf eine Seite gekippt, bis zu dem Augenblick, als er die ersten Schreie aus dem Terminal hörte, erinnerte er sich nur daran, daß er seine Kamera haben mußte, daß er seine Kamera brauchte. Es war eine Nikon. Er hatte sie, als er siebzehn war, in einem Geschäft in Toledo gekauft, und seither hatte er sie immer bei sich gehabt. Er hatte neue Objektive dazugekauft, aber das Gehäuse, das an mehreren Stellen zerkratzt und verbeult war, war immer noch genau dasselbe. Sie befand sich in der elastischen Ablage hinter seinem Sitz. Er erinnerte sich, daß er sie herauszog und feststellte, daß sie unversehrt war: Daran erinnerte er sich. Sie hatte die Landung sicher und ohne Schäden überstanden, also gab es vielleicht doch einen Gott.

Dees kippte den Griff, sprang hinunter, stürzte beinahe und fing die Kamera auf, bevor sie auf den Beton des Rollwegs aufprallen und zerschellen konnte.

Er schlang das schmale Lederband wie eine Galgenschlinge zweimal um den Hals und begann, auf das Terminal zuzulaufen. Hörte Donnergrollen. Stürzte beinahe, fing die Kamera, bevor sie auf dem Beton des Rollwegs zerschellen konnte. Wind wehte. Er wehte ihm ins Gesicht, aber er spürte ihn deutlicher um die Lenden, weil seine Hose naß war.

Dann ertönte ein schriller, dünner Schrei aus dem General Aviation Terminal – ein Schrei, in dem sich Schmerz und Entsetzen vermischten. Es war, als hätte jemand Dees ins Gesicht geschlagen. Er kam wieder zu sich. Er konzentrierte sich wieder auf sein Ziel. Er sah auf die Uhr. Sie funktionierte nicht. Entweder war sie bei der Landung kaputtgegangen, oder sie war stehengeblieben. Es handelte sich um eine jener lustigen Antiquitäten, die man aufziehen mußte, und er konnte sich nicht erinnern, wann er das zum letztenmal getan hatte.

War es Sonnenuntergang? *Schon?*

Ein weiterer Schrei ertönte – nein, kein Schrei, ein Kreischen – gefolgt von berstendem Glas.

Der Sonnenuntergang war einerlei. Dees schlang sich das schmale Lederband der Nikon zweimal wie eine Galgenschlinge um den Hals und begann auf das Terminal zuzulaufen.

Weitere Schreie.

Noch mehr zerschellendes Glas.

Dees lief schneller, er bekam am Rande mit, daß die Ersatztanks des Generators immer noch brannten. Er konnte Benzin in der Luft riechen. Er spürte deutlich die nasse Kleidung, die an seinen Genitalien klebte. Er schien in Zement zu laufen. Das Terminal kam näher, aber er schien es nicht zu erreichen.

»Bitte, nein! Bitte, nein! BITTE NEIN BITTE NEIN BITTEBITTE NEIN NEIN NEINNEIN . . .«

Dieser Schrei schwoll immer schriller an, und plötzlich hörte er ein Heulen, das entweder Gelächter oder Verachtung war, ein Laut, wie ihn ein Tier von sich geben würde, ein Laut, der dennoch von einem Menschen stammte.

Er sah etwas Dunkles und Ruderndes Glas in der den Parkplätzen des Terminals zugewandten Wand zertrümmern – diese

Wand bestand fast vollständig aus Glas – und sah die Glassplitter im Licht der Notbeleuchtung an den Gebäudeecken. Der dunkle Schemen hörte auf zu rudern. Er landete mit einem feuchten Plumps auf der Rampe, rollte herum, und Dees sah, daß es ein Mann war.

Der Sturm zog weiter, aber es wetterleuchtete noch, und als Dees auf das Parkgelände lief, mittlerweile keuchend, sah er es, sah es endlich: das Flugzeug des Nachtfliegers, N101BL war kühn auf das Heck gemalt. In diesem Licht sahen die Buchstaben und Ziffern schwarz aus, aber er wußte, daß sie rot waren, was aber ohnedies keine Rolle spielte. Er hatte nur einen Schwarzweißfilm eingelegt. Die Kamera war mit einem Film bewaffnet sowie einem Blitz, der nur dann blitzte, wenn das Licht nicht ausreichte.

Die Luke der Skymaster hing auf wie der Mund eines Leichnams. Darunter befand sich ein Haufen Erde, in dem sich Geschöpfe wanden und krümmten.

Dees kam schlitternd zum Stillstand. Versuchte, die Kamera hochzubringen. Erdrosselte sich beinahe. Fluchte. Löste sie. Zielte.

Aus dem Terminal ertönte ein langgezogenes, hohes, bohrendes Kreischen – das einer Frau oder eines Kindes. Dees bemerkte es kaum. Dem Gedanken, daß dort drinnen ein Gemetzel stattfand, folgte der Gedanke, daß er eingreifen sollte, aber beide Gedanken waren vergessen, als er rasch drei Aufnahmen von der Cessna machte und dabei darauf achtete, daß er die klaffende Kofferraumluke und die Nummer auf dem Heck deutlich draufbekam. Der automatische Filmtransport summte.

Dees lief weiter. Noch mehr Glas barst. Ein weiteres Plumpsen, als ein zweiter Leichnam wie eine menschliche Flickenpuppe auf den Beton geworfen wurde. Dees sah hin, erblickte verwirrende Bewegungen, das Aufbauschen von etwas, das ein Mantel hätte sein können ... Aber er war zu weit entfernt, um es sicher zu sagen. Er drehte sich um. Zwei weitere Aufnahmen des Flugzeugs, diese von vorne. Im Druck würden die klaffende Luke und der Erdhaufen unübersehbar sein.

Dann wirbelte er herum und lief zum Terminal.

Der Gedanke kam ihm überhaupt nicht, daß er nur mit einer alten Nikon bewaffnet war.

Zehn Meter entfernt blieb Dees stehen. Hier draußen lagen drei Leichen, zwei eindeutig Erwachsene beiderlei Geschlechts, eine entweder kleinwüchsige Frau oder ein Kind von ungefähr dreizehn Jahren. Es war schwer zu sagen, weil der Kopf fehlte.

Dees legte die Kamera an und machte schnell sechs Aufnahmen, das Blitzlicht erzeugte seine eigenen weißen Blitze, der automatische Transport gab sein zufriedenes Summen von sich.

Sein Verstand verlor nie den Überblick. Er hatte sechsunddreißig Bilder. Elf hatte er verschossen. Blieben fünfundzwanzig. Ein weiterer Film steckte in den tiefen Taschen seiner Hose, und das war großartig – wenn er die Möglichkeit hatte, ihn einzulegen.

Dees erreichte das Terminal und riß die Tür auf.

Er dachte, er hätte alles gesehen, was zu sehen war! Aber er hatte *niemals* so etwas gesehen. *Niemals.*

Wie viele? jammerte sein Verstand. Wie viele? Sechs? Acht?

Das Gebäude war ein Schlachthaus.

Leichen und Leichenteile lagen überall herum. Er sah ein Bein: machte eine Aufnahme. Einen zerrissenen Torso: machte eine Aufnahme. Ein Mann lebte noch, ein Mann im Overall eines Mechanikers, und einen unheimlichen Augenblick dachte er, es wäre der Ginkopp aus Maine, aber der Bursche hier war kahl. Sein Gesicht schien von der Stirn bis zum Kinn aufgeschlitzt worden zu sein, seine Nase war in zwei Hälften geplatzt.

Dees machte eine Aufnahme.

Sein Magen hob und senkte sich, gewaltige Sturmwogen.

Wie viele? *Wie viele Aufnahmen noch?* schrie er sich an.

Zum erstenmal seit siebzehn Jahren hatte er vergessen mitzuzählen.

Blut war an den Wänden verspritzt. Blut bildete Lachen auf dem ausgetretenen Linoleum. Das Schwarze Brett – wo zweifellos eine FAA-Warnung vor N101BL angeheftet war – war bespritzt und tropfte wie eine Dusche, die jemand nicht ganz abgestellt hatte.

Da war ein Schreibtisch, daneben ein Snack-Regal.
Ein glotzender Augapfel klebte an einer Tüte Käsecracker.
Dees machte eine Aufnahme.
Und das war alles.
Mehr konnte er nicht ertragen.
Er sah das Schild: *Waschräume.* Darunter ein Pfeil. Er lief dorthin, die Kamera um den Hals.
Auf der ersten Tür war eine menschliche Gestalt aufgemalt, und da auf den Torso kein Dreieck gesprüht war, ging er davon aus, daß es die Herrentoilette war. Dees wäre es scheißegal gewesen, wenn es die Außerirdischentoilette gewesen wäre. Er weinte, weinte mit langgezogenen, abgehackten, heiseren Schluchzlauten. Er merkte nicht, daß sie von ihm kamen. Es war Jahre her, seit er geweint hatte. Er hatte nicht mehr geweint, seit er ein Kind gewesen war.
Er stürzte durch die Tür, schlitterte fast wie ein Skiläufer außer Kontrolle und hielt sich am Rand des zweiten Waschbeckens in der Reihe fest.
Er beugte sich darüber, und alles kam in einer vollen, stinkenden Flut heraus, etwas davon spritzte ihm ins Gesicht, ein wenig landete als braune Klümpchen auf dem Spiegel. Er roch das Chikken Creole, das er zu Mittag gegessen hatte, und würgte erneut, wobei er ein lautes, knirschendes Geräusch von sich gab wie eine überlastete Maschine, die kurz vor dem Auseinanderbrechen ist.
Mein Gott, dachte er, o mein Gott, das ist kein Mensch, er kann kein Mensch sein . . .
Da hörte er das Geräusch.
Es war ein Geräusch, das er schon tausendmal zuvor gehört hatte, wahrscheinlich zehntausendmal, ein Geräusch, das jedem amerikanischen Mann vertraut war – aber jetzt erfüllte es ihn mit Grauen und schleichendem Entsetzen jenseits seiner sämtlichen Erfahrungen und Überzeugungen.
Es war das Geräusch eines Mannes, der sich ins Pissoir entleert.
Es waren drei Pissoirs vorhanden. Er konnte sie in dem kotzeverklebten Spiegel sehen.
Niemand stand bei den Pissoirs.

Dees dachte: Vampire. Haben. Kein. Spiegelb . . .

Dann sah er die rötliche Flüssigkeit, die sich auf das Porzellan des mittleren Pissoirs ergoß, sah sie an dem Porzellan hinabrinnen, sah sie in die geometrisch angeordneten Abflußlöcher verschwinden.

Er sah keinen Strahl in der Luft.

Er sah die Flüssigkeit erst, wenn sie auf das tote Porzellan spritzte.

Dann wurde sie sichtbar.

Wenn sie auf das Porzellan traf.

Er war erstarrt. Er stand da, stützte sich mit den Händen am Becken, in Mund und Hals und Nase und Stirnhöhlen hatte er den Geschmack und Geruch von Chicken Creole, und sah einer unsichtbaren Kreatur zu, wie diese ihre unsichtbare und nichtmenschliche Blase entleerte.

Ich beobachte, dachte er benommen, einen Vampir beim Pissen.

Irgendwo heulten Sirenen, die näher kamen.

Es schien, als würde der blutige Urin endlos lange auf das Porzellan spritzen, sichtbar werden und die gekrümmte Oberfläche hinab in die Abflüsse fließen.

Dees bewegte sich nicht.

Ich bin tot, dachte er.

Im Spiegel sah er, wie der Chromgriff ganz von selbst herunterging.

Wasser gurgelte.

Dees hörte ein Rascheln und ein Flattern und wußte, daß es ein Mantel war, ebenso wie er wußte, daß es sein Tod sein würde, wenn er sich umdrehte.

Er blieb starr stehen, wo er war, seine Hände klammerten sich an den Rand des Waschbeckens.

Eine leise Stimme unbestimmbaren Alters sagte: »Folgen Sie mir nicht. Ich kenne Sie. Ich weiß alles über Sie.«

Dees stöhnte. Noch mehr Wasser floß in seine Hosen.

»Machen Sie die Kamera auf«, sagte die Stimme ohne Alter.

Mein Film! schrie ein Teil von Dees. Mein Film! Alles, was ich habe! Alles, was ich habe! Meine Bilder! Meine . . .

Ein weiteres trockenes, fledermausähnliches Flattern des Mantels. Wenngleich er nichts sehen konnte, spürte er, daß der Nachtflieger näher gekommen war.

»Sofort.«

Sein Film war *nicht* alles, was er hatte.

Er hatte sein Leben.

Wie es war.

Oder sein konnte.

Er stellte sich vor, wie er herumwirbelte und den Nachtflieger sah, ein Geschöpf, das mehr Fledermaus als Mensch war, ein groteskes, blutbespritztes Ding mit zerzaustem Haar; stellte sich vor, wie er Aufnahme für Aufnahme machte, während der automatische Transport summte ... aber es würde nichts zu sehen sein.

Gar nichts.

Weil man sie auch nicht fotografieren konnte.

»Sie sind echt«, krächzte er, ohne sich zu bewegen, die Hände am Beckenrand, während Blut von den Handflächen zu tropfen begann.

»Sie auch«, rasselte die Stimme ohne Alter, und jetzt spürte Dees, wie der Atem des Nachtfliegers die Härchen in seinem Nacken bewegte, roch die Grüfte, die der Atem des Nachtfliegers waren. »Jetzt ... Letzte Möglichkeit. Machen Sie die Kamera auf.«

Dees öffnete die Nikon mit Händen, die vollkommen gefühllos zu sein schienen.

Luft strich an seinem Gesicht vorbei; sie fühlte sich wie bewegliche Rasierklingen an. Einen Augenblick sah er eine lange weiße und blutverschmierte Hand; sah lange, rissige und schmutzige Fingernägel.

Dann nahm sein Film Abschied und spulte sich rückgratlos aus der Kamera.

Ein weiteres trockenes Flattern. Ein weiterer stinkender Atemzug. Einen Augenblick glaubte er, der Nachtflieger würde ihn trotzdem töten. Dann sah er, wie sich die Tür der Herrentoilette von selbst öffnete.

Er muß heute abend reichlich gegessen haben, dachte Dees

und übergab sich sofort wieder, diesmal direkt auf das Spiegelbild seines eigenen fassungslosen Gesichts.

Die Tür schloß sich heulend.

Dees blieb noch etwa drei Minuten, nachdem sich die Tür geschlossen hatte, dort stehen, wo er war.

Er blieb stehen, bis die Sirenen das Terminal fast erreicht hatten.

Er blieb stehen, bis er das Stottern und Dröhnen von Flugzeugmotoren hörte.

Eine Cessna Skymaster 337.

Dann verließ er die Toilette auf Beinen, die sich wie Stelzen anfühlten, taumelte gegen die gegenüberliegende Wand, drehte sich und ging ins Terminalgebäude zurück. Er glitt in einer Blutlache aus und wäre beinahe gestürzt.

»Stehenbleiben, Mister!« schrie ein Polizist hinter ihm. *»Bleiben Sie sofort stehen! Eine Bewegung und Sie sind tot!«*

Dees drehte sich nicht einmal um.

»Anlehnen, Pißkopf«, sagte der Polizist, und Dees ging zu einem der zertrümmerten Fenster. Dort stand er, während sein Film wie eine lange braune Luftschlange hinter ihm wehte, und sah der Cessna nach, die auf Startbahn 5 beschleunigte. Einen Augenblick war sie ein schwarzer Schatten vor dem wabernden Feuer des Generators und der Ersatztanks, ein Schatten wie eine Fledermaus, dann stieg sie auf, entschwand, und der Polizist stieß Dees so heftig gegen die Wand, daß seine Nase blutete, aber das war ihm einerlei, alles war ihm einerlei, und als sich das Schluchzen seinen Weg aus der Brust heraus bahnte, schloß er die Augen, aber er sah immer noch den blutigen Urin des Nachtfliegers, der gegen das gekrümmte Porzellan spritzte, sichtbar wurde und in den Abfluß floß.

Er glaubte, daß er diesen Augenblick für immer sehen würde.

Paul Hazel

Mittagessen mit Dame

(Having a Woman at Lunch)

Paul Hazel (geb. 1947 in Bridgeport, Connecticut) gehört zu den führenden Fantasy-Autoren dieses Landes. Seine ›Finnbranch-Trilogie‹ – ›Yearwood‹, ›Undersea‹ und ›Winterking‹ – ist eine grüblerische Erzählung voller dunkler Geheimnisse, Magie und Verwandlungen. Die Kraft von Hazels eleganter, manierierter Prosa wird durch seine Vorliebe für Wortspiele noch erhöht. Bei ›Having a Woman at Lunch‹ handelt es sich um seine erste Horrorgeschichte.

Ich bin, ebenso wie Mr. Waymarsh und die Herren Pendennis und Malesherbes, in einem Betrieb angestellt, der einen kleinen Artikel des täglichen Gebrauchs herstellt. Zu Mittag pflegen wir zusammen in einem Gasthof in der Nähe zu essen, wo Joanne sich unserer Wünsche annimmt. Mr. Pendennis ist der Buchhalter, Malesherbes setzt die Preise fest und nimmt die Bestellungen auf. Seit nunmehr zwanzig Jahren besteht sein Mittagessen aus gegrilltem Fleisch auf einem Bett aus frischem, grünem Salat, zwei Scheiben Toast mit Butter und einer einzigen Tasse englischen Frühstückstees. Pendennis, dessen Geschmack eher von seinem katholischen Glauben bestimmt ist, zieht dagegen Eintopfgerichte oder Fisch vor. Waymarsh, der zweite Direktor, würde am liebsten alles essen, was es gibt, da aber ein Menü nur eine Hauptspeise enthält, entscheidet er sich an sechs von sieben Tagen unter gewichtigem Stirnrunzeln für Makrele. Was mich betrifft, so ziehe ich, wenn wir mildes Wetter haben und die Angestellten mir keinen Ärger gemacht haben, Kutteln vor.

Es war uns immer alles so selbstverständlich, so richtig und vollkommen erschienen – bis Cecily kam.

Cecily war sechsundzwanzig, vielleicht auch siebenundzwanzig Jahre alt. Ihr Haar, ein Durcheinander wilder Strähnen, das ihr auf die Schultern fiel, hatte die Farbe von reifen Weizenähren. Wie diese neigte es zum Nachdunkeln. Im Verlaufe von ein paar Wochen verwandelte es sich in ein düsteres Gelbbraun, um dann, vermittels der Geheimnisse weiblicher Wissenschaft, wie durch ein Wunder in frischer Farbe wiederzuerstehen. Zu unserer Ehre muß gesagt werden, daß wir nie Anstoß an diesen Verwandlungen nahmen. Ihre Fesseln waren, wie Pendennis sogleich feststellte, so schlank wie die eines Schulmädchens. »Nur halb so dick«, berichtete er an dem Tage, als er sie zum erstenmal aus dem Zimmer des Direktors kommen sah, »wie bei den Kühen in der Buchhandlung.«

Wir lächelten wissend. Immerhin waren es ja seine Kühe, Betsy Teeling und die beiden Monicas, die umfangreiche Miß McGuffin und die etwas weniger umfangreiche (wenn auch genauso heftig wiederkäuende) Miß Halliday: Außenstände, Buchschulden und Lohnkonten.

»Also hat der Direktor 'ne neue Sekretärin?« mutmaßte ich.

Pendennis ließ den Löffel in sein Pastinak-Gemüse mit Soße sinken und grinste. Es war ein überlegenes Grinsen, fand ich, ein Grinsen voller geheimen Wissens.

»Einkauf«, sagte er und versetzte irgend etwas auf seinem Teller einen kleinen Schlag mit dem Löffel. »Leiterhin der Einkaufsabteilung.«

»Da m-mußt d-du d-dich täuschen«, stotterte Malesherbes.

»Ganz und gar nicht«, erwiderte Waymarsh, der als rechte Hand des Direktors natürlich immer auf dem laufenden war. Er spießte seinen letzten Bissen Fisch auf und ließ ihn genießerisch hinter seinem Schnurrbart verschwinden. Dann schlürfte er ungerührt an seiner Kaffeetasse. »Ob wir vielleicht noch etwas von dem vorzüglichen Apfelauflauf nehmen sollten?«

»W-was meinst du damit?« protestierte Malesherbes. Er riß sich aufgeregt die Serviette vom Kinn.

»Oder ein Stückchen Torte«, fuhr Waymarsh fort.

»Dieses . . .« setzte Malesherbes an, überwältigt von seiner Empörung. Sein feistes Gesicht lief dabei rot an. »Dieses Frauenzimmer!«

»Miß Cecily Hart«, sagte Waymarsh gleichmütig dahin. »Fünf Jahre bei Bernham & Maggotty. Hochschulabschluß.«

»Unmöglich«, erwiderte Malesherbes.

Aber es war tatsächlich so. Am selben Nachmittag noch ließ uns der Direktor in seinen Gefechtsstand kommen, von dem aus er, die Daumen unter die Hosenträger geklemmt, das Wirken seiner Vorarbeiter überwachen konnte und, was mindestens ebenso wichtig war, auch von ihnen gesehen werden konnte.

»Moderne Zeiten«, verkündete der Direktor, strahlend vor Wohlbefinden und Selbstvertrauen, »verlangen hin und wieder kleine Zugeständnisse.«

Malesherbes schaute ziemlich besorgt drein.

Waymarsh, der sich als einziger in Gegenwart des Direktors hinsetzen durfte, lächelte uns gönnerhaft zu. Er war ein Gemütsmensch, der in einer anderen Welt zu leben schien. Solange er seinen Hintern in den Sessel im Direktorzimmer drücken durfte, akzeptierte er seine Position, ohne groß nachzufragen.

»Ich habe gehört«, fuhr der Direktor fort, »daß Frauen 97 % aller Haushaltsartikel einkaufen. Ohne zu übertreiben kann man sagen, meine Herren, daß sie ein ganz außerordentlicher Wirtschaftsfaktor geworden sind, und trotzdem sind wir in den letzten Jahren nie auf die Idee gekommen . . .« Er drehte sich abrupt um und sah hinunter in die Produktionshalle, wo er, da bin ich mir ganz sicher, einen höchst verdächtigen Mangel an Frauen feststellte. Er wandte seine Aufmerksamkeit wieder uns zu. »Sogar *hier*«, sagte er bedeutungsvoll. »Besonders hier, in unserem Allerheiligsten . . .«

»Da bin ich vollkommen Ihrer Meinung«, schaltete Waymarsh sich ein. Schließlich war die Entscheidung längst gefallen.

»Das war längst überfällig«, fügte Pendennis hinzu.

Malesherbes bemühte sich, nicht gar zu griesgrämig dreinzuschauen.

Der Direktor legte Malesherbes den Arm um die Schulter. »Ich wußte, daß ich auf Sie zählen kann«, sagte er sehr zufrieden. Er drückte einen Knopf auf seiner Sprechanlage. Sofort öffnete sich die Eingangstür. Geleitet von dem breiten Hintern der Chefsekretärin schwebte die junge Frau uns entgegen.

»Miß Hart«, sagte der Direktor.

Einer nach dem anderen schüttelten wir ihr die Hand. Sie hatte einen festen Griff. Ihr Busen schien gut gesichert. Er bewegte sich kein bißchen. Unter einem ihrer schlanken Arme trug sie einen Briefklemmer.

»Bin entzückt«, sagte Waymarsh.

»Gleichfalls«, fügte Malesherbes hinzu und bemühte sich, nicht enttäuscht auszusehen.

Pendennis war es, der sie schließlich noch zu unserem gemeinsamen Mittagessen eingeladen hatte.

»Am Mittwoch«, sagte er zu uns, als es bereits zu spät war.

»Worüber, denkst du, werden wir mit ihr reden?« Malesherbes kochte vor Wut. Er starrte in seine Tasse mit dem durchweichten Beutelchen englischen Frühstückstees und zog sich, wohl schon unter dem Eindruck ihrer widerlichen Gegenwart, kurze Härchen aus den Nasenlöchern.

»Wir werden uns unterhalten, wie wir es immer tun«, schlug ich vor, »und wir werden ihr eine Zigarre anbieten.«

»Aber wir sind doch Nichtraucher.«

»Das sollte ein Scherz sein, John«, klärte Pendennis ihn auf.

»Ich finde das nicht witzig«, schnaubte Malesherbes.

Am Mittwoch mußte ich auf dem Platz hinter St. Stephen's parken und zu Fuß hinübergehen. Trotzdem war es erst zehn vor zwölf, als Joanne mir meinen Mantel abnahm und ihn zu den anderen hängte.

»Was sehen wir heute wieder elegant aus«, lächelte sie.

»Ich hatte sonst nichts Sauberes mehr«, entgegnete ich und wußte überhaupt nicht, warum ich mich entschuldigte.

Pendennis, der die Tür im Auge hatte, trug eine Krawatte, die ich noch nie an ihm gesehen hatte. Sein spärliches Haar hatte er geschniegelt und gescheitelt. Waymarsh war im schwarzen Nadelstreifen erschienen, während Malesherbes sich die zerknautschte Seglermütze noch tiefer in die Stirn geschoben hatte.

Er glotzte nur verständnislos, als Pendennis ihm vorschlug, er möge das Ding doch bitte aus Gründen der Höflichkeit abnehmen.

»Du willst natürlich besonders ironisch sein«, mutmaßte Waymarsh.

»Ich will so sein, wie ich bin«, brummte Malesherbes.

»Aber du hast das Ding doch noch nie hier drinnen getragen«, gab ich zu bedenken.

Malesherbes lachte auf. »Aber ich hatte es schon immer vor. Die Absicht zählt doch auch ein bißchen, oder?«

Wir hätte ihn danach in Ruhe lassen sollen. Als Joanne jedoch gleich danach mit seinem Teller gegrillten Fleisches und ihrem Notizblock um die Theke bog, winkte Pendennis ihr ab.

»Noch ein paar Minuten«, sagte er. »Wir erwarten noch jemanden.«

Voller Entsetzen sah Malesherbes sein Essen wieder in Richtung Küche entschwinden. »Dazu gibt es keinen Grund«, flüsterte er nur.

»Grund genug«, sagte Pendennis.

»Zwanzig Jahre Grillfleisch«, fügte Waymarsh hinzu. »Wenn das kein ausreichender Grund ist?«

Malesherbes starrte auf den leeren Tisch. »So hab' ich's gern.«

»Gerade das macht mir Sorgen«, sagte Waymarsh.

»Ich werde ein Kotelett bestellen«, warf Pendennis ein.

Wir alle schauten ihn voller Entsetzen an.

»Wegen des besonderen Anlasses«, strahlte er.

»Quatsch«, meinte Malesherbes. Aber da waren wir anderen bereits aufgesprungen.

Tief in unserer Seele hatten wir alle, da bin ich mir ganz sicher, nicht ernsthaft daran geglaubt, daß sie wirklich kommen würde. Von Natur aus und aus Gründen der Gewohnheit waren wir nicht auf die Gesellschaft junger Damen eingestellt. Pendennis und ich waren Junggesellen. Waymarsh war Witwer. Des Abends las er Bücher über Gartenbau oder hörte sich Vorlesungen in der Universität an. Angesichts der gertenschlanken Erscheinung in der Eingangstür begann er zu zittern. Pendennis, der an allem die

Schuld trug, studierte plötzlich die Knopfleiste seines Oberhemdes und begann zu beten, wahrscheinlich um augenblickliche Erlösung durch den Tod.

Cecily ging, beobachtet vom Barmann, vor der Theke entlang und wandte sich dann sofort in unsere Richtung.

»Bin ich zu spät dran?« fragte sie. »Haben Sie schon bestellt?«

Ihr Haar war vom Wind zerzaust. Es leuchtete im aufregendsten Gelb, das ich je in meinem Leben gesehen hatte.

Offensichtlich zog Waymarsh Blindheit vor, denn er nahm seine Brille ab. »Nein, ganz und gar nicht, Miß Hart«, sagte er sanft.

»Cecily«, bot sie ihm an.

Waymarsh streckte ihr seine große, feuchte Hand entgegen. »Harold«, flüsterte er.

»Patrick«, fügte Pendennis tapfer hinzu.

»Desmond«, ließ ich sie wissen.

Malesherbes blieb dagegen stumm. Cecily übersah das und setzte sich direkt neben ihn.

»Was werden Sie wählen?« fragte sie ihn.

Malesherbes sah sie prüfend an. Er überlegte wohl, ob sie sich einen Scherz mit ihm erlaubte.

»Pendennis nimmt ein Kotelett«, sagte ich. »Ich ziehe Kutteln vor.«

Waymarsh runzelte die Stirn, während er die Liste auf der Schiefertafel an der Wand studierte. »Ich denke, ich werde mich für Makrele entscheiden«, sagte er zögernd.

»Wie wunderbar verschieden Sie alle sind«, freute sie sich und lächelte, weil auch Pendennis und ich gelächelt hatten. Dann wandte sie sich wieder an Malesherbes. »Bitte, Sie müssen es mir auch sagen. Ich lasse mich so gern durch Ihre Erfahrungen leiten.«

Für einen Moment glaubte ich in Malesherbes' linkem Auge einen versöhnlichen Ausdruck entdeckt zu haben, aber er ließ sich nicht aus der Reserve locken. Als Joanne zurückkehrte, um die Bestellungen aufzunehmen, spielte er mit seinem Besteck herum. Kleine, feuchte Tropfen glitzerten auf seiner breiten Oberlippe.

»Nun, John, hast du dich entschieden?« fragte Joanne ihn schließlich.

»Gar nichts«, antwortete er.

Joanne sah ihn fragend an.

»Hier gibt es gar nichts«, sagte er laut. In kurzen Abständen zog er die Zinken seiner Gabel über das Tischtuch. »Nichts als Felsbrocken«, murmelte er vor sich hin. »Felsbrocken und stinkendes, schwarzes Unkraut.« Die ruhelose Gabel kam Cecilys Ellbogen bedrohlich nahe. Plötzlich sah er hoch.

Schließlich saßen ihm gute Bekannte am Tisch gegenüber. Möglicherweise hatte der Anblick von Waymarsh, Pendennis und mir ihn wieder aufgerichtet. »Diese Erfahrung habe ich gemacht, Miß Hart«, sagte er ruhig. »Je schwärzer das Unkraut, desto ungenießbarer ist es.«

Cecily wandte sich nervös von ihm ab.

»Dazu muß man wissen«, erklärte ich, »daß er einmal gestrandet ist.«

»An einer Felsenküste«, fügte Pendennis hinzu.

»Östlich von Neufundland«, sagte Waymarsh. »Im Atlantik.«

»Ohne . . .« wollte ich fortfahren.

»Seid ihr jetzt fertig?« unterbrach Joanne, die im Laufe der Jahre alles über den Schiffbruch gehört hatte, was es darüber zu erfahren gab. (Dreizehn Tage mit einer einzigen Dose Kekse, hatten wir ihr erzählt.)

»John!« schrie Joanne.

Malesherbes wackelte dämlich mit dem Kopf. Seine fetten Hamsterbacken schwabbelten.

Gereizt begab Joanne sich hinter Cecilys Stuhl. »Und Sie, Miß?«

»Forelle«, flüsterte Cecily. Ein kurzes, zitterndes Wort, das ihrem Mund entsprang und sich sogleich auflöste, als mißtraue es dem Licht und der frischen Luft.

Einen schlimmeren Anfang hätte es kaum nehmen können. Als die Forelle serviert war, nahm Cecily ein paar Bissen, um nicht unhöflich zu erscheinen, dann lehnte sie sich auf ihrem Stuhl zurück, nippte an einem Glas kalten Wassers und wartete ab. Pendennis hustete. An seinem Gesicht konnte ich ablesen, daß sein Kotelett zäh war. Die Kutteln waren ausgezeichnet, aber der Anblick Malesherbes, der mit leerem Gesicht auf das Tischtuch starrte, verdarb mir den Appetit.

»Waren Sie alle Seeleute?« fragte Cecily schließlich.

»Wir waren in der Army«, antworteten wir.

»Nordafrika«, sagte Waymarsh, während er mechanisch in seiner Makrele herumstocherte.

»Burma«, fügte Pendennis hinzu. Er kämpfte mit seinem Kotelett. »Philippinen.«

»Lange bevor Sie geboren wurden. Vielleicht sogar, bevor Ihre Eltern geboren waren«, sagte ich.

Darüber konnte Cecily sogar wieder lachen, wenn auch etwas unsicher, und dabei kam eine winzige, rosarote Zunge zum Vorschein. »So alt sind Sie nun auch wieder nicht«, lächelte sie.

In diesem Moment schnellte, vom zähen Kotelett abgeglitten, Pendennis Messer gegen ihren Finger.

Pendennis versuchte, sein Gleichgewicht wiederzuerlangen, verlor es dabei ganz und gar und gab dem Messer mit dem Gewicht seines Armes und des ganzen Oberkörpers erst den richtigen Schwung. Einen Augenblick später hatte er sich wieder hochgerappelt, aber da war bereits Cecilys oberstes Fingerglied, genau am Gelenk, abgetrennt, unter den Tisch gerollt und direkt vor Malesherbes liegengeblieben.

Danach schien alles auf einmal zu passieren. Cecily stöhnte. Pendennis, aschfahl im Gesicht, heulte auf. Er fragte sich immer wieder, wie das um Himmels willen hatte passieren können; Waymarsh und den herbeigeeilten Kellnerinnen versicherte er, daß es ein Unfall gewesen sei. Um die Blutung zum Stillstand zu bringen, hielt ich Cecilys Arm in die Höhe, während Waymarsh ihren verletzten Finger in Servietten einwickelte. In der allgemeinen Hektik hatte niemand außer mir gesehen, was Malesherbes mit dem abgetrennten Fleischklumpen gemacht hatte.

Jedenfalls war ich erleichtert, als Pendennis am nächsten Morgen vor meinem Schreibtisch stehenblieb.

»Es war ohne Zweifel eine verrückte Tat«, sagte er, »aber trotz allem kann ich nicht umhin, mich auch ein klein wenig zu bewundern.«

Ich gab mir Mühe, verwundert auszusehen, aber er grinste.

»Du hast aber doch einen ganz schönen Schrecken bekommen«, erinnerte ich ihn.

»Ich habe sie wieder eingeladen«, sagte er. Sein verschlagenes Grinsen wurde noch breiter. »Als Akt der Reue, sozusagen.«

Cecily trug einen Verband. Sie benötigte deshalb Joannes Hilfe, um aus ihrem Mantel zu kommen. Waymarsh rückte ihr den Stuhl zurecht.

»Das muß sehr schmerzhaft sein«, bedauerte ich sie.

»Das ist es«, bestätigte sie.

Ihre Wangen waren bleich. Bei ihrem halbherzigen Versuch eines Lächelns fiel mir auf, daß ihre Augen dunkler geworden waren und unkonzentriert wirkten. Trotzdem sah sie plötzlich auf.

»Dieser Job ist sehr wichtig für mich«, sagte sie mit betontem Ernst. »Deshalb bin ich auf gute Beziehungen zu Ihnen allen sehr angewiesen.« Sie zog die Mundwinkel entschlossen hoch, ohne dabei ihre Zähne zu entblößen. »Auf gute, geschäftliche Beziehungen.«

»Da haben Sie natürlich recht«, bemerkte Waymarsh.

»Ich kann mir nicht vorstellen, wie es anders gehen sollte«, stimmte Pendennis ihr zu.

Bald brachte uns Joanne den Kaffee. Sie beugte sich zu Waymarsh herunter und schrieb pflichteifrigst und mit gerunzelter Stirn das Wort ›Makrele‹ auf ihren Notizblock, obwohl die Küche den Fisch für ihn doch schon in dem Moment bereitgestellt hatte, in dem er durch die Tür gekommen war. Auch von Pendennis und mir waren eigentlich keine Überraschungen zu erwarten. Trotzdem schien ihr unbehaglich zu sein.

»Und du, John?« fragte sie.

Obwohl Malesherbes den Kopf schüttelte, lächelte er.

Ich muß gestehen, daß diesmal mir das Messer ausglitt.

Zu Beginn der folgenden Woche stellte Joanne die Schiefertafel mit der Liste unnötigerweise direkt vor uns auf einen Stuhl.

»Was ist mit der unglücklichen jungen Frau?« fragte sie.

»Verschwunden«, antwortete Pendennis.

»Gegangen, ohne ein Wort zu sagen«, korrigierte ihn Waymarsh.

»Ohne ein einziges Wort«, sagte ich schlicht und hoffte, das Thema damit abgeschlossen zu haben.

»Trotzdem, ein hübsches Mädchen«, beharrte Joanne. »Armes Kind. So anfällig für Unfälle.«

Mit einem Seufzer setzte sie den Stift zurück auf das Papier. »Nun, meine Herren? Was soll es heute sein?«

»Nur Kaffee«, sagte Waymarsh.

»Für mich das gleiche«, fügte Pendennis hinzu, den Kopf hielt er dabei gesenkt, um das Zwinkern in seinen Augen zu verbergen.

Joanne sah ihn fragend an.

»Kaffee«, sagte auch ich.

Malesherbes zog ein Sandwich aus der Tasche, das sauber in Pergamentpapier eingeschlagen war. »Tee«, sagte er mit fester Stimme. »Eine schöne, heiße Tasse englischen Frühstückstee.«

Einer nach dem anderen zogen wir, nachdem Joanne gegangen war, unsere Sandwiches hervor.

»Vielleicht sollten wir uns etwas Senf kommen lassen«, schlug Pendennis vor.

»Und Pfeffer«, meinte Waymarsh nachdenklich. »Ich hätte gerne etwas Pfeffer.«

»Ich glaube, es wird euch ausgezeichnet schmecken, wenn ihr es laßt, wie es ist«, versicherte Malesherbes.

Vorsichtig entfernten wir das Pergamentpapier.

Zwischen den Brotscheiben sah ich eine dünne Auflage von zartrosa Fleisch. Es war gänzlich ohne Fett, da war ich sicher. Gestern, am späten Abend noch, hatte Malesherbes die Stückchen meisterhaft zubereitet. Wir hatten ihm dabei zugesehen. Trotzdem dachte ich kurz noch einmal an meine Kutteln. Merkwürdig, dachte ich, wie schnell Geschmäcker sich ändern. Dabei war uns doch alles so selbstverständlich, so richtig und vollkommen erschienen – bis Cecily kam.

Dennis Etchinson

Der Todeskuß

(The Blood Kiss)

Dennis Etchinson (geb. 1943 in Stockton, California) ist bekannt für seine meisterhafte Kurzprosa, deren großartigsten Beispiele in den Bänden ›The Dark Country‹ und ›Red Dreams‹ vereinigt wurden. Unter seinen anderen Büchern sind der Roman ›Darkside‹ und die kürzlich erschienenen Anthologien ›Masters of Darkness‹ und ›The Cutting Edge‹. Da er auch ein begabter Drehbuchautor ist, schuf er sich mit den Arbeiten zu der Fernsehserie ›The Hitchhiker‹ die Basis für die folgende Geschichte.

Sie hatte sich eingeredet, es würde schon nicht soweit kommen, auch wenn sie im stillen vielleicht gehofft haben mochte, es könnte doch passieren. Jetzt wußte sie nicht mehr zwischen Wahnvorstellung und Realität zu unterscheiden. Die Dinge waren ihr außer Kontrolle geraten.

»*Chris*? Du bist noch hier?« Es war Rip. Er hatte früher einmal als Botenjunge hier angefangen und so lange ausgehalten, bis er zum Beauftragten für spezielle Projekte aufgestiegen war, was auch immer das sein mochte. Er hatte an ihrem Büro vorbeieilen wollen, hatte sich, als er sie sah, gerade noch am Türpfosten festhalten können und tänzelte jetzt auf einem Bein, während das andere einen Bogen durch die Luft beschrieb, um mit dem Knöchel auf dem Knie des Standbeins zum Liegen zu kommen – die anmutige Ruhepose eines Tänzers, vielleicht auch das übermütige Manöver eines Läufers, der so weit in Führung liegt, daß er sich nicht mehr besonders anstrengen muß. Sie konnte sich nicht entscheiden, musterte ihn geistesabwesend und simulierte Belustigung, als er sie fragte: »Kommst du heute abend auf die Party?«

»Interessiert dich das tatsächlich?«

»Klar doch.« Er grinste wie ein kleiner Junge, so, als hätte er für einen Moment vergessen, daß er immerhin schon fünfunddreißig war. »Der ganze Sender wird dasein, weißt du?« Er schaute einmal den Flur rauf und runter, dann schlich er mit eingezogenem Kopf zu ihr herein und senkte die Stimme, um sein pures Strebertum hinter einem ironischen Tonfall zu verbergen: »Hast du schon gehört, was wir für Milo besorgt haben?«

»Laß mich raten«, antwortete sie. »Eine Bauchtänzerin? Nein, die gab's ja schon zu seinem Geburtstag. Vielleicht einen Go-go-Boy von Chippendale's?«

Rip verschluckte ein Lachen. »Du machst wohl Witze. Vor seiner dritten Saison kann der sich hier doch nicht als Schwuler präsentieren.«

»Weiß man's?« Schwuler, dachte sie. Das könnte dir so passen, du Arschloch. Ich könnte dir Sachen über Milo erzählen. Aber wahrscheinlich würdest du's mir nicht glauben. Würde dir nicht in deinen Spielplan passen, stimmt's? Milo, der Hosenpilot. Träum du nur weiter. »Ich gebe es auf«, sagte sie.

»Was?«

Rip zog hinter sich die Tür zu. »Wir haben dieses Flittchen von Central Casting angeheuert. Sie wird um fünf Minuten vor zwölf hereingeweht kommen und in Tränen aufgelöst verkünden, daß sie soeben Milos Auto vor der Tür in einen Schrotthaufen verwandelt habe. Du weißt schon, den 450 SL. Es täte ihr so leid, sie würde natürlich für alles aufkommen, es sei denn, ihre Versicherung wäre abgelaufen. Milo wird natürlich ausflippen. Also dirigiert sie ihn rauf in das Schlafzimmer, wo das Telefon steht. Sie sucht nach der Nummer, dann beginnt der Zusammenbruch. Sie reißt sich das Kleid vom Leib, bietet sich ihm an und, welche Überraschung: Das Ganze ist eine Stripshow. Alles Gute zum Valentinstag! Auf einmal sind wir alle da. Hast du eine Kamera, Chrissie?«

»Ich werde meine 3-D mitbringen.«

»Was?«

»Bis heute abend, Rip. Jetzt muß ich mein Exposé noch mal abtippen.« Sie fragte sich, wie spät es wohl schon sein mochte.

»Meinst du das von ›Zombies‹? Ich dachte, das wäre schon längst im Kasten?«

»Ist es auch. Aber Milo hatte im letzten Augenblick noch ein paar Änderungsvorschläge. Nichts Wesentliches. Er will es morgen früh auf dem Schreibtisch liegen haben.«

»Na, prima«, sagte Rip, ohne noch richtig zuzuhören. »Also, arbeite nicht zuviel.«

Wer denn wohl, wenn nicht ich, dachte sie.

»Chrissie?«

»Ja?«

»Ich wünsch dir einen schönen Abend, ob solo oder in Begleitung. Denk dran, *Don't Open the Door* ist auf Anhieb Nummer eins geworden. Wir haben's geschafft. Dank deiner Episode natürlich. *Queen of the Zombies* wird uns in den Olymp katapultieren.«

»Danke für diese Nachricht, Rip.«

Nenn mich nicht immer Chrissie, dachte sie, als er das Zimmer verließ.

Ich habe es geschafft, du hast es geschafft, sie haben es geschafft, wir haben es geschafft ... Das möchte ich erleben, daß Milo oder wer auch immer in dieser Produktionsfirma sich auch nur ein einziges Mal mit richtiger Arbeit die Finger dreckig macht, daß er Autoren interviewt, Stories aus ihnen rauskitzelt und sich ganze Nächte mit Überarbeitungen um die Ohren schlägt, nur damit man dem Sender mal etwas mehr als hochtrabende Ideen anbieten kann ... Ich hätte Sekretärin bleiben sollen. Zumindest würde ich dann besser schlafen.

Aber wo wären sie dann? Und wo wäre ich? Wahrscheinlich wieder zu Hause in Fresno, dachte sie. Bei meinen Eltern. Und nicht hier, wo ich wie eine Verrückte hinter den Kulissen schufte, um dieses Surrogat von einer Familie zusammenzuhalten. Wenn ich nur einen Dollar für jedesmal gekriegt hätte, daß ich Milo noch in der Nacht vor einem Showdown mit den Bossen vor einem kräftigen Tritt in seinen strammen Arsch bewahrt habe ...

Mit Stories wie dieser, dachte sie, während sie sich durch die Papiere wühlte.

Endlich hatte ich die Richtige gefunden. Stimmt's etwa nicht? Diesmal war, auf wunderbare Weise, schon alles da, als sie über den Tisch geflattert kam. Die einzige wirkliche Arbeit, die mir noch zu tun blieb, war, die Story ein bißchen aufzupolieren und sie Milo für die Präsentation auszuhändigen. Die ideale Auftaktepisode für die zweite Serie. So haben sie sich ausgedrückt. Und wenn ich ehrlich bin, wollte ich natürlich, daß sie glauben, sie sei von mir. Es hat funktioniert. Soll ich mir jetzt etwa nur wegen eines Phantoms diese Chance durch die Lappen gehen lassen? Wer ist denn dieser Roger Ryman? Wenn man die Einzelheiten ein bißchen ändert, wird man die Geschichte kaum noch wiedererkennen, wenn die Dreharbeiten beginnen, dafür werde ich schon Sorge tragen. Das Drehbuch werde natürlich ich schreiben. Wer denn auch sonst? Und dann wird es endlich volle Anerkennung geben, die Mitgliedschaft in der Gilde . . . Wer wird am Schluß der Klügere sein? Ryman hat sicher irgendwo sein bescheidenes, ehrliches Auskommen, und auf lange Sicht fährt er so auch besser. Er wird es nie zu sehen bekommen. Ich möchte wetten, daß er nicht einmal am Kabel hängt.

Aber was ist, wenn einer seiner Freunde es sieht?

Vergiß es, Chrissie. *Chris.* Du flippst langsam aus.

Du wolltest es so. Gib's zu. Du wolltest es.

Sie nahm das letzte Blatt ihrer Überarbeitung aus der Schreibmaschine, jenes, welches die Änderungen enthielt, die sich in der heutigen Sitzung mit Milo ergeben hatten, und sie begann, von Seite eins noch einmal alles durchzulesen:

QUEEN OF THE ZOMBIES

von Christine Cross

1. TAG-UND-NACHT-SUPERMARKT - NACHT

Es ist drei Uhr morgens. Der Supermarkt wird belagert - von lebendigen Toten.

Die Zombies fallen über die *Obst- und Gemüseabteilung* her, wo der NACHT-GESCHÄFTSFÜHRER und eine KASSIERERIN, seine Freundin, sich hinter dem Salatregal verstecken. Er muß das Mädchen rausschaffen, bevor die Zombies sie entdecken. Sie wollen etwas mehr als Obst und Gemüse.

Er schafft es bis zur Lautsprecheranlage, packt das Mikrofon und ruft als Ablenkung ein Sonderangebot an frischer Leber aus. Die Zombies schlurfen hinüber zur *Fleischabteilung*.

Die KASSIERERIN krabbelt auf allen vieren in Richtung Eingangstür, aber schon marschieren Nachschubtruppen der Zombies auf den Supermarkt zu. Sie ändert die Richtung, schleicht sich durch die Seitengänge, wird aber zurückgedrängt zur *Fleischabteilung*, wo die Zombies sich gerade mit Begeisterung über die Leber hermachen.

Ein einzelner Zombie kommt am Ende der Kühltheke an. Es ist kein Fleisch mehr da. Er betätigt mit auffallenden, ruckartigen Bewegungen die Glocke. Keine Antwort. Also klettert er über die Theke und greift sich den METZGER, der sich dort versteckt hatte, hebt ihn in die Höhe, steckt eine Hand unter die Bauchdecke des METZGERS und reißt ihm die Leber heraus.

Während das Freßgelage lustig weitergeht, wird die KASSIERERIN über und über mit Blut und Eingeweiden bespritzt. Sie schreit.

>SCHNITT<

Wir sehen, daß in dem Supermarkt ein Film gedreht wird. Aber das Mädchen, das die KASSIERERIN spielt, hört nicht auf zu schreien. Als die Zombies ihre Masken vom Gesicht ziehen, flüchtet sie hysterisch aus der Kulisse.

>>Großartig!<< sagte der REGISSEUR zu seinem ASSISTENTEN. >>Aber das nächste Mal noch mehr Blut, Marty. Okay?<<

Dann geht er ab, um nach dem Mädchen zu sehen.

2. DRAUSSEN

Der REGISSEUR tröstet das Mädchen auf dem Parkplatz. Sie will es ihm recht machen, sie weiß, daß sie nicht das leistet, was er von ihr verlangt, aber es ist zuviel für sie. Sie ist einem Zusammenbruch nahe. Sie ist fast soweit, sich in den Bus zu setzen und nach Indiana zurückzufahren.

Der REGISSEUR braucht sie. Sie soll eine Königin der Zombies sein. Er schickt sie zurück in den Holiday Inn. Ein heißes Bad, etwas Ruhe - was sonst könnte er für sie tun? Er wird später mit ihr proben, ganz privat. Vielleicht ist es das, was ihr fehlt.

Sie legte die Blätter auf den Tisch. Perfekt. Und so ging es weiter bis zum Schluß. Jetzt war wirklich Bewegung drin. Zum Teufel mit dem Exposé, dachte sie. Ich könnte jetzt gleich mit dem Schreiben des Drehbuchs beginnen, jetzt, wo ich den richtigen Schwung habe, wenn Milo diese Version nicht erst noch dem Sender zur Zustimmung vorlegen müßte. Reine Formalität. Ich könnte weiterarbeiten – zu dieser gottverdammten Party wollte ich sowieso nicht gehen. Ich könnte es vor dem festgesetzten Termin fertig haben ... Dann würden die Herren endlich auch einmal merken, wie wichtig ich für diesen Laden bin. Vielleicht würde Milo sogar merken, wie dringend er einen Coproduzenten braucht. Warum nicht?

Ob er wohl noch in seinem Büro ist? Sie könnte ihm schnell ihre Aufwartung machen, könnte sich für die Party entschuldigen und ihm erklären, daß sie lieber nach Hause gehen und arbeiten wolle. Das würde einen verteufelt guten Eindruck auf ihn machen. Oder etwa nicht?

Sie heftete die Seiten zusammen und griff nach ihrer Handtasche.

Im Korridor roch es schwach nach Desinfektionsmittel. In einiger Entfernung hörte sie Rumpeln und Klappern von Abfalleimern. Die Putzfrau arbeitete sich von Raum zu Raum, um anderer Leute Dreck wegzuräumen und alles wieder in Ordnung zu bringen. Als Chris an der Anmeldung vorbeiging, sah sie durch die halbgeschlossene Tür den Wagen mit Besen und Reinigungsmitteln und dahinter, durch das Fenster von Rips Büro, erkannte man die Skyline, unter einem dunklen Schleier von Luft, der den Schmutz eines langen Tages Stadtleben in sich aufgesogen hatte. Es war schon später, als sie geglaubt hatte.

»Guten Abend!« rief sie.

Die Reinemachefrau richtete sich auf und wischte ihre schweren Hände am Kittel ab, dann ließ sie die Arme mit nach außen gedrehten Handflächen runterhängen, als habe sie Angst, man könnte sie des Diebstahls bezichtigen. Ihr Gesicht war banal und ausdruckslos.

»Ich wünsche Ihnen noch einen schönen Feiertag«, fügte

Chris hinzu. Nun, eigentlich war es ja gar kein richtiger Feiertag. Ob die Frau überhaupt Englisch verstand?

Bevor sie weiterging, tauschten die beiden noch einen letzten Blick aus. Der Blick der anderen war stetig und ergeben, jenseits aller Hoffnung und doch auf merkwürdige Weise friedvoll. Es lag vielleicht eine Spur von Mißfallen in diesem ausdruckslosen Gesicht. Chris verließ den Schauplatz etwas beklommen, wie ein Teenager, den man beim heimlichen Betreten oder Verlassen seines Schlafzimmers beobachtet hatte. Tatsächlich schienen die Augen der Frau sogar so etwas wie Mitleid auszudrücken. Aber warum nur? Sie senkte den Blick und ging weiter.

Sie klopfte an Milos Tür, dann trat sie einfach ein, ohne auf eine Aufforderung zu warten.

Das Zimmer war leer. Natürlich hatte er sich mal wieder nicht die Mühe gemacht, ihr einen guten Abend zu wünschen, bevor er ging. Warum auch? Er hatte das auch früher nicht getan. Aber das würde sich schon ändern. Keine Angst. Sie hatte das neue Büro erst seit drei Tagen. Es dauert halt seine Zeit, bis das in allen Köpfen drin ist. Hier würde sich sowieso noch früh genug einiges ändern.

Sie sah die üblichen Indizien für einen hastigen Aufbruch: eine Reihe leerer Cola-Dosen, eine aufgezogene Schublade, die Milo als Unterlage für seine Füße zu benützen pflegte, neben dem Telefon kringelte sich ein Durcheinander von Mitteilungszetteln, auf der Tischkante drohte ein Rattennest von Papieren jeden Moment auf den Boden zu fallen.

Gegen ihren Willen fand sie den Anblick eher rührend als häßlich. Er brauchte eben jemanden, der Ordnung in sein Leben brachte, der jeden Abend nach der Arbeit seine Sachen aufräumte. Alleine schaffte er es nicht. Es war nicht sein Fehler, dachte sie, es war eben seine Natur . . . Sie fühlte sich wie die Schwester, die für ihn die Hausaufgaben korrigierte, während er schlief, die Freundin, die ihm vor der großen Klassenarbeit noch schnell einen Spickzettel zuschob, oder die Mutter, die darauf achtete, daß der Junge auch ordentlich gekämmt war, bevor er sich auf den Schulweg machte. Sie war natürlich nichts von alledem, das wußte sie sehr wohl, aber schon bald würde er ihren wahren Wert erkannt haben. Die Tage, als sie nur geduldet war, waren endgültig vorbei.

Sie lächelte, als sie quer durch das Büro ging, um ihm das korrigierte Exposé mit einem Gefühl des Triumphes auf die gläserne Tischplatte zu legen, wo es bis zum nächsten Morgen auf ihn warten würde. An dem Platz war es nicht zu übersehen.

Sie vereinigte die Mitteilungszettel zu einem ordentlichen Haufen und legte ihre Schreibmaschinenseiten mitten zwischen den überquellenden Aschenbecher und die Ringe, die seine Kaffeetasse zurückgelassen hatte. Obendrauf legte sie einen Briefbeschwerer, der die Seiten an dem vorgesehenen Platz halten sollte, und, um das Ganze einzurahmen, legte sie auf jede Seite noch einen Bleistift. Dann machte sie sich auf, das Zimmer zu verlassen.

Der Putzwagen klapperte aus Rips Büro heraus und kam näher.

Was war, wenn die Reinemachefrau alles wieder durcheinanderbringen und ihre Seiten unter irgendeinem Papierstapel verschwinden lassen würde?

Chris würde ihr sagen müssen, daß sie den Schreibtisch nicht anrühren solle.

Aber wenn sie sich der Frau nun gar nicht verständlich machen konnte?

Sie seufzte und leerte den Aschenbecher selber aus, warf die leeren Dosen in den Papierkorb, wischte die Glasplatte sauber und räumte auch den Rest der Arbeitsmaterialien auf, so daß nichts auf dem Schreibtisch mehr angerührt werden mußte. Als sie seinen Notizblock unter das Telefon schob und sich bereitmachte, das Büro nun endgültig zu verlassen, um nicht auch noch erwischt zu werden, löste sie den Klingelmechanismus im Telefon aus, und die Glocke schlug einmal kurz an. Sie kniff verschreckt die Augen zusammen.

Und dann sah sie, was auf dem obersten Blatt des Notizblocks geschrieben stand.

Sie blinzelte noch einmal und überlas die Notiz immer wieder, ihr Bewußtsein brauchte seine Zeit, um sie zu verstehen.

Es war Milos vertrautes Gekritzel, seine letzte Notiz an diesem

Arbeitstag. Sie hatte keine Probleme, die Schrift zu entziffern. Dort stand:

BILL S. SOLL KÖNIGIN DER Z'S. SCHREIBEN. WER IST SEIN AGENT?

Sie starrte auf die Notiz.

Dann legte sie die Hände in die Hüften, verlagerte ihr Gewicht erst auf das eine Bein, dann auf das andere, sah aus dem Fenster, entdeckte dort nichts anderes als tiefschwarze Nacht und las das Ganze noch einmal durch, bevor sich ein Stechen in den Augen bemerkbar machte. Die Bedeutung war nicht mißzuverstehen.

Milo hatte bereits jemand anderen ausersehen, das vollständige Drehbuch zu schreiben.

Sie war gar nicht mehr im Rennen.

Sie war es nie gewesen.

Sie konnte froh sein, wenigstens im Nachspann zu erscheinen. Nein, wahrscheinlich wäre ihr nicht einmal das vergönnt.

Auf einmal fiel es ihr wie Schuppen von den Augen.

Im Geiste sah sie den Namen des anderen Drehbuchautoren über den Bildschirm flimmern. Vielleicht würde es sogar nur Milos Name sein. Es wäre nicht das erste Mal.

Immer das gleiche, dachte sie. Mein Gott, ändert sich denn niemals etwas?

Und ich habe es nicht einmal kommen sehen.

Natürlich würde sie nicht die Möglichkeit haben, einen Protest einzureichen, weil es dann zu einer Schiedsverhandlung kommen würde, bei welcher möglicherweise der wahre Autor aufgedeckt würde, dessen Arbeit sie sich angeeignet hatte.

Ich bin reingelegt worden, dachte sie. Wieder einmal.

Aber diesmal werde ich mich nicht mit dem Knochen begnügen, den sie mir vor die Füße geworfen haben. Diesmal nicht.

Jetzt ist Schluß.

Sie nahm den Aschenbecher vom Tisch und schleuderte ihn quer durch den Raum. Er schlug mitten in dem gerahmten LeRoy-Nieman-Porträt ein, das an der Wand hing. Dann nahm sie ihr Exposé wieder an sich und verließ das Büro. Kleine Splitter von zerbrochenem Glas knirschten unter ihrer Schuhsohle.

Verwundert trat die Reinemachefrau einen Schritt zur Seite.

»Diesmal nicht«, stieß Chris hervor. Tränen der Wut standen ihr in den Augen. »*Comprende*? Es – es tut mir leid. Entschuldigen Sie ...«

Ich habe einen Fehler gemacht. Einen schrecklichen Fehler.

Aber vielleicht hat auch jemand anders einen Fehler gemacht.

Zurückgekehrt in ihr Büro, sah sie die Kartei durch, bis sie den Originalentwurf für die Handlung fand, eingereicht ohne Vermittlung durch einen Agenten von einem Unbekannten, den sie noch nie gesehen hatte, Roger R. Ryman. Auf der Titelseite hatte er sowohl seine private Telefonnummer als auch die seiner Arbeitsstelle vermerkt.

Sie umkrallte den Telefonhörer, beim Wählen der Nummer brach sie sich einen Fingernagel ab.

Zuerst erinnerte er sich nicht an ihren Namen, aber nachdem sie die magischen Worte *Don't Open the Door* ausgesprochen hatte, fiel ihm die Serie wieder ein, und seine Unterwürfigkeit quoll beinahe aus dem Telefonhörer.

Ja, er würde sich mit ihr treffen, überall, zu jeder Zeit.

Sie gab ihm Milos Adresse.

Er fand es überhaupt nicht seltsam, daß sie sich mit ihm auf einer Valentins-Party verabredete.

3. IM HOLIDAY INN

Unter Tränen ruft sie ihre Eltern an. Als der REGISSEUR das Zimmer betritt, macht sie sich gerade bereit, in die Badewanne zu steigen.

Es wird alles gut werden. Du kannst es schaffen, sagt er zu ihr. Er wird persönlich mit ihr arbeiten. Er übernimmt während des Probedurchlaufs die Rolle des Zombies, er berührt sie, grabscht nach ihr, schließt sie in seine Arme. Sie reagiert verzweifelt, vergißt das Drehbuch. Sie braucht ihn, und sie glaubt, daß er sie auch braucht.

4. SPÄTER

Sie ruft noch einmal ihre Eltern an, aber diesmal hat sie eine andere Geschichte zu berichten. Ja, es geht ihr gut. Sie wird es hier wohl doch schaffen. Irgendwie.

>>Hörst du, Mama? Ich habe einen Mann kennengelernt. Nicht irgendeinen Mann. Er ist wunderbar. Und so gut. Er kümmert sich wirklich um mich...<<

Großartig, dachte sie. Jetzt ist nur noch die Frage, wer von denen er ist.

Typen jeder Größe und jeden Umfangs wirbelten um sie herum, ausstaffiert mit den merkwürdigsten Kostümen. Herzförmige Hüte sah man, Kleider mit aufgedruckten Amorpfeilen, Schuhe in den albernsten Designs, T-Shirts mit den kitschigsten Aufdrucken, emaillierte Anstecknadeln, gemusterte Hutbändchen und pastellfarbene Jogging-Anzüge aus dem Beverly Center, dem Tuntenladen in der Melrose Avenue. Teddybären, die in den Ecken auf der Lauer lagen, hatte man Liebesbriefchen an die Schlabberlätzchen geheftet, Luftballons stiegen zur Zimmerdecke wie Luftblasen zur Oberfläche eines Aquariums. Sie schnappte nach Luft, während nicht identifizierbare Menschen um sie herumhüpften, von denen unter dem ultravioletten Licht nichts als Zähne und Hemdkragen zu erkennen waren. Sie suchte nach einem Ausgang, bevor das Inferno der Musik wieder über ihr zusammenschlagen würde. Als sie gegen den Strom auf die nächste Tür zusteuerte, schnappte etwas wie eine Zange nach ihrem Oberschenkel. Die Bären im Schatten mit ihren leuchtenden, schwarzen Haifischaugen schienen die Köpfe zu bewegen, um ihr Vordringen verfolgen zu können.

Eine neue Platte begann zu hämmern. ›Waiting Out the Eighties‹ von den Coup de Villes, als Männer mit langen Hälsen und zurechtgestutzten Schnurrbärten sich um ein protziges Buffet in der Küche versammelten. Sie war schon beinahe daran vorbei, als sie die riesige, gefärbte Pastete entdeckte. Der obere Teil klaffte auseinander und ähnelte so einer Möwe im Flug. Der Mittelteil brach zusammen, als die Männer ihre *Horsd'œuvres* hineinstippten, und es kam eine zähe, leberartige Masse zum Vorschein. Die Männer machten ihre Witze, ein dünner, glänzender Schweißfilm stand ihnen allen auf den hohen Stirnen. Sie erkannte den angeregtesten der Spaßmacher.

»Rip . . .«

Er packte sie an den Schultern und hielt sie auf Armeslänge von sich weg, bis er seinen Witz beendet hatte, so, als hätte sie sich danach gedrängt, ihn mithören zu können. Als er fertig war, warf er den Kopf in den Nacken und lachte viel zu laut, sein Adamsapfel hüpfte in lebhaften Schluckbewegungen auf und ab. Schließlich wandte er sich an sie.

»Chrissie, meine Liebe!« Er zog sie näher zu sich heran. »Mark, ich würde dir gerne unsere neue Drehbuchredakteurin vorstellen.«

»Rip, hast du . . .«

»Nein, ich weiß nicht, wohin sich Milo verkrümelt hat. Aber ich wette, er führt nichts Gutes im Schilde.« Er zeigte mit dem aufgerichteten Daumen unter die Decke. »Versuch's doch mal oben.«

»Rip, wenn jemand nach mir fragen sollte . . .«

»Wenn ich du wäre, meine Liebe . . .« Rip blinzelte mit den Augen, »dann würde ich ihn nicht gerade jetzt stören.«

Ich bin allein, dachte sie. So war es schon immer. Alles andere waren Illusionen.

»Laß nur.« Sie nahm sich ein Glas mit Champagner und leerte es. »Bis Mitternacht«, sagte sie und schlüpfte zwischen den Gästen hindurch in Richtung Treppe.

Von oben kamen viele Stimmen. Vielleicht würde sie dort finden, was sie suchte. Es wurde langsam spät, und bis zum Beginn des Feuerwerks mußte alles an seinem Platz sein.

5. IN DER MASKE - AM NÄCHSTEN TAG

Sie sitzt auf ihrem Stuhl und wird von ihrer neuen Familie so aufgepäppelt, wie sie es braucht. Der MASKENBILDNER ist freundlich und sensibel. Mag sein, daß sie ihre wirkliche Familie zu Hause zurückgelassen hatte, aber zumindest hatte sie das Gefühl, irgendwo hinzugehören.

Als sie den Stuhl verlassen hat, ändern der MASKENBILDNER und der übrige STAB ihren Tonfall. Das arme Kind wird ihnen noch viel Ärger machen. Sie ist viel zu nervös, zu reizbar, gefährlich unstabil. Aber es ist zu spät für einen Ersatz. Die Zeit läuft uns weg.

6. IM SZENENAUFBAU

Sie hat wieder einen Zusammenbruch. Der REGISSEUR versucht, ihr zu helfen, aber es reicht nicht aus. Sie ist zu unsicher. Nach der zwölften Klappe bettelt sie um die Chance, es noch einmal versuchen zu dürfen.

>>Sag's mir noch einmal so, wie du es mir letzte Nacht gesagt hast. Ich will doch nur gut sein.<<

>>Auch ich will nichts anderes<<, sagt er zu ihr.

Das dunkle Treppenhaus hatte seine Tücken. Verschwommene Eindrücke von ironischen Gesichtern begleiteten ihren Aufstieg, junge Männer ohne Koteletten, ein paar von ihnen hatten elegant gekleidete, junge Damen dabei, Mädchen, die auf Schwule standen und die alle ein gekünsteltes, auf dem Gesicht eingefrorenes Lächeln zur Schau stellten, das wohl grimmige Entschlossenheit ausdrücken sollte. Ihr Handgelenk streifte etwas Kaltes, Glattes. Es war ein herzförmiges Satinkissen, das ein Jemand undefinierbaren Geschlechts als Valentinsgabe in der Hand hielt.

»Entschuldigen Sie«, sagte sie.

»Ich muß mich entschuldigen«, sagte die Person mit dem Kissen. »Sind Sie es?«

»Ich hoffe«, antwortete sie. Sie vermied seinen Blick und eilte weiter. Dann sackten die Worte und der männliche Tonfall der Stimme in sie ein. Sie blieb stehen und sah zurück.

»Ich bitte um Verzeihung«, sagte sie, »aber . . .«

Unter flackerte eine altmodische Stroboskoplampe, wie sie in den sechziger Jahren üblich gewesen waren, über die Köpfe der Tanzenden hinweg und machte sie alle zu anonymen Komparsen.

Sie hatte das Gefühl, noch immer in einem Schema gefangen zu sein, in das sie schon vor Jahrzehnten gepreßt worden war. Es würde sich nie ändern, wenn sie nicht endlich etwas unternahm. Es war nicht die Zeit, noch länger zu zögern. Sie erinnerte sich an etwas, das ihr Vater zu ihr gesagt hatte, bevor sie ihr Zuhause verließ: *Wenn du sitzt, bleib sitzen, wenn du stehst, bleib stehen. Nur schwanken darfst du nicht.* Die vergangenen Stunden hatten ihr seine Worte wieder ins Bewußtsein gerufen. Jetzt verstand sie sie.

Wo war er? Die Zeit lief ihr davon.

Sie warf einen Blick über die Köpfe unter ihr. Der Mann mit dem Herzen war verschwunden.

Sie starrte voller Angst die Treppe hinunter. Er durfte ihr nicht entwischen.

Von der anderen Seite des Treppenschachtes wurde ihr etwas Glänzendes entgegengestreckt. Beinahe berührte es sie.

»Sie sind es«, sagte der Mann mit dem Satinkissen. »Ich bin ganz sicher.«

»Gott sei Dank!«

Sie schob ihn die Treppe hinauf bis zum zweiten Absatz. Die Dunkelheit eines Flurs streckte sich vor ihnen aus, durchschnitten von gedämpften Lichtstrahlen aus verschiedenen Schlafzimmern. Sie erinnerte sich nicht genau, welches davon Milos war, aber sie wußte, daß sie es vor dem besagten Zeitpunkt rausfinden mußte. Ob das Mädchen, das Rip angeheuert hatte, wohl schon hier war?

»Kommen Sie mit mir«, sagte sie. »Wir haben etwas zu besprechen.«

7. HOTELRESTAURANT

Der Regisseur sitzt mit seinem PRODUZENTEN beim Essen. Sie stehen unter dem Druck, rechtzeitig fertig werden zu müssen. Aber der REGISSEUR glaubt, daß er es schaffen kann. Er hat es bis jetzt immer geschafft. Die letzte Szene soll ein echter Hammer werden.

In der Szene wird der Freund von dem MÄDCHEN, der NACHTMANAGER des Supermarktes, Soldaten zum Friedhofen führen, um seine Freundin zu retten. Jede Menge Feuerwerk wird zum Einsatz kommen.

Jetzt erscheint das MÄDCHEN im Restaurant. Sie setzt sich zu den beiden, ohne daß sie jemand eingeladen hätte. Sie erwartet, mit Wärme empfangen zu werden. Sie glaubt, sie gehöre jetzt zum Leben des REGISSEURS. Sie wartet auf seine Begrüßung, aber er schaut sie nur an. Dann nimmt er sie zur Seite, um ihr zu raten, doch endlich erwachsen zu werden. Das hier sei das richtige Leben.

8. ANHÄNGER FÜR SPEZIALEFFEKTE

Der REGISSEUR bittet seinen MANN FÜR SPE-

ZIALEFFEKTE um Hilfe. Das MÄDCHEN hält den ganzen Laden auf. So kann es nicht weitergehen. Das Wichtigste ist schließlich der Film.

Welche Szenen hat sie noch zu spielen? Die beiden gehen das Drehbuch noch einmal durch: Nur noch die Verbrennung der Zombies. Der NACHTMANAGER wird den Angriff auf den Friedhof anführen, er wird die Zombiepuppen hinter den Grabsteinen erschießen. Die Soldaten von der Nationalgarde werfen Handgranaten. Der Freund des Mädchens wird sich einen sicheren Weg durch die vorher präparierten, scharfen Ladungen suchen müssen. Sind die Puppen erst einmal explodiert, wird er sie noch mit dem Flammenwerfer rösten.

Von dem MÄDCHEN braucht man nur noch eine Großaufnahme. Ein mit Blut gefülltes Spezialgeschoß platzt in ihrem Gesicht. Sie brauchen ihren erstaunten Ausdruck, wenn sie im Moment des Todes noch einmal zu Bewußtsein kommt und ihren Liebhaber in dem Moment erkennt, in dem er sie tötet. Gleich darauf Schnitt auf einen explodierenden Zombie.

Gäbe es eine Möglichkeit, um sie herum zu drehen? Längere Einstellungen vielleicht? Eine bessere Puppe? Mehr Blut und Effekte, um alles zuzudecken? Die anderen Zombies werden ja auch als Puppen in die Luft gejagt. Aber bei ihr braucht man die Reaktion. Schließlich ist sie die Königin der Zombies.

MARTY ist mal wieder einen Schritt voraus. Nicht das erste Mal, daß er dem REGISSEUR aus der Patsche hilft. Er hat bereits einen Gipsabdruck von dem Gesicht des MÄDCHENS machen lassen, aus dem sich eine Latexhaut, lebensecht bis ins letzte Detail, anfertigen läßt. Diese elastische Haut ließe sich zur Not sogar einem Double überstreifen. Jetzt ist man in der Lage, den Film ohne das MÄDCHEN fertigzudrehen.

Du bist ein Genie, sagte der REGISSEUR zu seinem MANN FÜR SPEZIALEFFEKTE. Das wird ein blutrünstiges Meisterwerk werden, auch ohne Schauspieler. Mit denen hat man doch sowieso nichts als Ärger.

Sie führte ihn den Flur entlang. Aus dem ersten Schlafzimmer drang ein dröhnendes Gelächter, aus dem zweiten hörte sie ausgelassenes Geplapper, durch den Türspalt sah man eine bleiche Hand, die ein Rasiermesser in der Hand hielt, mit dem sie wild über einem horizontalen Spiegel herumfuchtelte. Die dritte Tür war geschlossen, an den Türgriff hatte jemand ein primitives Schild gehängt: PRIVAT – ZUTRITT VERBOTEN. Das, dachte sie bei sich, dürfte von Rip stammen.

Sie zog den Mann mit dem Herzen in das angrenzende Badezimmer. Die Verbindungstür war nur angelehnt, im Schlafzimmer herrschte das weiche, gefilterte Licht einer kleinen Lampe. Das war genug. »Hier sind wir ungestört . . .«

Er stand unentschlossen in der Mitte des Badezimmers. »Ich habe auf Sie gewartet«, sagte er.

»Ich weiß. Ich habe ebenfalls auf Sie gewartet.« Sie hörten, wie sich über den Flur Gekicher und Schritte näherten.

»Erwischt«, sagte er.

»Nein.« Sie stellte sich mit dem Rücken gegen die Tür. »Jedenfalls nicht wir.«

Gegen die Tür gelehnt, erlaubte sie es ihren Augenlidern, sich wenigstens für einen Moment zitternd zu schließen. Sie wartete, bis das Zimmer aufgehört hatte, sich zu drehen, um endlich mit ihrer vorbereiteten Rede beginnen zu können. Als sie die Augen wieder öffnete, war er näher gekommen.

Er stand vor ihr und legte fragend den Kopf auf die Seite.

»Aber Sie wissen nicht, was ich im Schilde führe, oder?« fragte sie ihn. »Vielleicht sollte ich es Ihnen erklären.«

»Das brauchen Sie nicht«, erwiderte er. »Ich glaube, ich verstehe auch so.«

»Wie könnten Sie?«

»Ich habe Ihnen doch gesagt, ich warte schon seit so langer Zeit.«

»Entschuldigen Sie. Ich war nicht nett. Ich hab's nicht so gemeint. Es ging eben alles so furchtbar schnell . . .«

»Nehmen Sie's nicht so schwer«, sagte er. Er trat einen Schritt zurück, um ihr etwas Luft zum Atmen zu geben, und setzte sich auf den Rand der Badewanne. »Es macht mir nichts aus, noch etwas länger zu warten.« Ein Widerschein von den Fliesen schimmerte verspielt in seinen Augen.

Gut, dachte sie, er ist willig.

»Es darf nur nicht zu lange dauern«, fügte er hinzu.

Auf dem Flur kamen das Gekicher und die Schritte näher.

9. IM SZENENAUFBAU

Das MÄDCHEN erscheint mit ihren schriftlichen Anweisungen in der Hand. Sie ist eifriger denn je, weil sie dem REGISSEUR gefallen will.

Aber er sitzt nicht in seinem Stuhl. Es ist jemand anderes - eine Frau. Die FRAU DES REGISSEURS. Das Team hat sich um sie herum versammelt, man lacht und macht Anspielungen. Die EHEFRAU ist das Zentrum der allgemeinen Aufmerksamkeit. Das MÄDCHEN kommt sich fehl am Platze vor.

Sie findet den REGISSEUR und beklagt sich bei ihm, er würde alle Menschen nur benutzen, ihn würde nichts anderes interessieren als Blut, Blut, immer nur Blut. Warum mußte er sie bloß verführen? Sie will es der ganzen Welt erzählen, und bei seiner Ehefrau wird sie beginnen.

Er macht sie mit den harten Tatsachen des Lebens bekannt. >>Sie weiß schon längst Bescheid.<< Er braucht das MÄDCHEN nicht mehr. Die Beziehung ist nur noch eine leere Hülle.

Als sie vom Drehort davonrennt, sieht die EHEFRAU ihr nach. Wie süß und unschuldig das MÄDCHEN aussieht. >>Ich hoffe, sie nimmt es nicht zu tragisch. Ich habe es zu tragisch genommen - aber heute führen wir beide unser eigenes Leben. Vor langer Zeit mußte ich lernen, daß es für ihn nur eine Welt gibt - die des Filmemachens. Nur dafür lebt er. Menschen aus Fleisch und Blut können da nicht mithalten. Das einzige, mit dem er wirklich verheiratet ist, ist seine Fähigkeit zur Träumerei...<<

10. FRIEDHOF - DIE LETZTE NACHT

Das Team arbeitet fieberhaft daran, alles für den Höhepunkt herzurichten.

Der REGISSEUR bleibt noch, nachdem alle anderen gegangen sind. Um vier Uhr morgens ist er mit seiner Überprüfung jeder kleinen Einzelheit fertig. Die Zombiepuppen sind an Gerüsten hinter den Grabsteinen befestigt worden, die Töpfe mit dem Ölqualm stehen bereit, auch die Kreuze stehen in der richtigen Schräglage. Jetzt bleibt beim Sonnenaufgang nichts mehr zu tun als >Action< zu rufen. Er wird jetzt in seinen Wohnanhänger gehen, um noch eine Mütze voll Schlaf zu nehmen.

»Es wird nicht mehr lange dauern«, sagte sie, nachdem die Schritte die Badezimmertür passiert hatten.

Er schüttelte traurig den Kopf. »Es hat schon so furchtbar lange gedauert«, sagte er schließlich. »Ich hatte die Hoffnung beinahe schon aufgegeben. Aber Sie sind doch die Richtige, oder? Ja. Sie sind es.«

»Ich bin die Richtige«, sagte sie. »Und jetzt hören Sie zu . . .«

Er wedelte mit dem ausgestopften Herzen. »Ich habe es die ganze Zeit mit mir herumgetragen, um es der richtigen Person in die Hand drücken zu können.« Er entließ einen Laut, der irgendwo zwischen Lachen und Stöhnen angesiedelt war. »Aber niemand wollte es haben.«

»Das wäre nicht nötig gewesen«, sagte sie. Ein Erkennungszeichen? Sie konnte sich nicht erinnern, daß am Telefon etwas in dieser Art erwähnt worden wäre. Wäre natürlich eine ganz gute Idee gewesen. Hätte es einfacher gemacht, ihn ausfindig zu machen. Oder sollte es ein Geschenk sein? »Was ist das eigentlich?«

Er erhob sich und kam näher, dabei streckte er ihr das Ding entgegen. »Sehen Sie doch hin. Ich wollte es verschenken, aber ich fand keinen Abnehmer. Ich frage mich, warum. Aber jetzt sind Sie ja . . .«

»Ja, natürlich. Wir haben nicht mehr viel Zeit. Ich weiß gar nicht, wo ich anfangen soll. Sie müssen sich doch fragen, warum ich Sie hierher gebracht habe.«

»Das ist doch ganz egal.«

»Ist es nicht! Das will ich Ihnen doch gerade erzählen. Ich treffe jede Menge Leute . . .«

»Ich auch«, unterbrach er sie. »Oder vielmehr, ich traf. Damit ist es jetzt vorbei.«

Irgendwie war es ihm gelungen, unbemerkt näher zu kommen. Jetzt stand er nur noch Zentimeter von ihr entfernt. Sie konnte sein Gesicht nicht erkennen. In dieser Dunkelheit hätte er jeder Beliebige sein können. Sie rief sich einen flüchtigen Eindruck von vorhin auf der Treppe zurück ins Bewußtsein: freundliche Gesichtszüge, traurige Augen, Armesündermiene. Das beruhigte sie auch nicht gerade. Sie zwang sich weiterzumachen. Noch konnte sie alles richtig machen. Es war noch nicht zu spät.

Bevor sie ihm antworten konnte, legte er seine Arme um ihre Schultern und lehnte sich vor, um sie zu küssen.

Zuerst war sie zu verblüfft, um Widerstand zu leisten. Dann dachte sie: O mein Gott, doch nicht gerade jetzt. Dann dachte sie: Was hat der sich wohl vorgestellt, als ich ihn anrief und ihn bat, hierherzukommen . . .?

Mein Gott.

»Warten Sie«, sagte sie, riß sich los und drehte den Kopf zur Seite.

Aber er zog sie zu sich heran und hatte ihren Mund schon wieder umschlossen.

In diesem Moment stieß ihr von außen jemand die Tür in den Rücken, weil er hereinwollte. Ihre Vorderzähne stießen mit seinen zusammen und knirschten dabei wie Fingernägel auf einer Schiefertafel.

»Entschuldigung«, murmelte eine Stimme auf dem Flur.

Sie wehrte ihn mit ausgestreckten Händen ab. »Nein«, sagte sie, »bitte, Sie mißverstehen das alles. Darum geht es jetzt nicht.«

»Und, worum geht es sonst?«

»Würdet ihr euch da drinnen bitte ein bißchen beeilen?« sagte die Stimme auf dem Flur.

Sie war unsicher und durcheinander, aber dafür war jetzt keine Zeit. Die Uhr tickte immer weiter.

Jetzt schlug jemand von außen gegen die Tür.

»Hier lang«, preßte sie hervor und drängelte ihn durch die Verbindungstür in das Schlafzimmer.

»Ich wollte, du könntest dich endlich entscheiden.«

»Hören Sie zu«, sagte sie. »Mein Name ist . . .«

»Der Name ist mir egal.«

»Sie haben mir eine Geschichte geschickt, stimmt's? Ich habe sie meinem Produzenten gezeigt. Sie hat ihm gefallen. Sie hat ihm so gut gefallen, daß er sie für die nächste Saison haben will. *Aber er will sie nicht kaufen.* Oh, entschuldigen Sie, ich drücke mich nicht klar genug aus. Es ist auch meine Schuld. Ich werde es Ihnen später erklären. Aber morgen früh sollten Sie als erstes zur WGA Manuskript-Registratur gehen. Reichen Sie dort alles ein, was Sie haben – Entwürfe, Notizen, alles.«

»Warum sollte ich das tun?«

»Ich versuche Ihnen zu helfen! Sie wollen Ihnen die Story klauen. Wenn Milo hier erscheint, dann will ich ihm sagen, wer Sie sind.«

Sie nahm die Seiten der Originalversion aus ihrer Handtasche.

»Ich sollte Sie warnen. Was auch immer er sagen wird, werden Sie nicht schwach. Ich bin auf Ihrer Seite. In ein paar Minuten wird hier die Hölle losbrechen. Egal was passiert, denken Sie daran, daß ich für Sie einstehen werde. Ich will die Sache wiedergutmachen. Irgendwie. Vielleicht werden Sie mich am Schluß hassen, ich weiß es nicht. Aber ich muß es versuchen. Es tut mir wirklich leid. Das müssen Sie mir glauben.«

Sie holte tief Luft, atmete wieder aus und wünschte sich, ihr Herz würde endlich aufhören, so zu rasen. Im Badezimmer, nur ein paar Schritte entfernt, verriegelte jemand die Türen.

Im Schlafzimmer war es still, die Beleuchtung war kühl. Auf dem Nachttisch flossen die Füllungen einer Lavalampe ineinander, erhitzten sich und liefen wieder zu getrennten Massen auseinander. Immer wieder. Endlos. Ihr Mund schmerzte, er war warm und feucht. Man hörte das Geräusch von laufendem Wasser.

»Darf ich Sie fragen«, sagte der Mann, »wovon Sie sprechen?«

»Ich versuche Ihnen klarzumachen, daß ich ganz auf Ihrer Seite bin«, antwortete sie. »Ganz egal, was auch passieren mag.«

Ungeduld blitzte in seinen Augen auf.

»Entscheiden Sie sich«, sagte er.

11. VOR SEINEM WOHNANHÄNGER

Der Friedhof ist ihm unheimlich. Er hat beinahe das Gefühl, verfolgt zu werden. Gerade als er den Anhänger betreten will, erscheint eine unheimliche Gestalt. Es ist das MÄDCHEN, welches ein geisterhaftes Make-up aufgelegt hat.

Er versucht, sie loszuwerden, er weiß, daß er sie eigentlich nicht mehr braucht. Aber diesmal kommt sie ihm ganz anders. Nicht etwa jammernd und um Hilfe bittend, sondern ausgelassen wie ein junger Hund und ganz darauf ausgerichtet, es ihm rechtzumachen. Sieht er es nicht? Sie ist bereit, und sie wird ihre Sache perfekt machen. Sie hat sich für ihren Tod sogar etwas ganz Besonderes ausgedacht. Es ist ihre eigene Idee und sie ist sicher, daß es ihm gefallen wird. Sie würde es gerne vorher mit ihm zusammen ausprobieren.

Sie scheint die Realitäten akzeptiert zu haben. Endlich geht es auch ihr vor allem anderen darum, daß der Film gut wird. Jetzt will sie dasselbe wie er. Nur darauf kommt es an. Das hat sie endlich erkannt.

>>Du hast mir so viel beigebracht. Mehr als du glaubst. Jetzt möchte ich dir etwas davon zurückgeben, etwas, was du wirklich willst. Ich will es jetzt auch.<<

12. IM ANHÄNGER

Sie geht noch einmal jeden Gesichtsausdruck durch. Er spielt ihren Liebhaber. Sie schreit auf das Stichwort hin. Fast perfekt. Jetzt will sie es noch einmal mit dem Gewehr proben. Sie hat es mitgebracht, es ist schon mit den blutgefüllten Wachsgeschossen geladen. Sie hat an alles gedacht.

>>Du willst es doch ganz realistisch, stimmt's?<< Sie drängt ihn, das präparierte Gewehr zu nehmen. >>Wir müssen es richtig machen. Ich will wissen, zu welchen Leistungen ich fähig bin. Ziehen wir's ganz durch. Diesmal wirst du das bekommen, was du haben willst. Ich versprech's dir.<<

Widerstrebend erklärt er sich bereit, mitzuspielen. Als sie zu schreien beginnt, feuert er das Gewehr ab. Endlich gelingt ihr dieser friedvolle Gesichtsausdruck. Als die Blutblase in ihrem Gesicht platzt, sackt sie an der Wand herunter zu Boden.

>>Mein Gott, das war phantastisch! Was für eine Aufnahme! Wenn jetzt die Kamera gelaufen wäre...<< Er beugt sich zu ihr herunter, schüttelt sie. >>Klappe. Das war's. Endlich hast du's drin. Hey, was ist mit dir...<<

Er berührt ihre Wunde. *Sie ist echt.* Als sie ihm das Gewehr in die Hand drückte, war eine richtige Kugel in der Kammer. Sie hatte alles genau geplant.

Hektisch beginnt er mit dem Saubermachen, um die Spuren zu verwischen. Kein Mensch würde ihm glauben, was hier wirklich passiert ist.

Was geschieht mit der Leiche?

Er hat einen verzweifelten Plan. Anstelle der Puppe wird er ihren echten Körper mit der Latexhaut überziehen und hinter einen der Grabsteine drapieren, wie alle die anderen Puppen. Das Indiz wird in die Luft gesprengt und zu Asche verbrannt werden. Wenn der Feuerstrahl des Flammenwerfers sie trifft, wird das Make-up aus Gummi brennen wie Napalm. Nichts wird von ihr zurückbleiben.

Er selbst wird sie an ihren Platz setzen. Kein Mensch wird etwas merken.

»Ich tue Ihnen einen Gefallen«, sagte sie zu ihm. »Zumindest will ich es versuchen. Wenn Sie mich lassen.«

»Sind Sie die Richtige?« fragte er mit noch mehr Nachdruck.

»Ja. Ich meine, nein.« Wieder mußte sie seinem Zugriff ausweichen. »Ich meine . . .«

»Aber Sie haben doch gesagt, Sie seien es, Sie seien die Richtige.« Er fuchtelte mit seinem herzförmigen Kissen in der Luft herum.

»Nicht so, wie Sie meinen. Es geht um etwas viel Wichtigeres. Verstehen Sie doch.«

»Ich hätte es wissen sollen. Sie sind nicht diejenige, für die ich Sie gehalten habe.«

»Doch!«

»Ja, was denn nun?« Es klang jetzt verärgert.

»Nur . . . nur nicht so, wie Sie es meinen.«

Er wollte gehen.

»Es ist sehr wichtig für mich«, sagte sie.

»Für Sie«, sagte er. »Darauf läuft es immer hinaus.«

»Und für Sie! Was ist los mit Ihnen? Haben Sie denn nicht gehört, was ich gesagt habe? Können Sie nicht . . .«

Er starrte sie an, dann stieß er ihr sein Kissen vor die Brust. »Es ist immer dasselbe. Sie sind genau wie alle anderen.« Er stieß sie noch mal vor die Brust, diesmal etwas aggressiver. »Und immer bin ich es, stimmt's. *Stimmt es nicht?*«

»Was wollen Sie?«

»Was wollen *Sie*?« fragte er gimmig zurück, sein Gesicht direkt vor ihrem.

Ihre Kopfhaut begann zu kribbeln. Wer ist dieser Mann? Ich habe schon wieder einen Fehler gemacht. Vielleicht den größten von allen.

»W-Wer sind Sie?« fragte sie.

»Wer sind Sie«, erwiderte er, »daß Sie mir diese Frage stellen? Für wen, zum Teufel, halten Sie sich eigentlich?«

Sie versuchte ihm auszuweichen, als er sich auf sie warf. Ein ganzes Leben voller Enttäuschungen hatte seinen Zorn entzündet. Er packte sie und warf sie gegen die Tür zum Flur, bevor es ihr gelungen war, sie aufzureißen, dann baute er sich vor ihr auf. Mit dem Kissen stieß er ihr unter das Kinn, drückte ihr den Kopf in den Nacken. Das Kissen war ganz und gar nicht weich. Es hatte einen gefährlich harten Inhalt. Es war überhaupt kein Kissen, es war eine kunstvoll ausstaffierte Valentins-Geschenkschachtel.

Er hob sie in die Höhe. Sie sah das rote Herz, das bereit war, auf sie niederzufahren, das Satinpolster abgenutzt, zerrissen, fleckig, aber immer noch von einem tiefen Purpurrot, wie sein Gesicht mit all den Spuren, welche die Jahre dort hinterlassen hatten, wie das Blut, das von seiner aufgeplatzten Lippe tropfte. Sie wußte nicht, wer er war. Er konnte irgend jemand sein.

Er war ein Wahnsinniger.

Plötzlich rüttelte jemand an der Tür und rammte ihr bei dem Versuch, sie zu öffnen, den Türknopf in den Rücken.

»Oh, es tut mir leid!« Es war Milos Stimme, die durch den Spalt drang, und hinter ihm ließ sich ein hysterisches, theatralisches Gejammer vernehmen: »Kommen Sie. Hinten im Flur gibt es noch ein Telefon.«

»Warte!«

»Viel Spaß . . .«

Der Mann vor ihr zögerte. In diesem Augenblick machte sie eine Bewegung in Richtung Türknopf. Sofort war er über ihr. Sie fuhr herum und packte das Herz – es war schwerer als sie erwartet hatte – und schlug ihn damit. Als er sie immer noch nicht loslassen wollte, schlug sie es ihm immer und immer wieder ins Gesicht. Sie hörte ein dumpfes Knacken, als sie auf Knochen traf. Die Holzschachtel war zerbrochen und Dutzende von Bonbons flogen durch die Luft, verschrumpelt und hart wie Felsbröckchen. Mit einem Ausdruck der Verwunderung in den Augen sackte er auf die Knie, dann fiel er vornüber.

Plötzlich waren andere Menschen im Raum, Rip führte sie an.

Erwartungsfrohes Getuschel verwandelte sich in Ausrufe des Erschreckens.

»*Was hast du getan?*« sagte eine Stimme.

»Ich – ich habe gar nichts getan! Er – er war . . .«

»Er war was? Was hat er getan?« Eine große Frau trat hervor, um sie zu trösten. Sie strich Chris über das Haar, sah die aufgebissenen Lippen, die abgerissenen Knöpfe, den verschreckten Gesichtsausdruck. »Jetzt ist alles gut. Er hat versucht, dir Gewalt anzutun, stimmt's? Ich kenne diese Typen. Dieser Dreckskerl.«

»Wer ist der Kerl?« sagte jemand anderes. »Wer hat ihn überhaupt eingeladen?«

»Ich werde einen Arzt holen.«

»Es war Notwehr«, sagte die Frau und hielt Chris dabei fast ein bißchen zu fest. »Du darfst jetzt kein Wort sagen, zu niemandem. Verstehst du? Du hattest keine Wahl. Wer weiß, was er mit dir gemacht hätte, wenn du ihm die Gelegenheit gegeben hättest? Etwas noch viel Schlimmeres. Das weißt du doch, oder?«

Chris meinte, sie noch nie zuvor gesehen zu haben. Auch an die anderen Gesichter konnte sie sich nicht erinnern.

Sie riß sich los und lief auf die Treppe zu.

Unten, im leeren Wohnzimmer, hatte die Musik aufgehört. Nur ein einziger junger Mann war noch geblieben. Selbstbewußt erhob er sich.

»Entschuldigen Sie«, sagte er zu ihr, »kennen Sie vielleicht eine Christine Cross?«

Sie starrte ihn sprachlos an. Nie und nimmer wäre ihr jetzt eine Antwort eingefallen.

»Also, falls Sie sie sehen sollten, könnten Sie ihr dann bitte sagen, daß ich nach ihr gefragt habe? Mein Name ist Roger. Ich bin hier mit ihr verabredet. Hey, stimmt mit Ihnen etwas nicht? Ist das Blut auf Ihren . . .«

Sie rannte aus dem Haus. Der Geschmack nach Blut, ihrem eigenen oder dem von jemand anderem, trocknete auf ihren Lippen wie Salz.

13. MORGENGRAUEN

Alles ist bereit: Nebel im Gegenlicht, schrägstehende Kreuze, Zombies, die man wie die Zielpuppen einer Schießbude hingesetzt hatte.

Der REGISSEUR hat MARTY angewiesen, extra starke Ladungen zu nehmen. Er will nicht, daß noch etwas übrig ist, wenn der Schleier sich lichtet, nicht einmal das Ochsenblut und die tierischen Eingeweide in den Puppen.

>>ACTION!<<

Der Freund des Mädchens, der NACHTMANAGER, läuft herum wie ein Soldat in einem Minenfeld. Puppen werden erschossen, eine nach der anderen, dann werden sie gesprengt, anschließend noch geröstet. Alle, bis auf das MÄDCHEN. Sie wird für die letzte Einstellung aufbewahrt. Wo ist sie eigentlich? Man braucht sie doch für die Großaufnahme.

Wir brauchen sie nicht, sagt der REGISSEUR, wobei er Marty zuzwinkert. Ist sie nicht am Drehort? Wer weiß, wo sie ist? Wahrscheinlich sitzt sie schon im Bus nach Indiana. Wen kümmert es schon? Das ist mein Film, und ich sage, daß wir sie nicht mehr brauchen. Wir haben doch eine perfekte Attrappe von ihr. Sprengt sie endlich in die Luft. Jetzt!

>>ACTION!<<

Der NACHTMANAGER nähert sich ihr, das Gewehr im Anschlag. Aber bevor er abdrücken kann, rollte ihr Kopf auf die Seite.

>>Einen Augenblick<<, ruft das SCRIPT-GIRL. >>Ihr Kopf ist nicht in der richtigen Stellung. So paßt es nicht.<<

>>Ich werde es in Ordnung bringen<<, sagt MARTY.

>>Nein!<< Der REGISSEUR muß verhindern, daß man sie anrührt. Sonst wird man merken, daß dort eine echte Leiche sitzt. Er wird das selber in die Hand nehmen müssen.

>>Passen Sie auf, wo Sie hintreten!<< ruft MARTY.

Der REGISSEUR bahnt sich vorsichtig seinen Weg zu ihrem Grabstein. Er versucht, ihr nicht in die Augen zu sehen, während er ihr den Kopf zurechtrückt. Jetzt. Er tritt einen Schritt zurück.

Fertig?

>>Einen Moment noch<<, sagt MARTY. Ihr läuft kein Blut aus dem Mund. So wird die Aufnahme immer noch nichts.

>>Los jetzt!<< ruft der REGISSEUR. Er greift sich das Gewehr, um die Wachsgeschosse mit dem Blut höchstpersönlich auf sie abzufeuern. Aber bevor er den Abzug durchdrücken kann, rollt ihr Kopf wieder zur Seite und sie beginnt, zu sich zu kommen. Sie ist gar nicht tot!

Er feuert einen Schuß auf sie ab, dann noch einen. Aber diesmal handelt es sich nicht um echte Kugeln. Sie öffnet die Augen und sieht ihn an, in diesem Moment des Triumphes sieht sie ihn dastehen. Sie lächelt.

>>Stirb<<, murmelt er, >>stirb doch endlich...!<<

Sie hebt die Arme, wie ein wirklicher Zombie, als wolle sie ihn umarmen.

Er wirft sich auf sie, mit den Händen packt er sie an der Kehle. Diesmal wird er ganze Arbeit leisten. Ihre Arme umschlingen ihn, sie zieht ihn in einem letzten Muskelkrampf zu sich heran. Die Kabel an ihrem Körper stellen den Kontakt her und lösen die Sprengladung aus. Zusammen werden die beiden in die Luft gejagt, durch Blut verbunden für alle Ewigkeit.

Es ist die letzte Einstellung, der beste Effekt des ganzen Films.

WIR
WERDEN ZU STAUB

Der Frühlingsblumen süßer Duft
Zu unserem Begräbnis ruft:
Denn das, was blüht, nur kurz gedeiht,
Und auch der Mensch hat seine Zeit.
Denn von Geburt an nur erlaubt
Das Leben uns wenig, wir werden zu Staub.

John Webster

Clive Barker

Heimkehr in Trauer

(Coming to Grief)

Clive Barker (1952 in Liverpool, England, geboren) begann seine Karriere als Autor von Theaterstücken und als Illustrator, doch mit seinen sechs außerordentlich unverblümten ›Büchern des Blutes‹ (deren abschließende drei Bände hier als ›The Inhuman Condition‹, ›In The Flesh‹ und ›The Life of Death‹ veröffentlicht wurden) eroberte er das Horror-Genre im Sturm. Seine neueren Arbeiten beinhalten die Romane ›The Damnation Game‹ (dt: ›Spiel des Verderbens‹) und ›Weaveworld‹, sowie den Film ›Hellraiser‹. Der sentimentale, leise Horror von ›Heimkehr in Trauer‹ bestätigt einmal mehr die Bandbreite von Barkers außergewöhnlichem Talent.

Miriam hatte die Abkürzung am Rand des Steinbruchs entlang seit fast achtzehn Jahren nicht mehr genommen. Achtzehn Jahre eines fernen Lebens, das ganz anders als das Leben war, das sie in dieser fast völlig vergessenen Stadt gelebt hatte. Sie hatte Liverpool verlassen, um die Welt zu kosten; um zu gedeihen; um leben zu lernen; und bei Gott, hatte sie das alles nicht getan? Von der naiven und ängstlichen Neunzehnjährigen, die sie gewesen war, als sie zum letztenmal den Fuß auf den Weg beim Steinbruch gesetzt hatte, war sie zu einer völlig gebildeten Frau von Welt erblüht. Ihr Mann vergötterte sie, ihre Tochter wurde ihr mit jedem Jahr ähnlicher; sie wurde allgemein bewundert.

Doch jetzt, als sie den unglückseligen Schotterweg betrat, der um die Kluft des Steinbruchs herumführte, war ihr, als hätte sich in ihrer Ferse eine Wunde aufgetan, durch das die schwer erkämpfte Ausgeglichenheit und das Selbstvertrauen ausflossen und in der Dunkelheit versickerten; als hätte sie ihre Geburtsstadt niemals verlassen, wäre niemals aus Erfahrung klug geworden. Sie fühlte sich ebensowenig imstande, diesen hundert Meter langen Fußweg zu überqueren, als sie sich mit neunzehn dazu imstande gefühlt hatte. Dieselben Zweifel, dieselben eingebildeten Schrecken, die sie an dieser Stelle stets heimgesucht hatten, klammerten sich nun an der Innenseite ihrer Schädeldecke fest und flüsterten von der Gewißheit von Geheimnissen. Sie warteten immer noch hier, idiotische Ängste, die Klatsch an Straßenecken und kindlicher Aberglaube hervorgebracht hatten. Selbst jetzt kehrten die alten Mythen wieder, sie zu umarmen. Geschichten von Männern mit Haken statt Händen, von heimlichen Liebenden, die beim Liebesakt ermordet worden waren; ein Dutzend Greuel, die für ihre blühende und überhitzte Fantasie ihren Ursprung, ihr Epizentrum, immer hier gehabt hatten: auf dem Spukpfad.

So hatten sie ihn genannt; und das würde er für sie immer sein: der Spukpfad. Anstatt im Lauf der Jahre seine Macht zu verlieren, war sie ins Groteske angewachsen. Sie war gediehen, so wie sie selbst gediehen war; sie hatte ihre Berufung gefunden, wie sie selbst auch. Natürlich war sie in Zufriedenheit hineingewachsen, und vielleicht hatte sie das schwach gemacht. Aber *sie,* oh, *sie* hatte sich lediglich von ihrer eigenen Frustration genährt und war von dem Begehren verkrustet worden, sie, Miriam, für sich selbst zu nehmen. Vielleicht hatte sie sich, während die Zeit verstrich, ein wenig genährt, um ihre Stärke zu bewahren; doch sie brauchte in ihrem unwandelbaren Herzen schließlich die Gewißheit ihres Sieges, um am Leben zu bleiben. Dessen war sie sich plötzlich und unumstößlich sicher: daß die Schlachten, die sie mit ihrer eigenen Schwäche gekämpft hatte, noch nicht vorbei waren. Sie hatten kaum angefangen.

Sie versuchte, ein paar Meter auf dem Weg voranzukommen, zauderte jedoch und blieb stehen; die so sattsam bekannte Panik verwandelte ihre Füße in Bleigewichte. Die Nacht war nicht stumm. Ein Jet dröhnte oben vorüber, ein sehnsüchtiges Heulen in der Dunkelheit: eine Mutter rief ihr Kind von der Straße herein. Aber hier, auf dem Pfad selbst, waren die Spuren von Leben eine Welt weit entfernt und konnten sie nicht trösten. Sie verfluchte ihre eigene Verwundbarkeit, wandte sich in die Richtung, aus der sie gekommen war, und trippelte auf einem längeren Weg durch den warmen Nieselregen nach Hause.

Die Trauer, sagte sie sich halbherzig, hatte an ihr gezehrt und ihren Willen zu kämpfen geschwächt. Vielleicht in zwei Tagen, wenn das Begräbnis ihrer Mutter vorüber und der plötzliche Verlust dann besser zu verarbeiten war, dann würde sie die Zukunft deutlich vor sich sehen, und jener Pfad würde in seine angemessene Perspektive zurückfallen. Sie würde in dem Spukpfad den von Exkrementen besudelten, von Unkraut gesäumten Schotterweg sehen, der er war. Derweil wurde sie nasser, als notwendig gewesen wäre, weil sie den sicheren Nachhauseweg genommen hatte.

Der Steinbruch an sich war kein so furchteinflößender Ort; und auch der Pfad an seinem Rand entlang nicht, außer für sie. Hier waren keine Morde geschehen, von denen sie gewußt hätte, keine Vergewaltigungen oder Raubüberfälle hatten auf dem unscheinbaren kleinen Weg stattgefunden. Es war ein öffentlicher Fußweg, nicht mehr und nicht weniger: ein schlecht gepflegter, schlecht beleuchteter Fußweg um den Rand einer Grube herum, die einst ein florierender Steinbruch gewesen war und nun als Müllhalde der Gemeinde diente. Die Mauer, die die Fußgänger davor bewahrte, sich dreißig Meter tief zu Tode zu stürzen, bestand aus schlichten roten Backsteinen. Sie war zweieinhalb Meter hoch, so daß niemand auch nur die Tiefe auf der anderen Seite sehen konnte, und sie wurde von Scherben zerschmetterter Milchflaschen gekrönt, die in Beton eingelassen waren, um jeden zu entmutigen, hinaufzuklettern. Der Pfad selbst war einst asphaltiert gewesen; doch die Verwitterung hatte Risse darin geöffnet, und der Stadtrat hatte ihn nicht neu asphaltieren, sondern einfach nur mit Kies aufschütten lassen. Er wurde selten, wenn überhaupt jemals, gejätet. In dem kargen Boden am Rand der Mauer wuchsen Disteln bis zur Größe eines Kindes, ebenso eine übelriechende Blume, deren Namen sie nicht kannte, die aber im

Hochsommer das Mekka der Wespen war. Und das – Mauer, Kies und Unkraut – war die Summe des Ortes.

In ihren Träumen freilich hatte sie die Mauer erklommen – ihre Handflächen waren auf wundersame Weise immun gegen das schneidende Glas gewesen –, und in jenen schwindelerregenden Abenteuern hatte sie die schwarze, steile Klippe des Steinbruchs hinab bis in sein dunkles Herz gesehen. Sie war undurchdringlich, die Finsternis ganz unten, aber sie wußte, daß irgendwo dort drunten ein Teich mit grünem und brackigem Wasser war. Von der anderen Seite des Steinbruchs konnte man ihn sehen, diesen erstickten Tümpel voll Unrat; von der sicheren Seite. Daher wußte sie in ihren Träumen, daß er da war. Und sie wußte auch, daß das Wunder des Bösen, das auf dem Antlitz der Klippe lebte, sie sah, wenn sie auf dem harmlosen Glas dahinschritt und Schwerkraft und Vorsehung gleichermaßen trotzte, und daß es sich in diesem Augenblick Hand für klauenbewehrte Hand auf der steilen Seite zu ihr emportastete. Aber in diesen Träumen wachte sie immer auf, bevor die namenlose Bestie ihre tanzenden Beine packen konnte, und das Hochgefühl ihres Entkommens heilte die Angst; jedenfalls bis zum nächsten Traum.

Das andere Ende des Steinbruchs, fern von der Steilwand und dem Teich, war immer sicher gewesen. Aufgegebene Grabungen und Sprengungen hatten ein Wirrwarr von Steinbrokken und Geröll von der Großartigkeit der Pyrenäen hinterlassen, in deren Schluchten sie als Kind häufig gespielt hatte. Dort bestand keine Gefahr: nur ein Spielplatz mit Tunneln. Es schienen (jedenfalls für ihr kindliches Auge) Meilen und Abermeilen über das Ödland bis zu dem Regenwasserteich und der winzigen Linie der roten Backsteinmauer zu sein, die am Klippenrand balancierte. Doch es hatte selbst im sicheren Sonnenschein Tage gegeben, erinnerte sie sich, als sie etwas von der Farbe der Felsen selbst erblickt hatte, das seinen Rücken auf dem warmen Antlitz des Steinbruchs gestreckt und sich keine zehn Meter unterhalb der Mauer in einer unermüdlichen und raubtierhaften Weise an der Klippe festgeklammert hatte. Aber wenn sie die Kinderaugen zusammengekniffen und versucht hatte, seine

Anatomie zu erkennen, hatte es ihren Blick gespürt und war zu einer perfekten Kopie des Gesteins erstarrt.

Gestein. Kaltes Gestein. Während sie über Abwesenheit nachdachte, über die Verkleidung, die für ein Wesen nötig war, das nicht gesehen werden wollte, bog sie in die Straße ihrer Mutter ein. Als sie den Hausschlüssel gefunden hatte, kam ihr der absurde Gedanke, daß Veronica vielleicht nicht tot war: einfach perfekt irgendwo im Haus verborgen, an eine Wand oder den Kamin gepreßt; unsichtbar, aber sehend. Vielleicht waren sichtbare Geister nur unzulängliche Chamäleons: Der Rest beherrschte den Trick der Verkleidung meisterlich. Es war eine närrische, vergebliche Gedankenkette, und sie schalt sich dafür, daß sie ihr nachging. Morgen oder übermorgen würden solche Gedanken wieder so fremd erscheinen wie die verlorene Welt, in der sie momentan gestrandet war. Mit diesem Gedanken trat sie ein.

Das Haus beunruhigte sie nicht, es weckte einfach wieder ein Gefühl der Langeweile, das ihr emsiges, kluges Leben verdrängt hatte. Die Aufgabe, das Erbe ihrer Mutter zu teilen, wegzuwerfen oder zu verpacken, war langsam und eintönig. Der Rest: der Verlust, die Reue, die Bitterkeit waren so viele Gedanken für einen anderen Tag. Es war auch so schon genügend zu tun, auch ohne Kummer. Die leeren Zimmer enthielten sicherlich Erinnerungen; aber sie waren alle so angenehm, daß man sich gerne daran erinnerte, aber dennoch nicht so vorzüglich, daß man sie wieder herbeiwünschte. Ihre Gefühle, während sie sich durch das leere Haus bewegte, konnten nur durch das definiert werden, was sie nicht mehr sah oder empfand: *nicht* das Gesicht ihrer Mutter; *nicht* die keifende Stimme; die verbietende Hand; nur ein unerfindliches Nichts, welches der Raum war, wo Leben gewesen war.

In Hongkong, dachte sie, würde Boyd bei der Arbeit und die Sonne sengend heiß sein, die Straßen voller Menschen. Sie haßte es, mittags hinauszugehen, wenn die Stadt so belebt war, aber heute hätte sie dieses Unbehagen gerne auf sich genommen. Es war ermüdend, in dem staubigen Schlafzimmer zu sitzen und sorgfältig die zusammengelegten Leintücher aus der Schubladenkommode zu sortieren und zusammenzutragen. Sie wollte das Leben, auch wenn es nervtötend und belastend war. Sie sehnte sich danach, daß der Geruch der Straßen ihre Nasenlöcher durchbohrte und die Hitze auf ihren Kopf hämmerte. Einerlei, dachte sie, bald ist es vorbei.

Bald vorbei. Aha, da war ein Schuldgefühl: die Tage bis zur Beerdigung abzählen, die rituelle Entfernung ihrer Mutter aus der Welt herbeisehnen. Noch siebenundzwanzig Stunden, und die ganze Sache würde vorbei sein, und sie würde zurück zum Leben fliegen.

Während sie ihren Tochterpflichten nachging, ließ sie jedes Licht im Haus brennen. Es war bequemer, das zu tun, redete sie sich ein, bei dem ständigen Hin und Her, das die Arbeit erforderlich machte. Außerdem waren die Tage Ende November kurz und mißfällig, die Arbeit niederdrückend genug, auch wenn sie nicht in ständiger Dämmerung herumspazieren mußte.

Die meiste Zeit kostete es, die Beseitigung persönlicher Besitztümer zu organisieren. Ihre Mutter hatte sich eine ansehnliche Garderobe zugelegt, die gänzlich durchgesehen werden mußte: Taschen geleert, Broschen von Kragen entfernt. Den Großteil der Kleidung verpackte sie in schwarzen Plastiksäcken, die am nächsten Tag von einer Wohlfahrtsgesellschaft abgeholt werden sollten, nur eine Pelzstola und ein Nachthemd behielt sie für sich. Dann wählte sie einige weitere bevorzugte Besitztümer ihrer Mutter aus, die sie nach der Beerdigung engen Freunden geben wollte: eine Lederhandtasche; ein paar Porzellantassen und Teller; eine Herde Elfenbeinelefanten, die einmal ... Sie hatte vergessen, wem sie einmal gehört hatten. Einem längst verschiedenen Verwandten.

Nachdem sie sich um Kleidung und Krimskrams gekümmert hatte, wandte sie ihre Aufmerksamkeit der Post zu, sortierte die offenen Rechnungen auf einen Stapel und die persönliche Korrespondenz, ob neueren Datums oder alt, auf einen anderen. Sie las jeden Brief sorgfältig, einerlei, wie alt er war oder wie schwer man ihm folgen konnte. Die meisten überantwortete sie dem kleinen Feuer, das sie im Kamin im Wohnzimmer entfacht hatte. Dieser war schon bald eine Höhle von Asche gleich Fledermausflügeln; schwarz und von Venen verbrannter Worte durchzogen.

Nur einmal brachte ein Brief sie dazu, zu weinen: eine Notiz in der feinen Handschrift ihres Vaters, der den Schmerz des Bedauerns angesichts der vielen Jahre der Feindschaft zwischen ihnen heraufbeschwor. Zwischen den Briefen befanden sich auch Fotos; die meisten aus Alaska, kahles, ödes Land. Einige jedoch, die zwischen den Posen einen Augenblick der Wahrheit festhielten, waren so frisch wie gestern, und ein Tumult von Stimmen ertönte aus dem alten Bild:

– *Warte! Noch nicht! Ich bin noch nicht bereit!*

– *Daddy! Wo ist Daddy! Wir müssen Daddy hier drauf haben!*

– *Er kitzelt mich!*

Gelächter ertönte von diesen Bildern; ihre erstarrte Freude parodierte die Wahrheit von Verfall und Auslöschung, deren Beweis das leere Haus erbrachte.

– *Warte!*

– *Noch nicht!*

– *Daddy!*

Sie konnte es kaum ertragen, einige anzusehen. Diejenigen, die am meisten schmerzten, verbrannte sie als erste.

– *Warte!* rief jemand. Wahrscheinlich sie selbst, ein Kind in den Armen der Vergangenheit. *Warte!*

Aber die Bilder knisterten im Herzen des Feuers, dann wurden sie braun und loderten in blaue Flammen auf, und der Augenblick ...

– *Warte!*

... der Augenblick ging den Weg aller Augenblicke, welche den Moment umgeben hatten, den die Kamera einfing, sie gingen für immer dahin wie Mütter und Väter, und mit der Zeit auch Töchter.

Viertel nach drei Uhr morgens ging sie zu Bett, nachdem sie den Großteil der selbst auferlegten Arbeiten des Tages erledigt hatte. Sie vermutete, daß ihre Mutter ihrem Fleiß Beifall gezollt haben würde. Wie ironisch, daß Miriam, die Tochter, die niemals töchterlich genug gewesen war, die stets die Welt gewollt hatte, anstatt sich damit zufriedenzugeben, zu Hause zu bleiben, nun so gründlich war, wie es sich alle Eltern nur wünschen konnten. Sie war hier und putzte eine ganze Geschichte weg; überantwortete die Hinterlassenschaften des Lebens dem Feuer, putzte das Haus gründlicher als ihre Mutter es jemals getan hatte.

Nachdem sie im Geiste die Aufgaben des kommenden Tages aufgestellt hatte, trank sie kurz nach halb vier den letzten Rest des halbvollen Whiskyglases, an dem sie den ganzen Abend über genippt hatte, und schlief darauf fast augenblicklich ein.

Sie träumte nichts. Ihr Verstand war klar. So klar, wie die Dunkelheit klar ist, wie die Leere klar ist: nicht einmal Boyds Gesicht oder sein Körper (sie träumte oft von seiner Brust, von dem feinen Muster der Haare auf seinem Bauch) schlichen sich in ihren Kopf, um die konturlose Wonne zu verderben.

Als sie erwachte, regnete es. Ihr erster Gedanke war:

Wo bin ich?

Ihr zweiter Gedanke war:

Ist heute die Beerdigung, oder morgen?

Ihr dritter Gedanke war:

In zwei Tagen werde ich wieder bei Boyd sein. Die Sonne wird scheinen. Ich werde dies alles vergessen.

Doch heute lag weitere unangenehme Arbeit vor ihr. Die Beerdigung war erst morgen, am Mittwoch. Heute hatte sie weltliche Geschäfte: die Vorbereitungen der Feuerbestattung mit Beckett und Dawes durchsprechen, Danksagungen für die zahlreichen Beileidsbriefe schreiben, die sie bekommen hatte, ein Dutzend weiterer unbedeutender Pflichten. Am Nachmittag würde sie Mrs. Furness besuchen, eine Freundin ihrer Mutter, die inzwischen von der Arthritis so sehr verstümmelt war, daß sie der Beerdigung nicht beiwohnen konnte. Sie würde der alten Dame die Lederhandtasche als Andenken geben. Am Abend dann wieder diesselbe traurige Aufgabe, die Habseligkeiten ihrer Mutter durchzusehen und ihre Neuverteilung zu organisieren. Es war so vieles, was man den Bedürftigen geben konnte – oder den Gierigen, je nachdem, wer zuerst fragte. Es war ihr einerlei, wer die Sachen bekam; Hauptsache, die Arbeit war schnell erledigt.

Am späten Morgen klingelte das Telefon. Es war das erste Geräusch seit dem Aufwachen im Haus, das sie nicht selbst gemacht hatte, und sie erschrak. Sie hob den Hörer auf, und ein herzliches Wort wurde in ihr Ohr gesprochen: ihr Name.

»Miriam?«

»Ja. Wer spricht?«

»Oh, meine Liebe, du hörst dich völlig erschöpft an. Ich bin Judy, Liebes, Judy Cusack.«

»Judy?«

Allein der Name ein Lächeln.

»Erinnerst du dich nicht?«

»Selbstverständlich erinnere ich mich. Wie schön, deine Stimme zu hören.«

»Ich habe nicht früher angerufen. Ich dachte mir, du würdest viel zu tun haben. Tut mir leid, Kleines, das mit deiner Mutter. Muß ein schwerer Schlag gewesen sein. Mein Dad ist vor zwei Jahren gestorben. Hat mich echt umgehauen.«

Miriam konnte sich Judys Vater vage vorstellen, einen schlanken, eleganten Mann, der ab und zu gelächelt und wenig gesagt hatte.

»Er war sehr krank. Eigentlich war es wirklich ein Segen. Mein Gott, ich hätte nie geglaubt, daß ich das einmal sagen würde. Komisch, nicht?«

Judys Stimme hatte sich kaum verändert: Sie schäumte vor Freude, so wie immer, und der Körper, den Miriam im Geiste vor sich sah, hatte immer noch die Rundungen dauerhaften Babyspecks. Vor achtzehn Jahren waren sie die besten Freundinnen gewesen, Busenfreundinnen; und als sie mit dieser erfrischenden Stimme Freundlichkeiten austauschte, war es, als wäre die Zeit zwischen dieser Unterhaltung und der letzten zu Stunden geschrumpft.

»Es ist so schön, deine Stimme zu hören«, sagte Miriam.

Es *war* schön. Es war die Vergangenheit, die sprach, aber es war eine gute Vergangenheit, eine Vergangenheit voller Sonnenschein. Im Durcheinander dieser Autopsie hatte sie fast vergessen, wie schön manche Erinnerungen sein konnten.

»Ich habe von den Leuten nebenan gehört, daß du nach Hause gekommen bist«, sagte Judy, »aber ich war nicht sicher, ob ich anrufen sollte. Ich weiß, es muß eine schwere Zeit für dich sein. So traurig, und das alles.«

»Eigentlich nicht«, sagte Miriam.

Die schlichte Wahrheit schlüpfte ihr heraus, ohne daß sie sie aussprechen wollte, aber nun war sie ausgesprochen. Es war *keine* traurige Zeit. Es war Plackerei, es war ein Gefängnis, aber sie hielt keine Flut des Kummers zurück. Das wurde ihr nun klar, und die Einfachheit des Geständnisses machte ihr Herz leichter. Judy hatte keine Mißbilligung, nur eine Einladung.

»Möchtest du auf einen Drink vorbeikommen?«

»Ich habe noch eine Menge Sortierarbeit vor mir.«

»Ich verspreche dir, wir werden nicht über die alten Zeiten sprechen«, sagte Judy. »Kein Wort. Ich könnte es nicht ertragen. Ich komme mir dabei so alt vor.« Sie lachte. Miriam lachte mit ihr.

»Ja«, sagte sie, »ich würde gerne kommen . . .«

»Gut. Es ist eine Last, nicht, wenn man das einzige Kind war und die alleinige Verantwortung trägt. Manchmal denkt man wirklich, es nimmt kein Ende.«

»Habe ich auch schon gedacht«, antwortete Miriam.

»Wenn alles vorbei ist, wirst du dich fragen, weshalb die ganze Plackerei«, sagte Judy. »Ich bin mit Dads Beerdigung zurechtgekommen, auch wenn ich zu der Zeit dachte, ich würde zerbrechen.«

»Du mußtest nicht allein damit fertig werden, oder?« sagte Miriam. »Was ist mit . . .« Sie wollte Judys Mann anführen: Sie erinnerte sich daran, ihre Mutter hatte ihr von Judys später – und wenn sie sich richtig erinnerte skandalöser – Heirat geschrieben. Aber sie konnte sich nicht an den Namen des Bräutigams erinnern.

»Donald?« half ihr Judy.

»Donald.«

»Getrennt, Liebes. Wir leben schon seit zweieinhalb Jahren getrennt.«

»Oh, das tut mir leid.«

»Mir nicht.« Die Antwort kam blitzschnell. »Es ist eine lange Geschichte. Ich werde dir heute abend davon erzählen. Gegen sieben?«

»Könnten wir es ein wenig verschieben? Ich habe soviel zu tun. Wäre acht recht?«

»Jederzeit, Liebes, keine Eile. Ich freue mich, wenn du da bist; belassen wir es dabei.«

»Fein. Und danke für den Anruf.«

»Ich habe darauf gebrannt, dich anzurufen, seit ich gehört habe, daß du wieder da bist. Man bekommt nicht oft die Möglichkeit, alte Freunde zu sehen, nicht?«

Ein paar Minuten vor Mittag sah sich Miriam der wahrscheinlich trostlosesten ihrer Pflichten gegenüber. Sie wollte es sich selbst nicht eingestehen, aber sie empfand ein Beben des Abscheus, als sie vor dem Bestattungsinstitut parkte. Sie hatte einen dumpfen, schalen Geschmack im Mund, ihre Augen schienen verklebt zu sein. Sie verspürte offen gesagt keinen Wunsch, ihre Mutter jetzt wiederzusehen, wo sie nicht mehr miteinander reden konnten, und doch hatte sie, als der höfliche Mr. Beckett am Telefon zu ihr gesagt hatte: »Möchten Sie die Verstorbene sehen?« prompt geantwortet: »Selbstverständlich.« Als hätte ihr diese Bitte schon die ganze Zeit auf der Zunge gelegen.

Was hatte sie schon zu fürchten? Veronica Blessed war tot, sie war friedlich im Schlaf gestorben. Aber Miriam hatte festgestellt, daß ihr ein Satz, ein zufälliger Satz, dessen sie sich aus der Schulzeit erinnerte, ins Gedächtnis gekommen war, den sie nun nicht mehr loswerden konnte:

»Alle sterben, weil ihnen der Atem ausgeht.«

Dieser Gedanke war jetzt da, als sie Mr. Beckett ansah und die Papierlilien und die abgenutzte Ecke seines Schreibtischs. Den Atem verlieren, an der Zunge ersticken, unter einer Decke erstikken. Als sie jung war, hatte sie diese Ängste alle gekannt, und nun, in Mr. Becketts Büro, kamen sie wieder zu ihr und hielten ihre Hand. Eine beugte sich zu ihr herüber und flüsterte ihr böse ins Ohr: Angenommen, du vergißt eines Tages einfach zu atmen? Schwarzes Gesicht, Zunge abgebissen.

War es das, was ihre Kehle so trocken machte? Der Gedanke, daß Mam, Veronica, Mrs. Blessed, Witwe von Harold Blessed, nun ebenfalls verschieden, mit einem Gesicht auf Seide liegen würde, das so schwarz war wie die Reitstiefel des Höllenfürsten? Garstige Vorstellung; garstige, lächerliche Vorstellung.

Aber sie kamen dennoch, diese unliebsamen Einfälle, einer folgte dem anderen dicht auf den Fersen. Die meisten konnte sie in die Kindheit zurückverfolgen; absurde, irrelevante Bilder, die aus ihrer Vergangenheit emporschwebten wie Tintenfische zur Sonne.

Das Levitationsspiel, ein beliebter schulischer Zeitvertreib, fiel ihr ein: Sechs Mädchen stellten sich um ein siebtes und versuchten, die jeweilige mit einem Finger hochzuheben. Und die dazugehörige Zeremonie:

»Sie sieht *blaß* aus«, sagt das Mädchen am Kopf.

»Sie *ist* blaß.«

»Sie *ist* blaß.«

»Sie *ist* blaß.«

»Sie *ist* blaß.«

»Sie *ist* blaß«, antworten die anderen mechanisch, im Gegenuhrzeigersinn.

»Sie sieht *krank* aus«, verkündet die Hohepriesterin.

»Sie *ist* krank.«

»Sie *ist* krank.«

»Sie *ist* krank.«

»Sie *ist* krank.«

»Sie *ist* krank.«

»Sie *ist* krank«, antworten die anderen.

»Sie sieht *tot* . . .«

»Sie *ist* . . .«

Es hatte auch einen Mord gegeben, als sie erst sechs gewesen war, zwei Straßen von ihrem Wohnort entfernt. Der Leichnam lag hinter der Eingangstür – hatte sie gehört, wie Mrs. Furness ihrer Mutter erzählte – und war von der Verwesung bereits so aufgeweicht gewesen, daß er zu einem Bündel verfallen war, das man unmöglich entfernen konnte, als die Polizei die Tür gewaltsam aufgedrückt hatte. Als sie nun neben den geruchlosen Lilien saß, konnte Miriam den Tag riechen, an dem sie an der Hand ihrer Mutter dagestanden und zugehört hatte, wie die beiden Frauen von Mord sprachen. Wenn sie darüber nachdachte,

Verbrechen war ein Lieblingsthema von Mrs. Furness gewesen. Hatte Miriam durch ihre guten Taten erstmals davon erfahren, daß ihre Alpträume vom Spukweg ihre Gegenstücke in der Welt der Erwachsenen hatten?

Miriam lächelte, als sie an die Frau dachte, die so beiläufig von Greueltaten sprach, während sie in der Sonne standen. Mr. Bekkett schien ihr Lächeln nicht zu bemerken, oder er war, das war wahrscheinlicher, auf jedwede Manifestation von Trauer vorbereitet, wie bizarr sie auch sein mochte. Vielleicht kamen Trauernde hier herein, die in ihrem Kummer alle Kleidungsstücke vom Leib rissen oder sich in die Hosen machten. Sie sah ihn eingehender an, diesen jungen Mann, der aus dem Dahinscheiden einen Beruf gemacht hatte. Sie fand, daß er nicht unattraktiv war. Er war vier oder fünf Zentimeter kleiner als sie, aber die Größe spielte im Bett keine Rolle, und der Körper wurde muskulös, wenn man viele Särge bewegen mußte, nicht?

Hör dich doch selbst an, dachte sie und riß sich zusammen. *Worüber denkst du nach?*

Mr. Beckett zupfte an seinem blassen ingwerfarbenen Schnurrbart und schenkte Miriam einen Blick einstudierter Kondolenz. Sie sah seinen Charme – den wenigen, den er besaß – mit diesem Blick verschwinden.

Er schien auf eine Art Hinweis von ihr zu warten, sie fragte sich, was für einen. Schließlich sagte er:

»Sollen wir zur Aufbahrungskapelle gehen, oder sollen wir uns erst über das Geschäftliche unterhalten?«

Aha, *das* war es. Besser, den Abschied hinter sich zu bringen, dachte sie. Er konnte noch eine Weile auf sein Geld warten. »Ich würde gerne meine Mutter sehen«, sagte sie.

»Selbstverständlich«, sagte er und nickte, als hätte er die ganze Zeit gewußt, daß sie den Leichnam sehen wollte; als wäre er irgendwie mit ihren intimsten Gedanken vertraut. Sie mißbilligte seine gespielte Vertrautheit, ließ es sich aber nicht anmerken.

Er stand auf und geleitete sie durch eine verglaste Tür in einen Flur, der von Blumenvasen gesäumt wurde. Sie waren künstlich, wie die Lilien auf seinem Schreibtisch. Der Geruch, den sie wahrnahm, stammte von Fußbodenpolitur, nicht von Blüten; hier konnte keine Biene Hoffnung auf Labsal haben, es sei denn, man konnte von den Toten Nektar holen.

Vor einer der Türen blieb Mr. Beckett stehen, drückte die Klinke nieder und schob Miriam vor sich hinein. Dies war es also. Endlich von Angesicht zu Angesicht. *Lächle, Mutter, Miriam ist heimgekommen.* Sie betrat den Raum. Auf einem kleinen Tisch an der gegenüberliegenden Wand brannten zwei Kerzen, und es waren weitere künstliche Blumen im Überfluß vorhanden, deren falsche Fruchtbarkeit hier noch geschmackloser als anderswo wirkte.

Der Raum war klein. Genügend Platz für den Sarg, einen Stuhl, den Tisch mit den Kerzen und eine oder zwei lebende Seelen.

»Soll ich Sie mit Ihrer Mutter allein lassen?« fragte Mr. Beckett.

»Nein«, sagte sie flehentlicher und lauter als das kleine Zimmer vertragen konnte. Die Kerzen hüstelten leise angesichts ihrer Indiskretion. Sie sagte leiser: »Ich würde es vorziehen, wenn Sie blieben, wenn es Ihnen nichts ausmacht.«

»Gewiß«, antwortete Mr. Beckett pflichtschuldig.

Sie fragte sich kurz, wie viele Menschen sich an diesem Scheideweg entschieden, ihre Wache allein zu halten. Das wäre eine interessante Statistik, dachte sie, während ihr Verstand sich in desinteressierten Beobachter und ängstlichen Anteilnehmer teilte. Wie viele Trauernde baten im Angesicht des lieben Verstorbenen um Beistand, wie anonym auch immer, statt mit dem Gesicht allein gelassen zu werden, das sie ein Leben lang gekannt hatten?

Sie holte tief Atem und trat auf den Sarg zu, und dort lag ihre Mutter und döste auf einem blaß cremefarbenen Laken in diesem schmalen Bett mit den hohen Seitenwänden. Was für ein alberner und abstoßender Ort, um einzuschlafen, dachte sie; und dann noch in deinem Lieblingskleid. Sieht dir gar nicht ähnlich, Mutter, so unpraktisch zu sein. Ihr Gesicht war geschmackvoll mit Rouge geschminkt worden, das Haar erst vor kurzem gebürstet, wenn auch nicht in dem Stil, der ihr gefallen hatte. Miriam verspürte kein Entsetzen, sie so zu sehen; nur eine große Aufregung des Wiedererkennens und den kaum unterdrückbaren Instinkt, in den Sarg zu greifen und ihre Mutter wachzurütteln.

Mutter, ich bin hier. Miriam.

Wach auf.

Bei diesem Gedanken spürte Miriam, wie sie errötete und ihr heiße Tränen in die Augen traten. Das winzige Zimmer war ganz plötzlich ein Laken wäßrigen Lichts; die Kerzen zwei helle Augen. »Mama«, sagte sie einmal.

Mr. Beckett, der eindeutig lange an solche Vorstellungen gewöhnt war, sagte nichts, aber Miriam war sich seiner Anwesenheit hinter ihr deutlich bewußt und wünschte sich, sie hätte ihn doch gebeten zu gehen. Sie hielt sich am Rand des Sarges fest, um sich zu stützen, während die Tränen von ihrer Wange tropften und in die Falten des Kleides ihrer Mutter fielen.

Dies also war das Haus des Todes, dies war seine Form und seine Natur. Seine Etikette war perfekt. Bei seinem Besuch hatte es keine Gewalt gegeben; nur eine allumfassende und unveränderliche Ruhe, die eine weitere Zurschaustellung von Hingabe unnötig machte.

Ihr wurde klar, daß ihre Mutter sie nicht mehr brauchte; so einfach war das. Ihre erste und endgültige Zurückweisung. Danke, sagte der kalte, abwesende Leichnam, aber ich brauche dich nicht mehr. Danke für deine Anteilnahme, aber du kannst jetzt gehen.

Sie sah Veronicas gutangezogenen Leichnam durch einen Nebel des Unglücklichseins an, und jetzt hoffte sie nicht mehr, daß sie ihre Mutter aufwecken konnte, jetzt hoffte sie nicht einmal mehr, daß sie den Sinn von alledem verstehen würde. Dann sagte sie: »Danke.« Sehr leise. Das Wort war für ihre Mutter bestimmt gewesen; aber Mr. Beckett, der Miriams Arm ergriff, als sie sich zum Gehen wandte, bezog es auf sich.

»Keine Mühe«, antwortete er. »Wirklich.«

Miriam schneuzte sich die Nase und schmeckte ihre Tränen. Die Pflicht war getan. Zeit fürs Geschäft. Sie trank schwachen Tee mit Beckett und erledigte alle finanziellen Vereinbarungen, während sie ihn beobachtete, ob er einmal lächeln, seine Unnahbarkeit mit Sympathie durchbrechen würde. Er tat es nicht. Das Gespräch fand in unangemessener Unterwürfigkeit statt, und als er sie in den kalten Nachmittag hinausgeleitete, da verabscheute sie ihn von ganzem Herzen.

Sie fuhr nach Hause ohne zu denken, ihr Verstand war nicht vom Verlust leer, sondern von der Anstrengung, geweint zu haben. Es war keine bewußte Entscheidung, daß sie den Rückweg zum Haus wählte, der am Steinbruch entlang führte. Aber als sie in die Straße einbog, die an ihrem alten Spielplatz vorbeiführte, wurde ihr klar, daß ein Teil von ihr eine Konfrontation mit dem Spukpfad wollte – vielleicht sogar *brauchte*.

Sie parkte das Auto am sicheren Ende des Steinbruchs, ein kurzes Stück vom Weg selbst entfernt, und stieg aus. Das Drahttor, durch das sie als Kind immer gegangen war, war verschlossen, aber es war ein Loch in den Draht gerissen worden, wie immer. Der Steinbruch war zweifellos immer noch ein Spielplatz. Neue Drahttore, aber dieselben Spiele. Sie konnte nicht widerstehen, sie duckte sich durch das Loch, und ihr Mantel blieb an einem Haken hängen, als sie das tat. Drinnen schien sich wenig verändert zu haben. Dasselbe Chaos von Felsbrocken, Stufen und Plateaus, Abfall, Unkraut und Pfützen, verlorenen und kaputten Spielzeugen, Fahrradteilen. Sie steckte die Fäuste in die Manteltaschen und schlenderte durch den Müll der Kindheit, wobei sie den Blick fest auf die Füße gerichtet hielt und mühelos den vertrauten Weg zwischen den Steinen fand.

Hier würde sie sich niemals verirren. In der Dunkelheit, im Tod, selbst als Geist würde sie ihrer Schritte sicher sein. Schließlich fand sie die Stelle, die sie immer am meisten gemocht hatte, und als sie auf dem Sims eines großen Felsens stand, sah sie zur Klippe jenseits des Steinbruchs hinüber. Aus dieser Entfernung war der Gehweg kaum sichtbar, aber sie erblickte seine Länge dennoch genau. Das Antlitz des Steinbruchs sah weniger eindrucksvoll aus, als sie es in Erinnerung hatte, weniger majestätisch. Die vergangenen Jahre hatten ihr gefährlichere Höhen gezeigt, ehrfurchtgebietendere Tiefen. Dennoch spürte sie, wie sich ihre Eingeweide zusammenzogen, als wäre ein Oktopus in ihrer Leibesmitte angenäht worden, und sie wußte, das Kind in ihr, der Vernunft nicht zugänglich, suchte die Klippe nach einem wie unmerklich auch immer beschaffenen Zeichen dessen ab, der den Pfad heimsuchte. Vielleicht das

Zucken eines steinfarbenen Gliedes, während es seine unablässige Wache hielt; das Blinzeln eines gräßlichen Auges.

Aber sie konnte nichts sehen.

Sie schämte sich beinahe ihrer Furcht, während sie den Weg durch den Canyon der Felsbrocken zurückschritt, wie ein verirrtes Kind durch den Zaun schlüpfte und zum Auto zurückging.

Der Spukpfad war *sicher*. Natürlich war er sicher. Er barg keine Schrecken, hatte sie niemals gehabt. Die Sonne versuchte nun, ihr Hochgefühl tapfer zu teilen, sie schickte farblose und wärmelose Strahlen durch die Regenwolken. Der Wind war an ihrer Seite, er roch nach dem Fluß. Kummer war eine Erinnerung.

Sie würde den Weg jetzt entlanggehen, sagte sie sich, und sich Zeit lassen, jeden einzelnen furchtlosen Schritt zu genießen, den sie darauf machte, und über ihren Sieg über die Geschichte jubilieren. Sie fuhr um den Steinbruch herum und schlug die Autotür mit einem Lächeln auf dem Gesicht zu, dann erklomm sie die drei Stufen, die vom Gehweg herab zum Pfad selbst führten.

Natürlich fiel der Schatten der Backsteinmauer über den Weg; die Strecke war dunkler als die Straße hinter ihr. Aber nichts konnte ihre Zuversicht verderben. Sie lief ohne einen Zwischenfall von einem unkrautüberwucherten Ende des Korridors zum anderen, und ihr ganzer Körper war aufgekratzt von der Einfachheit dessen. Wie konnte ich das nur jemals gefürchtet haben? Sie drehte sich herum und begann den Rückweg zum wartenden Auto. Diesmal ließ sie sich, während sie ging, Zeit, über die Einzelheiten ihrer Kindheitsalpträume nachzudenken. Da war eine Stelle gewesen – auf halbem Weg den Pfad entlang, und daher am weitesten von Hilfe entfernt –, die die Hochwassermarke ihres Entsetzens gewesen war. Diese spezielle Stelle – die verbotenen paar Meter, die für das bloße Auge nicht anders waren als der ganze Rest des Weges – war der Ort, den das Ding im Steinbruch wählen würde, um sie zu holen, wenn es schließlich kam. Das war sein Hinrichtungsort, sein geweihter Altar, der, so hatte sie verbissen geglaubt, mit dem Blut zahlloser anderer Kinder markiert war.

Während der Geschmack dieser Erinnerung zu ihr zurückkam, näherte sie sich diesem Punkt. Die Zeichen, welche die Stelle kennzeichneten, waren immer noch zu sehen: eine Anordnung von fünf verblichenen Backsteinen; ein Riß im Beton, der vor achtzehn Jahren winzig gewesen, mittlerweile aber gewachsen war. Die Stelle war wie immer deutlich zu erkennen; aber sie hatte ihren Einfluß verloren. Sie war nur einer von weiteren hundert identischen Metern, und sie ging an dem Fleck vorbei, ohne daß die Selbstsicherheit in ihrem Gesicht auch nur einen Augenblick verschwand. Sie sah nicht einmal hinter sich.

Die Mauer des Spukpfads war alt. Sie war ein Jahrzehnt vor Miriams Geburt von Männern erbaut worden, die ihr Handwerk hinreichend gut verstanden hatten. Erosion hatte das Antlitz des Steinbruchs unter den schwankenden Backsteinen weggefressen, was die Inspektoren des Stadtrats und die Abgeordneten des Umweltministeriums nicht bemerkt hatten; an manchen Stellen war der regennasse Sandstein zerbröckelt und abgefallen. Hier und da waren die Backsteine über ihre halbe Breite ohne Unterbau. Sie hingen über dem Abgrund, während Regen und Wind und die Schwerkraft an dem verfallenden Mörtel fraßen, der sie zusammenhielt.

Davon sah Miriam nichts. Sie hätte eine Weile stehenbleiben und warten müssen, um das unbehagliche Knirschen der Backsteine zu hören, die über die Luft hinauslehnten und warteten, schmerzten und sich danach sehnten, zu fallen. Doch sie eilte weiter, von einem Hochgefühl und der Gewißheit erfüllt, daß sie ihren Schrecken für immer bezwungen hatte.

An diesem Abend besuchte sie Judy.

Judy war nie schön gewesen; ihre Züge immer exzessiv: die Augen zu groß, der Mund zu breit. Doch jetzt, Mitte Dreißig, strahlte sie. Es war sicher ein sexuelles Erblühen, das vorzeitig schwinden und verblassen konnte, aber die Frau, die Miriam an der Eingangstür begrüßte, war in den besten Jahren.

Sie redeten den ganzen Abend hindurch über die Jahre, die sie sich nicht mehr gesehen hatten – trotz ihrer Abmachung, nicht von vergangenen Zeiten zu sprechen –, und tauschten Geschichten über ihre Siege und ihre Niederlagen aus. Miriam fand Judys

Gesellschaft bezaubernd. Sie fühlte sich bei dieser strahlenden, glücklichen Frau auf der Stelle wohl. Nicht einmal das Thema ihrer Trennung von Donald konnte ihren Redefluß eindämmen.

»Es ist nicht *verboten*, über alte Ehemänner zu sprechen, Liebes; es ist nur ein wenig langweilig. Ich meine, er war kein schlechter Kerl.«

»Wirst du dich von ihm scheiden lassen?«

»Ich denke schon, wenn ich mal einen Augenblick Zeit habe. Solche Sachen erfordern Monate, weißt du. Außerdem bin ich Waage, ich kann mich nie entscheiden, was ich will.« Sie machte eine Pause. »Nun«, sagte sie mit einem halb verborgenen Lächeln, »das stimmt nicht ganz.«

»War er untreu?«

»Untreu?« Sie lachte. »Das ist ein Wort, das ich schon lange nicht mehr gehört habe.«

Miriam errötete ein wenig. War das Leben in den Kolonien wirklich so altmodisch, weil Ehebruch dort noch nicht die Regel war?

»Er hat herumgevögelt«, sagte Judy. »Das ist die schlichte Wahrheit. Aber ich auch.«

Sie lachte wieder, und diesmal stimmte Miriam in das Lachen ein, auch wenn sie den Scherz nicht ganz verstanden hatte.

»Wie hast du das herausgefunden?«

»Ich habe es herausgefunden, als *er* es herausgefunden hat.«

»Das verstehe ich nicht.«

»Es war alles so offensichtlich, es hört sich wie eine Farce an, wenn ich es erzähle, aber er fand einen Brief, siehst du, von jemandem, den ich getroffen habe. Niemand, der mir etwas bedeutet hätte – wirklich nur ein beiläufiger Freund. Wie dem auch sei, er *triumphierte*; ich meine, er geriet *wirklich* außer sich, sagte, daß er mehr Affären gehabt hätte als ich. Sah das Ganze als eine Art Wettbewerb: wer am häufigsten betrügen konnte, und mit wem.« Sie machte eine Pause, und das gleiche schalkhafte Lächeln erschien wieder. »Als wir die Karten auf den Tisch legten, stellte sich heraus, daß ich besser dastand als er. *Das* hat ihn echt fertiggemacht.«

»Also habt ihr euch getrennt?«

»Es schien keinen Sinn zu haben, zusammenzubleiben; wir hatten keine Kinder, und es war keine Liebe zwischen uns verloren. Eigentlich war das nie so. Das Haus war auf seinen Namen, aber er überließ es mir.«

»Also hast du den Wettbewerb gewonnen?«

»Ich denke schon. Aber ich hatte einen geheimen Vorteil.«

»Welchen?«

»Der andere Mann in meinem Leben war eine Frau«, sagte Judy, »und damit wurde der arme Donald nun überhaupt nicht fertig. Er warf mehr oder weniger das Handtuch, nachdem er das herausgefunden hatte. Sagte mir, ihm wäre klargeworden, daß er mich nie verstanden hat und wir uns besser trennen sollten.« Sie sah zu Miriam auf und sah erst jetzt die Wirkung, die ihre Äußerung gehabt hatte. »Oh«, sagte sie, »tut mir leid. Ich habe einfach gedankenlos hinausgeplappert.«

»Nein«, sagte Miriam, »es liegt an mir. Ich hätte nie gedacht, daß du . . .«

». . . daß ich eine Lesbierin bin? Oh, ich glaube, das habe ich immer gewußt, schon damals, in der Schule. Ich habe der Turnlehrerin Liebesbriefe geschrieben.«

»Das haben wir alle getan«, erinnerte Miriam sie.

»Aber manche von uns meinten es ernster als andere«, sagte Judy lächelnd.

»Und wo ist Donald jetzt?«

»Oh, irgendwo im Mittleren Osten, wie ich gehört habe. Ich möchte gerne, daß er mir schreibt, nur damit ich weiß, daß es ihm gutgeht. Aber er tut es nicht. Sein Stolz läßt es nicht zu. Ein Jammer. Wir hätten gute Freunde sein können, wären wir nicht Mann und Frau gewesen.«

Das schien alles zu sein, was es zu dem Thema zu sagen gab, oder alles, was Judy sagen wollte.

»Soll ich uns einen Kaffee machen?« schlug sie vor und ging in die Küche; ließ Miriam zurück, um mit der Katze und ihren Gedanken zu spielen. Keiner von beiden war heute abend besonders rege.

»Ich würde gerne zur Beerdigung deiner Mutter gehen«, rief Judy aus der Küche. »Würde dir das etwas ausmachen?«

»Natürlich nicht.«

»Ich kannte sie nicht sehr gut, aber ich habe sie häufig beim Einkaufen gesehen. Sie sah immer so *klug* aus.«

»Das war sie«, sagte Miriam. Dann: »Warum kommst du nicht zu mir in den ersten Wagen?«

»Ich bin keine Verwandte.«

»Ich hätte es aber gerne.« Die Katze drehte sich im Schlaf herum und streckte Miriam den Bauch im Winterfell zum Streicheln hin. »Bitte.«

»Dann werde ich es tun. Danke.«

In den verbleibenden eineinhalb Stunden tranken sie erst Kaffee, dann Whisky, dann noch mehr Whisky, und sie sprachen über Hongkong und ihre Eltern und schließlich über Erinnerungen. Oder besser, über die irrationale Natur von Erinnerungen; wie ihr Denken seltsame Einzelheiten behielt, um Ereignisse zu bewahren, während andere, bedeutendere, abgewiesen wurden: der Geruch der Luft, wenn leidenschaftliche Worte gesprochen wurden, aber nicht die Worte selbst; die Farbe von Schuhen von Liebhabern, aber nicht die ihrer Augen.

Nach Mitternacht schieden sie schließlich voneinander.

»Komm gegen elf ins Haus«, sagte Miriam. »Die Autos brechen gegen Viertel nach elf auf.«

»Gut. Dann sehen wir uns morgen.«

»Heute«, wies Miriam sie hin.

»Das stimmt, heute. Gib acht beim Fahren, Liebes, es ist eine böse Nacht.«

Die Nacht *war* stürmisch; das Autoradio sprach von sturmböenartigen Winden im Irischen Meer. Sie fuhr vorsichtig durch die verlassenen Straßen nach Hause, dieselben Windstöße, die das Auto schüttelten, wirbelten Blätter aus den Rinnsteinen hoch und schleuderten sie vor die Autoscheinwerfer. In Hongkong, dachte sie, würde um diese Zeit immer noch Leben auf den Straßen herrschen. Hier? Nur verschlafene dunkle Häuser, vorgezogene Vorhänge, verschlossene Türen. Während sie fuhr, folgte sie im Geiste ihren Schritten durch den Tag und den drei Begegnungen, die ihn kennzeichneten. Mit ihrer Mutter, mit Judy und mit dem Spukpfad. Als sie fertig mit Nachdenken war, war sie daheim.

In dieser Nacht war ihr Schlaf unruhig, kontrapunktiert von Mülleimerdeckeln, die bösartige Windböen herabwehten, dem Regen und dem Kratzen der Sykamorezweige an den Fenstern.

Der nächste Tag war Mittwoch, der erste Dezember, und bei Einbruch der Dämmerung hatte sich der Regen in Graupel verwandelt.

Die Beerdigung war nicht unerträglich. Sie war bestenfalls ein nüchterner Abschied von jemand, den Miriam einst gekannt, aber nun aus den Augen verloren hatte; schlimmstenfalls rochen die unbeteiligte Feierlichkeit und das gutgeölte Ritual nach Kälte und endeten damit, daß der Sarg von einem Förderband durch einen fliederfarbenen Vorhang zum Ofen und dem Kamin dahinter transportiert wurde. Miriam konnte nicht anders, sie mußte sich den Inhalt des Sarges vorstellen, als dieser durch die theatralische Abtrennung des Vorhangs rollte, mußte sich jeden winzigen Ruck ihrer Mutter ausmalen, während der Sarg dem Feuer entgegenholperte. Der Gedanke, obschon selbst ausgelöst, war unerträglich. Sie mußte die Nägel in die Handflächen graben, um zu verhindern, daß sie aufsprang und verlangte, der Prozedur ein Ende zu bereiten: den Sargdeckel abnehmen zu lassen, in den Leichentüchern zu wühlen und den toten Körper noch einmal in die Arme zu nehmen, um ihr liebevoll und bewundernd zu danken. Dieser Augenblick war der schlimmste; sie nahm sich aber zusammen, bis sich der Vorhang geschlossen hatte, und dann war es vorbei.

Wie alle Begräbnisse war es oberflächlich, aber wahrte auf seine schlichte Weise ein gewisses Maß an Würde.

Der Wind war beißend, als sie die kleine rote Backsteinkapelle des Krematoriums verließen; die Trauernden entfernten sich bereits mit Dankesmurmeln und etwas verlegenen Blicken zu ihren Autos. Der Wind brachte Schneeflocken mit sich, die freilich zu groß und zu naß waren, um am Boden liegenzubleiben, aber die düstere Umgebung noch unwirtlicher erscheinen ließen. Miriams Zähne schmerzten; die Schmerzen breiteten sich bis zu Nase und Augen aus.

Judy nahm sie am Arm.

»Wir müssen uns noch einmal sehen, Liebes, bevor du gehst.«

Miriam nickte. Ihr Rückflug war weniger als vierundzwanzig Stunden entfernt, und heute abend würde Boyd anrufen, als Vorgeschmack auf die Freiheit. Er hatte versprochen, es zu tun, und er war auf süße Weise zuverlässig. Sie wußte, sie würde die Hitze der Straße durch die Telefonleitung riechen können.

»Heute abend«, schlug Miriam Judy vor, »komm heute abend zum Haus.«

»Bist du sicher? Ist es nicht eine Prüfung, dort zu sein?«

»Eigentlich nicht. Nicht mehr.«

Nicht mehr. Veronica war ein für allemal gegangen. Das Haus war kein Zuhause mehr.

»Ich muß immer noch eine Menge aufräumen«, sagte Miriam. »Wenn ich es dem Makler übergebe, sollen alle Habseligkeiten von Mutter versorgt sein. Ich mag den Gedanken nicht, daß Fremde ihre Sachen durchstöbern könnten.«

Judy murmelte zustimmend.

»Dann werde ich dir helfen«, sagte sie. »Wenn du nicht der Meinung bist, daß ich dir im Weg herumstehen werde.«

»Also ein Abend der Arbeit?«

»Fein.«

»Sieben?«

»Sieben.«

Ein plötzlicher, heftiger Windstoß riß Miriam die Luft von den Lippen und trieb einige Trauergäste in die Wärme ihrer Autos. Eine der Nachbarinnen ihrer Mutter, deren Namen sich Miriam nie merken konnte, verlor den Hut. Er wehte davon und wirbelte über den Friedhofsrasen, ihr glubschäugiger Mann jagte ihm linkisch über das aschegedüngte Gras nach.

Auf der Höhe des Steinbruchs war der Wind noch stärker. Er kam vom Meer herauf und den Fluß entlang, ballte seine Wut zu einer schneetreibenden Faust und suchte dann die Stadt nach Opfern ab.

Die Mauer des Spukpfads war eine ideale Beute. Vom Strom der Jahre geschwächt, erforderte es wenig Nachdruck, sie zur Kapitulation zu bewegen. Am Spätnachmittag ergriff ein besonders ambitionierter Windstoß drei oder vier glasgekrönte Backsteine vom oberen Rand der Mauer und warf sie in den See des Steinbruchs. Hier, in der Mitte seiner Länge, war das Bauwerk am schwächsten, und nachdem der Wind die Zerstörung begonnen hatte, unterstützte die Schwerkraft die Arbeit.

Ein junger Mann, der mit dem Fahrrad heimfuhr, erreichte gerade die Mitte des Fußwegs, als er das Dröhnen der Kapitulation hörte und sah, wie ein Abschnitt der Wand in einem Regen von Mörtelbrocken nachgab. Er hörte leiser werdende Trommelklänge von Backstein auf Fels, als die Bruchstücke hinunter zum Fuß der Klippe tanzten. Eine Lücke von fast zwei Metern Durchmesser hatte sich in der Mauer aufgetan, und der Wind heulte triumphierend hindurch, zerrte an den bloßliegenden Kanten der Mauer und lockte sie, ihm zu folgen. Der junge Mann stieg vom Fahrrad ab und schob es zu der Stelle und grinste über das Schauspiel.

Es war ein langer Weg nach unten, dachte er, während er auf die Lücke zuschritt und vorsichtig über den Rand spähte. Der Wind wehte ihm um die Beine und in den Rücken und flehte ihn an, noch ein paar Schritte zu gehen. Das tat er. Das Schwindelgefühl, das er verspürte, machte ihm Spaß, und der idiotische Drang, sich hinabzustürzen, war stark, aber er konnte ihm widerstehen. Wenn er sich vornüberbeugte, konnte er den Grund des Steinbruchs sehen; aber die Felsen direkt unterhalb des Loches in der Mauer blieben verborgen. Ein kleiner Überhang verbarg sie.

Der junge Mann beugte sich weiter hinaus, und der eisige Wind bedrängte ihn gierig. *Komm,* sagte er, *komm; sieh genauer hin; schau tiefer hinab.*

Keinen Meter unterhalb des klaffenden Loches bewegte sich etwas. Der junge Mann sah eine Gestalt – oder glaubte, sie zu sehen –, deren Masse von dem Überhang verborgen wurde und die sich bewegte. Als sie spürte, daß sie beobachtet wurde, erstarrte sie an der Klippenwand.

Mach weiter, sagte der Wind. *Füge dich deiner Neugier.*

Aber der junge Mann wußte es besser. Der Nervenkitzel der Herausforderung wurde schal. Er fror; der Spaß war vorbei. Zeit, nach Hause zu gehen. Er trat von der Lücke zurück und schob sein Fahrrad fort, ein Pfeifen kam über seine Lippen, das teilweise sein Entkommen feierte, teilweise aber auch dazu dienen sollte, das Ding auf Distanz zu halten, das er hinter seinem Rükken spürte.

Um sieben sortierte Miriam den letzten Schmuck ihrer Mutter durch. In den kleinen parfümierten Kästchen war wenig Wertvolles, aber eine oder zwei hübsche Broschen ruhten in Betten aus grauer Watte, und sie beschloß, diese als Erinnerungen mit nach Hause zu nehmen. Boyd hatte kurz nach sechs Uhr angerufen, wie er es versprochen hatte, seine Stimme war durch die schlechte Verbindung wäßrig gewesen, aber dennoch voll Trost und Liebe. Miriam schwelgte immer noch im Hochgefühl dieser Unterhaltung. Jetzt läutete das Telefon erneut. Es war Judy.

»Miriam, ich glaube nicht, daß ich heute abend zu dir kommen sollte. Im Augenblick fühle ich mich ziemlich mies. Es begann während der Beerdigung, und die Schmerzen sind immer besonders schlimm, wenn es kalt ist.«

»Meine Güte.«

»Ich fürchte, ich wäre eine lausige Gesellschaft. Tut mir leid, daß ich dich im Stich lasse.«

»Keine Bange. Wenn es dir nicht gutgeht . . .«

»Der Jammer ist, daß ich dich wahrscheinlich vor deinem Rückflug nicht mehr sehen werde.« Dieser Gedanke schien sie aufrichtig zu bestürzen.

»Hör zu!« sagte Miriam. »Ich werde meine Arbeit hier beenden, bevor es zu spät wird, und dann schaue ich noch bei dir vorbei. Ich hasse Abschiede per Telefon.«

»Ich auch.«

»Aber ich kann nichts versprechen.«

»Nun, wenn ich dich sehe, dann sehe ich dich; belassen wir es dabei, ja? Wenn nicht, dann alles Gute, Liebes, und schreib mir eine Karte, damit ich weiß, daß du sicher angekommen bist.«

Als sie gegen einundzwanzig Uhr fünfzig das Haus verließ, hatten die Windböen sich längst totgelaufen und waren einer Stille gewichen, die so allumfassend war, daß sie mehr an den Nerven zerrte als das ihr vorangegangene Tosen. Miriam schloß die Tür zu und trat einen Schritt zurück, um die Fassade des Hauses zu betrachten. Wenn sie das nächste Mal hierherkam (sollte das überhaupt noch einmal sein), würde das Haus neu bewohnt und zweifellos neu gestrichen sein. Sie würde hier nichts zu suchen haben; der Schmerz der Erinnerung, den sie in den vergangenen paar Tagen erlebt hatte, würde selbst wieder zu einer Erinnerung geworden sein.

Sie ging zum Auto und hatte schon die Schlüssel in der Hand, als sie sich aus der Laune des Augenblicks heraus entschloß, zu Fuß zu Judys Haus zu gehen. Die vom Wind gereinigte Luft war berauschend, und sie würde die Gelegenheit nützen, ein letztes Mal durch die alte Nachbarschaft zu schlendern.

Sie würde sogar den Spukpfad nehmen, dachte sie; dann konnte sie in fünf oder zehn Minuten bei Judys Haus sein.

Der Weg machte eine langgezogene, täuschende Kurve, während er dem Rand des Steinbruchs folgte. Es war vom einen Ende nicht möglich, das andere Ende oder gar die Mitte zu sehen. Daher hatte Miriam das Loch in der Mauer fast erreicht, als sie es endlich erblickte. Ihr selbstsicherer Schritt kam ins Stocken. In ihrem Unterleib breitete etwas die Arme zur Begrüßung aus.

Das Loch klaffte breit und einladend vor ihr. Jenseits der Kante, wo das spärliche Licht der Straße nicht mehr hinreichte, war die Dunkelheit des Steinbruchs offenbar grenzenlos. Sie hätte am Rand der Welt stehen können: Jenseits des Weges gab es weder Tiefe noch Entfernung, nur eine Schwärze, die erwartungsvoll summte.

Während sie hinsah, bröckelten Betonbruchstücke ins Leere. Sie hörte sie von sich fortkullern; konnte sogar ihr fernes Platschen hören.

Doch jetzt hörte sie, von ihrem plötzlichen Grauen in Trance versetzt, ein weiteres Geräusch, ganz in der Nähe, ein Geräusch, das sie – darum hatte sie gebetet – in der wirklichen Welt niemals hatte hören wollen, das Kratzen von Nägeln auf dem Fels des Steinbruchs, das schwere Atmen einer Kreatur, die ach so lange auf diesen Augenblick gewartet hatte und sich jetzt langsam und zielstrebig die letzten Meter am Felsen empor zu ihr vorarbeitete. Weshalb sollte sie sich auch sputen? Sie wußte, daß Miriam erstarrt war.

Sie kam: Es war keine Hilfe zu erwarten. Sie hatte die Arme auf dem Fels ausgebreitet, und ihr Kopf, erfüllt von Schmutz und Verworfenheit, hatte beinahe den Rand des Weges erreicht. Selbst jetzt, da ihr Opfer fast zu sehen war, beeilte sie sich nicht mit ihrem langsamen Klettern, sondern ließ sich schrecklich viel Zeit.

Das kleine Mädchen, das Miriam gewesen war, wollte jetzt sterben, bevor das Ungeheuer sie sah, aber die Frau, die sie jetzt war, wollte das Gesicht ihres zeitlosen Peinigers sehen. Nur den einen, schrecklichen Augenblick, bevor es sie nahm, *sehen*, wie das Ding aussah. Schließlich war es so lange hier gewesen und hatte gewartet. Sicherlich hatte es einen Grund für diese geduldige Bösartigkeit: Vielleicht würde das Gesicht ihn offenbaren.

Wie hatte sie nur denken können, es könnte ein Entkommen geben? Im Sonnenschein hatte sie über ihre Ängste gelacht; aber das war eine Scharade gewesen. Der Schweiß der Kindheit, die nächtlichen Tränen (die heiß waren und direkt aus ihren Augenwinkeln ins Haar flossen), der unaussprechliche Schrecken, sie alle waren *hier*. Sie waren aus der Dunkelheit herausgekommen, und sie war zuletzt allein. Allein, wie nur Kinder allein sind: eingeschlossen mit Gefühlen jenseits jeglicher Artikulation, in privaten Höllen der Unwissenheit, deren Korridore sich unsichtbar bis ins Erwachsensein erstreckten.

Jetzt weinte sie laut, heulte wie eine Zehnjährige, ihr verkniffenes Gesicht war gerötet und tränenfeucht. Ihre Nase lief; die Augen brannten.

Vor ihr wurde der Spukweg instabil, und sie spürte, wie die Dunkelheit sie unwiderstehlich anzog. Jedem ihrer Schritte folgte ein weiteres Schaben des flachen Bauches auf dem Fels des Steinbruchs. Noch ein Schritt, und nun stand sie dreißig Zentimeter vom abbröckelnden Rand des Spukwegs entfernt, nur noch Augenblicke, dann würde es sie an den Haaren packen und entzweireißen.

Sie stand am schwindelerregenden Rand, und das Antlitz ihres

Grauens schwamm aus der grundlosen Nacht empor, um sie anzusehen. *Es war das Gesicht ihrer Mutter.* Es war schrecklich aufgedunsen und hatte das Zwei- bis Dreifache seiner normalen Größe, die gelblichen Lider blinzelten und offenbarten ein Weiß ohne Pupillen, als hinge sie im letzten Augenblick zwischen Leben und Tod.

Sie machte den Mund auf: Schwarz verfärbte Lippen waren um ein zahnloses Loch herum zu dünnen Streifen gespannt, welches vergebliche Bewegungen machte und versuchte, Miriams Namen auszusprechen. Demnach sollte es auch jetzt keinen Augenblick des Wiedererkennens geben; das Ding hatte sie betrogen und dieses geliebte, tote Gesicht anstelle seines eigenen geboten.

Der Mund ihrer Mutter kaute weiter, die krächzende Zunge versuchte vergeblich, die drei Silben zu formen. Die Bestie wollte sie zu sich rufen, und sie kannte aufgrund ihrer äonenalten Verschlagenheit das Gesicht genau, mit dem sie den Ruf vorbringen mußte. Durch ihre Tränen sah Miriam auf die blinzelnden Augen hinab; sie konnte das Kissen des Totenbetts beinahe unter dem Kopf ihrer Mutter erkennen; beinahe ihren letzten, übelriechenden Atemzug riechen.

Der Name war fast ausgesprochen. Miriam machte die Augen zu; sie wußte, wenn der Name ausgesprochen war, bedeutete das das Ende. Sie war willenlos. Das Spukgespenst hatte sie in seinem Bann, diese brillante Mimikry war die letzte triumphierende Drehung der Schraube. Es würde mit der Stimme ihrer Mutter sprechen, und sie würde zu ihm gehen.

»Miriam«, sagte es.

Die Stimme war lieblicher, als sie erwartet hatte.

»*Miriam.*« Es rief ihr ins Ohr, seine Krallen ruhten jetzt auf ihrer Schulter.

»*Miriam, um Gottes willen*«, verlangte es zu wissen, »*was machst du da?*«

Die Stimme war ihr bekannt, aber es war nicht die Stimme ihrer Mutter, auch nicht die der Bestie. Es war *Judys* Stimme, *Judys* Hände. Sie zogen sie von dem Loch zurück und schleuderten sie beinahe gegen die gegenüberliegende Mauer. Sie spürte die Sicherheit von altem Backstein im Rücken, dazwischen ein Kissen aus Händen. Die Tränen klärten sich ein wenig.

»Was machst du da?«

Ja, kein Zweifel. Judy, so deutlich wie der Tag.

»Alles in Ordnung, Liebes?«

Die Dunkelheit hinter Judy war tief, aber es war nur das Prasseln von Geröll zu hören, während das Spukgespenst wieder das Antlitz des Steinbruchs hinabglitt. Miriam spürte Judys Arme um sich, fest, mehr um ihr Leben besorgt, als sie selbst es gewesen war.

»Ich wollte dich nicht so grob anfassen«, sagte sie. »Ich dachte nur, du würdest springen.«

Miriam schüttelte ungläubig den Kopf. »Es hat mich nicht genommen«, sagte sie.

»Was denn, Miriam?«

Sie brachte es nicht über sich, in seiner Hörweite darüber zu sprechen. Sie wollte nur weg von der Mauer und dem Pfad.

»Ich dachte, du würdest nicht kommen«, sagte Judy, »also habe ich mir gedacht, scheiß drauf – ich komme zu dir. Gut, daß ich die Abkürzung genommen habe. Was, um Himmels willen, ist nur in dich gefahren, so über den Abgrund zu sehen. Das ist nicht sicher.«

»Kannst du mich nach Hause bringen?«

»Natürlich, Liebes.«

Judy legte einen Arm um sie und führte sie von dem Loch in der Mauer weg.

Hinter ihnen: Stille und Dunkelheit. Die Lampe flackerte. Der Beton bröckelte noch etwas mehr ab.

Sie verbrachten die Nacht gemeinsam im Haus, sie teilten sich das große Bett in Miriams Zimmer, unschuldig wie Kinder. Miriam erzählte die Geschichte vom Anfang bis zum Ende: die ganze Geschichte des Spukpfads. Judy hörte sich alles an, nickte, lächelte und beließ es dabei. In der Stunde vor der Dämmerung war die Beichte endlich beendet, und sie schliefen.

In derselben Stunde kühlte die Asche von Miriams Mutter ab,

zusammen mit der Asche von dreizehn anderen, die an diesem Mittwoch, dem 1. Dezember verbrannt worden waren. Am Morgen würden die verbleibenden Gebeine zermalmt und der Staub in vierzehn gleiche Teile geteilt und dann sorgfältig in vierzehn Urnen geschaufelt werden, auf denen die Namen der Geliebten standen. Ein Teil der Asche würde verstreut werden, ein Teil in der Friedhofsmauer verwahrt; ein Teil würde den Hinterbliebenen zugeschickt werden, ein Brennpunkt für ihren Kummer.

In derselben Stunde träumte Mr. Beckett von seinem Vater und erwachte halb und schluchzte, doch das Mädchen an seiner Seite tröstete ihn.

Und in derselben Stunde nahm auch der Mann der verstorbenen Marjorie Elliot die Abkürzung über den Spukpfad. Seine Füße knirschten auf dem Kies, in dieser schläfrigen Stunde vor der Dämmerung das einzige Geräusch auf der Welt. Er kam schon sein Leben lang, seit er arbeitete, erschöpft von der Nachtschicht in der Bäckerei, diesen Weg entlang. Unter seinen Fingernägeln klebte Teig, unter dem Arm trug er einen großen Laib Weißbrot und eine Tüte mit sechs knusprigen Brötchen. Die hatte er fast dreiundzwanzig Jahre lang jeden Morgen frisch nach Hause getragen, und er wiederholte das Ritual immer noch, wenngleich der größte Teil des Brotes nach Marjories unzeitigem Dahinscheiden nicht gegessen und den Vögeln gefüttert wurde.

Etwa in der Mitte des Spukpfades schritt er langsamer aus. Er verspürte ein Flattern im Bauch; ein Geruch in der Luft hatte eine Erinnerung geweckt. War das nicht der Geruch seiner Frau? Fünf Meter weiter, und die Lampe flackerte. Er sah in das Loch in der Mauer hinab, und aus dem Steinbruch stieg seine heißgeliebte Marjorie mit riesenhaftem Gesicht empor.

Sie sprach einmal seinen Namen aus, und er trat vom Weg, ohne sich die Mühe zu machen, ihrem Ruf zu antworten, und verschwand.

Der Brotlaib, den er getragen hatte, blieb hinter ihm auf dem Kies liegen.

Er war aus seiner Packpapierumhüllung herausgefallen und kühlte ab; er verlor die Wärme seiner Geburt langsam an die Nacht.

Thomas Tessier

Essen

(Food)

Thomas Tessier (geb. 1947 in Watertown, Connecticut) war Lektor bei Britain's Millington Books, bevor er in die Vereinigten Staaten zurückkehrte, um seine ganze Zeit dem Schreiben zu widmen. Zu seinen Romanen gehören ›The Fates‹, ›The Nightwalker‹, ›Shockwaves‹, ›Phantom‹ und ›Finishing Touches‹. Nur selten wendet er sich der Form der Kurzgeschichte zu, aber wenn er es tut, dann – wie im Falle von ›Food‹ – mit unvergeßlichen Resultaten. Sein neuester Roman heißt ›Rapture‹.

»Es ist fast vorbei«, sagte Miß Rowe mehr zu sich selbst als zu Mr. Whitman. Ihr Blick schweifte in weite Fernen, nur der Mund bemühte sich um ein Lächeln, und die Stimme klang leicht und hell vor Erwartung. »Machen Sie sich also keine Sorgen. Mir geht es gut.«

Fast vorbei? Was sollte das heißen? Mr. Whitman zog es vor, nicht zu sehr darüber nachzudenken. Soweit er es beurteilen konnte, war es nichts anderes als ein typischer Samstag im Sommer. Die Augusthitze hatte ein wenig nachgelassen, eine frische Brise hatte die Luft abgekühlt. Andere Leute würden jetzt schwimmen gehen oder einkaufen. Mr. Whitman und Miß Rowe aber würden das tun, was sie an einem Samstagnachmittag immer zu tun pflegten. Jeder andere Blick auf die Angelegenheit wäre viel zu gefährlich.

»Aber Ihnen geht es doch nicht gut«, fühlte er sich noch genötigt zu sagen. »Ich meine, Sie haben doch Schmerzen, richtige Schmerzen. Ich sehe es Ihnen doch an.«

»Nein«, antwortete sie ohne große Überzeugung. »Ich weiß, was ich fühle, und es ist kein Schmerz. Nicht wirklich.« Miß Rowe schüttelte den Gedanken fort, richtete sich auf den Matratzen ein und machte einen Versuch, das Thema zu wechseln. »Was haben Sie mir heute Schönes mitgebracht?«

Mr. Whitman ignorierte ihre Frage. »Ich glaube wirklich, Sie sollten mir erlauben, Ihnen einen Arzt zu holen. Eigentlich gehören Sie ins Krankenhaus, aber lassen Sie sich wenigstens einmal von einem Arzt untersuchen.«

»Ganz sicher nicht. Und wenn Sie etwas in der Richtung unternehmen sollten, spreche ich nie wieder ein Wort mit Ihnen.«

Miß Rowe hatte das nicht wirklich in scharfem Ton zu ihm gesagt; es war eher ein Schmollen, nur wußte Mr. Whitman leider allzu genau, daß es auch die Wahrheit war. Er war unfähig, mit ihr zu anderen Bedingungen als den ihren zu verkehren. Sein Pflichtbewußtsein war letztlich nicht so stark wie die Angst, ihre gegenseitige Freundschaft zu zerstören.

Mr. Whitman ging quer durch das Zimmer, er bahnte sich vorsichtig einen Weg durch das Durcheinander und blieb ein paar Augenblicke vor der offenen Verandatür stehen. Der frische Luftzug tat ihm gut, aber der Garten bot einen bedrückenden Anblick. Der Rasen war seit Wochen nicht mehr gemäht worden. Wie auf Bestellung wurde irgendwo in der Nachbarschaft ein Motormäher gestartet und brummte jetzt gleichmäßig vor sich hin. Das Gemüsebeet am hinteren Ende des Gartens existierte noch gar nicht richtig. Mr. Whitman hatte zwar schon ein Stückchen vom Unkraut befreit und umgegraben, aber er war noch nicht dazu gekommen, Karotten und Tomatenpflänzchen einzusetzen. Aus der nackten schwarzen Erde sprießten statt dessen ein paar Unkräuter hervor. Er hatte einfach zuviel zu tun gehabt, redete er sich ein. Miß Rowe hatte ihn diesen Sommer voll und ganz mit Beschlag belegt.

»Was haben Sie mir mitgebracht?« fragte sie noch einmal.

»Ach, Balzac«, antwortete Mr. Whitman zerstreut. Er hatte das Buch, das er in einer Hand hielt, schon beinahe vergessen. Jeden Samstagnachmittag las er Miß Rowe eine Geschichte vor. Balzac gehörte zu ihren Lieblingsschriftstellern, und zu seinen ebenfalls. Heute wollte er ihr ›Facino Cane‹ vorlesen, eine Erzählung, die er beinahe auswendig kannte, die ihn aber jedesmal aufs neue tief bewegte.

Miß Rowes Gesicht drückte Vorfreude aus, aber sie war nicht in der Lage zu antworten, weil sie gerade in dem Moment eifrig damit beschäftigt war, eine dicke Scheibe italienischen Brots in ihren Mund zu stopfen. Dieser Anblick war so bedrückend für Mr. Whitman, daß er sich dem Band mit Erzählungen von Balzac zuwandte und darin zu blättern begann. Es ging nicht nur um dieses Brot und die großzügigen Schichten von Weinbrandpastete und Weichkäse, die es umschloß. Essen. Das war das Problem, das ganze, leidige Problem. Miß Rowe war eine zwanghafte Esserin. Fast alle wachen Stunden widmete sie dem Verzehr von Nahrungsmitteln. Sie war nur halb so alt wie er, aber sie trug, nach seinen vorsichtigen Schätzungen, mindestens das Dreifache seines Gewichts mit sich herum.

Ihre seltsame Beziehung hatte etwa sechs Monate zuvor begonnen, als Mr. Whitman eingezogen und damit ihr Nachbar geworden war. Sie waren Flüchtlinge vor der Welt, die die beiden Erdgeschoßwohnungen einer umgebauten, viktorianischen Villa am Rand von Cairo bewohnten. Nicht von Kairo in Ägypten, sondern von einem kleinen Nest in der Mitte der östlichen Hälfte von Connecticut, wo viele kleine Städtchen solch merkwürdig unpassende Namen hatten wie zum Beispiel Westminster, Brooklyn und Versailles.

Mr. Whitman hatte nie geheiratet, aber er hatte sein Geld über die Jahre so klug angelegt und zusammengchalten, daß es ihm möglich gewesen war, sich im Alter von fünfzig von seinem Job als Redakteur in Manhattan zurückzuziehen und der Großstadt den Rücken zu kehren. Er konnte es sich leisten, nur noch zu tun, was ihm Spaß machte, in seinem Fall war das der Handel mit alten Büchern. Mr. Whitmans Spezialität war Kriminalliteratur, sei sie nun fiktiv oder dokumentarisch, aber im Grunde liebte er jede Art von Literatur. Er hatte eine respektable Sammlung, die er in einem Laden mit zwei Räumen untergebracht hatte, den er in der kleinen Stadt gemietet hatte. Nebenbei bewahrte er noch ungefähr ein Dutzend wirklich wertvoller Bücher in einem Schließfach der Bank auf. Mr. Whitman verdiente nicht viel Geld mit seinem Geschäft, und das lag zum Teil daran, daß er es haßte, sich von seinen Büchern zu trennen, und daß er sie deshalb viel zu teuer machte. Aber Geld hatte aufgehört, in seinem Leben eine Rolle zu spielen. Er war glücklich, ein paar Stunden des Tages, umgeben von seiner Sammlung, in seinem Laden verbringen zu können, dabei über die Ultrakurzwelle dem örtlichen Radiosender zuzuhören und sich dem kleinen Versandhandel zu widmen, den er nebenbei eingerichtet hatte. Laufkundschaft entmutigte er, indem er die Tür verschlossen und die Rolläden vor den Fenstern heruntergezogen ließ. Er war gerade dabei, einen Katalog seines gesamten Sortiments zu erstellen, aber auch das betrieb er mehr als Freizeitbeschäftigung. Viel zu oft stieß er die Listen beiseite und lehnte sich zurück, um sich in einem seiner Bücher zu verlieren. Mr. Whitman wußte ganz genau, daß ein Leben viel zu kurz war, um all das zu lesen, was er gerne gelesen hätte.

Miß Rowe war für ihn eine Art Geheimnis. Sie mochte nicht über sich sprechen, aber sie ließ gelegentlich Hinweise fallen. Ihre einzigen Verwandten waren ein paar Cousins und Cousinen an der Westküste. Auf jeden Fall war Miß Rowe nach Cairo gekommen, und zwar aus Boston, wo offensichtlich irgendein Ereignis vor ungefähr einem Jahr ihr Leben kräftig durcheinandergebracht hatte. Ein Unfall vielleicht, ein Überfall oder ein seelisches Trauma? Mr. Whitman hatte keine Ahnung, aber was auch immer der Grund gewesen sein mochte, Miß Rowe war nach Cairo gekommen, um hier zu bleiben, und sie hatte genug Geld mitgebracht, um nichts tun zu müssen, nichts außer essen.

Als Mr. Whitman sie kennenlernte, war sie noch manchmal auf den Beinen gewesen, war herumgelaufen, um einzukaufen, was sie brauchte, oder sie war auf den kleinen Straßen herumgefahren, um sich das Land anzusehen. Aber inzwischen war es ihr praktisch gar nicht mehr möglich, die Wohnung zu verlassen. In den letzten Monaten hatte Miß Rowe mit beängstigendem Tempo an Gewicht zugenommen. Sie näherte sich bereits der Sechshundert-Pfund-Marke, wenn sie sie nicht gar schon überschritten hatte. Sie hatte mehrere Lebensmittelgeschäfte in der Gegend damit beauftragt, sie zu beliefern. Jeden Tag kam frischer Nachschub.

Ihre Wohnung war zum Zentrum dieses bemerkenswerten Verzehrs umfunktioniert worden. Das Mobiliar buchstäblich hinausgeworfen worden, um dem Wesentlichen Platz zu machen. Ein Schuljunge, dem immer wieder das Erstaunen ins Gesicht geschrieben stand, kam jeden Nachmittag, um die Berge von Abfall zu entfernen, die Miß Rowe produzierte. Sie ruhte die meiste Zeit auf einem Arrangement aus vier riesigen Matratzen und einer stattlichen Anzahl von Kissen. Ihre gewaltige Körpermasse bedeckte sie mit überlappenden Decken, so daß nur ihr Kopf, ihre Schultern und ihre Arme zu sehen waren.

Um sie herum und leicht zu erreichen standen, wie ein Ring von hochkomplizierten Apparaturen auf der Intensivstation eines Krankenhauses, ein Mikrowellenherd, eine Kochplatte, drei kleine Kühlschränke, ein Toaster, ein Mixgerät und ein Bücherregal, auf dem jede Menge von Papiertellern, Plastikbechern, Gabeln, Löffeln und Messern bereitlagen. Außerdem waren da noch die Abfalltüten und die Kartons mit den Lebensmitteln.

Mr. Whitman war an das alles längst gewöhnt, denn er war ein häufiger Besucher. Er war von Miß Rowes außerordentlichem Lebenswandel fast ebenso fasziniert, wie er darüber entsetzt war. Am Anfang hatte es noch Auseinandersetzungen gegeben, oft sogar sehr erhitzte. Er hatte sie beschworen, endlich eine Diät zu machen, hatte ihr angeboten, ihr Hilfe zu besorgen und alles, was nötig gewesen wäre, um sie davon abzuhalten, sich ohne Unterlaß vollzustopfen. Aber Miß Rowe hatte von alldem nichts wissen wollen. Sie war zufrieden und absolut glücklich mit ihren Gewohnheiten. Mr. Whitman ging dazu über, ihr aus Artikeln und Büchern über das Thema Gefräßigkeit und zwanghaftes Essen vorzulesen. Miß Rowe widerlegte alles mit äußerster Fachkenntnis, wies darauf hin, daß sie sich niemals übergeben müsse, daß sie keine Laxative nötig habe und weder unter Schuldgefühlen noch unter Depressionen leide. Auf eine kurze Formel gebracht: Sie war nicht etwa gefräßig. Sie hatte nur Spaß am Essen.

Mr. Whitman gab nicht nach, versuchte immer wieder, sie über die Gefahren aufzuklären, über die reale Bedrohung für Herz und Allgemeinbefinden. Aber jedesmal tat Miß Rowe seine

Warnungen mit einem Lächeln ab. »Der Körper weiß es selbst am besten«, pflegte sie ganz ruhig zu sagen, während sie die nächste Dose gewürzter Apfelscheiben verschlang. »Die meisten Menschen hören einfach nicht genug darauf, was ihnen ihr Körper erzählt, aber ich tu' es. Ich tu' es wirklich. Wenn er mir befiehlt zu essen, dann tu' ich es, und wenn er sagt, ich solle aufhören, dann höre ich auf.« Ihr Körper, so hatte es den Anschein, drängte sie immer und ausschließlich dazu, zu essen.

Später wandte Mr. Whitman eine andere Taktik an. Er berichtete ihr von seinen Reisen nach Europa und Asien, von Ferien in Mexiko und der Karibik. Er erzählte sehr beredt und in aller Ausführlichkeit von den schönen Dingen, die er gesehen hatte, und den netten Menschen, denen er begegnet war. Aber Reisen schienen Miß Rowe nicht besonders zu interessieren, und in seiner Verzweiflung begann Mr. Whitman, ihr von den Köstlichkeiten zu berichten, die er im Ausland zu essen bekommen hatte. Er tat das nicht gerne, aber er hoffte, sie so neugierig machen zu können, daß sie beschließen würde, selber solch eine Reise zu unternehmen, um die ausländische Küche einmal auszuprobieren. Allein um in der Lage zu sein, sich auf solch eine Reise zu begeben, hätte sie wenigstens eine Weile lang Diät halten müssen. Auch dieser Plan schlug fehl. Miß Rowe liebte es zu essen, aber sie war überhaupt nicht wählerisch. Der Gedanke an Würstchen im Pfannkuchenteig, Coq au Vin, Omelettes à la Arnold Bennett, Garnelen in Weinsoße, kreolische Langusten oder Fünf-Schnekken-Suppe hatten für sie nichts Aufregendes. Sie war vollkommen zufrieden, wenn sie vier Hähnchenpasteten, die frisch aus dem Tiefkühlfach des Supermarkts kamen, in den Mikrowellenherd werfen und hinterher zusammen mit ein paar sauren Heringen, einigen Hot dogs und etwas Apfelmus in sich hineinstopfen konnte. Miß Rowe hatte nicht etwa eine Abneigung gegen gutes Essen, nein, sie hatte nur keine Zeit für großen Aufwand.

Obwohl seine Sorge mit der Zeit nicht geringer geworden war – im Gegenteil, sie war ständig gewachsen –, hatte Mr. Whitman nach etwa einem Monat begonnen, sich geschlagen zu geben. Die Argumente blieben stumpf, in dem Sinne, daß sie nichts erreichten. Miß Rowes Überzeugung blieb unerschütterlich, ihr unglaublicher Appetit beherrschte weiterhin ihr Leben. Mr. Whitman merkte, daß er sich immer mehr in einen Nörgler verwandelte, und damit richtete er nichts aus. Außerdem mochte er sie inzwischen viel zu gerne. Er mochte nicht mehr mit ihr streiten. Er versuchte zwar, mit einer Warnung hier und einer kleinen Bemerkung dort, zu ihr durchzudringen, aber im Grunde genommen hatte er beschlossen, sie so zu akzeptieren, wie sie war. Auch wenn er es manchmal nicht recht wahrhaben wollte, sie war ihm sehr schnell sehr lieb geworden. Miß Rowe war praktisch der einzige Mensch in seinem Leben.

Der Motorrasenmäher dröhnte immer noch die Straße entlang, aber der leichte Wind hatte sich fürs erste wieder gelegt. Mr. Whitman setzte sich auf den einzigen Stuhl im Zimmer und suchte die richtige Stelle in seinem Buch.

»›Zu jener Zeit lebte ich in einer kleinen Straße, die ihr wahrscheinlich nicht kennen werdet . . .‹«

Miß Rowe schloß die Augen und hörte zufrieden zu. Sie aß Marshmallows, weil die beim Kauen kein Geräusch erzeugen. Bücher hatten sie nie besonders interessiert, aber sie liebte es, wenn Mr. Whitman ihr Geschichten vorlas. Er las sehr gut, nur ganz selten stolperte er über ein Wort, und er konnte dramatisch vortragen, ohne dabei zu übertreiben. Noch nie zuvor hatte ihr jemand vorgelesen, nicht einmal, als sie ein Kind war. Sie hatte also gar keinen Vergleich, aber trotzdem wußte sie, daß er der Beste war.

»›Ich weiß nicht, wie es mir möglich war, die Geschichte, die ich euch jetzt erzählen möchte, so lange für mich zu behalten . . .‹«

Als er mit der Balzac-Erzählung fertig war, zündete er sich eine Zigarette an. Während der ersten Schwätzchen mit Miß Rowe hatte er immer besonders hervorgehoben, daß er seinen Zigarettenkonsum auf zehn pro Tag begrenzt hatte, in der Hoffnung, sie könnte sein gutes Beispiel vielleicht auf ihre Situation übertragen. Aber während er seine Willenskraft rühmte, kam sie überhaupt nicht auf die Idee, auf seine Anregungen einzugehen. Jetzt unterhielten sie sich über die Geschichte und den Autor. Mr. Whitman bestritt den größten Teil der Diskussion. Miß

Rowe stellte nur fest, daß ›Facino Cane‹ eine wunderschöne, aber auch todtraurige Geschichte sei, und fragte, wieviel Tassen Kaffee Balzac denn so während einer Nacht zu sich genommen habe. Schließlich beschloß Mr. Whitman, seinen Besuch zu beenden.

»Bitte, besuchen Sie mich heute abend wieder«, sagte Miß Rowe, als er sich erhob.

»Sicher. Ich werde später nach Ihnen sehen«, versprach er, aber dann fiel ihm auf, daß in ihrer Bitte ein seltsamer Unterton mitgeschwungen hatte, ein Hinweis auf die Dringlichkeit seines Besuchs. »Geht es Ihnen auch gut?«

»Aber ja«, antwortete Miß Rowe, doch ihre Versicherung erschien ihm wie eine Floskel. »Ich möchte Sie nur noch einmal sehen. Heute abend.«

»Sicher. Gut.« Mr. Whitman wollte sich auf den Weg machen.

»Es passiert etwas«, flüsterte sie atemlos, um ihn noch einen Moment zurückzuhalten.

»Und was ist das?« fragte Mr. Whitman. Nun war er wirklich besorgt.

»Ich weiß es nicht. Ich fühle mich nur irgendwie – anders. Als würde sich etwas in mir verändern. Aber es ist nichts Böses«, fügte sie hastig hinzu. »Auf eine ganz lustige Art fühle ich mich sehr gut dabei.«

»Das können Sie nicht selbst beurteilen«, sagte er scharf. »Ich bin wirklich der Meinung, daß Sie sich von einem Arzt untersuchen lassen sollten. Es könnte mit Ihrem Herzen zusammenhängen. Lustigen Anzeichen folgt oft etwas nach, was weit weniger lustig ist.«

»Nein, nein.« Miß Rowe machte einen Versuch, sich zu beherrschen, und fuhr ganz sanft und leise fort: »Ich will nicht, daß man an mir herumdrückt und in mich hineinsticht und mich wie ein Wundertier behandelt. Als nächstes erscheint dann im *National Enquirer* oder im *Inside View* ein Artikel über mich. Ich habe jetzt schon den ganzen Tag und die halbe Nacht über Angst, einer der Lieferanten könnte plaudern, und mein Haus wäre belagert von Reportern, Fotografen, Kuriositätensammlern und wichtigtuerischen Ärzten. Das könnte ich nicht aushalten.« Sie zögerte, dann hellte sich ihre Miene auf. »Außerdem habe ich Ihnen ja gesagt:

Ich fühle mich gut, nicht krank. Tatsächlich. Ich habe mich nie besser gefühlt. Es kribbelt mich am ganzen Körper.«

Mr. Whitman seufzte unglücklich. Die ganze Sache wäre ziemlich absurd, wenn sie nicht gleichzeitig eine große Gefahr bergen würde. Kribbeln am ganzen Körper. Klar. Er konnte sich gut vorstellen, was das im Zusammenhang mit ihrem Allgemeinbefinden bedeutete. Und die Bemerkung, daß etwas mit ihr vorginge? Was sollte er davon halten? Er wußte, daß Miß Rowe einen Hang zum Dramatischen hatte und selbst aus der puren Ereignislosigkeit ihres täglichen Lebens noch etwas zu machen trachtete. Mehr wird wohl auch diesmal nicht dahinterstecken, versuchte er sich selbst einzureden.

Aber sie sah wirklich irgendwie verändert aus. Miß Rowes Gesicht hatte mehr Farbe als sonst. Es erschien ihm rötlich, ihre Wangen schimmerten rosafarben, während sie sonst ziemlich bleich waren. Schließlich verbrachte sie den ganzen Tag im Haus.

Mr. Whitman und Miß Rowe berührten einander sehr selten, eigentlich nur dann, wenn ihre Hände sich trafen, um sich irgendeinen Gegenstand zu übergeben. Jetzt aber galt es für Mr. Whitman, Entschlossenheit zu zeigen. Er setzte sich auf den Rand ihrer Matratze und legte ihr den Handrücken auf die Stirn.

»Haben Sie erhöhte Temperatur?« fragte er, damit gar nicht erst Zweifel an seinen Absichten aufkommen konnten.

»Oh«, antwortete sie fast ein wenig enttäuscht. »Ich glaube nicht.«

»Hmmm«, wunderte sich Mr. Whitman leise bei der Berührung ihrer Haut. Miß Rowes Kopf war vielleicht nicht ganz so groß wie ein Wasserball, aber der visuelle Eindruck kam dem schon ganz nahe. Er war auf etwas Weiches, Schwammiges vorbereitet gewesen, aber es fühlte sich eher fest an. Obwohl sich unter die Kinnlinie ganze Schichten von Fettgewebe geschoben hatten, fühlte die Haut sich auf der Stirn glatt und beinahe straff an. Mr. Whitman stellte fest, daß es ihm schwerfiel, seine Hand wieder zurückzuziehen. »Vielleicht ganz leicht erhöhte Temperatur«, verkündete er, obwohl er sich dessen ganz und gar nicht sicher war.

»Ich glaube, das bilden Sie sich ein«, erwiderte sie mit einem mädchenhaften Lächeln. »Aber ich finde es ganz lieb, daß Sie sich Sorgen machen. Ich wüßte nicht, was ich ohne Sie täte.«

Du würdest einfach weiterfressen, dachte Mr. Whitman traurig, aber er erwiderte ihr Lächeln, denn er mochte die junge Frau wirklich sehr gerne.

»Nehmen Sie's nicht so schwer«, riet er ihr. »Sie wissen ja, ich würde es begrüßen, wenn Sie mehr Obst und Gemüse essen würden und etwas weniger von diesem Schrott.« Unzählige Male schon hatte er ihr diesen Rat gegeben.

»Oh, aber das tue ich doch«, beteuerte Miß Rowe mit Nachdruck. »Habe ich Ihnen schon erzählt, daß ich mir heute morgen einen Waldorfsalat gemacht habe, ganz ohne fremde Hilfe?«

»Na, das ist doch prima«, antwortete Mr. Whitman, und sein Gesicht brachte sogar so etwas wie ein Lächeln zustande. Sie war so stolz auf ihre triviale Großtat, daß er es unterließ, ihr mitzuteilen, daß er einen Waldorfsalat nicht nur für einen gesundheitlichen, sondern auch für einen Fortschritt im Geschmack halte.

»Es wundert mich nur, daß noch nicht mehr Menschen gemerkt haben, wie gut ein Salat bereits zum Frühstück schmecken kann«, fuhr Miß Rowe fort.

»Ja.«

Mr. Whitman verließ die Wohnung, weil er sich sonst noch eine lange Rhapsodie über Salate, Frühstück und Essen im allgemeinen hätte anhören müssen. Er ging direkt zu seinem Laden in der Stadt und wählte sich zwei Bücher von Rufus King und von Kirby Williams als Samstagabend- und Sonntagnachmittaglektüre aus.

Als er in seine Wohnung zurückgekehrt war, schenkte sich Mr. Whitman ein kühles Glas Pilsener ein und ging die wenigen Postsendungen durch, die er in seinem Laden vorgefunden hatte. Außer einem Katalog von einem Händler in St. Paul war nichts Interessantes dabei. Schon bald legte er den Katalog zur Seite und zündete sich eine Zigarette an.

Miß Rowe machte ihm Sorgen. Wenn ihr etwas zustoßen sollte, wenn ihr Herz plötzlich aufgeben würde; er würde die moralische Schuld tragen. Ja, er fragte sich, ob er nicht sogar ein juristisches Risiko einging, weil er es bisher versäumt hatte, eine medizinische Autorität auf ihren Zustand aufmerksam zu machen. Er hatte keine Ahnung, was das Gesetz in einem solchen Fall vorschrieb und ob es überhaupt etwas vorschrieb. Würde man ihn wegen Fahrlässigkeit belangen können? Oder gar wegen fahrlässiger Tötung?

Das wäre ihm nicht gerecht erschienen. Immerhin war Miß Rowe eine erwachsene Frau und voll verantwortlich für sich. Sie litt unter einem Zwang, aber sie war nicht etwa geistig unzurechnungsfähig. Sollte seine Loyalität nun ausschließlich ihr als Person und Freundin gelten oder auch ihrer Gesundheit und ihrem Wohlergehen? Beides mußte sich ja nicht gegenseitig ausschließen, auch wenn es im Moment so aussah, und Mr. Whitman war davon überzeugt, daß er früher oder später die Angelegenheit mit einem Arzt oder einem Rechtsanwalt würde bereden müssen. Aber er würde zunächst einmal keine Namen nennen, jedenfalls so lange nicht, bis er einen guten Rat erhalten hätte. Vor allem verlangte die Sache nach einer Klärung.

Später, als die Sonne bereits untergegangen war, aber die Nacht sich noch nicht ganz und gar eingerichtet hatte, klopfte Mr. Whitman an Miß Rowes Tür und betrat ihre Wohnung. Sie hatte kein Licht an, und er konnte kaum etwas erkennen, aber er hörte am Rascheln der Bettwäsche, daß sie sich bewegt hatte. Vielleicht war sie nur ein wenig eingenickt.

»Drehen Sie das Licht an.« Benommen wühlte sie sich hoch, um sich gegen die Kissen lehnen zu können.

»Störe ich Sie?«

»Nein, überhaupt nicht. Kommen Sie nur herein.«

Mr. Whitman schaltete das Licht an und nahm Platz. Ihre Augen kamen ihm weiter zugeschwollen als sonst vor, und ihre Gesichtshaut war noch um eine Spur geröteter als am Nachmittag.

»Kommen Sie näher«, sagte sie. Er zog den hölzernen Stuhl näher an ihr Bett heran und zwängte sich zwischen einen Kühlschrank und die Regale mit den Papptellern.

»Nein, nicht dort. Setzen Sie sich zu mir aufs Bett, bitte. Ich fühle mich etwas erledigt.«

Mr. Whitman setzte sich ganz vorsichtig auf den Rand der Matratze. Es wunderte ihn eigentlich, daß Miß Rowe nicht häufiger von derartigen Anfällen der Melancholie heimgesucht wurde. Es war nicht richtig, daß eine junge Frau in den Zwanzigern ein solch zurückgezogenes, einsames Leben führte. Egal wie energisch sie es auch abstreiten mochte, die ständige Fresserei mußte einfach ihren seelischen Tribut fordern. Mr. Whitman fragte sich, ob ihr unbeschwertes Temperament sie langsam im Stich ließ.

»Sie sind so gut zu mir.« Miß Rowe nahm seine Hand, drückte sie und weigerte sich, sie wieder herzugeben. Ihr Griff war warm und auf merkwürdige Weise einladend. »Ich wünschte, ich könnte Ihnen meinen Dank beweisen.«

»Seien Sie nicht dumm«, erwiderte Mr. Whitman mit einem nervösen Lächeln. »Es ist seltsam, aber erst vor ein paar Minuten habe ich noch gedacht, wie gleichgültig ich mich Ihnen gegenüber verhalte.«

»Das ist nicht wahr. Davon sind Sie weit entfernt. Sie sind genau der Mensch, den ich gebraucht habe. Ich weiß nicht, ob ich ohne Sie ... Nun, seitdem Sie hier sind, ist alles anders, glauben Sie mir.«

Sie drückte noch einmal seine Hand. Seltsam, dachte Mr. Whitman, es ist fast so, als würde sie mich trösten.

»Ich muß furchtbar ausschauen«, fuhr Miß Rowe fort. »Seit einer Ewigkeit habe ich nicht mehr in den Spiegel gesehen. Sehe ich nicht schrecklich aus?«

»Nein, natürlich nicht.« Sie hatte nicht unbedingt auf ein Kompliment gewartet, aber Mr. Whitman wollte selbstverständlich so positiv antworten, wie es ihm möglich war. »Sie sehen allerdings ein bißchen müde aus, und, wie ich Ihnen bereits mehrfach sagte, sollten Sie vielleicht Ihre Ernährungsgewohnheiten ein wenig ver ...«

»Aber ich ändere mich doch«, unterbrach sie ihn. Sie wich seinem Blick aus, aber der Druck ihrer Hand wurde stärker. »Ich ändere mich.«

»Gut. Sehr gut.« Mr. Whitman wußte nicht, was er sonst hätte sagen sollen, weil er nicht genau verstand, was sie meinte. Er hatte das vage Gefühl, als wollte sie ihn auf etwas vorbereiten. »Können oder mögen Sie mir nicht sagen, was passiert ist?«

»Wann?«

»In Boston.«

»Oh.« Sie sah ihn wieder an und lächelte. »Ist das denn nicht ganz gleichgültig? Was würden Sie sagen, wenn ich Ihnen jetzt erzählen würde, ich hätte jemanden umgebracht? Meine Familie, zum Beispiel.«

»Ich würde es Ihnen nicht glauben«, lachte er. Diese Idee kam ihm völlig absurd vor.

»Sehen Sie? Es ist doch ganz egal.«

»Aber irgend etwas ist passiert«, beharrte er. »Sie müssen es mir erzählen, Frances. Es wird Ihnen guttun, mit einem Freund darüber zu reden, dem Sie vertrauen können.«

Sie nannten sich nur selten beim Vornamen, und Miß Rowe schien wirklich gerührt. Trotzdem zuckte sie nur die Schultern und lächelte etwas verlegen.

»Es ist wirklich so«, sagte sie leise. »Gar nichts ist passiert.«

Mr. Whitman fiel es schwer, das zu glauben, obwohl er nichts Trügerisches oder Ausweichendes in ihrem Verhalten und dem Tonfall ihrer Stimme entdecken konnte. Im Gegenteil, es schien beides vom Gewicht der Wahrheit geprägt.

»Ich möchte mit jemanden über Sie sprechen«, sagte er endlich. »Es tut mir leid, wenn es Sie verärgert, aber ich muß es tun, und ich meine es diesmal wirklich ernst.«

Zu seiner Überraschung widersprach ihm Miß Rowe nicht. Sie nickte langsam, als wollte sie ihr Verständnis ausdrücken, und sogar seine Hand zog sie etwas näher zu sich heran. »Aber bitte nicht mehr heute nacht«, sagte sie. »Heute nacht dürfen Sie nichts mehr unternehmen.«

»Gut, nicht heute nacht«, gestand er ihr zu. Immerhin war Wochenende, und selbst wenn er sich bemüht hätte, wäre es ihm wohl kaum gelungen, einen Arzt oder einen Rechtsanwalt aufzutreiben. »Aber es wird das erste sein, was ich am Montagmorgen erledige.«

»Das ist in Ordnung.«

Es erschien ihm alles gar zu einfach, und für ein paar Augenblicke war Mr. Whitman sich nicht sicher, ob er wirklich zum Ausdruck gebracht hatte, was er meinte, oder ob sie es richtig kapiert hatte. Aber das spielte jetzt ohnehin keine große Rolle mehr. Er wußte, was er am Montag zu tun hatte, und langsam bekam er in dieser Angelegenheit ein besseres Gefühl.

»Lawrence?«

»Hmm?« Er mußte schlucken, um sich des Kloßes im Hals zu entledigen. »Ja?«

»Würden Sie sich bitte hier neben mich auf das Bett legen?«

Ihre Stimme klang winzig klein und fern und auf schmerzliche Weise verwundbar.

»Ich möchte, daß Sie mir für ein paar Minuten ganz nah sind und mich festhalten.«

Mr. Whitman konnte nicht sprechen, aber er wurde von einer Gefühlsaufwallung durchfahren, die seinen Körper erzittern ließ und ihm die Wangen rot färbte. Er streifte sich die Halbschuhe von den Füßen. Sie muß schrecklich einsam sein, dachte er. Sie braucht Trost und ein wenig menschliche Wärme. Er streckte sich auf der Matratze aus und schob sich ganz vorsichtig an die gewaltige Masse ihres Leibes heran. Miß Rowe zog ihn noch näher, so nahe, bis er seinen Körper auf der ganzen Länge gegen den ihren preßte. Sie wurde so leicht mit ihm fertig wie mit einer Spielzeugpuppe, und schließlich lag sein einer Arm quer über der weiten Ausdehnung ihres Bauches und sein Kopf an ihrer Brust. Dann seufzte sie, räkelte sich zurecht, und sie blieben eine Weile so liegen.

Mr. Whitman war ganz froh, daß sie unter der Decke lag und er darüber. Er war wie gelähmt, gefangen in einem Zustand diffuser, aber nicht zu leugnender sexueller Erregung. Vielleicht hatte auch er diese menschliche Wärme nötig, und der Kontakt war um so aufregender, als er in hohem Maße keusch war. Er hörte auf, darüber nachzudenken, und gab sich ganz dem Genuß hin, träumerisch ließ er sich treiben, bis ihm auf einmal bewußt wurde, daß er schon eine ganze Weile lang in ihrer Umarmung gelegen hatte.

Die Luft war jetzt kühler. Die Verandatür stand noch immer offen. Draußen war es bereits völlig dunkel. Miß Rowes Atemzüge waren kurz, aber regelmäßig; als Mr. Whitman sich bewegte, fiel ihr Arm von ihm herunter. Sie schlief. Er bewegte sich ganz vorsichtig, nahm seine Schuhe auf, drehte das Licht aus und ging in seine Wohnung hinüber.

Er schenkte sich ein frisches Bier ein und rauchte dazu eine Zigarette. Es war ihm unmöglich, stillzusitzen. Seine Gefühle beunruhigten ihn, sie waren aufregend und, vor allem, sie waren ihm ein Mysterium. Liebte er sie etwa? Ja. Aber nicht so, wie ein Liebhaber, obwohl, wie er sich eingestehen mußte, inzwischen auch so etwas wie eine physische Komponente hinzugekommen war. Die Erinnerung an ihren Körper und ihre Berührung glühte beinahe physisch spürbar in ihm nach. Er glaubte fast, daß er es als eine Art Aura, als ein Leuchten auf Wangen und Händen sehen müsse, würde er ins Badezimmer gehen und in den Spiegel schauen.

Dann durchfuhr ihn eine schockierende Einsicht. Sie war *schön*. Miß Frances Rowe, einschließlich jeder Unze ihrer sechshundert Pfund, war wirklich schön, und zwar nicht trotz, sondern *wegen* ihres unglaublichen Umfangs. Das, was ihn an ihr immer geängstigt und abgestoßen hatte, das erschien ihm jetzt auf einmal ganz wundervoll. Mag sein, daß sie tatsächlich zu gefährlichem Zwangsverhalten neigte, aber war nicht genau dieses Verhalten auch ein Beweis ihrer Stärke und ihres Muts, ihres außergewöhnlichen Charakters?

Mr. Whitman trank noch drei Flaschen Bier, und er machte sich gar nicht mehr die Mühe, die Zigaretten zu zählen. Sein Gehirn hetzte ihn von einem Gedanken zum nächsten, es brachte Erleuchtung in jene dunklen Ecken seines Bewußtseins, wo vorher noch Zweifel und Unsicherheit geherrscht hatten. Ja, er liebte sie. In jeder Beziehung. Er würde sich ihrer annehmen, mit noch viel mehr Hingabe als bisher und ohne den törichten Willen, sie um jeden Preis zu ändern. Er würde dafür sorgen, daß sie leben konnte, gesund und glücklich leben. Es würden sich Wege finden. Die Disziplin der Liebe, eine bessere Diät vielleicht, irgendwie würde das schon zu machen sein. Zunächst einmal würde er vor ihr die Waffen strecken müssen, dann würde auch sie ihren Widerstand aufgeben.

Mr. Whitman sah auf die Uhr. Es kümmerte ihn nicht, daß es bereits nach elf war. Er wollte sie noch einmal sehen, wollte ihr ein paar Dinge mitteilen, und er wollte mit ihr zusammensein, wegen der Wärme, der Ruhe und wegen ihrer allesumfassenden Umarmungen.

Vor der Tür zu ihrer Wohnung zögerte er noch ein letztes Mal. Machte er sich eigentlich zum Trottel? War das Ganze der jämmerliche Scherz eines Mannes in mittleren Jahren? War er betrunken, hysterisch, in die Irre geleitet? Nein, entschied er, und wenn es doch so wäre, dann wäre es ihm auch egal.

Mr. Whitman lauschte an ihrer Tür und vernahm drinnen Geräusche. Er klopfte, bekam aber keine Antwort, klopfte etwas lauter. Immer noch keine Antwort, nur diese geheimnisvollen Geräusche, gedämpft und fremdartig. Er drehte den Türknopf und trat ein. Im Zimmer war es dunkel, aber das Mondlicht, das durch die offene Verandatür fiel, ließ Umrisse erkennen. Langsam paßten seine Augen sich an.

Miß Rowe wand und krümmte sich auf ihrem provisorischen Bett wie ein Mensch, der in einem immer böser werdenden Traum verloren war. Sie schien zu schlafen, aber ein Schauer durchfuhr Mr. Whitman, als er entdeckte, daß ihre glasigen, blinden Augen halb geöffnet waren. Die Laute, die sie produzierte, wurden schon in der Kehle abgeschnürt. Ein Fieber, dachte er, oder Krämpfe. Irgend etwas Furchtbares ging mit ihr vor, da war er ganz sicher. Er knallte mit dem Knie gegen einen der Kühlschränke und zerdrückte eine Schachtel Käse-Cracker unter einem Fuß, als er sich dem Bett näherte. Miß Rowe verriet mit keinerlei Anzeichen, daß sie seine Gegenwart bemerkt hatte. Von Sekunde zu Sekunde wurden ihre Bewegungen kantiger und heftiger, sie warf sich im Bett hin und her.

Mr. Whitman legte seine Hand auf ihre Stirn und war erstaunt, daß sie sich nicht etwa fiebrig, sondern unnatürlich kalt anfühlte. Die Haut glänzte vor Feuchtigkeit, das Haar klebte ihr schweißverschmiert am Schädel. Mehr als alles andere beunruhigte ihn, daß sie sich so kalt anfühlte. Da stimmte etwas nicht. Aber da war noch etwas anderes. Die Haut fühlte sich anders an. Sie war hart, fast schuppig.

Dann drehte sie wieder ihren Kopf, so daß das fahle Licht auf ihr Gesicht fiel. Mr. Whitman sah, daß die Augen sich verändert hatten. Sie waren jetzt geschlossen und so fest zugeschwollen, daß es fast nicht mehr möglich war, die beiden dünnen Schlitze auszumachen, die auf beiden Seiten der Nase von ihnen übriggeblieben waren. Die Nase selbst war so platt und breit, daß man den Eindruck hatte, sie sei ihr gerade eben erst mitten ins Gesicht gequetscht worden. Miß Rowe krümmte und wand sich immer noch, aber jetzt hielt sie die Arme so eng an den Körper gepreßt und die Beine so fest geschlossen, als sei sie von Kopf bis Fuß gefesselt.

Die Geräusche, die aus ihr herausdrangen, nahmen an Intensität zu, und während sie sich jetzt unter der Decke hervorstrampelte, konnte Mr. Whitman erkennen, daß sich an ihrem mit Fettschichten bepackten, wabbeligen Hals etwas verändert hatte. Er ging jetzt weich und ohne Übergang in die Schultern über, so, als habe sie keinen eigentlichen Hals mehr. Die Haut war hier, ebenso wie in ihrem Gesicht, so bleich, daß man beinahe von einem harten, glänzenden Weiß hätte reden können.

Mr. Whitman zitterte vor Angst. Er konnte sich kaum bewegen. Es gelang ihm, ihr eine Hand auf die Schulter zu legen, auf den rundlichen Abhang, der einmal ihre Schulter gewesen war, und wieder war er schockiert, wie kalt sie sich anfühlte. Er hätte etwas tun müssen, aber dieser Gedanke war nicht mehr als eine körperlose Stimme in seinem Gehirn. Miß Rowe hatte das Laken ganz abgeworfen. Nackt, stellte er verschwommen fest, sie ist nackt. Aber ihr Körper hatte seine Umrisse verloren. Es gab keine Brüste mehr, keine Hüften und keine Hinterbacken. Ihr Körper war zu einem langen, umfangreichen, röhrenförmigen Ding geworden. Das war nicht Miß Rowe. Sie war zu etwas geworden, das mehr war als menschlich, oder weniger. Das Wort, dachte Mr. Whitman noch, aber da war er schon nicht mehr ganz bei Sinnen, das richtige Wort dafür ist Larve.

Sie wand sich auf dem Bett, der ganze Körper hob sich und zog sich wieder zusammen, als unternehme sie Anstrengungen, diesem Platz zu entfliehen. Mr. Whitman kletterte über den unteren Teil des Bettes, als er merkte, daß sie versuchte, sich von ihm wegzubewegen. Es schien ihm jetzt das Wichtigste, daß sie blieb, wo sie war, und daß ihr fachmännische Hilfe zuteil würde. Nur so könnte sie diese furchtbare Krankheit überwinden, die offensichtlich von ihr Besitz ergriffen hatte. Aber Miß Rowe wollte nicht still liegenbleiben. Sie krümmte und wand sich energisch, rollte und stieß sich weg von der Bettkante. Sie war so riesig, daß Mr. Whitman für einen Moment lang durch ihre nackte Größe in Angst und Schrecken versetzt wurde, als sie mit dem Rücken voran auf ihn zurobbte.

»Ich liebe dich«, dachte er ohne Hoffnung. Er sprang auf sie zu, mit weit ausgebreiteten Armen, die Beine hatten sich mit aller Kraft abgestoßen, die in ihnen steckte. Er wollte sie umarmen, hoffte, zu ihr durchzudringen, sie dazu bewegen zu können, auf das Bett zurückzukehren. Ihre Körper trafen aufeinander, fraßen sich aneinander fest. Mr. Whitman klammerte sich an dem fest, was einmal Miß Rowe gewesen war.

»Frances«, keuchte er, betäubt von Liebe und Angst. »Frances.«

Der Augenblick dauerte nur eine Sekunde oder höchstens zwei, aber Mr. Whitman kam er viel länger vor, denn es war sein letzter. Er glaubte, daß sie ihn auf irgendeine Weise erkannt hatte, zumindest seine Wärme, seine körperliche Gegenwart, wenn schon nicht ihn als Person. Aber dann taten sich sämtliche Kräfte in ihr zusammen, und Miß Rowe walzte mit unwiderstehlichem Vorwärtsdrang über ihn hinweg. Er wurde umgeknickt wie ein Grashalm, als sie sich wogend und schlitternd ihren Weg bahnte. Die Aufbauten um das Bett herum, die Lebensmittelkartons und die Regale wurden zur Seite gestoßen, als seien es hohle Attrappen für ein Theaterstück. An Geschwindigkeit gewinnend schlitterte Miß Rowe hinaus in die Nacht, in der sie alsbald verschwand.

Am nächsten Morgen fand der Lieferjunge die Verandatür sperrangelweit offen vor. Eine klebrige, feuchte Spur führte wie ein breites Band durch das Gras der hinteren Rasenfläche genau auf das unbearbeitete Gemüsebeet zu. Es sah aus wie ein Tunnel, den jemand gegraben hatte und der dann in sich zusammengestürzt war. Ein riesiger Erdwall war aufgeworfen worden, nur daß dieser Dreck das abgerundete, knotige Aussehen verdauter Erde hatte.

Von dem dahingegangenen Mr. Whitman fand sich keine Spur mehr.

M. John Harrison

Der große Gott Pan

(The Great God Pan)

M. John Harrison (geb. 1945 in Yorkshire, England) arbeitete acht Jahre lang als Redakteur des literarischen Teils des renommierten ›New Worlds‹-Magazins. Zu seinen Romanen gehören ›The Centaur Device‹ und die sogenannte ›Viriconium Serie‹: ›The Pastel City‹, ›A Storm of Wings‹ und ›In Viriconium‹. Seine Kurzgeschichten wurden in dem Band ›The Ice Monkey and Other Stories‹ gesammelt. ›The Great God Pan‹ (Der große Gott Pan), inspiriert durch die gleichnamige, klassische Erzählung von Arthur Machen, stellt Mike Harrisons Vorliebe für sublime, schauerliche Horrorgeschichten heraus.

»Aber gibt es wirklich etwas noch viel Entsetzlicheres, das einmal Wirklichkeit werden könnte, und ist es dieses Etwas, das mir so schreckliche Angst macht?«
Katherine Mansfield, Tagebuch,
März 1914

Ann nahm Medikamente, um mit ihrer Epilepsie fertig zu werden. Oft war sie deshalb depressiv und schwierig, und Lucas, der selber ziemlich nervös war, wußte nie so recht, wie er mit ihr umgehen sollte. Nach ihrer Scheidung nahm er in zunehmendem Maße meine Dienste als Vermittler in Anspruch. »Mir gefällt der Klang ihrer Stimme nicht«, sagte er bei solchen Gelegenheiten zu mir. »Würdest du sie untersuchen?« Die Medikamente verursachten bei ihr ein lautes, schrill klingendes Lachen, das gar nicht mehr aufhören wollte. Obwohl er ihr während der ganzen Jahre viel Verständnis entgegengebracht hatte, hatte dieses Lachen Lucas immer wieder peinlich berührt und verstimmt. Ich glaube, es machte ihm angst. »Sieh zu, daß du mit ihrem Gerede was anfangen kannst.« Es waren Schuldgefühle, glaube ich, die ihn dazu ermutigten, mich als jemanden zu sehen, der Einfluß auf sie hatte, nicht so sehr Gefühle seiner eigenen Schuld, sondern vielmehr einer Schuld, die wir alle drei teilten. »Hör dir an, was sie sagt.«

Bei einer dieser Gelegenheiten sagte sie mir am Telefon folgendes:

»Hör zu, wenn du jetzt einen meiner Anfälle auslöst, dann wird der verfluchte Lucas Fisher es bereuen. Was geht es ihn überhaupt an, wie ich mich fühle?«

Ich kannte ihre Art, also sagte ich vorsichtig: »Es ist doch nur, weil du mit ihm nicht reden willst. Er hat Angst, daß was passiert. Stimmt irgend etwas nicht, Ann?« Sie antwortete nicht, aber das hatte ich auch kaum erwartet. »Wenn du mich nicht sehen willst«, schlug ich ihr vor, »warum erzählst du es mir nicht jetzt gleich?«

Ich fürchtete, sie würde auflegen, aber schließlich entstand doch nur so etwas wie ein Paroxysmus der Stille. Ich rief sie aus einer Telefonzelle mitten in Huddersfield an. Das Einkaufszentrum draußen war erfüllt von einem blassen, hellen Sonnenschein, aber es war kalt und windig. Für später am Tag waren Graupelschauer angesagt. Zwei oder drei Teenager gingen schwätzend und lachend vorbei. Eines der Mädchen hörte ich sagen: »Ich möchte mal wissen, was der saure Regen mit meiner weiteren beruflichen Laufbahn zu tun haben soll. Aber genau danach haben sie mich gefragt. ›Was wissen Sie über den sauren Regen?‹« Als sie vorübergegangen waren, hörte ich Anns hastigen Atem.

»Hallo«, sagte sie.

Plötzlich schrie sie. »Bist du verrückt? Ich spreche doch nicht am Telefon! Eh man sich versieht, weiß alle Welt über einen Bescheid!«

Manchmal war sie stärker abhängig von den Medikamenten

als normalerweise. Man wußte genau, wann das war, denn dann tendierte sie dazu, diesen Ausdruck immer und immer wieder zu gebrauchen. So ziemlich das erste, was ich von ihr gehört hatte, waren die Worte: »Es sieht so leicht aus, stimmt's? Aber eh man sich versieht, ist einem das Scheißding aus den Fingern geflutscht.« Dann hatte sie sich nervös gebückt, um die Scherben eines zerbrochenen Glases vom Boden aufzuklauben. Wie alt waren wir damals? Zwanzig? Lucas glaubte, daß ihre Sprache Erfahrungen reflektierte, entweder Erfahrungen mit Drogen oder mit der Krankheit selbst, aber ich war nicht sicher, daß er recht hatte. Ein anderer Ausdruck, den sie oft gebrauchte, war: »Ich meine, du solltest vorsichtig sein, oder?« Dabei betonte sie die Silbe ›vor‹ und das Wort ›oder‹ auf eine kindlich verwunderte Art, so daß einem gleich auffiel, daß es sich um einen Manierismus handelte, den sie sich in der Adoleszenz angeeignet hatte.

»Du mußt verrückt sein, wenn du wirklich glaubst, ich würde am Telefon mit dir reden.«

Ich antwortete schnell: »Okay, Ann. Dann komme ich heute abend zu dir rüber.«

»Dann könntest du genausogut jetzt gleich kommen, damit wir die Sache hinter uns haben. Ich fühle mich nicht besonders.«

Epileptische Anfälle seit dem Alter von zwölf oder dreizehn, so regelmäßig wie ein Uhrwerk. Dann, später, eine klassische Migräne, um die Zwischenräume auszufüllen. Diese zusätzliche Komplikation brachte sie immer, ob nun zu Recht oder zu Unrecht, mit unseren Experimenten in Cambridge während der späten sechziger Jahre in Verbindung. Sie brauchte sich nie zu ärgern oder sich aufzuregen. »Ich spare mir mein Adrenalin auf«, würde sie sagen und dabei mit einem komischen Widerwillen an sich heruntersehen. »Es ist eine physische Sache. Ich kann es nicht zur rechten Zeit loslassen.« Später würde das angesammelte Reservoir allerdings platzen, der kleinste Reiz konnte alles auf einmal zur Entladung bringen, ein verlegter Schuh, ein verpaßter Bus, ein Regenschauer konnten Halluzinationen hervorrufen, Erbrechen, den Verlust der Kontrolle über den Enddarm. »Oh, und dann diese Euphorie. Sie ist so wundervoll entspannend«, konnte sie voller Bitterkeit sagen. »Es ist wie Sex.«

»Okay, Ann. Ich bin gleich bei dir. Mach dir keine Sorgen.«

»Verpiß dich doch! Hier geht gerade alles zu Bruch. Ich kann sie schon sehen, die kleinen, treibenden Lichter.«

Sobald sie den Hörer aufgelegt hatte, rief ich Lucas an.

»Ich mach das nicht noch einmal«, sagte ich. »Lucas, es geht ihr nicht gut. Ich hatte schon Angst, sie würde auf der Stelle einen Anfall bekommen.«

»Aber sie will dich doch sehen? Bei mir legt sie nämlich immer den Hörer auf. Wird sie sich heute mit dir treffen?«

»Das wußtest du doch.«

»Gut.«

Ich hängte ein.

»Lucas, du bist ein Scheißkerl«, teilte ich dem Einkaufszentrum mit.

Der Bus aus Huddersfield suchte sich dreißig Minuten lang seinen Weg durch aufgegebene Mühldörfer, in deren Gebäude Friseursalons, Hundezüchter oder Läden für billigen Touristenramsch Einzug gehalten hatten. Um drei Uhr nachmittags stieg ich aus dem Bus. Es kam einem schon viel später vor. Die Kirchenuhr war bereits beleuchtet, und ein geheimnisvolles, gelbliches Licht fiel schräg auf die Fenster des Hauptschiffs, als sei der Kirchenraum nur mit einer Vierzig-Watt-Birne beleuchtet. Autos fuhren in endloser Schlange vorüber, während ich darauf wartete, die Straße überqueren zu können. Ihre Abgase pusteten sie in das schummerige Licht. Für ein Dorf war es hier ganz schön laut. Autoreifen zischten auf dem nassen Asphalt, von einem Lastwagen wurden unter Klappern und Klirren Limonadenflaschen entladen, und irgendwo skandierten ein paar Kinder, die ich nicht sehen konnte, immer und immer wieder das gleiche Wort. Plötzlich vernahm ich über dem ganzen Lärm den reinen, melodischen Gesang einer Drossel. Ich trat vom Bordstein herunter, um die Landstraße zu überqueren.

»Bist du sicher, daß dir niemand aus dem Bus gefolgt ist?«

Ann hielt mich auf den Stufen zur Eingangstür fest, während sie ängstlich die Straße hinauf- und hinunterblickte. Als ich jedoch erst einmal drinnen war, schien sie froh zu sein, jemanden zu haben, mit dem sie reden konnte.

»Zieh doch deinen Mantel aus. Setz dich. Ich werde dir einen Kaffee machen. Nein, hier. Schmeiß den Kater einfach vom Sessel runter. Er weiß ganz genau, daß er dort nichts zu suchen hat.«

Es war ein alter, schwarzweißer Kater mit stumpfem, trockenem Fell. Als ich ihn hochnahm, erwies er sich als federleichtes Bündel von ein paar Knochen und etwas warmem Fell. Ich setzte ihn vorsichtig auf den Teppich, doch im Nu war er mir auf den Schoß gesprungen und begann, mir auf den Pullover zu sabbern. Ein anderes, jüngeres Tier rollte sich auf der Fensterbank zusammen und strampelte unbehaglich mit seinen kleinen Füßen zwischen den verschlungenen Körben mit Papierblumen herum, während es hinausstarrte in den Schneeregen und den leeren Garten. »Runter da!« schrie Ann plötzlich. Das Tier ignorierte sie. Sie zuckte die Achseln. »Sie tun so, als gehöre die Wohnung ihnen.« Dem Geruch nach zu urteilen, war es auch so. »Sie streunten herum«, fuhr Ann fort. »Ich weiß auch nicht, warum ich sie dazu ermutigt habe, sich hier zur Ruhe zu setzen.«

Dann, als spräche sie immer noch über die Katzen: »Wie geht es Lucas?«

»Erstaunlich gut«, antwortete ich. »Weißt du, du solltest die Verbindung zu ihm nicht so abreißen lassen.«

»Ich weiß.« Sie lächelte kurz. »Und wie geht's dir? Dich sieht man so selten.«

»Nicht schlecht. Ich spüre mein Alter.«

»Dabei kennst du noch nicht einmal die Hälfte davon«, sagte sie. Sie stand in der Küchentür, in der einen Hand hielt sie ein Handtuch, in der anderen eine Tasse. »Niemand von uns tut das.« Das war ein vertrautes Lamento. Als sie merkte, daß ich zu besorgt war, um ihr zuzuhören, ging sie hinaus und stieß ein paar Dinge in der Spüle herum. Ich hörte, wie Wasser in einen Kessel rauschte. Während der Kessel sich füllte, sagte sie etwas, von dem sie wissen mußte, daß ich es nicht verstehen konnte. Dann drehte sie den Hahn ab und fuhr fort:

»Im Pleroma geht etwas vor sich. Etwas Neues. Ich kann es spüren.«

»Ann«, erwiderte ich, »das alles ist doch zwanzig Jahre her, und es ist vorbei.«

Tatsache ist, daß ich auch zu jener Zeit noch nicht wußte, was wir denn eigentlich getan hatten. Das wird Ihnen merkwürdig vorkommen, nehme ich an, aber es passierte 1968 oder 69, und alles, woran ich mich heute noch erinnere, ist ein Juniabend, der durchdrungen war von dem halb süßlichen, halb verdorbenen Geruch der Weißdornblüten. Er war so reich und voll, daß wir meinten, hindurchschwimmen zu können, durch ihn und das warme Abendlicht, das sich wie transparentes Gold zwischen die Reihen der Hecken ergoß. Außerdem erinnere ich mich an Sprake, aber nur deshalb, weil man ihn nicht vergessen kann. Was wir vier aber zusammen angestellt haben, das ist mir ebenso entfallen wie die Bedeutung, die es gehabt haben mochte. Ohne Zweifel hatte es einen Verlust gegeben, aber ob man nun das, was verlorengegangen war, als die ›Unschuld‹ bezeichnen will, das hing doch weitgehend von einem selber ab. Jedenfalls war das mein Eindruck. Lucas und Ann hatten von Anfang an mehr daraus gemacht. Sie hatten es sich zu Herzen genommen. Später, vielleicht zwei oder drei Monate später, als längst klar war, daß etwas schiefgelaufen sein mußte, als die Dinge langsam begannen, aus den Fugen zu geraten, da waren es Ann und Lucas, die mich dazu überredeten, zu Sprake zu gehen und mit ihm zu reden, obwohl wir uns gegenseitig versprochen hatten, nie wieder Kontakt zu ihm aufzunehmen. Sie wollten einfach wissen, ob das, was wir getan hatten, rückgängig oder ungeschehen zu machen sei, ob das zurückzugewinnen sei, was wir verloren hatten.

»Ich glaube nicht, daß es so funktionieren wird«, hatte ich die beiden damals gewarnt, aber dabei hatte ich gespürt, daß sie nicht bereit waren, auf mich zu hören.

»Er wird uns helfen müssen«, hatte Lucas gesagt.

»Warum haben wir das nur getan?« hatte Ann mich gefragt.

Obwohl er das Britische Museum haßte, hatte Sprake sein Leben immer mehr oder weniger in dessen Schatten zugebracht. Ich traf ihn in der Tivoli Espresso-Bar, wo er sich jeden Nachmittag aufhielt. Er trug einen dicken, altmodischen schwarzen Mantel – das Wetter war in jenem Oktober naßkalt und ungemütlich –, aber aus der Art und Weise, wie seine Handgelenke aus den Ärmeln staken, lang, zerbrechlich wirkend, schmutzig und mit kleinen, blutigen Schrammen überzogen, als habe er mit einem kleinen Tier gekämpft, glaubte ich schließen zu können, daß er darunter weder ein Hemd noch eine Jacke trug. Aus irgendeinem Grund hatte er sich eine Ausgabe der *Church Times* gekauft. Die obere Hälfte seines mageren Körpers beugte sich mühsam darüber; zusammen mit den gekrümmten Schultern und dem von grauen Stoppeln übersäten Unterkiefer gab ihm die Zeitung das Aussehen eines vom Leben enttäuschten Kirchendieners. Er hatte das Blatt sorgfältig so gefaltet, daß man einen Teil der Schlagzeile lesen konnte, aber während der ganzen Zeit öffnete er es nicht.

Zu jener Zeit hatten sie im Tivoli ständig das Radio laufen. Der Kaffee war wäßrig und, wie es bei Espresso meistens der Fall ist, zu heiß, um überhaupt nach etwas zu schmecken.

Sprake und ich saßen auf Hockern neben dem Fenster. Wir hatten unsere Ellenbogen auf den niedrigen Tresen gelegt, der übersät war von schmutzigen Tassen und halbaufgegessenen Sandwiches, und beobachteten die Fußgänger in der Museum Street. Nach etwa zehn Minuten sagte eine Frauenstimme hinter uns klar und deutlich:

»Tatsache ist doch, daß Kinder es gar nicht erst ausprobieren wollen.«

Sprake schnellte hoch und drehte sich ängstlich um, als glaubte er, man erwarte von ihm eine Antwort auf diese Frage.

»Es ist das Radio«, versicherte ich ihm.

Er starrte mich an, wie man jemanden anstarrt, den man für verrückt hält, und es dauerte eine Weile, bis er unsere Unterhaltung wieder aufnahm.

»Ihr habt genau gewußt, worauf ihr euch eingelassen habt. Ihr habt gekriegt, was ihr wolltet, und ihr seid in keiner Weise betrogen worden.«

»Nein«, gab ich müde zu.

Meine Augen schmerzten, obwohl ich die ganze Fahrt über geschlafen hatte und erst aufgewacht war, als der Zug aus Cambridge die letzte Meile nach London hineinkroch, gerade rechtzeitig, um Blätter von Zeitungspapier zu sehen, die um die oberen Stockwerke eines Geschäftsgebäudes herumflatterten wie Schmetterlinge um eine Frühlingsblume.

»Das sehe ich auch so«, fügte ich hinzu. »Das ist auch nicht die Frage. Ich hätte nur gerne etwas in den Händen, womit ich die beiden auf irgendeine Art beruhigen könnte . . .«

Sprake hatte gar nicht zugehört. Draußen hatte es heftig zu regnen begonnen und von der Straße wurden Gäste – hauptsächlich Deutsche und Amerikaner, die das Museum besucht hatten – in das Café getrieben. Alle schienen sie nagelneue Kleidung zu tragen. Das Tivoli war gefüllt vom Dampf der Espressomaschine, und die Luft war schwer von dem Geruch nach nassen Mänteln. Ständig stießen uns Menschen auf der Suche nach einem freien Platz in den Rücken und murmelten dabei: »Entschuldigen Sie, bitte. Entschuldigen Sie.« Sprake wurde langsam ärgerlich, obwohl ich glaube, daß die Höflichkeit der Leute ihn mehr irritierte als die Störung selbst. »Hundedreck«, sagte er mit lauter, deutlicher Stimme, und, als eine ganze Familie sich einer nach dem anderen an ihm vorbeidrängelte, fügte er hinzu: »Drei Generationen von Kaninchen.« Niemand von ihnen schien beleidigt zu sein, obwohl sie ihn gehört haben mußten. Eine Frau in einem triefendnassen, purpurroten Mantel kam herein, sah sich ängstlich nach einem freien Platz um und verließ, nachdem sie keinen entdeckt hatte, das Lokal wieder. »Verrückte Kuh!« rief Sprake ihr nach. »Leck dich doch selber!« Herausfordernd blickte er die anderen Gäste an.

»Ich glaube, wir sollten lieber an einem privaten Ort weiterreden«, sagte ich. »Wie wäre es mit deiner Wohnung?«

Seit zwanzig Jahren hatte er in demselben Zimmer über dem Atlantisbuchladen gewohnt. Ich merkte ihm deutlich an, wie ungern er mich dorthin mitnehmen wollte, obwohl es gleich nebenan war und ich früher schon dort gewesen war. Zunächst versuchte er mir weiszumachen, es sei schwierig, hineinzugelangen. »Der Buchladen hat zu«, sagte er. »Wir müßten durch die andere Tür gehen.« Dann gab er zu:

»Ich darf dort während der nächsten ein, zwei Stunden nicht aufkreuzen. Gestern abend habe ich etwas gemacht, deshalb sind wir dort nicht sicher.«

Er grinste.

»Du weißt schon, was ich meine«, fügte er hinzu.

Ich bekam ihn nicht dazu, sich deutlicher auszudrücken. Die Schnitte an seinen Handgelenken erinnerten mich daran, wie übernervös Ann und Lucas gewesen waren, als ich zuletzt mit ihnen gesprochen hatte. Auf einmal war ich fest entschlossen, mir sein Zimmer von innen anzusehen.

»Wenn du nicht dorthin zurück magst, könnten wir doch im Museum reden«, schlug ich vor.

Als er an einem Nachmittag, etwa ein Jahr zuvor, bei Nachforschungen in der Handschriftenabteilung eine Seite der *Chroniques d'Angleterres* von Jean de Wavrin, jenem merkwürdigen Geschichtsbuch, von dem keine vollständige Fassung bekannt ist, umgeblättert hatte, war er auf eine Miniatur gestoßen, die in seltsam unwirklichen Grün- und Blautönen die Krönungsprozession von Richard Löwenherz darstellte. Ein Teil davon fehlte, welcher Teil es war, wollte er nicht verraten. »Warum«, hatte er mir zu dieser Zeit fast wehmütig geschrieben, »tragen diese vier Männer einen Sarg, wo es doch um eine Krönung geht? Und wer ist das, der da unter dem Baldachin geht, wo doch die Bischöfe noch gar nicht dabei sind?« Danach hatte er es möglichst vermieden, das Museum zu betreten, obwohl er von seinem Fenster aus die hohen Eisengitter am Ende der Straße beinahe sehen konnte. Er hatte begonnen, so teilte er mir damals mit, die Echtheit einiger Stücke aus der mittelalterlichen Sammlung zu bezweifeln. In Wahrheit hatte er Angst vor ihnen bekommen.

»Dort wäre es ruhiger«, bekräftigte ich meinen Vorschlag.

Er antwortete nicht, sondern saß über seine *Church Times* gebeugt da und starrte hinaus auf die Straße, die Hände vor der Brust fest ineinandergekrallt. Ich konnte sehen, daß er nachdachte.

»Dieser verdammte Haufen Scheiße!« sagte er schließlich.

Er stand auf.

»Also gut, komm mit. Wahrscheinlich hat sich sowieso schon alles verzogen.«

Regen tropfte von der blauen und goldenen Fassade des Atlantisbuchladens. Eine vergilbte Nachricht hing davor: »Geschlossen wegen kompletter Renovierung.« Die Dekorationen hatte man aus dem Fenster genommen, nur ein paar Bücher hatte man um des äußeren Scheins willen auf einem Regal stehenlassen. Durch die beschlagene Glasscheibe konnte ich De Vries' klassisches *Wörterbuch der Symbole und Metaphern* erkennen. Als ich Sprake darauf aufmerksam machte, schaute er mich nur verächtlich an. Er fummelte mit seinem Schlüssel herum. Drinnen im Laden roch es nach geschnittenem Bauholz, frischem Stuck, Glanzlack, aber im Treppenhaus wich das alles einem penetranten Essensgeruch. Sprakes möbliertes Zimmer, das sich im obersten Stockwerk befand und ziemlich groß war, besaß zwei einander gegenüberliegende Schiebefenster. Trotzdem war es nicht besonders hell.

Von dem einen Fenster aus konnte man die nassen Fassaden der Museum Street sehen, heller Grünspan auf den Mauersimsen, Stuckgirlanden und -schnörkel, grau vom Taubendreck. Durch das andere Fenster sah man einen Teil des rußgeschwärzten Glockenturms von St. George's Bloomsbury, eine Nachbildung des Grabes von Mausoleus, die sich den dahinrasenden Wolken entgegenreckte.

»Einmal habe ich diese Uhr einundzwanzigmal schlagen hören«, sagte Sprake.

»Das will ich wohl glauben«, antwortete ich, obwohl das nicht stimmte. »Könnte ich vielleicht eine Tasse Tee haben?«

Er schwieg etwa eine Minute lang, dann lachte er.

»Ich werde Ihnen nicht helfen«, sagte er. »Du weißt es. Ich dürfte es gar nicht. Was man im Pleroma tut, ist nicht wiedergutzumachen.«

»Das alles ist seit zwanzig Jahren vorbei, Ann.«

»Ich weiß. Ich weiß es. Aber . . .«

Plötzlich hielt sie inne, dann fuhr sie mit gedämpfter Stimme fort: »Kommst du mal einen Augenblick her? Nur einen Augenblick.«

Das Haus in den Pennine-Bergen war direkt an den Hang eines

Taleinschnitts gebaut worden. Ein beinahe vertikaler Erdwall, den man abgetragen hatte, um ihn den Gegebenheiten anzupassen, wurde von einer zwanzig oder dreißig Fuß hohen Befestigungsmauer zurückgehalten, die selbst im Juli schwarz von Feuchtigkeit, mit Flechten überzogen und von Farnbüscheln bewachsen war wie ein Felsen. Im Dezember floß das Wasser Tag für Tag über die Mauer, sammelte sich in einem steinernen Durchfluß und machte ein Geräusch wie ein Wasserhahn, den man die Nacht über laufengelassen hatte. An der Rückseite des Hauses entlang lief ein Durchgang, höchstens zwei Fuß breit, der angefüllt war mit zerbrochenen Dachziegeln und anderem Unrat. Es war ein düsterer Ort.

»Ist mit dir alles in Ordnung?« fragte ich Ann, die verwundert in die zunehmende Dunkelheit starrte, den Kopf auf eine Seite gelegt und das Handtuch vor den Mund gedrückt, als erwarte sie jeden Moment, sich übergeben zu müssen.

»Es weiß, wer wir sind«, flüsterte sie. »Trotz all unserer Vorsicht, es erinnert sich an uns.«

Sie schauderte, zog sich vom Fenster zurück und begann so unbeholfen, das heiße Wasser in den Kaffeefilter zu gießen, daß ich einen Arm um ihre Schulter legte und sagte: »Hör mal, du solltest dich besser hinsetzen, sonst verbrennst du dich noch. Ich mach das hier, und du erzählst mir jetzt, was mit dir los ist.«

Sie zögerte.

»Komm«, sagte ich. »Okay?«

»Okay.«

Sie ging ins Wohnzimmer und ließ sich in einen Sessel fallen. Eine der Katzen kam in die Küche und sah zu mir hoch. »Gib ihnen keine Milch«, rief Ann herüber. »Sie hatten heute morgen schon genug.«

»Wie fühlst du dich?« fragte ich. »Innen drin, meine ich.«

»Etwa so, wie du es erwarten wirst.« Sie hätte etwas Propranolol genommen, sagte sie, aber das schien nicht besonders gut zu helfen. »Es soll die Kopfschmerzen etwas abschwächen, glaube ich.« Als Nebeneffekt mache es sie jedoch müde. »Es verlangsamt den Herzschlag. Ich kann richtig fühlen, wie das Herz langsamer wird.« Sie beobachtete den Dampf, der von ihrer Kaffeetasse aufstieg, zuerst langsam und dann plötzlich in einer hastigen Spirale, so, als werde er von einem winzigen Sog erfaßt. Nach demselben Rhythmus formen sich Strudel auf der Oberfläche eines tiefen, glatten Flusses. Zuerst ein langsames Schlängeln, dann ein plötzlicher Wirbel. Was zunächst ruhig und still erscheint, erweist sich auf einmal als Bündel an Komplikationen, das sich nur in heftiger Bewegung auflösen kann.

Ich erinnerte mich an unser erstes Zusammentreffen. Sie war damals zwanzig gewesen, ein kleines, nervöses, attraktives Mädchen, das moosfarbene Jerseykleider trug, um die Taille und die Hüften zu betonen. Später machte die Angst sie rauher. Nach der Scheidung waren ein paar graue Strähnen in der blonden Glocke ihres Haares erschienen, worauf sie das Ganze kurzerhand stutzte und schwarz färbte. Ihr Körper veränderte sich in eine Art zäher, muskulöser Plumpheit. Selbst ihre Hände und Füße schienen größer geworden zu sein.

»Du bist alt, bevor du etwas gemerkt hast«, pflegte sie damals zu sagen. »Bevor du etwas gemerkt hast.« Nach der Trennung von Lucas fand sie sich in keiner Umgebung mehr zurecht. Sie zog alle paar Monate um, wenn auch nie sehr weit fort, und immer wieder zog sie in den gleichen Typ den verwahrlostem, schäbig möbliertem kleinem Haus. Man konnte den Verdacht haben, daß sie genau nach den Dingen suchte, die sie nervös und krank machten. Sie mußte sich bemühen, nicht mehr als fünfzig Zigaretten pro Tag zu rauchen.

»Warum hat Sprake uns damals nicht geholfen?« fragte sie mich. »Du mußt es doch wissen.«

Sprake hatte damals zwei Tassen aus einem Plastik-Geschirrständer gefischt und die Teebeutel hineingelegt, bevor er zu mir gesagt hatte: »Erzähl mir bloß nicht, daß du dich auch fürchtest. Von dir hätte ich wahrlich mehr erwartet.«

Ich schüttelte meinen Kopf. Ich war nicht sicher, ob ich mich fürchtete oder nicht. Der Tee hatte, als er endlich fertig war, einen eindeutig fettigen Nachgeschmack, als hätte jemand ein Stückchen Speck hineingetaucht. Ich zwang mich, die Hälfte davon zu trinken, während Sprake mich zynisch betrachtete.

»Du solltest dich hinsetzen«, sagte er. »Du bist ja völlig erledigt.« Als ich seiner Aufforderung nicht nachkam, zuckte er die Schultern und redete weiter, als säßen wir noch im Tivoli. »Kein Mensch hat sie reingelegt oder ihnen weiszumachen versucht, die Sache wäre einfach. Wenn du aus einem solchen Experiment was rausholen willst, dann mußt du einen klaren Kopf behalten und deine Chance rechtzeitig beim Schopfe packen. Wenn du dich zu vorsichtig bewegst, dann kann es sein, daß du dich später gar nicht mehr bewegen kannst.«

Er schaute jetzt nachdenklich.

»Ich habe mit angesehen, was Leuten widerfahren ist, die die Nerven verloren haben.«

»Das kann ich mir vorstellen.«

»Einige von denen waren kaum noch wiederzuerkennen.«

Ich stellte die Tasse ab.

»Ich will das gar nicht wissen«, sagte ich.

»Das glaube ich gern.«

Er lächelte in sich hinein.

»Aber sie waren alle noch am Leben«, sagte er sanft. »Falls es das ist, worüber du dir Sorgen gemacht hast.«

»Du hast uns dazu überredet«, erinnerte ich ihn.

»Ihr habt euch selbst überredet.«

Das meiste Licht von der Straße wurde in dem Moment absorbiert, in dem es ins Zimmer fiel. Dafür sorgten die grünen Tapeten und die klebrig aussehenden, gelblichen Furniere der Möbel. Das restliche Licht versickerte schließlich in dem Unrat auf dem Fußboden; zerknüllte, teilweise angekohlte Schreibmaschinenseiten, abgeschnittenes Haar, zerbrochene Kreidestückchen, die noch am Abend vorher benützt worden waren, um etwas auf das abgetretene Linoleum zu kritzeln. Zwischen diesem Zeug gab es endgültig seinen Geist auf. Obwohl ich genau wußte, daß Sprake eine Art Spiel mit mir spielte, kam ich nicht dahinter, was es zu bedeuten hatte. Ich schaffte es nicht einmal, darüber nachzudenken, also mußte ich es schließlich von ihm selbst erfahren.

Ich sagte von der Tür her: »Eines Tages wird dieser ganze Dreck dich noch krank machen.« Er grinste bloß und gab mir den Rat:

»Komm wieder, wenn du weißt, was du eigentlich willst. Sieh zu, daß du Lucas Fisher loswirst. Er ist ein blutiger Amateur. Wenn's sein muß, kannst du das Mädchen mitbringen.«

»Leck mich am Arsch, Sprake.«

Ich fand den Weg hinaus auf die Straße alleine.

Noch an diesem Abend sagte ich zu Lucas: »Von Sprake werden wir nie wieder hören.«

»Mein Gott«, antwortete er mir, und einen Augenblick lang dachte ich, er würde zu weinen anfangen. »Ann fühlt sich so krank«, flüsterte er. »Was hat er denn gesagt?«

»Vergiß ihn. Er hätte uns sowieso nicht helfen können.«

»Ann und ich werden heiraten«, sagte Lucas in einer Gefühlsaufwallung.

Was hätte ich damals tun können? Ich wußte so gut wie sie selbst, daß sie es nur aus einem Bedürfnis nach Trost heraus taten. Nichts wäre gewonnen gewesen, wenn ich sie gezwungen hätte, das zuzugeben. Außerdem war ich so müde, daß ich mich kaum noch auf den Beinen halten konnte. Eine Art Trugbild, ein strahlendes Zickzack, wie eine hell erleuchtete Treppe, zeigte sich beharrlich in meinem linken Auge. Also gratulierte ich Lucas zur Verlobung und wechselte so schnell wie möglich das Thema.

»Sprake hat einen Horror vorm Britischen Museum«, sagte ich. »Irgendwie teile ich seine Abneigung.«

Als Kind hatte ich es auch gehaßt. Alle Gespräche, jedes Echo einer Stimme oder eines Schrittes, jedes Rascheln von Kleidung, sammelte sich unter den hohen Decken zu einer Art undifferenzierten Grollen und Seufzen – den verschwommenen und zusammengeschmolzenen Überresten jeglicher Bedeutung – und gab einem das Gefühl, in einem menschenleeren Schwimmbad zurückgelassen worden zu sein. Später, als ich ein Teenager war, hatten die riesigen, formlosen Köpfe im Saal Nummer 25 mir angst gemacht, und das Unbestimmte der Aufschriften. Ich konnte deutlich lesen, was da stand: »Roter Sandsteinkopf eines Königs« ... »Roter Granitkopf von Kolossalstatue eines Königs«. Aber was schaute ich da wirklich an? Die gesichtslose Holzstatue von Ramses erhob sich aus einer Nische neben der Tür zu den Toiletten, ein Ramses, der von einem Stock gestützt werden mußte, rissig, pockennarbig und wurmstichig von seinen vielen Reisen durch die Welt, aber dazu verurteilt, immer weiterzumachen.

»Wir wollen zusammen in den Norden gehen, um dort zu leben«, sagte Lucas. »Möglichst weit weg von alldem hier.«

Je weiter der Nachmittag fortschritt, desto verstörter wurde Ann. »Sag mal«, fragte sie mich zum Beispiel, »ist da tatsächlich jemand in dem Durchgang? Du kannst mir immer die Wahrheit sagen.« Nachdem sie ein paarmal das vage Versprechen wiederholt hatte, sie wolle mich nicht ohne etwas im Magen nach Hause schicken und sie würde in ein paar Minuten etwas kochen, wenn ich mich bereit erkläre, noch einen Kaffee zu machen, wurde mir klar, daß sie sich davor fürchtete, in die Küche zurückzugehen. »Egal wieviel Kaffee ich in mich hineinschütte«, erklärte sie mir, »meine Kehle ist immer trocken. Das kommt vom vielen Rauchen.« Oft kehrte sie zum Thema des Alters zurück. Sie hatte es immer schon gehaßt, sich alt zu fühlen. »Du kämmst dir morgens die Haare, und schon wieder sind zehn Jahre vergangen. Jedes lose Haar, jede einzelne Schuppe, als würden lauter alte Fotos auf dich herniederregnen.« Sie schüttelte den Kopf, und dann sagte sie, als müsse die Gedankenverbindung mir völlig klar sein:

»Wir sind nach der Studienzeit viel herumgezogen. Es war nicht so, daß ich mich nirgends wohl fühlte, es ging mir eher darum, möglichst oft etwas zurückzulassen, als eine Art Opfer, sozusagen. Immer, wenn mir ein Job gefiel, gab ich ihn auf. Der arme, alte Lucas.«

Sie lachte.

»Kennst du dieses Gefühl?« Sie schnitt eine Grimasse. »Ich glaube nicht, daß du es kennst. Ich erinnere mich noch gut an das erste Haus, in dem wir gewohnt haben. Drüben, in der Nähe der Dunford Bridge. Es war riesig, und innen drin fiel es langsam auseinander. Es war schon lange angeboten worden, bevor wir es kauften. Jeder unserer Vorbesitzer hatte auf seine Weise versucht, es aufzuteilen und bewohnbar zu machen. Man hatte neue Treppen eingezogen und Zimmer zusammengelegt. Teile des Hauses waren nie benutzt worden, weil man es sich nicht hätte leisten können, alles auf einmal zu heizen. Dann waren die Leute wieder verschwunden, bevor die Umbauten beendet waren, und hatten es dem nächsten überlassen . . .« Sie brach ab.

»Ich konnte es nicht sauberhalten«, fügte sie hinzu.

»Lucas mochte es sehr.«

»Sagt er das? Nimm ihn bloß nicht zu ernst«, warnte sie mich. »Der Garten lag so voll von Bauschutt, daß wir nie etwas anbauen konnten. Und die Winter!« Sie schauderte. »Nun, du weißt ja, wie's da draußen aussah. Die Zimmer stanken nach Butangas. Schon nach einer Woche hatte Lucas jeden Typ von beweglichem Heizgerät angeschleppt, den man sich nur vorstellen kann. Ich haßte die Kälte auch, aber nicht so sehr wie er.«

Mit zärtlichem Amüsement schalt sie ihn, als säße er mit uns im Zimmer: »Lucas, Lucas, Lucas. Wie sehr du sie gehaßt hast, und wie unordentlich du warst.«

Inzwischen war es draußen dunkel, aber die jüngere der beiden Katzen starrte immer noch in den grauen, mit Schneematsch bedeckten Garten hinaus, hinter dem man als gewölbte Schattenlinie, über die eine niedrige Wolke hinwegraste, den Rand des Moores erkennen konnte. Ann fragte die Katze immer wieder, was sie dort sehen konnte. »Überall im Moor liegen Kinder begraben«, sagte sie zu der Katze. Unvermittelt sprang sie auf und stieß die Katze mit einem Seufzen auf den Boden. »Dahin gehörst du. Katzen gehören auf den Fußboden.« Ein paar Papierblumen waren mit heruntergefallen. Während Ann sie aufsammelte, sagte sie: »Wenn es einen Gott geben sollte, einen richtigen Gott, dann muß er schon vor vielen Jahren aufgegeben haben. Weniger aus Verbitterung als aus Apathie.« Sie zuckte mit den Lidern und hielt sich die Hände vor die Augen.

»Es macht dir doch nichts aus, wenn ich das große Licht ausschalte?« Und dann: »Er ist in alles hineingesickert, so daß es jetzt nur noch dieses unendlich dünne, längliche *Ding* gibt, das in jedem Atom gegenwärtig ist. Es ist so müde, daß es nicht mehr weiter kann, so abgezehrt, daß man nur noch Mitleid für es und seine Fehler empfinden kann. Das ist der wahre Gott. Das, was wir gesehen haben, war nur etwas, das seinen Platz eingenommen hatte.«

»Was haben wir denn gesehen, Ann?«

Sie starrte mich an.

»Du weißt, ich war mir nie ganz klar darüber, was Lucas eigentlich von mir wollte.« Das müde, gelbliche Licht einer Tischlampe fiel auf ihre linke Gesichtshälfte. Fast ständig zündete sie sich Zigaretten an und drückte sie, halbgeraucht, in den Haufen alter Stummel, der sich in ihrer Untertasse angesammelt hatte. »Kannst du dir das vorstellen? Während der ganzen Jahre wußte ich nicht, was er eigentlich von mir wollte.«

Ein paar Augenblicke lang schien sie darüber nachzudenken, dann sah sie mich verwundert an und sagte: »Ich habe nicht einmal das Gefühl, daß er mich jemals geliebt hat.« Sie begrub ihr Gesicht in den Händen. Ich stand auf, mit so etwas wie der Idee im Kopf, sie zu trösten. Plötzlich, ohne Vorwarnung, taumelte sie aus ihrem Sessel hoch und machte auf eine tappende, hoffnungslos verwirrte Art und Weise ein paar Schritte auf mich zu. Dort, in der Mitte des Zimmers, stolperte sie in einen niedrigen Korbtisch, den zwanzig Jahre zuvor mal jemand von einer Reise nach Kaschmir mitgebracht hatte. Zwei oder drei Taschenbücher und eine Vase mit Anemonen polterten zu Boden. Die Anemonen waren bereits ausgefranst, sie hatten ihre beste Zeit schon hinter sich. Sie sah hinunter auf *The Last of Cheri* und *Mrs. Palfrey at the Claremont,* die zusammen mit großen roten und blauen Blütenblättern über den Boden verteilt lagen wie schmutzige Papiertaschentücher. Sie berührte sie nachdenklich mit der Zehenspitze. Der Geruch nach fauligem Blumenwasser brachte sie zum Würgen.

»Du liebe Güte«, murmelte sie. »Was sollen wir bloß machen, Lucas?«

»Ich bin nicht Lucas«, sagte ich freundlich. »Setz dich wieder hin, Ann.«

Während ich die Bücher aufsammelte und ihre Einbände trokkenwischte, mußte sie wohl ihre Furcht vor der Küche überwunden, oder, wie ich später vermutete, einfach vergessen haben, jedenfalls hörte ich, wie sie nach dem Kehrblech und dem Handfeger kramte, die sie unter der Spüle verstaut hatte. Inzwischen, so stellte ich mir vor, konnte sie vor Kopfschmerzen kaum noch aus den Augen schauen. Ich rief ungeduldig: »Laß mich das machen, Ann. Sei doch vernünftig.« Plötzlich ein Keuchen, ein Poltern, zweimal hörte ich meinen Namen. »Ann, ist alles in Ordnung?«

Niemand antwortete mir.

»Hallo? Ann?«

Ich fand sie vor der Spüle. Sie hatte Kehrblech und Handfeger losgelassen und sich so fest in einen feuchten Wischlappen verkrallt, daß die Muskeln ihrer kurzen Unterarme hervorstanden wie bei einem Zimmermann. Wasser war von dem Tuch auf ihr Kleid getröpfelt.

»Ann?«

Sie starrte aus dem Fenster auf den schmalen Durchgang, wo, durch die Neonröhre in der Küche klar und deutlich beleuchtet, etwas Weißes in der Luft hing, das sich vor und zurück bewegte wie eine Schmetterlingspuppe in einer Ligusterhecke.

»Mein Gott!« stammelte ich.

Es ringelte sich noch einmal, dann hing es still, als sei das, was es enthielt, was immer es auch sein mochte, der Anstrengungen müde, sich aus seiner Larve zu befreien. Einen Moment später rollte es sich auf seinem spitz zulaufenden Ende auf, schien sich teilen zu wollen, schmiegte sich aber gleich darauf wieder zusammen. Plötzlich erkannte ich, daß es sich ganz offensichtlich um die Bewegungen zweier Organismen handelte, zweier menschlicher Gestalten, die in der Luft hingen, ohne Unterstützung, völlig nackt, sich krümmend, umarmend, sich wieder trennend, um sich gleich darauf wieder aneinanderzuschmiegen, ohne dabei jemals dieselbe Krümmung zu wiederholen, so daß man einmal den Mann von hinten sah, dann die Frau, dann beide zusammen von der einen Seite, später von der anderen. Als ich sie zuerst erkannt hatte, war der Mund der Frau fest verschweißt mit jenem des Mannes gewesen, und sie hatte die Augen geschlossen gehabt. Später hatte sie ihren Kopf an seine Schulter gelegt. Jetzt wandten beide Ann ihre ganze Aufmerksamkeit zu. Sie hatten sehr bleiche Haut mit dem merkwürdigen, wächsernen Glanz weißer Schokolade, aber das konnte natürlich auch ein Effekt des Lichts sein. Schneeflocken wehten in dichten Wirbeln zwischen ihnen und uns, aber zu keinem Zeitpunkt entschwanden die beiden dahinter unseren Blicken.

»Wer sind sie, Ann?«

»Nimmt denn das Elend nie ein Ende?« erwiderte sie. »Sie folgen mir, wohin ich auch gehe.«

Ich konnte den Blick nicht von ihnen wenden.

»Ziehst du etwa ihretwegen so häufig um?« Was anderes war mir in dem Moment nicht eingefallen.

»Nein.«

Die beiden wurden durch etwas verbunden, das man, wenn ihre Blicke mehr aufeinander als auf Ann gerichtet gewesen wären, für Liebe hätte halten können. Langsam schwebten sie der nassen, schwarzen Wand entgegen, wie Fische in einem Aquarium. Sie lächelten. Ann stöhnte auf und begann lautstark, sich in die Spüle zu erbrechen. Ich hielt sie an den Schultern fest. »Schaff sie fort«, murmelte sie undeutlich. »Warum sehen sie mich ständig an?« Sie hustete, wischte sich über den Mund und drehte das kalte Wasser an. Dann begann sie in mächtigen, unzusammenhängenden, krampfartigen Bewegungen zu zittern. »Schaff sie weg!«

Obwohl ich sehr genau wußte, daß sie dort draußen waren, machte ich den Fehler, nicht an ihre wirkliche Existenz zu glauben. Ich dachte, Ann würde sich vielleicht beruhigen, wenn sie sie nicht sehen könnte. Aber ich durfte weder das Licht ausschalten noch die Vorhänge zuziehen, und als ich sie überreden wollte, doch endlich den Rand des Beckens loszulassen und mit mir ins Wohnzimmer zu gehen, schüttelte sie nur den Kopf und wurde von einem fürchterlichen Würgen geschüttelt. »Nein, laß mich«, sagte sie. »Ich brauch dich jetzt nicht.« Ihr Körper hatte sich versteift wie der eines trotzigen Kindes. Sie war ziemlich stark. »Versuch jetzt, davon loszukommen, Ann. Bitte.« Sie sah mich hilflos an und sagte: »Ich habe nichts, mit dem ich mir die Nase abputzen könnte.« Ich zerrte ärgerlich an ihr, und wir fielen beide zu Boden. Meine Schulter lag auf dem Kehrblech, mein Mund kaute auf ihrem Haar, das nach abgestandenem Zigarettenrauch schmeckte. Ich fühlte, wie ihre Hände sich über mich hinwegbewegten.

»Ann! Ann!« rief ich.

Ich wand mich unter ihr heraus – sie hatte wieder damit begonnen, zu stöhnen und sich zu erbrechen – und lief, über die Schulter noch einen Blick auf die lächelnden Gestalten in dem Durchgang werfend, aus der Küche und dem Haus hinaus. Ich hörte mir selber zu, wie ich in panischem Schrecken schluchzte: »Ich muß Lucas anrufen. Ich halte das alles nicht aus, ich muß sofort Lucas anrufen.« Ich irrte lange durch das kleine Dorf, bis ich endlich, gegenüber der Kirche, eine Telefonzelle gefunden hatte.

Ich glaube, ich habe Sprake einmal folgendes sagen hören, auch wenn die Worte mir jetzt für seine Verhältnisse fast ein wenig zu gewählt vorkommen: »Es ist kein triumphales Gefühl, dem Leben entkommen zu sein.« Wir sprachen über Lucas Fisher. »Intensiv leben kann man nur auf Kosten seines Selbst. Letztlich läßt Lucas' Weigerung, sich mit ganzem Herzen zu geben, ihn nur niederträchtig und wesenlos erscheinen. Er wird als jemand enden, der des Nachts durch die Straßen irrt und voller Sehnsucht in die erleuchteten Schaufenster schaut.« Damals fand ich dieses Urteil hart. Ich glaubte immer noch, daß es sich bei Lucas eher um ein Problem der Kraft handelte und nicht so sehr um eines des guten Willens, um die Tiefen und Unzuverlässigkeiten einer zyklischen Persönlichkeit und nicht um ein freiwilliges Zurückhalten von Energien.

Als ich jetzt am Telefon zu Lucas sagte: »Hier läuft etwas schrecklich schief«, schwieg er zunächst. Nach ein, zwei Augenblicken drängte ich ihn: »Lucas.«

Ich glaubte, ihn sagen zu hören:

»Um Gottes willen, leg auf und laß mich in Ruhe.«

»Die Verbindung ist sehr schlecht«, antwortete ich. »Du hörst dich so furchtbar weit entfernt an. Ist jemand bei dir?«

Er schwieg wieder. »Lucas? Kannst du mich hören?« Dann fragte er: »Wie geht es Ann? Ich meine, innen drin?«

»Nicht gut«, antwortete ich. »Sie hat eine Art Anfall. Du kannst dir nicht vorstellen, wie froh ich bin, mit jemandem darüber reden zu können. Lucas, da sind zwei völlig halluzinatorische Gestalten in dem schmalen Durchgang vor der Küche. Was die miteinander treiben, kann man nur als ... Hörst du? Sie haben so eine fahle, weiße Farbe, wie Leichen, und sie lächeln fortwährend zu ihr herein. Es ist das Entsetzlichste, was ich ...«

Er sagte: »Einen Moment, du meinst, *du* kannst sie auch sehen?«

»Das versuche ich dir doch zu erklären. Ich weiß einfach nicht, wie ich ihr helfen soll. Lucas?«

Die Leitung war tot. Ich legte den Hörer auf und wählte seine Nummer noch mal. Das Besetztzeichen erklang. Später würde ich zu Ann sagen: »Jemand anders muß ihn angerufen haben«, aber ich wußte, daß er ganz einfach den Hörer neben den Apparat gelegt hatte. Eine Weile stand ich noch da, in der Hoffnung, er könnte seine Meinung doch noch ändern. Ich fror in dem kalten Wind, der vom Moor herüberblies. Schließlich wurde mir so kalt, daß ich aufgeben und zurückgehen mußte. Auf meinem Weg durch das Dorf wehte mir Graupel ins Gesicht. Die Kirchenuhr zeigte halb sieben an, aber es war stockfinster und alles wirkte wie ausgestorben. Alles, was man hörte, war der Wind, der in den schwarzen, mit Abfall gefüllten Plastiksäcken raschelte, die um die Mülleimer herum aufeinandergestapelt lagen.

»Du Scheißkerl«, flüsterte ich. »Lucas, du bist ein Scheißkerl.«

Anns Haus wirkte ebenso ausgestorben wie das ganze Dorf. Ich ging in den Vorgarten und preßte mein Gesicht gegen das Fenster, weil ich hoffte, durch die offene Wohnzimmertür in die Küche schauen zu können, aber aus dem Winkel heraus konnte ich nichts erkennen, außer einem Wandkalender mit der Farbfotografie einer Persianerkatze. Oktober. Von Ann war nichts zu sehen. Ich stand mitten im Blumenbeet. Der Graupel verwandelte sich in richtige Schneeflocken.

In der Küche roch es weniger nach Erbrochenem als nach jenem sauren Geschmack, der einem manchmal ganz weit hinten im Hals steckt. Der Durchgang vor dem Fenster lag verlassen unter dem hellen, toten Licht der Leuchtstoffröhre. Man konnte sich kaum vorstellen, daß da draußen etwas passiert sein sollte. Andererseits wirkte das alles nicht sehr beruhigend, weder das Durcheinander der alten Dachziegel, noch die Farnbüschel, die aus dem Mauersims wuchsen, ja nicht einmal die Art und Weise, wie der Schnee sich in den Spalten zwischen den Steinplatten sammelte. Ich merkte, daß ich dem Fenster nicht den Rücken zudrehen wollte. Als ich die Augen schloß und versuchte, mir das bleiche Pärchen vorzustellen, konnte ich mir nur noch ihr Lächeln ins Gedächtnis zurückrufen. Von der Spüle her drang ein kühler Luftzug ein. Die Katzen strichen mir um die Füße, um ihr Fell an meinen Beinen zu reiben. Die Wasserhähne liefen noch.

In ihrer Verwirrung hatte Ann alle Küchenschränke geöffnet und deren Inhalt über den Fußboden verteilt. Kochtöpfe, Besteck, Lebensmittelpäckchen lagen durcheinander, dazwischen ein Plastikeimer und ein paar gelbe Wischtücher. Eine Flasche mit Haushaltsreiniger lag zwischen mehreren Dosen Katzenfutter, von denen sie einige nur halb geöffnet, andere gar nur angestochen hatte, bevor sie sie fallen ließ, möglicherweise, weil sie inzwischen den Büchsenöffner verlegt hatte. Es war kaum zu erkennen, was sie vorgehabt hatte. Ich hob alles auf und legte es zur Seite, dann gab ich den Katzen zu fressen, um endlich Ruhe vor ihnen zu haben. Ein- oder zweimal hörte ich Ann im oberen Stockwerk herumgehen.

Ich fand sie im Badezimmer, wo sie vor dem Waschbecken auf dem altmodischen rosa Linoleum saß und versuchte, sich ihrer Kleider zu entledigen. »Um Gottes willen, hau ab«, sagte sie zu mir. »Ich schaffe es schon allein.«

»O Ann.«

»Also gut, dann tu etwas von dem Desinfektionsmittel in den blauen Eimer da.«

»Wer sind sie, Ann?« fragte ich.

Das war später, als es mir gelungen war, sie ins Bett zu stecken.

»Wenn es mal angefangen hat, kommst du nicht mehr los«, antwortete sie.

Ich wurde ärgerlich.

»Los wovon, Ann?«

»Weißt du, Lucas hat gesagt, du hättest noch Wochen danach Halluzinationen gehabt.«

»Lucas hatte kein Recht, so etwas zu sagen.«

Das klang absurd, also fügte ich so beiläufig wie möglich

hinzu: »Es ist schon so lange her. Ich kann mich nicht mehr genau erinnern.«

Die Kopfschmerzen hatten sie erschöpft, aber dafür etwas ruhiger zurückgelassen. Sie hatte sich die Haare gewaschen, und gemeinsam hatten wir ein frisches Nachthemd für sie gefunden. Wie sie so dasaß in ihrem freundlichen kleinen Schlafzimmer mit den billigen Stuckverzierungen und den modernen Tapeten, sah sie recht jung aus. Sie entschuldigte sich fortwährend für das Design auf dem Bezug ihres Federbetts, ein freches Muster aus roten und schwarzen Blumen, deren ineinander gewundene Stengel sie mit dem Zeigefinger der rechten Hand nachzeichnete. »Gefällt es dir? Ich weiß wirklich nicht, warum ich den Bezug gekauft habe. Im Laden sehen die Sachen immer so frisch und kräftig aus«, sagte sie traurig. »Aber sowie man sie zu Hause auspackt, wirken sie nur noch grell und geschmacklos.« Der alte Kater war zu ihr aufs Bett gesprungen. Immer, wenn sie etwas sagte, schnurrte er laut. »Er weiß ganz genau, daß er hier drinnen nichts zu suchen hat.« Sie wollte weder essen noch trinken, aber ich hatte sie wenigstens überreden können, noch etwas Propanol zu nehmen, und bis dahin hatte sie es bei sich behalten.

»Wenn es einmal angefangen hat, kommst du nicht mehr davon los«, wiederholte sie. Ihr Finger fuhr dem Muster auf der Bettdecke nach. Versehentlich berührte sie dabei das trockene, ergrauende Fell der Katze. Sie starrte daraufhin ihre Hand an, als sei sie von ihr irregeleitet worden. »Es war eine Art Geruch, der dich verfolgte. Jedenfalls glaubte Lucas das.«

»Eine Art Geruch«, stimmte ich ihr zu.

»Du wirst es nicht loswerden, indem du es einfach ignorierst. Ich kann dir sagen, daß wir das auch versucht haben. Ein Duft nach Rosen, hat Lucas gesagt.« Sie lachte und nahm meine Hand. »Sehr romantisch! Ich habe keinen Geruchssinn mehr. Ich habe ihn schon vor vielen Jahren verloren. Gott sei Dank.«

Das erinnerte sie an etwas anderes.

»Als ich meinen ersten Anfall hatte«, sagte sie, »habe ich ihn vor meiner Mutter verheimlicht, weil ich dabei eine Vision hatte. Ich war ja noch ein Kind damals. Wirklich. Die Vision war ganz deutlich: Ein Meeresufer, sehr steil, ohne Sandstrand. Männer und Frauen lagen auf den Felsen in der Sonne wie Eidechsen und starrten ziemlich gelangweilt in die tosende Brandung, die direkt vor ihnen förmlich explodierte, riesige Wellen, die genausogut auf einer Kinoleinwand hätten tosen können, so wenig Aufmerksamkeit wurde ihnen gewidmet.«

Fragend kniff sie die Augen zusammen. »Man fragte sich, wie sie so wenig gesunden Menschenverstand haben konnten.«

Sie versuchte die Katze von ihrem Bett zu stoßen, aber die bog nur ihren Körper durch wie ein Stück Gummi und wich Anns Hand aus. Plötzlich gähnte sie.

»Gleichzeitig sah ich«, fuhr sie nach einer kurzen Pause fort, »daß ein paar Spinnen ihre Netze zwischen die Felsen gespannt hatten, vielleicht ein, zwei Fuß über der Flutlinie.« Obwohl sie zitterte und sich manchmal Spritzer der Gischt in ihnen verfingen wie Tautropfen, so daß sie in der Sonne glitzerten, seien die Netze heil geblieben. Ann sagte, sie könne die Gefühle der Angst nicht beschreiben, die dadurch in ihr ausgelöst wurden. »So nah an all der Gewalt. Man fragte sich wirklich, wie sie so wenig gesunden Menschenverstand haben konnten«, wiederholte sie. »Das letzte, was ich hörte, war, wie jemand sagte: ›Wenn man allein ist, kann man tatsächlich Stimmen in der Flut hören . . .‹«

Bevor sie einschlief, drückte sie meine Hand ein bißchen fester und sagte:

»Ich bin so froh, daß du etwas davon gehabt hast. Bei Lucas und mir war es nicht so. Rosen. Da hat es sich doch gelohnt.«

Ich dachte daran, wie wir zwanzig Jahre zuvor gewesen waren. Die Nacht verbrachte ich im Wohnzimmer, und am nächsten Morgen wachte ich ziemlich früh auf. Zunächst wußte ich nicht, wo ich mich befand, bis ich benommen zum Fenster torkelte und den vielen Schnee draußen auf der Straße sah.

Noch lange Zeit nach jenem letzten Treffen mit Sprake träumte ich einen immer wiederkehrenden Traum von ihm. Seine Hände hatte er fest vor der Brust verschlossen, wobei die linke Hand das rechte Handgelenk umklammerte. So hastete er von Saal zu Saal durch das Britische Museum. Immer wenn er an eine Ecke oder an die Verbindung zweier Korridore kam, blieb er stehen und starrte etwa dreißig Sekunden lang die Wand vor sich an, bevor er sich mit einer sehr präzisen Bewegung der neuen Richtung zuwandte, in der er weitergehen wollte. Er tat das mit der Miene eines Mannes, der sich, aus was für Gründen auch immer, beigebracht hatte, mit geschlossenen Augen durch ein ihm absolut vertrautes Gebäude zu gehen, aber er vermittelte auch, vor allem durch die Art und Weise, wie er die Wände anstarrte, aber auch durch seine steife, aufrechte Haltung, einen priesterlichen Eindruck, einen Eindruck von Vorbedacht und Ritual. Seine Schuhe und die unteren Ränder seiner verwaschenen Kordhosen waren klatschnaß, genauso wie am Morgen nach dem Ritual, als wir vier im hellen Sonnenlicht über die dampfenden Felder zurückgegangen waren. Er trug keine Socken.

In dem Traum mußte auch ich mich beeilen, um mit ihm Schritt halten zu können. Ich blieb ebensooft stehen wie er, um etwas in mein kleines Notizbuch zu kritzeln, und hoffte, er würde mich dabei nicht sehen. Zielstrebig eilte er durch das Museum, von einem Raum mit beleuchteten Handschriften aus dem zwölften Jahrhundert zum nächsten. Plötzlich blieb er stehen, drehte sich zu mir um und sagte:

»Auf diesem Bild sind Spermien. Man kann sie ganz deutlich erkennen. Was haben Spermien auf einem religiösen Bild zu suchen?«

Er lächelte und öffnete seine Augen ganz weit.

Mit einem Finger deutete er auf eine Seite seines Kopfes und fing an, unzusammenhängend zu rufen und zu lachen.

Als er gegangen war, sah ich, daß er eine Miniatur aus den Psalmen der Königin Melisande aus dem Neuen Testament untersucht hatte, eine Darstellung der ›Frau am Grab‹. Ein Engel lenkte Maria Magdalenas Aufmerksamkeit auf seltsame, leuchtende Formen, die vor ihr in der Luft schwebten. Tatsächlich erinnerten die Umrisse an die Spermatozoen, die so viele der quälenden Pariser Bilder Edvard Munchs einrahmen.

Ich erwachte immer sehr plötzlich aus diesem Traum, um dann feststellen zu müssen, daß ich geweint hatte.

Ann schlief noch, als ich das Haus verließ. Ihr Gesichtsausdruck glich dem eines Menschen, der nicht glauben kann, was er von sich selbst erinnert. »Wenn man alleine ist, kann man tatsächlich Stimmen in der Flut hören, flehendes Schreien nach Hilfe und Zuwendung«, hatte sie gesagt, und weiter: »Noch am selben Tag begann ich zu menstruieren. Noch Jahre später war ich fest davon überzeugt, daß meine Anfälle ebenfalls zu diesem Zeitpunkt begannen.«

Es war das letzte Mal, daß ich sie sah.

Eine Warmfront hatte sich während der Nacht aus südwestlicher Richtung genähert, und der Schnee taute bereits. Die Bahnstationen der Pennine-Berge sahen aus wie übergelaufene Dachrinnen, die Hochmoore lagen wie erdrückt unter den schweren, grauen Wolken. Bis Stalybridge saßen mir im Zug zwei kleine Jungen gegenüber, ihre Tagesrückfahrkahrten hielten sie sorgsam vor sich auf dem Schoß in der Hand. Sie mochten vielleicht acht oder neun Jahre alt gewesen sein. Gekleidet waren sie in kleine Arbeiterjacken, enge Hosen und Dr.-Martens-Stiefel. Aus der Nähe betrachtet wirkten ihre rasierten Schädel bläulich und verwundbar, aber sie waren wunderschön geformt. Die beiden sahen aus wie Akoluthen in einem buddhistischen Tempel: ruhig, mit großen Augen, ergeben. Als der Zug in Manchester einfuhr, fiel ein feiner Regen. Die ganze Market Street entlang und durch die Tür des Kardomah, wo ich mich mit Lucas Fisher treffen wollte, blies ein heftiger Wind.

Das erste, was er sagte, war: »Schau dir diese Törtchen an. Die sind nicht aus Plastik, wie die modernen Törtchen. Die stammen noch aus dem Gipszeitalter der Kaffeehaus-Törtchen, dem Zeitalter des Steinguts. Keramiktörtchen sind das, ganz realistisch angemalt und so perfekt glasiert, daß sie genau an den Stellen Risse haben, wo sie auch ein richtiges Törtchen hätte. Sind sie nicht wunderbar? Ich werde jetzt eines von ihnen essen.«

Ich setzte mich neben ihn.

»Was war los mit dir gestern abend, Lucas? Es war wie ein Alptraum.«

Er wich meinem Blick aus. »Wie geht es Ann?« fragte er. Ich merkte, daß er zitterte.

»Du bist ein Scheißkerl, Lucas.«

Er lächelte einem kleinen Kind in einem gräßlichen gelben Anzug zu. Das Kind starrte geistesabwesend, gleichwohl etwas ungehalten zurück, es wußte schon sehr gut, daß sie beide einer Art angehörten, in der es um Konkurrenz ging. Eine Frau in unserer Nähe sagte: »Ich habe gehört, du gehst am Sonntag zu deiner Großmutter zum Essen. Das ist wohl etwas ganz Besonders, oder?« Lucas funkelte sie böse an, als hätte sie mit ihm gesprochen. Sie fügte noch hinzu: »Und wenn du heute nachmittag Spielsachen kaufen gehst, dann denk daran, sie dort zu betrachten, wo sie stehen. Daß bloß niemand auf die Idee kommt, du wolltest etwas stehlen. Nimm nichts vom Regal runter, hörst du?« Irgendwo von der Küche her kam ein lautes Geräusch, als würde ein Tablett mit Tontöpfen eine kleine Treppe herunterpoltern. Lucas schien es ein Greuel zu sein. Er schauderte.

»Laß uns von hier verschwinden«, sagte er. Er sah arg zugerichtet und krank aus. »Ich fühle mich genauso schlecht wie Ann. Aber daran denkst du ja nie«, fügte er vorwurfsvoll hinzu. Er sah wieder hinüber zu dem kleinen Kind. »Verbring du nur genug Zeit an Plätzen wie diesem, dann wird sich dein Geist ganz von selbst verflüchtigen.«

»Komm, Lucas. Sei nicht so streitsüchtig. Ich dachte, du magst die Törtchen hier.«

Den ganzen Nachmittag lang hastete er eilig durch die Straßen. Ich konnte kaum Schritt halten. Die Innenstadt war voll von Rollstühlen, alte Damen saßen mit ungeduldigen, zusammengefallenen Gesichtern darin, teilweise kahlköpfig, angetan mit nagelneuen, weißen Regenmänteln. Lucas hatte gegen den Regen den Kragen seiner grauen Kaschmirjacke hochgeschlagen, aber die Jacke selbst hatte er offengelassen, die Ärmel waren unordentlich hochgerollt. Ich kam außer Atem. Er war vierzig Jahre alt, aber er hatte noch immer das verträumte Gesicht eines Heranwachsenden. Endlich blieb er stehen und sagte: »Es tut mir leid.« Der Nachmittag war noch nicht vorüber, aber die Neonreklamen waren bereits eingeschaltet und in den unteren Fenstern der Geschäftshäuser brannte schon Licht. In der Nähe der Piccadilly Station kam ein Seitenarm des Kanals unter der

Straße hervor. Lucas blieb stehen und sah hinunter auf die regengesprenkelte Wasseroberfläche, die finster und ölig aussah, und auf der Klumpen von dreckigem Schaum dahintrieben, die in dem Dämmerlicht wie Möwen aussahen.

»Da unten sieht man oft Lagerfeuer«, sagte er. »Manche verbringen ihr ganzes Leben da unten. Menschen, die sonst keinen Platz auf dieser Welt haben. Manchmal kann man sie auf dem alten Treidelpfad rufen und singen hören.«

Er sah mich fragend an.

»Wir sind nicht sehr verschieden voneinander, stimmt's? Wir haben es beide nicht besonders weit gebracht.«

Mir fiel nichts ein, was ich darauf hätte antworten können.

»Das Schlimme ist nicht, daß Sprake uns ermutigt hat, etwas in uns selber zu zerstören«, fuhr er fort, »sondern daß wir nie eine Gegenleistung bekommen haben. Bist du schon einmal dabeigewesen, wenn Johanna von Orleans im Café Kardomah zum Beten niederkniet? Und wenn dann der kleine Junge reinkommt, der etwas an der Leine führt, das wie ein Ziegenbock aussieht, der sie dann an Ort und Stelle bespringt und im hellen Sonnenschein fickt?«

»Hör zu, Lucas«, erklärte ich ihm, »ich mach das nie wieder. Ich hatte Angst letzte Nacht.«

»Das tut mir leid.«

»Lucas, leid getan hat's dir immer.«

»Ich habe heute keinen guten Tag.«

»Mach doch um Gottes willen die Jacke zu.«

»Mir wird einfach nicht kalt.«

Er starrte verträumt hinunter auf das Wasser, das sich inzwischen zu einem bodenlosen, opalfarbenen Graben verfinstert hatte. Vielleicht sah er dort unten zwischen den Hauswänden Ziegen, Lagerfeuer und Menschen, die keinen Platz auf dieser Welt haben. »Wir haben gearbeitet, aber wir wurden nicht bezahlt«, zitierte er. Dann drängte es ihn, schüchtern zu fragen:

»Du hast nicht etwa von Sprake gehört?«

Ich fühlte mich geradezu krank vor Geduld und Nachsicht, als wäre ich bis zum Hals damit angefüllt.

»Ich habe Sprake seit zwanzig Jahren nicht gesehen, Lucas. Das weißt du doch. Ich habe seit zwanzig Jahren nichts mehr von ihm gehört.«

»Ich verstehe. Es ist nur, daß ich es nicht ertragen kann, Ann ganz allein an einem Ort wie dem zu wissen. Sonst wäre ich nicht darauf gekommen. Wir hatten uns versprochen, immer zusammenzuhalten, aber . . .«

»Geh nach Hause, Lucas. Geh doch endlich nach Hause.«

Er drehte sich traurig um und trottete davon. Ich hatte vor, ihn diesem Irrgarten der unerlösten Straßen zwischen Piccadilly und Victoria zu überlassen, der billigen Pornografie und den Tierhandlungen, den Parkhäusern, die wie Pilze aus dem Boden geschossen sind, und dem gelbgefliesten Koloß des Arndale-Einkaufzentrums. Und dann konnte ich es doch nicht. Er war gerade bis zum Gemüsemarkt an der Tib Street gekommen, als eine kleine Gestalt aus einer Seitenstraße kam und sich ihm an die Fersen heftete, wobei sie seinen typischen Gang nachmachte: den Kopf vorgestreckt, die Hände in den Hosentaschen. Als er stehenblieb, um seine Jacke zuzuknöpfen, blieb die Gestalt ebenfalls stehen. Ihr Mantel war so lang, daß er bis zum Randstein reichte. Ich begann zu laufen, um die beiden einzuholen, da blieb die Gestalt unter einer Straßenlaterne stehen, um mir entgegenzusehen. In dem Natriumlicht konnte ich erkennen, daß es sich weder um ein Kind noch um einen Zwerg handelte, daß es aber von beidem etwas hatte. Augen und Gang erinnerten an einen großen Affen. Die Augen starrten leer, dumm und paßten nicht zu dem rosafarbenen Gesicht. Lucas bemerkte das merkwürdige Wesen und tat einen überraschten Satz. Er machte ein paar ziellose Schritte, rief etwas, dann verschwand er hinter einer Ecke. Die Gestalt folgte ihm ohne große Eile. Ich glaube, ich hörte Lucas flehen: »Warum läßt du mich nicht in Ruhe?« Die Antwort kam von einer Stimme, die sich gleichzeitig blechern und gedämpft anhörte, die kaum hörbar war, und trotzdem angestrengt klang wie bei einem lauten Rufen. Dann hörte ich ein furchtbares Klappern und sah einen länglichen Gegenstand, wie eine der alten, verzinkten Mülltonnen hinter der Ecke hervorfliegen und mitten auf die Straße rollen.

»Lucas!« rief ich.

Als ich um die Ecke bog, war die Straße übersät mit Pappkartons und zerschlagenen Obstkisten. Verfaultes Gemüse war überall verteilt, ein Handkarren lag herum, als habe man ihn über den Bürgersteig geschleudert. Es roch so sehr nach Gewalt, Unordnung und Wahnsinn, daß ich es kaum fassen konnte, aber weder Lucas noch sein geheimnisvoller Verfolger waren da, und obwohl ich noch eine halbe Stunde lang herumlief und in jede Toreinfahrt guckte, bekam ich keine Menschenseele zu Gesicht.

Ein paar Monate später bekam ich einen Brief, in dem Lucas mir mitteilte, daß Ann gestorben sei.

»Ein Duft nach Rosen«, hatte sie zu mir gesagt. »Was du für ein Glück gehabt hast!«

»Es war sowieso ein wunderbarer Sommer für Rosen«, hatte ich ihr geantwortet. »Ich habe noch nie solch ein Jahr erlebt.« Den ganzen Juni lang waren die Hecken voller wilder Rosen mit ihrem zarten, brüchigen Duft gewesen. Seit meiner Kindheit hatte ich keine mehr gesehen. Die Gärten quollen über von Pfingstrosen, diesen großen, ausgefransten Dingern, deren Duft wie eine Droge ist. »Wie können wir behaupten, Sprake hätte jemals etwas damit zu tun gehabt, Ann?«

Ich schickte ihr Rosen zum Begräbnis, obwohl ich selber nicht hinging.

Was haben wir getan, Sprake, Ann, Lucas und ich, auf den Wiesen im Juni, vor so langer Zeit?

»Es ist leicht, den Großen Gott falsch zu interpretieren«, schreibt De Vries. »Wenn Er die uralte, langsame Angst in uns repräsentiert, die niemals ganz an die Oberfläche kommt, wenn Er für unsere tierische Wahrnehmung steht, für das Unkontrollierbare in uns, dann ist Er es auch, der jene direkte, sinnliche Wahrnehmung der Welt verkörpert, die wir verloren haben, weil wir älter geworden sind, vor allem aber wohl deshalb, weil wir Menschen geworden sind.«

Kurz nach Anns Tod machte ich die Erfahrung, daß mein Geruchssinn ganz plötzlich und völlig unerklärlich wiedererwachte. Ganz normale Gerüche wurden so charakteristisch und ausgeprägt, daß ich mich in die Kindheit zurückversetzt fühlte. Jeder neue Eindruck erstaunte mich so sehr und wurde mir so deutlich bewußt; mein bewußtes Selbst war offensichtlich noch nicht zu jenem wunden Klumpen verkommen, der es später werden würde, eingekapselt in den Schädel wie eine geballte, nutzlose Faust, unfähig, sich zu verändern oder sich zu befreien. Es war nicht das, was man Erinnerung nennen würde: Alles, was der Geruch einer Orangenschale, einer Tasse Kaffee oder einer Lindenblüte in mir erweckte, war das Bewußtsein dafür, wie stark meine Fähigkeit, die Dinge zu erfahren, einmal gewesen war. Es war, als hätte ich die Sprache aller Eindrücke noch einmal lernen müssen, bevor ich auch nur einen einzigen Sinneseindruck hätte wiedererwecken können. Aber es passierte nichts weiter. Ich blieb zurück mit diesem unangenehmen Gefühl, diesem Geist, dieser Überempfindlichkeit der mittleren Lebensjahre. Es war grausam und unzuverlässig, ich fühlte mich wie ein Idiot. Ungefähr ein, zwei Jahre lang beunruhigte es mich, dann verschwand es für immer.

GEHEIMNISSE

Das ist der Klang des Giftes,
Die rätselhafte Krankheit . . .

Shriekback

David Morrell

Die Farbe des Wahnsinns

(Orange Is For Anguish, Blue For Insanity)

David Morrell (geboren 1943 in Kitchener, Ontario) war früher Professor für Literatur an der Universität von Iowa. Bekannt wurde er als Autor von ›First Blood‹ (diese Geschichte brachte die Figur des John Rambo hervor) und der unheimlichen Trilogie ›The Brotherhood of the Rose‹, ›The Fraternity of the Stone‹ und ›The League of Night and Fog.‹ Seine Arbeiten wurden schon immer vom Hauch des Makabren durchweht, und das wird am besten in seinen Kurzgeschichten und dem Horrorroman ›The Totem‹ spürbar.

Van Dorns Werk war, natürlich, umstritten. Die Skandale, die seine Bilder gegen Ende des neunzehnten Jahrhunderts unter den Pariser Künstlern auslösten, sind inzwischen Stoff für Legenden. Alle Konventionen geringschätzend, alle anerkannten Theorien beiseite drängend, stürzte Van Dorn sich auf das Wesentliche des Handwerks, dem er seine Seele verschrieben hatte: Farbe, Entwurf, Struktur. Mit diesen Prinzipien im Kopf schuf er Porträts und Landschaften, die so anders waren, so innovatorisch, daß die dargestellten Gegenstände kaum mehr als ein Vorwand für Van Dorn zu sein schienen, Farbe auf eine Leinwand zu bringen. Die leuchtenden Ölfarben, die er in leidenschaftlichen Klecksen und Schwüngen und nicht selten so dick auftrug, daß sie sich in der Manier von Reliefs manchmal mehrere Millimeter hoch über der Oberfläche der Leinwand auftürmten, beherrschten die Wahrnehmung des Betrachters so eindeutig, daß die dargestellte Person oder der Gegenstand in den Hintergrund traten.

Während der Impressionismus, die vorherrschende Theorie der Avantgarde des ausklingenden neunzehnten Jahrhunderts, die Tendenz des Auges imitierte, die Umrisse der Gegenstände am Rande des Wahrnehmungsfeldes verschwommen zu sehen, ging Van Dorn einen Schritt weiter und betonte den Mangel an Unterschied zwischen den Dingen, so daß sie bei ihm ineinander zu verschmelzen schienen, sich in ein zusammenhängendes, pantheistisches Universum der Farbe auflösten. Die Äste eines Van-Dorn-Baumes wurden zu ektoplasmatischen Fühlern, die sich dem Himmel und dem Gras entgegenstreckten, so wie der Himmel und das Gras Fühler gegen den Baum ausstreckten und alles zu einem mächtigen, leuchtenden Strudel verschmolz. Er schien sich nicht an die Illusion des Lichts wenden zu wollen, sondern an die Realität selbst, oder zumindest an die Theorie von ihr. Der Baum *ist* der Himmel, das wollte Van Dorns Technik uns versichern. Das Gras ist der Baum und der Himmel ist Gras. Alles ist eins.

Von Dorn machte sich unter den Kunsttheoretikern seiner Zeit so unbeliebt, daß er sich häufig von dem Erlös für eine Leinwand, an der er sich monatelang abgearbeitet hatte, nicht einmal eine Mahlzeit kaufen konnte. Seine Enttäuschung führte zu einem Nervenzusammenbruch. Seine Selbstverstümmelung schokkierte und entfremdete ihm solch bedeutende, ehemalige Freunde wie Cézanne und Gauguin. Er starb in Verwahrlosung und Finsternis. Erst 1920, dreißig Jahre nach seinem Tod, fand das Genie, das in seinen Bildern zum Ausdruck kam, die verdiente Anerkennung. Während der vierziger Jahre wurden die Seelenqualen seiner Persönlichkeit zum Gegenstand eines Bestsellers, in den Fünfzigern drehte man gar ein Hollywoodspektakel nach dem Roman. Heutzutage könnte man nicht einmal das Geringste seiner Werke für weniger als drei Millionen Dollar erstehen.

O Kunst.

Es fing alles mit Myers und seinem Treffen mit Professor Stuyvesant an. »Er hat zugestimmt, wenn auch widerwillig.«

»Es wundert mich, daß er überhaupt zugestimmt hat«, sagte

ich. »Stuyvesant haßt den Postimpressionismus, und Van Dorn ganz besonders. Warum hast du nicht jemand Pflegeleichteren gefragt? Den alten Bradford zum Beispiel?«

»Weil Bradfords akademischer Ruf ziemlich auf dem Hund ist. Ich sehe nicht ein, warum ich eine Dissertation schreiben soll, die hinterher niemand veröffentlichen will, und ein angesehener Doktorvater kann so manchen Verleger aufmerksam machen. Ganz nebenbei: Wenn ich Stuyvesant überzeugen kann, dann kann ich jeden überzeugen.«

»Überzeugen von ...?«

»Genau das wollte Stuyvesant auch wissen«, sagte Myers.

Ich erinnere mich ganz plastisch an diesen Moment, an die Art, wie Myers seinen schlaksigen Körper streckte, sich die Brille vor die Augen stieß und die Stirn so heftig in Falten legte, daß ihm das rote, lockige Haar nach vorne auf die Brauen fiel.

»Stuyvesant sagte, selbst wenn er seine persönliche Abneigung gegen Van Dorn einmal beiseite ließe – so ähnlich hat das aufgeblasene Arschloch sich ausgedrückt –, so frage er sich, warum ich ein ganzes Jahr meines Lebens darauf verwenden wolle, über einen Künstler zu schreiben, der bereits Gegenstand zahlloser Bücher und Artikel gewesen sei, dessen Tiefen und Untiefen bereits weitgehend ausgelotet seien? Warum ich nicht einen unbekannten, aber vielversprechenden Neoexpressionisten wähle? Er mache jede Wette, daß *mein* Ruf dabei nur gewinnen könne. Natürlich handelte es sich bei dem Künstler, den er mir vorschlug, um einen seiner Favoriten.«

»Natürlich«, sagte ich. »Wenn er einen Namen genannt hat, dann kann er nur ...«

Myers nannte den Namen.

Ich nickte. »Stuyvesant hat ihn während der letzten fünf Jahre gesammelt. Er hofft, sich von dem Wiederverkauf der Bilder einen Ruhesitz in London kaufen zu können. Und, was hast du zu ihm gesagt?«

Myers öffnete den Mund, um zu antworten, dann zögerte er. Mit grübelndem Blick wandte er sich einem Druck von Van Dorns wirbelnden ›Zypressen in der Senke‹ zu, der neben einem zimmerhohen Bücherregal hing, das vorgestopft war mit Van-

Dorn-Biografien, Analysen und gebundenen Sammlungen von Reproduktionen. Er schwieg einen Moment lang, als könne ihm der Anblick dieses vertrauten Drucks – die reproduzierten Farben waren weit entfernt von den leuchtenden Farbtönen des Originals, sein Fertigungsprozeß erlaubte es ihm keineswegs, die fantastische Struktur der in dicken Schichten auf die Leinwand gewehten Farben auch nur annähernd zum Leben zu erwecken – immer noch den Atem rauben.

»Also? Was hast du zu ihm gesagt?« wiederholte ich meine Frage.

Myers atmete mit einer Mischung aus Enttäuschung und Bewunderung aus. »Ich habe ihm gesagt, daß das meiste, was die Kritiker über Van Dorn geschrieben hätten, Mist sei. Er stimmte mir zu, allerdings mit dem Hinweis, daß die Arbeiten Van Dorns zu nichts anderem einlüden als Mist. Ich erwiderte, nicht einmal die begabtesten Kritiker seien bis zum Wesentlichen der Kunst Van Dorns vorgedrungen. Alle hätten sie etwas sehr Entscheidendes übersehen.«

»Und das wäre?«

»Genau das war Stuyvesants nächste Frage. Du kennst die Art, wie er ständig seine Pfeife anzündet, wenn er ungeduldig wird. Ich hatte zu schnell gesprochen. Ich sagte ihm, ich wüßte noch nicht genau, wonach ich suche, aber ich fühlte es in der Seele. Da gibt es etwas ...« Myers deutete auf den Druck an der Wand. »Da drüben. Das hat bis jetzt noch niemand entdeckt. Van Dorn hat in seinem Tagebuch viele Andeutungen gemacht. Ich weiß nicht, was es ist, aber ich bin davon überzeugt, daß seine Bilder ein Geheimnis bergen.« Myers sah mich an.

Ich zog die Augenbrauen hoch.

»Nun, wenn es noch niemand entdeckt hat, dann muß es doch ein Geheimnis sein, oder?«

»Aber wenn nicht einmal du es entdeckt hast ...«

Wie unter einem Zwang wandte sich Myers wieder dem Druck zu. Seine Stimme bekam etwas Geheimnisvolles. »Woher weiß ich nur, daß es da ist? Wenn ich Van Dorns Bilder ansehe, dann spüre ich es. Ich *fühle* es.«

Ich schüttelte den Kopf. »Ich kann mir lebhaft vorstellen, was

Stuyvesant dazu gesagt hat. Der Mann beschäftigt sich mit Kunst, als handle es sich um Geometrie. Für den gibt es keine Geheimnisse in . . .«

»Er hat gesagt, wenn ich ein Mystiker werden wolle, dann solle ich doch auf die theologische Fakultät gehen, nicht auf die kunstgeschichtliche. Aber wenn ich ein Seil bräuchte, das lang genug wäre, um mich aufzuhängen, dann wolle er es mir wohl zur Verfügung stellen. Ihm gefiele nun mal der Gedanke, für alles offen zu sein, sagte er.«

»Daß ich nicht lache.«

»Glaub mir, das war kein Witz. Er habe eine Schwäche für Sherlock Holmes, sagte er. Wenn ich glaubte, der Lösung eines Rätsels auf der Spur zu sein, dann solle ich mich mit allen Mitteln dahinterklemmen. Und dann sagte er mit dem gönnerhaftesten Lächeln der Welt, er werde es noch heute auf der Fakultätsversammlung zur Sprache bringen.«

»Also, wo ist das Problem? Du hast gekriegt, was du wolltest. Warum bist du so . . .?«

»Heute gab es überhaupt keine Fakultätsversammlung.«

»Oh«, sagte ich. »Da bist du ja ganz schön im Arsch.«

»Nur wenn ich nicht gut genug schreibe, um ihn zu überzeugen. Aber wenn es mir gelingt, die Sache aufzuziehen, dann bin ich gemacht.« Myers wandte sich von der Reproduktion ab, fuhr sich mit einer Hand durch das rotgelockte Haar und zog die Stirn in Falten. »Das Geheimnis. Ich fühle, daß es da ist. Und ich werde es aufspüren.«

Myers und ich hatten in Iowa zusammen die höheren Fachsemester in Angriff genommen. Das war drei Jahre zuvor gewesen, und unsere Freundschaft hatte sich als stabil genug erwiesen, um nebeneinanderliegende Zimmer in einem alten Apartmenthaus in der Nähe des Campus zu mieten. Die alte Jungfer, der das Haus gehörte, malte als Hobby mit Wasserfarben – völlig ohne Talent übrigens –, und sie vermietete nur an Kunststudenten, weil sie sich die eine oder andere Nachhilfestunde erhoffte. In Myers Fall hatte sie eine Ausnahme gemacht. Im Gegensatz zu mir war er kein Maler. Er war Kunsthistoriker. Die meisten

Künstler arbeiten instinktiv. Sie sind es nicht gewohnt, das, was sie ausdrücken wollen, in Worte zu fassen. Myers Spezialität dagegen waren die Worte, nicht die Pigmente. Seine unterhaltsamen, improvisierten Vorlesungen hatten ihn sehr schnell zum Lieblingsmieter der alten Dame werden lassen.

Nach jenem Tag bekam sie ihn allerdings nicht mehr sehr oft zu sehen. Mir erging es ebenso. Er kam nicht mehr zu den Vorlesungen, die wir gemeinsam belegt hatten. Ich nahm an, daß er die meiste Zeit in der Bibliothek verbrachte. Wenn ich spät in der Nacht noch Licht unter seiner Tür sah und klopfte, antwortete er mir nicht. Ich rief ihn an. Durch die Wand konnte ich das gedämpfte, beharrliche Klingeln des Telefons hören.

Eines Abends hatte ich das Telefon bereits elfmal läuten lassen und wollte gerade auflegen, als er sich meldete. Er hörte sich erschöpft an.

»Du wirst langsam ein Fremder«, sagte ich.

Seine Stimme klang erstaunt. »Ein Fremder? Aber wir haben uns doch erst vor ein paar Tagen gesehen.«

»Du meinst vor zwei Wochen.«

»Ach du Scheiße«, sagte er.

»Ich hab' nen Sechserpack Bier. Hast du Lust?«

»Ja, habe ich.« Er seufzte. »Komm rüber.«

Ich weiß nicht mehr, was mich mehr verstörte, als ich seine Tür öffnete – wie Myers aussah oder was er aus seinem Apartment gemacht hatte.

Ich will mit Myers anfangen. Dünn war er schon immer gewesen, jetzt sah er ausgemergelt, abgemagert aus. Sein Hemd und die Jeans waren zerknittert. Das rote Haar hatte jeglichen Glanz verloren. Die Augen hinter den Brillengläsern waren blutunterlaufen, rasiert hatte er sich auch nicht. Als er die Tür hinter mir schloß und nach einer Bierdose griff, sah ich, daß seine Hand zitterte.

Sein Apartment war überhäuft, bedeckt – ich weiß gar nicht, wie ich den erschreckenden Effekt von soviel leuchtendem Durcheinander beschreiben soll – mit Van-Dorn-Drucken. Alles war bedeckt, jeder Zentimeter der Wand, das Sofa, der Fernseher, die Stühle, der Schreibtisch, die Stereolautsprecher, die Bücherregale. Und auch die Vorhänge, die Zimmerdecke und, bis auf einen schmalen Pfad, der Fußboden. Leuchtende Sonnenblumen, Olivenbäume, Wiesen, Himmel und Flüsse umgaben, umfaßten mich, schienen nach mir greifen zu wollen. Gleichzeitig fühlte ich mich verschlungen. So, wie die verschwommenen Grenzen der dargestellten Gegenstände auf jedem Druck miteinander zu verschmelzen schienen, so liefen auch die Drucke ineinander über. Ich war sprachlos inmitten dieses Chaos der Farben.

Myers nahm ein paar gierige Schlucke Bier. Von meiner erstaunten Reaktion auf das Zimmer verlegen gemacht, deutete er auf dieses Sammelsurium von Reproduktionen. »Ich glaube, man kann sagen, daß ich in meine Arbeit eingetaucht bin.«

»Wann hast du zum letztenmal was gegessen?«

Er sah mich etwas verdutzt an.

»Das habe ich mir gedacht.« Ich ging den schmalen Pfad zwischen den Drucken auf dem Fußboden entlang und nahm das Telefon auf. »Die Pizza zahle ich.« Ich bestellte das größte Wagenrad, welches der nahe gelegenste Pizzabäcker anzubieten hatte. Bier lieferten sie nicht mit, aber ich hatte noch einen zweiten Sechserpack im Kühlschrank. Ich hatte so ein Gefühl, daß wir den auch noch brauchen würden.

Ich stellte das Telefon wieder hin. »Myers, um Gottes willen, was tust du?«

»Ich hab' dir doch gesagt . . .«

»Eintauchen? Mach mal 'nen Punkt. Du schwänzt die Vorlesungen. Du hast seit wer weiß wieviel Tagen nicht mehr geduscht. Du siehst aus wie ein Stück Scheiße. Deine Abmachung mit Stuyvesant ist es doch nicht wert, daß du deine Gesundheit dafür ruinierst. Sag ihm, daß du deine Meinung geändert hättest. Besorg dir einen neuen, pflegeleichteren Doktorvater.«

»Mit Stuyvesant hat das nichts zu tun.«

»Verdammt noch mal, womit *hat* es denn etwas zu tun? Mit dem Ende der allgemeinen Examen? Oder kriegst du langsam den Doktorarbeits-Blues?«

Myers gluckerte den Rest des Bieres runter und langte sofort nach einer neuen Dose. »Nein, Blau steht hier für Wahnsinn.«

»Was?«

»Das ist das Muster.« Myers wandte sich den Drucken zu. »Ich habe sie chronologisch untersucht. Je verrückter Van Dorn wurde, desto häufiger verwandte er Blau. Und das Orange ist die Farbe seiner Angst. Wenn man die Farben mit den persönlichen Krisen vergleicht, die in den Biografien über ihn geschildert werden, dann findet man einen damit korrespondierenden Gebrauch des Orange.«

»Myers, du bist der beste Freund, den ich habe. Also, vergib mir, wenn ich dir jetzt sage, daß ich glaube, daß du in einer verdammten Sackgasse gelandet bist.«

Er schüttete noch mehr Bier in sich hinein und zuckte die Achseln, als wolle er zu verstehen geben, daß er nicht die Absicht habe, meine Worte zu verstehen.

»Hör mal«, erklärte ich ihm, »so etwas wie ein persönlicher Farbenschlüssel, eine Verbindung zwischen Gefühlen und der Wahl der Pigmente, das ist ausgemachter Quatsch. Ich muß es schließlich wissen. Du bist Kunsthistoriker, aber ich bin Maler. Ich kann dir nur sagen, daß verschiedene Menschen auch auf Farben auf verschiedene Weise reagieren. Kümmere dich bloß nicht um die Werbeagenturen und ihre Theorie, einige Farben würden die Produkte besser verkaufen helfen als andere. Das hängt doch alles vom Zusammenhang ab und von der Mode. Die Farbe, die dieses Jahr ›in‹ ist, die ist nächstes Jahr unter Garantie wieder ›out‹. Aber ein ehrlicher Maler wird ohnehin die Farbe nehmen, die den größten Effekt verspricht. Er ist daran interessiert, etwas zu schaffen, nicht etwas zu verkaufen.«

»Van Dorn hätte ein paar Verkäufe gebrauchen können.«

»Ohne Frage. Der arme Teufel ist nicht alt genug geworden, um noch zu Lebzeiten in Mode zu kommen. Orange für Angst und Blau für Wahnsinn? Erzähl das mal Stuyvesant. Der wirft dich hochkantig aus seinem Büro.«

Myers nahm die Brille ab und rieb sich die Nasenwurzel. »Ich fühle mich so . . . Vielleicht hast du recht.«

»Da gibt es kein ›Vielleicht‹. Ich *habe* recht. Du brauchst was zu essen, eine Dusche und Schlaf. Ein Gemälde ist eine Kombination aus Form und Farbe, die den Leuten entweder gefällt oder nicht gefällt. Der Künstler verläßt sich ganz auf seinen Instinkt, er benutzt die Technik, die er beherrscht, und er tut sein Bestes. Aber wenn es ein Geheimnis in Van Dorns Werk geben sollte, dann ist das bestimmt nicht dein verdammter Farbenschlüssel.«

Myers trank die zweite Dose Bier leer und sagte mit gequältem Blick: »Weißt du, was ich gestern rausgefunden habe?«

Ich schüttelte den Kopf.

»Die Kritiker, die sich der Interpretation seines Werks verschrieben haben, sind . . .«

»Was ist mit ihnen geschehen?«

»Sie sind allesamt wahnsinnig geworden. Genau wie er.«

»*Was?* Das gibt's doch nicht. Ich habe Van Dorns Rezensenten gelesen. Die schreiben genauso konventionell und langweilig wie Stuyvesant.«

»Du meinst diejenigen, die auf der Hauptströmung mitgeschwommen sind. Die auf Nummer Sicher gegangen sind. Ich spreche von den wirklich hervorragenden Kritikern, von denen, deren Genie niemals erkannt worden ist, genauso, wie Van Dorns Genie nicht erkannt worden ist.«

»Und was ist mit ihnen passiert?«

»Sie litten. Genau wie Van Dorn.«

»Wurden Sie in Anstalten gesteckt?«

»Schlimmer noch.«

»Myers, laß dir nicht alles aus der Nase ziehen.«

»Die Parallelen sind frappierend. Jeder von ihnen versuchte zu malen. In Van Dorns Stil. Und jeder von ihnen stach sich die Augen aus. Wie Van Dorn.«

Ich glaube, es ist inzwischen deutlich geworden: Myers war in einem Zustand, den man als hochgradig angespannt bezeichnen könnte. Damit soll gar nichts Negatives gesagt sein. Tatsächlich war ja seine Erregbarkeit einer der Gründe, weshalb ich ihn so mochte. Das und seine Vorstellungskraft. Das Zusammensein mit ihm war niemals langweilig. Er liebte neue Ideen. Lernen war eine seiner Leidenschaften, und diese Form der Erregbarkeit übertrug sich auch auf mich.

Tatsache ist, daß ich damals jede Art Inspiration gebrauchen konnte. Ich war kein miserabler Künstler, das bestimmt nicht.

Aber ich gehörte auch nicht gerade zu den ganz Großen. Als ich mich dem Ende der höheren Fachsemester näherte, war ich bereits zu der schmerzhaften Erkenntnis gekommen, daß meine Arbeiten wohl niemals mehr sein würden als ›ganz interessant‹. Ich wollte es nicht zugeben, aber es schien ziemlich wahrscheinlich, daß ich als Graphiker in irgendeiner Werbeagentur enden würde.

In dieser Nacht war Myers Vorstellungskraft allerdings alles andere als inspirierend. Sie machte mir angst. Er hatte schon immer Phasen der größten Begeisterung durchgemacht. Für El Greco, Picasso, Pollock. Jeder hatte ihn bis zum Zustand der Obsession in seinen Bann geschlagen, um dann doch wieder für einen anderen Favoriten fallengelassen zu werden. Als er sich auf Van Dorn stürzte, hielt ich es zunächst nur für eine neue Schwärmerei.

Das Chaos der Van-Dorn-Drucke in seinem Zimmer machte jedoch deutlich, daß es sich diesmal um einen wesentlich exzessiveren Zwang handelte. Ich stand seinen beharrlichen Behauptungen, es gäbe ein Geheimnis in Van Dorns Arbeiten, skeptisch gegenüber. Letzten Endes kann man große Kunst nicht ausdeuten und erklären. Man kann die Techniken analysieren, man kann Symmetrien graphisch darstellen, aber es wird immer ein letztes Mysterium bleiben, das sich nicht in Worte fassen läßt. Wahres Genie kann man nicht zusammenfassen. Soweit ich es verstand, hatte Myers das Wort ›Geheimnis‹ nur als Synonym für eine nicht beschreibbare Meisterschaft gebraucht.

Als ich dann feststellen mußte, daß er es ganz wörtlich gemeint hatte, daß er glaubte, Van Dorn berge ein wirkliches Geheimnis, erschrak ich. Ebenso erschrak ich über den gequälten Ausdruck seiner Augen. Seine Anspielungen auf Geisteskrankheit, nicht jene Van Dorns, sondern auch die seiner Kritiker, ließen mich befürchten, daß auch Myers einen Nervenzusammenbruch hatte. Die Augen ausgestochen? Um Gottes willen.

Ich blieb bis zum frühen Morgen bei Myers, versuchte ihn zu beruhigen, ihn davon zu überzeugen, daß er ein paar Tage Ruhe brauche. Wir tranken den Sechserpack leer, den ich mitgebracht hatte, dann noch jenen, der bei mir im Kühlschrank gelegen hatte, und zu guter Letzt besorgte ich noch einen Sechserpack bei einem Kunststudenten am Ende des Flurs. Im Morgengrauen, kurz bevor Myers einschlief und ich in mein Zimmer zurücktorkeln wollte, murmelte er, ich hätte wohl recht. Er gab zu, eine Pause gebrauchen zu können. Schon am nächsten Tag wollte er seine Eltern anrufen und sie bitten, ihm das Rückflugticket nach Denver zu bezahlen.

Erst am späten Nachmittag wachte ich mit einem Kater auf. Verärgert darüber, daß ich meine sämtlichen Vorlesungen verpaßt hatte, nahm ich eine Dusche und versuchte, den Geschmack der Pizza von gestern abend in meinem Mund zu ignorieren. Ich war nicht überrascht, daß Myers nicht an den Apparat ging, als ich ihn anrief. Er fühlte sich wahrscheinlich genauso beschissen wie ich. Aber als ich nach Sonnenuntergang noch einmal anrief und dann hinüberging und an seiner Tür klopfte, begann ich mir doch Sorgen zu machen. Die Tür war verschlossen, also ging ich nach unten, um mir den Schlüssel der Zimmerwirtin zu holen. Dabei entdeckte ich eine Nachricht in meinem Fach.

»Ich meinte, was ich letzte Nacht sagte. Ich brauche eine Pause. Bin nach Hause gefahren. Werde mich melden. Mach Dir keine Sorgen. Male gute Bilder. Ich habe Dich sehr gern, Kumpel. Dein Freund für alle Zeit, Myers.«

Mir saß ein Kloß im Hals. Er sollte niemals zurückkommen. Ich sah ihn nur noch zweimal danach, einmal in New York und einmal in . . .

Zuerst einmal will ich von New York erzählen. Ich hatte meine Abschlußarbeit beendet, eine Serie von Landschaften, mit der ich Iowas großem, weitem Wolkenhimmel und seinen schwarzerdigen Hügeln ein Denkmal hatte setzen wollen. Ein einheimischer Mäzen zahlte mir fünfzig Dollar für eines der Bilder, drei von ihnen vermachte ich der Universitätsklinik, und die restlichen verschwanden ich weiß nicht wohin.

Vieles war seitdem passiert.

Wie vorausgesehen, hatte die Welt nicht gerade auf meine guten, aber nicht hervorragenden Arbeiten gewartet. Ich endete dort, wo ich hingehörte, als Zeichner in einer Werbeagentur in der Madison Avenue in New York. Meine Bierdosen sind immerhin die Besten in der ganzen Branche.

Ich traf eine kluge, attraktive Frau aus der Marketing-Abteilung einer Kosmetikfirma, die zu den Kunden der Agentur gehörte, für die ich zeichnete. Persönliche Besprechungen führten zu persönlichen Abendessen und vertrauten Abenden, die bald danach die ganze Nacht dauerten. Ich machte Vorschläge, sie stimmte zu.

Wir sollten in Connecticut leben, sagte sie. Klar.

Wenn es an der Zeit ist, könnten wir Kinder haben, sagte sie.

Klar.

Myers rief mich im Büro an. Ich hatte keine Ahnung, woher er wußte, wo er mich finden konnte. Ich erinnere mich noch genau an seine atemlose Stimme.

»Ich habe es gefunden«, sagte er.

»Myers?« rief ich erfreut. »Bist du's wirklich? Wie geht es dir? Wo hast du ge . . .?«

»Erzähl ich dir später. Verdammt noch mal, ich hab's gefunden.«

»Ich weiß nicht, wovon du . . .«

»Erinnerst du dich nicht? Van Dorns Geheimnis!«

Wie in einem Rausch kam alles wieder: die Erregung, die Myers in einem hervorrufen konnte, die wundervollen, erwartungsschwangeren Gespräche meiner Jugend.

»Van Dorn? Sag bloß, du bist immer noch . . .?«

»Ja! Ich habe recht gehabt! Es *gab* ein Geheimnis!«

»Du verrückter Hund! Ich sage dir, Van Dorn schert mich nicht die Bohne. Um *dich* mache ich mir Sorgen. Warum hast du . . .? Ich habe dir nie verziehen, daß du einfach verschwunden bist.«

»Ich mußte es tun. Ich durfte mich nicht von dir zurückhalten lassen. Ich durfte nicht zulassen, daß du . . .«

»Aber doch nur zu deinem Besten!«

»Das glaubtest *du*. Aber ich habe recht gehabt!«

»Wo bist du?«

»Genau dort, wo du mich vermuten wirst.«

»Um unserer Freundschaft willen, Myers, mach mich nicht sauer! Wo bist du?«

»Im Metropolitan Museum of Art.«

»Bleib dort, Myers, okay? Ich werde mir ein Taxi nehmen. Ich kann's kaum erwarten, dich wiederzusehen.«

»Ich kann's kaum erwarten, daß du siehst, was ich sehe.«

Ich verlegte einen Ablieferungstermin, sagte zwei Besprechungen ab und teilte meiner Verlobten mit, daß ich nicht mit ihr zum Essen gehen könne. Sie schien verstimmt zu sein, aber für mich zählte in dem Moment nur Myers.

Er stand hinter den Säulen in der Eingangshalle. Sein Gesicht wirkte eingefallen, aber seine Augen leuchteten wie Sterne. Ich umarmte ihn. »Myers, ist das gut, dich . . .«

»Ich muß dir etwas zeigen. Komm schnell.«

Er drängte mich, indem er mich am Ärmel zog.

»Aber wo bist du die ganze Zeit gewesen?«

»Erzähl ich dir später.«

Wir betraten die Ausstellung der Postimpressionisten. Verblüfft folgte ich Myers und ließ mich von ihm auf eine Sitzbank vor Van Dorns Bild *Tannen im Sonnenaufgang* drängen.

Ich hatte das Original noch nie zuvor gesehen. Reproduktionen konnten es nicht annähernd erreichen. Nachdem ich nun ein Jahr lang Anzeigen für weibliche Schönheitsaccessoires gezeichnet hatte, war ich von dem Anblick überwältigt. Von Dorns Ausdruckskraft brachte mich beinahe zum . . .

Weinen?

Über meine jeden Vorstellungsvermögens baren, handwerklichen Fähigkeiten.

Über meine Jugend, die ich vor einem Jahr verloren hatte.

»Sieh!« sagte Myers. Er hob einen Arm und zeigte auf das Bild.

Ich runzelte die Stirn und sah hin.

Es dauerte eine Stunde, zwei Stunden, und es bedurfte der Unterstützung durch Myers' Vorstellungskraft, aber dann, endlich, sah ich es.

Tiefe Bewunderung verwandelte sich in . . .

Mein Herz raste. Als Myers mit der Hand noch ein letztes Mal über das Bild strich, als ein Wärter, der uns schon seit einiger Zeit mit wachsendem Mißtrauen beobachtet hatte, näher kam, um ihm das Berühren der Leinwand zu untersagen, hatte ich auf einmal das Gefühl, als sei der Himmel aufgerissen und eine Linse vor meinem Auge scharfgestellt worden.

»Mein Gott!« sagte ich.

»Siehst du es? Die Büsche, die Bäume, die Äste?«

»Ja! O mein Gott, ja! Warum habe ich es nicht . . .?«

»Vorher bemerkt? Weil man es auf den Reproduktionen nicht erkennen kann«, sagte Myers. »Nur auf den Originalen. Und der Effekt ist so versteckt, daß du sie stundenlang studieren . . .«

»Eine Ewigkeit lang.«

»So kommt es einem vor. Aber ich wußte es, und ich habe recht behalten.«

»Ein Geheimnis.«

Als ich noch ein kleiner Junge war, nahm mein Vater, den ich so sehr liebte, mich einmal zum Pilzesammeln mit. Wir fuhren aus der Stadt heraus, kletterten über einen Stacheldrahtzaun, durchquerten einen Wald und erreichten einen Abhang, an dem tote Ulmen standen. Mein Vater schickte mich nach oben, während er den Fuß des Hügels absuchen wollte.

Eine Stunde später kam er mit zwei Papiertüten voller Pilze zurück. Ich hatte in der ganzen Zeit nicht einen einzigen gefunden.

»Ich glaube, du hast mit deinem Platz Glück gehabt«, sagte ich zu ihm.

»Aber sie stehen doch rund um dich herum«, antwortete mein Vater.

»Um mich herum? Wo?«

»Du hast nicht gründlich genug nachgesehen.«

»Ich bin mindestens fünfmal quer über den Hügel gegangen.«

»Du hast gesucht, aber du hast nicht richtig hingeschaut«, sagte mein Vater. Er nahm einen langen Stock und zeigte damit auf den Boden. »Sieh genau auf das Ende des Stocks.«

Ich tat es . . .

Niemals werde ich diese heiße Woge der Aufregung vergessen, die mir durch den Magen fuhr. Die Pilze wurden wie durch einen Zauber sichtbar. Sie waren die ganze Zeit über dort gestanden, ganz klar, aber sie hatten sich ihrer Umgebung so perfekt angepaßt, ihre Farbe glich so sehr jener der vertrockneten Blätter, ihre Umrisse waren der Form von Holzstückchen und kleinen Felsbröckchen so ähnlich, daß sie für oberflächliche Blicke unsichtbar geblieben waren. Nachdem ich meine Augen jedoch erst einmal auf sie eingestellt hatte, nachdem mein Gehirn die visuellen Eindrücke, die es erhielt, neu beurteilt hatte, sah ich überall Pilze, es schien Tausende davon zu geben. Ich hatte auf ihnen gestanden, war über sie hinweggetrampelt, hatte sie angestarrt, aber ich hatte sie nicht erkannt.

Einen unendlich viel größeren Schock erlebte ich, als ich die winzigen Gesichter auf Van Dorns Bild *Tannen im Sonnenaufgang* sah, die Myers mich entdecken gelehrt hatte. Die meisten von ihnen waren nicht einmal einen Viertelzoll groß, Andeutungen nur, Pinselkleckse und Linien, perfekt eingearbeitet in die Landschaft. Sie erschienen nicht unbedingt menschlich, auch wenn sie Münder, Nasen und Augen hatten. Jeder Mund war ein schwarzer, klaffender Schlund, jede Nase eine ausgefranste Wunde, die Augen dunkle Gruben der Verzweiflung. Die verzerrten Gesichter schienen einen unerträglichen Schmerz herauszuschreien. Ich glaubte beinahe, ihr gequältes Heulen, ihre Seufzer der Pein hören zu können. Mir kamen Gedanken an die Hölle, an die ewige Verdammnis.

Nachdem ich die Gesichter einmal wahrgenommen hatte, traten sie so deutlich aus der verwirrenden Struktur des Gemäldes hervor, daß die Landschaft Illusion wurde, die grotesk verzerrten Gesichter dagegen den eigentlichen Gegenstand des Bildes auszumachen schienen. Die Tannen verwandelten sich in ein abscheuliches Gewirr sich windender Arme und schmerzgebeugter Torsos.

Zutiefst erschrocken stolperte ich einen Schritt zurück, nur einen Wimpernschlag bevor der Wächter mich ohnehin von dem Bild weggezogen hätte.

»Nicht die Leinwand ...« sagte der Wärter.

Myers war inzwischen zu einem anderen Van Dorn gehastet, dem Original der *Zypressen in einer Senke*. Ich folgte ihm, und jetzt, nachdem meine Augen wußten, wonach sie zu schauen hatten, erkannte ich die kleinen, gepeinigten Gesichter in jedem Zweig, auf jedem Felsen. Auf der Leinwand wimmelte es nur so von ihnen.

»Mein Gott!«

»Und das da!«

Myers lief hinüber zu den *Sonnenblumen zur Erntezeit,* und wieder, als seien die Linsen in meinen Augen anders eingestellt worden, sah ich nicht die Blumen, sondern die Gesichter, die verrenkten Arme und Beine. Ich wankte zurück, fühlte die Bank in meinen Kniekehlen und setzte mich hin.

»Du hast recht gehabt«, sagte ich.

Der Wärter blieb neben uns stehen. Er bedachte uns mit finsteren Blicken.

»Van Dorn hatte ein Geheimnis«, sagte ich und schüttelte erstaunt den Kopf.

»Das erklärt alles«, erwiderte Myers. »Die schmerzverzerrten Gesichter geben seinem Werk die Tiefe. Sie sind versteckt, aber der Betrachter *fühlt* sie. Wir *fühlen* den Schrecken, der hinter der Schönheit lauert.«

»Aber warum hat er . . .?«

»Ich glaube, er hatte gar keine Wahl. Sein Genie hat ihn in den Wahnsinn getrieben. Ich möchte wetten, daß er die Welt tatsächlich so gesehen hat. Die Gesichter sind nichts anderes als die Dämonen, mit denen er gerungen hat, die wuchernden Geschwüre seines Wahnsinns. Sie sind nicht nur ein illustratorischer Gag. Nur ein Genie konnte sie malen, sichtbar für alle Welt, und doch so geschickt mit der Landschaft verwoben, daß kein Mensch sie wirklich gesehen hat. Auf eine schreckliche Weise waren sie für ihn Wirklichkeit.«

»Kein Mensch? *Du* hast sie doch gesehen, Myers.«

Er lächelte. »Vielleicht bedeutet das, daß ich verrückt bin.«

»Das bezweifle ich, mein Freund.« Ich erwiderte sein Lächeln. »Das bedeutet nur, daß du hartnäckig bist. Und das wird deinen großartigen Ruf ausmachen.«

»Aber ich bin noch nicht fertig«, sagte Myers.

Ich runzelte die Stirn.

»Bis jetzt habe ich nichts anderes gefunden als einen faszinierenden Fall von optischer Täuschung. Gequälte Seelen winden sich hinter einer Fassade unvergleichlicher Schönheit, produzieren gar diese Schönheit. Ich will sie einmal ›sekundäre Bilder‹ nennen. Ich glaube, in deiner Werbebranche würde man sie ›sublim‹ nennen. Aber hier handelt es sich nicht um Verkaufsstrategien. Wir haben es mit einem echten Künstler zu tun, der die brillante Idee hatte, seinen Wahnsinn zum Bestandteil seiner Vision zu machen. Ich muß da noch weiter nachforschen.«

»Was hast du vor?«

»Diese Bilder hier reichen als Beispiele nicht aus. Ich habe seine Arbeiten in Paris und Rom, in Zürich und London gesehen. Ich habe mir von meinen Eltern Geld geliehen, bis an die Grenze ihrer Geduld und meiner Selbstachtung. Aber ich habe gesehen, und jetzt weiß ich, was ich zu tun habe. Die Schrekkensgesichter beginnen 1889, nachdem Van Dorn Paris in Schimpf und Schande verlassen hatte. Seine frühen Bilder waren miserabel. Er ließ sich in La Verge in Südfrankreich nieder. Sechs Monate später explodierte sein Genie plötzlich. Er malte wie besessen. Er kehrte nach Paris zurück, stellte seine Arbeiten aus, aber niemand wußte sie zu schätzen. Er ging wieder nach La Verge, erreichte den Höhepunkt seines Genies und wurde wahnsinnig. Man steckte ihn in eine Anstalt, nachdem er sich die Augen ausgestochen hatte. Da setzt meine Dissertation an. Ich beabsichtige, seinen Werdegang nachzuvollziehen, um deutlich machen zu können, wie die Gesichter mit dem Fortschreiten seines Wahnsinns zunahmen und beängstigender wurden. Ich will den Aufruhr seiner Seele darstellen, so eindrucksvoll, wie er seine verzerrten Visionen in jede seiner Landschaften einbrachte.«

Es war typisch für Myers, eine übermäßige Position zu beziehen und dieses Übermaß auch noch weiter zu treiben. Damit kein Mißverständnis entsteht, seine Entdeckung war wichtig. Aber er wußte einfach nicht, wann er aufhören mußte. Ich bin kein Kunsthistoriker, aber ich habe genug gelesen, um zu wissen, daß der ›psychologische Kritizismus‹, der Versuch, große Kunst als Manifestation von Neurosen zu erklären, längst überholt ist, um es einmal milde auszudrücken. Wenn Myers Stuyvesant mit einer ›psychologischen‹ Dissertation gekommen wäre, hätte der großspurige Mistkerl ihn achtkantig aus seinem Büro geworfen.

Das war nicht der einzige Einwand, den ich gegen Myers Vorhaben hatte. Etwas anderes sorgte mich noch mehr. *Ich beabsichtige, seinen Werdegang nachzuvollziehen,* hatte er gesagt, und als wir das Museum verlassen hatten und durch den Central Park spazierten, machte er mir klar, wie wörtlich er das gemeint hatte.

»Ich gehe nach Südfrankreich«, sagte er.

Ich starrte ihn verdutzt an. »Du willst doch nicht sagen . . .«

»La Verge? Ja, genau. Ich werde meine Dissertation dort schreiben.«

»Aber . . .«

»Welcher Ort auf dieser Welt könnte angemessener sein? Es ist das Dorf, in dem Van Dorn seinen Nervenzusammenbruch hatte und wo er schließlich wahnsinnig wurde. Wenn es möglich sein sollte, werde ich sogar das Zimmer mieten, in dem er gelebt hat.«

»Myers, das hört sich ein bißchen zu exzentrisch an, selbst für jemanden wie dich.«

»Aber es macht Sinn. Ich muß mich abschotten. Ich brauche Atmosphäre, den Hauch der Geschichte, nur so kann ich mich in die Stimmung versetzen, in der es mir möglich ist, zu schreiben.«

»Als du dich das letzte Mal abgeschottet hast, da hast du dein Zimmer mit Van-Dorn-Reproduktionen vollgehängt, hast nicht geschlafen und nicht gegessen, nicht einmal gebadet. Ich kann nur hoffen . . .«

»Ich gebe zu, ich habe mich zu sehr reingesteigert. Aber beim letztenmal wußte ich noch nicht, wonach ich suchte. Jetzt, wo ich es gefunden habe, geht's mir viel besser.«

»Ich finde, du siehst ziemlich ausgebrannt aus.«

»Das ist nur eine optische Täuschung.« Myers grinste.

»Komm, ich lade dich zu einem Abendessen und ein paar Drinks ein.«

»Tut mir leid, aber ich kann nicht. Ich muß meine Maschine erreichen.«

»Du willst *heute* noch fliegen? Aber wir haben uns seit . . .«

»Du kannst mich zum Essen einladen, wenn ich mit meiner Dissertation fertig bin.«

Es sollte nie dazu kommen. Ich sah ihn nur noch ein einziges Mal. Zwei Monate später schickte er mir einen Brief, vielmehr ließ er ihn mir durch die Krankenschwester zuschicken, die ihn betreute. Sie hatte die Zeilen niedergeschrieben, die er ihr diktierte, und noch ein paar Erklärungen hinzugefügt. Er hatte sich die Augen ausgestochen. Natürlich.

Du hattest völlig recht. Ich hätte nicht fahren dürfen. Aber wann hätte ich mich schon mal um Deinen Rat gekümmert? Ich habe es doch viel besser gewußt, stimmt's nicht? Jetzt ist es zu spät. Erinnerst Du Dich an das, was ich Dir im Met zeigte? Gott helfe mir, aber da steckt noch soviel mehr dahinter. Ich habe die Wahrheit herausgefunden, und jetzt kann ich sie nicht ertragen. Mach bitte nicht den gleichen Fehler. Ich flehe Dich an, wirf keinen Blick mehr auf die Bilder von Van Dorn. Diese Kopfschmerzen. Ich halte diese Schmerzen nicht aus. Ich brauche eine Ruhepause. Ich werde nach Hause fahren. Bleib cool und mach Deine Arbeit. Ich liebe Dich, Kamerad. Dein Freund für immer, Myers.

In ihrem Postskriptum entschuldigte sich die Krankenschwester zunächst für ihr Englisch. Sie schrieb, daß sie manchmal alte Amerikaner an der Riviera betreue und deshalb die Sprache lernen müsse, daß sie aber besser verstehen könne, was sie höre, als sprechen und schreiben. Sie hoffe, daß ihr Schreiben einigermaßen Sinn ergäbe. Das tat es nicht, aber das lag nicht an ihr. Myers habe unter starken Schmerzen gelitten, habe sich mit Morphium betäubt, schrieb sie, und sei unfähig gewesen, klar zu denken. Es sei überhaupt ein Wunder gewesen, daß er sich noch einigermaßen verständlich habe ausdrücken können.

Ihr Freund war in unserem einzigen Hotel abgestiegen. Der Geschäftsführer sagte mir, er habe wenig geschlafen und noch weniger gegessen. Seine Forschungen betrieb er wie unter einem Zwang. Sein Zimmer war angefüllt mit Reproduktionen der Werke Van Dorns. Myers versuchte, Van Dorns Tagesablauf nachzuvollziehen. Er verlangte nach Farben und Leinwand, wies alle Mahlzeiten zurück und antwortete nicht, wenn man an der Tür klopfte. Vor drei Tagen wurde der Geschäftsführer durch einen Schrei geweckt. Die Tür war verschlossen. Drei Männer waren nötig, um sie aufzubrechen. Ihr Freund hatte das spitze Ende eines Pinsels genommen und sich damit die Augen ausgestochen. Das Krankenhaus hier ist sehr gut. Physisch wird man Ihren Freund wieder hinkriegen, obwohl er natürlich nie mehr sehen können wird. Aber ich mache mir große Sorgen um seinen Verstand.

Myers hatte geschrieben, er würde nach Hause fahren. Der Brief hatte eine Woche gebraucht. Ich nahm an, daß man seine Eltern sofort angerufen oder ihnen telegrafiert haben würde. Wahrscheinlich wäre er also bereits zurück in den Staaten. Ich wußte, daß seine Eltern in Denver lebten, aber ich wußte weder ihre Vornamen noch die Adresse, also nahm ich ein Taxi zur nächsten öffentlichen Bibliothek in New York, ließ mir das Telefonbuch von Denver geben und rief mit Hilfe meiner Kreditkarte alle Myers an, die darin aufgelistet waren, bis ich die richtige Verbindung hergestellt hatte. Allerdings nicht mit den Eltern, sondern mit einem Freund der Familie, der auf das Haus aufpaßte. Myers war nicht in die Staaten zurückgeflogen. Seine Eltern waren zu ihm nach Südfrankreich gereist. Ich nahm das nächste Flugzeug. Ich sollte vielleicht noch erwähnen, daß ich an jenem Wochenende eigentlich heiraten wollte.

La Verge liegt zirka dreißig Kilometer von Nizza entfernt im Landesinneren. Ich mietete einen Chauffeur. Die Straße wand sich durch Olivenhaine hindurch, führte über zypressenbestandene Hügel und auch an schroffen Felsabhängen entlang. Als wir an einem Obstgarten vorüberfuhren, beschlich mich das unheimliche Gefühl, ihn schon einmal gesehen zu haben. Und als wir nach La Verge hineinkamen, nahmen diese Déja-vu-Erlebnisse zu. Das Dorf schien noch immer im neunzehnten Jahrhundert gefangen zu sein. Abgesehen von Telefonmasten und Überlandleitungen sah es genauso aus, wie Van Dorn es gemalt hatte. Ich erkannte die engen, mit Kopfsteinen gepflasterten Straßen, die rustikalen Läden, die Van Dorn berühmt gemacht hatte. Ich fragte nach dem Weg. Es war nicht schwer, Myers und seine Eltern zu finden.

Als ich meinen Freund zum letztenmal sah, schloß der Bestattungsunternehmer gerade den Deckel über seinem Sarg. Es war nicht einfach, die Einzelheiten in Erfahrung zu bringen, aber trotz der brennenden Tränen wurde mir nach und nach klar, daß die örtliche Klinik durchaus so gut sein mochte, wie die Krankenschwester mir geschrieben hatte. Wenn alles so geblieben wäre wie vor ein paar Tagen, hätte er noch gelebt.

Aber die Zerstörung seines Verstandes war eine andere Sache. Er hatte sich über heftige Kopfschmerzen beklagt, auch andere Schmerzen waren stärker geworden. Morphium hatte nicht mehr geholfen. Als er einmal kurz zu schlafen schien, hatte man ihn für ein paar Minuten alleingelassen. In dieser kurzen Zeit war es ihm gelungen, vom Bett aufzustehen, sich durch das Zimmer zu schleppen und eine Schere zu finden. Er hatte sich den Verband von den Augen gerissen und sich die Schere in eine der leeren Augenhöhlen gestoßen, in dem Versuch, sich das Gehirn aus dem Kopf zu bohren. Er war zusammengebrochen, bevor er sein Vorhaben hatte beenden können, aber die Zerstörungen hatten bereits ausgereicht. Der Todeskampf war nach zwei Tagen beendet gewesen.

Seine Eltern waren noch immer kreidebleich und fassungslos vor Schmerz. Es gelang mir, meinen eigenen Schmerz wenigstens so weit zu unterdrücken, daß ich sie ein wenig trösten konnte. Trotz des Schleiers, der über diesen furchtbaren Stunden lag, erinnere ich mich daran, die Nebensächlichkeiten bemerkt zu haben, an die der Verstand sich in seinem Versuch klammert, eine normale Situation wiederherzustellen. Myers Vater trug Schuhe von Gucci und eine achtzehnkarätige Rolex-Armbanduhr. Auf der Universität hatte Myers auf ebenso schmalem Fuß leben müssen wie ich. Ich hatte keine Ahnung gehabt, daß seine Eltern reich waren.

Ich half ihnen bei den Formalitäten für den Rücktransport der Leiche in die Staaten. Ich fuhr mit ihnen nach Nizza und stand an ihrer Seite, als sie das Verladen der Lattenkiste mit dem Sarg in das Frachtabteil der Maschine beobachteten. Dann schüttelte ich ihnen die Hände und umarmte sie noch mal. Ich wartete, bis sie sich unter Schluchzen den Tunnel entlanggeschleppt hatten, der an Bord des Flugzeugs führte. Eine Stunde später war ich wieder in La Verge.

Ich kehrte wegen eines Versprechens zurück. Ich hatte den Eltern – und auch mir – das Leiden etwas erleichtern wollen. Schließlich war ich sein Freund gewesen. »Sie müssen sich um so viele Dinge kümmern«, hatte ich zu den Eltern gesagt. »Die lange Heimreise, die Vorbereitungen für das Begräbnis.« Meine Stimme hatte mir beinahe versagt. »Lassen Sie mich Ihnen helfen. Ich werde die Dinge hier in Ordnung bringen, werde die Rechnungen zahlen, die noch offengeblieben sind, seine Kleider zusammenpacken und . . .« Ich atmete tief durch. »Und seine Bücher und was er sonst noch besaß. Ich werde Ihnen die Dinge nachsenden. Bitte, lassen Sie es mich tun. Sie würden mir damit einen Gefallen tun. Bitte. Ich muß irgend etwas tun.«

Es war Myers tatsächlich gelungen, dasselbe Zimmer im einzigen Hotel des Ortes zu mieten, das Van Dorn damals bewohnt hatte. Es ist nicht verwunderlich, daß es frei war. Das Management benutzte dieses Zimmer, um Gäste in das Hotel zu locken. Ein Plakat kündete von seiner historischen Bedeutung. Man hatte das Zimmer ganz im Stil der damaligen Zeit belassen. Natürlich mußten die Touristen einen Obolus entrichten, wenn sie einen Blick hineinwerfen und einmal kurz die Luft schnuppern wollten, die noch immer mit dem Geiste des Genies geschwängert sein mochte. In dieser Saison war das Geschäft jedoch ziemlich flau gewesen, und außerdem hatte Myers reiche Eltern. Ein großzügiges Sümmchen hatte, zusammen mit der für Myers typischen Überzeugungskraft, den Hotelbesitzer schließlich veranlaßt, ihm das Zimmer zu vermieten.

Ich nahm mir ein anderes Zimmer – es glich eher einem großen Wandschrank –, das zwei Türen weiter auf demselben Flur lag. Meine Augen brannten noch von den Tränen, als ich Van Dorns muffiges Heiligtum betrat, um die Habseligkeiten meines toten Freundes zusammenzupacken. Drucke der Werke Van Dorns lagen überall herum, auf einigen von ihnen waren Blutspritzer getrocknet. Schweren Herzens sammelte ich sie zusammen und machte einen Stapel daraus.

Dabei fand ich das Tagebuch.

An der Universität hatte ich ein Seminar belegt, das sich mit dem Postimpressionismus unter besonderer Berücksichtigung Van Dorns beschäftigte. Bei dieser Gelegenheit hatte ich eine faksimilierte Ausgabe seines Tagebuchs gelesen. Der Herausgeber hatte die handgeschriebenen Seiten fotokopiert, sie gebunden, eine Einleitung und Anmerkungen hinzugefügt und ein Buch daraus gemacht. Das Tagebuch las sich von Anfang an ziemlich geheimnisvoll, aber je mehr Van Dorn sich in seine Arbeit hineingesteigert hatte, je ernster seine nervliche Verfassung geworden war, desto rätselhafter wurden seine schriftlichen Ausführungen. Seine Handschrift, die auch zu Zeiten seiner geistigen Gesundheit nicht gerade ordentlich gewesen war, war ihm immer mehr außer Kontrolle geraten und hatte sich schließlich, als er seinen rasenden Gedanken freien Lauf ließ, in kaum noch zu entziffernde Schleifen und Schrägstriche aufgelöst.

Ich saß an einem kleinen Holzschreibtisch und blätterte das Tagebuch durch. Dabei erkannte ich Sätze wieder, die ich Jahre zuvor schon einmal gelesen hatte. Mit jedem Absatz wurde der eisige Kloß in meinem Magen größer. Denn dieses Tagebuch war nicht die faksimilierte Ausgabe. Es handelte sich um ein Notizbuch, und obwohl ich glauben wollte, daß es Myers irgendwie gelungen sein könnte, an das Original zu kommen, wußte ich doch ganz genau, daß ich mich selbst zum Narren hielt. Die Seiten in diesem Buch waren nicht vergilbt und brüchig vom Alter. Die Tinte war blau und nicht zu einem verwaschenen Braun ausgeblichen. Dieses Notizbuch war erst kürzlich gekauft und vollgeschrieben worden. Es handelte sich nicht um Van Dorns Tagebuch. Es gehörte *Myers.* Der Eisklumpen in meinem Magen verwandelte sich in Lava.

Ich sah von dem Notizbuch hoch zum Regal über dem Schreibtisch. Dort lag noch ein ganzer Stapel solcher Notizbücher. Mit den schlimmsten Befürchtungen packte ich die Bücher und blätterte sie in ängstlicher Eile durch. Mein Magen drohte zu explodieren. In jedem der Notizbücher stand das gleiche, Wort für Wort.

Meine Hände zitterten, als ich noch einmal zu dem Regal hochschaute. Ich fand dort die Faksimile-Ausgabe des Originaltagebuchs und verglich sie mit Myers Notizbüchern. Mir entfuhr ein

Stöhnen, als ich mir meinen Freund an seinem Schreibtisch vorstellte, wie er mit angespanntem, verrücktem Gesichtsausdruck das Tagebuch reproduziert hatte, Wort für Wort, Schleife für Schleife, und das Ganze insgesamt achtmal.

Myers hatte sich in der Tat von der Außenwelt abgeschottet, um sich ganz und gar in Van Dorns aus den Fugen geratenen Verstand hineindenken zu können. Schließlich war es ihm gelungen. Die Waffe, mit der Van Dorn sich die Augen ausgestochen hatte, war das spitze Ende eines Pinselstiels gewesen. Im Irrenhaus hatte er das Werk vollendet, indem er sich mit einer Schere ins Hirn gestochen hatte. Genau wie Myers. Oder besser umgekehrt. Als Myers schließlich zusammengebrochen war, waren er und Van Dorn da auf schreckliche Weise eins geworden, nicht mehr auseinanderzuhalten?

Schluchzend preßte ich die Handflächen gegen mein Gesicht. Es dauerte eine Ewigkeit und bedurfte äußerster Anstrengungen meines Verstandes, bis ich meinen Schmerz einigermaßen unter Kontrolle hatte. (»Orange steht für Schmerz«, hatte Myers gesagt.) Das vernünftige Denken hatte gegen das Leid einen schweren Stand. (»Die Kritiker, die sich der Interpretation seines Werkes verschrieben haben«, hatte Myers gesagt, »diejenigen, deren Genie keine Anerkennung fand, wie auch Van Dorns Genie keine Anerkennung fand, die mußten leiden . . . Und wie Van Dorn stachen sie sich die Augen aus.«) Ob sie es mit einem Pinsel getan hatten? Waren die Übereinstimmungen tatsächlich so genau? Und hatten sie am Ende auch Scheren genommen, um sich ins Gehirn zu stechen?

Finster blickte ich auf den Haufen Reproduktionen, die ich zusammengesammelt hatte. Viele andere umgaben mich noch – an den Wänden, auf dem Fußboden, dem Bett, an den Fenstern, selbst unter die Decke hatte er welche geklebt. Ein Wirbel der Farben, ein leuchtender Strudel des Lichts.

Zumindest hatte ich sie einmal für hell und leuchtend gehalten. Jetzt aber, nach der Einsicht, die Myers mir vermittelt hatte, nach der neuen Sichtweise, die ich im Metropolitan-Museum dazugewonnen hatte, sah ich hinter die sonnendurchtränkten Zypressen und Stoppelfelder, die Obstgärten, die Wiesen, schaute auf ihre versteckte Finsternis, auf die winzigen, verrenkten Arme, die klaffenden Mäuler, die schwarzen Punkte der gequälten Augen, die blauen Schlingen sich krümmender Körper. (»Blau steht für den Wahnsinn«, hatte Myers gesagt.)

Es bedurfte nur einer kleinen Verschiebung der Wahrnehmung, und es waren keine Obstgärten und Stoppelfelder mehr, sondern nur noch die schrecklichen Ausdrucksformen in der Hölle gequälter Seelen. Van Dorn hatte in der Tat eine neue Stufe des Impressionismus erklommen. Er hatte die Pracht der göttlichen Schöpfung durchsetzt mit der eindrucksvollen Darstellung seines eigenen Weltekels. Seine Bilder glorifizierten nicht. Sie stießen ab. Überall, wo Van Dorn hingeschaut hatte, hatte er seine ureigenen, privaten Alpträume gesehen. Blau stand für den Wahnsinn, in der Tat, und wenn man sich nur lange genug auf Van Dorns Wahnsinn konzentrierte, dann wurde man selber von ihm ergriffen. (»Ich flehe dich an, wirf nie wieder einen Blick auf die Bilder Van Dorns«, hatte Myers in seinem Brief geschrieben.) War Myers im letzten Stadium seines Wahnsinns noch einmal hellsichtig genug gewesen, um mich zu warnen? (»Diese Kopfschmerzen. Ich halte sie nicht mehr aus. Ich brauche eine Ruhepause. Ich werde nach Hause fahren.«) Auf eine Weise, die ich niemals für möglich gehalten hätte, war er tatsächlich nach Hause zurückgekehrt.

Ein anderer, erschreckender Gedanke schoß mir in den Kopf. (»Die Kritiker, welche sich der Analyse von Van Dorns Werk verschrieben hatten, sie alle hatten versucht, in Van Dorns Stil zu malen«, hatte Myers ein Jahr zuvor zu mir gesagt.) Wie von einem Magneten angezogen, ging mein Blick hinweg über das Durcheinander der Drucke und konzentrierte sich auf die mir gegenüberliegende Zimmerecke, wo zwei Originale auf Leinwand gegen die Mauer gelehnt waren. Ich erschauderte, stand auf und näherte mich ihnen zögernd.

Sie waren von einem Amateur gemalt worden. Myers war schließlich nur Kunsthistoriker gewesen. Die Farben waren ungeschickt aufgetragen, besonders die orangenen und blauen Kleckse. Die Zypressen waren grob gemalt, die Felsen, auf denen sie standen, sahen aus wie aus Pappe. Dem Himmel fehlte jegliche Struktur. Aber ich wußte genau, was die schwarzen Punkte bedeuten sollten, ich verstand die Absicht, die hinter den winzigen, blauen Spalten steckte. Die Miniaturen der schreckverzerrten Gesichter waren angedeutet, auch wenn es Myers an Talent gefehlt hatte, sie auszumalen. Er hatte Van Dorns Wahnsinn in Kurzform durchlebt, alles hatte sich auf die letzten Phasen reduziert.

Ich seufzte aus der tiefsten Tiefe meiner Seele heraus. Als ich das Läuten der Kirchenglocken hörte, betete ich, mein Freund möge endlich seinen Frieden gefunden haben.

Es war bereits dunkel, als ich das Hotel verließ. Ich mußte mir die Füße vertreten, mußte der noch viel tieferen Dunkelheit dieses Zimmers entfliehen, um mich wieder etwas freier fühlen und nachdenken zu können. Aber meine Füße trugen mich ganz automatisch eine schmale Kopfsteinstraße entlang, die zum Krankenhaus des kleinen Ortes führte, wo Myers das vollendet hatte, was er in Van Dorns Zimmer begonnen hatte. Ich fragte an der Pforte, und fünf Minuten später stellte ich mich einer attraktiven, dunkelhaarigen, etwa dreißig Jahre alten Frau vor.

Das Englisch der Krankenschwester war mehr als ausreichend. Sie sagte, ihr Name sei Clarisse.

»Sie haben sich um meinen Freund gekümmert, und Sie haben mir einen Brief geschrieben, den er Ihnen diktierte, und noch ein paar Zeilen hinzugefügt.«

Sie nickte. »Er bekümmerte mich. Er wirkte so gequält.«

Die Neonröhren in der Eingangshalle summten vor sich hin. Wir setzten uns auf eine Bank.

»Ich versuche gerade zu verstehen, warum er sich umgebracht haben könnte«, sagte ich. »Ich glaube, ich weiß es sogar, aber mich würde Ihre Meinung interessieren.«

Ihre Augen, die von einem hellen, intelligenten Haselnußbraun waren, wurden auf einmal sehr wachsam. »Er hatte sich zu lange in seinem Zimmer verkrochen und zuviel studiert.« Sie schüttelte den Kopf und starrte auf den Boden. »Der Verstand kann zu einer Falle werden und zu einer Folter.«

»Aber er war voller Enthusiasmus, als er hierherkam?«

»Ja.«

»Hat er sich trotz seiner Studien so benommen, als sei er auf einer Ferienreise?«

»Sehr.«

»Und was hat ihn dann so verändert? Ich gebe zu, daß mein Freund ein ungewöhnlicher Mensch war. Er war nervös, leicht reizbar. Aber seine Forschungen haben ihm Vergnügen bereitet. Vielleicht sah er von zuviel Arbeit so krank aus, aber er blühte auf beim Lernen. Sein Körper hatte keine Bedeutung, aber er hatte einen brillanten Verstand. Was kippte ihn aus dem Gleichgewicht, Clarisse?«

»Kippte ihn . . .?«

»Was verwandelte seine Begeisterung in Depression? Was hat er erfahren, das ihn so . . .?«

Sie erhob sich und sah auf ihre Uhr. »Tut mir leid. Ich bin schon seit zwanzig Minuten mit der Arbeit fertig. Freunde erwarten mich.«

Meine Stimme wurde etwas schroffer. »Natürlich. Ich hatte Sie nicht aufhalten wollen.«

Draußen, unter der Laterne vor dem Eingang des Krankenhauses, sah ich auf meine eigene Uhr und war überrascht zu sehen, daß es beinahe halb zwölf war. Meine Knie schmerzten vor Erschöpfung. Die seelische Erschütterung des Tages hatte mir jeglichen Appetit geraubt, trotzdem wußte ich, daß ich versuchen sollte, etwas zu essen. Nachdem ich zum Hotel zurückgekehrt war, ging ich ins Restaurant und bestellte ein Hühnchensandwich und ein Glas Chablis. Ich wollte die Sachen in meinem Zimmer verzehren, aber so weit kam ich gar nicht. Van Dorns Zimmer und das Tagebuch riefen mich.

Sandwich und Wein blieben unangetastet. Ich setzte mich, umgeben von den wirbelnden Farben und den versteckten Schrekken auf den Reproduktionen von Van Dorns Bildern, an den Schreibtisch, öffnete eines der Notizbücher und versuchte zu verstehen.

Ein Klopfen an der Tür ließ mich herumfahren.

Wieder sah ich auf meine Uhr. Zu meinem Erstaunen mußte

ich feststellen, daß die Stunden wie Minuten vergangen waren. Es war beinahe zwei Uhr.

Es klopfte noch einmal, leise, aber beharrlich. Der Geschäftsführer?

»Herein«, sagte ich auf französisch. »Die Tür ist nicht verschlossen.«

Der Knopf drehte sich, und die Tür sprang auf.

Clarisse trat ein. Anstatt der Schwesterntracht trug sie jetzt Turnschuhe, Jeans und einen engsitzenden Pullover, dessen Gelb das Haselnußbraun ihrer Augen noch betonte.

»Ich wollte mich entschuldigen«, sagte sie auf englisch. »Ich glaube, ich habe mich vorhin im Krankenhaus ziemlich unhöflich benommen.«

»Ganz und gar nicht. Sie hatten eine Verabredung, und ich habe Sie aufgehalten.«

Sie zuckte selbstbewußt mit den Schultern. »Manchmal komme ich erst so spät aus der Klinik, daß ich kaum noch Zeit für meinen Freund habe.«

»Das kann ich vollkommen verstehen.«

Sie fuhr sich mit einer Hand durch ihr volles, langes Haar. »Mein Freund war müde. Als ich am Hotel vorbeikam, sah ich hier oben Licht. Ich dachte, ich sollte mal nachsehen, ob Sie es sind ...«

Ich nickte und wartete ab.

Ich hatte zunächst das Gefühl gehabt, als sei sie dem Anblick ein wenig ausgewichen, aber jetzt wandte sie sich dem Zimmer zu, der Stelle, wo ich das getrocknete Blut auf den Drucken gefunden hatte. »Der Arzt und ich kamen so schnell wir konnten, nachdem der Geschäftsführer uns an jenem Nachmittag angerufen hatte.« Sie starrte auf die Drucke. »Wie konnte soviel Schönheit soviel Leid verursachen?«

»Schönheit?« Ich sah nur die kleinen, klaffenden Mäuler.

»Sie dürfen nicht hierbleiben. Machen Sie nicht denselben Fehler wie Ihr Freund.«

»Ich war gerade dabei, seine Sachen durchzusehen. Ich werde sie zusammenpacken und zurück nach Amerika schicken.«

»Tun Sie das schnell. Sie sollten sich nicht damit quälen, darüber nachzudenken, was hier passiert sein könnte. Es ist nicht gut, wenn Sie sich mit den Dingen umgeben, die ihn so erschreckt haben. Machen Sie Ihren Kummer doch nicht noch schlimmer.«

»Mich umgeben? Mein Freund hatte von ›sich eingraben‹ gesprochen.«

»Sie sehen erschöpft aus. Kommen Sie.« Sie streckte mir ihre Hand entgegen. »Ich werde Sie zu Ihrem Zimmer bringen. Schlaf wird Ihre Schmerzen lindern. Falls Sie als Hilfe ein paar Tabletten brauchen sollten . . .«

»Danke, aber Beruhigungsmittel habe ich nicht nötig.«

Sie bot mir weiterhin ihre Hand. Schließlich nahm ich sie und trat auf den Flur hinaus.

Ich blickte mich noch einmal um, sah die Drucke und das Schreckliche, das mitten zwischen der Schönheit versteckt war. Ich sprach ein stummes Gebet für Myers, knipste das Licht aus und verschloß die Tür.

Wir gingen zusammen den Flur entlang. In meinem Zimmer setzte ich mich auf mein Bett.

»Schlafen Sie lange und gut«, sagte sie.

»Hoffentlich gelingt es mir.«

»Ich fühle mit Ihnen.« Sie küßte mich sanft auf die Wange.

Ich berührte ihre Schulter. Ihre Lippen kamen meinen entgegen. Sie lehnte sich an mich.

Wir sanken zusammen auf das Bett herunter. Schweigend liebten wir uns.

Der Schlaf kam ebenso sanft und einschmeichelnd wie ihre Küsse.

Aber meine Träume waren beherrscht von den winzigen, klaffenden Mäulern.

Sonnenschein brannte durch mein Fenster. Mit schmerzenden Augen sah ich auf meine Armbanduhr. Halb elf. Mein Kopf tat mir weh.

Clarisse hatte eine Nachricht auf dem kleinen Sekretär hinterlassen.

Was heute nacht geschah, geschah aus Mitgefühl. Ich wollte Deine

Trauer teilen und sie gleichzeitig ein wenig lindern helfen. Pack seine Habseligkeiten zusammen, schick sie nach Amerika und mach Dich mit ihnen auf die Reise. Du darfst nicht denselben Fehler machen wie Dein Freund. Du darfst Dich nicht, wie er es ausdrückte, ›eingraben‹. Laß Dir von der Schönheit keinen Schmerz zufügen.

Ich wollte abreisen. Ich wollte es wirklich tun. Ich rief den Empfang an und bat den Concièrge, mir ein paar Kartons hochbringen zu lassen. Nachdem ich geduscht und mich rasiert hatte, ging ich hinüber zu Myers Zimmer, wo ich die restlichen Drucke zusammensuchte. Dann machte ich einen Stapel aus seinen Büchern und einen anderen aus seinen Kleidern. Ich verpackte alles in den Kartons und sah mich noch einmal um, um mich zu vergewissern, daß ich nichts vergessen hatte.

Die beiden Leinwände, die Myers bemalt hatte, lehnten noch immer in der Ecke an der Wand. Ich beschloß, sie zurückzulassen. Niemand sollte an die Wahnvorstellungen erinnert werden, die ihn überfallen hatten.

Jetzt mußten die Kartons nur noch zugeklebt, adressiert und aufgegeben werden. Aber als ich bei dem ersten Karton die Deckel zuklappen wollte, fiel mein Blick auf die Notizbücher, die darin lagen.

Soviel Leiden, dachte ich, soviel Vergeudung.

Noch einmal blätterte ich eines der Bücher durch. Verschiedene Passagen fesselten meine Aufmerksamkeit. Van Dorns Enttäuschung über die gescheiterte Karriere. Die Gründe, warum er Paris verlassen hatte und nach La Verge gekommen war, die erstickende, verleumderische Atmosphäre in der Gemeinschaft der Pariser Künstler, die herablassenden Kritiken und die höhnischen Kommentare zu seinen frühen Arbeiten. *Ich muß mich aus den Fesseln der Konvention befreien. Ich muß die Regeln der Ästhetik hinter mir lassen, muß sie aus mir herauskotzen. Ich will finden, was noch niemand gefunden hat, ich will fühlen und mir nicht erzählen lassen, was ich zu fühlen habe, ich will sehen und nicht das nachmachen, was andere für mich gesehen haben.*

Ich wußte aus den diversen Biografien, wie tief dieser Ehrgeiz Van Dorn in die Armut getrieben hatte. In Paris hatte er sich im wahrsten Sinne des Wortes von Abfällen ernährt, die man durch die Hintertüren der Restaurants auf die Gassen geworfen hatte. Die Flucht nach La Verge hatte er nur unternehmen können, weil ein damals sehr erfolgreicher, wenn auch konventioneller Malerkollege (über dessen Werke man heute Hohn und Spott ausschüttet) ihm eine kleine Summe Geldes lieh. Um von dieser kleinen Unterstützung möglichst lange zehren zu können, hatte Van Dorn den ganzen Weg von Paris nach Südfrankreich zu Fuß zurückgelegt.

Man muß sich ins Gedächtnis rufen, daß die Riviera damals nicht mehr war als eine wenig bekannte Landschaft mit Hügeln, Felsen, Bauernhöfen und kleinen Dörfern. Van Dorn mußte ein mitleiderregender Anblick gewesen sein, als er sich nach La Verge hineinschleppte. Er hatte dieses Provinznest gerade deshalb ausgewählt, weil es wenig bekannt war, weil es prosaische Ansichten bot, die so sehr im Gegensatz zum Geschmack der Pariser Salons standen, daß kein anderer Künstler gewagt hätte, sie zu malen.

Ich muß etwas schaffen, was noch niemand sich jemals vorgestellt hat, hatte er in sein Tagebuch geschrieben. Sechs verzweifelte Monate lang versuchte er und scheiterte immer wieder. Er begann schon, an sich selbst zu zweifeln, als eine plötzliche Wandlung eintrat, und in einem Jahr fantastischer Schöpferkraft schenkte er der Welt achtunddreißig Meisterwerke. Damals hätte er freilich für keine dieser Leinwände auch nur eine Mahlzeit bekommen. Heute weiß die Welt es besser.

Er muß wie in Ekstase gemalt haben, die plötzlich wiedergefundene Energie muß von unglaublichen Ausmaßen gewesen sein. Für mich, einen Möchtegernkünstler mit ein paar technischen Fähigkeiten, aber sehr konventionellen Augen, hat er das Äußerste geschaffen. Trotz seines Leidens beneidete ich ihn. Wenn ich meine rührseligen Abbildungen der Landschaften Iowas mit diesen epochemachenden Geniestreichen verglich, konnte ich schier verzweifeln. Wenn ich wieder in die Staaten zurückgekehrt war, erwarteten mich meine Bierdosen und Zigarettenpackungen, die ich für Anzeigenkampagnen möglichst naturgetreu nachbilden mußte.

Ich blätterte weiter durch das Notizbuch, verfolgte Van Dorns

Weg in die Verzweiflung. Ohne Zweifel hatte sein Sieg einen Preis von ihm gefordert. Wahnsinn. Selbstblendung. Selbstmord. Aber ich mußte mich bei alledem fragen, ob er vielleicht doch versucht hätte, seinem Leben noch eine andere Richtung zu geben, wenn er es nur gekonnt hätte. Er mußte doch selber gemerkt haben, wie bemerkenswert, wie außergewöhnlich gut seine Arbeiten auf einmal geworden waren.

Vielleicht hatte er es auch nicht gemerkt. Die letzte Leinwand, bevor er sich das Augenlicht nahm, hatte er mit einem Selbstbildnis bemalt. Ein magerer, nachdenklicher Mann mit kurzem, schütterem Haar, eingefallenen Gesichtszügen, bleicher Haut und einem zerzausten Bart. Dieses berühmte Bild erinnerte mich immer an die Vorstellung, die ich mir von Jesus Christus machte, kurz bevor man ihn ans Kreuz nagelte. Es fehlte nur die Dornenkrone. Van Dorn trug seine eigene Dornenkrone, nicht auf der Stirn, sondern in sich verborgen, versteckt zwischen dem zausigen Bart und den eingefallenen Gesichtszügen. Die winzigen, aufgerissenen Mäuler und die verrenkten Körper sangen ein Lied davon. Das unbegrenzte Sehvermögen, das ihn so plötzlich überkommen hatte, war zu viel für ihn gewesen.

Ich las weiter in den Notizbüchern, immer wieder erschrocken über Myers Bemühungen, Van Dorns gequälte Worte und sogar die Handschrift bis ins kleinste zu imitieren. Schließlich kam ich zu der Passage, in der Van Dorn seine Epiphanie beschreibt: *La Verge! Ich lief herum! Ich sah! Ich fühlte! Leinwand! Farbe! Schöpfung und Verdammung!*

Nach dieser mysteriösen Passage wurde das Notizbuch – genau wie Van Dorns Tagebuch – völlig unverständlich. Einmal abgesehen von der immer wiederkehrenden Klage über starke Kopfschmerzen.

Ich wartete vor der Klinik, als Clarisse zu ihrer Drei-Uhr-Schicht erschien. Die strahlende Sonne funkelte aus ihren Augen. Sie trug einen burgunderfarbenen Rock und eine türkise Bluse. In Gedanken streichelte ich über den Baumwollstoff.

Als sie mich erkannte, verlangsamte sich ihr Schritt. Beim Näherkommen rang sie sich ein Lächeln ab.

»Bist du gekommen, um dich von mir zu verabschieden?« Die Frage klang hoffnungsvoll.

»Nein. Ich möchte dir ein paar Fragen stellen.«

Das Lächeln fiel in sich zusammen. »Ich darf nicht zu spät zur Arbeit kommen.«

»Es dauert nur eine Minute. Mein französischer Vokabelschatz benötigt etwas Aufbesserung, und ein Wörterbuch habe ich nicht dabei. Dieses Dorf heißt La Verge. Was bedeutet das?«

Sie zuckte mit den Achseln, als messe sie der Frage keine große Bedeutung bei. »Es ist nicht sehr originell. In der wörtlichen Übersetzung bedeutet es ›Der Stock‹.«

»Mehr nicht?«

Sie reagierte auf meine gerunzelte Stirn. »Es gibt ein paar grobe Synonyme. ›Die Gerte‹. Eine Weidengerte, zum Beispiel, mit der ein Vater sein Kind züchtigt.«

»Und sonst gibt es keine Bedeutung mehr?«

»Indirekt schon. Aber das Synonym entfernt sich noch mehr vom wörtlichen Sinn. Ein Zauberstab, vielleicht, oder eine Rute. Du kennst doch diese gegabelten Stöckchen, mit denen Leute über ein Feld gehen, die von sich behaupten, sie könnten damit unterirdische Wasseradern ausfindig machen. Der Stock soll sich angeblich nach unten biegen, wenn man über Wasser geht.«

»Wir nennen so etwas eine Wünschelrute. Mein Vater hat mir einmal erzählt, daß er einen Mann sah, der tatsächlich mit so 'nem Ding umgehen konnte. Ich hatte immer den Verdacht, daß der Mann den Stock einfach mit der Hand nach unten gedreht haben könnte. Glaubst du, der Ort könnte seinen Namen bekommen haben, weil hier vor langer Zeit mal jemand mit einer Wünschelrute Wasser gefunden hat?«

»Warum hätte sich jemand die Mühe machen sollen. Es gibt hier so viele kleine Flüßchen und Quellen. Warum interessiert dich der Name so sehr?«

»Ich habe da etwas in Van Dorns Tagebuch gelesen. Aus irgendeinem Grund hat ihn der Name des Dorfes aufgeregt.«

»Aber ihn hat doch *alles mögliche* aufgeregt. Er war verrückt.«

»Exzentrisch. Verrückt wurde er erst *nach* dieser Passage in seinem Tagebuch.«

»Du meinst, seine Symptome hatten sich vorher noch nicht so deutlich gezeigt. Du bist kein Psychiater.«

Dem konnte ich nicht widersprechen.

»Ich habe Angst, schon wieder unhöflich zu sein, aber ich muß jetzt wirklich an die Arbeit gehen.« Sie zögerte noch. »Letzte Nacht . . .«

»Hatte genau die Bedeutung, die du ihr auf deiner Nachricht gegeben hast. Eine Geste des Mitgefühls. Ein Versuch, meinen Kummer zu lindern. Du hattest nicht die Absicht, etwas anzufangen.«

»Tu bitte, worum ich dich gebeten habe. Fahr weg. Zerstöre dich nicht selbst, wie die anderen es getan haben.«

»*Die anderen?*«

»Wie dein Freund, meinte ich.«

»Nein, du sagtest ›die anderen‹.« Ich sprach hastig. »Clarisse, bitte, erzähl mir alles.«

Sie sah auf zu mir, mit argwöhnischen Augen, als fühle sie sich in die Ecke gedrängt. »Nachdem dein Freund sich die Augen ausgestochen hatte, hörte ich die Leute im Dorf reden. Die älteren Leute. Es kann gut sein, daß es Klatsch ist, der im Laufe der Jahre immer blumiger ausgemalt worden ist.«

»Was haben die alten Leute gesagt?«

Ihr Blick wurde noch argwöhnischer. »Vor zwanzig Jahren kam ein Mann in den Ort, um Forschungen über Van Dorn anzustellen. Er blieb drei Monate, dann hatte er einen Nervenzusammenbruch.«

»Stach er sich die Augen aus?«

»Es gab Gerüchte, er habe sich später in einer Nervenklinik in England das Augenlicht genommen. Zehn Jahre zuvor war ein anderer Mann gekommen. Er stach sich die Schere durch die Augen bis ins Gehirn.«

Ich starrte vor mich hin, unfähig, die Krämpfe zu unterdrükken, die meine Schulterblätter zusammenziehen wollten. »Was zum Teufel hat das alles zu bedeuten?«

Ich fragte im Dorf herum. Niemand wollte mit mir sprechen. Im Hotel teilte der Geschäftsführer mir mit, daß er sich entschlossen habe, Van Dorns Zimmer nicht mehr zu vermieten. Ich mußte Myers Habseligkeiten auf der Stelle entfernen.

»Kann ich denn wenigstens in meinem Zimmer bleiben?«

»Wenn das Ihr Wunsch ist, Monsieur. Ich würde es Ihnen zwar nicht empfehlen, aber selbst Frankreich ist noch immer ein freies Land.«

Ich zahlte die Rechnung, ging hinauf, trug die gepackten Kartons aus Van Dorns Zimmer hinüber in meine kleine Kammer und drehte mich erstaunt um, als ich das Telefon klingeln hörte.

Es war ein Anruf meiner Verlobten.

Wann ich denn endlich nach Hause käme?

Ich wüßte es noch nicht.

Was denn mit der Hochzeit am Wochenende wäre?

Die Hochzeit müsse wohl verschoben werden.

Ich zuckte zusammen, als sie den Hörer aufknallte.

Ich setzte mich auf das Bett. Gegen meinen Willen mußte ich an den Moment denken, als Clarisse über mir gestanden hatte, kurz bevor wir zusammen auf das Bett rollten. Ich war gerade dabei, das Leben wegzuwerfen, das ich mir mühevoll aufzubauen versucht hatte.

Für einen Augenblick spielte ich mit dem Gedanken, meine Verlobte zurückzurufen, aber eine ganz andere Art von Zwang ließ mich einen finsteren Blick auf den Karton werfen, in dem sich Van Dorns Tagebuch befand. In ihrer Notiz zu Myers Brief hatte Clarisse davon gesprochen, mein Freund habe seine Forschungen so zwanghaft betrieben, daß er sogar Van Dorns tägliche Gewohnheiten nachzuleben versucht habe. Wieder kam mir dieser Gedanke: Waren Myers und Van Dorn am Ende gar nicht mehr zu unterscheiden gewesen? War das Geheimnis von Myers Schicksal in den Seiten des Tagebuchs versteckt, so, wie die gemarterten Gesichter in Van Dorns Bildern versteckt waren? Ich packte eins der Notizbücher. Ich sah die Seiten nach Hinweisen auf Van Dorns alltägliches Leben durch. Und so nahm alles seinen Anfang.

Ich hatte schon gesagt, daß La Verge, abgesehen von Telefonmasten und Stromleitungen, noch immer im letzten Jahrhundert gefangen zu sein schien. Es war nicht nur Van Dorns Hotel noch in Betrieb, auch seine Lieblingstaverne und die Bäckerei, wo er sich jeden Morgen die Croissants besorgte, gab es noch. Ein kleines Restaurant, das er bevorzugt hatte, war ebenfalls noch geöffnet. Am Dorfrand plätscherte immer noch der Forellenbach, an dem er manchen Nachmittag mit einem Gläschen Wein gesessen hatte, auch wenn die Forellen schon längst der Umweltverschmutzung zum Opfer gefallen waren. Ich suchte alle diese Orte auf, in der Reihenfolge und zu der Tageszeit, wie es im Tagebuch festgehalten war.

Nach einer Woche – Frühstück um acht, Mittagessen um zwei, ein Glas Wein am Forellenbach, ein Spaziergang über das Land, dann Rückkehr ins Zimmer – kannte ich das Tagebuch so gut, daß ich nicht mehr darauf angewiesen war. Van Dorn hatte an den Vormittagen gemalt. Zu dieser Tageszeit sei das Licht am besten gewesen, hatte er notiert. Die Nachmittage hatte er dem Sammeln von Eindrücken und dem Anfertigen von Skizzen gewidmet.

Schließlich kam ich zu der Überzeugung, daß ich seine Tagesabläufe nicht exakt würde nachvollziehen können, wenn ich nicht auch zu den Zeiten malen und skizzieren würde, zu denen er es getan hatte. Ich kaufte einen Skizzenblock, Leinwand, Farbpigmente, eine Palette, alles was ich brauchte, und zum erstenmal seit meinem Abgang von der Akademie versuchte ich, schöpferisch tätig zu sein. Ich suchte mir die örtlichen Ansichten, die auch Van Dorn bevorzugt hatte, und produzierte genau das, was man erwartet haben wird: uninspirierte Nachahmungen von Van Dorns Gemälden. Nachdem ich keine Entdeckungen machte, in meinem Verständnis dessen, was Myers Gesundheit untergraben haben mochte, nicht einen Schritt weiter kam, begann ich mich zu langweilen. Mein Geld war beinahe aufgebraucht. Ich bereitete mich auf den Abbruch meines Experimentes vor.

Es sei denn . . .

Ich hatte das beunruhigende Gefühl, etwas vernachlässigt zu haben, einen Teil von Van Dorns Tagesablauf, der im Tagebuch nicht ausdrücklich erwähnt wurde. Vielleicht war es auch etwas an den Ansichten, was ich übersehen hatte, obwohl ich sie alle in Van Dorns Sinne gemalt hatte, wenn auch nicht mit seinem Talent.

Clarisse fand mich, wie ich Wein trinkend an dem sonnenüberfluteten Ufer des Baches saß, in dem sich keine Forellen mehr tummelten. Ich fühlte ihren Schatten und drehte mich zu ihrer Silhouette im Gegenlicht der Sonne um.

Ich hatte sie seit zwei Wochen nicht gesehen, seit unserer ungemütlichen Unterredung vor dem Krankenhaus. Obwohl die Sonne mich blendete, kam sie mir viel schöner vor, als ich sie in Erinnerung gehabt hatte.

»Wann hast du zum letztenmal deine Kleider gewechselt?« fragte sie mich.

Vor einem Jahr hatte ich Myers dieselbe Frage gestellt.

»Du solltest dich mal rasieren. Du hast zuviel getrunken. Du siehst furchtbar aus.«

Ich nippte an meinem Weinglas und zuckte mit den Achseln. »›Ach‹, sagte der Besoffene über seine blutunterlaufenen Augen, ›Sie finden, daß sie schlecht aussehen? Dann sollten Sie sie mal von meiner Seite aus sehen‹.«

»Na, wenigstens kannst du noch Witze machen.«

»Ich fange langsam an zu glauben, daß *ich* der Witz bin.«

»Du bist ganz sicher kein Witz.« Sie setzte sich neben mich. »Du wirst langsam wie dein Freund. Warum reist du nicht ab?«

»Ich bin langsam soweit.«

»Um so besser.« Sie berührte meine Hand.

»Clarisse?«

»Ja?«

»Könntest du mir ein paar Fragen noch einmal beantworten?«

Sie sah mich prüfend an. »Warum?«

»Wenn ich die richtigen Antworten erhalte, könnte ich mich entschließen abzureisen.«

Sie nickte langsam.

Zurück im Ort, in meinem Zimmer, zeigte ich ihr den Stapel mit den Drucken. Ich hätte ihr beinahe von den Gesichtern erzählt, aber ihr nachdenklicher Gesichtsausdruck hielt mich davon ab. Sie hielt mich ohnehin schon für völlig durcheinander.

»Auf meinen Nachmittagsspaziergängen gehe ich immer an die Orte, die Van Dorn für seine Gemälde gewählt hat.« Ich blätterte die Drucke durch. »Dieser Obstgarten. Dieses Bauernhaus. Dieser kleine Teich. Dieser Felsvorsprung. Und so weiter.«

»Ja, ich erkenne alle diese Plätze wieder. Ich habe sie alle schon gesehen.«

»Ich hoffte, wenn ich sie alle gesehen hätte, würde ich verstehen, was meinem Freund zugestoßen ist. Du hast mir erzählt, er sei auch an diese Plätze gegangen. Jeder von ihnen befindet sich in einem Umkreis von fünf Meilen um das Dorf. Viele liegen ganz dicht beieinander. Es war gar nicht schwer, die einzelnen Ansichten ausfindig zu machen. Bis auf eine.«

Sie stellte die Frage nicht, die jetzt nahegelegen hätte. Statt dessen rieb sie sich angespannt ihren Arm.

Als ich die Kartons aus Van Dorns Raum getragen hatte, ließ ich auch die beiden Leinwände verschwinden, an denen Myers sich versucht hatte. Jetzt zog ich sie wieder unter dem Bett hervor.

»Mein Freund hat diese beiden Bilder gemalt. Es wird sehr deutlich, daß er kein Künstler war. Aber so grob sie auch angefertigt sein mögen, man erkennt doch ganz deutlich, daß sie beide das gleiche Fleckchen Erde darstellen.«

Ich zog von der Unterseite des Stapels eine Van-Dorn-Reproduktion hervor.

»*Dieses* Fleckchen Erde«, sagte ich. »Ein Zypressenhain in einer Senke, umgeben von Felsen. Es ist die einzige Ansicht, die ich nicht gefunden habe. Ich habe die Dorfbewohner gefragt. Sie behaupten, sie wüßten nicht, wo das sein könnte. Weißt *du* es, Clarisse? Kannst du es mir sagen? Es muß eine Bedeutung haben, schließlich war mein Freund so fixiert darauf, daß er gleich zweimal versucht hat, diesen Platz zu malen.«

Clarisse kratzte sich mit einem Fingernagel über das Handgelenk. »Tut mir leid.«

»Wie bitte?«

»Ich kann dir nicht helfen.«

»Kannst du nicht oder willst du nicht? Meinst du damit, daß du keine Ahnung hast, wo dieser Platz zu finden ist, oder willst du es mir nicht sagen?«

»Ich sagte, ich kann dir nicht helfen.«

»Was stimmt nicht in diesem Dorf, Clarisse? Warum versucht hier jeder etwas zu verbergen?«

»Ich habe mein Bestes getan.« Sie schüttelte den Kopf, stand auf und ging zur Tür. Traurig sah sie sich noch einmal um. »Manchmal ist es besser, die Finger von etwas zu lassen. Manchmal gibt es Gründe für Geheimnisse.«

Ich sah ihr nach, wie sie den Flur entlangging. »Clarisse . . .«

Sie drehte sich um und sagte nur ein einziges Wort. »Norden.« Sie weinte. »Gott steh dir bei«, fügte sie noch hinzu. »Ich werde für deine Seele beten.« Dann verschwand sie die Treppe hinunter.

Zum erstenmal hatte ich wirklich Angst.

Fünf Minuten später verließ ich das Hotel. Auf meinen Spaziergängen zu den Plätzen, die Van Dorn gemalt hatte, war ich immer den einfachsten Wegen gefolgt – nach Osten, Westen und Süden. Wann immer ich nach den entfernten, von Bäumen bestandenen Hügeln im Norden gefragt hatte, war mir von den Dorfbewohnern gesagt worden, daß es dort nichts von Interesse gäbe, und Van Dorn sei dort nie gewesen. Und was mit den Zypressen in der Senke sei? Dort gäbe es keine Zypressen, war mir gesagt worden, nur Oliven. Jetzt wußte ich es besser.

La Verge lag am südlichen Ende eines länglichen Tales, von Osten und Westen wurde es von Felsen eingequetscht. Um die nördlichen Hügel zu erreichen, würde ich mindestens zwanzig Meilen laufen müssen.

Ich mietete ein Auto. Eine Staubwolke hinter mir lassend, drückte ich kräftig auf das Gaspedal und starrte auf die Hügel, die schnell größer wurden. Die Bäume, die ich vom Dorf aus gesehen hatte, waren tatsächlich Oliven. Aber die bleifarbenen Felsen, die sie umgaben, waren die gleichen wie auf Van Dorns Gemälde. Ich schoß die Landstraße entlang, bremste und schleuderte durch die Kurven, hinauf in die Hügel. Als ich beinahe oben war, fand ich einen schmalen Platz zum Parken und hastete aus dem Auto. Aber welche Richtung sollte ich einschlagen? Ganz instinktiv wendete ich mich nach links und rannte zwischen den Bäumen und Felsbrocken hindurch.

Inzwischen kam mir meine Wahl weniger zufällig vor, denn irgend etwas an den Felsabhängen auf der linken Seite wirkte dramatischer, ästhetisch unwiderstehlicher. Die Landschaft war wilder, vermittelte ein Gefühl von Tiefe und Substanz.

Meine Instinkte trieben mich vorwärts. Um viertel nach fünf hatte ich die Hügel erreicht. Auf unheimliche Weise schien die Zeit sich zusammenzuziehen, denn plötzlich zeigte meine Uhr bereits zehn Minuten nach sieben. Die Sonne stand über den Bäumen in scharlachroten Flammen. Ich suchte weiter, ließ mich von der grotesken Landschaft führen. Die Felsvorsprünge und kleinen Schluchten bildeten ein Labyrinth, hinter jeder Ecke ging es entweder weiter, oder man mußte umkehren. Auf diese Weise ergab sich die Richtung wie von selbst. Ich umrundete eine Felsspitze, stolperte einen dornigen Abhang hinunter, kümmerte mich nicht um die Risse in meinem Hemd und das Blut, das mir von den Händen tropfte, und stand plötzlich vor dem jähen Abgrund einer Senke. Zypressen, und nicht Olivenbäume, füllten ihren Grund. Riesige Findlinge ragten dazwischen hervor und formten ein Art Höhle.

Die Wände des Beckens waren steil. Ich strich an den Brombeerhecken entlang, ohne mich um die brennenden Risse zu kümmern, die die Dornen hinterließen. Felsbrocken führten mich hinab. Ich fegte alle bösen Vorahnungen zur Seite, wollte nur noch den Grund der Senke erreichen.

Diese Grube, dieses Becken mit Zypressen und Felsbrocken, dieser dornenumrandete Trichter hatte nicht nur für Van Dorns Gemälde das Motiv abgegeben, sondern auch für Myers zwei Versuche auf Leinwand. Aber warum hatte dieser Platz sie so sehr bewegt?

Die Antwort kam ebenso schnell, wie die Frage mir in den Kopf geschossen war. Ich hörte, bevor ich etwas sehen konnte, obwohl das Wort ›hören‹ meine Sinnesempfindung nicht genau beschreibt. Der Ton war so schwach und seine Frequenz so hoch, daß er beinahe jenseits der Wahrnehmungsschwelle blieb. Zuerst dachte ich, ich sei in die Nähe eines Hornissennestes geraten. Ich spürte ganz feine Schwingungen in der ansonsten hier unten in der Senke völlig unbewegten Luft. Hinter den Trommelfellen kitzelte es mich sanft, und auf der Haut fühlte ich ein leichtes Kribbeln. Das Geräusch bestand eigentlich aus vielen einzelnen, identischen Tönen, die sich vermischten, wie das Gebrumme einzelner Insekten sich zum Summen des ganzen Schwarmes vermischt. Aber das Geräusch war höher als das eines Bienenschwarms. Es war kein Summen. Es hörte sich eher an wie ein entfernter Chor von Gejammer und Klagerufen.

Angestrengt lauschend tat ich einen weiteren Schritt auf die Zypressen zu. Das Kribbeln auf meiner Haut wurde stärker. Das Kitzeln hinter den Trommelfellen wurde so unangenehm, daß ich beide Hände auf die Ohren legte. Ich kam nahe genug, um zwischen die Bäume sehen zu können, und was ich dort mit schrecklicher Deutlichkeit entdeckte, versetzte mich in Angst und Schrecken. Ich taumelte keuchend zurück. Zu spät. Was dort zwischen den Bäumen hindurch auf mich zuschoß, war zu klein und zu schnell, um ihm rechtzeitig ausweichen zu können.

Es traf mein rechtes Auge. Der Schmerz war unerträglich, als habe man mir eine weißglühende Nadelspitze durch die Netzhaut hindurch ins Gehirn gestoßen. Ich preßte meine rechte Hand auf das Auge und schrie laut auf.

Ich stolperte weiter rückwärts, der heftige Schmerz spornte meine Panik noch an. Aber der scharfe, brennende Schmerz wurde noch stärker und bohrte sich immer tiefer in meinen Schädel. Mir wurden die Knie weich. Langsam verdunkelte sich mein Bewußtsein, und ich sank gegen den Abhang.

Es war nach Mitternacht, als ich es endlich schaffte, ins Dorf zurückzufahren. Obwohl mein Auge nicht mehr brannte, war meine Angst noch stärker geworden. Immer noch benommen von der Ohnmacht, versuchte ich mich zusammenzunehmen, als ich die Klinik betrat und nach Clarisses Adresse fragte. Ich behauptete, sie hätte mich zu sich eingeladen. Ein verschlafener Portier runzelte zwar die Stirn, aber schließlich gab er mir die Auskunft. Verzweifelt fuhr ich zu ihrem kleinen Häuschen, etwa fünf Straßen weiter.

Die Lichter brannten. Ich klopfte an der Tür. Sie antwortete nicht. Ich klopfte kräftiger und schneller. Schließlich sah ich einen Schatten. Als die Tür aufflog, warf ich einen Blick in das Wohnzimmer. Ich nahm das Negligé kaum wahr, das Clarisse sich vor den Körper preßte, und auch nicht die offene Tür zum Schlafzimmer, hinter der eine verdutzte Frau sich im Bett aufsetzte, sich ein Laken um die Brust wickelte und aufstand, um die Tür zu schließen.

»Was tust du hier?« schrie Clarisse. »Kein Mensch hat dich eingeladen! Ich habe nicht . . .!«

Ich brachte die Kraft auf zu sprechen. »Ich habe keine Zeit für Erklärungen. Ich habe schreckliche Angst und brauche deine Hilfe.«

Sie preßte das Negligé fester an ihren Körper.

»Ich bin gestochen worden. Ich glaube, ich habe mich mit einer Krankheit angesteckt. Du mußt mir helfen, das aufzuhalten, was da in mir wütet. Antibiotika. Ein Gegengift. Alles, was dir einfällt. Vielleicht ist es ein Virus, vielleicht auch ein Pilz. Kann auch sein, daß es wie ein Bakterium wirkt.«

»*Was ist passiert*?«

»Ich sag doch, ich habe keine Zeit. Ich hätte schon in der Klinik um Hilfe gebeten, aber dort hätte mich kein Mensch verstanden. Sie würden es für einen Nervenzusammenbruch halten wie bei Myers. Du mußt mich hinbringen. Du mußt dich davon überzeugen, daß man mir jedes Mittel spritzt, das dieses Ding möglicherweise töten könnte.«

»Ich zieh mich so schnell wie möglich an.«

Während der rasenden Fahrt zum Krankenhaus beschrieb ich ihr, was passiert war. Sie rief sofort nach unserer Ankunft den diensthabenden Arzt an. Während wir warteten, desinfizierte sie mein Auge und gab mir etwas gegen die Kopfschmerzen, die schnell wieder stärker geworden waren. Der Doktor erschien. Sein verschlafenes Gesicht wurde sofort wach, als er sah, in welchem Zustand ich mich befand. Wie ich vorausgesehen hatte, behandelte er mich erst einmal so, als hätte ich einen Nervenzusammenbruch erlitten. Ich schrie ihn an, er solle mich mit Antibiotika vollpumpen. Clarisse vergewisserte sich, daß er mir nicht nur ein Beruhigungsmittel gab. Er gab mir jede auch nur einigermaßen verträgliche Kombination. Wenn ich die Hoffnung gehabt hätte, es könnte wirken, hätte ich sogar Draño geschluckt.

Was ich zwischen den Zypressen gesehen hatte, waren kleine, aufgerissene Mäuler gewesen und winzige, sich windende Körper, so klein und versteckt wie auf Van Dorns Bildern. Ich wußte nun, daß Van Dorn der Realität nicht seine wahnsinnigen Visionen aufgebürdet hatte. Er war kein Impressionist, zumindest nicht, als er sein Bild *Zypressen in einer Senke* malte. Ich bin davon überzeugt, daß dies sein erstes Bild nach der Infektion seines Gehirns war. Er hatte ganz genau das wiedergegeben, was er auf einem seiner Spaziergänge gesehen hatte. Später, als die Infektion sich ausweitete, sah er die klaffenden Mäuler und die verrenkten Körper wie eine Folie über allem, was er betrachtete. Auch in diesem Sinne war er kein Impressionist. Für ihn gab es die klaffenden Mäuler und die verrenkten Körper tatsächlich in allen späteren Ansichten.

Bis an die Grenzen der Belastbarkeit seines kranken Hirns malte er alles das, was für ihn Realität war. Seine Kunst war eigentlich gegenständlich.

Ich weiß es, das muß man mir glauben. Denn die Medikamente haben nicht gewirkt. Mein Gehirn ist ebenso krank wie das von Van Dorn – oder das von Myers. Ich habe versucht zu verstehen, warum sie nach dem Stich nicht in Panik gerieten, warum sie nicht zum nächsten Krankenhaus liefen, um dem Arzt klarzumachen, was mit ihnen geschehen war. Ich bin zu folgendem Schluß gekommen: Van Dorn war so verrückt nach einer Vision gewesen, mit der er seinen Bildern Leben einhauchen konnte, daß er die Qualen bereitwillig ertrug, und Myers hatte so verzweifelt versucht, Van Dorn zu verstehen, daß er, nachdem er gestochen worden war, ganz bewußt das Risiko einer noch größeren Identifikation mit dem Gegenstand seiner Forschungen auf sich nahm, bis er viel zu spät merkte, daß er einen Fehler gemacht hatte.

Orange steht für Angst, Blau für Wahnsinn. Wie wahr. Was auch immer mein Gehirn infiziert haben mag, mein Farbsinn wurde dadurch beeinträchtigt. Mehr und mehr überlagern Orange und Blau alle anderen Farben, von denen ich wohl weiß, daß sie auch da sind. Ich habe gar keine Wahl. Ich sehe zu wenig von den anderen. Meine Bilder quellen über von Orange und Blau.

Ja, meine Bilder. Ich habe nämlich auch ein anderes Geheimnis gelöst. Ich hatte mich immer gefragt, wie Van Dorn so plötzlich von einem so genialen Schaffensdrang befallen werden konnte, daß er achtunddreißig Meisterwerke in einem Jahr malte. Jetzt kenne ich die Antwort. Das, was in meinem Kopf ist, die aufgerissenen Münder und die verrenkten Körper, das Orange der Angst und das Blau des Wahnsinns, das verursacht einen solchen Druck, solche Kopfschmerzen, daß ich alles ausprobiert habe, sie zu unterdrücken, sie aus meinem Kopf zu vertreiben. Ich versuchte Codein, Demerol, später sogar Morphium. Alles half für eine gewisse Zeit, aber es reichte nicht aus. Dann auf einmal kam ich dahinter, was Van Dorn verstanden und Myers probiert hatte. Wenn man die Krankheit malt, dann verläßt sie einen wenigstens für eine Weile. Also malt man immer schneller und immer besessener.

Man tut alles, um den Schmerz zu lindern. Aber Myers war nun mal kein Künstler. Die Krankheit fand keinen Weg nach draußen und erreichte ihr letztes Stadium innerhalb von Wochen und nicht, wie bei Van Dorn, erst nach einem Jahr.

Ich aber *bin* ein Künstler – jedenfalls hoffte ich einmal, einer zu sein. Und jetzt habe ich, Gott helfe mir, meine Vision. Zuerst habe ich die Zypressen und ihr Geheimnis gemalt. Es kam dabei heraus, was man erwartet haben mag. Eine Imitation von Van Dorns Original. Aber ich weigere mich, ohne Ziel vor mich hinzuleiden. Ganz lebhaft erinnere ich mich wieder der Landschaften des Mittelwestens, die ich auf der Akademie malte. Die schwarzerdige Landschaft Iowas. Der Versuch, den Betrachter die schwere, feuchte Fruchtbarkeit dieser Erde spüren zu machen. Damals waren die Resultate dieses Versuchs höchstens ein Abklatsch der Bilder von Wyeth. Das ist jetzt anders. Die zwanzig Bilder, die ich bereits auf Lager habe, sind auch keine Imitationen von Van Dorn mehr. Es sind meine ureigensten Schöpfungen. Einzigartig. Eine Kombination von Krankheit und Erfahrung. Unterstützt von einem mächtigen Erinnerungsvermögen, male ich den Fluß, der durch Iowa City fließt. Blau. Ich male die Kornfelder, die sich am Rande der großen Stadt im Sommerwind wiegen. Orange. Ich male meine Unschuld. Meine Jugend. Und meine letzte Entdeckung ist in diesen Bildern versteckt. Das Scheußliche liegt hinter der Schönheit auf der Lauer. Das Entsetzen als eiterndes Geschwür in meinem Gehirn.

Schließlich berichtete mir Clarisse von einer Legende, die sie von den Einheimischen gehört hatte. Als La Verge gegründet wurde, soll ein Meteor vom Himmel gefallen sein. Er machte die Nacht zum Tage und schlug irgendwo in den nördlichen Hügeln ein. Flammen stiegen zum Himmel empor. Bäume brannten lichterloh. Es war spät. Nur wenige Dorfbewohner sahen es. Das Ereignis geschah viel zu weit entfernt, als daß jemand in der Nacht hingelaufen wäre, um sich den Krater anzuschauen. Am nächsten Morgen hatte der Rauch sich bereits verzogen. Die Glut war verloschen. Die Zeugen des Ereignisses machten sich zwar auf den Weg, um den Meteoriten zu finden, aber damals gab es noch nicht die Straßen, die es heute gibt, und das erschwerte die Suche in dem unzugänglichen Gelände so sehr, daß die meisten irgendwann entmutigt aufgaben. Nur ein paar der Zeugen harrten aus. Die Wenigen der Wenigen, die schließlich bei der Suche erfolgreich gewesen waren, kamen ins Dorf zurückgestolpert und faselten etwas von Kopfschmerzen und kleinen, aufgerissenen Mäulern. Mit Stöckchen kritzelten sie beunruhigende Zeichnungen in den Staub, und nach und nach stachen sie sich die Augen aus. Im Laufe der Jahrhunderte, so wollte es die Legende wissen, kamen solche Selbstverstümmelungen immer dann vor, wenn jemand von der Suche nach dem Krater in den nördlichen Hügeln zurückgekehrt war. Langsam gewann das Unbekannte an Macht. Die Hügel wurden zum tabuisierten Gebiet. Weder damals noch später wagte sich irgendeiner der Dorfbewohner an den Platz, von dem man sich erzählte, daß Gottes Zauberstab dort die Erde berührt habe. Eine poetische Umschreibung der Wirkung eines glühenden Meteoriten.

Der Zauberstab. La Verge.

Ich glaube nicht an das Naheliegende, daß nämlich der Meteorit Sporen, Keimzellen mitgebracht haben könnte, die sich in dem Krater vermehrten, aus dem später eine Mulde wurde, in der Zypressen wuchsen. Nein. Für mich war der Meteor nur ein Anlaß, nicht aber die eigentliche Wirkung. Ich sah eine kleine Grube zwischen den Zypressen, und diese Grube spuckte kleine, aufgerissene Mäuler aus und sich windende Körper, die Insekten ähnelten. Mein Gott, was war das für ein Jammer. Sie klammerten sich an den Blättern der Zypressen fest, heulten vor Angst, bis sie zurückfielen und sofort durch andere, angsterfüllte Seelen ersetzt wurden, welche die Grube ausspuckte.

Ja. Ich spreche von Seelen. Denn ich bestehe darauf: Der Meteorit war nur ein Anlaß. Die Wirkung war, daß sich an dieser Stelle die Hölle öffnete. Die winzigen, heulenden Münder gehören den Verdammten. So, wie *ich* ein Verdammter bin. In dem verzweifelten Versuch zu überleben, diesem letzten Gefängnis, das wir Hölle nennen, zu entkommen, sprang einer der verdammten Sünder mich an. Er traf mein Auge und stach mein Gehirn an, diesen Torweg zu meiner Seele. Zu meiner Seele. Jetzt ist sie infiziert, und ich muß malen, um den Eiter fernzuhalten.

Ich erzähle. Das hilft irgendwie. Clarisse schreibt alles nieder, während ihre lesbische Freundin mir den Rücken massiert.

Meine Gemälde sind brillant. Ich werde entdeckt werden, so wie ich es mir immer erträumt habe. Als Genie, natürlich.

Zu diesem hohen Preis.

Meine Kopfschmerzen werden immer schlimmer. Das Orange wird leuchtender, das Blau immer finsterer.

Ich versuche mein Bestes. Ich treibe mich an, ich will stärker sein als Myers, der nur ein paar Wochen durchgehalten hat. Van Dorn widerstand ein Jahr lang. Vielleicht bedeutet Genie Stärke?

Mein Gehirn schwillt an. Es droht, die Schädeldecke zu sprengen. Die klaffenden Mäuler stehen in voller Blüte.

Die Kopfschmerzen! Ich sage mir immer wieder, daß ich stark sein muß. Noch ein Tag. Noch einmal höchste Eile, um ein weiteres Bild fertigzustellen.

Das spitze Ende des Pinselstiels hat etwas Verlockendes. Wie alles, mit dem ich das eiternde Geschwür in meinem Kopf öffnen könnte, mit dem ich mir in die Augen stechen könnte, um mir den Rausch der Erleichterung zu verschaffen. Aber ich muß aushalten.

Auf einem Tisch, ganz in der Nähe meiner linken Hand, wartet die Schere.

Aber nicht heute. Auch morgen noch nicht.

Ich werde länger aushalten als Van Dorn.

Peter Straub

Der Wacholderbaum

(The Juniper Tree)

Peter Straub (1943 in Milwaukee, Wisconsin, geboren) ist der herausragendste Stilist des modernen unheimlichen Romans. Zu seinen Büchern gehören zwei frühe Mainstream-Romane, ›Marriages‹ (dt: ›Die fremde Frau‹) und ›Under Venus‹ (dt: ›Das geheimnisvolle Mädchen‹), sowie ›Julia‹ (dt: ›Julia‹), ›If You Could See Me Now‹ (dt: ›Wenn du wüßtest‹), ›Ghost Story‹ (dt: ›Geisterstunde‹), ›Shadowland‹ (dt: ›Schattenland‹) und ›Floating Dragon‹ (dt: ›Der Hauch des Drachen‹). Nach seinem Roman ›Koko‹ (dt: ›Koko‹) wird seine erste Kurzgeschichtensammlung erscheinen.

Es ist ein Schulhof in meinem Mittelwesten grün wogender Plätze voll leuchtender Tigerlilien; häßlicher neuer ›Ranchhäuser‹, in gleißendem Ton aneinandergereiht; baumloser Straßen, die in der Sonne brüten. Unser Schulhof hat schwarzen Asphalt – an Junitagen lösen sich Flecken des Asphalts und bleiben wie Gummi an den Sohlen unserer schwarzen hohen Basketballschuhe kleben.

Der größte Teil des Spielplatzes ist ein schwarzes, leeres Feld, von dem Hitze aufsteigt, wie die flimmernden Bilder auf der Mattscheibe eines defekten Fernsehgeräts. Es ist von hohem Maschendraht umgeben. Ein neuer Junge namens Paul steht neben mir.

Obwohl der letzte Monat des Semesters beinahe angebrochen ist, war Paul erst vor sechs Wochen zu uns gekommen, mit seinen karottenroten Haaren, den wäßrigen Augen, und zu schüchtern, auch nur nach der Örtlichkeit des Waschraums zu fragen. Der Unterricht überfordert ihn, und sein Südstaatenakzent ist ein fataler Stilbruch. Die Schüler verbreiten mit gedämpftem, kicherndem Flüstern, daß Paul ›wie ein Nigger spricht‹. Ihre Stimmen sind *fast* ehrfürchtig – sie sind sich über die enorme Bedeutung dessen, was sie da sagen, über das enorme Ausmaß seiner Konsequenzen im klaren.

Paul hat ein leuchtendrotes Hemd an, das zu schwer, zu warm für das Wetter ist. Er und ich stehen im rückwärtigen Teil des Schulhofes im Schatten, vor einer cremefarbenen Backsteinmauer, in die in Augenhöhe ein gerade eben zerschelltes Fenster aus perligem grünem Glas eingelassen ist, welches mit Kupferdrähten verstärkt wurde. Zu unseren Füßen liegt ein Wirrwarr grüner, eßbar aussehender Splitter. Die Splitter drücken in unsere Schuhsohlen, sie sind so hart, daß sie nicht auf dem Asphalt zerbrechen. Paul singt mit seiner leisen, melodischen Stimme, daß er an dieser Schule niemals Freunde haben wird. Ich setze einen Fuß auf einen der grünen Glassplitter und spüre, wie er hart wie eine Kugel gegen meinen Fuß drückt. »Kinder sind so grausam«, singt Paul beiläufig. Ich denke daran, den Splitter aus grünem Glas über meine Kehle zu ziehen, mich weit aufzuschlitzen, um den Tod hereinzulassen.

Im Herbst kam Paul nicht in die Schule zurück. Sein Vater, der unten in Mississippi einen Mann totgeschlagen hatte, war verhaftet worden, als er nicht weit von unserem Haus entfernt ein Kino namens Orpheum-Oriental verlassen hatte. Pauls Vater hatte seine Familie in einen Esther-Williams-Film, mit Fernando Lamas in einer Nebenrolle, mitgenommen, und als sie herauskamen, die Münder wund von salzigem Popcorn, die Hände der Kinder klebrig von verschüttetem Cola, hatte die Polizei auf sie gewartet. Es waren Mississippi-Leute, und ich denke jetzt an Paul, wie er an einem Schreibtisch in einer Etage eines Bürogebäudes in Jackson sitzt, das voll von Männern wie ihm ist: Seine Krawatte perfekt geknotet, die Korduanschuhe makellos poliert, eine notwendige, aber unbewußte Zurückhaltung im Ausdruck des Mundes.

In jener Zeit verbrachte ich manchmal ganze Tage im Orpheum-Oriental.

Ich war sieben. Ich trug die Vorstellung von Pauls Verschwinden in mir, wollte niemals wieder gesehen werden. Ein Abwesender sein, ein Schatten, ein Ort, wo etwas nicht länger Sichtbares zu sein pflegte.

Bevor ich jenen jungen-alten Mann traf, dessen Name ›Frank‹ oder ›Stan‹ oder ›Jimmy‹ war, als ich im Bann des Lernens vor den Filmen im Orpheum-Oriental saß, betrachtete ich Alan Ladd und Richard Widmark und Glenn Ford und Dane Clark. *Chicago Confidential*[1]. Martin und Lewis, in *At War With the Army*[2] in denselben Fallschirm eingewickelt. William Boyd und Roy Rogers. Mit offenem Mund sog ich Filme über Spione und Verbrecher in mich ein und wollte, daß die Leidenschaftlichen und Finsteren Erfüllung fanden, sich an dem, was sie brauchten, sättigten.

Der fiebrige Blick von Richard Widmark, der Zorn von Alan Ladd, Berry Kroegers verschlagene Augen, mädchenhaft und aufmerksam – lebhaft, völlige Eleganz.

Als ich sieben war, kam mein Vater ins Badezimmer und sah, daß ich mein Gesicht im Spiegel betrachtete. Er schlug mich, nicht mit seiner ganzen Kraft, aber heftig genug, sofort wütend geworden. »Was glaubst du, sieht du da?« Er hatte die Hand gekrümmt und bereit. »Was glaubst du, siehst du?«

»Nichts«, sagte ich.

»Nichts, ganz recht.«

Er war Zimmermann und arbeitete verbissen, obschon bereits besiegt, hatte er zwar nie genügend Geld, tat aber so, als existiere – ständig außerhalb seiner Reichweite – eine Menge Geld, die ihn zufriedengestellt hätte. Morgens ging er, von einem Zorn, von dem er gar nicht wußte, daß er ihn in sich hatte, hart wie Beton gemacht, zur Arbeit. Manchmal brachte er nachts Männer aus der

1 (deutscher Verleihtitel: *Chicago vertraulich*)
2 (deutscher Verleihtitel: *Krach mit der Kompanie*)

Kneipe mit nach Hause. Sie hatten durchsichtige Flaschen Miller High Life in Papiertüten bei sich, die sie mit einem Poltern auf den Tisch stellten, das sagen sollte: Es sind Männer hier! Meine Mutter, die erst ein paar Stunden vorher von ihrer Arbeit als Sekretärin heimgekommen war, fütterte meine Brüder und mich, spülte das Geschirr und brachte uns drei ins Bett, während die Männer in der Küche brüllten und lachten.

Er wurde als hervorragender Zimmermann betrachtet. Er arbeitete langsam, geduldig; und heute ist mir klar, daß er die Liebe, die er in sich hatte, in der gemieteten Garage verbrauchte, die seine Werkstatt war. In seiner Freizeit hörte er sich Baseballspiele im Radio an. Er besaß eine berufliche, aber keine persönliche Eitelkeit, und er war der Meinung, ein Gesicht wie meines sollte nicht begutachtet werden.

Weil ich ›Jimmy‹ im Spiegel sah, dachte ich, mein Vater hätte ihn auch gesehen.

Eines Samstags nahm meine Mutter die Zwillinge und mich mit auf die Fähre über den Lake Michigan nach Saginaw – der einzige Zweck der Reise war die Reise selbst, das Boot legte in Saginaw zwanzig Minuten an, bevor es wieder auf den See hinaustuckerte und die Rückfahrt begann. Mit uns waren Frauen wie meine Mutter und deren Freunde, die am Wochende nicht zur Arbeit mußten, einige davon wurden von Männern wie meinem Vater begleitet, mit Filzhüten und weiten Wochenendhosen, die über den Wochenendschuhen flatterten. Die Frauen trugen blutroten Lippenstift, der sich auf ihren Zigaretten abdrückte und auf ihren Vorderzähnen verschmierte. Sie lachten viel und wiederholten die schlüpfrigen Wörter, die sie zum Lachen gebracht hatten. Dreißig Minuten nach dem Ablegen verschwanden die Männer an die Deckbar; die Frauen, unter ihnen meine Mutter, arrangierten Deckstühle zu einem langgezogenen Oval, verbunden von Gelächter, Aufmerksamkeit, Klatsch. Sie winkten mit ihren Zigaretten in der Luft. Meine Brüder rannten auf dem Deck herum, ihre Hemden flatterten, ihr Haar war vom Schweiß an ihre Köpfe geklebt – wenn sie sich zankten, dann befahl ihnen meine Mutter, auf freie Deckstühle zu sitzen. Ich saß auf dem Deck, lehnte an der Reling, war stumm, und die Frauen redeten. Hätte mich jemand gefragt: Was möchtest du heute nachmittag machen, was möchtest du den Rest deines Lebens machen, dann hätte ich geantwortet, ich möchte hierbleiben, ich möchte für immer hierbleiben.

Nach einer Weile stand ich auf und entfernte mich von den Frauen. Ich ging über das Deck und stieg durch die Luke in die Bar. Dunkles, körniges Holzimitat bedeckte die Wände. Der Geruch von Bier und Zigaretten und der Klang von Männerstimmen erfüllte den engen Raum. Etwa zwanzig Männer standen an der Bar, redeten und gestikulierten mit halbvollen Gläsern. Dann machte sich ein Mann mit einem Aufblitzen dunkelblonden Haares von den anderen frei, ich sah, wie sich seine Schultern bewegten, und meine Kopfhaut kribbelte und mein Magen krampfte sich zusammen, und ich dachte: Jimmy. ›Jimmy.‹ Aber er drehte sich ganz herum, neigte die Schultern in der Ekstase von Bier und männlicher Gesellschaft, und ich sah, daß er ein Fremder war, überhaupt nicht ›Jimmy‹.

Ich dachte, eines Tages, wenn ich frei bin, wenn ich aus diesem Körper heraus und in einer Stadt bin, deren Namen ich nicht einmal kenne, werde ich mich von Anfang bis zum Ende an dies erinnern, und dann werde ich frei davon sein.

Die Frauen schwebten über den einsamen See und lachten Wolken von Zigarettenrauch aus, die Männer waren auch so lärmend wie die Kinder auf dem klebrigen Asphaltspielplatz mit seinem grünen Wirrwarr von Glas wie Bonbons.

In jenen Tagen wußte ich, daß ich vom Rest meiner Familie getrennt war, eine Insel zwischen meinen Eltern und den Zwillingsbrüdern. Diese Paare, die mich einklammerten, schliefen in Doppelbetten in nebeneinander gelegenen Zimmern im hinteren Teil des Erdgeschosses des Doppelhauses, welches dem blinden Mann gehörte, der über uns wohnte. Mein Bett, eine von den Zwillingen begehrte Koje, stand in ihrem Zimmer. Eine unsichtbare Linie großer Autorität trennte mein Gebiet und meine Besitztümer von ihren.

Dies geschah morgens in unserer Hälfte des Doppelhauses. Meine Mutter stand zuerst auf – wir hörten sie duschen, hörten Schubladen, die zugemacht wurden, die Geräusche von Schüsseln und Milch, die auf den Tisch gestellt wurden. Der Geruch von gebratenem Speck für meinen Vater, der an die Tür klopfte und die Namen meiner Brüder rief. »Paßt auf, daß ich nicht hineinkommen muß!« Der lärmende, welpenhafte Aufstand meiner Brüder, die aus dem Bett stiegen. Wir drei drängten ins Bad, sobald mein Vater es verlassen hatte. Das Badezimmer war dampfend, von einem schweren Geruch nach Scheiße erfüllt, aber mehr noch vom stechenden, fast greifbaren Geruch des Rasierens – Rasierschaum und amputierte Barthaare. Wir pinkeln alle gleichzeitig in die Toilettenschüssel. Meine Mutter schimpft und schimpft, sie zieht den Zwillingen ihre Kleidung an, damit sie sie die Straße hinab zu Mrs. Candee bringen kann, die jede Woche eine Fünfdollarnote dafür bekommt, daß sie auf sie aufpaßt. Von mir etwartet man, daß ich auf dem Spielplatz der Summer Play-School hin und her laufe, von zwei Teenager-Mädchen beaufsichtigt, die einen Block von uns entfernt wohnen. (Ich bin nur zweimal in die Play-School gegangen.) Nachdem ich mir saubere Unterwäsche und Socken sowie mein Alltagshemd und die Hose angezogen habe, komme ich in die Küche, wo Vater sein Frühstück zu Ende ißt. Er ißt Speckstreifen und goldbraune Toastscheiben, auf denen Butter glänzt. Eine Zigarette schwelt im Aschenbecher vor ihm. Alle anderen haben das Haus bereits verlassen. Mein Vater und ich können den blinden Mann hören, der in seinem Wohnzimmer auf dem Klavier hämmert. Ich setze mich vor eine Schüssel Frühstücksflocken. Mein Vater sieht mich an, sieht wieder weg. Er ist wütend auf den blinden Mann, weil er schon so früh am Morgen auf dem Klavier klimpert, und er schwitzt bereits. Seine Stirn und die Wangen glänzen wie der goldene Toast. Mein Vater sieht mich an, er weiß, er kann es nicht mehr hinausschieben, greift ergeben in die Tasche und legt zwei Vierteldollarmünzen auf den Tisch. Die Mädchen von der High-School berechnen fünfundzwanzig Cents täglich, der andere Vierteldollar ist für mein Essen. »Verlier das Geld nicht«, sagt er, während ich die Münzen nehme. Mein Vater kippt Kaffee in seinen Mund, stellt Tasse und Untertasse in die randvolle Spüle, sieht mich wieder an, klopft gegen seine Tasche, ob die Schlüssel darin sind, und sagt: »Mach die Tür hinter dir zu.« Ich sage ihm, daß ich die Tür zumachen werde. Er nimmt seine graue Werkzeugkiste und die schwarze Lunchbox, setzt den Hut auf den Kopf und geht hinaus, wobei er den Werkzeugkasten gegen den Türrahmen schlägt. Zurück bleibt eine breite graue Spur, gleich der Schliere, die die Haut eines vorübereilenden wütenden Tieres hinterlassen würde. Dann bin ich allein im Haus. Ich gehe ins Schlafzimmer zurück, mache die Tür zu, schiebe einen Stuhl unter den Türknopf und lese *Blackhawk* und *Henry* und *Captain-Marvel*-Comics, bis es endlich Zeit ist, ins Kino zu gehen.

Während ich lese, scheint alles im Haus am Leben und gefährlich zu sein. Ich kann das Telefon in der Diele auf der Gabel rasseln hören, das Radio klicken, während es versucht, sich selbst einzuschalten und zu mir zu sprechen. Das Geschirr regt sich und klappert in der Spüle. In diesen Augenblicken zeigen alle Dinge, sogar die schweren Sessel und das Sofa, ihre wahren Gesichter, die so gewalttätig sind wie das Feuer, das den Himmel erfüllt, den ich nicht sehen kann, und das durch die geheimen Wege und Durchgänge unter den Straßen rast. In diesen Augenblicken verschwinden andere Menschen wie Rauch.

Wenn ich den Stuhl von der Tür wegziehe, wird das Haus augenblicklich still wie ein wildes Tier, das sich schlafend stellt. Alles drinnen und draußen geht listig wieder an Ort und Stelle, das Feuer erlischt, Männer und Frauen erscheinen wieder auf den Gehwegen. Ich muß die Tür aufmachen, und das tue ich. Ich gehe rasch durch die Küche und das Wohnzimmer zur Eingangstür, weil ich weiß, wenn ich etwas zu sehr ansehe, wird es wieder aufwachen. Mein Mund ist so trocken, daß sich meine Zunge dick anfühlt. »Ich gehe«, sage ich zu niemandem. Alles im Haus hört mich.

Der Vierteldollar verschwindet durch den Schlitz unter dem Fenster, die Karte kommt aus dem Schlitz heraus. Vor Jimmy glaubte ich lange Zeit, daß die Platzanweiserin den Gang entlang geeilt kommt, einen packen und hinauswerfen konnte, wenn man die

Eintrittskarte nicht ungeknickt und sicher in einer Hemdentasche verwahrte. Also wandert sie in meine Tasche, und ich gehe durch die großen Türen ins Kühle und durchquere die Halle und gehe durch eine Schwingtür mit Bullaugenfenster.

Die meisten der regelmäßigen Tagesbesucher des Orpheum-Oriental sitzen jeden Tag auf demselben Sitz – ich bin einer von denen, die jeden Tag hierherkommen. Eine kleine, redselige Versammlung von Pennern sitzt ganz rechts im Kino, in den Reihen nur drei Sitze weiter unter einem der Leuchter, die wie Bronzefackeln an den roten Wänden befestigt sind. Die Penner nehmen diese Sitze, damit sie ihre Papiere betrachten können, ihre ›Dokumente‹, die sie einander während der Filme zeigen. Sie denken immerzu an die Möglichkeit, daß sie eines dieser Dokumente verloren haben könnten, und sie konsultieren gelegentlich die abgegriffenen Umschläge, in denen sie sie aufbewahren.

Ich nehme den Endsitz links vom Mittelblock der Sitzreihen, direkt vor dem breiten horizontalen Mittelgang. Dort kann ich mich ausstrecken. Manchmal sitze ich auch in der Mitte der letzten Reihe, oder der ersten; manchmal, wenn der Balkon offen ist, gehe ich hinauf und sitze in der ersten Reihe. Wenn man einen Film in der ersten Sitzreihe des Balkons sieht, dann ist es, als wäre man ein Vogel, der von oben in den Film hineinfliegt. Allein im Kino zu sein, ist köstlich. Die Vorhänge hängen schwer, rot, erwartungsvoll, die Fackelnachahmungen leuchten an den Wänden. Goldene Schnörkel winden sich durch die rote Farbe. An Tagen, wenn ich neben der Wand sitze, greife ich nach dem Rot, das weich und warm aussieht, und stelle fest, daß meine Finger auf klammer Feuchtigkeit ruhen. Der Teppich des Orpheum-Oriental muß einmal ein grundlos volles Braun gewesen sein; jetzt hat er eine dunkle Nicht-Farbe, durchsetzt von rosa und grauen Kaugummis, gleich geschmolzenen Heftplastern. Aus etwa einem Drittel der Sitze quillt schmutziggraue Wolle aus Schlitzen in dem abgesessenen Plüsch.

An einem guten Tag erlebe ich einen Zeichentrickfilm, einen Reisebericht, eine Anzahl Vorschauen, einen Film, noch einen Zeichentrickfilm und einen weiteren Film, bevor jemand ins Kino kommt. Dieser ganze Zyklus ist so befriedigend wie eine Mahlzeit. An anderen Morgen sind ein paar alte Frauen mit albernen Hüten, junge Frauen mit Schals über Lockenwicklern und ein paar Teenager-Paare im ganzen Kino verstreut, wenn ich eintrete. Keiner dieser Menschen widmet seine Aufmerksamkeit etwas anderem als den Filmen und, im Fall der Teenager, sich selbst.

Einmal setzte sich ein Mann Anfang Zwanzig, mit Haar wie ein Heuschober, in dem breiten Mittelgang auf, als ich mich setzte. Er stöhnte. Getrocknetes Blut, das wie Rost aussah, war auf seinem Kinn und dem schmutzigen weißen Hemd verspritzt. Er stöhnte noch einmal und ging dann auf Hände und Knie. Der Teppich unter ihm war scheinbar mit tausend roten Pünktchen gemustert. Der junge Mann kam wieder auf die Beine und torkelte den Mittelgang entlang. Eine helle Scheibe Sonnenlicht, ohne jegliche Tiefe, umgab ihn, bevor er darin verschwand.

Anfang Juli erzählte ich meiner Mutter, daß die Mädchen von der High-School die Stundenzahl auf dem Spielplatz der Schule erhöht hatten, weil ich sicherstellen wollte, daß ich beide Filme zweimal sehen konnte, bevor ich nach Hause gehen mußte. Danach lernte ich den Rhythmus des Kinos selbst kennen, der sich mir überhaupt nicht aufdrängte, sondern sich allmählich offenbarte, so daß ich Mitte der ersten Woche wußte, wann die Penner anfangen würden, sich zu den Sitzen unter den Leuchtern zu bewegen – für gewöhnlich trafen sie dienstags und freitags kurz nach elf Uhr ein, wenn der Spirituosenladen weiter unten geöffnet hatte und ihnen die Liter- und Halbliterflaschen verschaffen konnte, von denen sie sich ernährten. Ende der zweiten Woche wußte ich, wann die Platzanweiserinnen das Innere des Kinos verließen, um draußen in der Halle auf gepolsterten Bänken Platz zu nehmen und sich ihre Luckies und Chesterfields anzündeten, wann die alten Männer und Frauen eintreffen würden. Ende der dritten Woche fühlte ich mich wie ein Teil einer großen, ordentlichen Maschine. Bevor *Beautiful Hawaii* oder *Curiosities Down Under* zum zweitenmal gezeigt wurden, ging ich mit meinem zweiten Vierteldollar zur Theke und kaufte eine Tüte Popcorn und eine Packung Süßigkeiten.

In einem Kino ist nichts zufällig, abgesehen von den Kunden und den Launen der Maschinen. Filme reißen und Glühbirnen gehen kaputt: der Vorführer betrinkt sich oder schläft ein, die Leinwand zeigt den stampfenden, pfeifenden Zuschauern ein leeres gelbes Antlitz. Diese Unregelmäßigkeiten gehören zu den Sommerpannen, die vergessen sind, sobald sie aufgehört haben.

Die Gelegenheit für die Lichter, den Vorführer, die Popcorntüten und Süßigkeitenpackungen, die Filme, vergrößerte sich, wenn man sie immer wieder sah. Allmählich wurde mir die Tatsache klar, daß dieses Tieferwerden und Ausweiten, dieses Vergrößern, der Grund dafür war, daß Filme den ganzen Tag lang immer wieder gezeigt wurden. Die Maschine offenbarte sich am eindeutigsten in den exakten, durchsichtigen Wiederholungen der Worte und Gesten der Schauspieler, während sie sich durch die Story bewegten. Wenn Alan Ladd Blackie Frachot, den sterbenden Gangster, fragte: »Wer hat es getan, Blackie?«, wurde seine Stimme so breit wie ein Fluß, wurde *sandiger* vor fast unverhohlener Zärtlichkeit, die zu hören ich erst lernen mußte – die Stimme in der sprechenden Stimme.

Chicago Deadline[1] erzählt davon, wie ein Zeitungsreporter namens ›Ed Adams‹ (Alain Ladd) die Tragödie einer geheimnisvollen jungen Frau recherchiert, ›Rosita Jandreau‹, die allein in einem schäbigen Hotelzimmer an Tuberkulose gestorben war. Der Reporter findet bald heraus, daß sie viele Namen, viele Identitäten hatte. Sie war in einen Architekten verliebt gewesen, einen Gangster, einen verkrüppelten Professor, einen Boxer, einen Millionär, und jedem hatte sie eine andere Facette ihres Wesens präsentiert. Nur zu vorhersehbar, beschwert sich das erwachsene Ich in mir, kam es, daß der besessene ›Ed‹ sich in ›Rosita‹ verliebt. Als ich sieben war, war wenig vorhersehbar – ich hatte *Laura* noch nicht gesehen –, und hier sah ich einen Mann, der von dem Drang zu verstehen getrieben wurde, welcher identisch mit dem Drang zu beschützen wurde. ›Rosita Jandreau‹ war die Verkörperung der Erinnerung, die das Geheimnis war.

1 (deutscher Verleihtitel: *Todesfalle von Chicago*)

Durch die Abfolge ihrer Identitäten, den verschiedenen Ichs, die sie Bruder, Boxer, Millionär, Gangster, all den anderen zeigte, hielt ihre Erinnerung sie ganz. Zwei Wochen sah ich zweimal täglich, vor und während ›Jimmy‹, die Maschine tief in der Maschine. Liebe und Erinnerung waren ein und dasselbe. Liebe und Erinnerung begleiteten uns bis zum Tod. (Das verstand ich nicht, aber ich sah es.) Der Reporter, Alan Ladd, mit seinem dunkelblonden Haar, dem perfekten Kiefer und dem strahlenden, verletzten Lächeln, gab ihr Leben, indem er ihre Erinnerung zu seiner eigenen machte.

»Ich glaube, Sie sind der einzige, der sie jemals verstanden hat«, sagte Arthur Kennedy – Rositas Bruder – zu Alan Ladd.

Der Großteil der Welt braucht den Kitzel der Sensationen, der Großteil der Welt muß Geld verdienen und ausgeben, nach einfacheren und vergänglicheren Formen der Liebe jagen, muß sich selbst ernähren, Zeitungen verkaufen, die Verschwörungen der Feinde mit eigenen Verschwörungen zunichte machen . . .

»Ich weiß gar nicht, was Sie wollen«, sagt Ed Adams zum Chefredakteur von *The Journal.* »Sie haben zwei Morde . . .«

». . . und eine geheimnisvolle Frau«, sage ich im Einklang mit ihm. Seine Stimme ist hart und unbeteiligt, die Stimme eines verwundeten Mannes, der schauspielert. Der Mann neben mir lacht. Sein Lachen ist, anders als seine normale Stimme, atemlos und schrill. Es ist die zweite Vorführung von *Chicago Deadline* heute, früher Nachmittag – nach der nächsten Vorführung von *At War With The Army* werde ich den Mittelgang entlang- und aus dem Kino hinausgehen müssen. Es wird zwanzig Minuten vor fünf sein, die Sonne wird immer noch hoch über den cremefarbenen Gebäuden jenseits des breiten, verlassenen Sherman Boulevard stehen.

Ich traf den Mann, oder er mich, an der Süßwarentheke. Zuerst war er nur eine große Präsenz, blond, dunkel gekleidet. Ich achtete nicht auf ihn, er war nicht wichtig. Er war selbst wenn er sprach vage. »Gutes Popcorn.« Ich sah zu ihm auf – schmale blaue Augen, schlechte Zähne, die mich anlächelten. Stoppeln im Gesicht. Ich sah weg, und der uniformierte Mann hinter der Theke gab mir Popcorn. »Gut für dich, meine ich. Im Popcorn sind gute Sachen – es kommt direkt aus dem Boden. Wächst an großen Pflanzen, so hoch wie ich, genau wie anderes Getreide. Hast du das gewußt?«

Als ich nichts sagte, lachte er und sprach den Mann hinter der Theke an. »*Er* hat es nicht gewußt – der Junge dachte, Popcorn würde in den Pop-Automaten wachsen.« Der Mann hinter der Theke wandte sich ab. »Kommst du oft her?« fragte mich der Mann.

Ich stopfte mir ein paar Körner Popcorn in den Mund und wandte mich ihm zu. Er zeigte mir seine schlechten Zähne.

»Das tust du«, sagte er. »Du kommst oft hierher.«

Ich nickte.

»Jeden Tag?«

Ich nickte wieder.

»Und wir erzählen kleine Schwindeleien daheim, was wir den ganzen Tag so gemacht haben, richtig?« fragte er, schürzte die Lippen und zog die Augenbrauen hoch wie ein komischer Butler in einem Film. Dann veränderte sich seine Stimmung, und alles an ihm wurde ernst. Er sah mich an, aber er sah mich nicht. »Hast du einen Lieblingsschauspieler? Ich habe einen Lieblingsschauspieler. Alan Ladd.«

Und ich sah – sah und begriff –, daß er dachte, er sähe wie Alan Ladd aus. Sah er auch, wenigstens ein bißchen. Als ich die Ähnlichkeit sah, schien er ein anderer Mensch zu werden, strahlender. Glanz umgab ihn, als würde er schauspielern, als würde er einen schmuddeligen jungen Mann mit fleckigen, unregelmäßigen Zähnen verkörpern.

»Mein Name ist Frank«, sagte er und streckte die Hand aus.

Ich nahm seine Hand.

»Wirklich gutes Popcorn«, sagte er und streckte die Hand in die Tüte. »Möchtest du ein Geheimnis hören?«

Ein Geheimnis.

»Ich wurde zweimal geboren. Das erste Mal starb ich. Das war in einem Armeestützpunkt. Alle *sagten* mir, ich hätte zur Marine gehen sollen, und alle hatten recht. Also ließ ich mich einfach anderswo wieder geboren werden. He – die Armee ist nicht für alle, weißt du das?« Er grinste auf mich herunter. »Jetzt habe ich dir mein Geheimnis erzählt. Laß uns hineingehen – ich setze mich zu dir. Jeder braucht Gesellschaft, und ich mag dich. Du siehst wie ein guter Junge aus.«

Er folgte mir zu meinem Sitz und setzte sich neben mich. Wenn ich gemeinsam mit den Schauspielern die Dialoge sprach, lachte er.

Dann sagte er . . .

Dann beugte er sich zu mir herüber und sagte . . .

Er beugte sich zu mir herüber, atmete sauren Weingeruch über mich, und nahm . . .

Nein.

»Ich habe draußen nur Spaß gemacht«, sagte er. »Frank ist nicht mein richtiger Name. Nun, es war mein Name. Vorher. Klar? Frank *war* eine Zeitlang mein Name. Aber jetzt nennen meine guten Freunde mich Stan. Das gefällt mir. Stan der Steamer. Big Stan. Stan the Man. Klar? Funktioniert wirklich gut.«

Du wirst niemals Zimmermann werden, sagte er mir. Du wirst niemals so etwas werden – weil du dieses Aussehen hast. *Ich* hatte dieses Aussehen, okay? Daher weiß ich es. Ich weiß viel über dich, wenn ich dich nur ansehe.

Er sagte, er wäre Büroangestellter bei Sears gewesen, nachdem er als Hausmeister für ein paar Mietshäuser gearbeitet hatte, die einem Mann gehörten, der sein Freund gewesen war, jetzt aber nicht mehr war. Dann war er Hausmeister an der High-School gewesen, wo meine Grundschule ihre Abgänger hinschickte. »Der gute alte Fusel hat mich den Job gekostet, die Geschichte meines Lebens«, sagte er. »Die schlappärschigen Dreckskerle erwischten mich unten im Keller beim Trinken, in einem Zimmer, das ich dort benützte, und sie warfen mich ohne ein Abschiedswort hinaus. He, das war *mein* Zimmer. Mein *Zuhause*. Das Beste auf der Welt kann dir das Schlimmste antun, das wirst du eines Tages auch herausfinden. Und wenn du diese Schule besuchst, dann wirst du dich hoffentlich daran erinnern, was sie mir dort angetan haben.«

Momentan ruhte er sich aus. Er hing herum, ging ins Kino.

Er sagte: Du hast etwas Besonderes an dir. Männer wie ich, wir sind merkwürdig, wir können das sehen.

Beim zweiten Film saßen wir nebeneinander, Dean Martin und Jerry Lewis, zufrieden und lachend. »Diese beiden sind noch größere Penner als wir«, sagte er. Ich dachte an Paul in seinem roten Hemd, ausgeschlossen aus der Schulgemeinschaft durch seine Unfähigkeit, so zu sein wie andere.

Kommst du morgen wieder? Wenn ich hierher komme, werde ich nach dir Ausschau halten.

He. Vertraue mir. Ich weiß, wer du bist.

Kennst du das kleine Ding, mit dem du pinkelst? Er beugte sich zur Seite und flüsterte mir ins Ohr. Das ist das Beste an einem Mann. Glaub mir.

Der große Park in der Nähe unseres Hauses, zwei Straßen weiter als das Orpheum-Oriental, ist in drei verschiedene Abschnitte unterteilt. Den breiten Eisentoren am Sherman Boulevard, durch die wir eintreten, am nächsten gelegen, ist ein flacher Pool zum Waten, den eine Hecke, welche so gummiartig ist, daß sie künstlich aussieht, von einem Spielplatz mit Klettergerüst, Schaukeln und eine Reihe Wippen trennt. Als Kind von zwei und drei Jahren planschte ich in dem warmen Pool und klammerte mich an den Ketten der Schaukel fest, schwang mich höher und höher, Entsetzen und Freude und grimmiges Pflichtgefühl so dicht miteinander verflochten, daß sie niemand trennen konnte.

Hinter dem Kinder–Pool und dem Spielplatz war der Zoo. Meine Mutter lief mit meinen Brüdern und mir zum Spielplatz und zum Kinderbecken und saß rauchend auf einer Bank, während wir spielten; beide Elternteile nahmen uns mit in den Zoo. Ein Elefant streckte den Rüssel zur Handfläche meines Vaters und holte behutsam Erdnüsse damit. Die Giraffe streckte sich nach dem unaufhaltsam schwindenden Vorrat von Blättern, die immer spärlicher und immer höher über ihrem Käfig waren. Die Löwen dösten auf abgesägten Ästen und schritten hinter den Gitterstäben auf und ab; sie sahen nicht auf das hinaus, was da war, sondern auf die in ihrer Erinnerung eingeprägten ausgedehnten Savannen. Ich wußte, die Löwen hatten die Fähigkeit, uns nicht zu sehen, direkt durch uns hindurch nach Afrika zu schauen. Aber wenn sie einen doch sahen, nicht Afrika, dann besaßen sie die Kraft, einem bis auf die Knochen zu blicken, sie sahen das Blut, das durch den Körper transportiert wurde. Die Löwen waren goldbraun, geduldig, mit grünen Augen. Sie kannten mich und konnten Gedanken lesen. Den Löwen gefiel oder mißfiel ich nicht, sie vermißten mich nicht an ihren langen Wochenenden, aber sie nahmen mich in ihren Kreis bekannter Wesen auf.

(»Du hättest mich nicht so ansehen sollen«, sagt June Havoc, ›Leona‹, zu ›Ed Adams‹. Aber sie meint es nicht so, überhaupt nicht.)

Hinter dem Zoo, jenseits einer schmalen Parkstraße, über die khakigekleidete Parkwächter Wagen prallvoll mit Blumen schoben, befand sich ein breiter, unerwarteter Rasen mit Blumenbeeten und hohen Ulmen – offener Raum, der wie ein Geheimnis zwischen den Käfigtieren und den Ulmen verborgen war. Nur mein Vater brachte mich in diesen Teil des Parks. Hier versuchte er, einen Baseballspieler aus mir zu machen.

»Nimm den Schläger von der Schulter«, sagt er. »Um Gottes willen, könntest du wenigstens versuchen, den Ball zu treffen?«

Als es mir wieder nicht gelingt, seinen langsamen, perfekten Wurf abzuschlagen, dreht er sich herum, hebt den Arm und fragt theatralisch jeden, der in der Nähe ist: »Wessen Kind ist das eigentlich? Können Sie mir das sagen?«

Er hat mich nie nach der Spielschule gefragt, die ich angeblich besuche, und ich habe ihm nie vom Orpheum-Oriental erzählt – ich werde ihm niemals näher kommen, um mit ihm zu reden, als jetzt, denn ›Stan‹, ›Stanley der Steamer‹, hat mir Dinge erzählt, die nicht wahr sein können, die Erfindungen und Märchen sein müssen, Teil der Welt von Kindern, die verirrt durch den Wald wandern, von sprechenden Katzen und silbernen, mit Blut gefüllten Schuhen. In dieser Welt können zerstückelte und unter Wacholderbäumen begrabene Kinder auferstehen und, wieder geheilt, sprechen. Märchen kochen mit unterirdischen Explosionen und verborgenen Feuern, und aus diesem Grund lehnt die Erinnerung sie ab, stößt sie aus ihrer Sicht, und sie müssen immer wiederholt werden. Ich kann mich nicht an ›Stans‹ Gesicht erinnern – bin nicht einmal sicher, ob ich mich erinnere, was er gesagt hat. Dean Martin und Jerry Lewis sind Kumpel wie wir. Ich bin mir nur in einem sicher: Morgen werde ich wieder hingehen und meinen neuesten, furchteinflößendsten und interessantesten Freund treffen.

»Als ich in deinem Alter war«, sagt mein Vater, »wollte ich von ganzem Herzen Profispieler werden, wenn ich groß bin. Und du bist verdammt zu ängstlich oder faul, auch nur den Schläger von der Schulter zu nehmen. Mein Gott! Ich ertrage es nicht mehr, dich anzusehen.«

Er dreht sich um und schreitet rasch zu der schmalen Parkstraße und dem Zoo, er geht nach Hause, und ich laufe ihm hinterher. Ich hole den Ball wieder, wenn er ihn in die Büsche wirft.

»Was zum Teufel möchtest du denn werden, wenn du erwachsen bist?« fragt mein Vater, der immer noch starr geradeaus sieht. »Ich frage mich, was du denkst, worum es im Leben *geht*. Ich würde dir keinen Job geben, ich würde dir nicht zutrauen, daß du mit Zimmermannswerkzeug umgehen kannst, ich würde dir nicht zutrauen, daß du dir die Nase richtig putzen kannst – um die Wahrheit zu sagen, ich frage mich, ob sie im Krankenhaus die verdammten Babys verwechselt haben.«

Ich folge ihm, ziehe den Schläger mit einer Hand hinter mir her, in der anderen halte ich den Ball in der Vertiefung des Handschuhs.

Beim Essen fragt mich meine Mutter, ob die Summer Play-School Spaß macht, und ich sage ja. Ich habe schon aus der Kommodenschublade meines Vaters geholt, worum Stan mich gebeten hat, und es brennt in meiner Tasche, als stünde es in Flammen. Ich möchte fragen: Ist es tatsächlich wahr und kein Märchen? Muß das Schlimmste immer die Wahrheit sein? Das kann ich natürlich nicht fragen. Mein Vater weiß nichts vom Schlimmsten – er sieht das, was er sehen möchte, oder er versucht es so sehr, daß er glaubt, er sieht es.

»Ich glaube, eines Tages wird er einen weiten Ball treffen. Der Junge braucht nur mehr Übung im Schwingen.« Er versucht, mir zuzulächeln, einem Jungen, der eines Tages lernen wird, einen weiten Ball zu treffen. Er hält das Messer aufrecht in der Faust – er ist dabei, ein Stück Butter auf sein Steak zu streichen. Er sieht mich überhaupt nicht. Mein Vater ist kein Löwe, er kann nicht dazu übergehen zu sehen, was tatsächlich vor ihm ist.

Spät in der Nacht kniete Alan Ladd neben meinem Bett. Er trug einen hübschen grauen Anzug, und sein Atem roch wie Gewürznelken. »Alles klar, Sohn?« Ich nickte. »Ich wollte dir nur sagen, daß es mir gefällt, dich jeden Tag dort zu sehen. Das bedeutet mir sehr viel.«

»Erinnerst du dich, was ich dir erzählt habe?«

Und ich wußte es: Es stimmte. Er hatte diese Dinge gesagt, und er würde sie wiederholen, wie ein Märchen, und die Welt würde sich verändern, weil sie mit anderen Augen gesehen werden würde. Mir war übel – ich fühlte mich in dem Kino eingesperrt wie in einem Käfig.

»Hast du daran gedacht, was ich dir gesagt habe?«

»Klar«, sagte ich.

»Das ist gut. He, weißt du was? Ich würde gern die Plätze tauschen. Würdest du auch gern die Plätze tauschen?«

»Wohin?«

Er neigte den Kopf nach hinten, und ich wußte, er wollte in die letzte Reihe gehen. »Komm mit. Ich will dir etwas zeigen.«

Wir tauschten die Plätze.

Wir saßen lange Zeit da und betrachteten den Film von der letzten Reihe, wir waren fast allein im Kino. Kurz nach elf kamen drei der Penner herein und schlurften zu ihren üblichen Sitzen auf der anderen Seite des Kinos: ein zerzauster Graubart, den ich schon oft vorher gesehen hatte, ein dicker Mann mit pummeligem, eingedrücktem Gesicht, ebenfalls vertraut, und einer jener zotteligen, wild dreinblickenden jungen Männer, die bei den Pennern herumhingen, bis sie von diesen nicht mehr zu unterscheiden waren. Sie fingen an, eine flache braune Flasche hin und her zu reichen. Nach einer Sekunde erinnerte ich mich an den jungen Mann – ich hatte ihn eines Morgens beim Aufwachen im Mittelgang überrascht, weggetreten und blutbespritzt.

Dann fragte ich mich, ob Stan nicht der junge Mann war, den ich an diesem Morgen überrascht hatte: Sie sahen sich so ähnlich wie Zwillinge, aber ich wußte, daß sie das nicht waren.

»Möchtest du einen Schluck?« fragte Stan und zeigte mir seine eigene Halbliterflasche. »Wird dir guttun.«

Tapfer, mit dem Gefühl, privilegiert und erwachsen zu sein, nahm ich die Flasche Thunderbird und hob sie an den Mund. Ich wollte es mögen, das Vergnügen mit Stan teilen, aber es schmeckte gräßlich, wie Abfall, und das Wenige, was ich trank, brannte meinen ganzen Hals hinunter.

Ich verzog das Gesicht, und er sagte: »Dieses Zeug ist eigentlich gar nicht so schlecht. Nur eines auf der Welt kann dir ein besseres Gefühl geben als dieses Zeug.«

Er legte mir eine Hand auf den Schenkel und drückte. »Ich gab dir einen Startvorsprung, weißt du. Nur deshalb, weil ich dich schon beim erstenmal gemocht habe, als ich dich sah.« Er beugte sich herüber und sah mich an. »Glaubst du mir? Glaubst du das, was ich dir sage?«

Ich sagte, ich glaubte schon.

»Ich habe einen Beweis. Ich werde dir zeigen, daß es wahr ist. Möchtest du meinen Beweis sehen?«

Da ich nichts sagte, beugte Stan sich dichter zu mir und hüllte mich mit dem Gestank von Thunderbird ein. »Kennst du das kleine Ding, mit dem du pinkelst? Erinnerst du dich, wie ich dir erzählt habe, daß es richtig groß wird, wenn du so um die dreizehn bist? Erinnerst du dich, wie ich dir sagte, wie unglaublich sich das anfühlt? Nun, jetzt mußt du Stan vertrauen, denn Stan wird dir auch vertrauen.« Er brachte sein Gesicht direkt neben mein Ohr. »Dann werde ich dir noch ein Geheimnis verraten.«

Er nahm seine Hand von meinem Schenkel und schloß sie um

meine und zog meine Hand zwischen seine Beine. »Fühlst du etwas?«

Ich nickte, aber ich konnte ebensowenig beschreiben, was ich fühlte, als blinde Männer den Elefanten beschreiben können.

Stan lächelte mich gepreßt an und zog auf eine Weise an seinem Reißverschluß, die sogar ich als nervös erkennen konnte. Er griff in seine Hose, tastete und zog eine dicke blasse Keule heraus, die nicht wie etwas Menschliches aussah. Ich hatte solche Angst, daß ich fürchtete, ich müßte mich übergeben, und ich sah wieder zur Leinwand. Unsichtbare Ketten hielten mich auf meinem Sitz.

»Siehst du? Jetzt verstehst du mich.«

Dann merkte er, daß ich ihn nicht ansah. »Junge. Schau her. Schau her, habe ich gesagt. Es wird dir nicht wehtun.«

Ich konnte nicht auf ihn hinabsehen. Ich sah nichts.

»Komm schon. Faß ihn an, stell fest, wie er sich anfühlt.«

Ich schüttelte den Kopf.

»Ich will dir etwas sagen. Ich mag dich sehr. Ich denke, wir beide sind Freunde. Was wir hier machen, das ist ungewöhnlich für dich, weil es das erste Mal ist, aber die Menschen machen das ständig. Deine Mama und dein Papa machen es ständig, sie erzählen dir nur nichts davon. Wir sind Kumpel, nicht?«

Ich nickte benommen. Auf der Leinwand sagte Berry Kroeger zu Alan Ladd: »Laß es, vergiß es, sie ist das reinste Gift.«

»Nun, das machen Freunde miteinander, wenn sie sich wirklich gern haben, wie deine Mama und dein Papa. Sieh dir dieses Ding an, ja? Komm schon.«

Hatten meine Mami und mein Papa einander gern? Er drückte meine Schulter, und ich sah hin.

Jetzt war das Ding irgendwie aus sich selbst heraus gewachsen und lag schräg auf dem Stoff seiner Hose. Kaum hatte ich hingesehen, da zuckte es und begann sich auszudehnen wie der Bügel einer Posaune.

»Da«, sagte er. »Er mag dich, du hast ihn aufgerichtet. Sag mir, daß du ihn auch magst.«

Entsetzen schnürte mir die Stimme ab. Mein Gehirn war zu Pulver geworden.

»Ich weiß was ... nennen wir ihn Jimmy. Wir sagen, sein Name ist Jimmy. Und nun, da ihr einander vorgestellt seid, sag Hi zu Jimmy.«

»Hi, Jimmy«, sagte ich und mußte trotz meines Entsetzens kichern.

»Und jetzt weiter, faß ihn an.«

Ich streckte langsam die Hand aus und legte die Fingerspitzen auf ›Jimmy.‹

»Streichle ihn. Jimmy möchte, daß du ihn streichelst.«

Ich tippte die Fingerspitzen zwei- oder dreimal gegen ›Jimmy‹, und er zuckte wieder ein paar Grad höher und wurde hart wie ein Surfbrett.

»Gleite mit den Fingern an ihm rauf und runter.«

Wenn ich weglaufe, dachte ich, wird er mich fangen und umbringen. Wenn ich nicht tue, was er sagt, wird er mich umbringen.

Ich rieb die Fingerspitzen hin und her und bewegte die dünne Haut über den Venen.

»Kannst du dir nicht vorstellen, wie Jimmy in eine Frau hineingeht? Jetzt kannst du sehen, wie du sein wirst, wenn du ein Mann bist. Mach weiter, aber halte ihn mit der ganzen Hand. Und gib mir, worum ich dich gebeten habe.«

Ich nahm sofort die Hand von ›Jimmy‹ und holte das saubere weiße Taschentuch meines Vaters aus der Gesäßtasche.

Er nahm das Taschentuch mit der linken Hand und führte meine Hand mit der rechten wieder zu ›Jimmy‹. »Du machst das wirklich großartig«, flüsterte er.

›Jimmy‹ fühlte sich in meiner Hand warm und ein wenig wie Gummi an. Ich konnte die Finger nicht ganz um ihn herumlegen. Mein Kopf summte. »Ist Jimmy dein Geheimnis?« konnte ich sagen.

»Mein Geheimnis kommt später.«

»Kann ich jetzt aufhören?«

»Ich werde dich in kleine Stücke schneiden, wenn du das tust«, sagte er, und als ich erstarrte, strich er mir durchs Haar und sagte: »He, kannst du nicht merken, wenn jemand einen Scherz macht? Ich bin momentan sehr glücklich mit dir. Du bist der beste Junge auf der Welt. Du würdest das auch wollen, wenn du wüßtest, wie gut es sich anfühlt.«

Nach einer scheinbar endlosen Zeit krümmte Stan plötzlich den Rücken, während Alan Ladd aus seinem Taxi stieg, verzog das Gesicht und flüsterte: »Sieh her!« Sein ganzer Körper zuckte zusammen, und ich war zu verblüfft, um ›Jimmy‹ loszulassen und sah, wie dickliche, elfenbeinfarbene Milch fast endlos auf das Taschentuch spritzte und tropfte. Von der dicklichen Milch ging ein Geruch aus, der vollkommen fremd, doch gleichzeitig so vertraut wie die Toilette oder das Seeufer war. Stan seufzte, legte das Taschentuch zusammen und schob den weicher werdenden ›Jimmy‹ wieder in den Hosenschlitz zurück. Er beugte sich herüber und küßte mich auf den Kopf. Ich glaube, ich wäre fast ohnmächtig geworden. Ich fühlte mich leicht, sinnlos tot. Ich konnte immer noch spüren, wie er in meiner Handfläche und den Fingern pulsierte.

Als es Zeit wurde, daß ich nach Hause ging, verriet er mir sein enttäuschendes Geheimnis – sein wirklicher Name war Jimmy, nicht Stan. Er hatte seinen richtigen Namen zurückgehalten, bis er wußte, daß er mir vertrauen konnte.

»Morgen«, sagte er und berührte mit den Fingern meine Wange. »Wir werden uns morgen wiedersehen. Aber du mußt dir keine Sorgen machen. Ich vertraue dir so sehr, daß ich dir meinen wirklichen Namen gesagt habe. Du hast darauf vertraut, daß ich dir nicht wehtue, und das habe ich nicht getan. Wir müssen einander vertrauen und dürfen nichts hiervon erzählen, sonst werden wir beide große Schwierigkeiten bekommen.«

»Ich werde nichts sagen«, sagte ich.

Ich liebe dich.

Ich liebe dich, ja, das tue ich.

Jetzt haben wir ein Geheimnis, sagte er, legte das Taschentuch zu Vierteln zusammen und steckte es in meine Tasche zurück. Eine

Menge Liebe muß geheim bleiben. Besonders, wenn ein Junge und ein Mann einander kennenlernen und merken, wie sie einander glücklich machen und gute, liebende Freunde sind – nicht viele Menschen können das verstehen, daher muß die Freundschaft beschützt werden. Wenn du hier hinaus gehst, sagte er, hast du vergessen, daß das geschehen ist. Sonst werden die Menschen versuchen, uns beiden wehzutun.

Hinterher erinnerte ich mich nur noch an die Verwirrung von *Chicago Deadline,* wie die Story plötzlich vorwärtsgeschnellt war, ganze Schauspieler und Szenen weggelassen hatte, wie die Schauspieler lange Zeit die Lippen bewegt hatten, ohne zu sprechen. Ich konnte Alan Ladd sehen, der aus dem Taxi stieg und von der Leinwand direkt in meine Augen sah und mich kannte. Meine Mutter sagte, daß ich blaß aussah, und mein Vater sagte, daß ich nicht genügend Training hätte. Die Zwillinge sahen von ihren Tellern auf, dann schoben sie weiter Makkaroni und Käse in die Münder. »Warst du jemals in Chicago?« fragte ich meinen Vater, der wissen wollte, wie ich darauf kam. »Hast du jemals einen Filmschauspieler kennengelernt?« fragte ich, und er sagte, der Junge muß Fieber haben. Die Zwillinge kicherten.

Alan Ladd und Donna Reed kamen spät in der Nacht gemeinsam in mein Schlafzimmer, sie bewegten sich mit brüsker, kühler Dramatik und knieten neben meiner Koje nieder. Sie lächelten mich an. Ihre Stimmen waren sehr beruhigend. Ich habe gemerkt, daß du heute nachmittag ein paar Dinge versäumt hast, sagte Alan. Keine Bange. Ich werde mich um dich kümmern. Ich weiß, sagte ich. Ich bin Ihr Fan Nummer eins.

Dann ging die Tür auf, und meine Mutter streckte den Kopf ins Zimmer. Alan und Donna lächelten und standen auf, um sie zwischen sich und der Koje durchzulassen. Ich vermißte sie in dem Augenblick, als sie zurücktraten. »Noch wach?« Ich nickte. »Fühlst du dich wohl, Liebling?« Ich nickte noch einmal und fürchtete, daß Alan und Donna gehen würden, wenn sie zu lange blieb. »Ich habe eine Überraschung für dich«, sagte sie. »Übernächsten Samstag werde ich dich und die Zwillinge auf der Fähre über den ganzen Lake Michigan bringen. Wir sind ziemlich viele. Es wird großen Spaß machen.« Gut, das ist schön, das gefällt mir.

»Ich habe die ganze Nacht und den ganzen Morgen an dich gedacht.«

Als ich die Halle betrat, lehnte er sich auf einer der gepolsterten Bänke vor, wo die Platzanweiserinnen saßen und rauchten, er hatte die Ellenbogen auf den Knien und das Kinn in eine Hand gestützt und beobachtete die Tür. Der Metallverschluß einer flachen Flasche ragte aus seiner Seitentasche heraus. Neben ihm lag ein in braunes Packpapier eingewickeltes Päckchen. Er blinzelte mir zu, nickte mit dem Kopf in Richtung des Kinos und ging in einer ausgiebigen Scharade hinein, als gehörte er nicht zu mir. Ich wußte, er würde gleich hinter der Tür sein, in der Mitte der letzten Reihe sitzen und auf mich warten. Ich gab einer gelangweilten Platzanweiserin mein Billett, die es in der Mitte auseinanderriß und mir den Abriß gab. Ich wußte ganz genau, was gestern vorgefallen war, als hätte ich nichts davon vergessen, und mein Inneres zitterte. Die Farben der Halle, das Rot und das verblichene Gold, schienen viel heller zu sein als ich sie in Erinnerung hatte. Ich konnte das Popcorn im Behälter und die ölige Butter riechen, die in der Maschine erhitzt wurde. Meine Beine trugen mich über eine Meile glühenden braunen Teppich und an der Süßwarentheke vorbei.

Jimmys Haar glänzte in dem leeren Theater, das dunkler wurde. Als ich mich auf den Sitz neben ihm setzte, zauste er mein Haar und grinste herab und sagte, daß er die ganze Nacht und den ganzen Morgen an mich gedacht hatte. Das braune Päckchen war ein Sandwich, das er mir mitgebracht hatte – ein Junge mußte mehr als Popcorn essen.

Das Licht ging ganz aus, während sich die Vorhänge vor der Leinwand hoben. Plötzlich erklang laute Musik, die mitten in einem Ton einsetzte, aus den Lautsprechern, und der Tom-und-Jerry-Zeichentrickfilm ›Bull Dozing‹ fing an. Als ich mich zurücklehnte, legte Jimmy den Arm um mich. Ich fühlte mich gleichzeitig schweißnaß und kalt, mein Innerstes zitterte immer noch. Plötzlich wurde mir klar, daß ein Teil von mir froh war, an diesem Ort zu sein, und ich war schockiert, weil ich wußte, daß ich mich den ganzen Morgen ebensosehr auf diesen Augenblick gefreut hatte, wie mir davor gegraut hatte.

»Möchtest du dein Sandwich jetzt? Es ist Leberwurst, weil das meine Lieblingswurst ist.« Ich sagte, nein, danke, ich würde warten, bis der erste Film vorbei war. Okay, sagte er, solange du es überhaupt ißt. Dann sagte er, sieh mich an. Sein Gesicht war direkt über meinem, und er sah wie Alan Ladds Zwillingsbruder aus. Du mußt etwas wissen, sagte er. Du bist der beste Junge, den ich je getroffen habe. Jemals. Der Mann drückte mich gegen seine Brust und in eine betäubende Mischung aus Schweiß und Schmutz und Wein, zusammen mit einer Spur (Einbildung?) eines anderen, animalischeren Geruchs, der gestern von ihm ausgegangen war. Dann gab er mich frei.

Soll ich heute mit deinem kleinen Jimmy spielen?

Nein.

Sowieso zu klein, lachte er. Er war vollkommen heiterer Stimmung.

Ich wette, du wünschst dir, er wäre genauso groß wie meiner.

Dieser Wunsch entsetzte mich, und ich schüttelte den Kopf.

Heute werden wir nur die Filme zusammen ansehen, sagte er. Ich bin nicht gierig.

So saßen wir den ganzen Tag, er mit dem Arm um meine Schultern, mein Hinterkopf in der Höhlung seines Ellenbogens. Als der Nachspann von *At War With the Army* anfing, war mir, als wäre ich eingeschlafen und hätte alles verpaßt. Ich konnte nicht glauben, daß es Zeit war, nach Hause zu gehen. Jimmy preßte den Arm enger um mich und sagte mit einer Stimme voller Heiterkeit *Faß mich an.* Ich sah in sein Gesicht auf. Los doch, sagte er, ich möchte, daß du mir diesen kleinen Gefallen tust. Ich stupste mit dem Zeigefinger gegen seinen Reißverschluß. ›Jimmy‹ regte sich unter dem Druck meines Fingers, er schien so lang wie mein Arm zu sein, und eine Sekunde vollkommenen Elends sah ich die anderen Kinder, die hinter den Mädchen vom Nachbarblock auf dem Spielplatz herliefen.

»Mach weiter«, sagte er.

Vertraue mir, sagte er und versah ›Jimmy‹ mit einer Identität, die konzentrierter, schärfer umrissen war als seine eigene. ›Jimmy‹ wollte ›reden‹, ›seinen Teil sagen‹, ›war hungrig‹, ›starb für einen Kuß‹. Diese Worte hatten alle dieselbe Bedeutung: *Vertraue mir:* Ich vertraue dir, also mußt du mir vertrauen. Habe ich dir jemals wehgetan? Nein. Habe ich dir nicht ein Sandwich gegeben? Ja. Liebe ich dich nicht? Du weißt, ich werde deinen Eltern nicht erzählen, was du tust – solange du weiter hierher kommst, werde ich deinen Eltern nichts erzählen, weil ich es nicht tun *muß,* verstehst du? Und du liebst mich auch, nicht wahr?

Da. Siehst du, wie sehr ich dich liebe? Ich träumte, daß ich unterirdisch in einem Zimmer aus Holz lebte. Ich träumte, daß meine Eltern durch die Oberwelt streiften und meinen Namen riefen und weinten, weil die Tiere mich gefangen und aufgefressen hatten. Ich träumte, daß ich unter einem Wacholderbaum begraben war, und die zerstückelten Teile meines Körpers riefen einander zu und weinten, weil sie getrennt waren. Ich träumte, daß ich einen dunklen Waldweg entlang auf meine Eltern zulief, und als ich endlich die kleine Lichtung erreichte, wo sie vor einem hellen Feuer saßen, war meine Mutter Donna und Alan mein Vater. Ich träumte, daß ich mich an alles erinnern konnte, was mit mir geschah, an jede einzelne Sekunde, und daß ich es preisgeben mußte, wenn der Lehrer mich im Unterricht aufrief, wenn meine Mutter nachts in mein Zimmer kam, wenn ein Polizist an mir vorüberging, während ich den Sherman Boulevard entlanglief. Aber wenn ich sprechen wollte, konnte ich mich nicht daran erinnern, woran ich mich erinnerte, *nur daran, daß es etwas zu erinnern gab,* und daher ging ich wieder und wieder auf meine wunderschönen Eltern auf der Lichtung zu, wiederholte mich wie ein Märchen, wie die Witze der Frauen auf der Fähre.

Liebe ich dich nicht? Zeige ich dir nicht, kannst du nicht spüren, daß ich dich liebe? *Ja.* Wirst du, kannst du, mich nicht auch lieben?

Er sieht mich an, während ich den Film ansehe. Er konnte mich sehen, so wie ich ihn sehen konnte, mit geschlossenen Augen. Er hat mich eingeprägt. Er hat mein Haar gestreichelt, mein Gesicht, meinen Körper in seine Erinnerung gestreichelt, hat mich Streicheln für Streicheln von mir selbst gestohlen. Schließlich nahm er mich in den Mund, und auch sein Mund prägte sich mir ein, und ich wußte, er wollte, daß ich meine Hände auf den dunkelblonden Kopf lege, der sich so gewaltig in meinen Schoß preßte, aber ich konnte seinen Kopf nicht berühren.

Ich dachte: Ich habe das bereits vergessen, ich möchte sterben, ich bin schon tot, nur der Tod kann bewirken, daß dies nicht geschehen ist.

Ich wette, wenn du erwachsen bis, wirst du beim Film landen, dann werde ich dein Fan Nummer eins sein.

Am Wochenende schien es, als hätte ich diese Tage im Orpheum-Oriental unter Wasser verbracht; oder unterirdisch. Der stachlige Ameisenbär, der Leierschwanz, das Känguruh, der tasmanische Teufel, der Flughund und die Krageneidechse waren Tiere, die man nur in Australien fand. Australien war der kleinste Kontinent der Welt, die größte Insel. Es war von den großen Landmassen der Erde abgeschnitten. Wunderschöne Mädchen mit blonden Haaren schlenderten über die australischen Strände, das australische Weihnachtsfest war heiß und sonnig – alle gingen nach draußen und winkten in die Kamera, gaben einander auf Gartenstühlen Geschenke. Die Mitte von Australien, sein Herz und seine Eingeweide, war eine Wüste. Australische Jungs waren exzellente Sportler. Tom Cat liebte Jerry Mouse, wenngleich er immer und immer wieder versuchte, ihn zu ermorden, und Jerry Mouse liebte Tom Cat, auch wenn er, um sein Leben zu retten, so schnell laufen mußte, daß er eine Spur in den Teppich brannte. Jimmy liebte mich, und eines Tages würde er fort sein, und dann würde er mir sehr fehlen. Oder nicht? *Sag, daß ich dir fehlen werde.*

Du wirst ...

Du wirst mir ...

Ich glaube, ich werde verrückt ohne dich.

Wenn du erwachsen bist, wirst du dich an mich erinnern?

Jedesmal, wenn ich an der Platzanweiserin, die die Karten der Leute abriß, die hereinkamen, und ihnen die Abrisse gab, vorbei nach draußen ging; jedesmal, wenn ich die Tür aufstieß und auf den heißen Gehweg des Sherman Boulevard trat und die Sonne über den Gebäuden auf der anderen Straßenseite sah, verlor ich den Halt an dem, was drinnen in der Dunkelheit des Kinos geschehen war. Ich wußte nicht, was ich wollte. Ich hatte zwei Leichen und eine ... Meine rechte Hand fühlte sich an, als hätte ich die feuchte Hand eines kleinen Kindes ganz fest zwischen Handfläche und Fingern gehalten. Wenn ich in Australien leben würde, dann hätte ich blondes Haar, so wie Alan Ladd, und würde an Weihnachten ewig über sonnige Strände schlendern.

Ich absolvierte die High-School im Schlaf, las Romane, tagträumte im Unterricht, den ich nicht mochte, bekam aber falsche gute Zensuren; in der Mitte meines Seniorjahres gab mir die Brown University ein volles Ausbildungsstipendium. Zwei Jahre später enttäuschte und verblüffte ich alle meine alten Lehrer und meine Eltern und die Freunde meiner Eltern, indem ich die Schule verließ, bevor ich in sämtlichen Fächern durchgefallen wäre, außer Englisch und Geschichte, in denen ich eine Eins bekam. Ich war sicher, kein anderer konnte jemandem beibringen, wie man schreibt. Ich wußte genau, was ich tun würde, und das einzige, was mir am College fehlen würde, war das gesellschaftliche Leben.

Fünf Jahre lang lebte ich bescheiden in Providence und hielt mich über Wasser, indem ich in der Schulbibliothek Bücher stapelte, und durch kleinere Diebstähle. Wenn ich nicht arbeitete oder mir örtliche Bands anhörte, schrieb ich; dann vernichtete ich, was ich geschrieben hatte, und schrieb es neu. Auf diese Weise schrieb ich einen Roman zu Ende, als würde man auf einem Weg durch einen Park gehen und dann rückwärts und vorwärts durch denselben Park schreiten, immer und immer wieder, bis jedes Kettenglied an jeder Schaukel, jedes braune Haar in jeder Löwenmähne gesehen und zum Glänzen gebracht worden war, oder in das Meer nebensächlicher Einzelheiten zurücksank, aus dem es emporgehoben worden war. Als dieser Roman vom Verleger abgelehnt wurde, dem ich ihn schickte, zog ich nach New York City und begann einen zweiten Roman, während ich den ersten nachts gründlich überarbeitete. In dieser Zeit lag ein fast unpersönliches Glück, wie das Glück eines Fremden, über allem, was ich tat. Ich verpackte Buchpakete im Strand Bookstore. Eine kurze Zeit, nicht länger als ein paar Monate, lebte ich von Shredded Wheat und Erdnußbutter. Als mein erstes Buch gekauft wurde, zog ich aus dem Ein-Zimmer-Apartment in der Lower East Side in ein anderes, größeres Zimmer, eine ›Atelierwohnung‹ in der Ninth Avenue in Chelsea, wo ich weiterhin lebte. Mein Apartment ist gerade groß genug für meinen Holzschreibtisch, eine Bettcouch, zwei große, übervolle Bücherregale, ein Regal für die Stereoanlage und ein Dutzend Kartons mit Schallplatten. In diesem Apartment hat alles seinen Platz und ist darin.

Meine Eltern sind nie in diesem umschlossenen, engen Zimmer gewesen, aber ich spreche alle zwei bis drei Monate am Telefon mit meinem Vater. In den vergangenen zehn Jahren bin ich nur einmal in die Stadt zurückgekehrt, wo ich aufgewachsen bin, um meine Mutter nach ihrem Schlaganfall im Krankenhaus zu besuchen. Während der vier Tage meines Aufenthalts schlief ich in meinem alten Zimmer im Haus meines Vaters, mein Vater oben. Nach dem Tod des blinden Mannes hat mein Vater das Doppelhaus gekauft – an meinem ersten Abend zu Hause meinte er, daß wir beide erfolgreich seien. Wenn wir uns jetzt am Telefon unterhalten, erzählt er mir vom Glück der örtlichen Baseballmannschaft und erkundigt sich respektvoll nach den Fortschritten des ›neues Buches‹. Ich denke: Das ist nicht mein Vater, er ist nicht derselbe Mann.

Meine alte Koje ist schon lange verschwunden, spät in der Nacht liege ich auf der unteren Hälfte des Doppelbettes der Zwillinge in meinem Kinderzimmer. Das Zimmer war, wie das Haus an sich, wie alles in der alten Nachbarschaft, größer als ich es in Erinnerung hatte. Ich strich mit den Fingern über die Tapete, dann sah ich über den Rand des oberen Bettes zur Decke. Das Bild von zwei Männern, die auf komische Weise in den Seilen desselben Fallschirms verfangen sind und sich immer enger einschnüren, während sie fallen, fiel mir ein, und ich fragte mich, ob das Bild einen Platz in dem Roman hatte, den ich schrieb; oder ob es ein Geschenk aus einem noch nicht erblickten Roman war, den ich danach schreiben würde. Ich konnte den Boden ächzen hören, während mein Vater oben, im ehemaligen Refugium des blinden Mannes, auf und ab ging. Mein inneres Gleichgewicht veränderte sich, und ich fing an, über Mei-Mei Levitt nachzudenken, die ich fünfzehn Jahre früher an der Brown als Mei-Mei Cheung gekannt hatte.

Sie war geschieden, Lektorin bei einem Taschenbuchverlag, und sie hatte mich angerufen, um mich zu beglückwünschen, als mein zweiter Roman wohlwollend in der *Times* besprochen worden war, und auf diesem schmalen, aber wohlgemeinten Fundament begannen wir eine lange und sorgenvolle Liebesaffäre aufzubauen. In der Umgebung meiner Kindheit fühlte ich mich mehr als unbehaglich, nachdem ich den Tag am Krankenbett meiner Mutter verbracht hatte, ohne zu wissen, ob sie mich verstand oder auch nur erkannte, und ich dachte mit einem plötzlichen Verlangen an Mei-Mei. Ich wollte sie in meinen Armen halten, und ich sehnte mich nach meinem zielstrebigen, ordentlichen, verträumten Erwachsenenleben in New York. Ich wollte Mei-Mei anrufen, aber es war schon nach Mitternacht im Mittelwesten, eine Stunde später in New York, und Mei-Mei, die kein Nachtschwärmer war, würde schon vor Stunden zu Bett gegangen sein. Dann erinnerte ich mich an meine Mutter, die vom Schlag gelähmt in einem schmalen Krankenhausbett lag, und ein Zucken der Schuld durchfuhr mich, weil ich an meine Geliebte dachte. Einen betrügerischen Augenblick lang bildete ich mir ein, daß es meine Pflicht sei, in das Haus einzuziehen und zu sehen, ob ich meine Mutter wieder für das Leben tauglich machen konnte, während ich gleichzeitig für meinen pensionierten Vater tat, was ich konnte. In diesem Augenblick erinnerte ich mich, wie so oft, an einen Jungen mit orangefarbenen Haaren im roten Baumwollhemd. Schweiß rann von meiner Stirn, von der Brust.

Dann geschah etwas Schreckliches mit mir. Ich versuchte, vom

Bett aufzustehen, um zum Badezimmer zu gehen, und stellte fest, daß ich mich nicht bewegen konnte. Meine Arme und Beine waren in Beton eingegossen; sie waren leblos und *bewegten sich nicht.* Ich dachte, ich hätte einen Schlaganfall, wie meine Mutter. Ich konnte nicht einmal aufschreien – auch mein Hals war gelähmt. Ich mühte mich ab, mich von dem schmalen Bett zu erheben, und roch, daß jemand ganz in der Nähe, jemand gerade außerhalb meines Blickwinkels oder hinter der nächsten Ecke, Popcorn machte und Butter erhitzte. Eine weitere Woge Schweiß wurde aus meinem reglosen Körper herausgepreßt und machte das Laken und den Bettkasten feucht und kalt.

Ich sah – als würde ich es niederschreiben – mein siebenjähriges Ich ein paar Blocks von diesem Haus entfernt vor dem Eingang eines Kinos zögern. Heißes, fahles, gelbes Sonnenlicht fiel auf alles und kochte das Leben auf dem breiten Boulevard. Ich sah, wie ich mich abwendete, spürte meinen Magen im Rauch unterirdischer Feuer brennen, sah, wie ich zu laufen anfing. Erbrochenes stieg mir im Hals hoch. Meine Arme und Beine zuckten, ich fiel aus dem Bett und schaffte es, aus dem Zimmer und den Flur entlang zu kriechen, um mich hinter der geschlossenen Tür des Badezimmers in die Toilettenschüssel zu übergeben.

Als ich diese Worte schreibe, bin ich dreiundvierzig Jahre alt. Ich habe über einen Zeitraum von zwanzig Jahren fünf Romane geschrieben, ›nur‹ fünf, und jeder war schwieriger, härter zu schreiben als der davor. Um diesen Schnitt zu wahren – alle vier Jahre einen Roman – muß ich mindestens sechs Stunden täglich am Schreibtisch sitzen, ich verbrauche Hunderte von Packungen Schreibmaschinenpapier, Dutzende gelber Löschblätter, ganze Wälder von Bleistiften, Meilen schwarzes Farbband. Es ist eine verbissene, gierige Tätigkeit. Jeder Satz muß in drei oder vier Versionen erprobt werden, muß lernen, Zäune zu überspringen, wie ein Pferd. Der Zweck eines jeden Satzes ist, daß er ein Pfeil ins geheime Zentrum des Buches sein muß. Um den Weg ins geheime Zentrum des Buches zu finden, muß ich das ganze Buch, jede Einzelheit und jeden Rhythmus, in Erinnerung behalten. Dieser umfassende Akt des Erinnerns ist die entscheidenste Aufgabe meines Lebens.

Meine Bücher bekommen schmeichelnde Besprechungen, die normalerweise andere, linearere Romane zu beschreiben scheinen, und sie gewinnen gelegentlich einen Preis – ich gehöre zu den Schriftstellern, deren Garantiezahlungen von den Geldmengen finanziert werden, die Bestseller einbringen. In jüngster Zeit habe ich den Eindruck gehabt, der allgemeine Eindruck von mir, vorausgesetzt, daß so etwas existiert, ist der eines hermetischen Malers, der Hunderte winziger und grotesk fantastischer Einzelheiten auf jedem Zentimeter einer riesigen Leinwand festhält. (Meine Bücher sind unmodisch lang.) Ich unterrichte Schreiben an verschiedenen Colleges, halte gelegentlich Vorlesungen, bin durch Stipendien zu bescheidenem Reichtum gekommen. Das ist genug, mehr als genug. Hin und wieder stelle ich mißbilligend und amüsiert zugleich fest, daß ein junger Schriftsteller bei einem PEN-Empfang oder einem Workshop mein Leben mit Neid betrachtet. Neid geht am Sinn vorbei, vollkommen.

»Wenn Sie mir einen Rat geben«, sagte eine junge Frau während einer Konferenz zu mir, »ich meine, einen *echten* Rat, nicht nur das Übliche, ich solle weiter schreiben, was würde das sein? Was würden Sie mir sagen, soll ich tun?«

– Ich werde es Ihnen nicht sagen, aber ich werde es aufschreiben, sagte ich, nahm einen der Konferenzordner und schrieb ein paar Worte darauf. Lesen Sie das erst, wenn Sie den Raum verlassen haben, sagte ich und sah ihr nach, wie sie den Ordner zusammenlegte und in die Handtasche steckte.

Auf die Rückseite des Ordners hatte ich geschrieben: SEHEN SIE SICH VIELE FILME AN.

Am Sonntag nach dem Ausflug mit der Fähre konnte ich nicht einen einzigen Ball im Park treffen. Die Augen fielen mir zu, und sobald sich die Lider gesenkt hatten, fingen die Visionen wie Filme an – schnelle, automatische Träume. Meine Arme schienen so schwer, daß ich sie nicht heben konnte. Nachdem ich hinter meinem niedergeschlagenen Vater nach Hause getrottet war, brach ich auf dem Sofa zusammen und schlief bis zum Abendessen durch. In meinem Traum war ich von einer geräumigen Kiste umgeben, und ich zeichnete bunte Bilder von Ulmen, der Sonne, weiten Feldern, Bergen und Flüssen an die Wände. Beim Abendessen schreckten mich laute Geräusche auf, die in Gegenwart der Zwillinge nicht selten sind. Mit dem Jungen stimmt etwas nicht, das schwöre ich dir, sagte mein Vater. Als meine Mutter mich fragte, ob ich am Montagmorgen zur Play-School gehen wollte, schloß sich mein Magen wie eine Faust. Ich muß, sagte ich, mir geht es wirklich gut, ich muß gehen. Sätze rollten mir aus dem Mund, die keinen Sinn hatten, oder den falschen Sinn. Einen Augenblick der Verwirrung lang glaubte ich, daß ich wirklich zum Spielplatz gehen würde, sah schwarzen Asphalt, so tief wie ein Feld, wo ein paar von der Perspektive zur Zwergenhaftigkeit geschrumpfte Kinder sich am anderen Ende zusammendrängten. Ich ging gleich nach dem Abendessen zu Bett. Meine Mutter zog die Jalousien herunter, schaltete das Licht aus und ließ mich schließlich allein. Von oben erklang Lärm, der Versuch einer Bestie, Musik zu machen, wahllose Töne, die auf dem Klavier gehämmert wurden. Ich wußte nur, daß ich Angst hatte, nicht, warum. Am nächsten Tag mußte ich zu einem bestimmten Ort gehen, aber mir fiel nicht ein, wohin, bis meine Finger sich an die Berührung des samtenen Plüschs auf dem Sessel am Mittelgang erinnerten. Dann schwarzweiße Bilder voll absichtlicher Bedrohung, die mir aus den Vorschauen einfielen, welche ich zwei Wochen lang gesehen hatte – *The Hitchhiker* mit Edmund O'Brien. Der stachlige Ameisenbär und der Flughund sind Tiere, die nur in Australien vorkommen.

Ich sehnte mich nach Alan Ladd, ›Ed Adams‹, er sollte mit Reporternotizblock und Bleistift ins Zimmer kommen, und ich wußte, ich mußte mich *an etwas erinnern*, aber ich wußte nicht, an was.

Nach einer langen Zeit quirlten die Zwillinge ins Zimmer, zogen sich aus, zogen Schlafanzüge an, putzten sich die Zähne. Die Eingangstür schlug zu – mein Vater war zur Kneipe gegangen. In der Küche bügelte meine Mutter Hemden und redete in ihrer üblichen mürrischen Stimme mit sich selbst. Die Zwillinge gingen schlafen. Ich hörte, wie meine Mutter das Bügelbrett wegräumte und den Flur entlang ins Wohnzimmer ging.

Ich sah ›Ed Adams‹ gelassen auf dem Gehweg vor unserem Haus auf und ab gehen, er war in seinem grauen Anzug so stattlich wie ein Gott. ›Ed‹ ging bis zum Ende des Blocks, steckte sich eine Zigarette in den Mund und beugte sich in ein plötzliches Aufflackern von Helligkeit, bevor er Rauch ausatmete und wegging. Ich merkte erst, daß ich eingeschlafen war, als die Eingangstür zum zweitenmal in dieser Nacht zugeschlagen wurde und mich weckte.

Am Morgen schlug mein Vater mit der Faust gegen die Zimmertür, und die Zwillinge sprangen aus den Betten und fingen an, im Zimmer herumzukreischen, sofort voller Energie. Wie in einem Zeichentrickfilm driftete der Nebel bratenden Specks ins Zimmer. Meine Brüder tollten zum Badezimmer. Wasser lief in Waschbecken und Toilettenschüssel, und meine Mutter eilte herein, ihr Gesicht war um die Zigarette herum verkniffen, und begann, die Zwillinge in ihre Kleidung zu zerren. »Du hast deine Entscheidung getroffen«, sagte sie zu mir, »jetzt hoffe ich, daß du es rechtzeitig zum Spielplatz schaffen wirst.« Türen gingen auf, Türen wurden zugeschlagen. Mein Vater brüllte aus der Küche, und ich stieg aus dem Bett. Schließlich saß ich vor der Schüssel Frühstücksflocken. Mein Vater rauchte und sah mich nicht an. Die Frühstücksflocken schmeckten nach toten Blättern. »Du siehst so aus, wie das Arschloch da oben Klavier spielt«, sagte mein Vater. Er warf Vierteldollarstücke auf den Tisch und sagte mir, ich sollte das Geld nicht verlieren.

Nachdem er gegangen war, schloß ich mich im Schlafzimmer ein. Oben tönte dumpf das Klavier, wie in einem Soundtrack. Ich hörte die Tassen und Schüsseln in der Spüle klirren, das Möbel, das sich selbst bewegte und nach etwas Ausschau hielt, das es jagen und töten konnte. *Liebe mich, liebe mich,* rief das Radio neben einer Familie brauner und weißer Porzellanspaniel. Ich hörte ein leises, flüsterndes Ding, eine Lampe oder eine Zeitschrift, auf dem Wohnzimmerboden herumgleiten. *Ich bilde mir das alles ein,* sagte ich zu mir und versuchte, mich auf einen *Blackhawk*-Comic zu konzentrieren. Die Bilder waberten und schmolzen in ihren Rahmen. *Liebe mich*, schrie Blackhawk aus dem Cockpit seines Kampfflugzeuges heraus, während er herabstieß, um ein Nest gelber, schlitzäugiger Bösewichter auszuräuchern. Draußen wütete Feuer unter den Straßen und versuchte, die Welt entzweizureißen. Als ich den Comic fallenließ und die Augen zumachte, ließen die Geräusche von draußen nach, und ich konnte die schwebende Stille völliger Aufmerksamkeit hören. Sogar Blackhawk, der in dem Comicheft in seinem Flugzeug angeschnallt war, lauschte, was ich machte.

In schwerem, dunstigem Sonnenschein ging ich den Sherman Boulevard zum Orpheum-Oriental entlang. Die Welt rings um mich herum war bewegungslos, erstarrt wie ein Bild in einem Comic strip. Nach einer Weile stellte ich fest, daß die Autos auf dem Boulevard und die wenigen Fußgänger auf dem Gehweg nicht erstarrt waren, sondern sich sehr langsam bewegten. Ich konnte Männerbeine sehen, die sich in Hosenbeinen bewegten, die Knie kamen vorwärts und berührten den Stoff, die Umschläge hoben sich ganz langsam von den Schuhen, der Schuh hob sich wie die Pfote von Tom Cat, wenn er auf Jerry Mouse zukroch. Die warme, fleckige Haut des Sherman Boulevard ... Ich dachte daran, ewig den Sherman Boulevard entlangzugehen, mich an den fast bewegungslosen Autos und Menschen vorbeizuschleichen, am Kino vorbei, am Spirituosenladen vorbei, durch die Tore und am Planschbecken und den Schaukeln vorbei, an den Elefanten und Löwen vorbei, die gefüttert werden wollten, an dem geheimen Park vorbei, wo mein Vater im Zorn der Enttäuschung mit den Armen ruderte, an den Ulmen vorbei und am anderen Ende des Parks hinaus, an Bilderfenstern und Rasen mit Fahrrädern und Plastik-Pools vorbei, an schiefen Einfahrten und Basketballnetzen vorbei, an Spielplätzen vorbei, wo Kinder auf einer glänzend schwarzen Oberfläche herumrannten. Dann vorbei an Feldern und überfüllten Märkten, an gelben Traktoren, in deren riesigen Radgehäusen Lehm wie alte Wolle trocknete, vorbei an hochbeladenen Heuwagen, an tiefen Wäldern, wo Kinder Brotkrumenspuren zu einer Pfefferkuchentür folgten, an anderen Städten vorbei, wo mich niemand sehen konnte, weil niemand meinen Namen kannte, an allem vorbei, an jedem vorbei.

Vor dem Orpheum-Oriental blieb ich stehen. Mein Mund war trocken, und meine Augen nahmen alles nur unscharf wahr. Alles um mich herum, was noch vor einem Augenblick so ruhig und still gewesen war, schnellte ins Leben, sobald ich stehenblieb. Hupen plärrten, Autos dröhnten den Boulevard hinab. Unter diesen Lauten hörte ich das Pochen großer Maschinen, und die Feuer, die unter den Straßen Sauerstoff verzehrten. Als hätte ich von der Luft gegessen, strömten Feuer und Rauch in meinen Magen. Flammen leckten meinen Hals empor und versiegelten meinen Mund. In Gedanken sah ich mich den ersten Vierteldollar aus der Tasche nehmen, ihn gegen eine Eintrittskarte eintauschen, mich durch die Tür drängen und in die kühle Luft hineingehen. Ich sah mich, wie ich die Karte hochhielt, damit sie in zwei Teile gerissen wurde, wie ich über einen endlosen braunen Teppich zur inneren Tür ging. Von der letzten Sitzreihe auf der anderen Seite der inneren Tür, in dem schattigen, aber noch nicht ganz dunklen Kino, streckt ein formloses Monster, dessen feuchter schwarzer Mund *liebe mich, liebe mich* sagte, sehnsüchtig die Arme nach mir aus. Der Schock fror mich auf dem Gehweg fest, dann trat er mich fest in den Rücken, und ich lief den Block hinab, konnte aber nicht schreien, weil ich die Lippen zusammenkneifen mußte, um Rauch und Feuer zurückzuhalten, die aus meinem Mund explodieren wollten.

Der Rest des Nachmittags bleibt vage. Ich wanderte durch die Straßen, nicht in der sauberen, hohlen Weise, die ich mir vorgestellt hatte, sondern fast blind, heiß und unsicher. Ich erinnere mich an den Geschmack von Feuer im Mund und wie laut mein Herz pochte. Nach einer Weile befand ich mich vor dem Elefantengehege im Zoo. Ein Zeitungsreporter im grauen Anzug passierte den Raum vor mir, und ich folgte ihm, weil ich wußte, daß er einen Notizblock in der Tasche hatte, daß er von Gangstern zusammengeschlagen worden war, daß er das sprechende Geheimnis finden konnte, das sich unter den zusammenhanglosen und zerstückelten Teilen der Welt befand. Er würde seine Pistole in ein leeres Zimmer abfeuern und den bösen Solly Wellman, Berry Kroeger mit seinen mädchenhaften, wachsamen Augen herauslocken. Und wenn Solly Wellman bedrohlich aus dem Schatten trat, würde der Reporter ihn totschießen.

Tot.

Donna Reed lächelte von einem der oberen Fenster herunter: Hat es jemals so ein Lächeln gegeben? Jemals? Ich war in Chicago, und hinter einer verschlossenen Tür verblutete Blackie Franchot auf einem braunen Teppich. Solly Wellman, so etwas wie Solly Wellman, rief und rief aus einem geschmückten Grab nach mir, wo er wie ein Geheimnis lag. Schließlich trug der Mann im grauen Anzug seinen Notizblock und seine Waffe durch eine Eingangstür, und ich sah, daß ich nur ein paar Blocks von zu Hause entfernt war.

Paul lehnt sich an den Maschendrahtzaun, der den Spielplatz umgibt, sieht hinaus, sieht hinter sich. Alan Ladd wimmelt ›Leona‹ (June Havoc) ab, weil sie keine nennenswerte Geschichte hat und nur in der Welt von Arbeit und Vergnügen existiert, von Zigaretten und Cocktail-Bars. Unter dieser Welt ist eine andere, und ›Leonas‹ Leben ist ein blindes, angestrengtes Leugnen dieser anderen Welt.

Meine Mutter hielt mir die Hand an die Stirn und verkündete, daß ich nicht nur Fieber hatte, sondern es wahrscheinlich schon die ganze Woche über ausbrütete. Ich durfte am nächsten Tag nicht zum Spielplatz gehen, sondern mußte den Tag auf Mrs. Candees Sofa verbringen. Als sie den Telefonhörer hob, um eines der Mädchen von der High-School anzurufen, sagte ich ihr, sie solle sich die Mühe sparen, andere Kinder würden ständig fehlen, und sie legte den Hörer wieder auf.

Ich lag auf Mrs. Candees Sofa und sah zur Decke ihres abgedunkelten Wohnzimmers hinauf. Draußen balgten sich die Zwillinge, und die mütterliche, dümmliche Mrs. Candee brachte mir Orangensaft. Die Zwillinge rannten zum Sandkasten, und Mrs.

Candee stöhnte, als sie sich in einen wackeligen Gartenstuhl sinken ließ. In der unter dem Stuhl zusammengelegten Morgenzeitung stand, daß *The Hitchhiker* und *Double Cross* jetzt im Orpheum-Oriental liefen. *Chicago Deadline* hatte seine Arbeit getan und war weitergezogen. Es hatte die Welt entzweigebrochen und das Monster tief drinnen eingesperrt. Außer mir wußte das niemand. Den ganzen Block entlang plätscherten Rasensprenger und spritzten Wasserspiralen auf trockene Rasen. Männer, die langsam die Straße auf und ab fuhren, hingen die Ellenbogen zum Fenster hinaus. Einen Augenblick, der frei von Bedauern und fast ohne Emotionen war, begriff ich, daß ich vollkommen mir selbst gehörte. Wie alles andere, war ich auseinandergerissen und mit Schock, Erbrochenem und Orangensaft wieder zusammengeklebt worden. Das Wissen drang in mich ein, daß ich ganz allein war. ›Stan‹, ›Jimmy‹, wie auch immer sein Name war, würde nie mehr in das Kino zurückkehren. Er würde Angst haben, ich hätte meinen Eltern und der Polizei von ihm erzählt. Ich wußte, daß ich ihn getötet hatte, indem ich ihn vergessen hatte, und dann vergaß ich ihn erneut.

Am nächsten Tag ging ich wieder in das Kino und ging durch die innere Tür und sah Reihe für Reihe leerer Sitze zu den Vorhängen vor der Leinwand abfallen. Ich war ganz allein. Die Größe und Pracht des Kinos überraschte mich. Ich ging den langen, abfallenden Gang hinab und nahm den letzten Sitz links an dem breiten Mittelgang. Die nächste Reihe schien fast einen Spielplatz breit entfernt zu sein. Das Licht erlosch, die Vorhänge gaben die Leinwand langsam frei. Erwartungsvolle Musik erfüllte die Luft, die ersten Buchstaben erschienen auf der Leinwand.

Was ich bin, was ich tue, weshalb ich es tue. Ich bin gleichzeitig ein Mann Anfang Vierzig, diese verräterische Zeit, und ein Junge von sieben, vor dessen Mut ich immer versagen werde. Ich lebe unterirdisch in einem Holzraum und dekoriere geduldig die Wände. Vor mir, halb unsichtbar, hängt eine große und abstoßend komplizierte Vision, die ich erforschen und mir einprägen muß, die ich immer wieder ansehen muß, um ihr verborgenes

Zentrum zu lokalisieren. Um mich herum ist alles an seinem angemessenen Ort. Meine Schreibmaschine steht auf dem klobigen Tisch. Neben der Schreibmaschine schwelt eine Zigarette, von der eine graue Rauchfahne aufsteigt. Auf dem Plattenteller dreht sich eine Schallplatte, mein Apartment ist von Musik erfüllt. (›Bird of Prey Blues‹, mit Coleman Hawkins, Buck Clayton und Hank Jones.) Jenseits meiner Mauern und Fenster ist eine Welt, nach der ich mit ausgestreckten Armen und einem ambitionierten und geteilten Herzen greife. Als hätte der ›Bird of Prey Blues‹ sie heraufbeschworen, regen sich und flüstern die Stimmen von Sätzen, die heute nachmittag, morgen oder nächsten Monat geschrieben werden sollen, beginnen zu sprechen, und ich beuge mich über die Schreibmaschine zu ihnen, so nahe ich nur kann.

MÄRCHENHAFTES

Schreiben ist eine Form von Therapie; manchmal frage ich mich, wie es alle diejenigen, die nicht schreiben . . . schaffen, den Verrücktheiten, der Melancholie, der panischen Furcht zu entkommen, die der menschlichen Situation innewohnend sind.

Graham Greene

Charles L. Grant

Märchenstunde mit den Toten

(Spinning Tales With The Dead)

Charles L. Grant (geboren 1942 in Newark, New Jersey) ist der unbestrittene Meister der stimmungsvollen Horrorgeschichte. Als Herausgeber von Sammlungen hat er es auf ansehnliche zwanzig Bände von Kurzgeschichten gebracht, einschließlich der Shadows-Serie. Als Schriftsteller veröffentlichte er vierzehn Horrorromane (einschließlich der ›Oxrun-Station‹-Serie und des kürzlich erschienenen ›The Pet‹ sowie fünf Sammlungen (einschließlich der ›Tales from the Nightside‹ und ›The Orchard‹. Sein neuer Roman heißt ›For Fear of the Dark‹.

Der Bach war kaum breiter als ein Dutzend Fuß, er war klar, schnell, silbrig glänzend und sanft an den Stellen, wo Felsen sich aus seinem flachen Bett erhoben und ihre Oberflächen der Sonne entgegenstreckten. Unkraut hing über beiden Ufern, kleine Spinnen huschten quer über das Wasser, von der einen zur anderen Seite, und an tieferen Stellen standen zittrig und nervös schlanke Fische, die sofort in Richtung Mitte schossen, sowie ein Steinchen ins Wasser fiel oder eine der Spinnen zu langsam über die Oberfläche gehuscht war. Die Äste der Bäume hingen hoch, und das Buschwerk war dünn; das Tageslicht war hier fast so hell, als schlängle sich der Fluß durch offene Wiesen dahin.

Aber es gab Schatten.

Unter einer dicken, runzeligen Platane, deren Wurzeln durch den Boden brachen und mit Moos bedeckt waren, war der Schatten so kühl wie an einem frühen Herbstabend. Jerry Downe versäumte es nie, seine alte Drillichjacke mitzubringen, selbst an den heißesten Hundstagen des Juli nicht, und seinen Schlapphut, an dessen formlose Krempe er die Köder heftete, und die Taschenbücher im Rucksack, für die Stunden, wenn die Fische nicht so recht beißen wollten.

Früher, als er noch keine Ahnung von den Höllenqualen gehabt hatte, die ein Teenager in einer Welt erleiden mußte, die von ihm verlangte, vor seiner Zeit erwachsen zu werden, hatte er sich Limonade mitgebracht oder eine Cola aus dem Laden an der Ecke oder eine Flasche von dem Kräutersaft, den sein Vater im Keller zusammenbraute.

Als Twen hatte er dann Bier mitgenommen oder auch mal einen kleinen Tonkrug mit Rooneys milchigem Löwenzahnwein.

Jetzt, wo er schon kaum noch wußte, wie alt er tatsächlich war, obwohl er davon überzeugt war, noch nicht besonders alt zu sein, jetzt brachte er sich mit, was er gerade im Kühlschrank fand, was immer übriggeblieben war am Ende der Woche, wenn er es zu Hause nicht mehr aushielt, in seinem Wohnzimmer, wo die Bildröhre des Fernsehers dunkel und das Radio tot blieb. Bei sich zu Hause, wo die Nachbarn auf der Lauer lagen, um eventuelle Besucher abzufangen, wo sie auf dem Bürgersteig stehenblieben, um auf sein Haus zu zeigen und hinter vorgehaltener Hand zu flüstern. Wo sie in der Dunkelheit langsam mit dem Auto an seinem Haus vorüberfuhren. Wo sie zu seiner Veranda hochgelaufen kamen, um die Türglocke zu ziehen und schnell wieder davonzulaufen, die bleichen Gesichter puterrot vor Lachen, wenn sie die andere Straßenseite erst einmal erreicht hatten.

Jeden Tag, zu Anfang.

Ihren Mut hatten sie auf die Probe gestellt.

Später dann noch einmal die Woche.

Nichts war dadurch bewiesen, nichts außer der Tatsache, daß die Erinnerung sich schwertut zu sterben, wenn das Sterben selber noch schwerer fällt.

Halloween war jetzt die beste Zeit, und die mondlosen Dezembernächte, wenn der Wind hinter den Hecken auf der Lauer lag, wenn der Schnee noch dünn und frisch war und die Polizei

Besseres zu tun hatte, als die ungebetenen Besucher wegzujagen.

Er fragte sich, wie alt er sein mochte. Es war ihm egal. Die Sonne stand am Himmel und schien warm herunter.

Mittag war schon lange vorüber. Er überprüfte die Bambusrute wohl zum fünftenmal in ebenso vielen Minuten, überzeugte sich davon, daß sie noch sicher zwischen den beiden Felsbrocken eingeklemmt war, die schon hier gelegen hatten, als er das erste Mal hierhergekommen war, zusammen mit Rooney, dessen Vater so lange Hufschmied in dieser Gegend gewesen war, bis sämtliche Farmen an Leute verkauft worden waren, die hier Häuser und Supermärkte bauten und aus den Wegen, auf denen man die Kühe in die Ställe getrieben hatte, Asphaltstraßen machten.

Er machte sich ein Bier auf, trank einen Schluck und betrachtete seine Finger, die sich um die Dose krallten, Finger mit kurzen Nägeln und leicht geschwollenen Knöcheln. Die Venen traten schwer und breit hervor, seine Hand zitterte ganz leicht.

»Ronney«, sagte er, »langsam tut mir der Arsch weh, weißt du?«

Auf der anderen Seite, zwischen zwei weißen Birkensträuchern, unter einem Schauer pfefferminzfarbenen Lichts, bewegte sich der Schatten einer Gestalt und kam langsam näher, die Angelrute lässig über die eine Schulter gelegt, während von der anderen Schulter ein zerbeulter Fischkorb baumelte.

»Es war schließlich nicht meine Idee«, brummte Rooney. »Du warst derjenige, der mich damals hierhergeschleppt hat. Sobald du nicht mehr herkommst, bleibe ich auch weg. Mir hat's sowieso nie besonders gefallen. Ich wußte gar nicht, daß Würmer bluten.«

Jerry seufzte, nahm noch einen Schluck und stellte die Dose auf einen Platz, der im Lauf der Jahre so oft als Tisch gebraucht worden war, daß er völlig abgeflacht war. »Sie bluten nicht. Wie oft muß ich dir das noch sagen?«

Rooney fummelte an einem Knoten in seiner Angelschnur herum. »Aber da kommt so ein Zeug aus ihnen raus. Das ist für mich so gut wie Blut.«

Jerry zog eine Augenbraue in die Höhe, stöhnte leise vor sich hin und sah herunter auf den Jungen, der neben ihm saß. Es war ein kleiner Junge, nicht älter als neun oder zehn. Rothaarig und sommersprossig saß er da, mit seinen nagelneuen Bluejeans und einem Hemd, das für die Sommerwärme viel zu enganliegend war. Er starrte in das Wasser, summte dabei leise vor sich hin und nickte im Rhythmus mit dem Kopf. Jerry streichelte leicht über das rote Haar, und der Junge krümmte sich, als sei er mit einer heißen Bratpfanne in Berührung gekommen.

Blätter raschelten über ihren Köpfen, als ein leichter Windzug durch sie hindurchfuhr.

Die Schnur an der Bambusrute wurde von der Strömung flußabwärts gezogen.

Der Himmel schaute in dunkelblauen, ausgefransten Puzzlestückchen durch das Blattwerk. Jerry zog die Schultern hoch, entspannte sie wieder und streckte den Arm aus, um die Befestigung der Rute noch einmal zu überprüfen. Er weigerte sich zu glauben, daß sie sich eines Tages beim Biß eines Fisches nicht mehr lokkern könnte, so, wie er sich weigerte zu glauben, daß er eines Tages ganz allein hierherkommen würde, ohne den Jungen, ohne Rooney und ohne die Frau, die da drüben näher kam, indem sie sich vorsichtig einen Weg durch das niedrige Gestrüpp auf der anderen Seite des Flusses bahnte.

Ihr Haar war dunkel, die Gesichtshaut von einem fleckigen Braun. Das Kleid, das sie trug, schien ihm eher dafür geeignet, am Ostersonntag damit einen Boulevard entlangzuspazieren, als damit durch den Wald zu laufen, jetzt, im Hochsommer, wo alle Fliegen wild entschlossen zu sein schienen, es sich auf seinem Gesicht bequem zu machen und ihn daran zu erinnern, daß sie über kurz oder lang auch dort ihre Nahrung finden würden. Sie jammerte nicht, sie sah nicht einmal auf. Sie blieb an dem ersten Strauch stehen und blickte durch ihn hindurch auf Rooney, der zurückschaute, ohne auch nur mit dem Kopf zu nicken oder mit einem Wimpernzucken anzuzeigen, daß er sie erkannt hatte.

Jerry wartete ab, ob etwas gesagt würde.

Nie wurde etwas gesagt.

Einmal war immer das erste Mal.

Eine Wolke schnitt ein Stückchen von der Sonne ab, Schatten sprangen aus ihrem Unterschlupf, um ihr Gesicht zu verstecken und Rooney verschwinden und erst wiederauftauchen zu lassen, nachdem die Wolke weitergezogen war und eine Kühle hinterlassen hatte, die Jerry nicht mehr abschütteln konnte, egal, wie heftig er sich in seine verfrorenen Finger blies, egal, wie oft er sich sagte, daß dieses Mal das letzte Mal sein würde, daß es jetzt endlich vorbei sein und er in Zukunft mit dem Fluß allein sein dürfte.

Der Junge wechselte den Platz, um näher am Wasser sitzen zu können, den kurzen Abhang des grasbewachsenen Ufers hinunter, das sich schon seit Ewigkeit in dieser Schwebe am Rande des Hineinstürzens zu halten schien. Er wischte sich mit einem Hemdsärmel die Nase, dann nahm er einen Kieselstein auf und warf ihn direkt vor Rooneys Füßen ins Wasser, ohne sich um den Blick des kahlköpfigen Mannes oder das Lächeln der Frau zu kümmern, deren Mund breit und rot leuchtete.

»Eph«, sagte der Mann, der nicht mehr wußte, wie alt er war, mit ruhiger, fester Stimme.

Der Junge blickte über die Schulter zurück, mit Augen, in denen kein Leben war, dann sah er wieder in den Fluß und warf noch einen Kieselstein in das Becken, Rooney direkt vor die Füße.

Schon in der Sekunde, in der sein Sohn geboren wurde, hatte Jerry gedacht, daß es ein Verbrechen sei, einen Jungen in einer solchen Zeit Ephraim zu nennen. Die Schulfreunde würden schon taktvoll genug sein, hatte er gedacht, aber ihm war klar gewesen, daß sie sich wundern müßten. Ephraim. Was für ein Name für einen kleinen Jungen, der doch nichts anderes wollte, als größer werden und den Baseballs die Seele aus dem Leib schlagen.

Seine Idee war es nicht gewesen.

Und die Frau schwieg.

Wie immer.

»Verdammte Bäume!« schimpfte Rooney und riß an seiner Angelschnur, die sich in einem der herunterhängenden Äste verfangen hatte.

»Für diese Art Schnur ist das hier der falsche Platz«, sagte Jerry.

Seit dreißig Jahren versuchte er ihm das zu erklären. Wahrscheinlich sogar noch länger.

»Ich muß sie doch benützen«, erwiderte der alte Mann. »Sie ist doch ein Geschenk.«

»Ich hab' sie dir doch nicht geschenkt, um hier damit zu angeln, du alter Esel«, brauste Jerry auf. »Sie war für . . .«

Für das Boot, das sie sich hatten kaufen wollen, um damit an der ganzen Ostküste entlangzusegeln, und hinein in die Flußmündungen, um neue Städte kennenzulernen, neue Freunde, und um ganz neue Sorten Fisch mit nach Hause zu bringen und der Familie zeigen zu können. Für die paar Jahre nach der Pensionierung und vor der Zeit, in der das Alter einen in jene Höhlen zwingt, in denen man nur noch herumsitzt wie ein ausgestopftes Tier in einem Naturkundemuseum. Für die vielen Fotos, die sie ihren Familien nach der Rückkehr von ihren Reisen hatten zeigen wollen: Rooney auf einer Hafenmauer, grinsend, mit einem Ding von fünfzig Pfund oder gar noch mehr an seiner Seite.

Die Frau suchte sich ein trockenes Plätzchen an der Uferböschung, hob ihr Kleid ein wenig an und setzte sich. Sie pfiff vor sich hin, während sie Schuhe und Strümpfe auszog, um ihren Füßen den erfrischenden Schock des kalten Wassers zu gönnen.

Jerry wünschte, sie würde wieder gehen.

Sie sah auf und lächelte.

»Weißt du, Eph«, sagte er, wobei er von ihr weg auf den Jungen hinuntersah und ihm wieder die Hand auf das Haar legte, »es war einmal vor langer Zeit, da beschloß ich, der nächste Präsident der Vereinigten Staaten zu werden.«

Eph drehte sich nicht um, aber Jerry wußte, daß der Junge ihm zuhörte.

»So war es. Ich beschloß, alles hinzuwerfen, die Sicherheit eines guten Jobs, die Liebe einer guten Frau, Freunde und Familie, alles, um meine Millionen dafür auszugeben, der erste Mann meines Landes zu werden und die Dinge noch einmal geradezubiegen, bevor alles beim Teufel wäre. Ich lag ganz gut im Rennen, konnte mehr Staaten gewinnen, als die Zeitungen prophezeit hatten, und vorher hatten sie immerhin behauptet, ich könnte nicht einmal an einem Frosttag in der Hölle gewinnen.«

Er zog die Schnur ein, eine Hand über der anderen, schnalzte beim Anblick des leeren Hakens mit der Zunge und wand genüßlich einen neuen Wurm darum, um ihn am Schluß aufzuspießen. »Mein Pech war es eben, daß Cody[1] noch mehr gewann als ich. Zumindest gewann er diejenigen mit den meisten Wahlmännern. Das ist es, was letztlich zählt, verstehst du? Es kommt nicht darauf an, wie viele Menschen dir deine Stimme geben. Wenn der andere die Wahlmänner auf sich vereinigt, dann bleibt von dir nur noch eine Fußnote im nächsten Geschichtsbuch, es sei denn, du bist so dumm, es noch einmal zu versuchen.«

»Dad«, sagte der Junge, und dabei drehte er sich noch immer nicht um, »du hast nie für die Präsidentschaft kandidiert.«

»Doch, natürlich habe ich das.«

»Gegen William Cody?«

»Genau.«

»Er hat auch nie kandidiert.«

»Ja, für wen sollen denn alle die Menschen gestimmt haben? Für Sitting Bull etwa?«

Die Schultern des Jungen zuckten ein wenig, und Jerry grinste. Das erste Lachen des ganzen Tages, und der Tag war immerhin schon fast vorüber. Manchmal hatte er schon befürchtet, er habe den richtigen Dreh verloren.

Er lehnte sich gegen die Platane zurück und nahm die Rute in die Hand. Er spürte ihre sanfte Glätte, die geschmeidige Kraft, die Erinnerungen, die hier und da als braune Flecken auf ihr verewigt waren. Er strich mit einer Handfläche an ihr entlang, soweit er hinaufreichen konnte, und es kümmerte ihn nicht weiter, daß er vielleicht gerade einen Fisch beim Zuschnappen auf den Wurm störte. Es war das Gefühl des Angelns, das zählte, nicht der Fisch, der hinterher im Korb lag, so wie es viel mehr um das Gefühl des Liebens ging als um die Frau, die man liebte.

So hatte er jedenfalls gedacht, als er noch jünger war.

So hatte er bis zu jenem Tag gedacht, an dem er Pru begegnet war, an dem er alle seine Sinne verloren und seine Gefühle zurückgewonnen hatte.

1 William Cody = Buffalo Bill (Anm. d. Übers.)

Schon wieder so ein dummer Name, dachte er. Prudence. Wer nennt sein Mädchen heutzutage schon noch Prudence? Seit den Pilgervätern tut das doch niemand mehr. Gott sei Dank. Seine Prudence war in sein Leben getreten, ohne auch nur vorher anzuklopfen. Wenn er jetzt seinen Sohn anschaute, dann konnte er einen kleinen Seufzer nicht unterdrücken. Das rote Haar, die Sommersprossen, das alles kam nicht von seiner Frau, das war alles von ihm selbst, bis hin zu der Stupsnase und den langen Klavierspielerfingern.

»Verdammte Scheiße!« fluchte Rooney und zog schon wieder an einem Knäuel herum, diesmal etwa in der Mitte der Angelrute.

»Paß auf dein Mundwerk auf«, sagte Jerry leise.

»Geh zum Teufel«, erwiderte Rooney, zog noch einmal und wiederholte seinen Fluch, nachdem er die Schnur entwirrt hatte und in seinem Korb nach einem neuen Köder suchen mußte.

Die Frau blickte seitlich den Fluß entlang und schüttelte mit dem Kopf. Dann drehte sie sich um, bis sie direkt in die Sonne schaute. Sie legte den Kopf in den Nacken, schloß die Augen und schürzte die Lippen. Sie pfiff immer noch vor sich hin.

Jerry ließ beinahe die Angelrute fallen.

Er konnte sie erkennen – die dünne weiße Linie entlang der Neigung ihres Halses.

Die Spritzer getrockneten Blutes entlang der Wölbung ihrer Brüste.

»Weißt du, Eph«, sagte er, »an Tagen wie diesem ließ ich immer das Schiff vom Trockendock laufen und ging auf Walfang.«

Ephraim warf einen weiteren Kieselstein ins Wasser. »Das hast du nie getan.«

»Natürlich habe ich das. Du müßtest es doch eigentlich wissen, du warst doch schließlich dabei.«

Der Junge rupfte an einem Grasbüschel. »War ich das?«

»Als erster Maat.«

Jerry erkannte ein leichtes Zucken auf der Wange des Jungen.

Noch eine Wolke, größer und dunkler diesmal, freundlicher zu dem Zwielicht, das sich vom Waldboden erhob und den Fluß auf Anhieb breiter und tiefer erscheinen ließ.

»Moby Dick«, sagte Ephraim in diese kurze Finsternis hinein. »Du hattest damals ein Holzbein, stimmt's?«

»Ganz genau. Und du hast für jeden Wal, den wir zusammen gefangen haben, eine Kerbe hineingeschnitzt.«

»Aber den großen weißen haben wir nie gekriegt, Dad.«

»Nein. Den haben wir nicht gekriegt. Den wird niemals jemand kriegen, Eph. Dieser verdammte Fisch ist größer als zehn Fangschiffe nebeneinander und hundertmal so gerissen. Trotzdem muß ich dir zugestehen, daß du der beste Harpunist warst, den ein Kapitän sich nur wünschen konnte.«

Der Junge schlug sich mit der Faust in die Handfläche. »Ich habe ihn auch genau zwischen den Augen erwischt«, sagte er. »Ich hätte das Ungeheuer erledigen können, aber dann nieste er.«

Jerry lehnte sich vor. »Er nieste?«

»Erinnerst du dich nicht? Du warst da oben, im Krähennest, und hast geschrien wie ein altes Weib. Ich habe ihm die Harpune genau zwischen die Augen gesetzt, und du hast von da oben immer weiter gebrüllt, daß wir die Leine straffer ziehen sollten und so, bis der Wal von deinem Gegeifere und dem Gefuchtel mit den Armen genug hatte und allergisch reagierte. Er nieste und – *plopp* – kam die verdammte Harpune wieder heraus, und ich war sie los.« Er schüttelte traurig den Kopf. »Die beste Harpune, die je ein Mann besaß.«

»Verdammter Lügner«, sagte Rooney.

»Paß bloß auf«, warnte ihn Jerry. »Das hat nichts mit Lügen zu tun, das ist Geschichtenerzählen.«

Rooney rollte mit den Augen und gab den Versuch auf, einen Haken mit einem frischen Köder an seiner Schnur zu befestigen. Er warf die Rute hin, setzte sich und holte eine Flasche aus seinem Korb. Er nahm einen langen Schluck, und ein Teil der Flüssigkeit spritzte auf sein Kinn, wo ein kleines Stückchen des Knochens weiß in der Sonne zu schimmern begann, die erneut hinter den Wolken hervorgekrochen war.

Die Frau sonnte sich immer noch.

Der Junge hatte wieder damit begonnen, Kieselsteine in den Fluß zu werfen.

Jerry starrte an der Bambusrute entlang, die er in der Hand

hielt, und sagte sich, daß schon alles seine Ordnung habe. Er war vielleicht nicht mehr so jung wie früher, aber verrückt war er nun doch noch nicht. Er schaute auf seine Bierdose und die beiden anderen, die leer daneben lagen. Betrunken war er auch nicht, nicht von drei Dosen Bier im Laufe von ein paar Stunden.

Er hustete laut, dann veränderte er seine Stellung.

»Eph«, sagte er, »habe ich dir eigentlich jemals von der Zeit erzählt, als ich alles hingeworfen habe, um für das Amt des Präsidenten der Vereinigten Staaten zu kandidieren?«

»Gerade eben, Dad«, antwortete der Junge gelangweilt.

Er nickte. Stimmt. Er hatte es eben erst erzählt.

Die Frau planschte mit den Füßen spielerisch im Wasser, silberne Spritzer von ihren Zehen zeichneten zarte Regenbögen in die Luft, die sofort von der sanften Brise wieder verweht wurden. Dann langte sie, mit einem Seitenblick auf Jerry, hinter sich und begann an den Knöpfen zu nesteln, die entlang ihrer Wirbelsäule eine Reihe bildeten. Die Brust streckte sie dabei vor, die Füße planschten noch, und Jerry leerte seine Bierdose, weil sein Hals auf einmal sehr trocken geworden war.

Rooney beobachtete die Szene.

Der Junge beobachtete eine Libelle, die über das Wasser schwebte, wobei sie ihre Flügel wie kleine Paddel in der Richtung des Windes schwingen ließ. Aus seiner Hüfttasche zog er ein Taschenmesser und klappte dessen längste Klinge mit Hilfe seines Daumennagels heraus, um sie jedesmal, wenn die Libelle sich drehte, in die Erde zu stoßen.

Das Geräusch, das dabei entstand, war dumpf, wie von einem Prügel, der in einiger Entfernung auf etwas einschlägt, um es langsam weich zu bekommen.

Die Frau hatte die Hände über ihre Brust gelegt, um das Oberteil ihres Kleides festzuhalten. Sie sah ihn an. Lächelnd. Als sie zu Rooney hinübersah, grinste sie.

Rooney kratzte sich seinen haarlosen Skalp, als habe er eine Entscheidung zu treffen.

Tu es nicht, dachte Jerry. Um Gottes willen, Rooney, tu es bitte nicht!

»Ich war auch mal im Showbusineß tätig, weißt du, Eph?« sagte er und stieß die Angelrute entschieden zurück an ihren Platz. »Zu meiner Zeit nannte man es Vaudeville-Shows. Das war ein ganzes Programm der unterschiedlichsten Nummern. Sänger, Tänzer, Männer mit dressierten Hunden und Tauben, Zauberer, Clowns, Frauen, die sich für Opernsängerinnen hielten und ähnliches Zeug. Ich war Stepptänzer, weißt du? Ich hatte eine Nummer, bei der ich ein Brett zwischen zwei Stühle legte und ein Ferkel in den Armen hielt. Ich steppte vom Fußboden auf das Brett, hielt das Ferkel über meinem Kopf und sang dazu ›Old MacDonald‹.«

Der Junge stieß mit dem Taschenmesser härter zu.

»Hab' ich dir auch erzählt, daß mir dabei die Augen verbunden waren? Die Augen verbunden! Und ein Bein hatte man mir vor den Hintern gebunden. Wie Long John Silver. Ich trug sogar einen Seeräuberhut, weißt du, so einen mit drei Spitzen, an dem eine große Feder steckt.«

Sonnenlicht.

Wolken.

Rooney stieß mit beiden Händen sein Haar zurück, ein monströses, rotes Haardickicht, bei dessen Anblick es Frauen in den Fingern juckte und Männer sich für ihre paar dünnen Härchen schämten, die sie mit einem Kamm sorgfältig auf die Seite kämmen mußten.

Sonnenlicht.

Die Frau ließ langsam ihr Kleid herab.

Ephraims Hand hob sich, fiel herunter, die Klinge fuhr in den Boden.

Wolken.

In einem höhlenartigen Raum, wo jeder Atemzug ein Echo hervorrief, zuckten Lichtbilder auf eine Leinwand, verschwanden wieder.

Jerry verschloß die Augen vor diesem Bild, wie er es jedesmal tun mußte, wenn es passierte, und er wußte, daß, wenn er die Augen wieder öffnete, das Flackern so heftig wäre, daß ihm schwindlig davon würde. Er würde sich schwach fühlen. Er würde sich in das Gras zurücklegen und darauf warten, daß das sanfte Plätschern des Flusses ihn beruhigen würde, daß die untergehende Sonne die anderen vertreiben würde, daß der erste Schrei der Nachteule ihn nach Hause treiben würde.

Zu den Nachbarn.

Zu dem Flüstern.

Und er dachte: Verdammt, ich werde langsam zu alt für diesen Mist.

Er öffnete die Augen, beschirmte sie mit einer Hand, und da waren nur die Wolke, die gerade an der Sonne vorbeizog und Schatten über die Wasseroberfläche ziehen ließ und eine leichte Brise, die auch sein Gesicht streichelte. Er zuckte zurück, als habe man ihn geschlagen, aber er sah nicht weg.

»Rooney«, sagte er, »du bist ein Scheißkerl.«

Rooney war kaum zu erkennen, ein Schatten im Schatten, kaum mehr als das Leuchten zweier Augen, knapp über dem Gras schwebend wie das Flügelpaar einer Libelle, beobachtend.

Die Frau ließ ihre Hände noch ein bißchen weiter sinken, die Spitzen ihrer Brüste waren jetzt dem Zwielicht ausgesetzt.

Jerry verschloß die Augen nicht wieder. Weder vor der Erinnerung an die Zeit, als sie noch warm und weich in seinen Händen gelegen hatten, noch vor ihrem Anblick jetzt, da sie so rötlich schimmerten.

»Und du«, sagte er, »du bist eine Schlampe.«

»Dad«, sagte der Junge, und er sah nicht hoch, sondern er starrte auf die Furche, die er in den Boden gerissen hatte. »Dad.«

Sie lehnte sich vor – das Oberteil ihres Kleides lag jetzt wie eine Schürze in ihrem Schoß – und schlug auf das Wasser, ließ es hoch aufspritzen. Den Mund hatte sie zu einem tonlosen Lachen geöffnet. Das kühle Plätschern des Wassers, der entfernte Klang ihrer Stimme. Für einen Moment lehnte sie sich zurück, um sich das Haar von der Wange zu streichen, ihre Finger waren so weiß wie Knochen.

»Dad.«

Jerry zwang sich, wegzusehen und die Schnur einzuziehen, eine zitternde Hand über der anderen. Es war kein Wurm mehr am Haken. Er spießte einen neuen auf, dabei stach er sich mit der Spitze des Hakens in den Ballen des Daumens. Die Frau starrte von der anderen Seite des Flusses auf das Schimmern des Bluts, ihre Augen weiteten sich etwas, der Mund stand ihr noch weiter offen, und in seiner dunklen Höhle lauerte die Zunge wie der Kopf einer Schlange.

»Verdammter Mist«, murmelte er und sog an der winzigen Wunde.

»Du mußt vorsichtig sein«, sagte der Junge, immer noch die Messerklinge in den Boden stoßend.

»Ich weiß«, antwortete er, befestigte den Köder und warf die Schnur wieder ins Wasser. »Das erinnert mich an die Zeit, als . . .«

»An Mama?« fragte der Junge.

Rooney, ganz Schatten und Licht, lachte kurz auf.

»Nein. Das hatte ich nicht sagen wollen.«

»Sie ist so wunderschön«, flüsterte Ephraim, das Messer zu einem neuen Streich erhoben. »Ich wünschte, ich hätte solches Haar. Ich wünschte, ich hätte einen besten Freund, mit dem ich Angeln gehen könnte.«

»Hey«, sagte Jerry und streckte seine Hand nach der Schulter des Jungen aus. »Hey, bin ich nicht dein bester Freund?«

Ephraim schüttelte den Kopf. »Das ist doch nicht dasselbe.« Er blickte flußabwärts. »Sie ist so schön. So . . . schön.«

Rooney trat in das Sonnenlicht, trat wieder zurück, die leere Flasche in der Hand, das Hemd in Fetzen, ohne Stiefel.

»Es gab einmal eine Zeit, weißt du«, sagte Jerry schnell, »da glaubte ich, daß man als Cowboy das schönste Leben auf Erden führen könnte. Ich meine, die verdammten Kühe konnte ich zwar nicht leiden, und die Indianer . . .«

Der Junge seufzte und rieb die Messerklinge an seinem Knie sauber.

». . . saßen der Herde und den Leuten ständig im Nacken, das kann ich dir sagen, mein Junge, und dieses Leben taugte für keinen Fünfer, bis ich beschloß, die Zähne zusammenzubeißen. Das war kurz vor dem Schlamassel am Wounded Knee. Hast du jemals von der Sache am Wounded Knee gehört, Junge? Furchtbar, sage ich dir, und mir war klar, daß, wenn ich meinen Freund, den Häuptling, leben da rausbekommen wollte . . .«

»Dad, bitte.«

»Halt's Maul, dummer Bengel!« schrie Rooney und sank zu Boden, die Hände umklammerten seine Knie, die wie bleiche Knochen im Wechselspiel zwischen Schatten und Sonnenlicht schimmerten.

»... ich ein paar von meinen Kameraden zur Hölle schicken müßte. Weißt du, sie glaubten, daß Frank wüßte, wo Jesse tatsächlich lebte und daß er nicht wirklich tot wäre. Da hatten sie allerdings recht. Aber mal abgesehen von Frank, war ich der einzige, der die ganze Wahrheit kannte.«

Schweiß sammelte sich über seiner Augenbraue.

Die Frau setzte sich auf, leuchtend das Rot, leuchtend ihr Haß.

»Dad?«

»Also ritt ich eines Morgens bei Sonnenaufgang aus Abilene heraus und machte mich auf den Weg gen Osten, nach Missouri. Eine schreckliche Zeit damals, weißt du? Mein Gott, ein Mann konnte damals kaum ...«

Das Messer stieg auf, Jerry beobachtete es, nach einer Weile senkte es sich wieder ein wenig, und Jerry beobachtete es. Das Messer schnitt die Luft zwischen ihnen in Scheiben, zischend und flink wie eine Schlange.

»Ich habe sie geliebt«, sagte er endlich.

»Ich auch, Dad.«

Rooney nickte. Sein kahler Skalp war gesprenkelt mit krabbelnden Punkten, ein nackter Fuß klopfte den Boden, eine Hand wedelte müde, aber die Fliegen blieben sitzen.

»Das glaube ich nicht.«

Jerry berührte die Bambusrute.

Die Frau rieb sich mit der Hand über den Bauch und verschmierte das Blutrot zu Rosa.

Der Junge sah hinüber zu Rooney und fuhr sich mit einer Hand durch das Gewirr seiner Haare. Er starrte sein Spiegelbild auf der Messerklinge an, und dann, endlich, zum erstenmal, stand er auf und reckte sich.

»Eph«, sagte Jerry, die Stimme alt, die Knochen alt, die Bambusrute brüchig, vom Alter in der Mitte gespalten.

Sonnenlicht.

Wolke.

Rooney war nicht zu sehen, Rooney lachte.

»Weißt du«, sagte der Junge und sah dabei ins Wasser, »ich erinnere mich an eine Zeit, als wir noch Elefanten im Garten hatten. Vier Stück, stimmt's? Und der Tiger. Einen Löwen auch, glaube ich. Jeden Sonntag gab ich ihnen meine Vettern zu fressen, und jeden Montag kotzten die armen Viecher meine Vettern wieder aus. Du wurdest so wütend, es war komisch. Ich meine, dein Gesicht war so komisch, so, als könntest du dich nicht entscheiden, ob du mich nun auffressen oder mir nur die Kehle durchschneiden solltest.«

»Ephraim!«

Der Junge zuckte die Schultern.

Die Frau knöpfte sich das Kleid auf dem Rücken zu, hob den Rock etwas an und watete in den Fluß, ihr Mund ein Lächeln, das Gesicht gen Himmel gewandt, ein Auge geschlossen, das andere Auge fehlte.

»Dann gab es eine Zeit«, fuhr der Junge fort und lehnte sich weit über das Ufer, um einen Fisch beobachten zu können, der dem Schatten einer weiteren Wolke folgte, »da gingen wir hinüber nach China und begannen zu graben, weil du als erster Mann der Welt in Oklahoma wieder an die Oberfläche kommen wolltest. Wir hatten solche Streitereien, erinnerst du dich? Ich habe immer gesagt, es sei nicht Oklahoma, es sei South Dakota, und du wurdest wütend, weil ich mir nicht anhören wollte, daß du mich mal in ein Reisfeld gesteckt und versucht hast, mich mit einem Wasserbüffel niederzutrampeln. Als das nicht funktionierte, hast du es mit einem Pflug versucht.«

»Ephraim, verflucht!«

Der Junge zuckte die Schultern.

Jerry schloß die Augen, biß die Zähne fest zusammen, ballte die Fäuste und fühlte, wie das Bier in seinem Magen warm und schwer wurde.

»Du machst das nicht richtig«, sagte er.

»Aber natürlich mache ich es richtig.«

Die Frau bewegte sich flußabwärts, hinein in das schwarzgeränderte Sonnenlicht und wieder heraus. Sie drehte sich nicht um. Sie winkte nicht zum Abschied. Sie blieb nicht stehen und stolperte nicht, als der Wind sie von hinten attackierte und ihr das vermoderte Kleid in Fetzen vom Leib riß.

»Nein«, sagte Jerry. »Richtige Märchen sind nicht absurd, sie sind auch nicht grausam. Und ganz tief drinnen enthalten sie immer einen Kern Wahrheit. Das solltest du inzwischen gelernt haben. Zum Teufel, du hast doch schon so viele von ihnen gehört. Du solltest es wissen.«

Der Junge sah über die Schulter zurück. »Ich weiß es.«

Jerry schaute zu Boden.

Das Sonnenlicht erstarb.

Wolken und Zwielicht, Dämmerung und Wind.

Die Bambusrute, die leeren Bierdosen. Jerry rieb sich mit einer Hand zu heftig über das Gesicht, drückte zu kräftig gegen seine Augen. Der Kopfschmerz ließ ihn erzittern, ließ ihn aufstöhnen.

Irgendwann in nächster Zeit, dachte er, werde ich nicht mehr herkommen. Irgendwann werde ich zu Hause bleiben. Ich werde lange im Bett liegenbleiben, ich werde Scheiße zum Frühstück fressen, ich werde aufhören, mich zu plagen, ich werde bis zum Morgengrauen aufbleiben, ich werde mich zu Tode hungern, und, bei Gott, kein Mensch auf dieser verdammten Welt wird mich daran hindern.

»Dad«, sagte der Junge, »du solltest besser gehen. Es ist schon spät.«

Jerry wartete absichtlich noch einen Moment, dann sammelte er ganz gemächlich seine Sachen zusammen. Als er damit fertig war, kletterte er, Angelrute über der Schulter, den Hut tief ins Gesicht gezogen, über die Wurzeln der Platane und stellte sich neben seinen Sohn.

»Vor allen Dingen«, sagte er, »ist es eine Sache des Glaubens. Du suchst das Märchen aus, und während du es erzählst, mußt du fest daran glauben, daß es wahr ist, sonst wird es niemals mehr als eine langweilige, dumme Lügengeschichte sein.«

Der Junge kicherte.

Das Mondlicht spiegelte sich in silbernen Pfeilen auf der Wasseroberfläche.

Der Junge prustete und hustete vor Lachen, er hielt sich den Bauch, bis Jerry die Angelrute auf den Boden warf und ihn packte, ihn an den Schultern hochhob und fühlte, wie sich sein Gesicht wieder zu der Maske verbiegen wollte, die er getragen hatte, bevor das Haus sich mit Staub gefüllt hatte.

»Halt's Maul!« schrie er, »oder ich bring dich um!«

Der Junge leckte sich einmal über die Lippen, schaute einmal auf jede der beiden Hände, die ihn in die Höhe hoben, und sagte dann: »Nein. Ich wette, daß du es nicht tun wirst.«

Jerry ließ ihn los, schnappte sich seine Angelrute und verließ die Lichtung. Als er den Pfad erreicht hatte, der zu seinem Haus führte, verließ ihn die Wut ebenso abrupt, wie sie gekommen war, und er drehte sich um.

»Ich wußte nicht, daß du es weißt«, sagte er rundheraus, ohne bettelnden Unterton, und zeigte mit der freien Hand zu der Stelle, wo Rooney und die Frau gesessen und sie beobachtet hatten.

Der Junge schaute den Fluß hinauf und hinunter, als halte er nach jemandem Ausschau, der gleich mit einem Kanu erscheinen müsse, dann warf er das Messer in die Luft, fing es wieder auf, klappte es zu. Sein Gesicht war nicht zu erkennen, alle Farbe war daraus gewichen, eine geisterhafte, mondbeschienene Silhouette ohne Spiegelbild.

»Vor allen Dingen, Dad«, sagte er, »geht es, wie du sagtest, um den Glauben. Verstehst du? Wenn du daran glaubst, daß wir für immer so weitermachen werden, dann werden wir es tun. Wenn du daran glaubst, daß wir niemals älter werden, dann werden wir nicht älter werden. Wenn du daran glaubst, daß du es nicht getan hast, dann hast du es nicht getan.«

»Aber ich habe es nicht getan«, beteuerte er.

Mondlicht.

Wolken.

Der Junge lächelte und sagte: »Ich weiß.«

Thomas Ligotti

Alices letztes Abenteuer

(Alice's Last Adventure)

Thomas Ligotti (geb. 1953 in Detroit) ist eines der strahlenden, jungen Talente der zeitgenössischen Horrorliteratur. Seine Kurzgeschichten wurden in zahlreichen der kleinen Horrormagazine veröffentlicht (darunter ›Grue‹, ›Nyctalops‹ und ›Fantasy Tales‹ und kürzlich in dem Sammelband ›Songs of a Dead Dreamer‹ herausgegeben. Wie die Hauptfigur in ›Alices letztes Abenteuer‹, ist auch Ligotti ohne Zweifel ein ›Hexenmeister stilvoller Alpträume‹.

> »Preston, hör auf zu lachen. Sie haben den ganzen Garten hinterm Haus leergefressen. Sie haben die Lieblingsblumen deiner Mutter gefressen! Das ist *nicht komisch,* Preston.«
> »Haaa, ha-ha-ha-ah. Aaaa-ha-ha-ha-ha-ha.«
> *(Preston und die Hungernden Schatten)*

Vor langer Zeit beschloß Preston Penn, das Vergehen der Jahre einfach zu ignorieren und sich den Reihen jener Menschen einzugliedern, die für immer in einer Art Halbwelt zwischen Kindheit und Adoleszenz verbleiben. Er wollte weder auf die verwegene Befriedigung verzichten, die ihm der Verzehr von Insekten bereitete (frische Fliegen und knusprige Käfer mochte er am liebsten), noch auf jene geheimnisvolle Trunkenheit des kindlichen Gehirns, die sich nicht wieder zurückholen läßt, wenn die Nüchternheit des Erwachsenwerdens erst einmal gnadenlos die Oberhand erstritten hat. Das Ergebnis war, daß Preston mehrere Jahrzehnte ohne Schaden überstand, ohne sich der Pubertät auch nur auf Rufweite zu nähern: Er lebte sich durch ein langes Leben und so manches verrückte Abenteuer auch noch in seinem vierten, fünften, ja sogar in seinem sechsten Lebensjahrzehnt. Er lebte noch lange nachdem ich aufgehört hatte, über ihn zu schreiben.

Gab es für ihn einen Prototypen? Man sollte es annehmen. Schließlich kann man sich eine Persönlichkeit wie die Prestons mit den beschränkten Mitteln der Vorstellungskraft nicht einfach ausdenken. Nein, er war eher so etwas wie eine Erfindung der Realität, die ich später für meine populäre Serie von Kinderbüchern übernahm. Prestons Status in beidem, sowohl der Realität als auch der Fantasie, übte auf mich immer eine große Faszination aus. Im vergangenen Jahr jedoch hat dieses Thema meine Aufmerksamkeit in besonderem Maße beansprucht, nicht ohne daß persönlicher Verdruß und sogar Angst mit im Spiele waren. Vielleicht liegt es daran, daß ich langsam senil werde.

Mein Alter ist kein Geheimnis, man findet es in einer Reihe von literarischen Nachschlagewerken (siehe *Kinderbuchautoren der Gegenwart*), deren Angabe nur um wenige Jahre danebenliegt – in welcher Richtung, werde ich nicht verraten. Es ist länger als ein Jahrzehnt her, daß mein letztes Preston-Buch erschien *(Preston und das umgekehrte Gesicht)*. Einer der Rezensenten nannte mich ziemlich hochnäsig die »›Große alte Verdammte‹ einer bestimmten Art von Literatur für Kinder«. Was für eine Art er meinte, können Sie sich vorstellen, wenn Sie es nicht ohnehin wissen, wenn Sie nicht mit Prestons Abenteuern mit der Totenmaske, den Hungernden Schatten oder dem Einsamen Spiegel aufgewachsen sein sollten.

Schon als kleines Mädchen wußte ich, daß ich Schriftstellerin werden wollte; ich wußte damals sogar schon, über welche Art Dinge ich einmal schreiben wollte. Es war niemals meine Bestimmung, mir von anderen literarische Einführungen in das Leben und die Liebe geben zu lassen, mich von ihnen durch die launischen Jahre vor der Pubertät leiten zu lassen – während derer so vieles falsch laufen kann – und mich an den sicheren Ufern der beginnenden Reife absetzen zu lassen. Ich wollte über meine Abenteuer mit Preston schreiben, der, wie jedermann weiß, auch im richtigen Leben mein Spielkamerad war. Preston sollte diese anderen in die Mysterien eines auf dem Kopf stehenden, geheimnisvollen, immer etwas schiefen (wenn nicht gar völlig verdrehten) Universums einführen. Als wahre Verkörperung eines heillosen Durcheinanders opferte Preston Körper und Seele der Suche nach Bereichen einer zerbrochenen Göttlichkeit, normalerweise mit dem Ziel, als Vergeltung der Abbilder ihres maroden und aufgeblasenen Zwillings zu zerschlagen, die Welt der Erwachsenen. Er wurde zum Hexenmeister stilvoller Alpträume, und was er zum Beispiel mit Spiegeln anstellen konnte, verhalf den Erwachsenen zu Nervenzusammenbrüchen und schlaflosen Nächten. Er war kein Dilettant des Außergewöhnlichen, er war seine Verkörperung. Soweit die geistige Biographie des Preston Penn.

Aber ich glaube, in gleichem Maße wie Preston war es mein Vater, welcher die Geschichten inspirierte, die ich geschrieben habe. Kurz gesagt, durch den großen, erwachsenen Körper meines Vaters pulsierte das Blut eines Kindes, das Blut eines Kindes versorgte das überkultivierte Gehirn dieses Professors der Philosophie am Foxborough College. Typisch für seinen Charakter war seine Liebe zu den Büchern von Lewis Carroll, und sie wurde letztlich zum Ursprung meines Namens, wenn nicht gar meiner ganzen Karriere. (Meine Mutter hat mir erzählt, daß mein Vater während ihrer Schwangerschaft mit jeder Faser seines Herzens wünschte, aus mir möge eine kleine Alice werden.) Vater hielt Carroll nicht bloß für einen gescheiten Geschichtenerzähler, sondern viel mehr noch für einen zur Perfektion getriebenen Ästheten der Fantasie, der zweifellos auch viele seiner eigenen, ganz privaten Wertvorstellungen auf den bedauernswerten Mr. Dodgson projiziert hatte. Ich glaube, für meinen Vater stellte der Autor der Alice-Bücher so etwas wie ein persönliches Symbol für Willenskraft dar, das ungewöhnliche Ideal eines uneingeschränkten Geistes, der in der Lage ist, die Realität nach seinen wunderlichen Einfällen umzubiegen und vermittels der Vorstellungskraft anderer eine Art Objektivität zu gewinnen.

Es war sehr wichtig, daß ich diese Dinge, wie viele andere Dinge auch, in gleichem Geiste in mich aufnahm. »Sieh nur, Kleines«, sagte er zu mir, wenn er mir wieder einmal aus ›Alice im Spiegelreich‹ vorlas, »wie gescheit die kleine Alice sofort bemerkt, daß der Raum auf der anderen Seite des Spiegels nicht so säuberlich ist wie jener, aus dem sie gerade gekommen ist. Nicht so *ordentlich*«, wiederholte er mit professoralem Nachdruck, um dann loszukichern wie ein kleiner Junge. Es war jenes merkwürdige, kleine Kichern, das ich von ihm geerbt habe. »Nicht so säuberlich. Wir beide wissen ganz genau, was das bedeutet, stimmt's?« Ich sah bei solchen Gelegenheiten zu ihm hoch und nickte mit all der Feierlichkeit, die mir mit meinen sechs, sieben oder acht Jahren zur Verfügung stand.

Und ich wußte tatsächlich, was *das* bedeutete. Ich spürte sie nur zu genau, die Vorboten jener tausend kleinen, unglückseligen Wunder: der Dinge, die auf ganz merkwürdige Art und Weise schieflaufen sollten, des Endes der Welt, wo sich das endlose Band einer Straße in die Leere des unendlichen Raumes schlängelt, des Universums, das neuen Göttern übergeben werden soll.

Vater schaute mir in solchen Momenten in mein rundes, kleines Gesicht und blinzelte dabei mit den Augen, als gehe ein helles Licht von mir aus. ›Mondgesicht‹, pflegte er mich zu nennen. Mit zunehmendem Alter wurde mein Gesicht kantiger, ein unfreiwilliger Betrug an meines Vaters Vorstellung von seiner kleinen Alice, einer von zahllosen anderen Betrügereien, nachdem ich einmal die Grenze zur Reife überschritten hatte. Ich glaube, es war ein Segen, daß er nicht lange genug lebte, um zu sehen, wie ich heranwuchs und mich veränderte. Eine kleine Explosion in seinem Gehirn während einer Vorlesung am College bewahrte ihn vor dieser Enttäuschung.

Vielleicht aber hätte er genau gespürt, was mir so lange verborgen blieb, daß meine ›Veränderung‹ nämlich nichts anderes war als eine Illusion, daß ich lediglich die ganz gewöhnlichen Stadien eines Menschen durchlief, der älter wurde (nervliche Krisen, Scheidung, erneute Heirat, Alkoholprobleme, Witwenschaft, den unerschütterlichen Gleichmut einer mittelmäßigen Existenz), ohne jemals wirklich die Alice zu zerstören, die er so sehr geliebt hatte. Sie blieb immer sehr lebendig, wenn auch lediglich in der

Rolle einer Kinderbuchautorin. Ganz offensichtlich hat sie überlebt, schließlich kann nur sie es gewesen sein, die all die Bücher über den ihr so seelenverwandten Preston geschrieben hat, auch wenn sie seit vielen Jahren keines mehr schrieb. Ich hoffe, daß es nicht doch zu viele gewesen sind. Ach ja, diese Jahre, diese vielen Jahre.

Soviel zur Vergangenheit.

Was die Gegenwart betrifft, möchte ich mich nur mit einem einzigen Jahr beschäftigen, nämlich jenem, das heute zu Ende gehen wird, in einer Stunde etwa, wenn ich der Uhr glauben kann, die vor fünf Minuten aus dem dunklen Schatten auf der anderen Seite meines Arbeitszimmers heraus die elfte Stunde schlug. Während der vergangenen 365 Tage habe ich, manchmal nur ganz beiläufig, eine merkwürdige Häufung eigentümlicher Ereignisse in meinem Leben feststellen können. Man könnte sagen, daß so etwas wie ein Mangel an *Ordnung* zu bemerken war. (Als Resultat davon habe ich wieder zu trinken begonnen, und die Einsamkeit überkommt mich manchmal in einer Art und Weise, wie ich es in der Vergangenheit nie erlebt habe. Ach ja, die Vergangenheit.)

Einige dieser Episoden sind so schwer faßbar und unwirklich, daß es mir unmöglich erscheint, sie einigermaßen vernünftig zu beschreiben, abgesehen vielleicht von den Stimmungen, die sie hinterlassen haben und die ich wie Zeichen der Vorausahnung zu lesen gelernt habe. Ich kann mir meine Aufgabe erheblich erleichtern, wenn ich mich darauf beschränke, nur einige der Ereignisse zu schildern und ihnen dabei die Form und Struktur gebe, die ich gerade jetzt so bitter benötige. Sozusagen ein Großreinemachen.

Ich sollte damit beginnen, daß ich den heutigen Abend als jene geheiligte Nacht des Jahres kennzeichne, die Preston immer so hingebungsvoll erwartet hatte und die er in *Preston und der Kürbisgeist* so außerordentlich heftig feierte. (Immerhin bleiben ja von diesem unbeweglichen Festtag noch ein paar Minuten übrig, wenn ich der Uhr glauben kann, die in meinem Rücken vor sich hin tickt, obwohl die Zeiger zu jener Zeit stehengeblieben zu sein scheinen, von der ich vor ein paar Absätzen berichtete. Vielleicht habe ich es schon früher falsch eingeschätzt.)

Während der letzten paar Jahre hatte ich es mir zur Angewohnheit gemacht, an diesem Abend in der örtlichen Bücherei, als Höhepunkt der Feierlichkeiten zu Halloween, eine Lesung aus meinen Büchern zu halten. Auch heute abend habe ich mich dazu aufraffen können, zu meiner Lesung dort zu erscheinen, trotzdem zögere ich zu sagen, alles sei verlaufen *wie immer.* Im Vorjahr dagegen war es mir nicht gelungen, auf dem Kostümfest zu erscheinen. Damals passierte etwas, was ich für den ersten einer merkwürdigen Serie von Vorfällen halte, wie ich, deren Lebensgeschichte bis dahin nur von den ganz normalen Episoden des alltäglichen Chaos gekennzeichnet gewesen war, sie vorher noch nie erlebt hatte. Es tut mir wirklich leid, daß ich immer erst zwei Schritte zurückgehen muß, bevor ich einen nach vorne tue. Als alter Haudegen im Geschichtenerzählen bin ich mir der Problematik dieses Vorgehens wohl bewußt – vor allem, da es ja um die Aufmerksamkeit des geschätzten Lesers geht –, aber hier geht es nicht anders.

Zur gleichen Zeit letztes Jahr wohnte ich dem Begräbnis eines Menschen aus meiner lange, lange zurückliegenden Vergangenheit bei. Es handelte sich bei diesem Menschen um niemand anderen als um den Kobold meiner Jugend, um jenes besondere Genie, dessen Ausbeutung mir den Stoff für alle meine Preston-Penn-Bücher lieferte. Die Geste entsprang eigentlich nichts anderem als einem Gefühl der Wehmut, denn ich hatte diesen Menschen seit der Feier zu meinem zwölften Geburtstag nicht mehr wiedergesehen. Kurz darauf war damals mein Vater gestorben, und meine Mutter und ich waren aus dem Haus in North Sables (siehe dazu das Foto von dem zweistöckigen Fachwerkhaus in dem Buch ›Elternhäuser berühmter Kinderbuchautoren‹) ausgezogen, um in der großen Stadt die traurigen Erinnerungen leichter vergessen zu können. Ein einheimischer Schullehrer, der von mir, meiner Arbeit und ihren Ursprüngen in North Sables wußte, hatte mir einen Zeitungsartikel aus dem *Sable Sentinel* zugeschickt, der vom Ableben meines ehemaligen Spielkameraden berichtete und sogar dessen indirekten literarischen Ruhm erwähnte.

Ich kam ohne großes Aufsehen in der kleinen Stadt an, und ich war sogleich überwältigt von der Tatsache, daß sich hier überhaupt nichts verändert hatte. Es kam mir vor, als sei der ganze Ort all die Jahre hindurch in einem Zustand des Scheintodes verharrt und erst jetzt, zu meinen Ehren, wiederbelebt worden. Ich hatte das Gefühl, jeden Augenblick meinen Nachbarn oder Schulkameraden über den Weg laufen zu können, sogar Mr. Soundso führte noch seinen kleinen Eisladen, der zu meiner größten Überraschung völlig unverändert war. Auf der anderen Seite des Schaufensters schaufelte der große Mann mit seinem Seehundbart Eiscreme aus großen Pappzylindern, während zwei pausbäckige Buben ihre Bäuche gegen den Tresen drückten. Der Mann schien sich im Laufe der Jahre nicht im geringsten verändert zu haben. Er blickte hoch, sah, daß ich in den Laden starrte, und unter seinen buschigen Augenbrauen glaubte ich so etwas wie ein Zwinkern des Wiedererkennens zu bemerken. Das war natürlich völlig unmöglich. Hinter meinem verlebten Gesicht konnte er beim besten Willen nicht das Kind erahnen, das er damals erkannt haben mochte, selbst wenn er tatsächlich Mr. Soundso gewesen sein sollte und nicht sein Sohn oder gar sein Enkel. Zwei einander völlig fremde Menschen glotzten sich durch eine von schmierigen Kinderhänden verschmutzte Fensterscheibe hindurch an. Ich kann Ihnen gar nicht sagen, wie sehr diese Szene mich deprimierte.

Unglücklicherweise sollte nur ein paar Schritte weiter die Straße entlang ein noch deprimierenderes Zusammentreffen auf mich warten. G. V. Ness und Söhne, Bestattungsunternehmer. Obwohl ich so viele Jahre in North Sables gelebt hatte, war dies erst mein zweiter Besuch (Lebwohl, Daddy!) in diesem alten, im Kolonialstil erbauten Gebäude. Aber solche Plätze kommen einem immer irgendwie bekannt vor, die sterile, neutrale Atmosphäre ist allen Aufbahrungshallen gemein, das ist in meinem Heimatstädtchen nicht anders als in dem Vorort von New York (Dich wären wir los, Hubby!), in den es mich jetzt verschlagen hat.

Unerkannt schlenderte ich in den Aufbahrungsraum, ein anonymer Trauergast, der etwas Angst hat, sich dem offenen Sarg zu nähern. Ich zog vielleicht ein paar kleinstädtische Blicke auf mich, aber die elegant gekleidete Schriftstellerin aus New York fiel hier längst nicht so aus dem Rahmen, wie sie angenommen hatte. Aber ob nun mit oder ohne besonderes Aufsehen, es war und blieb meine Absicht, mich der Witwe als Kindheitsgefährtin ihres dahingegangenen Ehegatten vorzustellen. Leider wurde diese Absicht von zwei Kleiderschränken von Männern zunichte gemacht, die sich auf beiden Seiten der trauernden Dame erhoben und auf mich zukamen. Aus irgendeinem Grund geriet ich in Panik.

»Du mußt Dads Cousine Winnie aus Boston sein. Die Familie hat in all den Jahren soviel von dir gehört«, sagten sie.

Ich lächelte ein breites Lächeln und schluckte. Für die beiden muß das ausgesehen haben wie ein zustimmendes Nicken. Wie dem auch sei, sie führten mich zu ›Mom‹ hinüber und stellten mich der halbdeliranten Frau mit den rotgeweinten Augen unter meinem unfreiwilligen Pseudonym vor. (Ich frage mich heute, warum ich diesen Unsinn widerspruchslos geschehen ließ.)

»Schön, dich endlich einmal kennenzulernen, und vielen Dank für die hübsche Karte, die du geschickt hast«, sagte sie, schluchzte laut auf und bearbeitete ihre Augen mit einem völlig verschmutzten Taschentuch. »Ich bin Elsie.«

Elsie Chester, dachte ich sofort, obwohl ich nicht hundertprozentig sicher war, daß es sich um dieselbe Person handelte, von der man sich immer erzählt hatte, sie würde den Jungen der Volksschule von North Sables Küsse und auch andere Dinge verkaufen. So hatte er sie also geheiratet. Wer hätte das gedacht? Vielleicht hatten sie heiraten *müssen*, vermutete ich voller Bosheit. Zumindest der eine ihrer Söhne könnte dem Alter nach ohne weiteres ein Produkt jugendlicher Ungeduld sein. Also gut. Das also war von Prestons Schwur übriggeblieben, niemand anderen als die Königin der Alpträume zu heiraten.

Aber meine Aufmerksamkeit erwartete noch viel größere Enttäuschungen. Nachdem ich ein paar leere Phrasen mit der Witwe ausgetauscht hatte, entschuldigte ich mich, um dem Dahingegangenen in seinem Sarg die Ehre zu erweisen. Bis dahin hatte ich meinen Blick nur zu gern von dem Blumenmeer abgewandt, in dessen Mitte ein glänzender, perlmuttfarbener Sarg stand, dessen ›Insasse‹ in fast derselben Position verharren mußte wie jener Rennfahrer in seinem ›Rasenden Grab‹, das Preston einst konstruiert hatte. Das ganze muffige Ritual erinnerte mich an die Art Leichenbeschau, zu der Kinder des neunzehnten Jahrhunderts verdonnert worden waren, damit sie sich mit ihrer eigenen Sterblichkeit vertraut machen konnten. In meinem Alter war so etwas nicht mehr vonnöten, also werden Sie mir verzeihen, wenn ich diese Szene mit ein paar tragischen, unvermeidlichen Worten abhandle ...

Kahlköpfig und fleckig, das hatte mein Unterbewußtsein erwartet. *Vollkommen* fremd, damit hatte ich nicht gerechnet. Das Mückengesichtchen des Kindes, das ich einmal gekannt hatte, war von den Jahren aufgeschwemmt und in die Breite gepreßt worden, aufgequollen, nicht vom Tode, sondern vom ständigen Überfressen an der üppigen Tafel des Lebens, von der er sich offensichtlich erst hatte trennen können, wenn er kurz vorm Platzen gewesen war. Ein Abbild träger Maßlosigkeit. Erloschen. Verbraucht. Der ewige Erwachsene. (Aber vielleicht, tröstete ich mich, war jetzt, im Tode, ein wahreres Selbst dabei, diesem Ding vor meinen Augen die falsche Maske vom Gesicht zu reißen. Es mußte einfach so sein, denn die Vorstellung von einem Jenseits, welches hauptsächlich mit alten, verwelkten, ausgetrockneten Seelen bevölkert ist, ist einfach zu abscheulich.)

Nachdem ich diesen Überresten einer Kindheitserinnerung meinen Respekt gezollt hatte, schlüpfte ich mit einer Verstohlenheit aus dem Raum, auf die mein Preston stolz gewesen wäre. Ich hatte einen Briefumschlag mit einem bescheidenen Beitrag zur Unterstützung der Witwe hinterlassen. Ich überlegte einen Moment lang, einen Strauß schwarzer Orchideen mit einem Gruß von Laetitia Simpson, Prestons zwergenhafter Freundin, in die Aufbewahrungshalle schicken zu lassen. Aber das hätte wohl nur die andere Alice getan, diejenige, die all die merkwürdigen Bücher geschrieben hat.

Ich dagegen stieg in mein Auto und fuhr zu einem schönen, großen Holiday Inn an der Interstate, wo ich eine hübsche Suite fand – das gehört zu den verschwenderischen Annehmlichkeiten einer erfolgreichen Karriere als Schriftstellerin – und natürlich eine Bar. Wie sich herausstellte, sollte diese nächtliche Zwischenstation direkt in eine weitere Nebengasse (oder auch Seitenstraße, wie Sie wollen) meiner Geschichte führen. Bitte bleiben Sie dran.

Ein Spätnachmittagsvölkchen hatte sich im Barraum des Motels versammelt. Das enthob mich der Notwendigkeit, in völliger Einsamkeit zu trinken, etwas, worauf ich mich im stillen schon eingerichtet hatte. Nach ein paar Scotch-Whiskys on the Rocks bemerkte ich, daß mich ein junger Mann von der anderen Seite des grünlichen Raums her beobachtete. Aus der Entfernung wirkte er jedenfalls jung, sehr jung. Aber während ich, mit einer Kühnheit, die ich nicht dem Alkohol zuschrieb, zu seinem Tisch hinüberging, schien er mit jedem Schritt ein paar Jahre hinzuzugewinnen. Jetzt war er nur noch relativ jung, vom Standpunkt einer alten Witwe aus gesehen. Sein Name war Hank De Vere, und er arbeitete für eine Generalvertretung für Gartengeräte und ähnliche Produkte in Maine. Aber wir sollten uns jetzt nicht um solche Einzelheiten kümmern. Später aßen wir zusammen zu Abend, danach lud ich ihn in meine Suite ein.

Es war übrigens der nächste Morgen, der diese ein Jahr lang andauernde Serie von merkwürdigen Erlebnissen einleitete, die ich jetzt durch ein paar ausgewählte Beispiele methodisch zu sortieren versuche. Jetzt der nächste halbe Schritt nach vorne: Bauer auf e 3.

Ich erwachte in einer Dunkelheit, die für ein Motelzimmer höchst eigentümlich ist, ungewöhnlich schwere Vorhänge sperrten das Tageslicht aus. Auf der Stelle wurde mir bewußt, daß ich allein war. Meine neue Bekanntschaft schien mehr Gefühl für Takt an den Tag gelegt zu haben, als ich ihm zugetraut hatte. Zumindest glaubte ich das zuerst. Aber dann schaute ich durch die offene Tür in das andere Zimmer, wo ich einen konvexen Spiegel in einem nachgemachten Holzrahmen an der Wand sehen konnte.

Das vorgewölbte Auge dieses Spiegels reflektierte beinahe den gesamten anderen Raum in unterschiedlichen Graden konvexer Verzerrung, und ich erkannte jemanden, der sich da drüben bewegte. Im Spiegel, wohlgemerkt. Eine winzige, mißgebildete Gestalt schien dort herumzutanzen, ja, herumzuspringen, auf eine

Art und Weise, daß ich es eigentlich hätte hören müssen. Aber ich hörte nichts.

Ich rief den Namen, an den ich mich von der Nacht zuvor kaum noch erinnerte. Ich erhielt keine Antwort aus dem Nebenzimmer, aber die Bewegung im Spiegel hielt an, und die winzige Gestalt (oder was immer es gewesen sein mochte) verschwand. Sehr vorsichtig erhob ich mich vom Bett, zog einen Morgenmantel an und spähte um den Pfosten der Verbindungstür wie ein neugieriges Kind am Weihnachtsmorgen. Eine merkwürdige Kombination aus Erleichterung und Verwirrung stieg in mir auf, als ich sah, daß sich niemand anderer in der Suite befand.

Ich näherte mich dem Spiegel, möglich, daß ich seine Oberfläche nach der Fliege absuchen wollte, die die ganze Illusion hervorgerufen haben mochte. Mein Erinnerungsvermögen läßt mich an dieser Stelle etwas im Stich, schließlich hatte ich einen ganz ordentlichen Kater. Aber mit unglaublicher Lebhaftigkeit kann ich mich an das erinnern, was ich sah, nachdem ich ein paar Augenblicke lang in den Spiegel gesehen hatte. Das gewölbte Glas überzog sich plötzlich mit einem seltsamen Nebel, in dessen Tiefen ganz langsam das wächserne Gesicht einer Leiche sichtbar wurde. Es waren die Züge der alten Leiche, die ich im Beerdigungsinstitut hatte liegen sehen, nur waren die Augen jetzt geöffnet und starrten mich vorwurfsvoll an ...

Natürlich hatte ich in Wahrheit nichts dieser Art gesehen. Ich stellte es mir nicht einmal vor. Das tue ich erst jetzt. Aber irgendwie scheint mir dieser Ausdruck meiner Einbildungskraft passender und schlüssiger zu sein als das, was ich damals wirklich in dem Spiegel fand, mein altes, ausgezehrtes Gesicht nämlich, und wenn überhaupt ein Ausdruck darauf lag, dann war es der einer Leiche.

Aber es gab noch einen Schluß, sozusagen eine Zugabe zu dieser Episode mit dem Spiegel. Kurz danach reiste ich wieder ab, und während der Mann am Empfang noch mit meiner Rechnung beschäftigt war, sah ich zufällig aus einem Fenster, hinter dem zwei Kinder auf dem Rasen vor dem Hotel herumtollten: ein kleines Possenspiel mit Hüpfen und schwingenden Armen. Nach ein paar Augenblicken bemerkten die Kinder, daß ich sie beobachtete. Sie hielten inne und starrten zurück, dabei standen sie ganz still, Seite an Seite, bis sie ganz plötzlich davonliefen. Die Empfangshalle des Motels begann sich ein wenig zu drehen, aber das schien nur ich zu bemerken. Die anderen Menschen gingen ganz ruhig ihren Geschäften nach. Wahrscheinlich muß ich diese Wahrnehmung meinem Versäumnis zuschreiben, an jenem Morgen die Medikamente zu mir zu nehmen, die nach der Ausschweifung am Abend zuvor angezeigt gewesen wären. Meine alten Nerven waren ein wenig auf dem Hund, und auch mein Magen wollte keine Ruhe geben. Trotzdem, ich war – und bin immer noch – in ganz guter Verfassung für mein Alter, deshalb fuhr ich ohne weiteren Zwischenfall nach New York zurück.

Das war vor einem Jahr. (Machen Sie sich auf einen Riesenschritt vorwärts gefaßt: Die alte Königin ist in Schwung gekommen.)

Während der folgenden Monate passierten eine Reihe ähnlicher Ereignisse, wenn auch mit unterschiedlichen Graden an Eindeutigkeit. Den meisten von ihnen war die flüchtige Natur von Déjà-vu-Phänomenen zu eigen. Ein paar von ihnen kann man durchaus als selbstverursacht beschreiben, während bei anderen eine eindeutige Ursache fehlte. So konnte es zum Beispiel passieren, daß ich einen Satz las oder den Teil eines Bildes sah, der mein Herz zum Hüpfen brachte (das ist in meinem Alter gar nicht gesund), während mein Verstand nach verborgenen Übereinstimmungen suchte, die diese mächtige Empfindung des bereits Dagewesenen, Halbvertrauten ausgelöst hatten, nach dem Klang eines verzögerten Echos mit nicht lokalisierbarem Ursprung. Ich durchforschte meine Träume, meine unbewußten Wahrnehmungen, die Verzerrungen meiner Erinnerung, aber alles, was blieb, war eine Kette von Ereignissen, deren einzelne Glieder nicht stärker als Rauchringe waren.

Heute jedoch, ein Jahr danach, hat dieser zarte Spuk die Deutlichkeit des ersten Zwischenfalls in dem Motel zurückgewonnen. Ich meine damit vor allem zwei Ereignisse, die mich veranlaßten, gelinde Zweifel an meinem psychischen Gleichgewicht zu hegen und mich zu dem Versuch inspirierten, mir die

Klarheit meines Verstandes dadurch zu beweisen, daß ich alles niederschreibe. Es geht nichts über Ordnung und Übersichtlichkeit. Also:

Episode eins. Ort der Handlung: mein Badezimmer. Zeit: kurz nach acht Uhr am letzten Tag des Oktober.

Das Wasser lief für mein morgendliches Bad ein. Es rauschte für meine sensiblen Ohren etwas zu lautstark in die Wanne. Letzte Nacht hatte ich unter schwerer Schlaflosigkeit gelitten, und nicht einmal eine Extraration aus meiner heiligen Reserve an Guardsman's Scotch-Whisky hatte mir helfen können. So war ich sehr froh gewesen, als die Herbstsonne aufging und mich erlöste. Mein Badezimmerspiegel erinnerte mich allerdings recht eindringlich an die schlaflose Nacht, die ich verbracht hatte, und auch nachdem ich mich gekämmt und eingecremt hatte, war keine wesentliche Verbesserung zu erkennen. Sandal war bei mir, sie lag auf dem Spülkasten der Toilette und schien aus dem Wasser in der Kloschüssel unter ihr wahrsagen zu wollen. Offensichtlich starrte sie sehr intensiv auf etwas, das sie dort sah. Ich hatte noch nie gesehen, daß eine Katze ihr eigenes Spiegelbild anstarrte, und hatte mir immer eingebildet, Tiere könnten keine Reflexionen von sich selbst erkennen. (Die Glücklichen!) Aber dieses hier sah offensichtlich etwas. »Was ist denn, Sandal?« fragte ich mit der gönnerhaften Stimme der Haustierbesitzerin. Ihr Schwanz schien zu einem eigenen Leben erwacht zu sein, während sie sich erhob und fauchte, um dann dieses schreckliche, dämonische Falsetto verschreckter Katzentiere anzustimmen. Schließlich schoß sie aus dem Badezimmer hinaus, zum erstenmal, seit ich sie kannte, gab sie freiwillig ihr Terrain preis.

Ich hatte währenddessen auf der anderen Seite des Badezimmers herumgelungert, als ziemlich bedepperte Zuschauerin einer völlig unerwarteten Szene. Mit einer großen Plastikbürste bewaffnet, ging ich jetzt nachschauen. Ich schaute in dasselbe Wasser hinein, und obwohl es auf den ersten Blick völlig klar und ungetrübt erschien, erblickte ich ziemlich bald etwas, das tief unten in der Porzellanröhre steckte. Es hatte Dutzende von Beinen und sah aus, als hätte man ihm das Innerste nach außen gekehrt, aber das Widerlichste an dem Ding war sein winziger menschlicher

Kopf, der Kopf eines Babys, auch wenn er ganz blau und verschrumpelt war.

Dieser letzte Teil ist natürlich eine pure Übertreibung, oder besser, es ist ein Feueralarm ohne Feuer. Es hilft, wenn man aus diesen Episoden ein hübsches, kleines Buch mit Geschichten machen kann, denn die wirklichen Schlußfolgerungen, die man aus ihnen ziehen müßte, würden mich ziemlich ratlos machen. Nun kann man solche Geschichten aber nicht einfach so enden lassen und dann auch glauben, man könne auf diese Weise die Wertschätzung der Leser gewinnen. Irgendein Genie hat einmal gesagt, Literatur sei in dem Moment erfunden worden, in dem ein kleiner Junge ›Wolf!‹ gerufen habe, und in Wirklichkeit sei überhaupt keiner dagewesen. Ich glaube, genau das tue ich in diesem Moment. Ich schlage blinden Alarm. Nicht, daß es meine Absicht wäre, die Wirklichkeit in Dichtung zu verwandeln. (Dazu ist sie viel zu wirklich, wenn ich zum Beispiel meine jüngsten Alkoholexzesse und das daraus resultierende nächtliche Erbrechen nehme.) Aber Geschichten, selbst ganz böse Geschichten, werden normalerweise weit mehr geschätzt als die Wirklichkeit, die, wie wir alle wissen, eine bei weitem überschätzte Angelegenheit ist. Also, machen Sie sich keine Sorgen, wenn ich blinden Alarm schlage. Selbst wenn sich am Schluß herausstellen sollte, daß ich *alles* erfunden habe, immerhin kann es Ihnen niemand nehmen, sich an dem Ergebnis der Erfindungen, einer Geschichte, zu erfreuen. Das ist in meinen Augen kein geringer Wert. Dann ist es eben eine Geschichte, eine Erzählung über eine von diesen alten Autorinnen von Kindermärchen, die, ganz nebenbei bemerkt, mit so etwas wie ›Wahrheit‹ nicht das geringste zu tun haben.

Also: Ja, ich stand in meinem Badezimmer und starrte in die Kloschüssel. Die Wahrheit ist, daß es dort nichts zu entdecken gab außer dem sauberen, desinfizierten Wasser, das von einer bläulichen Färbung war. Das Wasser stand völlig still, wie ein kleiner See, und grausamerweise reflektierte es ein winziges Gesicht. Das ist alles, was ich wirklich sah, mein hysterisches Kätzchen einmal außer acht lassend. Ich schaute mir mein verschrumpeltes Ebenbild noch ein paar Augenblicke an, um es dann mit einem Druck auf den Knopf hinwegzuspülen. (Du hattest recht, Vater, es zahlt sich nicht aus, alt und häßlich zu werden.)

Den Rest des Morgens verbrachte ich damit, in dem heruntergekommenen alten Vororthaus herumzuliegen, das mein zweiter Mann mir hinterließ, als er vor ein paar Jahren verstarb. Ein alter Kriegsfilm im Fernsehen half mir dabei, die Zeit totzuschlagen. (Als eitle, alte Schachtel, die ich nun mal bin, ist mir vom Krieg vor allem die Verknappung von Seide und anderen Luxusgütern, wie zum Beispiel Quecksilber zur Fertigung von Spiegeln mit hervorragenden Reflexionseigenschaften, in Erinnerung geblieben.)

Am Nachmittag begann ich dann mit den Vorbereitungen für die Lesung, die ich heute abend abhalten wollte. Diese Vorbereitungen bestanden vor allem im Konsum von Alkohol. Ich habe mich auf diese alljährliche Nervenprobe nie besonders gefreut, und ich nahm sie eigentlich nur aus Pflichtbewußtsein, Eitelkeit und anderen, ähnlich unbegreiflichen Motiven auf mich. Vielleicht war ich deshalb so dankbar, daß ich letztes Jahr eine Ausrede hatte, sie ausfallen zu lassen. Ich hatte sie eigentlich auch dieses Jahr ausfallen lassen wollen. Wenn ich doch nur eine Entschuldigung gehabt hätte, die alle Beteiligten befriedigt hätte – vor allem mich selbst. Aber ich konnte doch die Kinderchen nicht enttäuschen, oder? Natürlich konnte ich nicht, auch wenn wohl nur der Himmel weiß, warum. Kinder machen mich nervös, seitdem ich aufgehört habe, eines zu sein. Vielleicht habe ich deshalb keine eigenen Kinder, keine adopierten, muß ich dazu sagen, denn die Ärzte hatten mir schon vor langer Zeit mitgeteilt, daß ich etwa so fruchtbar sei wie die Krater auf dem Mond.

Die andere Alice dagegen ist diejenige, die mit Kindern und allem möglichen Kinderkram bestens zurechtkommt. Wie sonst hätte sie Bücher schreiben können wie *Preston und das Lachende Dies* oder *Preston und das Kneifende Etwas*? Deshalb versuche ich jedes Jahr, wenn es Zeit wird für die Lesung, soviel wie möglich von *ihr* auf die Bühne zu setzen, auch wenn mir das während der letzten Jahre immer schwerer gefallen ist. Es ist merkwürdig, aber ausgerechnet meine sehr erwachsene Schwäche für Schnaps ist es, die es mir immer wieder ermöglicht. Jeder Drink, den ich heute nachmittag zu mir nahm, schien ein paar Lebensjahre von mir zu nehmen, und bald war ich bereit, selbst dem ungezogensten Gör ohne Angst gegenüberzutreten. Das führt mich zur:

Episode Nummer zwei. Ort der Handlung: mein Auto in der Auffahrt. Zeit: eine leuchtende Dämmerung.

Mit einer Auswahl an Preston-Geschichten neben mir auf dem Beifahrersitz (ich hatte mich noch nicht entschieden, welche ich vorlesen wollte, und hoffte auf Inspiration), wollte ich mich auf den Weg machen, um meinen Pflichten in der öffentlichen Bücherei nachzukommen. Gewohnheitsmäßig stellte ich den Innenspiegel ein und richtete den schiefen Winkel, in dem er seit meiner letzten Fahrt stand, wieder gerade. Auch das Bild, das sich mir daraufhin im Spiegel bot, war durchaus nicht ungewöhnlich. Auf der anderen Straßenseite stand der ekelhafte, uralte Mr. Thompson und glotzte durch das Rückfenster hindurch in mein Auto.

Er schien aus dem Nichts aufgetaucht zu sein, denn als ich in den Wagen gestiegen war, hatte ich ihn nicht gesehen. Aber jetzt stand er dort und beäugte meinen Hinterkopf. Das war für den geilen alten Knaben nicht ungewöhnlich, und ich dachte mir nicht das geringste dabei. Während ich nun aber den Rückspiegel einstellte, ereignete sich ein merkwürdiger, optischer Zwischenfall. Ich mußte wohl an den Knopf gekommen sein, der den Spiegel auf Nachtbetrieb verstellt, jedenfalls sprang er jetzt sehr schnell vor und zurück, wie der Verschluß einer Kamera. Also sah ich einen Moment lang die nächtliche Negativversion von Mr. Thompson, der mit den Händen in den Hosentaschen dastand. Was für eine entsetzliche Vorstellung. Der unappetitliche, schlüpfrige Mr. Thompson war mir auf *dieser* Seite der Realität schon widerlich genug, es bedurfte nun wirklich nicht auch noch eines *Anti*-Thompsons, der herumspukte und mich zu meinen Verabredungen scheuchte. Gott sei Dank, dachte ich, gibt es von jedem nur eine einzige Ausgabe. (Andrerseits wäre dieser andere Mr. Thompson vielleicht genau umgekehrt und deshalb keine Bedrohung mehr für alte, aber guterhaltene Damen.) Ich fuhr erst aus der Ausfahrt hinaus, als Thompson sich nach ein paar Minuten trollte und mich dem Anblick meiner runzligen Augenhöhlen im Rückspiegel überließ.

Die Sonne ging in einem kürbisfarbenen Feuer unter, als ich bei der kleinen, einstöckigen Bücherei ankam. Draußen lungerten ein paar kostümierte Kinder herum: ein Werwolf, eine schwarze Katze mit langem, geringeltem Schwanz und etwas, das wie ein Elvis Presley aussah oder zumindest wie ein Teenageridol aus einer längst vergangenen Zeit. Den Weg entlang kamen zwei völlig gleichaussehende kleine Zigeunerinnen. Es waren, wie sich später herausstellen sollte, Tracy und Trina Martin. Ich hatte ganz vergessen, daß es Zwillinge gibt. Soviel zu meiner tröstlichen Bemerkung, es gäbe von jedem Menschen nur eine Ausgabe.

Eigentlich fühlte ich mich ganz zuversichtlich, selbst dann noch, als ich die Bücherei betrat und mich einer wimmelnden Menge von Kindern gegenübersah. Doch plötzlich wurde der Bann auf böse Art und Weise gebrochen, als nämlich aus der Menge ein anonymer kleiner Neunmalklug mir entgegenrief: »Schaut nur, was für eine Maske *sie* trägt!« Nach diesem Ausruf flüchtete ich mehrere linoleumbelegte Korridore entlang, auf der Suche nach einem freundlichen Erwachsenengesicht. (Jemand sollte diesem Klugscheißer eine Ausgabe des Struwwelpeter schenken, damit er lernt, was mit Kindern seiner Art passiert.)

Endlich trat ich durch eine offene Tür in einen sauberen kleinen Raum, wo eine Gruppe von Damen und Mr. Grosz, der Leiter der Bibliothek, Kaffee tranken. Mr. Grosz teilte mir mit, wie sehr es ihn freue, mich wieder einmal zu sehen, und stellte mich den Müttern vor, die bei der Organisation der Party aushalfen.

»Mein William hat alle Ihre Bücher gelesen«, sagte eine Mrs. Harley, und sie sagte es so, als sei diese Tatsache ihr im Grunde vollkommen gleichgültig. »Ich kann ihn gar nicht davon wegbekommen.«

Ich wußte nicht genau, ob ich ihr für die Bemerkung nun danken sollte oder nicht, schließlich entschied ich mich für ein würdevolles, vielleicht etwas versoffenes Lächeln. Mr. Grosz bot mir Kaffee an, aber ich lehnte ab: »Schlecht für den Magen.« Also schlug er boshafterweise vor, jetzt mit den Festlichkeiten zu beginnen, da es draußen bereits ziemlich dunkel sei. Meine Lesung sollte die abendlichen Festivitäten eröffnen, er wünschte sich eine gute, schauerliche Geschichte, ›um alle in die richtige Stimmung zu versetzen‹. Zunächst allerdings mußte ich mich selbst in die richtige Stimmung versetzen, also zog ich mich diskret auf die nahegelegene Damentoilette zurück, wo ich meinen flatternden Nerven etwas Stärkung zukommen ließ. Mr. Grosz bot mir in einer der peinlichsten und merkwürdigsten Gesten, derer ich jemals Zeuge geworden war, an, gleich vor der Tür des Waschraums zu warten, bis ich meine Toilette beendet hätte.

»Ich bin so ziemlich fertig jetzt, Mr. Grosz«, sagte ich und blickte aus der Höhe eines Paares gar nicht ältlicher Pfennigabsätze auf den kleinen Mann herab. Er räusperte sich verlegen, und als ich schon glaubte, er würde mir gleich eines seiner knöchernen Ärmchen als Stütze anbieten, streckte er nur die Hand aus, um einer alten Frau, die vielleicht nicht mehr so gut sah wie früher einmal, den Weg zu weisen.

Er führte mich den Korridor entlang, der Kinderabteilung der Bibliothek entgegen, wo, wie ich vermutete, die Lesung wie in den Jahren zuvor stattfinden würde. Statt dessen aber gingen wir an diesem Bereich vorbei, wo es dunkel und unheilvoll leer war, und gingen eine Treppe hinunter, die in den Keller der Bücherei führte. »Unsere *neuen* Räumlichkeiten«, sagte Mr. Grosz voller Stolz. »Wir haben einen der Lagerräume zu einem kleinen Hörsaal für alle möglichen Zwecke umgebaut.« Am Ende des Flurs sah man zwei grüne Türen in einander gegenüberliegenden Wänden. »Was werden wir heute abend hören?« fragte Mr. Grosz, während er meine linke Hand anstarrte. »*Preston und die Hungernden Schatten*«, antwortete ich und zeigte ihm das Buch. Er lächelte und teilte mir mit, daß es eine seiner Lieblingsgeschichten sei. Dann öffnete er die Tür zu den *neuen* Räumlichkeiten der Bibliothek.

Mehr als fünfzig Kinder saßen (ruhig!) auf ihren Plätzen. Auf dem Podium des länglichen, schmalen Raums war eine große Hexe gerade dabei, den Ablauf der Party zu erklären, und als sie mich und Mr. Grosz eintreten sah, erzählte sie den Kindern von einer ›Spezialbehandlung für uns alle‹, und damit meinte sie, daß eine halbbesoffene Schriftstellerin sich gleich daranmachen würde, hier ihre halbseidene Vorlesung abzuhalten. In betont aufrechter Haltung erklomm ich das Podium und dankte allen Anwesenden für den netten Applaus, der allerdings in der Hauptsache Mr. Grosz' verschwitzten Händen entsprang. Auf dem Podium befand sich ein Pult, das mit zerknitterten Getreidehalmen verziert war und auf dem eine Lampe stand. Ich legte mein Buch vor mir zurecht und versuchte, meine Besorgnis hinter etwas Bühnengeschwätz über die Geschichte zu verstecken, die ich gleich zu Gehör bringen wollte. Als ich dabei den Namen Preston Penn erwähnte, ertönten Bravorufe von ein paar Kindern, oder zumindest von einem von ihnen. Als ich jedoch gerade bereit war, mit der Lesung zu beginnen, ging das Licht aus. Das kam ziemlich unerwartet. Jetzt bemerkte ich zum erstenmal, daß auf beiden Seiten des Raums zwei Reihen beleuchteter Kürbisgesichter einander gegenüberstanden, die in hellem Gelb und Orange aus der Dunkelheit leuchteten. Alle Kürbisse hatten die gleichen Gesichter – dreieckige Augen und Nasen, jammernde O's als Münder – und hätten Spiegelbilder ihrer selbst sein können. (Als Kind war ich fest davon überzeugt gewesen, daß Kürbisse bereits von der Natur so produziert würden, mit Gesichtszügen und von innen beleuchtet.) Darüber hinaus schienen sie frei im Raum zu schweben, das, was sie stützte, wurde ja von der Dunkelheit verschluckt. Da die Dunkelheit auch die Gesichter der Kinder für mich unsichtbar machte, wurden die Kürbislaternen zu meinen Zuhörern.

Da ich bei Kerzenlicht vorlas, machte sich das richtige Publikum allerdings durch Kichern, Flüstern und quietschende Geräusche mit den hölzernen Klappstühlen Mut. An einer Stelle, gegen Ende meiner Lesung, war von irgendwo im hinteren Teil des Saales ein Stöhnen zu hören und anschließend ein Geräusch, als sei jemand vom Stuhl gefallen. »Alles in Ordnung!« hörte ich die Stimme eines Erwachsenen rufen. Die Hintertür öffnete sich, erlaubte einem hellen Licht für einen Augenblick den unheimlichen Bann zu brechen, dann verließen ein paar Schatten den Saal. Als nach dem Ende meiner Geschichte die Lichter wieder angingen, war einer der hinteren Sitze leer.

»Okay, Kinder«, sagte die Hexe nach einem spärlichen Applaus für Preston, »jeder stellt jetzt seinen Stuhl an die Wand, damit wir Platz für Speis und Trank und Spiele bekommen.«

Speis und Trank und Spiele verursachten einen mittleren Aufruhr in dem Raum. Maskierte und kostümierte Kinder regierten in dieser Nacht, sie stillten ihren Hunger nach Bewegung, Lärm und süßen Dingen zum Essen und Trinken. Ich stand am Rande des hektischen Geschehens und unterhielt mich mit Mr. Grosz.

»Was war das für ein Zwischenfall vorhin?« fragte ich ihn.

Er nahm einen Schluck Apfelmost aus seinem Plastikbecher und leckte sich ungeniert die Lippen. »Ach, eigentlich nichts. Sehen Sie das Kind da drüben, das wie eine schwarze Katze gekleidet ist? Sie schien ohnmächtig geworden zu sein. Natürlich nicht völlig. Nachdem wir sie rausgeschafft hatten, war es schon wieder in Ordnung. Sie hatte während der ganzen Lesung die Katzenmaske getragen, wahrscheinlich hat das arme Ding darunter zu schnell geatmet oder so ähnlich. Sie jammerte, sie hätte unter der Maske etwas Schreckliches gesehen und furchtbare Angst gehabt. Jedenfalls geht es ihr wieder gut, wie sie selbst sehen können, und die Maske trägte sie auch.wieder. Es ist erstaunlich, wie schnell Kinder so etwas vergessen und sich wieder erholen können.«

Ich stimmte ihm zu, daß es ganz erstaunlich sei, und fragte präzise nach, was es denn gewesen sei, was das Kind unter der Maske zu sehen geglaubt habe. Es ließ sich nicht vermeiden, daß die Sache mich an eine andere Katze erinnerte, die etwas früher am Tag auch etwas gesehen hatte, das sie in Angst und Schrecken versetzte.

»Sie konnte es nicht genau erklären«, antwortete Mr. Grosz. »Sie wissen ja, wie das mit Kindern ist. Ja, ich glaube, man kann sagen, niemand weiß das besser als Sie. Schließlich haben Sie sich ein ganzes Leben lang mit diesen Dingen beschäftigt.«

Ich nahm das Kompliment entgegen, obwohl ich natürlich wußte, daß Mr. Grosz in Wahrheit von *ihr* sprach. Ich will diese merkwürdige Vorstellung von der Spaltung meiner beruflichen und meiner privaten Persönlichkeit gewiß nicht überstrapazieren, aber tatsächlich bin ich ziemlich überzeugt von deren Richtigkeit. Während ich den Kindern aus dem Preston-Buch vorlas, machte ich die unheimliche Erfahrung, daß mir meine eigenen Worte fast völlig fremd waren. Natürlich klingt das wie ein Allgemeinplatz über einen Schriftsteller, und es war mir während meiner langen Karriere schon viele Male so ergangen. Aber noch nie war die Erfahrung so eindeutig gewesen. Sie kamen mir vor wie die Worte eines Bewußtseins (beinahe hätte ich gesagt einer Seele), das mit mir nicht das geringste zu tun hatte. Das wollte ich Ihnen, ganz nebenbei, noch mitteilen, und jetzt werde ich nicht weiter von diesen Dingen sprechen.

»Ich hoffe wirklich«, sagte ich zu Mr. Grosz, »daß es nicht meine Geschichte war, die das Kind so verängstigt hat. Ich habe wahrlich schon genug Eltern verärgert.«

»Oh, ich bin sicher, daß es nicht daran lag. Nicht, daß es keine gute Gruselgeschichte für Kinder war, das wollte ich damit natürlich nicht gesagt haben. Aber Sie wissen ja, es ist diese Jahreszeit. Eingebildete Dinge erscheinen auf einmal viel wirklicher. Wie bei Ihrem Preston. Er war schon immer die große Nummer an Halloween, stimmt's?«

Ich antwortete, er habe immer ganz gut in diese Zeit gepaßt, und hoffte, er würde nicht weiter auf diesem Thema herumreiten. Der Realitätsgehalt von erfundenen Charakteren war so ziemlich das letzte, worüber ich in dem Moment diskutieren wollte. Ich versuchte mit einem Lachen darüber hinwegzugehen. Und glaube mir, Vater, für einen Moment war es ganz genau *dein* Lachen und nicht nur die ererbte Nachahmung davon.

Zum Leidwesen aller blieb ich nicht sehr lange auf der Party. Die Lesung hatte mich weitgehend ausgenüchtert, und meine Toleranzschwelle war ziemlich weit abgesunken. Ja, Mr. Grosz, ich verspreche Ihnen, daß ich nächstes Jahr wieder lesen werde, alles, was Sie wollen, Mr. Grosz, aber entlassen Sie mich jetzt bitte zu meinem Auto und meiner Bar.

Die Heimfahrt durch die Vorortstraßen wurde zu einer Art Martyrium, Trugbilder von Fußgängern machten sie zu einer beinahe lebensgefährlichen Angelegenheit. Die Kostümierungen taten mir nicht gut. (Überall derselbe Geist.) Die Masken taten mir auch nicht gut. Und diese prestonschen Schatten, die vor den einstöckigen Fassaden aufflackerten (warum mußte ich ausgerechnet dieses Buch aussuchen?), taten mir schon gar nicht gut. Das war nicht mehr mein Ort, nicht mein Stil. Dr. Guardsman, verschreiben Sie mir Ihre Medizin in großen Gläsern . . . aber bitte in Gläsern ohne Augen.

Und jetzt sitze ich sicher bei mir zu Hause. Das allergrößte meiner Gläser steht voll und Zuversicht einflößend vor mir auf dem Schreibtisch, während ich schreibe. Eine Lampe mit einem Schirm aus Tiffanyglas (etwa 1922) wirft ihren lieblichen Lichtschein auf die vielen Seiten, die ich während der letzten paar Stunden gefüllt habe. (Obwohl die Zeiger der Uhr scheinbar in derselben V-Stellung verharren, die sie schon innehatten, als ich mich an den Schreibtisch setzte.) Eine Petroleumlampe scheint direkt auf das Fenster vor meinem Schreibtisch und erlaubt mir, ein zittriges Abbild von mir in dem schwarzen Spiegel des Fensterglases zu sehen. Im Haus ist es völlig still, und ich bin eine reiche, schriftstellernde Witwe.

Gibt es überhaupt noch ein Problem? Ich bin mir wirklich nicht sicher.

Ich erinnere Sie daran, daß ich seit dem frühen Nachmittag stetig Alkohol getrunken habe. Ich erinnere Sie weiter daran, daß ich alt bin und daß mir die Geheimnisse der Senilitätsneurosen gewiß nicht fremd sind. Und vergessen Sie bitte auch nicht, daß ein Teil von mir eine Serie von Kinderbüchern geschrieben hat, deren Held ein Apostel des Absonderlichen ist. Denken Sie daran, was das heute für eine Nacht ist und in welche Bereiche die Fantasie gerade in dieser Nacht des Jahres vorzudringen vermag. (Diese letzte Bemerkung können wir getrost meinem Status einer ältlichen Zynikerin und Zweiflerin zuschreiben.) Ich muß Sie dagegen nicht daran erinnern, daß diese Welt mehr Geheimnisse birgt, als wir gemeinhin glauben, zumindest scheint meine Welt das zu tun, und das habe ich vor allem im Verlaufe des letzten Jahres zu spüren bekommen. Jetzt gerade muß ich feststellen, daß sie in der Tat sehr geheimnisvoll ist, und – wieder einmal – sehr unordentlich.

Beweis Nummer eins. Draußen vor meinem Fenster hängt ein später Oktobermond am schwarzen Himmel. Ich muß gestehen, daß ich von den Mondphasen nicht viel verstehe, aber es scheint eine Verwandlung vor sich gegangen zu sein, seitdem ich das letzte Mal aus dem Fenster sah. Das Ding am Himmel hat sich verkehrt. Wenn es vorhin zur rechten Seite hin noch konkav war, so wölbte es sich jetzt zu dieser Richtung hinaus, so, als sei aus dem letzten Viertel das erste Viertel geworden. Ich bezweifle jedoch, daß die Natur etwas mit dieser Veränderung zu tun hat. Ich glaube eher, daß die Erklärung in meinem Gedächtnis liegt. Außerdem mache ich mir um den Mond nicht allzu viele Sorgen, der selbst im umgedrehten Zustand noch immer wie die hübsche Illustration in einem Kinderbuch aussieht. Sorgen machen mir die Dinge unter dem Mond, oder zumindest das, was ich von der Vorortlandschaft in der Dunkelheit erkennen kann. Wie die Schrift in einem Spiegel erscheinen mir alle Umrisse draußen – Bäume, Häuser, Gott sei Dank keine Menschen – fremdartig und verkehrtherum.

Beweis Nummer zwei. Zu der vorherigen Liste von Gründen für meine eingeschränkte Zurechnungsfähigkeit möchte ich noch einen beginnenden Alkoholentzug hinzufügen. Der letzte Schluck aus dem Glas auf meinem Schreibtisch hatte unbeschreiblich sonderbar geschmeckt, so sonderbar, daß ich bezweifle, ob ich noch einmal von meinem Drink probieren mag. Ich hätte beinahe geschrieben, und nun habe ich es geschrieben, daß der Schnaps umgedreht geschmeckt hat. Natürlich weiß ich von der Existenz gewisser Krankheiten, die in der Lage sind, einen Lieblingsgeschmack in den Geschmack eines Höllengebräus zu verwandeln. Vielleicht bin ich von solch einer Krankheit befallen worden. Ich muß Sie jedoch darauf aufmerksam machen, daß ich noch nicht an einem einzigen Tag meines bisherigen Lebens körperlich krank war.

Beweis Nummer drei (der letzte). Mein Spiegelbild im Fenster vor mir. Vielleicht ist es nur eine Unregelmäßigkeit im Schmelz des Glases. Mein Gesicht. Die umgebenden Schatten scheinen es manchmal etwas zu überlappen wie Käfer, die von etwas Süßem angezogen werden. Aber das einzig Süße an Alice ist ihr Blut, das über die Jahre hinweg vom Alkohol reichlich mit Zucker angereichert wurde. Also, was könnte es sonst sein? Die Schatten der Senilität? Oder sind es diese verhungernden Dinger, von denen ich früher am Abend vorgelesen habe? Sind sie zurückgekommen, um noch eine Zugabe zu geben? Handelt es sich nur um ein weiteres in einer einjährigen Serie von Geisterbildern? Aber wann immer das passiert, kommt doch zuerst der Widerschein im Geiste, das verzerrte, eingebildete Trugbild – und dann erst der Niederschlag im realen Leben. Seit wann kann das Vorlesen einer Geschichte ein geistiges Bild direkt vor dem körperlichen Auge beschwören und nicht erst vor dem geistigen?

Hier stimmt doch was nicht. Ich werde zurückgedrängt in eine Ecke. Schachmatt.

Vielleicht hört sich das wieder nach einem falschen Alarm an, nach dem kunstvollsten falschen Alarm von allen. Ich könnte nicht einmal mit Bestimmtheit sagen, daß es nicht so ist. Ich könnte nicht sagen, daß das, was ich gerade höre, kein Halloween-Scherz meines berauschten Gehirns ist.

Das Lachen draußen auf dem Flur meine ich. Dieses kindliche Kichern. Selbst wenn ich mich konzentriere, ich kann nicht mit Sicherheit entscheiden, ob dieses Geräusch nun innerhalb oder außerhalb meines Kopfes stattfindet. Es ist, als schaute ich auf eines dieser Wackelbilder für Kinder, die, je nach Blickwinkel, zwei verschiedene Szenen zeigen, auf denen man aber nur ein verschwommenes Gemisch aus beiden Bildern erkennt, wenn man aus einem ganz bestimmten Winkel draufschaut. Wie dem auch sei, das Lachen ist da, irgendwo. Und die Stimme klingt so vertraut. Natürlich, das ist es. Nein, doch nicht. Ja, doch, das ist es. Das ist es.

Aaaah ha-ha-ha-ha-ha.

Beweis Nummer vier (wieder die Schatten). Sie wimmeln jetzt über mein ganzes Gesicht im Fenster. Sie ziehen es ab wie in der Geschichte. Aber unter der alten Maske kommt nichts zum Vorschein. Da ist kein Kindergesicht, Preston. Du bist es doch, oder? Ich habe dein Lachen noch nie gehört, außer in meiner Fantasie, aber genauso habe ich mir seinen Klang vorgestellt. Oder hat meine Fantasie auch dir ein Secondhand-Lachen, ein ererbtes Lachen gegeben?

Meine einzige Angst ist jetzt, daß du es nicht bist, sondern irgendein Hochstapler. Der Mond, die Uhr, der Drink, das Fenster. Das ist doch ganz dein Stil. Aber du machst es nicht aus Spaß, stimmt's? Es ist *nicht spaßig.* Es ist zu schrecklich für mich, Preston, oder wer immer du bist. Und wer könntest du sonst sein? Wer könnte einer alten, harmlosen Dame so übel mitspielen? Zu schrecklich. Die Schatten im Fenster. Nein, nicht mein Gesicht.

Ich kann
nicht mehr
sehen.
Ich
sehe
nichts.
Hilf mir,
Vater!

Ramsey Campbell

Ihr werdet mich noch kennenlernen!

(Next Time You'll Know Me)

Ramsey Campbell (1946 in Liverpool, England, geboren) erlebte seine erste Veröffentlichung im Alter vor achtzehn Jahren mit der Kurzgeschichtensammlung ›The Inhabitant of the Lake‹ bei Arkham House. Heute gehört er zu den am meisten veröffentlichten Horrorschriftstellern beiderseits des Atlantik, mit etwa zwölf Romanen, zweihundert Kurzgeschichten, sieben Kurzgeschichtensammlungen und vier Anthologien. Seine jüngsten Bücher sind die Kurzgeschichtensammlung ›Cold Print‹ und ›Scared Stiff‹ sowie die Romane ›The Hungry Moon‹ (dt: ›Hungriger Mond‹) und ›The Influence‹ (dt: ›Unter Einfluß‹). Das nachfolgende Manuskript kam in einem Umschlag mit seinem Absender.

Diesmal nicht, o nein. Ihr glaubt doch nicht, daß ich mich so aufs Kreuz legen lasse, oder? Diesmal ist es mir gleich, wessen Namen ihr benutzt, jetzt weiß ich, was gespielt wird. Ich wünschte nur, ich hätte schon früher auf meine Mutter gehört. >>Du mußt den anderen immer einen Schritt voraus sein<<, pflegte sie zu sagen. >>Laß dich nicht von ihnen unterkriegen.<<

Jetzt werdet ihr so tun, als wüßtet ihr nichts von meiner Mutter, aber ihr und ich, wir wissen es besser, nicht? Soll ich allen von ihr erzählen, damit ihr so tun könnt, als würdet ihr zum erstenmal von ihr hören? Ich *werde* von ihr sprechen, damit es alle wissen. Wenigstens das verdient sie. Sie hat mir nämlich geholfen, Schriftsteller zu werden.

Oh, aber ich bin kein Schriftsteller, nicht? Ich kann keiner sein, weil ich keine Geschichten veröffentlicht habe. Das wollt ihr alle glauben machen. Ihr und ich wissen, welche Namen bei meinen Geschichten standen, und meine Mutter hat es vielleicht auch gewußt. Ich kann nicht glauben, daß sie sich von euch aufs Kreuz legen ließ. Sie war die beste Person, die ich je kennengelernt habe, und sie hatte einen scharfen Verstand.

Darum hat mein Vater uns verlassen, weil sie ihm das Gefühl gab, unterlegen zu sein. Ich habe ihn nicht gekannt, aber sie hat es mir gesagt. Sie hat mir beigebracht, wie ich mein Leben leben soll: >>Lebe immer so, als würde dein Ende ganz kurz bevorstehen<<, riet sie mir, und sie hat immer unsere Wohnung im obersten Stock des Hauses aufgeräumt und dabei alle Armreife angehabt, wenn ich von der Druckerei nach Hause kam. Sie hatte den Tisch gedeckt, so daß die Untersetzer die Löcher im Tischtuch zudeckten, die sie selbst gestopft hatte, und sie legte ihr Diadem an, bevor sie den Reis mit dem Holzlöffel verteilte, den sie eigenhändig geschnitzt hatte. Wir aßen immer Reis, denn sie sagte, wir sollten der hungernden Menschen gedenken und kein Fleisch essen. Und danach saßen wir schweigend da und mußten auch nicht reden, weil sie immer wußte, was ich ihr sagen wollte. Sie hat auch immer gewußt, was mein Vater sagen wollte, das konnte er nicht vertragen. >>Mein Lieber, er hatte nie einen originellen Gedanken in seinem Schädel<<, pflegte sie zu sagen. Sie war allen stets einen Schritt voraus, mit einer Ausnahme: Sie wußte nie, wovon meine Geschichten handeln würden, bis ich sie ihr erzählte.

Jetzt werdet ihr natürlich so tun, als ob ihr nicht wüßtet, was das bedeutet, oder vielleicht habt ihr wirklich nicht die Intelligenz, daher will ich es euch noch einmal sagen: Meine Mutter, die allen immer einen Schritt voraus war, wußte nicht, welche Einfälle ich für Geschichten hatte, bis ich sie ihr erzählte. Dann sagte sie immer: >>Das ist bis jetzt dein bester Einfall.<< Ich mußte ihr vor dem Schlafengehen eine Geschichte erzählen, dann erzählte sie mir eine. Manchmal lag ich da und sah mein Nachttischlämpchen davonschweben, während ich nach Wegen suchte, die Geschichte besser zu machen, bis ich einschlief. An diese Wege erinnerte ich mich morgens nie, und ich wunderte mich niemals, wohin sie verschwanden. Aber ihr und ich, wir wissen es, nicht? Ich wünschte nur, ich hätte ihnen früher folgen können. Und glaubt mir, ihr werdet euch das auch noch wünschen.

Als ich die Schule verließ, ging ich bei Mr. Twist zur Arbeit, dem einzigen Drucker in der Stadt. Ich dachte, es würde mir Spaß machen, weil ich dachte, es hätte etwas mit Büchern zu tun. Zuerst machte es mir nichts aus, wenn er nicht mit mir sprach, weil ich genauso gut wie meine Mutter im voraus wußte, was er sagen würde. Dann wurde mir klar, daß es daran lag, daß er der Meinung war, ich wäre nicht so gut wie er im Korrekturlesen, und zwar an dem Tag, als er mich von der Korrektur der Werbeplakate für eine Rundfahrt zu den Minen abzog. >>Du bist der Lehrling hier, vergiß das nicht<<, verkündete er mit rotem Gesicht. >>Versuch nicht, schlauer zu sein als der Kunde. Er bekommt das, was er will, nicht das, was er deiner Meinung nach bekommen sollte. Was glaubst du eigentlich, wer du bist?<<

Er fragte, daher sagte ich es ihm. >>Ich bin Schriftsteller<<, sagte ich.

>>Und ich bin die Oxford University Press.<<

Ich lachte. >>Nein, sind Sie nicht.<<

>>Ganz recht<<, ereiferte er sich und brachte sein rotes Gesicht vor meines. >>Ich bin ein zweitklassiger Drucker in einer drittklassigen Stadt, und du bist nichts Besseres als ich. Spiel mir nicht vor, du seist Schriftsteller. Ich bin alt genug, daß ich einen Schriftsteller kenne, wenn ich einen sehe.<<

Ich wollte es meiner Mutter erzählen, als ich heimkam, aber sie wußte es natürlich bereits. >>Du bist Schriftsteller, Oscar, laß dir von keinem etwas anderes erzählen<<, warnte sie. >>Versuch nur etwas mehr, deine Geschichten fertigzuschreiben. Du hättest in Englisch Klassenbester sein müssen. Ich nehme an, der Lehrer war einfach nur neidisch.<<

Daher stellte ich ein paar Geschichten fertig, die ich ihr vorlesen wollte. Zu der Zeit ließ ihre Sehkraft nach, und ich las ihr jeden Abend aus einem Buch in der Bibliothek vor, aber sie sagte, sie wollte sich lieber meine Geschichten vorlesen lassen als andere. >>Du solltest sie veröffentlichen<<, sagte sie. >>Den Leuten zeigen, wie richtige Geschichten sein müssen.<<

Also versuchte ich herauszufinden, wie man das macht. Ich trat einem Schriftstellerkreis bei, weil ich dachte, sie könnten und würden mir helfen. Aber die meisten hatten nichts veröffentlicht und versuchten, mich davon abzubringen, indem sie mir sagten, die

Verlagsindustrie sei voller Cliquen, und man müsse nur die richtigen Leute kennen. Und als das nicht funktionierte, versuchten sie mich aufzuhalten, indem sie einen Wettbewerb um die drei besten Kurzgeschichten machten. Keine von meinen gewann etwas. Die Juroren hatten alle etwas veröffentlicht und sagten, meine Einfälle wären nicht neu und die Art, wie ich sie erzählte, wäre nicht so, wie man Geschichten erzählen muß. >>Achte gar nicht auf sie<<, unterstützte mich meine Mutter. >>Sie sind eine Clique, sie wollen dich draußen haben. Du bist zu originell für sie. Ich gebe dir mein Geld, damit du deine Arbeiten zu Verlagen schicken kannst, dann warte nur ab, sie werden sie kaufen, und wir können irgendwo hinziehen, wo du geschätzt wirst.<< Das wollte ich gerade tun, als ihr und Mrs. Mander ihren Glauben in mich vernichtet habt.

Natürlich kennt ihr auch Mrs. Mander nicht, oder? Das kann ich mir denken. Sie wohnte unter uns, und ich konnte sie nie leiden, und ich glaube, meine Mutter auch nicht, aber sie tat ihr leid, weil sie allein lebte. Sie hatte Hausschuhe an, die Krümel auf dem Boden hinterließen, wenngleich meine Mutter den halben Tag damit verbracht hatte, ihn sauberzumachen, obwohl sie kaum noch etwas sehen konnte. Und sie guckte immer Dinge in unserer Wohnung an und stellte sie anderswo wieder hin. Ich dachte immer, daß sie sie stehlen wollte, aber sie verwirrte meine Mutter damit nur, weil sie nichts mehr wiederfand. Sie kam hoch, wenn ich nicht da war, um meiner Mutter Bücher vorzulesen, und jetzt könnt ihr euch vorstellen, was sie getan hat.

Oh, ich sage es euch, macht euch keine Sorgen, ich will, daß es alle erfahren. An dem Tag sagten sie Mr. Twist, daß er keine Plakate über die alten Minen mehr drucken sollte, weil die Rundfahrten nicht gut liefen und sie sie eingestellt hatten, und ich freute mich schon darauf, meiner Mutter zu erzählen, daß Grammatik und Rechtschreibung die Leute abgeschreckt hatten, aber Mrs. Mander war mit einem Stapel Taschenbücher da, die sie im Supermarkt gekauft hatte. Kaum war ich eingetreten, stand sie auf. >>Sie werden mit dem Jungen reden wollen<<, hetzte sie und ging mit ein paar von ihren Büchern hinaus.

Sie nannte mich immer >>den Jungen<<, und das war auch ein Grund, warum ich sie nicht leiden konnte. Ich wollte gerade von Mr. Twist erzählen, aber dann ich, wie traurig meine Mutter aussah. >>Du hast mich enttäuscht, Oscar<<, wies sie mich zurecht.

Das hatte sie noch nie vorher gesagt, niemals. Ich fühlte mich, als wäre ich jemand anderer. >>Warum?<< wollte ich wissen.

>>Weil du mir weismachen wolltest, deine Einfälle wären originell, dabei stehen sie alle in diesen Büchern.<<

Sie zeigte mir Seiten, die Mrs. Mander mit Zeitungsschnipseln markiert hatte, und als ich mit Lesen fertig war, hatte ich Kopfschmerzen von dem Kleingedruckten, und ich war fast so blind, wie sie es war. Die Bücher waren alle von den ersten Plätzen der Bestsellerliste und sollten bald verfilmt werden, aber ich hatte vorher noch nie ein Wort von ihnen gelesen, und trotzdem waren alle *meine* Geschichten. Ihr wißt, daß es meine waren. Und meine Mutter hätte es auch wissen müssen, aber sie glaubte mir zum erstenmal nicht.

Das ist das erste, für das ihr bezahlen werdet.

Ich mußte einige Aspirin nehmen und zu Bett gehen und dort liegen, bis es dunkel wurde und ich das Kleingedruckte nicht mehr vor meinen Augen tanzen sehen konnte. Dann gingen meine Kopfschmerzen weg, und ich wußte, was geschehen war. Ich war einen Schritt voraus, ich wußte, wovon Geschichten berichten mußten, bevor die Leute sie schrieben, aber es waren *meine* Geschichten, und ich mußte schnell genug sein, sie zuerst zu schreiben und veröffentlichen zu lassen. Also ging ich zu meiner Mutter, die immer noch wach war, weil ich sie weinen gehört hatte, auch wenn sie mich glauben machen wollte, daß ihr nur die Augen wehtaten. Ich sagte ihr, was ich wußte, und sie sah noch trauriger aus. >>Das ist ein guter Einfall für eine Geschichte<<, tat sie es ab, als wollte sie nicht, daß ich noch weitere schreibe.

Also mußte ich ihr den wahren Sachverhalt beweisen. Ich ging wieder zu dem Schriftstellerkreis und fragte, was ich gegen Diebstahl von Einfällen tun konnte. Sie schienen mir nicht zu glauben und sagten nur, ich sollte zu den Autoren gehen und einen Anteil von ihren Tantiemen verlangen. Und so schlug ich die Verfasser der Bücher im Autoren- und Schriftstellerverzeichnis nach, und die meisten lebten in England, weil Mrs. Mander englische Bücher mochte. Aus dem Schriftstellerkreis war keiner verzeichnet, was beweist, daß alles eine Clique ist.

Ich konnte es kaum bis zum Wochenende erwarten, um den Schriftstellern zu sagen, daß es meine Einfälle waren, die sie verwendeten, aber dann wurde mir klar, daß ich meine Mutter zum erstenmal allein lassen und mein Geld vom Zahltag behalten mußte, um damit den Zug zu bezahlen. Seit Mrs. Mander und ihren Büchern hatte sie kaum ein Wort mit mir gesprochen, sie sah einfach drein, als wartete sie darauf, daß ich sagte, daß es mir leid tat, und als ich ihr sagte, wohin ich gehe, sah sie noch trauriger aus. >>Das geht zu weit, Oscar<<, versicherte sie mir, aber sie meinte nicht London, sie meinte, ich würde sie wieder anschwindeln, obwohl ich das nie getan hatte. Als ich am Freitagabend dann gehen wollte, flehte sie: >>Bitte, geh nicht, Oscar. Ich glaube dir<<, aber ich wußte, sie tat nur so, um mich aufzuhalten. Ich fühlte mich, als würde ich ihr entrissen werden, und je weiter ich ging, desto mehr tat es weh, aber ich mußte gehen.

Ich mußte die ganze Strecke im Zug stehen, wegen des Footballspiels, und mir wäre von dem dauernden Hin-und-her-Geschüttele fast schlecht geworden, ich konnte kaum atmen. Dann mußte ich mit der U-Bahn nach Hampstead fahren. Die Sonne war endlich untergegangen, aber dort war es genauso heiß. Aber weil es heiß war, konnte ich die ganze Nacht vor dem Haus des Schriftstellers warten, nachdem ich es gefunden hatte, und sah, daß er zu Bett gegangen war.

Ich legte mich auf der Heide, wie sie es nennen, nieder, aber ich mußte eingeschlafen sein, denn als ich am Morgen aufwachte, fühlte ich mich, als hätte ich am ganzen Körper Zahnweh, und vor dem großen weißen Haus des Schriftstellers stand ein weiteres Auto. Als ich mich wieder bewegen konnte, ging ich hin und läutete, und als ich die Glocke nicht hörte, schlug ich laut mit beiden Fäusten gegen die Tür, um zu zeigen, daß ich mich nicht davon einschüchtern ließ, daß sie so groß war.

Ein Mann, der wütend aussah, machte die Tür auf, aber er war so jung, daß er nicht der Schriftsteller sein konnte, und mir wäre es außerdem sowieso egal gewesen, wenn er es gewesen wäre, weil meine Mutter seinetwegen den Glauben an mich verloren hatte. >>Was möchten Sie?<< fragte er.

>>Ich bin ein Schriftsteller und möchte mich mit ihm über sein Buch unterhalten<<, sagte ich.

Er wollte mir die Tür vor der Nase zuschlagen,

aber in diesem Augenblick bellte der Schriftsteller von drinnen: >>Wer ist es denn?<<, und sein Sohn rief zurück: >>Er sagt, er ist Schriftsteller.<<

>>Dann laß ihn ein, um Gottes willen. Wenn ich dich hereinlasse, kann ich auch den Rest der Welt hereinlassen. Du und ich, wir haben uns alles gesagt, was wir zu sagen hatten.<<

Sein Sohn versuchte, die Tür zuzuschlagen, aber ich zwängte mich an ihm vorbei und den großen Flur entlang zu dem Zimmer, wo der Schriftsteller war, denn er konnte schon zur Frühstückszeit Whisky trinken und seine Pfeife rauchen, bevor er sich angezogen hatte. Er sah mich mit einem Blick an, in dem ich sehen konnte, daß er es mit seinem Sohn wirklich ernst meinte. >>Sie sind doch nicht auch gekommen, um sich aushalten zu lassen, oder?<< wollte er wissen.

>>Wenn das heißen soll, ich möchte etwas von Ihrem Geld, dann schon<<, drohte ich.

Er strich sich mit der Hand über das Gesicht und schüttelte grinsend den Kopf. >>Nun, das ist ehrlich, das kann ich nicht bestreiten. Mal sehen, ob Sie Ihre Sache besser vorbringen können, als er es konnte.<<

Sein Sohn versuchte, mich zu unterbrechen und schlug sich dann auf die Schenkel, als wollte er mich schlagen, während ich dem Schriftsteller erzählte, daß ich den Einfall vorher gehabt und welche Geschichte ich daraus gemacht hatte. Dann war der Schriftsteller still, bis er rief: >>Mich hat es eine Viertelmillion Worte gekostet, und Sie haben es in fünf Minuten geschafft!<<

Sein Sohn sprang auf und trat dazwischen. >>Du bist nur deprimiert, Dad. Du weißt, wie oft dir das so ergeht. Er hat dir nur eine Anekdote erzählt, die er sich um dein Buch herum ausgedacht hat. Wahrscheinlich hätte er nicht einmal die Disziplin, sie aufzuschreiben.<<

Ich sah den Schriftsteller an und konnte sehen, daß er dachte, sein Sohn würde sich nur um das Geld Sorgen machen, das er verlangt hatte, daher blinzelte ich ihm zu.

>>Geh aus dem Weg<<, befahl er und stieß seinen Sohn mit dem Fuß beiseite. >>Wer, zum Teufel, bist du, uns etwas von Disziplin zu erzählen? Wenn du einen Job mal ein Jahr lang behältst, dann werde ich dir vielleicht zuhören. Und du hast die Unverfrorenheit, uns etwas über das Schreiben zu erzählen<<, verkündete er

und sah mich an. >>Sie und ich wissen es besser, wie immer Sie auch heißen mögen. Einfälle liegen für alle in der Luft, die sie sich schnell genug greifen können und damit Glück haben. Niemand *besitzt* einen Einfall.<<

Er ging zu seinem Schreibtisch, als wäre das Haus ein Schiff. >>Ich wollte gerade einen Scheck ausschreiben, als Sie kamen, und ich bin froh, daß ich dies nun mit einiger Rechtfertigung tun kann<<, freute er sich. >>Auf wen soll ich ihn ausstellen?<<

>>Dad<<, flennte sein Sohn. >>Dad, hör mir zu!<< Aber wir Schriftsteller achteten gar nicht auf ihn, und ich sagte dem Schriftsteller, er sollte den Scheck auf den Namen meiner Mutter ausstellen. Er fing an, seinen Vater anzuflehen, als ich den Scheck in die Tasche steckte, und lief mir nach und sagte, sein Vater hätte ihm nur eine Lektion erteilen wollen und er würde ihm den Scheck zurückgeben. Aber er faßte mich nicht an, weil er gesehen haben muß, daß ich ihm die Augen ausgekratzt hätte, wenn er den Scheck meiner Mutter berührt hätte.

Ich wollte nicht, daß sie sich bei mir entschuldigte, weil sie an mir gezweifelt hatte, ich wollte nur, daß sie zufrieden war, aber das war sie nicht, als ich ihr den Scheck gab. Zuerst dachte sie, ich hätte ihn in einem Scherzartikelladen gekauft, und dann dachte sie, der Witz ginge auf meine Kosten, weil der Schriftsteller ihn sperren lassen würde. Sie brachte mich zu der Überzeugung, er wäre zu leicht gewesen und ich sollte zurückgehen und ihn einen anderen ausstellen lassen, aber als ich sie dazu brachte, ihn auf das Konto einzuzahlen, wo sie ihre wenigen Ersparnisse verwahrte, sagte die Bank, daß der Scheck in Ordnung wäre. Da hatte sie ein wenig Angst, weil sie noch niemals vorher fünfhundert Pfund gesehen hatte. >>Du mußt ihm leid getan haben<<, überlegte sie. >>Mach das nicht noch einmal, Oscar. Ich glaube dir jetzt.<<

Ich wußte, daß sie mir nicht glaubte, und ich mußte weitermachen, bis sie es tat, und da jetzt Geld im Spiel war, mußte ich zum Notar gehen, zu dem, der ihre Scheidung geregelt hatte. Er glaubte mir nicht, bis ich ihm von dem Scheck erzählte, dann war er interessiert. Er sagte mir, ich sollte alle Ideen aufschreiben, die noch keiner für ein Buch verwendet hatte, damit er sie in einem Tresor in der Bank aufbewahren konnte, auch wenn Mr. Twist versuchte, mir zu verbieten, in der Mittagspause zu schreiben. Und dann sagte er, wir müßten abwarten und sehen, ob die Ideen von anderen veröffentlicht werden würden, nachdem ich sie geschrieben hatte. Das reichte mir aber noch nicht, und ich machte mich am Wochenende wieder auf den Weg.

Ihr habt meinetwegen die Köpfe zusammengesteckt, was? Der Schriftsteller auf der Isle of Man redete nur über einen Pförtner mit mir. Er ließ mich nicht ein. Der in Norfolk lebte auf einem Boot, wo ich Männer schluchzen hören konnte. Der redete gar nicht mit mir. Und die in Schottland tat so, als hätte sie kein Geld, und sagte mir, ich sollte nach Amerika gehen, dort wäre Geld zu holen. Ich war nicht sicher, ob ich ihr glauben sollte, aber ich konnte keiner Frau wehtun, damals nicht. Vielleicht habt ihr sie deshalb gewählt, mich zu übertölpeln. Ihr wird es noch mehr leid tun als euch anderen.

Also fuhr ich nach Amerika anstatt mit meiner Mutter ans Meer. Ich sagte ihr, ich wollte Verlegern meine Geschichten erzählen, aber sie versuchte, mich davon abzuhalten. Sie glaubte nich mehr, daß ich etwas vermöffentlichen könnte. >>Wenn du jetzt weggehst, siehst du mich vielleicht nie wieder<<, prophezeite sie, trotzdem setzte ich ihr so lange zu, bis sie mir das Geld gab. Mrs. Mander versprach, sich um sie zu kümmern, weil sie sah, daß sie ohne mich nicht wegfahren würde. Ich wollte das Geld nur für sie, und daß sie mir glaubte.

In New York stieg ich aus und fuhr nach Long Island. Dort wohnt der Bestseller-Autor, der meine beste Idee gestohlen hat. Vielleicht wußte er nicht, daß er sie gestohlen hatte, aber wenn ich nicht wüßte, daß ich eine Million Pfund gestohlen habe, müßte ich trotzdem ins Gefängnis, und er hatte mir mehr als das gestohlen, so wie ihr alle. Er hatte ein großes Haus und einen Privatstrand mit elektrischem Zaun drum herum, und nur den ganzen Weg dorthin war es so heiß, daß ich nur husten konnte, als ich versuchte, in die Sprechanlage am Tor zu sprechen. Der Sand kam mir in die Augen und machte meinen Husten schlimmer, als zwei Männer kamen und mich von hinten packten und durch den Zaun schleiften.

Sie hielten erst an, als wir im Haus waren, und dort warfen sie mich auf einen Sessel, wo ich mir die

Augen reiben mußte, damit ich sehen konnte. Der Schriftsteller mußte denken, daß ich weine, als er nackt vom Strand hereinkam. >>Entspannen Sie sich, dann werden wir Ihnen vielleicht nicht wehtun müssen<<, versprach er, als wäre er mein Freund. >>Sie sind wahrscheinlich wieder ein Reporter, der nach Dreck sucht, richtig? Nehmen Sie sich einen Augenblick zusammen und sagen Sie dann, was Sie zu sagen haben.<<

Also erzählte ich ihm von meiner Idee, die er verwendet hatte, und versuchte, nicht auf die beiden Männer zu achten, die hinter mir standen, bis er nickte und jeder von ihnen ein Ohr von mir ergriff, ganz sachte, als könnte ich aufstehen, wenn ich wollte. >>Meine Freunde hier haben nichts lieber als eine Rauferei<<, erklärte er, dann beugte er sich zu mir. >>Aber weißt du, was wir nicht mögen? Penner, die mit billigen Tricks versuchen, zu Geld zu kommen.<<

Ich wollte mich zu ihm beugen, aber ich konnte meinen Kopf gar nicht bewegen. Meine Ohren fühlten sich an, als wären sie in Brand gesetzt worden, aber plötzlich wußte ich, ich konnte ihm zeigen, daß es kein Trick war, weil ich plötzlich wußte, welchen meiner Einfälle er als nächsten benützen würde, einen, den ich noch nicht einmal aufgeschrieben hatte. >>Ich kann Ihnen sagen, wovon das Buch handelt, das Sie demnächst schreiben werden<<, sagte ich, und das tat ich dann auch.

Er starrte mich an, dann nickte er. Aber zuerst muß er mich nicht verstanden haben, denn ich dachte, sie würden meinen Kopf entzweireißen, bevor sie mich losließen. >>Ich weiß nicht, wer Sie sind oder was Sie wollen<<, flüsterte der Schriftsteller mir zu, >>aber Sie sollten besser beten, daß ich nie wieder etwas von Ihnen höre. Denn wenn Sie das vor mir gedruckt bringen, dann werde ich Sie bis auf Ihr letztes Hemd verklagen, und glauben Sie mir, das kann ich. Und meine Freunde hier<<, betonte er, >>werden Sie besuchen und ein wenig Chirurgie mit Ihren Händen betreiben, vollkommen kostenlos und mit meinen besten Empfehlungen.<<

Sie brachten mich hinaus und zu einem abgelegenen Wegstück, wo ich das Haus und die Bushaltestelle nicht sehen konnte. Sie schleiften mich eine Weile über den Kies, dann staubten sie mich ab und warteten mit mir, bis der Bus kam. Von einer Kurve aus konnte man das Haus sehen, und als ich aus dem Bus zurückzurückblickte, sah ich den Schriftsteller, der mit den

Männern redete, und dann sprangen sie in ein Auto. Sie folgten mir bis nach New York, und entweder hatte der Schriftsteller sie geschickt, um herauszufinden, woher ich wußte, was er dachte, oder weil er mich gleich loswerden wollte.

Aber im Verkehr konnten sie dem Bus nicht folgen. Ich stieg mit vielen Leuten aus dem Bus aus und wünschte mir, ich könnte nach England zurückkehren, aber sie würden den Flughafen beobachten, wenn sie Bücher gelesen hatten. Also versteckte ich mich in New York, bis meine Ferien vorbei waren. Wenn ich zu weiteren Schriftstellern gegangen wäre, hätten sie mich vielleicht verraten. Ich ging nur hinaus, um jeden Tag meiner Mutter einen Brief zu schreiben.

Als ich am Flughafen war, versteckte ich mich in einer Buchhandlung und tat so, als würde ich mir Bücher ansehen, bis das Flugzeug startbereit war. Dort habe ich herausgefunden, was ihr mir angetan habt. Ich blätterte die Bestseller durch und fand alle meine Einfälle, die im Tresor eingeschlossen waren. Das Erscheinungsjahr in allen Büchern war das Jahr, bevor ich meine Einfälle eingeschlossen hatte. Ihr hättet mich beinahe überlistet, so wie ihr alle überlistet habt, bis mir klargeworden ist, daß ihr, eure ganze Clique, die Köpfe zusammengesteckt haben müßt, Verleger und Schriftsteller, und daß ihr die Jahreszahlen in den Büchern verändert habt.

Ich kaufte sie alle und konnte es kaum erwarten, sie dem Notar zu zeigen. Ich war sicher, er würde mir helfen zu beweisen, daß sie veröffentlicht worden waren, nachdem ich sie zuerst geschrieben hatte. Ich dachte auf dem ganzen Rückweg an die Dinge, die ich meiner Mutter kaufen konnte, im Flugzeug, im Zug und im Bus. Aber als ich heimkam, war meine Mutter nicht da und Staub auf den Möbeln und meine Briefe an sie auf der Fußmatte, und als ich zu Mrs. Mander ging, sagte sie mir, daß meine Mutter tot war.

Ihr habt sie umgebracht. Ihr habt mich nach Amerika gehen lassen, und ich habe sie allein lassen müssen. Sie fiel die Treppe hinunter und hat sich das Genick gebrochen, als Mrs. Mander einkaufen war. Sie konnten mich nicht einmal in New York erreichen und mir sagen, daß ich ins Krankenhaus gehen sollte, weil ich mich euretwegen verstecken mußte. Ich würde euch eher verzeihen, daß ihr mir meine Millionen gestohlen habt, als daß ich euch verzeihe, daß ihr mir meine

Mutter genommen habt. Ich war so durcheinander, daß ich einiges davon einem Zeitungsreporter erzählte, und der veröffentlichte einen Teil davon, bevor mir klar wurde, daß die Männer auf Long Island nun wissen würden, wer ich bin und wo sie mich finden können.

Daher habe ich mich seitdem versteckt, und darüber bin ich froh, weil ich dadurch Zeit hatte nachzudenken, was ich tun kann. Vielleicht hilft mir die Seele meiner Mutter dabei, sie kann nicht einfach so verschwunden sein. Jetzt kann ich vorhersagen, wer einen meiner Einfälle stehlen wird und welchen und wann. Was meint ihr, woher ich sonst gewußt hätte, daß diese Geschichte geschrieben werden würde? Ich hatte Zeit, über alles gründlich nachzudenken, und ich weiß, was ich tun muß, um veröffentlicht zu werden, wenn ich es für sicher halte. Ich werde die Diebe umbringen, bevor sie mich bestehlen können, und glaubt nicht, daß mir das nicht auch Spaß machen würde.

Das ist meine Warnung an euch Diebe, vielleicht überlegt ihr es euch nun zweimal, bevor ihr wieder etwas stehlt. Aber ich glaube nicht, daß ihr das tun werde. Ihr denkt, daß ihr damit durchkommen könnt, aber ihr werdet schon sehen, so wie Mrs. Mander nicht damit durchgekommen ist, daß sie nicht nach meiner Mutter gesehen hat. Denn an dem Morgen, als ich mich hier unten versteckte, ging ich zu Mrs. Mander, um auf Wiedersehen zu sagen. Ich sagte ihr, was ich von ihr hielt, und als sie versuchte, mich aus ihrem Zimmer zu drängen, schlug ich die Tür auf ihren Mund und dann auf ihren Kopf und auf ihren Hals und lehnte mich ganz fest dagegen. Leb wohl, Mrs. Mander.

Und was den Rest von euch anbelangt, die dies hier lesen, glaubt bloß nicht, daß ihr schlauer seid als ich. Ihr glaubt vielleicht, daß ihr erraten habt, wo ich mich verstecke, aber wenn ihr es getan habt, werde ich es wissen. Und ich werde zuerst zu euch kommen, bevor ihr es jemand anderem erzählen könnt. Das ist mein Ernst. Wenn ihr denkt, ihr wißt es, dann fangt an zu beten. Betet, daß ihr euch irrt.

IM SCHUTZ DER FINSTERNIS

Ein Schatten, dunkler als der Schatten der Nacht
... das Herz einer alles umschließenden Finsternis.

JOSEPH CONRAD

Whitley Strieber

Der Pool

(The Pool)

Whitley Strieber (1945 in San Antonio, Texas, geboren) ist Lesern von Horrorliteratur durch ›The Wolfen‹ und ›The Hunger‹ bekannt. Mit ›War Day‹ (dt: ›Warday – Kriegstag und die Reise danach‹) und ›Nature's End‹, beide in Zusammenarbeit mit James Kunetka geschrieben, wandte sich in seiner Literatur von traditionellen Horrorthemen zu denen apokalyptischer Science-fiction zu. Sein jüngstes Buch, ›Communion: A True Story‹ (dt: ›Die Besucher – Eine wahre Geschichte‹), ist die beunruhigende Schilderung von Striebers Begegnung mit anscheinend nichtmenschlichen Besuchern. Die nachfolgende Geschichte ist die erste, die er nach dieser unheimlichen Begegnung geschrieben hat.

In dieser Nacht wachte ich auf, bevor ich aufgehört hatte zu träumen. Ich schien durch einen Wald zu laufen, der dunkel war und von so verschlungenen Wegen durchzogen, daß er ebensogut ohne Wege hätte sein können. Gleichzeitig wußte ich, daß ich flach auf meinem Bett lag. Während ich mich bemühte, das Bewußtsein zu erlangen, war mir, als wäre die ganze obere Hälfte meines Kopfes offen, als brauste ein Wind durch den entblößten Kern meines Gehirns. Ich hörte eine Stimme aufschreien: »Ich bin in einem Körper gefangen«, und dann war ich völlig wach.

Ich lag da und fühlte mich elend und leer, und mir kam der Gedanke, daß unsere Vorstellung vom Geisterreich nur teilweise richtig sein mag: Es könnte eine solche Welt geben, aber die Geister, die sie bewohnen, sind nicht mehr die der Menschheit.

Dann überlegte ich mir, ob es in jener anderen Welt nicht

einen Krieg gegeben haben könnte, aus dem unsere Mütter und Väter versetzt worden wären. Was wäre, wenn Banditen die Wälle der Toten erklommen haben? Würde das die Gier nach dem Tod erklären, die neuerdings so viele von uns verspüren?

Daß wir diese Gier empfinden, läßt sich nicht leugnen. Man betrachte nur den Eifer, mit dem wir Vernichtungswaffen bauen. Oder man sehe sich die Umwelt an: Die Atmosphäre stirbt, das ist mehr als überdeutlich. Und dennoch sind wir versessen darauf, auf die zu hören, die uns sagen, wir sollen warten. Was treibt sie dazu zu lügen, oder den Rest von uns, ihnen zuzuhören, wenn nicht die Gier nach Auslöschung?

Aber diese Geschichte handelt nicht von allgemeiner Auslöschung. Sie handelt nicht einmal von meiner eigenen Auslöschung, wenngleich ich gestehen muß, daß ich ebensosehr wie jeder andere Mensch auf den Tod hoffe.

Sie handelt von einem kleinen Jungen und einem schwarzen, schwarzen Pool.

Dieses eine Wort, *Pool*, ist der Mittelpunkt meiner Geschichte. Pool. Ich will Sie nicht mit der Etymologie belästigen; ich bin kein Pedant. Aber Pool. Pool: silberne Sommertage, der Geruch von Chlor in der Luft, klares Aufspritzen und schrille Stimmen, Wasserstimmen. Pool, Pool, Pool: nachts ein anderer Ort, singend, ja – aber ein leises, langsames Lied. Nun nähert sich der Frosch, der das Wasser von jenseits des Rasens riecht. Der Frosch hüpft, ein leises Plätschern, und der Frosch schwimmt im grenzenlosen Kühlen und Tiefen. Pool.

Aber in unserem Pool gibt es keine flache Stelle, und Frösche können in tiefem Wasser nicht überleben. Für einen Frosch ist der Pool ein Ort der Qualen und des Todes. Das Wasser sang also süß, während wir drei schliefen und unsere Träume träumten. Nach mehreren Stunden vergeblichen Bemühens starb der Frosch in der Umarmung dessen, was er liebte.

Der Pool ist so still, so dunkel. In dieser Nacht erwachte ich, möglicherweise vom Mondaufgang gestört, oder dem Schrei einer Grille, die von einer Fledermaus entzweigerissen wurde. Völliges Entsetzen hüllte mich ein. Mein Herz hämmerte. Ich lag starr im Bett, mir war übel vor Leid.

Dann hörte ich ganz leise das Plätschern von Wasser. Es kam von draußen. Vom Pool. Zuerst dachte ich, es wäre ein Frosch – Zeit, sich morgen darum zu kümmern.

Dann ein weiteres Plätschern, dieses deutlicher. Ich richtete mich auf. Konnte jemand mitten in der Nacht dort schwimmen, vielleicht ein paar Kinder aus der Stadt? Ich stand auf, schlüpfte in die Hausschuhe und steckte meine kleine 22er-Pistole in die Tasche meines Schlafanzugs. Einer Eingebung folgend, nahm ich noch die Taschenlampe.

Ich ging nach unten und schritt durch das Wohnzimmer zur Tür, die sich zur Terrasse öffnet. Diese Tür öffnete ich so leise ich konnte und trat hinaus in die sternerfüllte Nacht. Die Luft wimmelte von Glühwürmchen. Sterne strahlten in großer Vielzahl am Himmel. Vor mir breitete sich die blanke Oberfläche des Pools aus. Er war nicht still. Ich sah keinen dunklen Frosch, der sich abmühte, sondern statt dessen sanftes Wellenkräuseln.

Dann sah ich im Licht der Sterne einen blassen Körper unter der Oberfläche. Die kleine Gestalt verblüffte mich. Nur wir drei wohnten hier draußen, und mein Sohn lag sicher schlafend in seinem Bett.

Mein Sohn des blonden Lächelns, mein strahlender kleiner Junge. »Dad, wenn Raum nichts ist und das Universum ein Ende hat, was ist dann auf der anderen Seite? Was ist die andere Seite von nichts?« . . . »Dad, wir sehen die Wirklichkeit nicht. Wir sehen Schatten. Die Wirklichkeit ist zu grell für unsere Augen.« . . . »Dad, ich bin froh, daß ihr mich hattet. Ich liebe das Leben, weil ich denken kann.«

Ich warf die Taschenlampe auf eine Seite und die Pistole auf die andere und sprang ins Wasser. Der Pool schloß sich augenblicklich um mich, Blasen kitzelten. Ich kam zur Oberfläche und schwamm wie von Sinnen auf den weißen Schatten zu.

Dann hatte ich ihn, spürte ihn in meinen Armen, meinen Jungen, und ich zerrte ihn zur Oberfläche.

Er kann nicht schwimmen. Er mag das Wasser nicht. Im Pool hat er immer eine Schwimmweste an. Immer. Ich zog mich mit dem schlaffen, kühlen Körper in den Armen aus dem Wasser und legte ihn behutsam auf die Fliesen. Lebensrettungsmaßnahmen schossen mir durch den Kopf. Er war so klein, so zierlich. Ich konnte nur Mund-zu-Mund-Beatmung versuchen. Ich beugte mich hinab, preßte den Mund auf seinen und hielt ihm die Nase zu.

Als ich blies, hustete und keuchte er fast auf der Stelle. Dann wand er sich krächzend und rülpsend davon.

Er stand wie eine Art Wesen aus einem Traum auf, mein Sohn, nackt im Licht. Seine braunen Augen sahen mich an, dunkel und schwarz wie der Pool selbst. Dann sagte er mit einer leisen, schroffen Stimme, wie ich sie noch nie von ihm gehört hatte: »Verschwinde von hier. Geh wieder zu Bett.«

»Eddie?«

»Hast du nicht gehört?« Er stampfte mit dem Fuß auf, ich sah seinen winzigen Penis bei der Bewegung hüpfen. Er hatte die Fäuste geballt, die Arme ragten steif an seinen Seiten herab. Seine Stimme klang wieder tief und bedrohlich. »Daddy . . . verschwinde . . . von . . . hier.«

»Ed, zieh deine Schwimmweste an. Ich gehe, wenn du die Schwimmweste anziehst und zumachst.«

Während ich sprach, beschloß ich, daß ich mich keinen Zentimeter von der Stelle rühren würde, bevor er es getan hatte. Keinen Zentimeter. Wenn Sie selbst Kinder haben, können Sie sich leicht vorstellen, wie mir zumute war. Ich liebte mein Kind mit der Macht der Verzweiflung. Offen gesagt, ich hing an ihm. Und das nicht nur wegen seines Verstandes oder der überreichen Schönheit seiner Gestalt; einfach deshalb, weil er ein wunderschönes Menschenkind war.

Bevor er zur Welt kam, wußte ich nicht, wie ich ihm gegenüber empfinden würde. Dann kam er, und die Schwester legte ihn mir in die Arme, und ich war diesem Kind ein für allemal verfallen.

Mein Verstand drehte und wand sich in Verwirrung, während ich dastand und ihn anstarrte. Wie konnte es sein, daß ein neunjähriger Junge mitten in der Nacht allein schwimmen ging – besonders einer, der das Wasser so wenig mochte und ihm so sehr mißtraute? Warum war er hier, was tat er? Ich wollte, daß er lebte.

»Wir werden morgen früh gleich als erstes schwimmen«, sagte ich. »Bis dahin ist es nicht mehr lang.«

Er wich so langsam vor mir zurück, daß ich es zuerst gar nicht merkte, wie er an den Rand der Terrasse kam, zu dem Geländer, das sie zum Wald abgrenzt. Mit einer raschen, geduckten Bewegung überquerte er die Balustrade. Jetzt war die Barriere zwischen uns, der Wald hinter ihm.

Es ist ein prachtvoller Wald, tief und riesig und kompliziert. Drei Hektar gehören mir; anschließend kommen weitere zweihundert Hektar, die dem Palisades Water Control District gehören. In diesem Wald gibt es Tausende von Bäumen, die dreißig Meter und mehr hoch sind; sie wurden seit mehr als einem Jahrhundert nicht gefällt.

Manchmal hört man in der Nacht Geräusche von dort, gewaltig und schnell, und die Ranger sagen, daß ein riesiger und listiger Bär dort haust.

»Ed, komm zurück. Ich streichle dich. Ich streiche dir über die Stirn.«

»Wir müssen sterben. Wir werden gebraucht. Wenn wir uns nicht selbst umbringen, werden sie uns mit dem Wetter töten. Der Kampf wartet.«

Mein Verstand erfaßte nicht, was er sagte. Es schien Kauderwelsch zu sein, und das sagte ich ihm.

»Du bist alt, dein Verstand ist mit Schuppen überwachsen. Meiner nicht. Ich kann ihren Ruf hören.«

Ich flehte ihn an, hereinzukommen. »Du hast diesen Sommer zu viele Horrorfilme gesehen. Du bist durcheinander. Du hast schlecht geträumt. Bitte.«

Konnte ein Neunjähriger irgendwie an Drogen herankommen? Was war, wenn mein Sohn LSD genommen hatte?

»Schon gut, Dad. Ich möchte nur noch eine Weile schwimmen. Ich möchte noch etwas Zeit im Wasser haben. Mir ist heiß.«

»Wenn du ins Wasser möchtest, warum gehst du dann in den Wald?«

»Du läßt mich vielleicht nicht im Pool schwimmen. Deshalb gehe ich zum See.«

Diese Bemerkung entsetzte mich. Der See ist ein schlammiges Loch voller Schlangen und Moskitos, sein Ufer ist durchsiebt von Treibsandlöchern. Außerdem ist er tief, und in seinen ernsten Tiefen sind Felsen und Strömungen und Höhlen mit Sog. Dort existieren keine Fische, nachts ist das Ufer stumm.

Ich konnte mir vorstellen, wie er durch den Wald lief, zwischen Bäumen und Buschwerk durchschlüpfte, sein zierlicher, blasser Körper schneller, als ich es jemals sein könnte. Selbst wenn ich so verbissen und schnell, wie ich konnte, laufen würde, hätte er leicht fünfzehn bis zwanzig Minuten Zeit am See, bis ich ankommen würde. Zeit genug zu sterben.

Indem er nichts weiter getan hatte, als den Zaun zu überqueren, hatte mein Sohn mich in eine hoffnungslose Position gebracht. Ich ging zurück. »Nein, Eddy, ich lasse dich in den Pool.«

Er kam argwöhnisch wieder über den Zaun. Er ging zum Wasser, und während er das tat, konnte ich sein Gesicht deutlich sehen. Sein Gesichtsausdruck war so voller Entsetzen – er war in einer Art Ekstase –, daß mein Impuls war, ihn zu ergreifen, an mich zu ziehen und in die Sicherheit des Hauses zu bringen.

Da wurde mir klar, daß wir uns am äußersten Rand befanden. Mein Sohn war über das hinausgegangen, was wir menschliche Erfahrung nennen. Er betrat eine andere Welt, und die Pforten dieser Welt befanden sich im Wasser des nächtlichen Pools.

Ich stammelte: »Komm herein. Ich mache Kakao. Ich backe Pfannkuchen. Ich brate Speck.«

Er glitt wie ein Mädchen in den Pool, sein Körper war geschmeidig und träge. Das Wasser spritzte kaum, als er hineinsprang. Sein Kopf ging unter. Ich konnte sehen, wie seine Arme und Beine hektisch ruderten.

Dann trieb er still, sein Kopf war unter Wasser. Ich konnte sehen, wie er in die Schwärze sank. Es war, als hätte meine Faszination alle stärkeren Instinkte ausgeschaltet. Ich fühlte mich hypnotisiert, auf die Stelle gebannt, auch dann, als ich eine einzige große Luftblase zur Oberfläche steigen sah.

In diesem Augenblick fing der erste morgendliche Vogel an zu singen. Es war ein Teichrohrsänger, und seine Stimme war so makellos laut und deutlich, daß sie mir wie ein Messer in die Gebeine schnitt. Ich sprang erneut ins Wasser.

Aber diesmal kam mein Sohn aus eigenem Antrieb an die Oberfläche. Er keuchte und wühlte das Wasser mit den Armen auf und widersetzte sich der Rettung durch mich nicht.

Aber als wir aus dem Wasser waren, verfluchte er mich mit seiner dünnen Knabenstimme. »Verdammt, Daddy, du hast meine Konzentration gestört. Es ist schwer, schwimmen zu lernen.«

»Schwimmen zu lernen« war ein angemessenerer anderer Ausdruck für Selbstmord, als ich hätte ahnen können.

Wir gingen gemeinsam hinein. Ich wickelte ihn in seinen weißen Frotteebademantel und hielt ihn an mich. Es ist so schön, das eigene Kind zu halten. Nichts auf der Welt läßt sich damit vergleichen. Als ich ihn umarmte und seinen spindeldürren Körper und sein klopfendes Herz spürte, betrachtete ich den glitzernden Pool durch die Tür. Er war immer noch ein klein wenig in Bewegung. Und dann ein Aufspritzen: Noch ein Frosch hatte das langsame Abmühen angefangen, das zum Tod führte.

Mein Junge fing an, sich zu regen. Ich mußte meinen Armen befehlen, ihn freizugeben. Aber ich gab ihn frei. »Ich glaube, ich würde gerne ein wenig Brandy trinken«, sagte er. Und da fiel mir auf, daß der Cognac ein wenig schneller zu schwinden schien, als er sollte.

Ich zögerte einen Augenblick, dann schenkte ich uns beiden Schwenker ein. In seinen sehr wenig, in meinen sehr viel. Während ich daran nippte, sah ich meinem Sohn beim Trinken zu, sah ihn angesichts des scharfen Geruchs zurückschrecken. »Ich tue ihn immer in ein normales Glas. Ich mag es nicht, wie er riecht.«

»Wie lange kommst du schon nachts hier herunter und trinkst Brandy?«

»Bist du sicher, daß du das wissen willst?«

Seine Stimme war zu gleichmäßig. Sie hörte sich gefährlich und überdreht an. Aber ich nickte. Hinter mir klickte der Kühlschrank und erfüllte die schattige Küche mit seinem leisen, summenden Dröhnen.

»Ich fing an, herunterzukommen, um alleine zu sein, als ich etwa vier war. Normalerweise sitze ich eine oder zwei Stunden da und denke nach, dann trinke ich einen winzigen Schluck Brandy und gehe ins Bett.«

Ein elektrischer Schlag durchfuhr mich. Ich fühlte mich buchstäblich schrecklich. Ich war so ein blinder Narr gewesen; sein ganzes Leben lang hatte ich ihn im Stich gelassen.

»Ich bin nicht wie du. Ich liebe dich, aber ich bin nicht wie du. Dein Verstand hat ein Ende. Er hat eine Tür, und diese Tür ist geschlossen. Ich wurde ohne diese Tür geboren. Wenn ich meine Aufmerksamkeit auf meine eigenen Gedanken richte, ist das anders als bei dir. Du gehst in etwas, um zu denken. Ich gehe nach außen. Dein Verstand ist ein schönes, ordentliches Zimmer. Meiner ist wie eine Höhle.«

Das Zimmer schien schrecklich kalt zu sein, das Dröhnen des Kühlschranks beinahe versklavend. Mein kleiner Junge lehnte sich in seinem flauschigen Bademantel an die Küchentheke und betrachtete den Inhalt seines Glases. Und ich sah ihn nicht mehr als meinen kleinen Jungen. Es war, als wäre er bereits gestorben. Ich wurde benommen, ich hörte das Heulen von Engeln, ich schleppte mich zu einem Küchenstuhl und ließ mich hineinfallen.

»Dad, wirst du mir den Kopf streicheln? Ich möchte ins Bett gehen und mir von dir den Kopf streicheln lassen.«

Ich ging mit ihm in sein Zimmer, er zog den Bademantel aus und warf ihn auf das zweite Bett, dann zog er den Schlafanzug an. Dieser lag zerknüllt auf dem Boden. Ich habe tausendmal an seinem Bett gesessen und ihm Geschichten erzählt, während den Krankheiten und Prüfungen der Kindheit. Hier lasen wir *The Winter Noisy Book* gut zweihundertmal, machten abwechselnd die Geräusche *zischsch* für den Schnee, *knn-nn-nnirsch* für das Eis, *uuuuu-huuuu* für das einsame Nebelhorn draußen in der Bucht. Hier lasen wir *Huckleberry Finn* und *Wee Willie Winkie* und ›Ein Kind wacht auf und geht hinaus, und was dieses Kind als erstes sieht, zu dem wird es‹, und ›Trailing clouds of glory do we come . . .‹

Schatten des Gefängnis-Hauses beginnen sich um den wachsenden Jungen zu schließen.

Plötzlich lag er unschuldig neben mir, mager unter den nachtwarmen Laken. Nur das Glitzern der Donald-Duck-Nachttischlampe in seinen Augen verriet, daß er wach war. Mein Verstand fing an, eine normale Stunde um die schwarze, surrealistische Wunde des Pools herumzuweben. Innerhalb eines Augenblicks waren wir zu unseren vertrauten Rollen von weisem Herrn und staunendem Schüler zurückgekehrt.

Die Uhr in der Diele schlug vier, und ein Ziegenmelker sang den Rest der Nacht hindurch. Ich streichelte seine kühle Stirn und war froh, als bei Einbruch der Dämmerung Wind aufkam und die Vorhänge zum Flattern brachte. Meine Angst um ihn war so groß, daß ich nicht weggehen konnte. Ich saß an seinem Bett Wache.

Als er geboren wurde, legten sie ihn in meine Arme. Die Schwester sagte: »Nur zu, Sie können ihn halten.«

»Ich könnte ihn fallen lassen«, sagte ich.

Als er sieben war, sagte er: »Du hattest Angst, du könntest mich fallen lassen, als ich geboren war.«

Er gehörte dem Volleyballteam seiner Schule an, und er spielte mit völliger Hingabe. Aber seine Stimme war eigentlich nicht die eines Konkurrenten. Ich konnte es hören, wenn er rief. In seinen Rufen war ein Unterton von Ermunterung.

Einmal sagte er: »Gott braucht uns ebensosehr, wie wir Gott brauchen. Wenn wir sterben, wird Gott für immer trauern. Wir sind Gottes Traum.«

Jenny und ich müssen schrecklich unaufmerksame Eltern gewesen sein, daß wir den Zusammenhang zwischen dieser Bemerkung und dem Pool nicht gesehen haben. Aber wir haben sie nicht gesehen. Statt dessen ergingen wir uns in Selbstbeglückwünschung: »Er ist so brillant, und er ist so glücklich« . . . »Gott sei Dank haben wir die richtige Schule gefunden« . . . »Gott sei Dank haben wir Respekt vor seinem Genie. Wir haben keine Angst davor.«

Wir waren zwei eingebildete Paviane vor den stillen Wassern des Pools.

Plötzlich kam der Morgen, strahlend hell und voll Vogelzwitschern. Als ich ihn zum Ferienlager fuhr, schwatzte er liebenswürdig über seine Rolle in der Aufführung, die den Eltern Ende der Woche vorgeführt werden sollte. »Ich wollte der Rabe sein, aber schließlich wurde ich Poe. Meinst du, daß ich wie Poe aussehe? Ich sehe überhaupt nicht aus wie Poe. Wenn ich überhaupt einem Dichter ähnlich sehe, dann Robert Browning. Wenigstens von vorne. Im Profil habe ich Swinburne erkannt.«

Er ist ein gutaussehender Junge. Swinburne hatte ein so fliehendes Kinn und hervorquellende Augen, daß die britische Armee ihn nicht aufnahm, weil man fürchtete, mit seiner Intelligenz könnte er es zum Offizier bringen.

»Du wirst ein großartiger Poe sein.«

»Janet Caddoe ist der Rabe. Mein Rabe.«

Auf dem Nachhauseweg konnte ich an nichts anderes denken als an eine gründliche und vollständige Durchsuchung seines Zimmers. Ich war außer mir. Zum Teufel mit den Regeln der Privatsphäre, ich mußte eingreifen. Mein kleiner Junge, mein leuchtender Stern, ertrank; und wenn er starb, beschloß ich dann und dort, würde ich ihm folgen.

Ich fuhr mit unserem heruntergekommenen Celica dahin, mein Mund war trocken vor Entsetzen. Ich erinnerte mich an den Pool, wie still und dunkel er war, und an diesen blassen, zierlichen Körper unter der Oberfläche. Man konnte Sterne im Wasser sehen.

Aus irgendwelchen Gründen kam ich nicht auf die Idee, Jenny zu erzählen, was vorgefallen war. Ich glaube, ich wollte mich noch eine Weile an die Illusion klammern, daß alles in Ordnung war, und mein Schweigen half mir, das zu tun.

Als ich in unsere Einfahrt fuhr, konnte ich die Uhr der St.-Peter-Kirche zehn schlagen hören, ihre tiefen Schläge vermischten sich mit den helleren unserer Uhr. Der Trockner blies sanft in die Einfahrt und erfüllte die Luft mit dem leichten Geruch sauberer Wäsche.

Jenny saß auf der Veranda und las Zeitung. Ihre übliche Tasse Kaffee stand daneben. Sie winkte unbeschwert, ihr Willkommen hallte über den tauglänzenden Rasen.

Ich wollte weinen. Aber statt dessen ging ich in Eddies Zimmer. Was war ich für ein dummer Mann: ich suchte nach Drogen. Im Geiste ging ich die Kinder durch, die er kannte. Der mürrische, stehlende Sean. Vielleicht. Die reizende Hilary. Niemals. Paul, frühreif. Natürlich. Das war der Wurm im Holzstoß.

Ich fand keine Drogen, nichts Dazugehöriges, gar nichts, das auch nur entfernt etwas damit zu tun haben konnte. Statt dessen fand ich ein kleines, selbstgebasteltes Funkgerät. Wenigstens dachte ich, daß es ein Funkgerät sei. Es bestand nur aus ein paar Widerständen, die auf einem Stück perforierten Karton aneinandergereiht waren. Sie waren mit einer Lithiumbatterie verbunden. Daß es ein Funkgerät sein mußte, erkannte ich an dem Kristall.

Als ich den Lichtschalter drückte, der in den Stromkreis eingeschaltet war, hatte ich ein seltsames Erlebnis. Eine Art Licht flammte zwischen meinen Augen auf.

Ich kam zu dem Ergebnis, daß meine Nervosität daran schuld sein mußte.

Hinterher war mir, als würde mich jemand beobachten. Ich meldete mich krank und blieb vom Büro daheim.

Ich lag auf dem Bett, starrte zur Decke und fragte mich, was in aller Welt nur mit meinem Jungen los sein konnte.

Gott sei Dank holte Jenny ihn ab. Während sie fort war, schlief ich, und während ich schlief, träumte ich von einer grauen Wüste. Hinter ihr wartete ein in Wolken gehülltes rotes Königreich. Während ich diese Wolken betrachtete, erlebte ich den Schmerz der Sehnsucht. Ich konnte Menschen singen hören, als arbeiteten sie auf Feldern oder zögen in den Krieg, und eine große Traurigkeit überkam mich.

Ich wachte plötzlich auf und stellte verblüfft fest, daß es weit nach Mitternacht war. Ich konnte den Pool riechen. Ich brannte darauf zu schwimmen, ins Wasser zu tauchen, in dem Schweigen zu versinken.

Es war, als würde mich eine Art Hypnose dazu zwingen, aufzustehen, den Pyjama auszuziehen und schwimmen zu gehen.

Aber als ich zum Pool kam, da sah ich, daß ich zu spät gekommen war.

Als die Polizei kam, brachte sie Hektik und Licht mit sich; aber kein Licht konnte Jenny rühren, die nach dem Tod ihres einzigen Kindes so gebrochen war, daß sie jetzt noch trauert. Sie lehnt den Kopf auf die Stuhllehne und starrt stundenlang ins Leere.

Ich kann ihr nicht von den singenden Stimmen erzählen, die ich höre, auch nicht vom strahlenden Licht des Königreichs, auch nicht von den Gesichtern, die aus dem Wasser des Pools zu mir heraufsehen, das des Jungen, der unsere Herzen gestohlen hat, und die der Armeen, die hinter ihm stehen, die Wartenden und die Toten.

Jack Cady

Wegen des Dunkels

(By Reason of Darkness)

Jack Cady (geboren 1932 in Columbus, Ohio) unterrichtet an der Pacific Lutheran University in Tacoma, Washington. Seine preisgekrönten Kurzgeschichten erschienen in den beiden Bänden ›Tatoo‹ und ›The Burning‹. Seine bisherigen Romane sind: ›The Well‹, ›The Jonah Watch‹, ›McDowell's Ghost‹, ›Singleton‹, ›The Man Who Could Make Things Vanish‹. Die folgende Geschichte ist nicht nur vom Korea- und Vietnamkrieg inspiriert, sondern auch von Cadys künstlerischem Vorbild, von Joseph Conrad.

Lehre du uns, was wir ihm sagen sollen.
Wir können wegen des Dunkels nichts vorbringen.

Hiob, 37,19

Längst sind sie zerfallen, die toten Körper, nicht zu Staub, aber eins geworden sind sie mit dem fruchtbaren, gut durchwässerten Boden der Täler. Die offene Sonne scheint in die Wälder, sie streckt ihre Fühler in die dunkelsten Ecken, wo das Moos von einem grauen, helleren Grün ist. Man sollte annehmen, daß selbst die Skelette zu Erde geworden sind, aber manchmal wird das eine oder andere, weißgescheuerte Stück Knochen von den Hügeln heruntergewaschen und leuchtet spektralfarben, juwelengleich durch das grüne Blattwerk. Die Dörfer werden wiederaufgebaut, die Reisfelder neu bestellt. Sollten Geister über dieses nasse Land gehen, so wie sie es zu allen Zeiten getan haben, dann werden sie sich an uns erinnern, die wir soviel Tod gebracht haben. Die Lebenden aber versuchen zu vergessen.

Wir waren mit Landungsbooten, Flugzeugen und Hubschraubern gekommen, die heißen Schreie des Krieges ausstoßend; verschwunden sind wir wieder, als seien wir von einem eiskalten Atem hinweggefegt worden, von den Seufzern, dem Raunen der versammelten Toten.

Du fragst, von welchem Krieg ich spreche? Das ist nicht wichtig. Sie sind doch alle gleich. Nur die Schlachtfelder wechseln. Alle paar Jahre werden die Waffen erneuert, aber wer erneuert unsere Illusionen?

Als ich den Anruf von Björn North erhielt, war ich erstaunt festzustellen, daß ich überhaupt noch Illusionen hatte. North lebte in einer kleinen Stadt an der Straße von Juan de Fuca im Staate Washington. Manchmal ging er fischen, meistens ging er sich betrinken, und wenn es mit dem Fischfang gar nicht lief, schmuggelte er Drogen in kleinen Mengen.

»Ich habe Blackbird auch angerufen«, sagte er. »Ich brauche euch beide hier.«

»Blackbird ist verrückt«, antwortete ich. »Er hat nicht nur einen kleinen Tick, wie wir beide. Blackbird ist wirklich geisteskrank.« Es gab einen Grund für Blackbirds Geisteskrankheit, und wir kannten ihn beide.

»Das ist doch mehr als ein Veteranentreffen«, sagte ich ins Telefon. »Was hast du vor?«

»Ich verlange endlich Gerechtigkeit«, antwortete North, »und niemand außer dir und Blackbird wird es verstehen.« Norths Stimme stockte, flüsterte, stolperte über die Silben hinweg wie bei einem Mann, der sich zögernd durch eine ihm fremde Sprache tasten muß. Ich stellte ihn mir vor, wie er gebückt in einer Telefonzelle stand, von der aus man den Hafen überblicken konnte, mit den Gruppen von Bootsmasten, die der Abendnebel wie ein Leichentuch umhüllte. Es ist ein feuchtes, graues Land, in dem er lebte. North war ebenso groß wie ich, nur war sein Kopf weniger kahl als meiner, und auch die Hakennase fehlte ihm. Die Nähte seiner Jeans würden über den gewaltigen Oberschenkeln bis zum Bersten gespannt sein. Ich sah den viel zu schmalen

Oberkörper vor mir, der immer so wirkte, als sei er auf den massiven Sockel eines Berufsringers gesteckt worden, und darüber das ebenfalls schmale, skandinavische Gesicht, wie ein neuer Mond mit blondem Haar.

»Hast du getrunken?« Wenn er betrunken war, dann lachte er oft sein schreckliches Lachen, bei dem das Gesicht puterrot wurde, und der rote Mund sich grotesk verzog. Am meisten amüsierten ihn Obszönitäten.

»Noch nicht genug«, antwortete er. »Wenn du wissen willst, ob ich nüchtern bin, kann ich dir nur antworten, daß ich fürchte, bald betrunken zu sein.« Die Telefonverbindung unterlegte seiner Stimme ein schwaches, verzerrtes Hallen.

»Bleib nüchtern. Bleib für drei Tage trocken. So lange werde ich brauchen, bis ich bei dir bin.« Ich schwieg einen Moment lang. North war im Grunde kein Lügner, obwohl es wohl auf der ganzen Welt keinen ganz aufrichtigen Seemann geben dürfte.

»Wovor hast du Angst?« fragte ich ihn.

Seine Stimme war nur ein vorsichtiges Flüstern, wie von einem Mann, der ein Geheimnis aus einem tiefen Brunnen ans Licht zieht: »Ich habe Angst, daß es keinen sicheren Ort zum Sterben gibt.«

Krieg ist etwas ganz Normales. Wenn es nicht so wäre, gäbe es nicht so viele. Ein Problem beim Krieg ist die Tatsache, daß die Männer, die ihre Körper in den Kampf werfen, stumm bleiben. Und sollten sie ihre Sprache doch einmal finden, dann hört ihnen niemand zu. Es kann sich niemand leisten, zuzuhören. Wenn der Krieg vorbei ist, ziehen die Männer, die ihn überlebt haben, Zivilkleidung an und tauchen in der Menge unter. Manchmal findet sich einer unter ihnen, der sich mit einem Gewehr ins Gebüsch setzt und auf vorbeifahrende Autos schießt, der seine Freundin aus einem Fenster im siebten Stock stößt oder sich irgendwo verschanzt, um im Kugelhagel der Polizisten zu sterben. Zeitungen berichten dann über diese Ereignisse. Die Menschen schütteln ihre Köpfe und sagen ›Mein Gott!‹ oder ›Um Gottes willen!‹ Sie sind erstaunt, aber das eigentlich Erstaunliche ist nicht, daß es ein paar Leute gibt, die so etwas tun, sondern daß es so viele Tausende gibt, die es nicht tun.

Ein Krieg produziert Leichen, aber er begräbt sie nicht. Zumindest begräbt er sie nicht tief genug. Ich hatte den Verdacht, daß Norths Leichen zurückgekehrt waren, um ihn zu grüßen. Wir alle ziehen eine lange Kette von Geistern hinter uns her, wie ein riesiger Drachen seinen Schweif. Wenn man sie respektvoll behandelt, dann flüstern sie einem nur gelegentlich etwas zu, dann bleibt dieser Schweif blaß und unbestimmt. Wenn man sie aber falsch behandelt – und das hatte North vielleicht gerade herausgefunden –, dann verwandelt sich der feine Nebelschleier ganz schnell wieder in den schwarzen Qualm des Napalm.

»Stirbst du?« hatte ich ihn gefragt.

»Nicht jetzt gleich«, antwortete North. »Jedenfalls nicht, wenn ich es verhindern kann.«

»Ich werde dir nicht dabei helfen, dich selbst umzubringen. Auf so was bin ich nicht mehr eingestimmt, nicht einmal bei einem Freund.«

Er war erschrocken. Nicht wegen dem, was ich zu ihm gesagt hatte, sondern weil ich einen schwachen Punkt berührt hatte, den er vor mir hatte verbergen wollen.

»Ich will leben«, sagte er. »Wenn ich jemanden brauche, der mich umbringt, werde ich Blackbird fragen.«

In diesem Moment merkte ich, daß ich noch Illusionen hatte. Ein Freund war in Not. Vielleicht konnte ich ihm helfen.

»Halte dich aufrecht«, sagte ich zu ihm. »Wenigstens achtundvierzig Stunden lang.«

Es war August, in meiner Anwaltspraxis in San Francisco gab es nicht besonders viel zu tun. Man konnte gut eine Woche lang ohne mich auskommen. Meine Sekretärin ist eine sehr zurückhaltende Person. Sie stellt nur absolut unvermeidliche Fragen. Bei Miß Molly handelt es sich um eine fünfundvierzig Jahre alte Jungfer, und das in einer Zeit, in der es eigentlich keine alten Jungfern mehr geben sollte. Sie hatte auch nicht vorgehabt, eine zu werden. Jüdische Familien haben einen großen Zusammenhalt. Ich weiß das, weil ich selbst aus einer solchen stamme. Mollys Mutter starb sehr jung. Sie war die jüngste Tochter. Ihre Karriere war vorgezeichnet: zuerst Haushälterin, inzwischen Krankenschwester für ihren alten Vater.

»Blackbird«, sagte sie. »Hört sich nach billiger Fernsehserie an.«

»Genauso hört sich's an«, bestätigte ich. »Der mit allen Wassern gewaschene, jüdische Rechtsanwalt, der nordische Fischer und der King-Kong-Nigger. Aber trotzdem haben sie unrecht. Der Vogel ist klein, und er sieht tatsächlich aus wie ein Vogel.«

Albert Bird ist so schwarz, als käme er direkt aus dem afrikanischen Busch. Er könnte Miß Molly umbringen, während er ihr die Hand schüttelt. Sie wäre schon tot, bevor das Begrüßungslächeln auf ihrem Gesicht erloschen wäre. Aber er ist nicht etwa ein gut ausgebildeter Killer. Blackbird ist ein Naturtalent.

»Das hier ist wirklich«, sagte sie, als sie mir einen Aktenordner voller Arbeit in die Aktentasche steckte. »Nur für den Fall, daß die Dinge dort zu unwirklich werden sollten.«

Die Chancen, daß ich umgebracht werden würde, standen nicht besonders hoch. Aber unmöglich war es nicht. Als ich aus dem Krieg zurückkehrte, mußte ich feststellen, daß Männer, die ihr Leben hassen oder die damit nicht mehr zurechtkommen, oft gegen den Drang anzukämpfen haben, diejenigen zu töten, die sie lieben und die ihnen nahestehen. Ich habe lange gebraucht, um das zu kapieren. Meine Frau ließ sich von mir scheiden, und ich glaube, sie tat das, weil sie die Kräfte fürchtete, die sie verborgen hinter meiner Zärtlichkeit spürte. In jedem Fall, Ehefrauen sind gefährdet. Und Sekretärinnen. Und wenn die Männer nicht verstehen, was sie vorantreibt, dann befinden sich Ehefrauen und Sekretärinnen in ganz furchtbarer Gefahr. Jemand wie Miß Molly ist fast so selten wie ein Dinosaurier. Es wäre ein Verbrechen, den letzten Dinosaurier aus einem Fenster im dreißigsten Stock zu stoßen.

Manchmal bringen Männer sich auch gegenseitig um, und auch das hat etwas mit Liebe zu tun. Aber davon später.

»Ich glaube«, sagte sie, als sie meine Pistole in die Aktentasche steckte, »ich sollte Sie daran erinnern, den letzten Schuß für sich selber aufzubewahren.« Sie war eigentlich nicht sarkastisch. Sie hatte es auch nicht humorvoll gemeint, denn sie lächelte nicht einmal. Sie ist eine kleine Frau, hat dunkles Haar und lächelt nie. Vielleicht ist sie ein bißchen zynisch, aber nicht böse.

Ich mag sie wegen ihres rauhen Gemüts. Miß Molly bittet nicht um Mitleid, aber sie hat auch keines übrig, jedenfalls nicht, bevor es sich nicht mindestens um den Tod eines nahen Verwandten handelt. Sie weiß genau, welchem Ungeheuer sie ihre beruflichen Fähigkeiten zuteil werden läßt. Vielleicht hält sie mich für den letzten Dinosaurier.

Die Route aus San Francisco hinaus führte durch die Randgebiete von Chinatown. Gelbe, rote, purpurfarbene Fahnen. Touristen. Geschäfte, in denen billige Jadeimitationen, Bambus, Reispapier, Tee und Goldfische verkauft werden. Alles ist hier Fassade, oder auch nicht. Opium. Ausbeutung. Geld. Schmuggel wird mit nahezu allem betrieben, vorzugsweise allerdings mit illegalen chinesischen Einwanderern. Wir führen Krieg auf Krieg in Asien. Asien gewinnt immer. Es absorbiert uns, macht sich bei uns breit; wir verschwinden in seinem riesigen Rachen.

Billige Fernsehserie? Blackbirds Geisteskrankheit macht ihn unfähig zu lügen. Sie läßt ihn bei Pferden, Schweinen, Hunden, Rotfinken Rat suchen. Das sind lange Konversationen. Er hört ihre Stimmen. Die Geisteskrankheit ist der Grund für seine sexuelle Enthaltsamkeit. Er hat Angst vor Kindern, oder richtiger, er hat Angst, Kinder zu zeugen. Wenn ihm eine Tochter oder Enkeltochter auf den Schoß klettern und ihn fragen würde, was er im Krieg gemacht habe, dann würde Blackbird sagen: »Ich habe kleine Mädchen wie dich umgebracht, einfach so, weil sie mir über den Weg liefen.«

Aber für Molly ist das natürlich billige Fernsehserie. Sie kennt Bird nicht, obwohl sie ein paar von uns anderen kennt. Nur leiden wir anderen eben nicht unter der gleichen Krankheit wie Blackbird. Wir anderen wissen, wie man lügt.

Wenn meine Tochter mich fragen würde, was ich im Krieg getan habe, dann könnte die Antwort lauten: »Ich saß im Gefechtsturm eines Zerstörers, aß Pfannkuchen und feuerte Raketen ab.«

Ich würde ihr verschweigen, daß diese Raketen in bestimmte Planquadrate gefeuert wurden, daß die Planquadrate von einem Computer ausgewählt worden waren, nach der Wahrscheinlichkeit von Feindbewegungen in ihnen. Ich würde ihr verschweigen, daß es unmöglich für uns war, vorherzusehen, was sich in diesen Planquadraten befand – ein feindliches Lager, ein Marktplatz, ein Kloster oder eine Volksschule. Ich würde ihr nichts über jene Tage erzählen, die ich zusammen mit North und Blackbird im Dschungel verbrachte.

Die Fahrt von San Francisco nach Seattle dauert einen knappen Tag, wenn man den Freeway nimmt. Ich nahm die Küstenstraße, auf der es unendlich viel länger dauert; man braucht zwei volle Tage. Ich tat es aus Gründen des Selbstschutzes und der Vorbereitung. Der Geist arbeitet nicht immer so schnell und exakt, wie wir das gerne hätten. Ich fuhr einer Art dunklen Wahnsinns entgegen, vielleicht auch einem sterbenden Freund. Das Land, das ich mit meinem Auto ansteuerte, ist ein Land der Dunkelheit, des Nebels, ein Land der grauen Seen und der schwarzen Wälder, ein Land der chinesischen Geister, der indianischen Geister und der Angst der Weißen. Viel Regen tränkt die finsteren Wälder, Teppiche von Moos bedecken die mächtigen Stämme der Bäume. An dunkle Strände von Stein peitscht ein unablässiger Wind die Brandung, die Ströme der Gezeiten werfen sich gegen das Land wie ein riesiges Tier, eine Wildkatze oder vielleich auch wie ein weniger geschmeidiges, archaischeres Tier, ein Ungeheuer, das nur einmal mit den Augen zwinkert, während ein ganzes Jahrhundert vergeht.

Die Hügel um San Francisco waren Ende August von der kalifornischen Sonne braungebrannt. Die Küste war dekoriert mit bunten Farben. Rot, blau, grün und gelb leuchteten die lackierten Verkehrsschilder, die Campinganhänger und Sportwagen. Hübsche Mädchen trugen sparsame, aber farbenfrohe Kleidung, an den Stränden trugen sie manchmal überhaupt keine Kleidung. Die Kinder erschienen mir wie kleine, helle Blitze, wie die leuchtenden Schweife der Papierdrachen, die der Küstenwind vor sich hertrieb. Sie kamen mir einen Moment lang wie Geister vor, und es liegt etwas besonders Schreckliches in der Vorstellung von Geistern, die an einem Strand entlangpromenieren und Hot dogs verspeisen. Möwen kreischten, schwebten, flatterten, immer auf der Suche nach Popcorn und Brotkrumen. Die Küste erschien mir wie ein Spektrum des Lebens, der Bewegung.

Strände sind so eine Sache, wenn man dort liegt und an nichts anderes als Sex, Baseball und Sonnenschein denkt. Ganz anders erscheinen sie einem, wenn man auf einem stählernen Deck steht und sich ihnen von der See her nähert.

Kurz vor Mendocino begannen die Farben sich von den Stränden auf das Innere des Landes zurückzuziehen. Die Küstennebel rollten über die Stadt hinweg, über Flußmündungen und Landstraßen. Sie lagen wie kalte, graue Gedanken über allem, hüllten die großen Windmühlen von Mendocino ebenso ein wie die leuchtenden Motorhauben der Autos, um sich in den Ecken der Windschutzscheiben zu Wassertropfen zu destillieren. Sie legten sich über die Plastikspeisekarten auf den Tischen der Gartenrestaurants und trübten Straßenlaternen zu matt leuchtenden Scheiben im schummerigen Licht des späten Nachmittags. Dieser Nebel kam mir vor wie ein maßgeschneiderter Anzug für einen Mann, der dem Tod entgegenreiste.

Blackbird trägt an beiden Handgelenken eine Uhr. Die eine ist eine Mickey-Mouse-Uhr, eine schwarze Maus auf dem Zifferblatt, die gelbe Handschuhe trägt, eine Maus, die gefangen ist in ihrem endlosen Winkzeichen, mit dem sie Sekunden zu Stunden, Tagen und Jahren addiert. Am anderen Handgelenk trägt Blackbird eine Uhr, die extra für den Krieg gebaut wurde. Sie ist absolut präzise und nahezu unzerstörbar. Er begann damit, Armbanduhren zu tragen, um die Narben an den Handgelenken zu verdecken, die er sich aufgeschnitten hatte, nachdem er den Sympathisanten-Corporal Kim getötet hatte. Heute trägt Blackbird die Armbanduhren aus anderen Gründen.

North und Blackbird waren im weißen Licht des Morgenaufgangs an Land gegangen. Ein Schwachkopf von diensthabendem Offizier hatte sie dazu eingeteilt, Kartons mit Dosenpfirsichen, Kisten mit Phosphorgranaten, drei Kartons Eiscremepulver, vierzig Dosen konservierten Schinkens, Dosen mit holländischem Käse, Folienpackungen mit Ketchup und Honig, sechzehn Flaschen Whisky, zwanzig Kisten Bier, Kartons mit Verdauungsmitteln, fünfzig Pfund Äpfeln, sechzehn Gallonen grauer Emailfarbe, vier Ries US-Navy-Briefpapier, einen riesengroßen Kochtopf, zwanzig Paar Winterstiefel, eine manuell betriebene Rechenmaschine, einen großen Globus auf einem handgeschnitzten Mahagonisockel, eine Kiste 10er Schrotpatronen, acht Dutzend sortierter Büstenhalter (kein Mensch fand jemals heraus, wie die in den Vorratsraum eines Zerstörers der US-Marine gekommen waren), unzählige Stangen von Mentholzigaretten, Kartons mit Aspirin, einen Vogelkäfig aus Bambus, zwanzig Gros Zimmermannsbleistifte und – und den Rest habe ich vergessen – an Land zu bringen. Blackbird ist noch im Besitz des Frachtbriefes. Er behauptet sogar, ihn eingerahmt über sein Bett gehängt zu haben.

Im Krieg weiß kein Mensch, warum der andere etwas tut. Die unbegreiflichsten und erstaunlichsten Dinge geschehen aus den unscheinbarsten Gründen. Vielleicht wollte der Diensthabende nur einem befreundeten Offizier in der Army behilflich sein. Vielleicht mußte er eine Spielschuld begleichen. Oder der für den Nachschub zuständige Offizier wollte Ware loswerden, für die er keine Rechenschaft ablegen konnte oder wollte. Auf jeden Fall war die Fracht für einen Befehlsstand bestimmt, der sich etwa zwanzig Meilen im Landesinneren befand.

North und Blackbird organisierten einen Lastwagen, luden das ganze Zeug auf, nachdem sie den Whisky zu Handelszwecken zur Seite geschafft hatten, und machten sich, biertrinkend, auf den Weg in das Landesinnere. Es war ihre erste Begegnung mit dem Dschungel. Zu Anfang schafften sie zwanzig Meilen pro Stunde. Die Schlammwege, die eine Straße darstellen sollten, führten unter tropfendem, süßlich vor sich hinrottendem Blattwerk hindurch. Die Sonne versteckte sich hinter riesengroßen Bäumen. Nach und nach wurde die Straße immer schmaler. Sie vermuteten bereits, den falschen Weg erwischt zu haben, auf einer Straße zu sein, die ins Nichts führte. Nur ein schmales Band von Tageslicht wies durch die Baumwipfel hindurch den Weg. Nach zehn Meilen verschwand die Straße immer mehr. Sie hatten

Angst, überhaupt nicht mehr weiterzukommen. Platz zum Wenden des Lasters gab es keinen. Im ersten Gang kämpften sie sich Zoll für Zoll vorwärts. Blackbird erinnerte sich später daran, daß er fürchtete, die Stille, den klaustrophobischen Zugriff des Urwalds nicht aushalten zu können.

Sie fielen den US-Marines in die Hände. Die ganze Angelegenheit mutete an wie ein Schwank, eine Burleske, eine Versammlung, die von Clowns einberufen war und dirigiert wurde.

Die Marines waren ziemlich am Ende, aber merkwürdigerweise waren sie immer noch bei Verstand und höflich. Es waren keine Idioten. Das hatten sie allein schon durch die Tatsache bewiesen, daß sie noch am Leben waren. Der Krieg hatte sie gezeichnet. Ihre Gesichter waren abgezehrt, verbrannt von der Sonne, schwarz von Ruß und Schweiß. Blackbird hatte zunächst einmal Probleme, Schwarze und Weiße auseinanderzuhalten. Ihre Gesichter schienen nur noch den Zweck zu haben, den Nährboden für wuchernden Bartwuchs zu bilden. Alle hatten sie Bärte, die sie mit Messern notdürftig gestutzt hatten. Backen- und Schnauzbärte schienen ihrerseits nur als Umrahmung für die Zähne zu dienen. Die Männer zischten die Worte zwischen den Zähnen hervor, oder sie flüsterten.

North erinnerte sich später an ihre Ernsthaftigkeit und Klarheit. Sie ließen ihnen die Wahl, entweder die Waren abzugeben und nicht zu sterben, oder erst zu sterben und dann die Waren abzugeben. Er hatte irgendwie das Gefühl, überfallen zu werden. Schließlich hatte er geglaubt, wenigstens auf den gestohlenen Whisky ein Recht zu haben, und den nahm man ihm nun weg.

Man stellte sich die beiden vor: North, ein Bootsmann, und Blackbird, der Lagerverwalter. Zwei Matrosen, die daran gewöhnt waren, das Verderben aus dem Himmel fallen zu sehen, in Form von Granaten, die auf dem Deck zerplatzten und die schlüpfrige Blutspur des Todes auf die Stahlplatten malte. Man stelle sie sich vor, wie sie zwischen halb verrückten Männern im nebeldurchdrungenen Dschungel standen, wo der Tod hinter dichtem Blattwerk lauerte, wo das Blut nur noch ein stummer, dunkler Kommentar auf dem feuchten Mutterboden war.

Die Marines waren einmal eine vollständige Kompanie gewesen. Jetzt erreichten sie nur noch die Stärke eines Zugs, auch wenn sich ihnen einheimische Sympathisanten angeschlossen hatten. Einer von den Sympathisanten war fast noch ein Junge. Sein nahezu unaussprechlicher Name war zunächst zu Sidney, später zu Sidrey umgewandelt worden. Sidrey war ein kleiner Bursche. Wenn er neben Blackbird stand, dann erschien Blackbird fast so groß wie ein ausgewachsener Mann.

Die Marines entluden den Lastwagen. Was sie nicht gebrauchen konnten, stapelten sie auf einer Seite auf. North befürchtete, daß man ihm und Blackbird den Ketchup, die graue Farbe und die Winterstiefel lassen würde. Bis zum letzten Moment hätte weder North noch Blackbird im Traume daran gedacht, daß ihnen noch dreihundert Meilen Fußmarsch durch den tiefsten Dschungel bevorstehen würden, beladen mit Pfirsichdosen und den Gewehren toter Männer.

Blackbird erinnerte sich später in allen Einzelheiten an den feindlichen Angriff. Als hätte er ihn in Zeitlupe gesehen. Er erinnerte sich genau an das Gesicht des Jungen. Er hatte gerade auf den Mund des Jungen gesehen. Blackbird hatte Probleme, das schlechte Englisch des Sympathisanten zu verstehen. Während er die Lippenbewegungen des Jungen beobachtete, hatte er den Worten gelauscht, und nur ganz vage und aus den Augenwinkeln heraus hatte er das Anwachsen des Dosenhaufens am Rande des schmalen Weges wahrgenommen.

Und dann war das Gesicht des Jungen plötzlich verschwunden. Ein Geschoß war ihm von hinten in den Kopf gedrungen und explodiert. Blackbird merkte auf einmal, daß er aufmerksam auf Worte aus einem gesichtslosen Schädel wartete. Er konnte die Innenseite der Schädelknochen deutlich sehen. Vage wurde er sich der Tatsache bewußt, daß sein eigenes Gesicht mit weicher Hirnmasse und Flüssigkeit bedeckt war. Bis heute schwört er, daß er mindestens zwei Minuten dort gestanden und darauf gewartet habe, daß Worte aus dem offenen Schädel einer stehenden Leiche kämen. Natürlich kann es nicht so gewesen sein. Es war eine Angelegenheit von einer Sekunde, wahrscheinlich weniger. Der Sympathisanten-Corporal Kim stürzte sich nach vorne und stieß Blackbird zu Boden. Zusammen rollten sie in die Dekkung einer Festung aus Pfirsichdosen. Bis zu diesem Moment hatte Blackbird noch kein ungewöhnliches Geräusch gehört. Jetzt, als er auf dem Boden lag, hörte er Gewehrfeurer. Eine feindliche Patrouille hatte im Hinterhalt gelegen.

Die Geschichte der Kriege ist voll von Tausenden nutzloser, verzweifelter Gefechte, die wegen der unbedeutendsten, lächerlichsten Dinge ausgefochten wurden. Dieses Gefecht im Dschungel war nicht weniger erbittert als jedes andere seiner Art gewesen, und es hatte zwischen Männern stattgefunden, die verrückt waren vor Gier nach Schinken, Käse und Pfirsichen. Als die Schießerei vorüber war, war keiner der Lebensmittelkartons getroffen worden. Blackbird schwört noch heute, daß er hinter dem Stapel Pfirsichdosen sicherer war als in Abrahams Schoß.

Wie mochte es zu diesem Angriff gekommen sein? Diese Frage quälte North und Blackbird. Warum war ein kleiner Stoßtrupp von Männern, die obendrein noch das Überraschungsmoment auf ihrer Seite gehabt hatten, das wahnwitzige Risiko eingegangen? Warum hatte dieses kleine Häuflein einen Zug angegriffen, der aus alten Hasen im blutigen Geschäft des Tötens bestand?

Die Angreifer waren nicht am Verhungern gewesen. North erinnerte sich später an das Bild einer gelblichweißen Fettschicht am Rande einer klaffenden Wunde, die eine Splittergranate gerissen hatte. Der Magen des feindlichen Soldaten hatte pulsiert, verdaut, während der Mann starb.

Die Marines waren nicht am Verhungern gewesen, die feindlichen Angreifer auch nicht. Trotzdem – und darüber mochte North später nicht einmal reden – mußte ein enormer, unaussprechlicher Hunger nach irgend etwas dieses Feuergefecht ausgelöst haben.

Die Marines kannten keinen Korpsgeist. Solcher Unsinn mag gerade noch für die Kasinos und die Exerzierplätze taugen, im Dschungel hilft er einem nicht weiter. Statt dessen gab es unter ihnen so etwas wie eine rauhe Ehrlichkeit. Für sie waren North und Blackbird nichts anderes als Frachtaufseher, unerfahrene Männer, die sowieso keine Chance haben würden, zu überleben. Bis zu dem Zeitpunkt, an dem es sie erwischen würde, konnten sie aber immerhin noch als Packesel nützlich sein. Man kann nicht direkt sagen, daß die Marines Blackbird und North in ihre Dienste zwangen. Sie wiesen die beiden einfach darauf hin, daß der Kühler ihres Lastwagens einen Treffer abbekommen hatte, dann ermutigten sie North und Blackbird, sich die Sache durch den Kopf gehen zu lassen. Die beiden Männer taten das, während die Marines dem kleinen Sidrey ein flaches Grab aushoben. Bird und North hatten die Wahl. Sie konnten zehn Meilen die Straße entlangmarschieren; dabei hätten sie jederzeit damit rechnen müssen, einer feindlichen Patrouille in die Arme zu laufen, oder sie konnten sich einem Zug von Killern als Lastesel anschließen. North erinnerte sich später daran, wie wütend ihn diese Alternative machte. Schließlich hatten sie geglaubt, sich in einer gesicherten Zone zu befinden. Sie waren sich dessen so sicher gewesen, daß sie sogar ihre Helme in der Barkasse zurückgelassen hatten, als sie an Land gegangen waren. Sie waren nahezu unbewaffnet. North trug lediglich eine antiquierte 45er Automatik bei sich.

Blackbird, der auf den Straßen Philadelphias großgeworden war, verschwendete keine Zeit mit nutzlosem Ärger. Er suchte zwischen den Leichen der feindlichen Angreifer nach Helmen und Gewehren. Und dann inszenierte er eine der finsteren, aber irgendwie eindrucksvollen Gesten, die typisch für ihn werden sollten. Blackbird stellte den riesigen Globus mitten auf den Weg. Er stand dort auf seinem wunderschön geschnitzten Mahagoniständer. Das schmale Band von Sonnenlicht, das durch die Bäume fiel, betonte das Relief der Weltkugel. Sonnenlicht und Schatten. Farbige Kontinente, grüne, rote, orangefarbene Länder, blaue Ozeane.

Blackbird setzte dem Globus seine weiße Mütze auf. North behielt den letzten Blick auf den Weg genau im Gedächtnis, als der Zug langsam im Dschungel verschwand. Ein frisches Grab lag unter tropfenden Zweigen, darüber wachte in stiller Anbetung eine riesige Weltkugel mit einer Matrosenmütze.

Niemand von der Schiffsbesatzung bekam sie während der nächsten Monate zu sehen. Schließlich war ich es, der sie aufspürte. Aber da war es bereits zu spät.

Ich kann den genauen Unterschied zwischen Erinnerung und Gedächtnis auch nicht erklären. Gedächtnis ist etwas, was man aktiv bemühen muß, während eine Erinnerung oftmals ungebeten kommt. An solch einer Erinnerung hat man etwas länger zu kauen, man muß sich anstrengen, wenn man verstehen will, warum sie einem ins Bewußtsein gedrungen ist. Das ist wie bei der Deutung eines Traums. An solcherlei Probleme dachte ich, als ich zu Björn North und seinen Dämonen unterwegs war, als die enge kalifornische Landstraße zu einer engen Landstraße des Staates Oregon wurde.

Ich verbrachte die Nacht in einem düsteren Strandhotel an der Küste Oregons. Es war einer dieser Plätze, wo die Wände nach einem neuen Anstrich schreien, während man die Toilettensitze mit blauem, antiseptischem Licht überflutet, um die Illusion zu vermitteln, auf diese Weise würden alle bösen Krankheiten hinweggespült.

Im Krieg nehmen die Männer, die ständig im Einsatz sind, Verhaltensweisen an, die alte Gewohnheiten aus dem zivilisierten Leben lächerlich erscheinen lassen. Ein Mann, dem tagtäglich Gewehrkugeln um die Ohren fliegen, wird sich wenig darum scheren, daß er im Bordell eigentlich ein Präservativ benützen sollte. Später kehren die Männer dann zurück in eine hygienische Welt, wo es nicht mehr nur um Tabak, Alkohol und Drogen geht, sondern auch um gutes Benehmen und Antiseptika. Während eines Gefechts gibt es keine guten Manieren, allenfalls begegnet man etwas Mitleid. Es ist sehr schwer für die Männer, den Wechsel vom Geschützfeuer zu hygienischen Toiletten zu verkraften.

Im Dschungel ist man immer eingekesselt. Genau wie der Feind. Es gibt keine klaren Abgrenzungen. Der Dschungelkrieg ist ein tödliches Versteckspiel, bei dem man den Feind selten genau vor dem Gewehrlauf hat. Meistens wird er von der Seite kommen oder gar von hinten. Tag für Tag, wochenlang hat man das Gefühl, eingekesselt zu sein. Ganz langsam werden sie verrückt, Schwarze wie Weiße, und nicht anders ergeht es den Asiaten.

Das Gefühl, eingekesselt zu sein, dauert an, wenn der Krieg

vorbei ist. All die hygienischen Menschen, diejenigen, die mit dem Krieg angefangen haben, die bestehen jetzt darauf, daß du ihre Illusionen teilst. ›Arbeite hart. Sieh zu, daß du vorwärts kommst. Hier darfst du niemanden töten, und du mußt einen Weg finden, Kinder ansehen zu können, ohne gleich an verbranntes Fleisch und leere Augenhöhlen zu denken.‹

Die antiseptischen Menschen verlangen von dir, daß du nett zu dem Kellner bist, der dich für einen Dollar besoffen macht, sie verlangen, daß du freundlich über die Politiker denkst, die schon wieder dabei sind, den nächsten Krieg auszuhecken, um auch noch deinen Sohn verheizen zu können.

›Weil‹, so pflegen sie zu sagen, ›wir alle in einem Boot sitzen, mein Freund. Deshalb mußt du freundliche Gedanken denken und uns lieben.‹

Ich versuche zurückzuschlagen, indem ich mich der Gesetzbücher bediene. Es macht wenigstens ein bißchen Sinn, Rechtsanwalt zu sein, und es gibt nicht viele Dinge, die Sinn machen. Ich bin ein guter Rechtsanwalt, weil ich einmal Raketen abgefeuert habe und weil ich zwei Monate im Dschungel verbracht habe.

Die Marines dieses Zuges waren praktisch Gesetzlose. In militärischen Kategorien heißt das, sie operierten ohne Bindung an direkte Befehle. Ihr Kommandeur, der hinten bei seinem Regiment saß, wußte nie genau, was sie unternehmen würden. Sie zogen umher, mit gewetzten Messern, und waren scheußlich effektiv. Ihre Aufgabe war es, die Peripherie des riesigen Lagers der Army abzusichern.

Im Klartext bedeutete das: Sie zogen durch den Busch und töteten. Sie waren wie Phantome, versteckt im Dschungel, Phantome, die sich blitzschnell in eine heiße, alles verzehrende Flamme verwandeln konnten, wenn sie auf Widerstand stießen. Sie überlebten, weil sie auf der Basis der Wahrscheinlichkeit töteten. Wenn ein Einheimischer beobachtete, wie sie eine Straße überquerten, wurde dieser Einheimische erschossen. Vielleicht hätte er gar nichts über ihren Aufenthaltsort verraten. Die Marines blieben am Leben, weil sie die Wahrscheinlichkeit eines Ereignisses immer zu ihren Gunsten interpretierten. Sie waren statistische Killer, nur waren sie einfacher und unmittelbarer zu verstehen als Computer, die Raketen abfeuerten.

Schon sehr bald ließen sich North und Blackbird dieser Maschinerie der Zerstörung einverleiben. Die Marines mögen zunächst nur Packesel in ihnen gesehen haben, Blackbird und North sahen das anders. Sie kapierten, daß sie schnell lernen mußten, wenn sie überleben wollten. Blackbird lernte sofort.

Zu der Zeit, als ich auf diese Gruppe von Marines stieß, hatten Blackbird und North schon vieles zu sehen bekommen, so manches hatten sie selbst auf dem Kerbholz.

Der Anlaß, der zu diesem Zusammentreffen führte, war nur ein weiterer Beweis für den Irrsinn des Ganzen.

Unserem Zerstörer waren die Raketen ausgegangen. Unglaublich. Kein Mensch an Bord hatte sich um meine Bestandslisten gekümmert. Das Schiff hatte zwei Sätze von Schnellfeuergeschützen an Bord genommen, die gerade weit genug schossen, um eine Hügelspitze in einer Reichweite von vier Meilen zu nehmen. Wir hatten ein paar infrarotgesteuerte Raketen an Bord, die jeder Jägerpilot, der alt genug war, sich zu rasieren, mit ein paar Leuchtkugeln abgelenkt hätte. Außerdem hatten wir jede Menge Wasserbomben, nur besaß der Feind keine U-Boote. Mit anderen Worten, unser Schiff war praktisch wehrlos. Wir hatten Unmengen von Ahornsirup in der Speisekammer, der Käpt'n hortete den Whisky kannenweise in seiner Kajüte, aber es gab beim besten Willen keine Raketen mehr an Bord. Der Zerstörer drehte ab, um sich auf den Weg zu seinem Mutterschiff zu machen.

Aber bevor er abdrehte, setzte mich der Idiot von diensthabendem Offizier an Land.

»Sie haben das vermasselt«, sagte er zu mir. »Durch Ihre Schuld haben wir keine Raketen mehr an Bord. Keine Raketen, kein Geschützoffizier.« Der Mann hatte die Augen eines Yankees, seine Wangen sahen aus wie Pökelfleisch, das mit Schnaps und tropischer Sonne haltbar gemacht worden war. Ein großer Menschenführer. Und ein großer Navigator. Mit hängenden Schultern, Kugelbauch und fettem Arsch. Er war der einzige Schiffsoffizier in der Geschichte der Navy, dem es gelungen war, beim Ablegen einen Hafenkai zu rammen.

»Klagen Sie mich doch vorm Kriegsgericht an«, schlug ich ihm vor.

Er wußte genausogut wie ich, daß es niemals zu einer Untersuchung kommen würde, wenn ich getötet würde. Dann würde sich kein Mensch mehr darum kümmern, daß sich ein Zerstörer aus der Kampflinie zurückziehen mußte, weil er verteidigungsunfähig war.

»Bringen Sie die beiden Matrosen zurück«, befahl er mir, »dann wird der Kommandant glücklich sein.« Er war mit sich zufrieden. »Und wenn Sie nicht zurückkommen sollten, dann wird der Diensthabende sogar noch ein bißchen glücklicher sein.«

Ich ging an Land, und ich hatte Angst.

Es waren bereits Gerüchte an Bord gedrungen, Gerüchte über zwei Matrosen, die verrückter sein sollten als die schlimmsten Marines. Jeder der beiden war einmal in der großen Armeebasis aufgetaucht. Sie waren mit einem erbeuteten Lastwagen gekommen. Sie hatten Nachschub für den Zug der gesetzlosen Marines holen wollen.

Der weiße Matrose war nicht ganz richtig im Kopf gewesen. Er war ohne Begleitung gekommen, an seinem Hemd hatten verfault stinkende Skalps gebaumelt, die er dort festgenäht hatte. Erst hatte er sich mit Schnaps vollaufen lassen und ein ganzes Bordell kurz und klein geschlagen, nachdem er vorher mit jeder Frau im Haus ins Bett geklettert war. Das war natürlich nichts Ungewöhnliches. Das Ungewöhnliche war schon vor seinem Besäufnis passiert.

Der weiße Matrose hatte wie ein Irrer gewirkt. Sein Lachen war grausam, mit seinen riesigen Zähnen und dem roten Gesicht hatte er ausgesehen wie die Karikatur eines Kobolds im bunten Treiben des Karnevals. Bevor er mit der Sauferei angefangen hatte, hatte er drei Stunden lang in andächtiger Stille neben einem buddhistischen Mönch gesessen. Dann war er aufgestanden, hatte sich vorgebeugt und dem gleichgültigen, keinerlei Schrecken verratenden Mönch mit seiner 45er mitten ins Gesicht geschossen. Er hatte die Stadt in aller Eile verlassen, war dabei rücksichtslos mit seinem Laster durch belebte Straßen gerast, ohne sich um Schreie, Zusammenstöße und Körper zu kümmern, die wie Lumpen in den Staub der Straße gerollt waren.

Der weiße Matrose hatte, und das gaben auch die Übermittler dieser Gerüchte ohne weiteres zu, keine Dinge getan, die es nicht auch vorher schon gegeben hätte, es war nur einfach so, daß die Männer, die ähnliches getan hatten, immer so etwas wie eine Entschuldigung, eine Erklärung für ihr Tun gehabt hatten, wie fadenscheinig sie auch gewesen sein mochte. Dieser Matrose aber – sein Name war North – war allen vorgekommen wie ein wildes, zähnefletschendes Tier über einem Kadaver. Er schien von der Angst getrieben, alles könnte knapp werden, Leichen, Frauen, Whisky könnten knapp werden, und das wäre nichts anderes gewesen als eine Verknappung der Illusionen von Omnipotenz, die in den Korridoren seines Bewußtseins verrückt spielten.

Aber es war der schwarze Matrose, der selbst die hartgesottensten unter den alten Kämpfern verstummen ließ. Der schwarze Matrose war später in der Basis erschienen. Er war mit demselben Lastwagen gekommen, aber er hatte einen Begleiter gehabt, den Sympathisanten-Corporal Kim. Die beiden Männer funktionierten gut. Sie verhielten sich ruhig beim Saufen, fielen im Bordell nicht auf und fuhren vorsichtig durch belebte Straßen.

Während der weiße Matrose mit Haarbüscheln auf dem Hemd angegeben hatte, trug der Schwarze einfach schwarze Federn im Haar. Die Federn hatte er eingeflochten und vernäht, so daß sein Kopf zu einem einzigen, schwarzen Gekräusel geworden war. Er sah aus wie eine verblüffte Krähe.

Der schwarze Matrose hinterließ als Visitenkarten scharfe Handgranaten mit ungekrümmten Abzugbolzen. Die Dinger waren völlig harmlos, solange kein Idiot an der Öse zog. Wenn er eine Bar verließ, lag eine Granate auf dem Tisch, verließ er das Nachschubdepot, fand der Sergeant hinterher eine Handgranate auf seinem Tresen liegen. Auch in den Betten der Frauen ließ er Granaten zurück. Der schwarze Matrose war amüsant, sogar höflich, und sowohl er als auch Corporal Kim schienen die Handgranaten nicht etwa als Trinkgeld für zufriedenstellende Dienste zu betrachten, sondern als eine Art Partyscherz. Es lag eine Art abstrakter Frohsinn über den beiden Männern; sie schienen im Krieg so etwas wie einen lustigen Tanz oder eine Strandparty zu sehen. Sie waren die besten Freunde.

Ich hatte das Pech, sie an dem Tag zu finden, an dem der Krieg gerade wieder so richtig entflammt war, an dem Tag, an dem der Feind eine große Gegenoffensive gestartet hatte. Ein Armeelastwagen setzte mich und meinen Proviant an einem Sammelplatz ab.

Über dem Dschungel fand ein Luftgefecht zwischen Hubschraubern statt; das peitschende Geräusch der Rotoren erinnerte an hämmernde Pulsschläge. Auf den Landstraßen und Wegen flüchtete eine verängstigte Bevölkerung vor den feindlichen Truppenbewegungen, während die Hubschrauber über ihren Köpfen den Dschungel mit Raketen und Gewehrfeuer bedeckten. Die Geräusche waren eine Gratiszugabe zu den Flammen, die sehr wirklich waren. Das Feuer breitete sich überall an den Straßen entlang aus, oder es wurde von der tropfnassen Stille des Dschungels absorbiert. Manchmal traf eine Rakete die Krone eines riesigen Baums. Wenn das passierte, dann leuchtete eine kleine Träne auf dem undurchdringlichen, grünen Schirm des Urwalds auf.

North rettete mir das Leben, und das nicht nur einmal. Ich fühlte mich verwirrt und verwundbar in dem explosiven Durcheinander der verfeindeten Streitkräfte um uns herum. North war nicht gerade hocherfreut, mich zu sehen. »Was zum Teufel tust du hier?« fragte er mich. Ich war immerhin Offizier, aber wir waren vom selben Schiff. Diese Tatsache verlangte nach etwas Loyalität, die sich immer noch, wenn auch embryonisch zusammengerollt, unter Norths Vorstellungen von Rechtschaffenheit versteckte.

Und dann war da noch etwas anderes: North wußte, daß es früher oder später zu einer Kriegsgerichtsverhandlung gegen ihn kommen würde. Schließlich gab es keinen Zweifel, daß die Marines ihn nicht als Geisel behalten hatten. Vielleicht hat North mich auch deshalb beschützt, weil ich Anwalt war. Er rettete mir als seinem zukünftigen Rechtsbeistand das Leben.

Für die nächsten zwei Monate waren North und Blackbird immer in meiner Nähe zu finden. Wir sahen und taten die verschiedensten Dinge. ›So süß wie die Hölle und das Hallelujah‹, nannte Blackbird diese Dinge. North sagte gar nichts dazu. Er hatte mit seiner Angewohnheit aufgehört, Skalps zu sammeln.

Die beiden Monate verbrachten wir mit Rückzügen, Kreisbewegungen, Gegenangriffen, erneuten Rückzügen und noch mehr Kreisbewegungen. Irgendwo in einem Offizierskasino auf einem Flugzeugträger mögen vielleicht ein paar Admirale und Generale einen Gesamtüberblick über die Situation gehabt haben. Wahrscheinlich saßen sie zusammen, tranken, nannten sich bei den Vornamen – Pete, Tom, Bob – und unterhielten sich über Strategie und Weiber. Wir sprachen nur über Taktik, und wir nannten uns bei jedem Schimpfwort, das wir gerade zur Hand hatten.

Gegen Ende des zweiten Monats gab es eine schwache Hoffnung, den Dschungel bald verlassen zu können. Die militärische Situation stabilisierte sich, sie ähnelte jetzt wieder jener an dem Tag, an dem North und Blackbird die enge Straße in Angriff genommen hatten. Es gab keine klaren Angriffs- und Verteidigungslinien, wir und der Feind waren wieder dazu übergegangen, gegenseitig um uns herumzuschleichen. Das Gebiet wurde zur gesicherten Zone erklärt, das tödliche Versteckspiel fand seine Fortsetzung.

Damals gab es auch noch einen zweiten Anlaß zur Hoffnung. Damals.

Wenn ich heute daran zurückdenke, und ich dachte auch daran zurück, als ich das letzte Teilstück der Küste des Staates Washington entlangfuhr, dann war dieser zweite Grund der Hoffnung eigentlich die Wurzel allen Schreckens, der in den dunklen Wäldern von Norths Geist schlummerte. Es war ein Schrecken, der auch in meinem eigenen Geist verschüttet lag, ein Schrecken, der dunkler ist als die Fichtenwälder des Staates Washington, dunkler als die sich überschlagenden schwarzen Fluten der Straße von Juan de Fuca.

Der zweite Grund zur Hoffnung war folgender: Unser Schiff war inzwischen mit dem Bauch voller Raketen auf seine Gefechtsposition zurückgekehrt. Die Raketen stürzten sich auf den Urwald und versetzten die Männer in Angst und Schrecken, aber ansonsten hatten sie eigentlich nur den Effekt, etwas Blattwerk zu versengen und den Gestank einer verfaulenden Vegetation in jenen scharfen Geruch hochexplosiver Sprengstoffe zu verwandeln. Einmal sahen wir sie auf ein Dorf fallen, sahen, wie der Schlamm mit dem Feuer aufspritzte, sich in Staub verwandelte und dann in Flammen. Zu der Zeit zog ich daraus lediglich den Schluß, daß der Computer noch funktionierte.

Und dann – mögen alle Götter des Universums, falls es welche gibt, uns beschützen –, dann fielen die Raketen eines Tages auf einen Friedhof.

Auf allen Friedhöfen des Landes gab es jede Menge frischer Gräber. Die einheimische Bevölkerung übte weiterhin die althergebrachten Zeremonien aus. Ein Teil des Rituals war es, um jedes Grab herum einen kleinen Zaun zu errichten. Diese Zäune nennt man ›Seelenzäune‹, die meisten von ihnen sind weiß und aus massivem Holz gezimmert. Sie haben den Zweck, die Seelen an ihrem Platz festzuhalten und die anderen, hungrigen Seelen fernzuhalten, die ohne Ruhe und Hoffnung, gequält von ewigem Zweifel, heulend und jammernd über die Welt hinwegfliegen.

Die Raketen von unserem Schiff nahmen sich dieser Zäune gründlich an. In den Gräbern wurde das Unterste nach oben gekehrt. Leichenteile spritzten in flammenden Geysiren himmelwärts, die Seelen wurden in die Freiheit entlassen.

Für North war das Ganze ein grandioser Spaß. Blitz und Donner, die Absurdität kitzelte seine Fantasie. Er lachte wie ein irrer Inquisitor. Norths protestantischer Gott war einer von der skandinavischen Sorte, ein Gott, der sich mit Walküren einläßt. Für North fand hier eine großartige Offensive gegen eine von diesen heidnischen Religionen statt. Sein Gesicht war puterrot, als er lachte, seine blonden Augenbrauen dagegen wirkten merkwürdig weiß, so weiß wie sein sonnengebleichtes Haar. Man darf nicht vergessen, daß North bereits einen buddhistischen Mönch ermordet hatte.

Für den Sympathisanten – Corporal Kim war die Angelegenheit mit dem Friedhof eine ganz andere Sache. Während des ganzen Martyriums der vergangenen zwei Monate hatten Kim und Blackbird ihre verrückte Fröhlichkeit aufrechterhalten. Sie hatten ihr Essen geteilt, hatten gut gekämpft und waren tapfer marschiert. Sie hatten zusammengearbeitet wie die Finger an einer Hand. Sie hatten feindliche Soldaten mit unvoreingenommenem Vergnügen zur Hölle oder in den Himmel geschickt. Kim hatte große, fast kugelrunde Augen und einen kleinen Mund. Wenn er lachte, sahen sein Mund und seine Augen aus wie drei kleine, fröhliche Kreise auf einem flachen Gesicht.

Nach der Geschichte mit dem Friedhof wurde Kim mürrisch. Seine Augen bekamen schwere Lider, gelegentlich starrten sie North mit glanzlosen Blicken an. Kim lachte nicht mehr. North lachte aus Trotz weiter, aber die Schnalle an seinem Pistolenhalfter ließ er lieber offen, und er achtete fortan sorgfältig darauf, welcher Richtung er den Rücken zuwandte.

Warum hatte Kim die Raketen so furchtbar ernstgenommen? War vielleicht Norths Gelächter der Grund gewesen? Zu dem Zeitpunkt wußte keiner von uns eine Antwort. Vielleicht waren diese Seelenzäune Kims symbolischer Schutzwall gegen die Wirklichkeit gewesen. Die Zäune mochten ihm denselben illusorischen Schutz geboten haben, wie uns die zwei Zoll dicken Stahlplatten an den Geschützen des Zerstörers, hinter denen wir uns versteckten. Mit dem gesunden Menschenverstand betrachtet, boten weder die Stahlplatten noch die Holzzäune irgendwelche Sicherheit, aber wer hatte in jenen Tagen noch seinen gesunden Menschenverstand?

Kim und Blackbird kamen sich noch näher. Oft saßen sie ganz still da. Was Kim Blackbird anvertraute, wurde nicht bekannt, denn Blackbird pflegte nicht darüber zu reden.

Der letzte, tödliche Akt folgte direkt auf ein Wunder. Es war ein geistloses Wunder, es paßte gut zu der grenzenlosen Absurdität der Schlacht, aber es war ein Wunder, das selbst der Josua des Alten Testaments zu lobpreisen gewußt hätte.

Wir steckten mitten auf einem Feld im hohen Gras fest. Wir hatten das Feld gleich nach dem Morgengrauen durchqueren wollen, dabei alle Grundsätze vergessend, die man uns beigebracht hatte. Aber wir vermuteten den Feind nicht in der Nähe.

»Das ist der Sommerschlußverkauf«, waren Norths ersten Worte, als das Gewehrfeuer begann und jeder sich in Deckung warf. North brüllte die Worte heraus, bevor er sich auf dem Boden langmachte, das Gewehr im Anschlag. Zu unserer Linken schrie ein Mann. Die Stimme eines feindlichen Soldaten brüllte und lachte. Norths Gesicht war jetzt weiß, so weiß wie seine Augenbrauen.

North hatte recht gehabt. Das war kein Irrtum der Kommandantur. Der Zug war verkauft worden. Verraten. Jemand hatte mit dem Feind gemeinsame Sache gemacht. Wir saßen tief in der Scheiße. Festgenagelt. Unter Flankenfeuer genommen. Wir waren praktisch ein Zug toter Männer.

Automatische Waffen eröffneten das Feuer an unserer linken Flanke, gedeckt durch hohes Gras, nichts als Gras. Maschinengewehre beschossen uns aus einem Stück Dschungel, das sich am Rande des Felds bis an die linke Seite unserer Linie heranzog. Ein schmaler Streifen Bäume ragte rechts von uns in das Feld, auch von dort begannen Maschinengewehre ihre Geschosse auszuspucken. Das feindliche Feuer war dicht. Es mähte im wahrsten Sinne des Wortes das Gras.

Tote Männer. Wir hätten versuchen können, zweihundert Meter über flaches Grasland zu fliehen, oder wir mußten liegenbleiben, wo wir waren, und warten, bis der Feind Granatwerfer einsetzen würde. Die Maschinengewehre suchten das Gras ab, peitschten das Gras. Die Luft schien voll von fliegenden Samen, Pollen, Blütenblättern. Die Waffen gingen sektorenweise vor, sie unterschieden sich dabei gar nicht sehr vom Vorgehen des Computers auf unserem Schiff. Unser Problem war es, daß diese Sektoren sehr klein waren, und daß es nicht allzu viele davon gab. North und ich krochen vorwärts, wir versuchten, mit unseren Handgranaten in Wurfdistanz zu kommen. Ein dummes Unterfangen. Bei jeder unserer Bewegungen bewegte sich auch das Gras. Eine Salve aus einem Maschinengewehr strich knapp über uns hinweg.

Die Sonne lag wie ein Teppich auf dem Gras. Ich erinnere mich, wie ich auf dem Bauch lag, den Rand des Stahlhelms gegen den Boden gepreßt, und wie ich plötzlich die Erde beinahe schmecken konnte. Mir war fast so, als könnte ich die Bewegung in der Erde hören, die Bewegung der Insekten, der Bakterien, der wachsenden Wurzeln.

Dann begann das metallische Klirren der Granatwerfer. Wieder schrie ein Mann, und er hörte für die nächsten Minuten auch nicht auf zu schreien. Ich erinnere mich, dumme Gedanken gedacht zu haben, Gedanken, die mit dem Gesetz zu tun hatten. Das hier ist eine Scheidung, dachte ich, die Auflösung einer Gütergemeinschaft.

Und dann passierte das Wunder. Es näherte sich mit dröhnendem Motorenlärm.

Transportflugzeuge verdunkelten den Himmel. Die Schatten der Flugzeuge zuckten über uns hinweg wie die Schatten einer Lichtorgel. Man hatte den Eindruck, als sei jedem einzelnen Flugzeug aller Luftwaffen der Welt der Befehl gegeben worden, über unser Feld hinwegzudröhnen. Es müssen genug Flugzeuge gewesen sein, um es einem Mann zu erlauben, von Tragfläche zu Tragfläche über den Himmel zu spazieren. Nach weniger als zwei Minuten begannen Männer, und Leichen, um uns herum aus dem Himmel zu fallen.

Irgendwo in einem Hauptquartier hatte ein General auf eine Landkarte geschaut und dabei eine Reihe von freien Feldern entdeckt, zwischen denen ein Fähnchen mit der Aufschrift ›gesicherte Zone‹ gesteckt hatte. Das hatte ihn auf die grandiose Idee gebracht, ein Fallschirmspringen aus niedriger Höhe anzuordnen, eine Übung für die Fallschirmtruppen. Innerhalb einer Viertelstunde sprangen etwa zweitausend Mann aus dem Himmel, mitten in ein Feld, das unter heftigstem Maschinengewehrfeuer stand.

Neben uns brach eine Leiche zusammen. Der Morgen war windstill. Der Fallschirm bauschte sich leicht, dann fiel er zusammen, um das Gras zu bedecken wie ein tröstender Gedanke. In den toten Augen des Soldaten stand immer noch eher die Aufregung des Sprungs als die Überraschung über den Empfang geschrieben. Von der Brust abwärts war bei ihm nicht mehr viel heil geblieben. Die Motoren der Flugzeuge dröhnten weiter und dröhnten und dröhnten.

Ein lebender Fallschirmspringer landete auf der anderen Seite. Er rollte auf den Rücken, ließ den Schirm los und schrie. »Ted! Ted!« schrie er, und: »Sani! Sani!« Er versuchte im verzweifelten

Bemühen, seinen toten Freund zu erreichen, über uns hinwegzukriechen.

»Teddy-Boy ist mausetot«, sagte North zu ihm und kicherte. North wurde hysterisch vor Erleichterung. Die Farbe kehrte in sein Gesicht zurück. Die Flugzeuge bumperten und dröhnten, die Schatten zuckten. »Laden und entsichern, guter Mann!« brüllte North. »Rechte Flanke bereit, linke Flanke bereit, Feuerlinie bereit . . .!« Norths Hysterie schepperte wie die Granatwerfer. Er krallte sich am Boden fest und hörte der Kakophonie aus Maschinengewehrfeuer, Rufen der Überraschung und Flüchen zu. Es war wie auf einem Schießstand, aber der Feind konnte nicht alle erschießen. Jetzt war es nur eine Frage der Zeit. North blieb flach liegen. Er begann vulgäre Ausdrücke und Witze zum Feind hinüberzurufen. Das Gedröhne der Flugzeuge ging weiter.

»Du kannst nichts tun«, sagte ich zu dem Fallschirmspringer. »Du kannst nur versuchen, dich selbst in Sicherheit zu bringen. Die Männer, die hinter den Gewehren landen, müssen sich um den Feind kümmern.« Er war ein junger Indianer aus Alaska, das war an der Physiognomie leicht zu erkennen. Das braune, fleischige Gesicht schüttelte den Ausdruck der Trauer ab. Jetzt kam die Angst. Der Junge preßte sich an den Boden. Er entsicherte nicht einmal seine Waffe.

Es dauerte noch eine knappe Stunde. Granaten explodierten, das Maschinengewehrfeuer wurde langsam schwächer. Noch bevor der letzte Schuß verhallt war, hörten wir das Bumpern von Hubschraubern. Sie waren eigentlich gekommen, um die Männer nach ihrem erfolgreichen Übungssprung wieder einzusammeln, statt dessen stand ihnen ein langer, arbeitsreicher Tag bevor, an dem sie Tote und Verwundete zurücktransportieren mußten. Eine Episode im Krieg. Der General, der die Übung befohlen hatte, wurde später belobigt, weil er das letzte Nest feindlichen Widerstands in dieser Region ausgehoben hatte. Auch das war eine Episode in einem Krieg.

Wir erhoben uns aus dem hohen Gras wie Auferstandene, wie Männer, die sich des Leichentuchs wieder entledigt hatten und nun verwirrt blinzelnd im hellen Sonnenlicht am Rande ihres Grabes standen, wie Männer, die man noch einmal entlassen hatte, damit sie ihren Weg durch die unheilige Stadt fortsetzen konnten.

Kim und Blackbird standen aufrecht, sie standen sich im sonnenbestrahlten Gras gegenüber. Kim war ganz ruhig, aber Blackbird zitterte. Kim lächelte, sein gelbliches Gesicht lächelte ohne Furcht den verängstigten Blicken des Schwarzen entgegen. Kims Lächeln war nicht etwa reumütig oder kleinlaut. Blackbird murmelte etwas vor sich hin. Kim zuckte mit den Achseln. Die Waffe ruhte an seiner Seite. Einen Finger seiner freien Hand legte er auf einen Punkt auf seiner Brust, der Finger suchte noch etwas nach der richtigen Stelle. Dann nickte Kim. Blackbird flüsterte »Nein«. Kim lächelte, gab nicht nach.

Blackbird schoß und traf genau an die Stelle, auf die der Finger gedeutet hatte. In weniger als zehn Sekunden war es vorbei.

Wir hatten uns alle wieder in Deckung geworfen.

»Er sollte besser aufpassen, wo er mit dem Ding hinzielt«, beschwerte sich North. »Womöglich bringt er noch jemanden um.« Norths Stimme winselte ungläubig.

Ich sagte etwas furchtbar Dummes: »Dazu sind Freunde da.«

Wir waren alle schockiert. Kim hatte etwas Furchtbares von Blackbird verlangt, und doch war es so einfach zu verstehen. Kim hatte gewußt, daß für ihn alles vorbei war. Mindestens die Hälfte der überlebenden Männer des Zuges hatten sich schon gedacht, daß nur er der Verräter sein konnte. Sie hatten sich unsere Route der letzten Tage noch einmal durch den Kopf gehen lassen und hatten erkannt, daß nur ein Späher, Kim, Gelegenheit hatte, mit dem Feind Kontakt aufzunehmen. Kim hatte es ohne Zweifel vorgezogen, schnell und mit Würde zu sterben, als sich den Torturen zu unterziehen, mit denen die Marines ihn zu Tode gequält hätten.

Warum hatte Kim uns verraten? Blackbird wußte die Antwort, aber er redete nicht. Die Angelegenheit machte nicht viel Aufsehens und blieb unter uns. Als die restlichen Männer des Zuges sich noch einmal um Kims Leiche herumgruppierten, sahen nur ein paar Fallschirmspringer in unsere Richtung. Sie zuckten mit den Achseln und kümmerten sich um ihre Sachen. Ein totes, gelbes Gesicht mehr, eine Exekution mehr, was machte das schon?

Es war etwas Alltägliches. Weit weniger alltäglich war die Tatsache, daß sich Blackbirds Gefechtsneurose in einen dauernden Irrsinn verwandelte, der ihn festhielt wie die scharfen Zähne eines Hundes den Knochen.

Blackbird blieb den ganzen Tag neben Kim liegen. Manchmal umarmte er die Leiche, aber meistens lagen sie nur nebeneinander wie zwei Verliebte auf einer Wiese. Die Szene war auf merkwürdige Art erotisch, obwohl nichts Derartiges zwischen den beiden Männern passiert war. Gleichzeitig wurde man an ein wildes Tier erinnert, das in stiller Verzweiflung neben einem toten Artgenossen wacht. Blackbird führte lange Gespräche an jenem Tag. Er sprach zu Kim, und zumindest in seiner Fantasie bekam er auch Antworten von ihm. Manchmal stritten die beiden sogar, auch wenn wir nur Blackbirds Argumente hören konnten. Wenn jemand versuchte, sich ihnen zu nähern, hob Blackbird sein Gewehr an. Nach den ersten paar Minuten ließ man ihn allein.

Blackbird hätte beinahe sterben müssen, weil man ihn allein ließ. Als der Abend gekommen war, mußten die Hubschrauber ihre Landescheinwerfer einschalten, um auf dem ramponierten Schlachtfeld noch etwas erkennen zu können. Für uns war es Zeit aufzubrechen. Die überlebenden Marines wurden evakuiert. Ich traf alle Vorkehrungen, um meine Matrosen wieder mit an Bord zu nehmen. North und ich gingen zu Blackbird, um ihn zum Mitkommen zu überreden. Es war höchste Zeit aufzubrechen.

Er war beinahe tot, als wir zu ihm kamen. Rittlings saß er auf Kims Leiche. Blackbird hatte sich mit aller Sorgfalt die Pulsadern aufgeschnitten. Die Schnitte waren gerade tief genug, um das Blut gleichmäßig fließen und nicht etwa herausschießen zu lassen. Blackbird ließ das Blut in die offene Wunde auf der Brust der Leiche fließen, als wolle er sie durch eine Blutübertragung wieder zum Leben erwecken. Er mußte schon seit einer ganzen Weile damit beschäftigt gewesen sein, jedenfalls hatte der Blutverlust ihn bereits so sehr geschwächt, daß er sich nicht mehr zur Wehr setzen konnte. Er starrte mich aus stumpfen Augen an, als wir die Blutung stillten und nach einem Sanitäter riefen.

Blackbird wurde ausgeflogen. Er kam zunächst in ein Lazarett, später in ein Internierungslager. Seine Handgelenke heilten. Er wurde aus dem Militärdienst entlassen. Diagnose: geistige Unzurechnungsfähigkeit, die schon vor seiner Einberufung bestanden habe. Keine Pension. Keine Kriegsversehrten-Entschädigung. Das Militär, für das routinemäßige Zerstörung von Gesundheit ein ganz normaler Vorgang ist, reagiert verständnislos, wenn es sich um einen Selbstmordversuch handelt.

Ein paar Jahre lang erhielt ich merkwürdige Postkarten von Blackbird. Manchmal bestand die einzige Nachricht aus der Zeichnung eines schwarzen Gesichts, einer schwarzen Feder, eines braunen Gesichts. Oder er zeichnete Blumen und Kakteen. Die Postkarten kamen aus Reno, Salt Lake, Pocatello; sie kamen eigentlich von überall im Westen. Einmal schrieb er mir, daß er Pferden beibringe, wie sie sich gegen Cowboys zur Wehr setzen könnten. Er kritzelte seine Nachrichten mit Buntstiften.

Das war so ziemlich die ganze Geschichte, abgesehen von ein bißchen Reinemachen.

Ich vertrat North vor dem Kriegsgericht. Er wurde zu einem Monat Urlaubssperre verurteilt, außerdem wurde die Hälfte des Solds für diesen Monat einbehalten. Ich wurde in einen kleinen Militärhafen versetzt. Ein disziplinarischer Verweis begleitete mich. In meinem Eignungsbericht stand zu lesen, daß ich völlig ungeeignet für logistische Zwecke sei. Der Bericht räumte allerdings ein, daß ich durchaus verstünde, Raketen abzufeuern. Reinemachen. In den folgenden Jahren traf ich einmal mit North zusammen, er machte einen Besuch in San Francisco. Mit Blackbird blieb ich in Briefkontakt. Ein vages Gefühl der Freundschaft, vielleicht auch der Reue, ließ mich auf seine Karten antworten. Ich war mir sicher, daß er früher oder später einen Rechtsanwalt benötigen würde.

Es nieselte leicht, als ich an Portland vorbeifuhr und Oregon verließ, um in den fernen Nordwesten einzufahren. Der Staat Washington schien sich dafür entschieden zu haben, mir seine trübsten Farben vorzuführen. Die Highways waren abgefahren und rutschig. Das Dunkel der Tannenwälder wurde manchmal von dem helleren Grün der Erlen oder dem Rot der Buchen aufgelockert. Die Küstenstraße führte an Stränden vorbei und ein langes Stück durch tropfende Wälder, vorbei an einem Indianerreservat.

Selbst im Sommer gibt es an dieser Küste nur wenige Tage, an denen es überhaupt nicht regnet. Robben und Seevögel tauchen wie Geister aus den Küstennebeln auf, riesige Felsen halten Wache wie Grabsteine, meerumspülte Zeugen von zwanzigtausend Jahren menschlichen Lebens und Sterbens in diesem Meer von Feuchtigkeit. Der ewige Regen hatte die Dächer der Strandhäuschen dunkel gefärbt, Moos bedeckte die Schindeln aus Zedernholz wie graue und grüne Strickmützen. Die Strandhäuschen waren in ein Leichentuch gehüllt. Das ganze Land war in ein Leichentuch gehüllt.

In einer kleinen Stadt beschrieb mir der chinesische Inhaber eines heruntergekommenen, verwitterten Restaurants den Weg zu Norths Haus. Das asiatische Gesicht in dieser Umgebung, wo es feuchter ist als in den Everglades, war ein kleiner Schock, wenn auch keine Überraschung gewesen. Chinesen gab es an dieser Küste schon seit mehr als einem Jahrhundert, ebenso wie Japaner und Taiwaner. Die Asiaten kamen als Kettensklaven. Sie waren ausgezeichnete Arbeiter, im Gegensatz zu den Indianern.

Am späten Nachmittag, unter einem finsteren, regenverhangenen Himmel, wirkte Norths Haus wie ein Feuerzeichen in der Dunkelheit des Waldes. Alle Lichter im Haus brannten. Tief über der mit Schlaglöchern übersäten Zufahrtsstraße hingen die Äste der Bäume. Wasser füllte die Gräben bis zum Rand, und an einer Stelle floß es sogar über die Straße. Ich parkte neben einem alten Lieferwagen, hinter den man einen nagelneuen Pferdeanhänger gespannt hatte. Auf der Tür des Anhängers leuchtete die bunte Karikatur eines staunenden Vogels. Der Kasten des Lieferwagens war ein zusammengezimmerter Verhau. Er sah aus wie ein Zelt aus Schindeln, aber ich kannte Blackbird und wußte, daß die Sache wasserdicht war.

Ich stieg aus meinem Wagen aus. Am Waldrand bewegte sich etwas.

Die plötzliche Erinnerung an Bewegungen im Dickicht des Dschungels ließ mich in Deckung gehen. Ich ging auf dem durchnäßten Boden neben meinem Wagen auf die Knie. Meine

Pistole hatte ich im Koffer verstaut. Ich war wehrlos. Dann erinnerte ich mich daran, wo ich mich befand. Leise verfluchte ich den Wald und mich selbst. Ich stand wieder auf.

Vom Waldrand her kamen Geräusche. Eine kleine, dunkle Gestalt stand neben einem riesigen Leib, der sich vorwärtsbewegte, stehenblieb, weiter vorwärtsbewegte. Die Dunkelheit des Waldes war dicht, aber nicht dicht genug, um die beiden schwarzen Gestalten gänzlich zu verschlucken. Plötzlich schoß ein winziger, weißer Fleck, wie Fluoreszenz, zwischen die beiden Körper. Er bewegte sich wie eine Hand.

»Dies ist kein guter Platz«, sagte Blackbird. »In ein paar Tagen werden wir hier wieder verschwunden sein.«

Er trat aus der dunklen Kulisse des Waldes heraus. An einer Leine führte er ein Pferd mit schneeweißen Fesseln. Das Pferd war riesig, aber es bewegte sich leichtfüßig und graziös. Es wirkte irgendwie böse, argwöhnisch. »Halte dich von dem Pferd fern«, sagte Blackbird im Plauderton. »Es ist ein Fleischfresser.«

Ich sah zu, wie Blackbird das Pferd in seinen Anhänger zurückführte und dort abrubbelte. Das Pferd schien es da drinnen gemütlicher zu haben als so mancher von uns Menschen. Der Anhänger hätte Platz für zwei Pferde geboten.

Blackbirds rechte Hand war weiß, so, als hätte er sie in Mehl getaucht. Er war durchnäßt; Cowboyhut, Jacke und Jeans hatten sich mit Wasser vollgesogen. Wasser ließ auch das dunkle Fell des Pferdes erglänzen. In der zunehmenden Dunkelheit war als einziges die weiße Hand deutlich zu erkennen, die wie eine Knochenhand aussah.

»Du hast ein Pferd mitgebracht«, sagte ich in die Dunkelheit. »Den langen Weg von Montana her?«

»Ich habe nichts gegen Montana«, antwortete Blackbird leichthin. »Mit dem Burschen kann außer mir niemand umgehen.« Er deutete auf das Pferd. »Ich erspare Montana 'ne Menge Ärger.« Er schloß die Heckklappe des Anhängers.

»Bin bald wieder da«, sagte er zu seinem Pferd. Dann drehte er sich um. »Man weiß nicht, was sie alles verstehen«, sagte er zu mir. »Ich sage ihm immer, wie lange es dauern wird.«

Er nahm den Hut ab. Sein Haar war ein dickes Geflecht aus Federn, schwarzen Federn, von Raben und Krähen. Die beiden Armbanduhren wirkten riesengroß an den dünnen Handgelenken. Er schüttete das Wasser aus der Hutkrempe. Die weiße Hand war nicht ganz weiß. Eine Tätowierung zog sich an der Skelettstruktur entlang. Irgendein Tätowierungskünstler hatte hier Geniales geleistet. Die Knochen schienen auf der Handoberfläche zu liegen und das Fleisch unter den Knochen. Die Armbanduhr für den Kriegseinsatz wirkte wie ein dicker Klumpen auf dem weißen Untergrund. Seine linke Hand war nicht ganz so schwarz wie seine übrige Haut. Später sollte ich erkennen, daß er sie so gelb hatte tätowieren lassen wie Kims Gesichtshaut.

»Ich hätte dich lieber in San Francisco besucht«, sagte Blackbird, »aber nun sind wir beide hier. Ich freue mich auch so.« Da Blackbird niemals log, freute er sich tatsächlich.

»Sicher«, antwortete ich. »San Francisco. Aber da wir nun mal hier sind . . .«

»Komm mit zum Lieferwagen. Da hinein gehen wir noch nicht so bald«, fügte er hinzu, wobei er auf das Haus deutete. Er ging voraus zu seinem Lieferwagen.

Es war gar nicht so übel, im Führerhaus des kleinen Lastwagens zu sitzen. Die abgewetzten Bezüge der Sitzpolster rochen nach einem Gemisch aus Diesel, Pferdegeschirr und Mist. Die eine Hälfte der zweigeteilten Windschutzscheibe hatte einen Sprung. Der Knopf auf dem Schaltknüppel war ein geschnitzter Vogel mit einer gelben Mütze.

»Und warum nicht?« fragte ich und deutete jetzt meinerseits auf das Haus. Durch die Regenbäche auf der Windschutzscheibe sah ich zum Wald hinüber. In der Kabine des Lieferwagens war es trocken.

»Der Arzt glaubt, daß North sterben wird«, sagte Blackbird, und er sagte es, als erzähle er einen Witz. »Der Pfaffe ist sich sicher, daß er zur Hölle fahren wird. Anscheinend sträubt sich North noch ein wenig.«

»Trinkt er?«

»Da würde ich auch nicht nüchtern hinwollen«, kicherte Blackbird. »Oder vielleicht doch. Wenn man zu besoffen ist, verliert man jeden Überblick. Man will doch auch mitkriegen, wie so was vor sich geht.«

»Trinkt er jetzt?«

Blackbird lachte. »Er sitzt da drinnen mit 'ner Flasche und seiner verdammten alten 45er. Er hat's drauf abgesehen, jemanden abzuknallen. Wir sollten aufpassen, daß wir es nicht sind.«

»Sich selbst? Will er sich selbst erschießen?«

»Nein«, sagte Blackbird. »North hat nie besonders viel gebracht, und *das* wird er ganz bestimmt nicht bringen.« Die weiße Hand ruhte auf dem Schaltknüppel. »Ich habe von Leuten gehört, die von Geistern verfolgt werden, aber noch nie von einem Mann, dem eine ganze Armee davon im Nacken sitzt.«

»Ich hab' ihm gesagt, er soll nüchtern bleiben«, sagte ich. Auf einmal kam ich mir wie ein Prediger der Enthaltsamkeit vor.

»Er *war* nüchtern, als ich hier ankam. Als ich kam, fühlte er sich wohl sicher.« Blackbird lachte fast ein bißchen hysterisch. »Sicher«, kicherte er.

»Ich weiß nichts über Pferde«, sagte ich.

»Ich weiß nichts über irgend etwas anderes«, erwiderte Blackbird. »Ich bilde mir ein, mich mit allem auszukennen, aber wirklich Bescheid weiß ich nur über Pferde.«

Und dann, plötzlich, lachten wir beide. Wir hatten einen hysterischen Lachanfall, lachten uns gegenseitig in die Gesichter wie zwei Schulmädchen auf einer Nachthemdparty. Wir kicherten, gluckten, kreischten vor Lachen. Ich wies darauf hin, daß in dem Haus vor uns ein Mann war, ein Mann, der uns beiden das eine oder andere Mal das Leben gerettet hatte, und der jetzt im Sterben lag, aber wir mußten nur noch mehr lachen. Blackbird schlug sich auf die Schenkel, schlug mir auf die Schenkel, wir donnerten mit beiden Händen auf das Armaturenbrett, Tränen liefen uns über die Wangen. Ich umarmte Blackbird, als sei er ein solider Pfosten, an den ich mich klammern konnte, um nicht vor Lachen in Ohnmacht zu fallen.

»Vielleicht ist es der Regen«, kicherte Blackbird. »Vielleicht bleibt einem nur die Wahl, zu lachen oder zuzuschlagen.« Er wischte sich die Tränen aus dem Gesicht. »Dieser Idiot«, sagte er. »Der Junge glaubt, der buddhistische Mönch, den er erschossen hat, sei zu ihm unterwegs. Er fürchtet, daß der Mönch seine ganze Verwandtschaft mitbringen könnte.«

Ich sah kichernd in die Dunkelheit und den Regen. Vielleicht war der Tod wirklich zu North unterwegs, aber er würde bestimmt nicht als buddhistischer Mönch kommen. Einem Mönch wäre das alles viel zu gleichgültig.

»Diese Leute haben eine große Verwandtschaft«, sagte ich. Ich versuchte ernsthaft zu sprechen, aber immer noch mußte ich ein paar Gluckser verschlucken. »Um den Mönch muß North sich keine Sorgen machen, höchstens um seine nächsten Anverwandten.«

Blackbird kurbelte das Fenster hinunter und sah zum Haus hinüber. »Er wird sich bald bewußtlos gesoffen haben.«

»Das ist ganz und gar nicht komisch . . .« sagte ich. »Dies ist das erste Mal, daß wir zusammen sind, ohne im Einsatz zu sein.« Es war ein verblüffender Gedanke.

Blackbird richtete sich gerade auf und hielt einen Finger in den Regen. »Du bist einfach zu empfindsam«, murmelte er plötzlich sehr ernsthaft. »Sei bloß nicht zu nachsichtig mit ihm.«

North war ein großer Mann. Es bedurfte schon einer großen Menge Whisky, um ihn vom Stuhl zu kippen. Als die Nacht anbrach und der Wald pechschwarz wurde, fuhr Blackbird mich, den Anhänger und das Pferd in das Städtchen. Wir parkten zwischen Holzlastern und aßen in einem heruntergekommenen Hotel zu Abend. Wir unterhielten uns wie Brüder. Die Leute um uns herum sahen auf Blackbirds Hand, kauten dabei aber weiter auf ihrem Fisch, ihrem Steak oder ihren Kartoffeln herum. Die Holzarbeiter rülpsten, gähnten, kratzten sich. Eine indianische Kellnerin und ein chinesischer Kellner drehten stumme Runden um die Tische herum. An der Bar murmelten ein paar schrecklich junge und ein paar schrecklich alte Trinker leise miteinander oder widmeten sich den Würfeln auf den Spielbrettern. Die Leute kümmerten sich nicht besonders um Blackbirds Hand oder seine Federn in den geflochtenen Haaren. Langsam dachte ich freundlicher über diese Menschen, wenn auch nicht über das Lokal. Hier war immer noch Siedlungsland, oder jedenfalls etwas, was dem sehr nahekam.

Blackbird hatte was zu erzählen. Er war durch die Plains und die Berge immer weiter in Richtung Westen getrieben worden. Er verdiente sich seinen Lebensunterhalt durch Verkäufe aus seinem Lieferwagen. (›Meine Bestandsliste ist ein Meisterwerk. Ich verkaufe Nägel, Schrotpatronen und wertlosen Plunder, Autoersatzteile, Stricke und allerlei legales Zeug.‹) Und er verdiente seine Brötchen durch das Zureiten wilder Pferde, mit denen sonst kein Mensch zurechtkam. (›Ich weiß, wie man mit ihnen umgeht.‹) Manchmal arbeitete er auf einem Rodeo. (›Mehr als ein gebrochenes Schlüsselbein hab' ich mir noch nicht eingehandelt. Ganz gut für einen Boy aus Philadelphia.‹) Er gewann mit seinem riesigen Pferd Rennen auf ländlichen Festen, und weil er Rennen gewann, gewann er auch Wetten.

»Ich habe hier ein bißchen rumgeschnüffelt«, sagte Blackbird. »Nachdem North sich über seine Flasche hergemacht hatte, ging ich hinaus, das Pferd ein wenig zu bewegen. Hinter Norths Haus gibt es einen Pfad, der führt hinauf in den Dschungel ...« Er grinste über seine Fehlleistung. »Führt hinauf in den Wald.«

Blackbird kaute an seinem Steak und sah dabei aus wie ein Mann, der einen fulminanten Witz loswerden möchte. »Dieser Idiot«, sagte er über North. »Die Schuldgefühle haben den Jungen ausgerechnet zu dem einen Platz zurückgetrieben, an dem er nicht sein sollte. Da oben gibt's zwei Friedhöfe, einen indianischen und einen chinesischen. Mich kümmert weder der eine noch der andere. Der indianische Friedhof ist was ganz Besonderes.«

Der indianische Friedhof war voll von kunstvoll geschnitzten Geländern aus Zedernholz, die riesige Betten darstellen sollten. Die Geländer standen um die indianischen Gräber herum. Die Toten ruhten in symbolischen Betten.

»Ist in einem guten Zustand«, fuhr Blackbird fort. »Mit den ganzen Geländern sieht er aus wie ein gespenstischer Möbelladen. Schnecken gibt es und Moos und Spinnen. Die Betten sind damit dekoriert. Es gibt auch diese ganz großen Schnecken, und weiße Würmer.« Er kaute, schlürfte seinen Kaffee, die Federn in seinem Haargeflecht glänzten im Licht der Leuchtstoffröhren. »Es wirkt alles so ehrlich, wenn man es so sieht«, sagte er. »All die

Schnecken und so. Ich kriege da so 'n Gefühl von Ruhe, so, als wäre der Tod schon in Ordnung. Ich mag das Gefühl nicht. Wir wissen doch alle, daß es so nicht stimmt.«

»Das ist doch kein schlechtes Gefühl«, entgegnete ich. »Früher oder später erwischt es uns doch alle. Es ist doch gar nicht schlecht, wenn du mit aller Ruhe ans Sterben denken kannst.«

Blackbird sah mich an, als mache er sich um mich Sorgen. »Dein Leben war einfach zu leicht«, sagte er. »Und du hast auch diesen anderen Friedhof nicht gesehen.« Blackbird tunkte die Soße mit einem Stückchen Brot auf. Er sah sich im Raum um, sah zu dem chinesischen Kellner hinüber, dann schweifte sein Blick durch das Fenster hinaus in das Dunkel der Nacht. Er sah auf seine Felduhr. »Komm, sehen wir mal nach, ob von unserem Jungen noch was übriggeblieben ist.«

North lag schnarchend in einem Sessel, als wir das Haus betraten. Ein Holzfeuer im Kamin war gerade am Ausgehen. Nachdem wir einige der Lampen ausgeschaltet hatten, wurde das Feuer zum Mittelpunkt des Raums, eine Stellungnahme in Form von verkohltem Holz und Asche. Draußen wirkte der nasse Wald inzwischen wie schwarz gestrichen, hatte sich in eine finstere Wand verwandelt.

Ich hatte North lange nicht mehr gesehen. In dem schwachen Licht sah sein Gesicht sehr rot aus, sein blondes Haar leuchtete schneeweiß. Der Atem gurgelte ihm in schluchzenden Schnarchlauten aus der Kehle. Er trug Arbeitskleidung, eine Fischerjacke und Stiefel. In der Hand, die auf seinem Schoß lag, hielt er die dunkelglänzende, geölte 45er Automatik. Hätte er nicht geschlafen und furchtbar nach Schnaps gestunken, man hätte ihn für einen Mann halten können, der sich gerade für den Einsatz bereitgemacht hat, einen Mann, der in die finstere Nacht hinauswill. Was hätte er da draußen anfangen wollen? Einen Geist erschießen?

Blackbird schürte das Feuer wieder an. »Oben gibt's noch ein paar Zimmer«, sagte er. »Such dir eins aus. Ich schlafe draußen bei meinem Pferd.« Er begann das Haus zu durchsuchen, in allen Wandschränken nachzusehen. Ich stand einfach nur da und betrachtete North. Blackbird blieb für ein paar Minuten verschwunden, schnüffelte in der Küche und den oberen Zimmern herum. Als er zurückkam, hatte er einen alten 30er-Karabiner und drei Küchenmesser in der Hand. »Die werde ich bei mir behalten«, sagte er. »Wenn North wieder durchdrehen sollte, dann kann er dir höchstens mit dem Besen eins überziehen.«

»Steht's wirklich so schlimm um ihn?« Ich bereitete mich seelisch schon darauf vor, ins Hotel zu fahren und mir dort ein Zimmer zu nehmen.

Blackbird nahm die fast leere Flasche auf. »Ich schätze, er wird dir genügend Zeit für ein Nickerchen lassen. Er wird frühstens morgen mittag aufwachen.« Er tat einen Schritt auf North zu. »Vielleicht auch überhaupt nie mehr.«

Blackbird nahm North die 45er aus der Hand, dann blieb er über ihn gebeugt stehen, ein kleiner, schwarzer Mann, gefiedert, nachdenklich, der gerade über den Zusammenhang von Geschichte, Krieg und Schnaps nachzudenken schien. Blackbird nahm das Magazin aus der Waffe, aber er ließ den Schlitten nicht zurückschnellen. Es konnte noch eine Patrone im Lauf sein, das hing davon ab, ob North immer noch ein guter Soldat war. Blackbird spannte den Hahn. Er richtete den Lauf auf Norths Kehle, lächelte, kicherte, lachte, dann ließ er die Pistole sinken und drehte sich zu mir um.

»Sieh ihn dir an.« Er deutete auf North. »Wir sind den ganzen langen Weg gefahren, um diesem Mann zu helfen.«

»Was tust du da?« fragte ich ihn. »Hör mit den dummen Scherzen auf.«

»Ich bin ein Spieler«, sagte Blackbird. Er betrachtete Norths rotes Gesicht, lauschte dem Atem, der aus Norths Mund röchelte. »Ich schulde diesem Mann etwas, und er schuldet mir etwas. Überlassen wir es seinem Geist, die Rechnungen zu begleichen.« Blackbird sah nicht verrückt aus. Er stand ziemlich locker da, leicht belustigt, ergeben in irgendein Schicksal, von dem ich keine Vorstellung hatte.

»Es wird darauf hinauslaufen«, sagte Blackbird, »wenn eine Kugel im Lauf steckt, dann ist North hinüber. Dann hat er keine Probleme mehr, dann werde ich mich um ihn gekümmert und meine Schulden bezahlt haben.« Er sah mich an. »Verstehst du das?«

»North will aber nicht sterben«, erwiderte ich.

»Wer will das schon? Er will auch nicht in der Hölle schmoren, aber Tod oder Hölle, eine andere Wahl bleibt dem Jungen nun mal nicht.«

Flammen schlängelten sich an dem frischen Holzscheit empor. Die Flammen schienen zu zögern, schienen nach dem günstigsten Platz zu suchen. In meinem Herzen lag eine uralte Dunkelheit, in die gerade Flammen zu züngeln begannen. »Was meinst du damit?« fragte ich ihn verzweifelt. »Was soll das heißen, du willst die Geister entscheiden lassen?« Ich versuchte Zeit zu gewinnen.

Ganz langsam erwachte Blackbirds Gesicht zu einem schwachen Lächeln. Vielleicht kann man ein Lächeln nicht historisch nennen, aber es war ein Lächeln, das mit Erinnerungen gefüllt war. »Ich werde dir jetzt etwas über Kim erzählen«, sagte er. »Kim war ein Mann.«

North schnarchte. Das neu entfachte Feuer knisterte. Die Nacht schien sich förmlich von draußen gegen die Fenster zu legen.

»Weißt du, warum Kim mit dem Feind Verbindung aufgenommen hatte?« fragte Blackbird. »Hast du jemals darüber nachgedacht, warum Kim das feindliche Feuer herbeiflehte?«

»Ich habe darüber nachgedacht. Es waren keine schönen Gedanken, deshalb habe ich damit wieder aufgehört.«

Blackbird deutete auf die dunklen Fenster, auf die schwarze Nacht dahinter. »So waren unsere Herzen«, sagte er. »Unsere Herzen waren so flach wie diese Fenster da.«

»Wir waren doch noch halbe Kinder. Und wir waren im Krieg.«

»Wir waren der Feind«, entgegnete Blackbird. »Und wir haben alles zu Feinden gemacht, den Tod, die Kinder und alles andere.« Er schaute hinunter auf North. »Und dabei hatten wir nicht einmal ein Fünkchen Respekt.«

Es wurde heller im Raum, die Flammen züngelten jetzt in voller Pracht um das neue Holzscheit herum. Schatten zitterten wie Geister über die Wände. In meinem Bewußtsein, tief im Schatten davon, setzten sich Gestalten in Bewegung, marschierten los, bis sie eine nach der anderen hinfielen, die Hände gegen die Eingeweide gepreßt oder nach den Gesichtern greifend, die in hellen Flammen standen. »Nicht«, flüsterte ich. »Tu es nicht.« Und damit meinte ich: Erspare mir die Erinnerung. Erschieß meinetwegen North, damit es vorbei ist, aber erspare mir bitte die Erinnerung.

»Wir standen etwas sehr Mächtigem gegenüber«, sagte Blackbird. »Etwas verdammt Altem und verdammt Mächtigem. Und wir wußten nicht einmal, was es war.«

»Erschieß ihn«, flüsterte ich. »Rede nicht soviel.« Ich stand da, geschockt, verzweifelt, ein williger Komplize bei einem Mord, ein Mann, der seinen Freund verriet. Der Widerhall von Raketen schien das Zimmer zu füllen.

»Diese Geister«, sagte Blackbird leichthin, »haben Hunger. Es sind hungrige Geister. Kim wußte das. Sie geben sich niemals zufrieden. Niemals. Das hier« – und dabei legte er North den Pistolenlauf an die Schläfe – »wäre noch eine Gnade für den Mann. Das Schlimmste, was ihm dabei passieren könnte, wäre, daß er in die Hölle seines Mönches geschickt würde.«

Diese Worte halfen mir dabei, etwas Selbstkontrolle zurückzugewinnen. Blackbird war schließlich verrückt. Ich ließ mich hier von einem Verrückten beeinflussen. »Wir waren doch schon dort«, murmelte ich. »Eine Hölle pro Kunde sollte eigentlich genug sein.«

»Diese Geister sind immer einsam, haben immer Hunger. Sie haben Hunger nach Eßbarem, Schnaps und Sex. Sie haben Hunger nach irgendeiner Art Gott, Hunger nach Schlaf, nach hübschen Dingen, Hunger nach Sternen und nach Wärme.« Blackbirds Stimme klang beschwörend. »Hunger nach Sonnenlicht, lieben Verwandten, nach Freunden, mit denen sie lachen können. Sie verzehren sich nach all diesen Dingen, und so ziehen sie bis in alle Ewigkeit über die Welt hinweg, heulend und jammernd vor Hunger.« Er drehte sich zu mir um. »Sie schreien sehr viel. Sie heulen die ganze Zeit. Das hat Kim mir erzählt.« Er sah wieder auf North hinunter. »Und sie haben Hunger nach diesem Mann. Sie werden ihn zu einem der ihren machen, und trotzdem wird es ihren Hunger nicht stillen.«

»Schieß!« sagte ich. Das Feuer knisterte. Wenn Raketen auf

einen Dschungel fallen, breitet das Feuer sich aus, die meisten Flammen aber schießen in die Höhe, wie ein Kirchturm aus Feuer, der sich in einem diabolischen Gebet gen Himmel wendet. »Schieß!« flüsterte ich.

Blackbird sah mich neugierig an. Die schwarze Waffe lag träge in seiner weißen Hand. Blackbird sah sich im Zimmer um, hielt die Pistole immer noch gegen Norths Schläfe und dachte nach. »Es wird Dreck machen«, sagte er dann, »und dabei ist es doch solch ein hübsches kleines Haus. Am besten, wir verdrecken nur den Sessel.« Er zielte mit dem Pistolenlauf auf Norths Brust, suchte nach der richtigen Stelle, dann schlug der Hammer gegen die leere Kammer.

Blackbird sah auf North hinunter. »Bist ein guter Soldat«, sagte er. Er ließ die 45er in Norths Schoß fallen. »Ich habe das Magazin. Wir sind hier einigermaßen sicher.«

Er ging zur Tür, kehrte noch einmal um, sah North an. Dann verglich er die Zeit auf seinen beiden Uhren. Blackbird sah jetzt ernster aus als in dem Moment, in dem er den Abzug durchgedrückt hatte. »Du mußt das mit der Zeit verstehen«, sagte er und hörte sich dabei an wie ein Lehrer, der seinen Lieblingsschüler belehrt. »Es gibt alle Zeit, die es gibt, zu jeder Zeit.«

Ich verstand nicht.

»Es gibt die Zeit, zu der North ein Geist ist«, fuhr er fort, »und es gibt die Zeit, zu der er es nicht ist. Das einzige Geheimnis an der Sache war: Würde er überhaupt jemals ein Geist sein?« Blackbird zeigte auf die eine seiner Uhren. »Es gibt die Zeit, zu der du kein Rechtsanwalt warst, und die Zeit, zu der du es bist. Es gibt die Zeit, zu der du noch nicht geboren warst, und die Zeit nach deinem Tod. Alle diese Zeiten ticken unentwegt. Jetzt, in diesem Augenblick, wie die kleine Maus auf dieser Uhr.«

Er öffnete die Tür, drehte sich um und sah zu North hinüber. »Du hättest nicht lachen dürfen«, sagte er zu Norths schlafender Gestalt hinüber. »Jeder von uns hat schlimme Sachen gemacht, aber du warst derjenige, der gelacht hat.« Er schüttelte den Kopf. »Die Geister haben entschieden«, sagte er. »Sie wollen dich ganz.«

Blackbird trat hinaus in die Nacht. Ich ging quer durch den

Raum und sah ihm aus einem der Fenster nach. In der Dunkelheit konnte man von ihm nur die weiße Geisterhand sehen, und auch die wurde bald von der Nacht verschluckt. Ich drehte mich um zu North, dem Mann, der immer noch dalag und schnarchte, weil er ein guter Soldat war, ein besserer jedenfalls, als ich geglaubt hatte.

»Was immer auch passieren mag«, sagte ich, »denke immer daran, daß Blackbird versucht hat zu helfen.« Ich dachte, daß es manchmal gar nicht so verkehrt sein mochte, wahnsinnig zu sein.

Irgendwann während der Nacht hörte es auf zu regnen. Ich schlief den wachen Schlaf des Krieges, der einem den Luxus des Träumens nicht gestattet. Ein Teil des Bewußtseins paßt immer auf, achtet auf jedes Flüstern, jeden Schritt. Ich war erstaunt, einigermaßen erfrischt aufzuwachen, auch wenn die Depression auf dem Fuße folgte. Ich war ein gefügiger Komplize bei einem Mord gewesen. Der Mord war nicht passiert, aber das änderte überhaupt nichts. Jetzt, im Grau des heraufziehenden Morgens, erschien mir meine Komplizenschaft wie ein Gradmesser für den beginnenden Wahnsinn. Ich hatte wieder einmal die Entdeckung gemacht, daß man selber wahnsinnig wird, wenn man mit dem Wahnsinn Seite an Seite lebt.

Ein erfrischender Wind trieb dicke Wolken vor sich her, der Wald war jetzt nicht mehr schwarz, sondern dunkelgrün. Ich machte Kaffee, saß in der Küche, schlürfte aus meiner Tasse und sah aus dem Fenster. North war aus seinem Sessel gerollt. Jetzt lag er in voller Länge auf dem Teppich und schnarchte.

Niemand außer Blackbird und vielleicht North hätte verstehen können, welches Geschenk Blackbird zum Angebot gemacht hatte. In einer gesunden Welt hätte man es ein Geschenk des Wahnsinns genannt, alle die lieben, netten Menschen hätten die Hände erschrocken vors Gesicht geschlagen. Die hygienischen Menschen hätten darauf bestanden, North in ein Krankenhaus zu schaffen, wo man ihn untersucht, gespritzt, aufgeschnitten, an Sauerstoffgeräte angeschlossen und durch eine Art medizinischer Einbalsamierung versucht hätte, ihn vor dem zu bewahren, was ihn langsam umbrachte, was immer das auch sein mochte. Die lieben, netten Menschen, die so eifrig damit beschäftigt sind, nicht zu sterben, daß sie ganz vergessen zu leben, wären sich ganz sicher gewesen, daß es sich bei Norths Geistern um so etwas wie eine psychische Störung handelte.

Kim hatte gewußt, daß es diese Geister wirklich gab. North schien es ebenfalls zu wissen, und das allein war Grund genug, Blackbirds Handlung nicht nur zu rechtfertigen, sondern sie zu lobpreisen. Der Wahnsinn begründet seine eigene Realität. Wenn die Geister North als wirklich erschienen, und sie erschienen ihm ohne Zweifel wirklicher als den meisten Menschen ihre Götter, dann waren die Geister wirklich.

Blackbird saß auf seinem Pferd, als er wieder auftauchte. Die beiden Gestalten zeichneten sich vor der Allee ab. Schwarz auf schwarz. Es war schwer zu verstehen, wie ein Mann aus den Slums von Philadelphia zu einem vollkommenen Pferdeverstand kommen konnte. Dennoch, Blackbird wirkte eher wie gestrickt als wie modelliert. Er war eins mit dem Pferd, ein Gemälde, Kunst, oder mehr noch, er sah irgendwie aus wie der Traum vieler Männer. Die primitive Energie, die unbewußte Kraft dieses Mannes auf seinem Pferd ließen ihn genauso aussehen, wie wir alle einmal aussehen wollten, als wir noch jung waren.

Als es in einen kurzen Galopp verfiel, streckte sich das Pferd wie eine Welle. Es war so flink, so behende wie ein Gott. Ich fragte mich, wie Blackbird immer noch Leute fand, die gegen ihn setzen wollten, wenn er mit solch einem Pferd antrat. Er ritt auf das Haus zu, wo er es an einen Pfosten band, der ein windschiefes Verandadach stützte. Ich glaubte, er würde ins Haus kommen, statt dessen lehnte er sich gegen den Pfosten und sprach zu dem Pferd. Es schien eine richtige Unterhaltung zu sein. Einen schmerzhaften Moment lang schoß mir eine Erinnerung durch den Kopf, die Erinnerung an Blackbird, wie er neben Kims Leiche gelegen und sich mit ihr unterhalten hatte.

Etwa nach einer Stunde passierten mehrere Dinge auf einmal. Ich rief in meinem Büro an. Mir antwortete eine fremde Stimme. Diese fremde Stimme erklärte mir, Miß Molly habe heute nicht zur Arbeit kommen können, und behauptete, von einem Zeitarbeitsdienst geschickt worden zu sein. Ich spürte einen leichten Unwillen.

Miß Molly, fuhr die Stimme fort, müsse ihren Vater pflegen, der krank geworden sei.

»Sind Sie ein Mensch?« fragte ich. »Ich rede doch nicht mit einem Computer?«

Die Stimme nannte einen Namen. Cynthia Seymour oder Lydia Claymore oder so ähnlich. Dann sagte die Stimme in einem ganz sterilen Tonfall, sie gehöre zu einer *Mrs.* Claymore oder Seymour.

»Nicht *Mrs.* Computer?« Ich meinte die Frage gar nicht ironisch.

Die Stimme schwieg beleidigt.

»Hier spricht der Chef«, erinnere ich mich gesagt zu haben. »Nehmen Sie Gespräche entgegen, bis Molly wieder da ist, aber tun Sie sonst nichts. Öffnen Sie nicht einmal die Briefe.«

Die Stimme belehrte mich, daß es sich bei Teilzeitaushilfen um ausgebildete Kräfte handele.

Hinter mir hörte ich Blackbird. Offensichtlich hatte er sein Zwiegespräch mit dem Pferd beendet. Er seufzte, dann schlenderte er in die Küche hinüber, wo er auf die Kaffeekanne zusteuerte.

»Öffnen Sie die Post, wenn Sie es für nötig halten«, sagte ich zu der Stimme. »Meinetwegen putzen Sie auch die Toilette, aber machen Sie sonst nichts. Treffen Sie keine Entscheidungen.« Ich legte mit einem Gefühl des Unbehagens auf. Gedanken an Wirkliches und Unwirkliches gingen mir durch den Kopf.

North rückte seinem Kater sehr routiniert zu Leibe. Er wankte in die Küche und schenkte sich Kaffee, Orangensaft, Wasser und Bier ein. An dem Kaffee nippte er nur, während er den Inhalt der Gläser in sich hineinschüttete. Dabei gab seine bleiche, skandinavische Visage ein Bild ab, das jeden Leichenbeschauer zu Tode erschreckt hätte. Das Gesicht sah aus, als sei es vom Regen abgewaschen. Der Tod stand ihm schon in die Augen geschrieben, die hängenden Wangen sahen nach Tod aus, und der Tod schien auch die ohnehin schon fahle Stirn noch etwas fahler gezeichnet zu haben. Seine Hände zitterten. Die Kaffeetasse schlug ihm gegen die Zähne. Wenn er lächelte, und er versuchte tatsächlich zu lächeln, dann geriet das Lächeln nur zu einem schwachen Aufflackern des dahinschwindenden Lebens, das sofort wieder von der Totenmaske verschlungen wurde.

»Noch ein paar Bierchen«, sagte er, »und ich bin über'n Berg.« Er wirkte auf mich wie ein Mann, der ein Auto beurteilt, das er zu kaufen gedenkt, und der noch ein paarmal gegen die Reifen tritt, während er sich Vor- und Nachteile durch den Kopf gehen läßt. »Vielen Dank, daß du die weite Reise gemacht hast.« Seine Stimme klang humorvoll, mißbilligend und verkatert gleichzeitig. »Du bist direkt in den Vorgarten der Hölle gefahren.«

»Du wirst das alles wieder auskotzen«, mischte Blackbird sich ein. »Man kann doch nicht soviel Orangensaft mit soviel Bier durcheinandermischen.«

»Gerade deshalb tue ich es ja. Es reinigt das ganze System.« North schien versuchen zu wollen, Blackbird nicht weiter zu beachten. Er kam mir fast reumütig vor.

»Es ist schließlich deine Kotze«, erwiderte Blackbird. »Aber paß auf, wo du hinzielst, damit es keinen Ärger gibt.«

Blackbird langte in seine Hemdtasche. Er zog das geladene Magazin der 45er hervor und knallte es auf den Tisch. »Das nächste Mal bitte ich mir bessere Manieren aus.«

»War ich wirklich so unartig?« North schüttete Orangensaft in sich hinein, spülte mit Bier nach.

Da saßen wir drei Exkrieger nun, versammelt um einen Küchentisch, der mit einem grünen Wachstuch bedeckt war, und in dessen Mitte das Magazin einer 45er lag. Blackbird schnipste es mit dem Zeigefinger kräftig an. Das Magazin wirbelte herum, bis es liegenblieb. Die Spitze zeigte auf North. »Flaschenroulette«, sagte Blackbird. »Du bist raus.« Blackbird ließ das Magazin noch einmal herumwirbeln. »Du bist auch raus«, sagte er zu mir, sah dabei aber North an.

»Ich hätte dich letzte Nacht beinahe erschossen«, sagte er. »Ich finde, wir sollten aufrichtig zueinander sein.« Blackbirds Gesicht paßt in der Proportion zum Rest seines Körpers. Es ist klein. Die Stirn wölbt sich etwas vor, aber die Lippen sind dünn. Die Worte, die von diesen Lippen kamen, klangen eher beiläufig.

North sah erst mich an, dann Blackbird. Sein regenglattes Gesicht wirkte teilnahmslos und kein bißchen überrascht. Graues

Licht fiel durch das Küchenfenster und schimmerte sanft auf dem kupfernen Geschoß, das als oberstes gegen den Rand des Magazins gepreßt wurde.

»Du hast dir offenbar nicht besonders viel Mühe gegeben«, sagte er. »Ich weiß nicht recht, was ich von deinem Mißerfolg halten soll.« Er stützte seine bleichen Hände auf dem Tisch ab und drückte sich aus dem Stuhl hoch. »Der Orangensaft tut seine Wirkung. Bin gleich wieder da.« Er steuerte auf das Badezimmer zu.

North war nie ein Dummkopf gewesen, aber trotz aller Gerissenheit ging ihm die Begabung, sich zu verstellen, ab. Er starb. Sein Gesicht glich einem Leichentuch, hinter dem unzählige, schreckliche Gefühle einen fürchterlichen Kampf ausgefochten hatten. Angesichts desssen, so wollte es mir erscheinen, hielt er sich hier ganz gut.

Draußen stampfte das Pferd mit dem Huf auf, es klang wie ein stiller Seufzer.

»Sie wissen Bescheid«, sagte Blackbird, und er meinte die Pferde. »Dem da draußen hat die ganze Sache von Anfang an nicht gefallen, seitdem wir hier angekommen sind.«

Im Zimmer wurde es gerade dann dunkler, als North zurückkam. Wolken wurden in Schichten über den Himmel geblasen. Aus dem ungestümen Firmament dort oben schütteten die Wolken die tiefe Dunkelheit über den Wald.

»Jetzt bläst es so dahin, aber spätestens heute nachmittag wird es zu stürmen anfangen. Dann werden wir ein paar Tage lang diesen aufgerissenen Wolkenhimmel haben.« North nahm seinen Platz am Tisch wieder ein. Er schlürfte etwas Bier. »Blackbird kann diesen Ort nicht ausstehen«, sagte er zu mir, als säße Blackbird nicht neben ihm. »Er ist mein Zuhause«, fuhr er fort. »Ich habe in diesen Wassern gefischt, seit ich ein Kind war. Es sollte einem Mann gestattet sein, zu Hause zu sterben.«

Das Pferd stieß schnaufende Laute aus, die langsam in ein leises Wiehern übergingen. Blackbird stand auf. »In St. Louis wärst du besser aufgehoben«, sagte er und ging zur Tür. »Zeit für seinen Morgenspaziergang«, fügte er hinzu und meinte das Pferd. »Ich muß dem armen Kerl Bewegung verschaffen, sonst reißt er noch das Haus ein.« Er ging hinaus.

»Was ist dein Problem?« fragte ich North. »Du hast am Telefon gesagt, du bräuchtest einen sicheren Platz zum Sterben.«

»Die Geisterzäune«, antwortete North. »Es ist eine sehr lange Geschichte.«

Es war keine ausgesprochen lange Geschichte. Während des letzten Jahrhunderts waren die Chinesen gekommen, und die brauchten mit der Zeit einen Friedhof. Sie hatten das nicht vorgehabt, aber sie hatten es ja auch nicht vorgehabt, als Sklaven in einem Kalkwerk zu arbeiten. Die Arbeit war grausam, die Sterberate war erschreckend hoch. Sie wurden auf diesem Friedhof beerdigt, mit wenig Hoffnung, daß ihre sterblichen Überreste jemals nach China zurückgeschafft würden.

»Die Leute hier«, fuhr North fort, »haben sich nie darum gekümmert. Den Friedhof dort oben gibt es seit siebzig Jahren. Die Zäune verrotteten, irgend jemand hat sie immer wieder repariert. Die Leute kümmern sich um ihre eigenen Sachen. Die Chinesen bleiben für sich und kümmern sich um ihre chinesischen Angelegenheiten. Blackbird meint, ich hätte nicht nach Hause kommen sollen, aber früher hatten die Chinesen hier überhaupt keine Macht.«

Draußen auf der kleinen Lichtung arbeitete Blackbird mit dem Pferd. Blackbird führte das Pferd an einer langen Leine. Das Pferd trabte oder galoppierte, oder wie auch immer man das bei Pferden nennt, in einem großen Kreis. An manchen Stellen schien das schwarze Tier eins mit der finsteren Kulisse des Waldes, dann hob es sich wieder deutlich davon ab. Die weißen Strümpfe an den Fesseln bewegten sich elegant, so elegant wie Blackbirds Hände.

North sah noch immer sehr bleich aus, aber er wirkte nicht mehr so in sein Schicksal ergeben. Seine Hände zitterten wieder. »Ich habe diesen Leuten niemals etwas getan«, sagte er. »Ich habe diese Gräber nicht auseinandergerissen.«

Zwei Jahrzehnte zuvor, als North, Blackbird und ich noch im Dschungel steckten, hatten sich in San Francisco Anhänger eines satanischen Kults breitgemacht, die bereit waren, bis zu hundert Dollar für einen einzigen menschlichen Schädel zu zahlen.

»Das hat niemand aus dieser Gegend getan«, sagte North. »Vielleicht Leute aus Oregon oder aus San Francisco.«

»Also sind die Zäune wieder mal eingerissen.« Erinnerungen an Feuer und Raketenbeschuß beherrschten meine Gedanken. Hinter den Fenstern trottete das schwarze Pferd wie ein Zirkusgaul. Der Wahnsinn schien mir die einzig normale Möglichkeit zu bieten, die Dinge zu betrachten. Ich beneidete Blackbird.

»Es sind nicht nur die Zäune«, sagte North. »Die Grabräuber haben sich nicht einmal die Mühe gemacht, die Gräber wieder zuzuwerfen. Knochen liegen offen herum. Das alles ist inzwischen mit Tannennadeln bedeckt, aber die Gräber sind offene Gruben. In manchen steht sogar das Wasser.« North schaute ehrlich entrüstet. »Ich habe damit nichts zu tun. Ich war zu der Zeit nicht einmal in dieser Gegend.«

Er sah mich an, es lag Demut in seinem Blick, aber auch Gerissenheit. »Ich habe einen Mönch getötet«, fuhr er fort. »Und dieser Kerl ist jetzt hinter mir her. Ich höre sie, wie sie flüstern und leise Schreie ausstoßen, wie sie heulen und jammern. Sie sitzen in der Nacht um das Haus herum.« North versuchte ruhig zu sprechen, aber seine Stimme zitterte genauso wie seine Hände.

»Der Mönch hätte nicht sterben müssen«, sagte ich. »Er wollte doch nur etwas beweisen. Du erinnerst dich doch an die Mönche, die sich mitten auf die Panzerwege gesetzt haben, und an die Panzer, die daraufhin in einen höheren Gang schalteten. Dein Mönch hat Widerstand geleistet.«

Hinter den Fenstern drehte das schwarze Pferd seine Kreise, es drehte seine Kreise wie der Sekundenzeiger einer riesigen Uhr.

»Aber ich war das Arschloch, das ihn gelassen hat.« North riß eine neue Bierdose auf und betrachtete sie. »Du kriegst das Delirium tremens erst, wenn du nicht mehr weitertrinkst«, erklärte er. »Es ist kein Delirium, es sind wirkliche Stimmen. Ich bin jedenfalls davon überzeugt. Und deshalb habe ich euch Jungs hierhergebeten. Blackbird ist verrückt, aber du bist nicht verrückt. Ich brauche neutrale Beobachter, weil mein Urteilsvermögen beim Teufel ist.«

Der Mann sah jämmerlich aus. Was Ziele und Motivationen betraf, war er bereits tot. Der dunkle Himmel hinter den Fenstern bildete den richtigen Hintergrund für ein Gesicht, das schon etwas Geisterhaftes hatte. Ich wünschte mir, ihn so betrunken machen zu können, daß er ganz von selbst sterben würde. Der Gedanke kam mir und verschwand gleich wieder.

»Beim Sonnenuntergang fangen die toten Seelen mit ihrem Gejammer an«, sagte North. »Zumindest *ich* kann sie hören. Wenn du sie auch hören kannst und Blackbird ebenfalls, dann gnade mir Gott.« Er versuchte mit den Schultern zu zucken, statt dessen nahm er einen Schluck Bier. »Dann bleibt mir nur noch die Möglichkeit, mit dem Boot in tiefes Wasser hinauszufahren und es dort mit mir zu versenken.« Er tippte mit einem Finger auf das grüne Wachstuch. »Das wäre eine Schande«, fügte er hinzu. »Schließlich gibt es hier so viele junge Burschen, die das Boot gut gebrauchen könnten.« Der verschmitzte Ausdruck wollte nicht von seinem Gesicht weichen.

»Sei nicht so sicher, daß ich nicht verrückt bin.« Das war die einzig aufrichtige Antwort, die mir einfiel. »Bevor ich hierherkam, war mit mir noch alles in Ordnung.« Dann fiel mir etwas ein. »Warum haben die Grabräuber den Friedhof der Indianer nicht geplündert?«

»Wenn du ihn siehst, dann wirst du *fühlen*, warum sie es nicht getan haben«, antwortete North.

Der indianische Friedhof erläuterte sich selbst besser, als North oder Blackbird es vermocht hätten. Wir kamen an ihm vorbei, als wir zum chinesischen Friedhof hochstiegen. Aber das sollte erst später geschehen, kurz vor Sonnenuntergang.

North trank noch mehr Bier, quälte sich etwas Eßbares hinein und legte sich dann schlafen. Blackbird erledigte ein paar kleinere Arbeiten an seinem Lieferwagen. Als er die Heckklappe des Wagens öffnete, fiel mir als erstes eine Reihe von Gewehren ins Auge. »Es bringt 'ne Menge Geld, mit Gewehren und Munition zu hökern«, meinte Blackbird.

Als ich mich dem Pferd näherte, schlug es einmal mit dem Vorderhuf aus. Der Schlag war scharf und kurz, der Huf traf den Boden wie ein trockener Hammerschlag.

»Er schließt keine Freundschaften«, erklärte Blackbird. »Sei bloß nicht so dumm, dich hinter ihn zu stellen.«

Ich hatte mir das Pferd bis jetzt noch gar nicht genau betrachtet. Dieses Tier zeigte mir nichts von Pferden im allgemeinen, sondern nur etwas von sich selbst. Es war präzise wie ein Falke in seinen Bewegungen, es besaß die Energie und die Kraft, die sich bei großen Tieren so blitzschnell auf einen Punkt richten können. Ich stellte mir dieses Pferd im Kampf mit einem Grisly vor, und ich konnte mir keinen Ausgang dieses Kampfes vorstellen, jedenfalls keinen, bei dem nicht beide Tiere tot auf dem Kampfplatz zurückbleiben würden. Dieses Pferd war so furchteinflößend wie eine Naturgewalt, wie ein starker Wind, ein Sturm, ein Hurrikan, wie ein Vulkan.

»Auch mit Artgenossen kommt er nicht besonders gut aus.« Blackbird reinigte die Zündkerzen. Seine Hände waren mit Motorenöl verschmiert. Die weiße Hand schwebte über dem Motor, machte sich in dem dunklen Motorraum mit geschickten Bewegungen zu schaffen. »Nicht einmal von Frauen hält er besonders viel.«

Im Wald begann sich etwas zu bewegen. Zumindest hielt ich es für eine Bewegung. Ich traute meinem eigenen Verstand nicht mehr richtig.

»Ich schätze, es handelt sich um indianischen Geisterspuk«, sagte Blackbird. »In Montana kann man das ständig beobachten. Du mußt dich einfach nicht drum kümmern.« Blackbird hatte dem Wald während seiner Arbeit den Rücken zugewandt. Er summte vor sich hin, als er die Zündkerzen wieder festzog.

Wenn sich im Dschungel etwas bewegt, dann sieht man es nicht, man fühlt es viel eher. Wenn man danach Ausschau hält, dann wird man bestimmt nichts erkennen. Bewegung im Dschungel spürt man manchmal, irgendwo am Rande der Wahrnehmung, aber viel häufiger wird sie einem durch das Gefühl im Magen vermittelt, oder durch einen kalten Schauer, der einem den Rücken runterläuft. Zweimal während dieses Nachmittags hätte ich mich beinahe in Deckung geworfen, weil ich im nächsten Moment Maschinengewehrfeuer erwartete.

Blackbird war mit seinen Zündkerzen fertig. Er kroch unter seinen Lieferwagen. »Ich hab' dir doch geraten, dich nicht drum zu kümmern, aber du hebst ja gleich ab, Mann. Paß auf, daß du nicht zu hoch fliegst.« Seine Stimme klang hohl unter dem Fahrzeug hervor. Der Wind, den North vorhergesagt hatte, begann mit einer leichten Brise. »Es ist schon richtig, aufmerksam zu sein«, sagte Blackbird, »aber nicht auf den Wald da drüben.«

Erinnerungen und Zwangsgedanken vereinigten sich in meinem Kopf. Seit Jahren hatte ich diese Gedanken verdrängt, hatte böse Erinnerungen wegrationalisiert. Jetzt holte ich meine Pistole aus dem Gepäck hervor. Es war nicht viel mehr als eine kleine Erbsenschleuder, eine 38er von der Sorte, die von Richtern und Anwälten bevorzugt wird. Es gibt jede Menge dieser Stupsnasen in Juristenkreisen. Wir tun so, als existierten die Dinger gar nicht. Aber wir, die wir mit Scheidungen, Überfällen und Gutachten über psychische Gesundheit befaßt sind, wir tun ja auch so, als seien menschliche Gefühle objektiv, als würden sie im Zusammenhang mit juristischen Problemen gar nicht existieren. Folglich besitzen wir 38er.

Ein Teil meines Bewußtseins war sich im klaren darüber, daß ein archaischer Wahnsinn nach mir griff, aber dieser Wahnsinn besaß eine eigene Schöpferkraft. Ich hörte nicht auf, Bewegung im Wald wahrzunehmen.

»Wenn es wirklich Chinesen sind«, sagte Blackbird, »dann glaube ich nicht, daß sie hinter dir her sind. Wenn du zu nervös wirst, macht es dich am Ende fertig.« Seine Stimme hallte unter dem Lieferwagen hervor. Er sprach jetzt mit sich selbst: »Die alte Mühle muß noch mal zehntausend Meilen bringen . . . alte Kiste . . . das ist sie mir schuldig.«

Am späteren Nachmittag wurde der Wind stärker und blies regelmäßiger. Der Wald erwachte zum Leben. Hundert Fuß über unseren Köpfen schwankten Tannen- und Zedernwipfel hin und her. Regenschauer fuhren immer wieder über sie hinweg. Blackbird beendete seine Fummelei am Wagen. North trat aus seinem Haus. Er trug Stiefel, Arbeitskleidung und eine alte Jacke.

»Wir haben doch August«, wandte Blackbird sich an ihn. »Wird es denn in dieser Gegend niemals wärmer?«

»Manchmal schon«, antwortete North. »Aber nicht so oft, wie man erwarten sollte.« Er sah mich an, musterte meine Kleidung. »Verdammt feiner Aufzug«, meinte er. »In der Kammer hängen noch ein paar alte Mäntel und anderes Zeug.« Dann sah er zum Wald hinüber. Die Baumwipfel waren immer noch in Bewegung, wenn auch langsamer. Jetzt, in der hereinbrechenden Dunkelheit, erschienen die Bewegungen willkürlicher, wie von Figuren an einer Schießbude, die sich nur ganz kurz und kaum wahrnehmbar als Ziel darbieten und wieder verschwinden. »Geh weg!« rief er dem Wald zu. Seine Stimme zitterte. »Siehst du das?« fragte er Blackbird. »Sag doch nicht, daß du es nicht auch siehst.«

Blackbird lehnte sich gegen seinen Lieferwagen. Der erstaunte Vogel auf der Tür kam mir auf einmal höchst amüsant vor. Ich konnte mir vorstellen, wie Blackbird ihn gemalt hatte, wie er dabei gekichert und in sich hineingelacht hatte.

»Ich habe es hier mit einer Bande von Verrückten zu tun«, sagte Blackbird. »Bei euch beiden spukt's ja. Bei meinem Pferd spukt es auch schon. Ihr Spinner seid losgegangen und habt den Wald verhext. Natürlich sehe ich es. Warum auch nicht?«

»Ich könnte nicht beschwören, daß ich es sehe«, sagte ich zu North, »aber wenn ich es sehe, dann ist es schon seit einer ganzen Weile da.«

»Wie kann ein Mann sterben, wenn er nicht einmal eine Verletzung spürt?« fragte North. »Ich kann so gut gehen wie eh und je, und ich habe auch keine Schmerzen im Bauch.« Er schien sich davon überzeugen zu wollen, daß es sich bei der ganzen Angelegenheit nur um ein Possenspiel handelte. Er zog die 45er aus der Hosentasche und betätigte den Schlitten. Dann hielt er sich die Waffe vor das Gesicht und sah den Lauf entlang.

»Hallo, alte Freundin«, sagte er zu der Pistole. »Woll'n wir noch 'ne Runde zusammen dreh'n?«

»Paß auf, daß du dir mit deinem Baby nicht in die Nase schießt«, sagte Blackbird im Plauderton. »Du solltest den Sicherheitsbügel runterdrücken.«

»Ich habe sehr bewegliche Hände«, meinte North. Er spannte den Hahn, kauerte sich zusammen und gab einen Schuß auf den Wald ab. Der Knall der schweren Pistole hallte über die Lichtung und wurde vom Wald verschluckt. North schoß ein zweites Mal. Der Wald stand da, dunkel, bewegungslos, aber bewegt.

Das Pferd stampfte auf, wieherte und zog kräftig an den Zügeln, mit denen es an die Veranda gebunden war. Das Verandadach schwankte bedenklich.

»Tu das noch mal«, sagte Blackbird, »dann brauchst du dir wegen der Chinesen keine Gedanken mehr zu machen.« Er überquerte die Lichtung, vogelgleich, wie das Flackern einer schwarzen Flamme. Er blieb neben dem Kopf des Pferdes stehen und sprach mit dem Tier.

»Ich glaube, du kämst besser weg, wenn du dich ersäufen würdest«, sagte ich zu North. »Wir haben alle drei den Verstand verloren.«

North sah hinüber in den Wald. »In einer Stunde wird die Sonne untergegangen sein. Ich sollte es hinter mich bringen.« Er nahm das Magazin aus der Pistole, dann ließ er die Patrone aus dem Lauf schnappen. North wollte Zeit gewinnen. Ich machte mir Sorgen und war vorsichtig, während Blackbird schimpfte. North ging zum Haus hinüber, bestand darauf, daß wir vorher etwas essen sollten. Erst trieb er uns zur Eile an, dann verzögerte er den Aufbruch wieder.

Als wir den Wald endlich betraten, ging North voran. Ich folgte ihm, Blackbird bildete die Nachhut. Er führte das Pferd.

North beschwerte sich bitterlich über das Pferd. Blackbird erwiderte ihm, das Pferd sei verängstigt, und das sei Norths Schuld, und wenn North das nicht aushalten könne, dann würde er, Blackbird, die Dinge so regeln, daß North es aushalten könne.

Wir hatten wasserdichte Taschenlampen mitgenommen. Blackbird hatte einen kleinen Leinensack über der Schulter hängen, das Pferd trug Satteltaschen. Auf dem Rückweg würde der Wald mit Sicherheit in tiefe Nacht gehüllt sein.

Der langsam ansteigende Pfad war ziemlich breit. Wenn sie ein bißchen achtgaben, konnten zwei Männer nebeneinandergehen. »Hinter dem indianischen Friedhof wird der Weg schmaler«, kündigte North an.

Keine Beschreibung hätte es vermocht, mich angemessen auf diesen Platz vorbereiten zu können. Er zog sich über die gesamte Kuppe eines Hügels. Die Bäume standen hier etwas spärlicher, ein paar hohe, uralte Exemplare reckten sich hinauf in den Wind und die wehenden Nebelschwaden. Der vorherrschende Farbton war Rot; das Rostbraun der Zedern, die sich dem schwindenden Tageslicht entgegenstreckten, das Kastanienbraun verrottender Ahornblätter.

Der Friedhof selber war ein Hain, in dem Geflechte von wildem Wein und Efeu sich zu einem Durcheinander fließender Muster verwoben. Wind rauschte durch die Blätter, aber hier, so tief im Wald, blies er unstet und flüchtig. Weiter oben, in den Baumkronen, war der Wind gleichmäßiger, und dort stürmte er mit ziemlicher Vehemenz.

Die Grabsteine standen schräg oder lagen gänzlich flach. Die bettähnlichen Gestelle und ihre Verzierungen schimmerten im rostigen Rot der Zedern. Wie in einem Möbellager sah es hier nicht aus. Die riesigen Betten standen in viel zu großem Abstand und den merkwürdigsten Winkeln zueinander, und nicht etwa in Reih und Glied, obwohl es dort, wo offensichtlich ganze Familien begraben waren, zu Häufungen kam. Zedern- und Tannenzweige lagen als frische Dekoration quer über den riesigen Betten. Man hatte den Eindruck, als habe der Wind, der die Zweige von den Bäumen riß und in den Wald fallen ließ, die Dekorierung des Friedhofs zu seiner Sache gemacht.

»Spürst du es?« Blackbird sprach entweder mit mir oder mit seinem Pferd.

»Das würde sogar ein toter Mann spüren«, flüsterte ich.

Eine Kraft lag ganz still über diesem Friedhof. Die Kraft war so deutlich spürbar, so lebendig, daß ich sie auch gefühlt hätte, wenn mein Verstand nicht in Aufruhr gewesen wäre. Im Gegenteil, als diese Kraft fast allmächtig wurde, wurde mein Verstand ruhiger. Ruhe. Stille. Frieden. Hier war für Verdorbenes kein Platz.

North wurde nervös. Ich verstand nicht, warum.

»Das ist ein Trick«, sagte er, und es schien, als spreche er mit dem Wald. »Hier stirbt ein Mann, und du schickst die Raben, stimmt's? Stimmt's?« Er blieb stehen und sah sich zu mir und Blackbird um.

»Laßt euch nicht an der Nase rumführen«, sagte er. »Ich kenne die Indianer, ich weiß, wie sie es machen. Sie herrschen über die

Raben und die Krähen, und sie lieben die Rache.« Sein Gesicht wirkte in der zunehmenden Dunkelheit bleich, wie ein weißer Mond vor der rötlichen Kulisse des Friedhofs. »Spürt ihr, daß es dort wartet? Spürt ihr es? Sie herrschen über Eulen und Ratten und alles, was beißt.«

»Was hast du denn den Indianern angetan?« Blackbird grinste. Die weiße Hand ruhte auf dem Hals des Pferdes, als wir stehenblieben. Dann gestikulierte die weiße Hand, zeigte in Richtung des Friedhofs. »Die Indianer kümmern sich gar nicht um dich. Hör doch, wie still es ist. Du kannst doch hören, wie wenig sie sich um dich kümmern.«

»Die Leute haben experimentiert«, sagte North. »Früher. Die Indianer haben hier ihre Vettern liegen, hier und weiter oben. Es gibt chinesische Indianer, aber keine indianischen Chinesen, weil . . .« In seiner schrecklichen Angst atmete er schluchzend und schnaubend, dann schrie er: »Weil es keine chinesischen Frauen gab.« Seltsamerweise schien diese Tatsache für North von großer Bedeutung zu sein. Man konnte deutlich sehen, wie weit seine Angst und seine Fantasie ihn trugen.

»Ich weiß 'ne ganze Menge über die Indianer.« Blackbird machte den Versuch einer ernsthaften Antwort und kicherte nicht dabei. »Diese Leute kümmern sich selbst um ihre Götter. Du bist für sie nur einer von diesen verrückten Weißen. Du hast für sie keine Bedeutung.« Blackbird nahm die Hand herunter und trieb das Pferd wieder vorwärts. »Macht daß ihr weiterkommt«, sagte er zu North und mir, »oder ich lasse mal eben die Zügel los.«

Wir spürten die stille Anwesenheit des Friedhofs in unseren Rücken, als wir weiter bergauf gingen. Ich ging hinter North. Ich wußte jetzt, daß er verrückt war vor Angst, vor diesem Abgrund der Angst. Ich ging hinter ihm und erwartete jeden Moment, daß er stolpern und auf die Knie gehen würde, um einen seiner skandinavischen Götter um Hilfe anzuflehen, daß er beten würde für Stürme oder den Schutz des heiligen Kreuzes und der himmlischen Heerscharen. Ein Gebet hinter gefärbtem Glas, ein Gebet für eine Ruhestätte hinter dicken Kirchenmauern.

Der Pfad wurde schmaler. Niedrige Tannen- und Ahornzweige streichelten die Flanken des Pferdes. Der Streifen Himmel über unserem Weg leuchtete rötlich und war so weit weg, ein schmales Band über einem Land des Windes und der hereinbrechenden Nacht. North stolperte vorwärts. Im Wald begann es sich zu bewegen.

Ich blieb stehen und sah mich um. Der indianische Friedhof war hinter den Bäumen in der Finsternis verschwunden.

»Siehst du es?« flüsterte North. »Siehst du es nicht?«

»Ich sehe es.« Ich flüsterte ebenfalls. Die Bewegung war so flink wie das Schlagen von Fledermausflügeln, es waren bleiche Schatten, die sich da bewegten. Sie erschienen und verschwanden am äußersten Rand des Wahrnehmungsfeldes. Wenn Blackbirds Hand magisch gewesen wäre, wenn sie die Fähigkeit gehabt hätte, plötzlich dort aufzutauchen und zu verschwinden, wo die Augen gerade nicht hinguckten, dann hätte sie diesen Schatten geähnelt.

»Brrr!« rief Blackbird.

Das Pferd scheute nicht, aber es war angespannt. Es sah aus, wie ein Rennpferd Sekunden vor dem Start aussieht. Das Tier war riesengroß, eine massige, dunkle Gestalt, die den schmalen Pfad ganz ausfüllte. Sein Atem ging schwer, ein Klang wie ein Versprechen von Kraft, das sich auf die Dunkelheit und die düstere Melancholie des Pfades legte. Wenn das Pferd sich entschlossen hätte durchzubrechen, dann wäre Blackbird wie ein Blättchen Kohlepapier im Wind durch die Luft gewirbelt worden. North und ich hätten wahrscheinlich nicht rechtzeitig ins seitliche Gebüsch abtauchen können und wären zertrampelt worden.

»Kein Wort mehr«, sagte Blackbird. »Ich muß diesen armen Teufel zu der Lichtung kriegen, schnell und ruhig. Ihr wißt doch, was zu tun ist. Ihr wart doch im Dschungel.«

Dieses Wort fuhr mir wie ein plötzlicher Zorn ins Bewußtsein. Dschungel. Meine Einstellung zu den Dingen veränderte sich. Ich akzeptierte plötzlich diesen archaischen Wahnsinn. Im Krieg gibt es keine geistige Gesundheit, es gibt nur nützliche Formen des Wahnsinns. Wahnsinn ist der einzige Weg zu überleben, und Wahnsinn zieht seine eigene Einstellung zu den Dingen nach sich.

Wir stiegen den Pfad schnell hinauf, und unsere Füße machten kein Geräusch mehr. Unsere Füße wußten genau, wo sie hinzutreten hatten, unsere Füße knickten keine Zweige, stießen nicht gegen Steine. Sie rutschten auch nicht auf dem nassen Waldboden aus. Es war wie im Dschungel, im Krieg.

Wir betraten den chinesischen Friedhof leiser als ein Flüstern. Das Licht zog sich aus dem Wald zurück wie ablaufendes Wasser von den Felsen. Die Sonne mußte wohl schon direkt über dem Horizont stehen.

Hier herrschte kein Friede, sondern nur Zerstörung. Auf diesem Friedhof herrschte Kriegszustand.

Bleiche Überreste von Seelengittern ragten in den verrücktesten Verrenkungen und Winkeln aus dem aufgerissenen Waldboden hervor. Manche Gräber standen fast aufrecht an dem abschüssigen Gelände, als habe man die Toten absichtlich in einer besonders unbequemen Stellung zur Ruhe betten wollen. Die ausgehobenen Gräber glichen leeren Gesichtern und blanken, ausgebleichten Knochen. Es war ein riesiger Friedhof, viel größer als der indianische. Chinesen gab es in diesem Teil der Welt seit ungefähr hundert Jahren, Indianer seit zwanzigtausend Jahren, und trotzdem erschien einem dieser Friedhof so groß und so alt wie das gesamte Leiden der Menschheit.

»Deshalb haben sich die Schädel so gut gehalten, deshalb lohnte es sich, sie auszugraben«, murmelte ich. »Der abschüssige Hügel bietet die beste Dränage. Es ist ein fast trockener Hügel mitten in einem Regenwald.«

Ein paar der bevorteilten Gräber lagen an einigen flachen Abschnitten im Hügel. Hier hatten die Körper der Toten fast waagerecht in die Erde gebettet werden können. Jetzt stand das Wasser in den ausgehobenen Gruben. In diesem Rest von Tageslicht und angesichts der Fäulnis des abgestandenen Wassers und des Verfalls ringsherum, wäre einem eine völlige Finsternis wie ein Segen vorgekommen.

»Und wenn du noch soviel Angst hast«, flüsterte ich North zu, »nichts gab dir das Recht, uns hierher zu bringen. O Mann, von allen Plätzen auf dieser Erde ist das der einzige, wo du wirklich nicht sein dürftest.«

Seelengitter sind nicht besonders groß. Manche sind nicht höher als die Zierzäune, die Gärtner um ihre Blumenbeete stellen. Die Macht des Zaunes besteht in der Kraft des Symbols, aber hier bestanden die Symbole nur noch aus einem Durcheinander erstickter Stimmen. Die Symbole bezeichneten den Tod von Zärtlichkeit, Glauben, Liebe, Vertrauen, Respekt, Ehre und Erinnerung. Einige der Zäune wiesen komplizierte, ausgeklügelte Schnitzereien auf. Ich ließ den Lichtstrahl meiner Taschenlampe hin und her wandern. Ein abgebrochenes Stück lag direkt vor meinen Füßen (stand ich etwa mitten auf einem Grab?), und dieses Stück – vielleicht zehn, zwölf Zentimeter Holz, von dem die Farbe schon abblätterte – war so sorgfältig und geduldig geschnitzt, daß es auf Stunden intensiver Arbeit und in langen Jahren erworbene Kunstfertigkeit hinwies.

Es war noch genug Tageslicht übrig, um den Lichtstrahl der Taschenlampe undeutlich zu streuen. Trotzdem klammerte ich mich an meine Taschenlampe. An diesem Ort war sie wertvoller als Feuer, Waffen oder Nahrungsmittel. An diesem Ort stand sie für das Überleben, für die Möglichkeit, wieder wegzukommen.

»Ganz schön schnell jetzt«, flüsterte North. Seine Stimme zitterte. »Ich bete zu Gott, daß ich diese Stimmen nur wegen des Deliriums höre. Oder weil ich verrückt bin. Vielleicht hört ihr Jungs sie gar nicht.« Seine Stimme hörte sich an, als bemühe er sich, überzeugend zu klingen, aber es wollte ihm nicht gelingen.

Blackbird stand ganz still da. Er prägte sich das Gelände ein.

Auf dem Friedhof standen keine Bäume, nur ein paar alte Baumstümpfe. Der Wind blies über den Rand des umstehenden Waldes hinweg, fiel auf den Hügel hinunter und fegte zwischen den ramponierten Gräbern umher.

Das Chaos eines Schlachtfeldes rührt nicht von den Leichen her, sondern von der Unordnung. Bäume sind zerbrochen. Die Körper der Toten sind auch zerbrochen, aber es sind die zerrissene Vegetation und die zerstörten Werke der Menschen, die das Chaos ausmachen. Ich erlebte einmal eine Explosion in einem Zug mit, der Passagiere und Waren transportierte. Ich sah die zerbrochenen Blätter des Gemüses, das rote Fleisch der Tomaten, das sich über verbogenen Stahl ergossen hatte. Aus einem Salonwagen entflogen Zeitungen wie Seelen im Wind. Die einzelnen Blätter stiegen auf und drehten sich, immer im Kreise, um einen Schlund aus Feuer.

»Die Leute sagen, ich sei verrückt«, murmelte Blackbird seinem Pferd zu. Das Pferd stand ganz still nach dem Aufstieg. Ich glaubte plötzlich, daß der Gaul Blackbirds Erklärungen zuhörte und sie auch verstand. »Vielleicht bin ich es auch«, fuhr Blackbird fort, »aber jetzt bin ich bestimmt nicht verrückt. An einem Platz wie diesem kennt Bird sich ganz genau aus.«

Norths Hand streichelte über die 45er. »Es geht los.«

Es war nur noch die Erinnerung an das Licht zurückgeblieben. Der Wald war jetzt so schwarz wie Blackbirds Haut, und er war zum Leben erwacht. Der Wind klang wie eine Stimme, er heulte hoch über unseren Köpfen dahin, als gelte es, das letzte Tageslicht in die entferntesten Höhlen des Universums zu fegen.

Die Bewegung spielte sich jetzt nicht mehr nur am Rande der Wahrnehmung ab, sie fand nicht mehr ausschließlich tief drinnen im Wald statt. Wir beobachteten, wie die Bewegung zu einer unvollständigen Welle wurde, die ganz vorsichtig nach dem Friedhof zu greifen begann, zu einer Welle von Weiß, die sich immer wieder selbst erschöpfte, wie die Brandung am Ufer. Das Weiß war nicht direkt ein Aufflackern von Licht, es wirkte vielmehr wie ein Fehlen von Dunkelheit. Erst wenn es die Bruchstelle eines der Seelengitter oder das hohle Gesicht eines leeren Grabes berührte, leuchete es auf wie ein Licht. Meine Einbildung, die jetzt von einem Bewußtsein akzeptiert wurde, das sich im Kriegszustand befand, spiegelte mir jetzt auch Bewegung zwischen den Gräbern vor.

Es war inzwischen vollständig dunkel. North stand neben mir, und alles, was ich von ihm erkennen konnte, waren die bleichen Umrisse seines Gesichts und der weißen Haare. Blackbird stand etwa zehn Schritte von uns entfernt. Von ihm sah ich nur die weiße Hand, die er erhoben hatte, wahrscheinlich weil sie auf dem Hals des jetzt völlig unsichtbaren Pferdes ruhte. Ich hörte Atemgeräusche, meine eigenen, diejenigen des Pferdes, Blackbirds und Norths heftiges Keuchen.

Als die Stimmen ertönten, klangen sie nicht so besorgniserregend wie der Wind. Ich konnte unmöglich genau sagen, wann es damit anfing. Zuerst waren sie ganz schwach, das Bewußtsein akzeptierte sie, als seien sie schon die ganze Zeit über dagewesen. Sie erinnerten an das Stimmengewirr in einer großen öffentlichen Markthalle oder das unzusammenhängende Summen und Brummen auf einer belebten Straße. Als sie lauter wurden, bemühte sich meine Einbildungskraft, jeder Stimme ein Gesicht zuzuordnen, aber sie war damit überfordert. So viele Gesichter hätten den Wald gefüllt, sie hätten sogar den Wind zum Erliegen gebracht und den Himmel verdunkelt. So viele Gesichter. So viele asiatische Gesichter.

»O Kim«, sagte Blackbirds Stimme. »Nein, Mann. O nein.«

Blackbirds Stimme zitterte, aber nicht vor Angst. Seine Stimme war bewegt von Trauer und Schmerz.

»O mein Gott«, sagte er. »Sie sind blind. Sie sind tot, und sie sind blind.«

Seine Stimme klang, als würde er innerlich schreien, aber als er jetzt zu North sprach, kam nur ein gepreßtes Murmeln hervor. »Ich sollte dich töten und ihnen vorwerfen«, sagte er. »Es gibt Wahrheiten, die sollte ein Mann besser nicht wissen, und du hast mich gerade eben mit einer von diesen Wahrheiten bekannt gemacht.«

Die Stimmen wurden lauter.

»Ich kann das nicht mehr hören«, sagte er, und jetzt sprach er wieder mit Kim. »Nein, Mann, tu es nicht.«

»Schätze, er kann nichts dafür«, sagte North. In seiner Stimme schwang ein unheimlicher, grausamer Unterton mit. Es war eine Stimme der Angst, aber es war noch mehr, es war auch die Stimme des Kampfes.

Das Stimmengewirr veränderte sich. Zunächst war es unmöglich zu beschreiben, wie die Stimmen ihre Tonart wechselten, aber man schreckte vor dem Klang nach fürchterlichem Leid zurück. Die Stimmen waren ineinander verschlungen, und trotzdem konnte man jede einzelne unterscheiden wie die Fäden eines Spinnennetzes. Die Stimmen kamen mir vor wie ein Wandteppich aus Klängen, bei dem jeder Faden in die Farben des Leids getaucht worden war. Es klang nach Weiß, nach feinem Blau und

Grau, der Farbe eines sterbenden Gesichts. Die einzelnen Schreie waren verwoben zum Leichentuch der Dunkelheit.

Wie kann ein wahnsinniger Mann verrückt werden? fragte ich mich, als die Stimmen laut zu wehklagen begannen. Die Klageschreie sprachen von dem Hunger, der jemals in einem menschlichen Herzen gewütet hatte: *Dem Hunger nach Schnaps und Nahrung und Sex. Dem Hunger nach irgendeinem Gott irgendwo. Dem Hunger nach Schlaf, nach hübschen Dingen, dem Hunger nach Sternen und nach Wärme. Dem Hunger nach Sonnenschein, nach Menschen, die einem nahestehen, und nach fröhlichen Stunden im Kreise guter Freunde ...*

»Wenn du mit Kim redest«, sagte North zu Blackbird, »dann sag ihm doch bitte, daß ich ihm einen Handel vorschlagen möchte.«

»Es ist nicht Kim«, erwiderte Blackbird mit leiser Stimme, die den ganzen Schrecken eines Schreis in sich trug. »Es ist der, der Kim war, als er tötete. Der Rest von ihm ... Der ganze Rest von ihm ist gefressen worden ...« Blackbird verschluckte die letzten Worte. Seine weiße Hand verschwand in der Dunkelheit. Man hörte das Geräusch des Reißverschlusses von seinem Campingbeutel, dann die gedämpften Klänge von Stahl, der gegen Stahl schlug. Blackbird hatte sich bewaffnet.

»Rechtsanwalt«, sagte er, »du suchst dir besser irgendwo eine Grube.«

Ich blieb stehen. North neben mir zögerte ebenfalls, dann setzte er sich in Bewegung. Er packte meinen Arm gerade in dem Moment, als ich zur anderen Seite davonlaufen wollte. Ich riß mich von ihm los, warf mich auf den Boden und rollte mich zur Seite.

Ein hoher Heulton stieg auf und breitete sich in der Nacht aus. Leuchtende Blitze schossen aus dem Inneren des Waldes hervor. Der Friedhof war angefüllt mit tanzenden, ziellosen Lichtpunkten. Es war, als würde man betäubt, als zerspränge einem das Gehirn in einzelne Blitze und Laserstrahlen. Ich ließ mich hügelabwärts rollen. Es gab keine Deckung. Ein kleiner Erdwall stoppte meine Flucht. Vielleicht ein Grab. Wahrscheinlich handelte es sich um einen regendurchweichten Erdhaufen, einen Wall zwischen zwei Gräbern, der von den Grabräubern aufgeschichtet worden war.

»Versuch es nur, Baby«, rief Blackbird zu North hinüber. »Wir wollen mal sehen, wie gut du wirklich bist.« Blackbird kicherte. »Du hinterhältiger Idiot. Hast dir wohl gedacht, du könntest Bird reinlegen, was? Du da oben im Dunkeln, mit deiner verschwitzten alten 45er. Wie bist du bloß auf diesen Schwachsinn gekommen?«

Blackbirds Stimme schien mal von hier, mal von dort zu kommen, so, als sei er in der Dunkelheit ständig in Bewegung. Das Pferd bewegte sich mit ihm, aber von ihm hörte man nur das Atmen. Es bewegte sich auf leisen Hufen, auf die Art, wie man Pferde im letzten Jahrhundert trainiert hat. Sowie Blackbird aufgehört hatte zu sprechen, hatte ich den Eindruck, er selbst sei ein Geist. Er hätte drei Schritte von mir entfernt stehen können, ich hätte es nicht gemerkt.

»Mach deine Lampe an«, rief North. »Ich habe keine Ahnung, von was du da redest.« Seine Stimme war voll der Lüge. Ich suchte in der Dunkelheit nach ihm. War es Illusion? Einbildung? Wahnsinn? Ich konnte die Lichtpunkte deutlich erkennen, aber sie beleuchteten nichts. North und Blackbird blieben unsichtbar.

»Mach du doch deine Lampe an.« Blackbird kicherte. Er war ganz in meiner Nähe, höchstens acht bis zehn Schritte von mir weg. Es erklang ein leises Rascheln, als er sich wieder entfernte.

»Versuche, am Leben zu bleiben, Rechtsanwalt.« Blackbirds Stimme wurde mit der Entfernung leiser. »Wenn du in diesem Scheißhaufen hier stirbst, dann wird dir das Fleisch von den Knochen gezogen, dann bleibt von dir nur noch das, was jetzt den Pistolengriff umklammert.«

Ich hatte die 38er in der Hand. Die alten Verhaltensmuster hatten sich automatisch wieder eingestellt. Ich hatte zur Waffe gegriffen, noch während ich in Deckung gerollt war.

»Sollen wir ihn uns jetzt gleich holen?« fragte Blackbird. »Oder sollen wir ihn noch ein bißchen schwitzen lassen?« Blackbird sprach nicht mit mir, sondern mit seinem Pferd.

»Du hast das in den falschen Hals gekriegt.« Norths Stimme kam jetzt von einer anderen Stelle her. Er befand sich höher auf dem Hügel und weiter links.

Es war für mich keine Frage, wohin ich mit meiner Pistole zielen wollte, ich fragte mich nur, *warum* ich sie ganz automatisch auf North richtete. Dann kam mir zwischen den tanzenden Lichtpunkten die Erleuchtung.

Die Götter des Donners. Walküren. Kathedralen. Begräbnis in der Kirche. Das Opferlamm. *Opfer.*

»Er hat uns hier raufgelockt, um uns umzubringen«, hörte ich Blackbird zu seinem Pferd sagen. »Wahrscheinlich hat er geglaubt, er könnte einen für zwei einhandeln. Er wollte seine Freunde verschachern.« Blackbirds Stimme klang grausam, als er sagte: »Kim, hör jetzt auf mit deiner Lightshow. Laß es schwärzer als schwarz werden und sag deinen Jungs, sie mögen bitte den Abwasch machen. Es ist Zeit fürs Abendessen.«

Die weißen Lichter verschwanden, das Heulen verstummte. Nur der Wind sang irgendwo über der totalen Finsternis sein Lied.

»Ich brauche meine linke Hand, um das hier zu werfen«, sagte Blackbird. Er sprach jetzt entweder zu dem Pferd oder zu Kim. »Ich brauche die braune Hand, die chinesische Hand, um es fortzuschleudern.«

Seine Stimme wurde von dem gewaltigen Donner einer Explosion im Wald verschluckt. Die Hitze der Granate schoß mit rotem Feuerstrahl zwischen die feuchten Tannenzweige. Der Donner ließ den ganzen Friedhof erzittern, die Explosion glich einem glühenden Hochofen. Äste wurden losgerissen und zu Boden geschleudert, eine Wolke von Sprengstoffqualm fuhr über den Friedhof hinweg wie eine Flutwelle.

»Ein ganzer Sack voller Granaten ist 'ne feine Sache«, hörte ich Blackbird sagen. »Man kann 'ne Menge Spaß haben mit 'nem Sack voller Granaten.«

»Leg dein Schießeisen weg«, sagte ich zu North und blieb sogar während des Sprechens in Bewegung. »Wenn das Ganze ein Irrtum ist, warum legst du dann nicht dein Schießeisen weg?« Ich rollte mich zur Seite, dann kroch ich hügelabwärts auf den Wald zu.

Die nächste Handgranate explodierte. Blackbird warf sie nicht auf den Friedhof. Die Granate explodierte im Wald. »Ich habe auch ein bißchen Hochexplosives dabei«, sagte Blackbird. »Willst du mal 'n bißchen Plastik probieren?«

Das Ganze war ein Wartespiel. Die Nacht war wie die finsterste Ecke eines tiefen Kellers. Hoch über unseren Köpfen schien der Wind ganze Berge von Dunkelheit auf den Friedhof zu schaufeln. Tiefe, undurchdringliche Dunkelheit. Der Wind war eine riesige Krähe, ein Rabe von gewaltigen Ausmaßen, der seine Flügel über uns ausbreitete.

Als der hochexplosive Plastiksprengstoff in die Luft ging, gab es einen scharfen, weißen, hellen Blitz. Blackbird hatte das Zeug am Stamm einer hohen Tanne befestigt. Der Friedhof sah einen Augenblick lang so aus, als sei er mit Hilfe eines Blitzlichtapparats fotografiert worden. North kauerte oben am Hügel, etwa hundert Fuß entfernt, irgendwo zwischen den Gräbern. Blackbird und das Pferd blieben unsichtbar, versteckt zwischen den Bäumen im Wald.

Ich versuchte einen Zufallsschuß mit meiner mitleiderregenden kleinen 38er. North fuhr herum und feuerte ein ganzes Magazin auf mich ab. Wir waren beide wie betäubt von dem hellen Licht, unsere Ohren waren taub von dem heftigen Schlag der Explosion. Noch bevor Norths letzte Kugel neben mir in eines der bereits zerbrochenen Seelengitter schlug, donnerte die gesprengte Tanne wie mit einem Schmerzensschrei zu Boden, wo sie noch einmal aufschlug und endgültig liegenblieb.

North hatte nichts von der Fähigkeit eingebüßt, mit dieser Pistole umzugehen. In den Händen der meisten Männer ist eine 45er nicht übermäßig gefährlich, jedenfalls nicht auf eine Entfernung von hundert Fuß, aber North war gut. Seine Schüsse waren nicht auf Zufall angelegt, er wandte die Technik des Sperrfeuers an, wobei er mit statistischer Sorgfalt vorging. Ganz systematisch plazierte er seine Kugeln um die Stelle herum, an der er mich zuletzt gesehen hatte. Ich hörte das unverwechselbare Geräusch des Schlittens. North schob ein neues Magazin ein.

»Ich glaube, wir sollten mit der Spielerei jetzt aufhören«, hörte ich Blackbird zu seinem Pferd sagen. »Dieser Rechtsanwalt ist auf dem besten Wege, seinem bekloppten Selbst den Garaus machen zu lassen.«

Ich ließ mich weiter abwärts rollen. Mit neuem Selbstvertrauen erreichte ich den Waldrand.

»Halt jetzt mal die Klappe«, flüsterte Blackbird mir zu. Er saß, nur ein paar Fuß von mir entfernt, rittlings auf seinem Pferd. Sein Flüstern wurde vom Wind verschluckt. »In zwei Minuten läßt du eine knallen. Dann wartest du wieder zwei Minuten, und du läßt die nächste knallen.« Er gab mir zwei Handgranaten. »Wir müssen ihn vom Wald fernhalten«, flüsterte er.

Wenn North erst einmal den Wald erreicht hätte, dann brauchte er nur noch auf den Strahl unserer Taschenlampen beim Verlassen des Friedhofs zu warten, oder er könnte uns im Morgengrauen irgendwo zwischen den Bäumen auflauern.

»Ich habe eine kleine Schaltuhr dabei«, sagte Blackbird. »In sechs Minuten geht der ganze Krempel hoch.« Er verschwand wieder in der Dunkelheit. Das ruhige Pferd bewegte sich flink zwischen den Gräbern hindurch, aber selbst ein Pferd, das sich so leise zu bewegen wußte, konnte auf diesem steilen Abhang nicht alle Geräusche vermeiden.

Ein grausames, wunderbares Glücksgefühl ging von den beiden Handgranaten aus. Sie schmiegten sich in meine Handflächen wie zwei zutrauliche Tierchen. Ich liebte sie mehr, als ich jemals eine Frau hätte lieben können. Ihr aufregendes Gewicht, schwer und eindringlich, wie ein sexuelles Verlangen, vielversprechend wie ein gutes Buch oder ein teurer Whisky. *Mein Gott,* dachte ich, *so* also bin ich wirklich. *So.* Kein Wahnsinn konnte so ausgeprägt sein, daß er *ihre* Schönheit hätte trüben können, die Schönheit dieser gesunden, perfekt geformten Granaten.

Ich liebte Blackbird. Ich liebte ihn so sehr, wie ich noch niemals in meinem Leben eine Frau geliebt hatte. Er war mein Kamerad, mein Freund. Er vertraute mir. Wir hatten uns unsere Leben gegenseitig in die Hände gelegt.

Die erste Granate warf ich in hohem Bogen in den Wald. Sie prallte von einem Baum zurück und explodierte in einem kleinen Wasserloch, einem Graben, einer stehenden Pfütze, einem versteckten Grab, irgend etwas Ähnlichem. Wasser und Dampf stiegen hoch in die Bäume wie kurze Schnaufer aus den Lungen der Hölle. Norths Pistole krachte. Ein Schuß. Der Mündungsblitz war irgendwo über mir, jetzt etwas weiter rechts. North feuerte quer über den Hügel, hinter einem Geräusch des kletternden Pferdes her.

Das Aufprallen der Kugel gab einen Knall, als habe sie den Sattel, einen Steigbügel oder eine Satteltasche getroffen. Das Pferd wieherte, und das Wiehern stieg auf in den Wind wie die Stimme eines verängstigten Kindes. Dann stöhnte das Pferd, beruhigte sich. Es atmete in schweren, saugenden Atemzügen.

»O Mann«, sagte Blackbird. »Jetzt muß ich dich zweimal umlegen.« Er bewegte sich schnell weg von seinem Pferd. »Schieß lieber«, schrie er, »weil Bird dir gleich ganz furchtbar weh tun wird.«

Blackbird zog das Feuer absichtlich auf sich. Es ergab keinen Sinn, es sei denn, er hatte die Absicht, North auf dem Hügel festzunageln. Vielleicht wollte Blackbird Norths Pistolenschüsse auch nur von seinem Pferd ablenken. North leerte das Magazin in die Dunkelheit, in die Richtung, aus der er Blackbirds Stimme vernahm.

Ich schoß einmal und zielte dabei knapp über Norths Mündungsfeuer.

»Tot«, rief Blackbird. »North ist mausetot.«

Man hörte, wie North ein neues Magazin in seine Pistole schnappen ließ. Ich konnte nicht glauben, daß ich ihn verfehlt haben sollte. Mein Gefechtsinstinkt sagte mir, daß ich nicht verfehlt haben konnte. Ich lauschte auf das schwere Atmen eines verwundeten Mannes. Ich wartete auf sein verzweifeltes Feuer.

Vielleicht hatte er sich einfach aus dem Staub gemacht und schlich sich gerade auf schnellstem Wege in den Wald. Stille. Dunkelheit. Wind. Ich warf die zweite Granate. Die Explosion blitzte zwischen ein paar Büschen am Waldrand auf.

North feuerte zwei ungezielte Schüsse ab. Indem ich eine Granate nach links, die andere nach rechts geworfen hatte, hatte ich ihm erlaubt, mich einigermaßen zu orten. North war gut. Kein Mensch konnte bezweifeln, daß er gut war, und offensichtlich war er nicht verwundet. Er stand unter Strom wie wir alle. Seine Schüsse waren ungezielt, aber seine Instinkte funktionierten. Die Kugeln schlugen nur zwei oder drei Fuß neben mir ein. Er verbrauchte viel Munition. Er hatte sich eingedeckt, als gelte es, einen kleinen Krieg zu gewinnen.

Die zweite Handgranate war verbraucht. Jetzt blieben noch zwei Minuten.

Stille. Dunkelheit. Wind. Das Klagegeschrei der toten Seelen klang nur noch gedämpft, vom Winde verweht, aber ihre Gegenwart, vielleicht auch nur die Erinnerung an Kims blutige Brust und die schreckliche Erinnerung an Blackbird, der sein eigenes Blut in die offene Wunde tröpfeln ließ, schwebte über diesem Friedhof, und die Stille, mit ihrem unterdrückten Schluchzen und Seufzen, erschien einem voller Bedeutung.

O ja, er war verrückt. Dieser Blackbird war tatsächlich verrückt. Ich liebte seine Verrücktheit, denn als die Zeituhr abgelaufen war, wurde aus der Dunkelheit eine ohrenbetäubende, blendende Hölle des Lichts.

Kein Mann, der seinen Verstand beisammen hat, hätte Granaten und Feuerwerk mit sich rumgeschleppt. Handgranaten vielleicht, aber Feuerwerk? Blackbird hatte beides dabei.

Ich warf mich in Deckung, als ganze Serien von Knallfröschen losknatterten wie mittleres Gewehrfeuer. Der Wind fuhr zwischen sie, der qualmende Gestank nach Schwarzpulver breitete sich über den blitzenden Explosionen aus und wurde vom Wind über die Gräber verteilt. Die Explosionen sahen aus wie Mündungsfeuer aus einer ganzen Ansammlung von Gewehrläufen. Eine lange, schnelle Zündschnur brannte ab, zog sich wie eine dünne, rotglühende Linie durch die Dunkelheit. Knallfrösche explodierten neben einem fast intakten Seelengitter, das wie die Knochen eines Skeletts in die Höhe stand. Auf den von geschnitzten Ornamenten verzierten Latten des Zauns begannen zwei Feuerräder herumzuwirbeln wie Höllenfahrzeuge auf ihrem Weg ins Nichts. Die Feuerräder schleuderten lustige, kleine, rote Blitze von sich. Eine Komödie. Ein Mickey-Mouse-Film.

Die Zündschnur brannte. Eine Leuchtrakete stieg auf, beschrieb einen Bogen, zeigte auf den Friedhof.

»Schieß!« brüllte Blackbird. »Schieß! Schieß! Schieß doch!«

Ich beugte mich in Norths Richtung. Die Rakete spuckte Fontänen von Feuer aus, von roten, grünen und weißen Blitzen. North löste sich aus seiner Kauerstellung. Ich feuerte einen Schuß ab, als er sich schon wieder hinwarf.

»Nein«, murmelte ich. »Das nicht. Nicht einmal du ...« Ich schrie zu North hinüber. »Du wärst besser in der Hölle aufgehoben als dort, wo du jetzt bist.«

North hatte sich in einem der offenen Gräber verschanzt. Ein makabrer Fuchsbau.

Hinter mir wurde das Geknatter schwächer, die Farben fielen in sich zusammen, als die Feuerräder spuckend ihr Leben aushauchten. Ich zielte sorgfältig auf die halbverdeckte Gestalt von North und drückte ab. Zwei Patronen verblieben mir noch in meiner 38er.

Etwa hundert Fuß über North blühte es rot am Nachthimmel auf. In der Dunkelheit wirkte es zunächst wie ein Scheinwerfer hinter rotgetöntem Glas, dann zerbarst das Ganze zu einem gewöhnlichen Blitz, wie von einer Napalmbombe. Eine ganz gewöhnliche Eisenbahner-Signallampe warf ein rotes Licht zwischen die zerbrochenen Seelengitter. Das Feuerwerk hatte Blackbird als Ablenkung gebraucht, um in Ruhe das einzelne Signallicht entzünden zu können. Er wartete irgendwo hinter der Signallampe. Unsichtbar. Das Licht ließ den ganzen unteren Teil des Friedhofs schemenhaft sichtbar werden.

North feuerte einen Schuß ab. Und noch einen. Das Pferd löste sich aus der Dunkelheit. Seine Flanke glänzte feucht, und es hinkte den Hügel abwärts.

»Schieß!« rief Blackbird. »Nagel ihn fest!«

North schoß. Der Mündungsblitz blieb verborgen, der Knall klang gedämpft. Es hatte sich angehört, als habe er absichtlich in die Erde des Grabes geschossen.

Schieß. Nagel ihn fest. Ich zielte. Schoß. North schrie. Seine Pistole knallte noch einmal, der Schuß ging wieder in das Grab.

Das Pferd stolperte. Am Waldrand wurde zaghaftes Flackern von Licht sichtbar. Das Pferd fiel beinahe in ein ausgehobenes Grab. Blut lief ihm an der Flanke herunter, Blut, das in dem roten Licht schwarz glänzte. Zuviel Blut. Das Pferd stolperte direkt auf North zu. Als Silhouette wirkte es so schwarz und so riesig wie die Apokalypse, und es näherte sich North mit unheimlichem Schritt. Blutiger Schaum tropfte ihm vom Maul.

In der roten Silhouette sah es so aus, als sei das Pferd nur von einer weißen Hand und einem Stiefel beritten. Blackbird bediente sich indianischer Tricks. Er ritt auf North zu, und er hing dabei ganz auf der entfernten Seite des Pferdes.

North schoß. Dann schrie er auf. Ich kenne Schreie. Ich habe schon so manchen gehört und kann sie beurteilen. Mit North mußte etwas ganz Schreckliches passiert sein. Seine Pistole hatte sich angehört, als sei sie explodiert. Erde hatte den Lauf verstopft, als er die Waffe abgefeuert hatte.

Wie oft ist das schon passiert? dachte ich und kroch mit meiner 38er im Anschlag auf North zu. *Wie oft war die Luft schon angefüllt mit Qualm, Kordit und Schreien? Wieviel Rot gibt es eigentlich auf der Welt? Wieviel Feuer? Wieviel Blut? Wie oft mußte man schon Leichen untersuchen oder noch einmal auf sie schießen, um ganz sicher zu sein, daß sie auch wirklich tot waren?*

Das Pferd näherte sich dem schreienden North ganz langsam. Blackbird glitt herab auf den Boden, die Zügel behielt er fest in der Hand. Die Augen des Tieres waren weit aufgerissen und rot in dem Licht der Signallampe. Das Pferd trug an seiner Wunde wie an schweren, mit Blei gefüllten Satteltaschen. Es versuchte einen Schritt rückwärts zu machen, stolperte, der riesige Leib stürzte beinahe. Es hob einen der weißbestrumpften Vorderhufe an und versuchte vergeblich, nach Norths Kopf zu treten. Es keuchte, zitterte, dann senkte es den Kopf und packte Norths rechten Unterarm mit seinem kräftigen Gebiß. Es hob den Kopf an, ich hörte, wie ein Knochen zerbarst.

»Laß ihn los«, sagte Blackbird zu dem Pferd. »Komm, mein Baby, laß ihn los.« Er zog die Zügel an und führte das Pferd rückwärts.

Vom Wald aus ergossen sich Lichtpunkte über den Friedhof wie die auslaufende Gischt von Brandungswellen. Der Wind verursachte flüsternde Geräusche bei seinem Spiel mit den Seelengittern.

North war ein großer Mann. Bei ihm gab es viel zu töten.

Er war zäh wie der Wind über den Bäumen. Er stützte sich auf seinen linken Arm und schrie. Seine Füße strampelten, als er versuchte, sich aus dem geplünderten Grab zu ziehen. Ich lehnte mich vor, versuchte ihn umzudrehen. Er versuchte, mich dabei zu unterstützen, stieß mit dem linken Arm, mit den Beinen. Ich zog, versuchte ihn umzudrehen, die Wunde zu finden, aber er steckte fest in seinem leeren Grab. Sein Wahnsinn hatte ihn in diese Falle getrieben.

Es war keine Wunde zu sehen. Nur der rechte Arm stand in einem völlig ungewöhnlichen Winkel ab, ein bißchen Blut sah man an der Stelle, wo der Knochen sich durch das Fleisch gebohrt hatte. Das Regenwasser in dem Grab war abgestanden, trübe von Schlamm und stank verfault, aber es war kein frisches Blut darin.

In dem Licht der Signallampe, dem Heulen des Windes wirkten die tanzenden Lichtpunkte wie weit entferntes Gewehrfeuer. Rot und weiß. Eine rote und weiße Brandung schien in den Friedhof geblasen zu werden, begleitet von der Stimme eines roten und weißen Windes.

»Woher hast du es gewußt?« fragte ich Blackbird. Er hatte die Jacke und sein Baumwollhemd ausgezogen.

»Gib dein Hemd her«, sagte er zu mir. »Und vergiß den Haufen Dreck da.« Er deutete auf den schreienden North.

Ich zog die Jacke aus, dann das Hemd. Ich gab es ihm.

»Eine Arterie ist angekratzt«, erklärte Blackbird. Seine Stimme klang hohl vor Trauer und Schmerz. »Ich muß die Blutung zum Stillstand bringen, oder das Loch wird immer größer.« Er riß mein Hemd in Streifen. »Ja, woher habe ich es gewußt?« murmelte er. »Kim hat es mir erzählt. Natürlich konnte Kim auch gelogen haben.« Blackbird legte dem Pferd einen Druckverband an. »Ich muß den Burschen bis zum indianischen Friedhof bringen, bevor er umfällt.« Seine Stimme war leise, seine dunkle Gestalt war nur unter dem roten Flackern zu erkennen. »Ich will ihn nicht hier sterben lassen. Mann, er war so leichtfüßig und schnell. Sie würden es ihm nehmen.«

In dem roten und weißen Licht wirkte sein Gesicht wie eine kleine Skulptur der Trauer. Er arbeitete mit flinken Fingern. »Ich werde ihn verlieren. Ich würde meinen halben Anteil an der Hölle für eine Nadel und etwas Katzendarm geben.« Er drehte sich zu North um, dessen Schreie immer heiserer wurden. Norths Kehle mußte wund sein vom vielen Schreien, und plötzlich, verbunden mit einem Schauer der Angst um meine eigene Seele, wurde mir bewußt, daß ich diese Schreie während der letzten Minuten gar nicht mehr richtig wahrgenommen hatte. Sie hatten für mich zu alltäglich geklungen.

»Meine kleine Lightshow hat zu echt gewirkt«, sagte Blackbird. »Vielleicht hat dieses Stück Dreck«, er deutete auf North, »sie so echt wirken lassen. Oder das alles war echt. Die 45er war für uns bestimmt, aber wenn North das alles vorher gesehen hätte, dann hätte er gewußt, daß es auf der ganzen Welt nicht genug Kugeln gegeben hätte.«

Blackbird sah North an, dessen offener Mund Schrei auf Schrei über den Friedhof jagte. Es gab mechanische Schreie, gewöhnliche, alltägliche Schreie, Schreie, denen man während eines Gefechts weniger Aufmerksamkeit schenkte als jedem unfreiwilligen Fluch oder dem Heulen des Windes über den Baumkronen des Urwalds.

»Ich biete dir ein Geschäft an«, sagte Blackbird zu North. Seine Stimme klang ganz neutral, weder grausam noch freundlich. »Du verdienst es nicht, aber ich biete es dir trotzdem an. Du bist doch der Mann, der so gut lachen kann. Also, lache. Wenn du für mich lachst, werde ich dich aus dem Loch ziehen.«

Irgendwo in meinem Bewußtsein begann Entsetzen sich auszubreiten, rot wie das Signallicht und gleichmäßig wie das Blasen des Windes. Ganz hinten begann es sich auszubreiten, aber wirklich bewußt war mir im Moment nur ein Gefühl der eisig kalten Freude.

Norths weißes Gesicht, dreckverschmiert und gezeichnet von der Geschichte eines harten Lebens, vom Krieg, schien zu einer Maske zu werden. Ein Schrei erstickte hinter seinen zusammengepreßten Zähnen. Sein Gesicht starrte hoch aus diesem seichten Grab, das für ihn so tief war wie ein verlassener Steinbruch. Es schien sich auf das zu konzentrieren, was es als nächstes zu tun hatte. Die linke Hand wischte über die Erde an der Kante des Grabes. North hatte die Zähne noch immer zusammengebissen, dann öffnete er sie. Sein Mund wirkte unter dem roten Licht wie ein schwarzes, leeres Loch. Er verzog die weißen, geisterhaften Lippen zu einem Lächeln, zu einem dünnen, schrecklichen Lächeln. Dann kicherte er, ein Kichern, das sich anhörte, als würden

Kieselsteine in einer Blechbüchse durcheinandergeschüttelt. Er zwang sich zu einem Lachen, einem Lachen über die Geschichte, den Krieg, über uns und über sich selbst. Es klang dünn, fast wie ein Weinen.

»O Mann«, sagte Blackbird, »das ist doch kein Lachen.« Er liebkoste dabei zärtlich sein Pferd, die weiße Hand ruhig führend wie ein Vater bei seinem Sohn. Mit der anderen Hand suchte er nach seiner Taschenlampe. »Aber du hast ja alle Zeit der Welt zum Üben«, fuhr er fort. »Vorausgesetzt, sie lassen dir etwas, womit du lachen kannst . . .«

Der kleine Lichtpunkt von Blackbirds Taschenlampe suchte seinen Weg wie ein kleiner Leuchtkäfer, der langsam hügelabwärts entschwand. Für eine kurze Weile hörte man noch die schweren Atemzüge des sterbenden Pferdes, das beinahe bei jedem Schritt ins Stolpern kam.

North hatte wieder damit begonnen, ganz leise Schreie auszustoßen. Seine linke Hand krallte sich in die Kante des Grabes. Blackbird verschwand in Richtung des indianischen Friedhofs.

Ich weiß nicht, warum ich zurückblieb. Vielleicht tat ich es nur in Befolgung der alten Kampfregel: »Laß dich nicht von einem toten Mann umbringen«, die nichts anderes besagte, als daß auch ein Mann, der nur noch ein bißchen am Leben ist, immer noch reagieren kann. Vielleicht blieb ich aber auch wegen der Schuld. Ein Mann, der mir früher einmal das Leben gerettet hatte, lag nun vor mir als Opfer seines eigenen Verrats. Oder, noch schlimmer, es kann auch sein, daß ich blieb, weil ich an meinen eigenen Tod dachte, der irgendwo in der Zukunft lag, und weil ich Angst hatte vor den ›furchtbar alten und mächtigen‹ Kräften, von denen Blackbird gesprochen hatte.

Vielleicht blieb ich nur, weil die Zeit tickte wie die gelben Handschuhe der Mickey Mouse auf Blackbirds Zifferblatt.

North war ein Porträt in Rot und Weiß. Meine Taschenlampe ließ seine starrenden Augen erglühen. Der Wind griff nach der Signallampe, verwandelte ihre Spitze in einen kleinen Hochofen. Die Lampe warf sich überkreuzende Schatten auf die gespenstische Szenerie des Durcheinanders von aufgerissenen Gräbern und zerbrochenen Seelengittern. Norths weißes Gesicht, sein weißes Haar wirkten grotesk in diesem roten Licht. Flache Atemzüge hechelten ihm durch den offenen Mund. Er war nicht mehr in der Lage zu schreien. Der gebrochene Arm mußte ihm schreckliche Schmerzen bereiten, aber er schien von etwas Größerem als Schmerzen in Anspruch genommen. In diesem Gesicht mit dem nach Luft schnappenden Mund und den in Konzentration zusammengezogenen, schneeweißen Augenbrauen stand etwas anderes geschrieben als Schmerz, etwas viel Schlimmeres. Dieses Gesicht spiegelte das Wissen um die grenzenlosen Schrecken wider, die ihm noch bevorstanden.

Der Wind spielte die ihm angemessene Rolle in diesem grausamen Spiel. Er begann, die Klänge entfernter Klageschreie herüberzuwehen, dünner Schreie, die sich hinter dem flackernden Leuchten eines Schirms von Weiß versteckten, der langsam näher kam. Eingehüllt war bereits die Kuppe des Friedhofhügels, eingehüllt von einem Weiß, das so dicht war wie ein Schneesturm. Hügelabwärts breitete es sich aus, bedeckte geplünderte Gräber und sprühte weiße Funken von den geschnitzten Streben der zerbrochenen Holzgitter. Das Weiß wirkte wie die Arbeitsfläche eines Künstlers, wie gegipste Leinwand, die darauf wartete, daß die Farben der Schreie auf ihr verewigt würden.

»Das hat kein Mensch verdient«, sagte ich zu North. »Nicht einmal du. Wenn ich könnte, würde ich dir helfen.«

Vielleicht hörte er mich. Ich hätte gern geglaubt, daß er mich hörte, daß er selbst in dem Moment, als seine schreckliche Seele zur Hölle fuhr, noch in der Lage war, die eine menschliche Stimme wahrzunehmen, die ihm bestätigte, daß er einmal ein menschliches Wesen war.

Die Klageschreie wurden lauter, und jetzt klangen sie dämonisch. Das waren die Schreie des Hungers, die Schreie der Blinden, das Wimmern der hohlen Gesichter, in denen einmal Augen gesteckt hatten. Keine gotische Kathedrale, und hätten vor ihr auch die schrecklichsten Fratzen Wache gehalten, wäre von dem Geschrei verschont geblieben, das sich jetzt auf dieser taumelnden Gischt von Weiß näherte.

North wurde von einem letzten Energieanfall heimgesucht.

Seine Füße strampelten und traten. Er stützte sich auf seinen linken Ellenbogen. Der rechte Arm stand schief heraus. Jetzt zog und stieß er mit der linken Hand. Das Grab hielt ihn fest. Die ersten, züngelnden Arme der weißen Flut hatten die Grabkante erreicht. Die Schreie, die immer lauter und schriller wurden, nahmen jetzt Formen an, die Formen hohler Gesichter, die Totenschädeln glichen. Die äußerste Spitze des Lichts berührte North.

Er schrie nicht. Ich schrie. Sein Gesicht war nur erstaunt, seine weit aufgerissenen Augen schauten ungläubig. Ein Mann versank in seinem Wissen um das Entsetzen, in seinem Wissen um die Tatsache, daß man ihm alles nehmen würde, bis auf den Hunger, und doch wirkte er immer noch ungläubig. Während der Tage und Monate, in denen sich das Entsetzen langsam genähert hatte, während der endlosen Stunden der Trunkenheit und des Zitterns der Nüchternheit hatte nichts ihn auf das hier vorbereitet.

Ich schaute zu. Zunächst glaubte ich, das Jammern in meiner Seele gelte North, Blackbird und mir selbst. Norths Gesicht fiel von einem Schock der Offenbarung in den nächsten. Eine Decke von Weiß hatte ihn eingehüllt. Er schrie und jammerte und schrie. Jeder Schrei zog ihn tiefer in das entsetzliche Meer des Verlorenseins. Kein Tod, sei es auch der Tod durch Napalm, eine Kreuzigung oder eine Hexenverbrennung, konnte so furchtbar sein wie diese Unsterblichkeit des Hungers.

Mein Jammern breitete sich aus, vom Herzen zu den Augen. Trauer füllte meinen Kopf, mein Herz, meinen ganzen Körper wie eine Wüste von Weiß.

Plötzlich verspürte ich einen Schmerz. Es war, als wäre ich von einem Floh, einer Ameise oder einem Ohrwurm gezwickt worden. Angst und Schrecken, wie ich sie noch nie erlebt hatte, breiteten sich in mir aus, denn das Zwicken hatte nicht von etwas Körperlichem hergerührt. Es war, als hätte mich eine Erinnerung gebissen, die Erinnerung an etwas Schönes, an Sonnenstrahlen, die durch grüne Blätter fallen, an das Muster von Licht und Schatten, das sie auf das Gesicht eines geliebten Menschen zeichnen. Vorbei. Verloren. Ich wich zurück und sah hinunter auf North.

So ging es ihm also in jenem Moment. Seine Erinnerungen an das Schöne wurden von ihm genommen. Die vielen Male, die er auf das Meer geblickt hatte oder in die Nebelbänke über dem Puget Sound. Vorbei. Die erhabene Majestät des tiefen Waldes, der ihn umgab, selbst die Gedanken an den endlosen Regen. Vergessen.

Sein Gesicht schien zusammengefallen, alles Menschliche war schon aus ihm entwichen, aber sein Mund sog immer noch Luft in sich hinein. Die Lippen waren schneeweiß. Jeden Augenblick mußte der Tod eintreten.

Wieder durchfuhr mich ein heftiger Ruck. Das Entsetzen versuchte, meine Beine in Bewegung zu setzen, versuchte mich dazu zu bringen, mich in die rotschimmernde Dunkelheit zu stürzen, womöglich ins Stolpern zu kommen und in eines der leeren Gräber zu fallen.

Norths Körper war tot. Sein Unterkiefer hing lose herunter, seine Augen sahen aus wie gefrorene Scheiben, die über die weißen Wellen der Hölle hinwegstarrten, zu einem weißen Horizont hinüber. Die schlaffen Lippen, die raushängende Zunge, alles blieb jetzt bewegungslos, aber ganz aus der Tiefe dessen, was von seinem Geist noch übriggeblieben war, ließ sich noch immer seine Stimme vernehmen. Es war ein Klagen, ganz leise noch. Langsam schwoll es an, wurde lauter. Norths toter Körper beklagte seine Blindheit, seinen verzehrenden Hunger. Das Klagen wurde zu einer weißen Kreatur, zunächst war es nur eine Nadelspitze, dann eine Nadel, eine weiße Nadel.

Weiß begann sich auszubreiten. Weiße Blitze tanzten um mich herum. Das Klagen aus Norths Mund fuhr in den Himmel empor, neugeboren, suchend, jagend, gejagt.

Ich flüchtete. Ich rannte, aber ich rannte vorsichtig hinter dem Lichtstrahl meiner Taschenlampe her. Zerbrochene Gitter ragten in die Höhe, offene Gräber lagen da wie dunkle Mäuler. Ich flüchtete vor dem Rot und dem Weiß, folgte dem Schein meiner Lampe in die Geborgenheit der undurchdringlichen Nacht. Hinter mir stiegen die weißen Lichtpunkte über den geplünderten Gräbern auf wie der Umhang eines archaischen Hexenmeisters. Als ich den Waldweg betrat, beherrschte den

Friedhof ein infernalisches Durcheinander von Schreien und Wehklagen. Die Geister verwüsteten die bereits verwüsteten Gräber.

Der indianische Friedhof lag vor mir, schwarz wie Blackbirds Haut, ruhig wie Blackbirds Entschlossenheit. Über diesen etwas ebeneren Grund liefen kleine Rinnsale von Wasser, nasse Tannennadeln bildeten einen angenehm nachgiebigen Untergrund für meine Füße.

Ich rief nach Blackbird, als ich den indianischen Friedhof betrat. Hinter mir, auf dem schmalen Streifen Himmel über dem Waldpfad, schien es, als würden hier und da schneeweiße Wolken vom Wind in die Unendlichkeit getrieben.

Blackbird antwortete nicht sofort. Beinahe hätte ich die Taschenlampe ausgeschaltet. Sie machte mich zu einem Ziel. Als Blackbird endlich antwortete, klang seine Stimme unterdrückt. Ich bahnte mir durch die stillen Gräber hindurch meinen Weg zu ihm. Seine Stimme hatte sich ruhig angehört. Ich war nicht ruhig, und einen Moment lang dachte ich, die kochenden, weißen Wolken hinter mir müßten die Wolken meines Wahnsinns sein.

Blackbird kniete neben den dunklen Umrissen des toten Pferdes. Blut hatte sich auf dem Teppich aus Tannennadeln ausgebreitet, eine große, weiße Schnecke saß am Rande dieses Sees. Blackbird nahm sie auf, betrachtete sie, dann schleuderte er sie in die Dunkelheit. Seine Stimme war voller Trauer, aber für mich waren das viele Blut und der Kadaver des Tieres ein Trost. Mitten in diesem ganzen Wahnsinn waren wenigstens die Pistolenkugeln wirklich gewesen.

»Tot«, sagte Blackbird. Ich weiß nicht genau, ob er North meinte oder sein Pferd.

»Vorbei.« Meine Stimme klang so, wie unsere Stimmen nach einem Gefecht im Dschungel geklungen hatten. Man hatte sich Fragen gestellt, hatte sich gegenseitig versichert, daß aus der unmittelbaren Umgebung keine Gefahr mehr drohte.

»War ganz schön hart für ihn, oder?«

»Es war furchtbar«, antwortete ich. »Schlimmer, als er es verdient hat.«

»Nein, das war es nicht«, sagte Blackbird. »Ich wünsche ihm, daß er wie ein Schwein am Spieß über offenem Feuer geröstet wird.«

»Darüber wäre er glücklich gewesen. Es war viel schlimmer.«

»Ja, ja«, erwiderte Blackbird, »das sagt sich so leicht dahin.«

»Du warst nicht dabei.«

»Nein«, sagte Blackbird, »aber ich habe den ganzen Krawall mitangehört.«

Ich knipste die Taschenlampe aus, um die Batterien zu schonen. Keine Höhle der Welt war so dunkel wie dieser Wald. In dieser Dunkelheit war die erhabene Kraft dieses Friedhofs beinahe körperlich spürbar. Eine Frage kam mir in den Sinn. Warum hier diese stille Kraft, wo doch nur ein Stückchen hügelaufwärts Zerstörung und Chaos herrschten?

»Was für eine Hölle haben eigentlich die Indianer?« Wahrscheinlich stellte ich Blackbird diese Frage, vielleicht aber auch dem Friedhof.

»Das hängt von den Indianern ab. Schnaps. Schlechte Träume. Ein bißchen Tuberkulose.«

»Du weißt genau, was ich meine.«

»Vor allem versuchen sie, nicht darüber nachzudenken«, antwortete Blackbird.

Die Nachwirkungen eines Gefechts sind immer dieselben. Man redet wenig. Für Tränen ist kein Platz. Was soll ein Mann schon tun? Schreien? Schreien hilft nicht. Das hast du schon während des Gefechts versucht. Manchmal schreien die Männer im Schlaf.

»Ich kannte mal einen Burschen«, kicherte Blackbird, und das Kichern hörte sich nicht besonders gesund an, »der mußte sein Pferd begraben. Also grub er ein Loch.« Blackbird lachte nicht etwa über seine Geschichte. Vielleicht lachte er über sich selbst, über seine Erinnerungen. »Nur, als er das Loch endlich gegraben hatte, war die Leichenstarre bereits eingetreten. Die Beine guckten aus dem Loch heraus.« Das Kichern war eigentlich kein Kichern, es war aber auch kein Schluchzen. Ich hatte so etwas früher schon mal gehört, aber das war schon viele Jahre her.

Keine Macht der Welt hätte mich bewegen können, die Taschenlampe wieder anzuknipsen. Blackbird kämpfte mit seiner Gram.

Blackbird hätte mich so schnell töten können, daß ich nicht einmal mitgekriegt hätte, daß ich getötet werde.

»Also ging er in einen Metzgerladen«, setzte Blackbird seine Geschichte fort, »und borgte sich eine Knochensäge aus. Er sägte die Beine einfach ab und warf sie in das Grab. Jetzt paßte das Pferd gut hinein.«

Wir saßen in der Dunkelheit. Freunde. Männer, die damit beschäftigt waren, sich gegenseitig das Leben zu retten. Männer, die einander etwas schuldig waren. Das zumindest war wahr, wenn die Leben, an die sie sich klammerten, noch ein paar Erinnerungen enthielten, die nicht vom Feuer versengt worden waren.

»Ich werde dir beim Graben helfen«, sagte ich. »Wir werden die Beine einknicken, bevor die Leichenstarre eintritt.«

»Ich wäre dir sehr dankbar. Sowie es hell wird, werden wir uns Spaten holen. Wir müssen uns beeilen. Wer auch immer North findet, er wird lauthals nach den Cops schreien.«

Ich dachte an das Gesetz, an die Dunkelheit, an die Geschichte. Erinnerungen an ein nasses Land, Erinnerungen an Schreie, an Fallschirme, an gelbe Gesichter, an weißgescheuerte Knochen, die von den Hügeln heruntergewaschen werden, an das Lächeln Buddhas.

Ich würde meine 38er in einen Fluß schmeißen müssen.

Ich dachte an Miß Molly und hoffte, daß es ihrem Vater besser ging. Dann hoffte ich, daß er tot wäre. Ich entdeckte, daß ich Miß Molly nicht besonders mochte. Die Gedanken schossen mir kreuz und quer durch den Kopf. Ich dachte an alle die lieben, netten Menschen. Keinem von ihnen würde ich mehr trauen. Nur noch Blackbird würde ich vertrauen, denn Blackbird konnte das Spiel spielen, ohne zu kommandieren oder das Spiel zu kaufen oder auch nur zu applaudieren.

»Gefällt es dir, wahnsinnig zu sein?« fragte ich Blackbird.

»Es gefällt mir nicht, aber alles andere gefällt mir noch weniger.«

»So geht's mir auch«, kicherte ich. »Du hast die Gesundheit des Wahnsinns, ich habe das Gesetz.«

»Ich weiß sehr viel über die Indianer«, sagte Blackbird, »und ich weiß alles über Pferde.«

Wir knickten die Beine des Pferdes ein, dann setzten wir uns auf die nassen Tannennadeln und lehnten uns gegen die eingeknickten Beine. Die Leichenstarre setzte ein. Wir fühlten uns sicher in der Dunkelheit, selbst der Wind, der gegen die Küste, die Berge und die Wälder anrannte, er konnte uns hier nichts anhaben.

Für uns war die Dunkelheit kein Fluch. Wir saßen da und warteten auf das erste Licht des Morgens über den Baumkronen. Wir saßen nur da und warteten den Rest der Nacht ab. Hier waren wir sicher vor den schrecklichen Lichtern einer weißen, klagenden Welt.

HEYNE BÜCHER
HORROR VOM FEINSTEN
STEPHEN KING »es« ROMAN Heyne
Heyne JUMBO 41/1
STEPHEN KING Sie ROMAN Heyne
Heyne JUMBO 41/2
STEPHEN KING ROMAN Schwarz Heyne
Heyne JUMBO 41/11
STEPHEN KING Drei ROMAN Heyne
Heyne JUMBO 41/14
Stephen King im Heyne-Taschenbuch:
STEPHEN KING Brennen muß Salem Roman
01/6478
STEPHEN KING Im Morgen-grauen Unheimliche Geschichten
01/6553
STEPHEN KING Der Gesang der Toten Unheimliche Geschichten
01/6705